# JUEGO MORTAL
## FORTITUDE
# LARRY COLLINS

PLAZA & JANES EDITORES, S.A.

Título original:

**FALL FROM GRACE**

Traducción de

**LORENZO CORTINA**

Portada de

**JORDI VALLHONESTA**

Primera edición: **Setiembre, 1985**

Tercera edición: **Noviembre, 1985**

Printed in Spain - Impreso en España
ISBN: 84-01-32132-8 - Depósito Legal: B. 36950-1985

*A Nadia*

# «ALTAMENTE SECRETO»

B68932
Ejemplar n.º *10*

CCS, 459/3
3 diciembre 1946

Junta Combinada de Estado Mayor / Clasificación: Cobertura y engaño

Refs: *a*) CCS 2/81/5
      *b*) CCS 2/81/4

La información sobre todos los aspectos de la cobertura y engaño estratégicos se halla clasificada por la presente de «ALTAMENTE SECRETO» de forma permanente. Se hallarán bajo la jurisdicción de esta orden: La existencia, organización, responsabilidad, funciones y técnicas de todas las agencias de cobertura y engaño incluyendo su personal de los Estados Unidos y sus aliados; empleados o directamente responsables de las mismas en cualquier momento del pasado, del presente o del futuro; así como la planificación y realización de una cobertura estratégica y de engaño.

En particular, todo lo que tenga que ver con «medios especiales», agentes controlados del enemigo, en comunicación con el enemigo que tengan su confianza pero que operen bajo nuestro control: ...el empleo de filtraciones deliberadas a lo largo de canales diplomáticos de agentes amistosos en contacto con el enemigo en la realización de una cobertura estratégica y plan de engaño, por la presente se les asigna una clasificación permanente de seguridad tipo «ALTAMENTE SECRETO».

# PRÓLOGO

*Gelsen Kirchen, Alemania*
*17 de junio de 1973*

Dos pequeños detalles del «Opel» negro llamaban la atención de un ojo entrenado. El primero eran las letras BG —de Bad Godesberg— en la matrícula, el suburbio de Bonn donde la mayor parte de las agencias occidentales de espionaje tenían sus cuarteles generales. El segundo era el grosor desproporcionado de lo que parecía ser la antena de radio del coche, que se alzaba de su parachoques izquierdo. En realidad, estaba unida a un transmisor-receptor de radioteléfono equipado para cifrar mensajes. Los demás rasgos del coche, tales como las ventanillas a prueba de balas y los blindajes de las portezuelas resultaban imposibles de detectar sin un examen a fondo. El jefe de la estación de Bonn lo había cedido graciosamente a T. F. O'Neill, director retirado de operaciones de la CIA en Europa oriental, a pesar de que O'Neill se hallaba en Alemania por motivos personales más que para asuntos de la Agencia.

El conductor que había llegado con el coche hizo gestos con la cabeza hacia unos senderos de gravilla gris, divididos por una serie de vallas metálicas, cada una de ellas limitando un pequeño jardín privado del tamaño de una pista de tenis.

—Es la cuarta a la izquierda, el número 63 —dijo.

—Muy bien. Siga unos cien metros o así y aparque. ¿Hace mucho que lo tiene?

—Desde que nuestros primos ingleses le enviaron a criar malvas cuando acabaron con él. Se casó con una antigua novia y se establecieron aquí con el nombre de ella. Le proporcionaron un traje nuevo, por así decirlo. Como si fuese un hombre de negocios jubilado de Dusseldorf, me parece que asuntos de azulejos.

El joven chófer de la Agencia aparcó el coche y apagó el motor. Sus ojos vieron a O'Neill manipulando el archivo de objetivos de la estación Bonn que el anciano sostenía en las manos. Era uno de los antiguos, de aquella clase que se mecanografiaba en hojas de valoración en pliegos manila, de los que se empleaban antes de que llegasen los ordenadores.

—Jefe de la Gestapo para toda Francia —se burló el chófer—. Este tipo debe de haber sido de primera.

—Lo era.

—Y salió de todo esto sin un arañazo. No está mal si se considera que podría haberse encontrado con una soga al cuello en 1945.

O'Neill no replicó. Sus dedos y su mente erraban por el expediente que tenía en su regazo. El conductor lo estudió. O'Neill era una especie de leyenda para los agentes de su generación, una leyenda controvertida, pero de todos modos, una leyenda. Formaba parte de la vieja escuela, de los padres fundadores de la Agencia, los tipos que se habían salido del OSS después de la guerra para empezar en la CIA con Allan Dulles y Walter Bedell Smith.

—¿Sabe algo? —preguntó el chófer.

Un silencio del superior no obligaba necesariamente al silencio respetuoso hacia los hombres y mujeres de su generación.

—Nuestro Centro de Documentación nazi en Berlín aún conceptúa a este tipo como un buscado criminal de guerra. El Ministerio del Interior de la Baja Sajonia incluso tiene un mandamiento judicial contra él, pero no creo que llegue muy lejos si intenta utilizarlo.

—No —convino T. F. —. No debería haber pensado en eso.

Había sentido cierta corriente interior de desaprobación en el tono del joven agente. Una de las más nuevas y moralistas variedades que la Agencia estaba reclutando en aquellos días.

—Pero yo no sería demasiado duro con nuestros amigos del espionaje británico. Han efectuado la transacción usual: dinos todo lo que sepas y no investigaremos tus pecados pasados. Se trata del juego que todos jugábamos en aquellos años después de la guerra: nosotros, los británicos, los rusos, incluso los franceses cuando tenían la oportunidad. Todos deseaban tener unos cuantos expertos de la Gestapo para que les ayudasen a leer hojas de té en tazas de otro tipo.

«Y claro que lo hicimos», pensó T. F.: Otto John, Reinhard Gehlen, Klaus Barbie. Fue un tiempo en que los secuestros, asesinatos discretos y otros juegos sucios constituían las herramientas estándar del mercado del espionaje, sin satélites ni ordenadores 360 de la «IBM». Era una época en que ideales e ilusiones desaparecían con mayor rapidez que copos de nieve en una acera caliente. Exactamente como Ridley le había prevenido que sucedería.

Pensó en el viejo Henry Ridley, que murió de cáncer de pulmón a los ochenta y tres años, un par de meses atrás. «¿Lamentas todos aquellos "Players" que fumaste uno tras otro en nuestros años de guerra juntos?», le había preguntado.

«Ni uno —gruñó Ridley—, ni un maldito "Players".» Pero aquel viejo bastardo no era alguien que se lamentase de nada; «Ah, Ridley —pensó T. F.—, eras un auténtico inglés ¡Qué hatajo de tontos ingenuos fuimos los norteamericanos que vinimos enviados aquí durante los años 1943 y 1944! Una especie de colegialas de monjas corriendo sueltas e inocentes a través de los prostíbulos de la vida... Pues bien, perdimos nuestra inocencia bastante de prisa.»

Miró a su chófer, tan diligente, tan ansioso de complacer, tan dispuesto a hacer lo que hiciera falta. «Quédate en este negocio un poco más, muchacho —pensó—, y ya verás.»

Lanzó una última ojeada al expediente Bonn. Tendría que tratarle con guante blanco durante la charla. A fin de cuentas, el caballero era propiedad privada del Servicio de Espionaje de Su Majestad. Uno no se entromete amistosamente como Torquemada.

—No tardaré mucho —explicó al salir del coche.

El joven agente le echó una mirada de duda.

—No te preocupes —le aseguró T. F.—. No hay ningún problema. Es sólo una reunión de viejos amigos.

El chófer le observó alejarse. Con sesenta años y aún caminaba como un jovenzuelo de treinta que acude a un partido de *squash*. Aquellos viejos tipos de la Agencia seguían una cierta pauta. Hablaban con aquella gangosidad nasal que parecía un cruce entre pescadores de langostas del Maine con agentes de Bolsa de Boston. *Grotonese* lo llamaban. Y todos iban vestidos igual. «No hay más que mirarle», pensó mientras seguía con la vista a la figura de O'Neill que se alejaba. Llevaba un traje de franela gris de «Brooks Brothers», cortado como si tuviese que adaptarse a un aguacate, probablemente con diez años de antigüedad, y una corbata amarilla de lazo con pequeños lunares negros. «¡Una corbata amarilla de lazo, por el amor de Dios!» ¿Cuántas como ésa podían verse en Alemania en 1973?»

Aquel tipo de educación y de cháchara tranquila —«¿cómo está la mujer?»— que exhibían aquellos sujetos, de alma de acero. Ordenaban matar a un pobre bastardo y luego salían a tomarse dos martinis antes de cenar... «¿Cuánta sangre habría corrido por sus peludas manos?», se preguntó el chófer. Dirigir las Operaciones de Europa Oriental durante diez años permitía deducir que había sido responsable de una parte del derramamiento de sangre.

El objeto de la curiosidad del chófer erró negligentemente hacia la senda de gravilla que habían localizado antes. Bonn había dicho que se llamaban *Kleingartens*, pequeños jardines, una institución particularmente alemana. Los habitantes de apartamentos del vastamente poblado Ruhr, donde los patios traseros de una ciudad llegaban hasta los patios delanteros de otra, las alquilaban o compraban para tener un trozo de algo verde que pudiesen llamar propio.

«Qué limpios, qué cuidadosamente acicalados y atendidos se ven», observó. Cada una tenía una pequeña casa jardín y en la mayoría se veía la bandera amarilla, roja y negra de la República Federal ondeando en un mástil en el centro de su pequeño terreno de césped.

Se detuvo delante del número 63. También tenía su casa jardín con una antena de televisión. El verde césped estaba cortado a dos centímetros exactos. Hileras de caléndulas, grupos de azaleas y las manchas oscuras de las violetas se hallaban esparcidos en torno de la propiedad con precisión de figuras de un dibujo lineal. El dueño de la propiedad estaba podando una pared de rosales trepadores. Según observó T. F., llevaba un delantal de hule amarillo en el que se veía impreso un puño del que salía un enorme pulgar verde. Una serie de estatuillas de quince centímetros de altura de Blancanieves y los Siete enanitos aparecían colocados en el césped con la misma precisión casual que parecía caracterizar todo lo que ya había visto en el *kleingarten.* «¡Qué divertido —pensó T. F.—, qué perfecta y puñeteramente divertido!»

Abrió la puerta y se aproximó al hombre, que alzó la mirada sorprendido.

—¿Herr Hans Dieter Strömelburg?

La sorpresa se convirtió en profunda conmoción cuando el antiguo jefe de la Gestapo en Francia se oyó llamar por su nombre auténtico por primera vez en trece años. Las manos en las podadoras comenzaron a temblarle y le palideció el rostro. Durante un segundo, T. F. pensó que el hombre iba a tener un ataque cardíaco o de apoplejía allí mismo. Rápidamente se presentó, exhibiendo su documento de identidad.

—Se trata de una visita puramente personal —aseguró a Strömelburg—, nada que tenga la menor consecuencia...

—*Ach so, ach so* —repitió Strömelburg, demasiado petrificado para decir nada más.

Finalmente le hizo un ademán hacia su casa jardín.

—Venga —le rogó.

Se detuvo un momento en el porche soleado y luego continuó. No había la menor razón para permitir que los vecinos escuchasen aquella particular conversación.

Barrió de encima de la mesa las migajas del bocadillo de su almuerzo con un ademán embarazoso, y luego hizo un gesto a T. F. para que se sentase en el sillón que se hallaba cerca de la misma. Sacó una botella de «Reisling» del frigorífico y la puso encima de la mesa con un par de vasos altos. T. F. le estudió mientras lo hacía. La edad le había inclinado los hombros y ensanchado su cintura. Su rubio cabello era ahora blanco, y estaba peinado hacia atrás meticulosamente desde la amplia frente. Al pensar en sus fotografías de la época de la guerra, T. F. hubiera apostado a que las entradas de su pelo no se habían retirado ni un centímetro en casi treinta años. Su rostro se veía rubicundo, probablemente a causa de una presión sanguínea elevada. Los ojos eran azules y miraban al mundo con tranquilidad. No se trataba de un rostro del que pudiese decirse que se hallaba marcado por grandes sufrimientos. La vida, pensó T. F., había sido muy amable con Hans Dieter Strömelburg, muchísimo más amable que con todos aquellos que se habían cruzado en su camino.

Strömelburg sirvió el vino en los vasos, ofreció uno a T. F. y luego alzó el suyo.

—*Prost* —exclamó, desmintiendo su brindis con su grave rostro.

T. F. expresó su reconocimiento con un ademán de cabeza.

—He venido a verle, Herr Strömelburg, porque usted y yo fuimos rivales en cierto sentido, hace ya muchos años...

El antiguo miembro de la SS se inclinó hacia delante, tratando de parecer ansioso de escuchar algo que no deseaba intensamente. El pasado no constituía un tema que los ex-oficiales de la Gestapo discutieran con entusiasmo.

—Poco antes de la invasión, la organización para la que trabajaba en Londres envió a Francia a una joven dama. Era alguien a quien me sentía muy unido, aunque sólo la conocí durante breve tiempo. Desapareció después de la guerra. Últimamente me propuse averiguar qué le había sucedido. Ya sabe usted, llega un momento en la vida en que se siente que hay que unir los cabos sueltos. ¿Ha tenido alguna vez esa sensación?

Strömelburg no sabía si debía asentir con la cabeza para mostrar su acuerdo. Juiciosamente, eligió no hacer nada y dejar que el norteamericano siguiera adelante.

El estadounidense sacó una fotografía en blanco y negro de su cartera de piel, en la que llevaba sus documentos de identidad de la CIA. Se trataba de una vieja foto de carné de identidad de la época de la guerra, aquella clase de imagen plana, sin vida con que habían sido agraciados millones de estos documentos en todo el mundo. La depositó encima del hule de la mesa y la empujó hacia el alemán.

Strömelburg cogió la fotografía y la estudió atentamente, como si la fuerza de voluntad pudiese eliminar las telarañas de los años de su mente. Naturalmente, la reconoció al instante. ¿Qué hombre hubiera podido olvidar a aquella mujer maravillosa? La veía como si estuviera sentada ante él, con su exquisito cabello rubio cayéndole en cascada por los hombros en elegantes bucles, con aquellos ojos de un verde oscuro, unos ojos del color de una pradera alpina bajo los rayos del sol veraniego, contemplándole con silencioso desafío. Tan compuesta, tan orgullosa... Siempre había sido muy orgullosa. Dejó la foto en la mesa.

—No —replicó, tristemente—. Siento no reconocerla en absoluto. ¿Cómo se llamaba?

—Pradier. Catherine Pradier.

—¿Su nombre auténtico o su nombre en clave? Supongo que sería una agente de alguna clase...

—Su nombre verdadero. Su nombre en clave era Denise.

Strömelburg cogió la fotografía y la estudió de nuevo, como si el sonido de aquel nombre en sus oídos hubiese suscitado un recuerdo que sus ojos no lograron despertar. Sí, la cosa resultaba tan clara como si hubiese sido ayer.

—¿Y por qué debería reconocerla?

—Tengo razones para creer que fue llevada a sus Cuarteles generales de la Gestapo en la Avenue Foch, en junio de 1944.

Strömelburg movió desolado la cabeza.

—Sucedieron tantas cosas aquellos días... La invasión de ustedes. La resistencia por todas partes. Era un auténtico manicomio... ¿Sabe dónde fue arrestada?

—Me parece que en algún sitio del Norte.

—¡Ah!

La voz del alemán adoptó la tranquilizadora resonancia de un médico que acaba de descubrir la clave de su diagnóstico.

—Pues no debió quedar bajo mi jurisdicción. El Norte dependía de la Gestapo en Bruselas. La llevarían a Bruselas. Ya sabe cómo somos los alemanes. Todo lo hacemos según los reglamentos. Le aseguro que nunca la vi en París.

Se retrepó en su sillón, convencido de que su explicación, que hacía las veces de una descripción estereotipada del carácter alemán, sería suficiente para satisfacer a su visitante americano.

La mirada que le lanzaron los ojos azules del norteamericano le dijo que no era así, pero por alguna razón decidió seguir adelante.

—También creemos que fue llevada a Ravensbrück. Tengo entendido que fue usted destinado a Ravensbrück al final de la guerra.

—*Ja...* —convino Strömelburg, tratando de dar a su tono una expresión de intensa simpatía hacia el norteamericano y sus investigaciones—. Pero ya sabe que Ravensbrück era también un manicomio. Doce mil mujeres. Morían por docenas todos los días.

Hizo un ademán de impotencia y esbozó una mueca como si estuviese tratando de borrar de su mente un particularmente doloroso y triste recuerdo.

En realidad estaba contemplando otro recuerdo mucho más preciso, el recuerdo de aquella tarde de abril en 1945, cuando hizo acudir a Catherine Pradier a su despacho del edificio de la administración del campo, en el *Lagerstrasse.* El rodante trueno de los cañones del Ejército Rojo ya se alzaba por el horizonte oriental. La mujer había sobrevivido a los horrores de Ravensbrück. Había sido, tal y como lo habían sugerido sus desafiantes ojos verdes en París, una superviviente. ¿Y qué era aquello que tenía que ofrecerle aquella tarde sino la supervivencia?

Dejó de nuevo encima de la mesa la fotografía de Catherine Pradier, indicando esta vez con su ademán que no iba a echarle más ojeadas.

—Al final hubo mucho caos, demasiada confusión. Nuestro último pensamiento fue escapar, y no pensamos en los internados.

T. F. le estudió con frialdad. Su mente se encontraba un cuarto de siglo atrás, con Catherine Pradier en su último viaje al aeropuerto, viéndola subir a aquel diminuto avión que despegaba hacia donde sólo Dios sabía. ¿Habría muerto en Ravensbrück en el último estallido de salvajismo de los SS? ¿La habrían hecho prisionera los rusos? ¿Habría conseguido huir y luego, en la confusión de la Liberación, decidió eclipsarse en la oscuridad, tratar de recomponer las piezas de su destrozada vida por sí misma, en algún mundo privado donde nadie pudiese recordarle el pasado? A fin de cuentas, tenía un montón de cosas que olvidar... y que perdonar. «Mientras que tú —reflexionó, valorando al alemán— conseguiste llegar a un acuerdo con la Inteligencia británica, y te encuentras sentado aquí, en este tranquilo retiro, podando tus condenados rosales bajo la protectora mirada del MI6, más allá del alcance de cualquiera.»

Strömelburg ofreció al hombre de la CIA una leve sugerencia de sonrisa.

—Su rostro, simplemente, no me dice nada. Lo siento. Y tiene todo el aspecto de no ser esa clase de mujer que un hombre es capaz de olvidar, ¿no le parece? Resulta imposible.

T. F. se bebió su vino.

—Ésa es la razón de que esté aquí.

—¿Y por qué es tan importante para usted? ¿Qué es lo que hizo?

—Estoy a punto de jubilarme, Herr Strömelburg. Y antes de que lo haga, mis superiores me han pedido que prepare una historia oficial de la operación en la que usted y yo fuimos rivales, en la primavera de 1944. Algo que se llamó *Fortitude.*

—¿*Fortitude*?

T. F. brindó al alemán una tranquilizadora sonrisa.

—El nombre no tiene la menor relación con el plan (1). Se trataba de una operación en extremo secreta, prevista para encubrir la invasión de Normandía. Aún sigue siendo altamente secreta. Sin ella, estoy por completo seguro de que la invasión nunca hubiese tenido éxito.

Strömelburg luchó por esconder su creciente excitación. Aquí, a fin de cuentas, después de tantos años, las piezas empezaban a encajar, la prueba que siempre había buscado surgía de repente ante él.

—Y ella, esa mujer —Strömelburg trató de parecer incrédulo—, ¿se hallaba implicada en eso?

—Ella era *vital*. Sin ella el plan habría fracasado.

El alemán se retrepó en su sillón. «Así —pensó— era exactamente lo que había sospechado cuando ya era demasiado tarde. Cuán diabólicamente inteligentes fueron los ingleses. Cómo nos engañaron de forma total y absoluta. Y todo porque fuimos tan estúpidos, tan ingenuos, que no podíamos creer que estuviesen haciendo algo así. ¿Cómo era ese viejo refrán? "El alemán tiene una mano cruel y un corazón blando; el inglés, una mano suave y un corazón cruel."»

Se aclaró la garganta:

—Si su invasión hubiese fracasado, Mr...

—O'Neill.

—O'Neill.

Una amargura largo tiempo reprimida, pero nunca olvidada, se evidenció en la voz del alemán.

—Es muy posible que no hubiesen ganado la guerra...

—Los rusos hubieran tenido también algo que decir al respecto.

—¿Los rusos? Si hubiésemos detenido la invasión se habrían enfrentado a cuarenta de las mejores Divisiones de la Wehrmacht en el Este, en julio.

Strömelburg emitió un suspiro.

—Sí —dijo—, si su invasión hubiese fracasado, Mr. O'Neill, el mundo en que hoy vivimos sería un lugar muy diferente...

—Estoy de acuerdo. De ahí mi ansia por averiguar exactamente qué le sucedió a ella.

Strömelburg se quedó mirando a su visitante norteamericano, con sus facciones tan en blanco como las páginas de una agenda vacía. «Está bien, amigo mío —pensó—, ésa es una victoria final que no tendrás. Además, ¿te imaginas qué pensarían tus aliados franceses si esta historia se desvelase? Algunas historias, amigo mío, es mejor dejarlas sin contar.»

—Realmente desearía haberle servido de ayuda —suspiró Strömelburg, acompañando sus palabras con un leve e impotente encogimiento de hombros—. Pero no recuerdo nada. Ocurrió hace tanto tiempo..., ¿verdad? Hace tanto tiempo...

(1) *Fortitudo* equivale a «fortaleza». (*N. del T.*)

Primera parte

VIENTOS FAVORABLES HACIA FRANCIA

*Vientos favorables hacia Francia
cuando avancen nuestras velas.*

Michael Drayton a los
cambobritones, Azincourt

Londres
2 de noviembre de 1943

Catherine Pradier observó entre divertida y fascinada cómo el portero del «Hotel Savoy» de Londres avanzaba hacia su taxi. La presencia dickensiana de aquel hombre, abriendo la portezuela de su taxi con majestuoso ademán cautivaron y tranquilizaron, a un tiempo, a la mitad inglesa de Catherine. Con su gabán verde con adornos plateados y su chistera, constituía un recuerdo de un mundo que debería haber desaparecido para siempre en los bombardeos aéreos.

—Media corona, señora —le anunció el taxista, con su inconfundible acento londinense.

Hurgó en su bolso en busca de dos chelines y una moneda de seis peniques, tratando luego de calcular cuánto debería darle al taxista como propina. La idiosincrasia del sistema monetario inglés fastidiaba, como siempre, al lado dominante de Catherine, su parte francesa. Finalmente, tras poner un chelín de más en la agradecida palma del taxista, descendió del vehículo.

Se sentía a las mil maravillas. Por primera vez desde setiembre de 1939, llevaba un traje de noche. Se trataba de un vestido tubo de seda negra que había comprado, como parte de su ajuar, en «Coco

Chanel». El vestido era frágil y muy fino, y había constituido el único toque de elegancia que se llevó consigo en su apresurada y trágica huida de París, en junio de 1940. Durante más de tres años, estuvo colgado sin usar en su armario de Londres, cual fantasma de las fiestas del pasado. Ahora, sintiendo su satinada caricia en la piel, notando el crujido de sus pliegues, se encontraba como aquella muchachita que, vestida para una fiesta de disfraces, fue presentada ante los adultos para su aplauso y admiración.

Un par de pilotos norteamericanos, que llevaban las flexibles gorras de la Octava Fuerza Aérea de Estados Unidos, salieron por las puertas giratorias del hotel. Al verla, se hicieron a un lado. Uno de ellos silbó por lo bajo cuando la mujer pasó por delante. El otro se quitó la gorra, hizo una semirreverencia y murmuró:

—¿Me reservas el próximo baile, ángel?

Catherine se apartó el largo cabello rubio que le caía en brillantes cascadas encima de los hombros, y ofreció a los aviadores una silenciosa sonrisa mientras avanzaba hacia el vestíbulo del «Savoy». Muy consciente de los ojos que la seguían, atravesó el vestíbulo hasta el salón, cuyos sillones estaban ocupados por hombres de uniforme y por aristócratas de los condados ingleses —vestidos de *tweed*—, que habían salido de sus campos durante unos días, y que observaban aquel desfile. En el extremo del salón, giró hacia la izquierda, en dirección a la barra del «Grill». Se detuvo un momento en la puerta. Desde su taburete, el contralmirante Sir Lwellyn Crane la vio y corrió hacia ella. Tenía casi sesenta años, su cabello gris brillaba en sus sienes y su rostro aparecía quemado por el sol mediterráneo.

—¡Catherine! —exclamó—. ¡Estás sencillamente magnífica! Esta noche seré el hombre más envidiado del «Grill».

La tomó por el brazo y la guió hacia una mesa rinconera, haciendo al mismo tiempo una seña al camarero.

—¿Qué te apetecería tomar? —le preguntó.

—Me parece que me atreveré con un martini seco —repuso Catherine.

—Un auténtico martini seco —le advirtió al camarero—, y haga el favor de traerme mi «Primms» de la barra. Dios mío —exclamó de nuevo volviéndose hacia Catherine—, cuánto tiempo ha pasado... Tenemos que ponernos al día. Qué suerte haberte encontrado en Londres. Dime..., ¿has tenido alguna noticia de tu padre?

—No desde la caída de Singapur —replicó Catherine—. La Cruz Roja suiza me comunicó, en marzo de 1942, que era prisionero de los japoneses en un campamento de guerra cerca de Penang. Desde entonces ya no he sabido nada, ni una palabra. Le envío paquetes a través de la Cruz Roja una vez al mes...

Catherine hizo un resignado movimiento de hombros.

—Dios sabe si llegarán hasta él...

—No te preocupes por tu padre, querida —repuso el contralmirante, mientras colocaba una mano tranquilizadora encima de su rodilla—. Saldrá de esto. Tu padre es de los hombres más fuertes que conozco, si lo sabré yo.

Crane y el padre de Catherine habían servido juntos como jóvenes oficiales en el *HMS Coventry* en 1917, cuando nació Catherine. Habían sido muy buenos amigos ya desde su época en la Escuela Naval de Dartmouth. Eran guardiamarinas cuando el Real Escuadrón Naval del Pacífico recaló en Shanghai, en 1913. El padre de Catherine conoció entonces a la madre de ésta, hija del director para China de la «Banque de l'Indochine et l'Orient» francesa. ¿Y no fue lo más natural del mundo que su padre pidiese a su compañero de armas el ser su padrino, cuando la noticia del nacimiento de Catherine llegó a la cámara de oficiales del *Coventry*? Catherine pensó, mirando a aquel hombre aún apuesto y elegante que tenía ante ella, que *Tuffy* Crane, como ella le llamaba desde la infancia, había sido un padrino notablemente serio y leal.

El matrimonio de sus padres fue breve y desgraciado, nacido de unas ilusiones románticas y destruido por las triviales realidades. Su madre había desdeñado las largas separaciones y los constantes cambios de destino a que la obligaba su matrimonio con un oficial de la Royal Navy. No era para ella la vida de los judíos errantes del Imperio. Ni tampoco la lluvia que empapaba el paisaje inglés había tenido el menor encanto para su alma gala. Cuando su propio padre murió y ella entró en posesión de la herencia, abandonó al padre de Catherine para establecerse al sol de Biarritz, donde podría educar a su hija como debía hacerse con una distinguida señorita francesa. «El francés —le había comentado repetidamente a Catherine como explicación a su divorcio— viaja bien y se exporta mal.»

—Oh, *Tuffy*, espero que tengas razón —suspiró Catherine—. Estoy muy preocupada por él. Se oyen cosas espantosas sobre esos campos.

—Claro que sí. Pero se las apañará, ya lo verás. ¿Y tu madre? ¿Está aquí contigo? ¿Sigue en Francia?

Catherine palideció.

—¿No te has enterado?

—¿Enterado de qué?

—Ha muerto.

—¡Dios mío! —se estremeció Crane—. ¡No puedo creerlo! ¿Que le sucedió a la pobrecilla?

Ella respiró hondo y tomó un sorbo de su martini, como si su sabor agrio pudiese disciplinarla para continuar. La muerte de su madre estaba constantemente con Catherine, mantenida viva por la brillante llama de sus propios amargos recuerdos al respecto.

—Sucedió durante el éxodo —le contó a Crane—. Mi madre había venido de Biarritz para pasar una temporada conmigo, en mayo de 1940, poco antes del ataque alemán. Tomó un piso en la Rue Pergolèse; yo trabajaba para «Coco Chanel».

—¿Aún sigues haciendo de modelo?

—No, no —las palabras llegaron como una protesta—. Lo dejé el año pasado. Era un trabajo aburrido y absolutamente carente de valor. Ayudaba a Mademoiselle a cuidar del salón, atendiendo a los compradores extranjeros, aunque tampoco teníamos muchos después de que empezara la guerra. De todos modos, cuando empezó el ataque, no quisimos marcharnos. Simplemente, no podía creer que el Ejército alemán acabaría derrotándonos.

—¿Y quién lo creía?

—Luego, cuando se acercaron más, me puse tan furiosa que deseé

irme y luchar en las barricadas. Salvo que naturalmente, no levanta-
mos ninguna barricada.

—¿Hablas en serio, Catherine?

—Naturalmente que sí, *Tuffy*. No olvides que papá me llevaba todos los meses de agosto a cazar urogallos a Escocia. Conseguí un par
de «Purdey» con motivo de mi decimoctavo cumpleaños. Disparaba
tan bien como él y mucho mejor que la mayoría de los hombres que
tiraban con nosotros. Estaba dispuesta a sacar aquellas «Purdey» y
defender una barricada, si hubiera habido alguna barricada que defender.

El contralmirante sonrió amablemente y otra vez le dio un golpecito amistoso en la rodilla.

—Naturalmente, olvidaba que tenías una vena hombruna, aunque
al mirarte hoy resulta difícil de creer.

—Por eso, finalmente, nos propusimos llegar a Biarritz. Mi madre
conducía su «Citroën» que, como medida de precaución, habíamos mantenido con el depósito lleno de gasolina. Salimos el 10 de junio.

Catherine cerró los ojos un segundo y se vio de nuevo en la carretera durante el éxodo.

—No te puedes imaginar lo terrible que fue. Coches, bicicletas, carros de caballos, gente que andaba con paquetes a la espalda, todos
gritando, peleándose unos con otros, dispuestos a matar por adelantar
a un coche atascado. Dicen que una crisis hace salir lo mejor de la
gente. Pues eso no es cierto con los franceses. Sacamos nuestros peores rasgos, créeme. Nunca habrás visto tal egoísmo, semejante falta
de compasión hacia los demás, en una actitud de «sálvate y que los
demás se condenen». Nos costó un día y una noche llegar más allá de
Orleáns.

Catherine hizo una pausa. Había vuelto a la carretera nacional, al
sur de Orleáns, avanzando penosamente hacia el Sur, en un fresco amanecer de junio.

—Fue entonces cuando se presentaron los aviones. Primero llegaron
los «Stukas» con sus aterradores rugidos. Bombardearon delante nuestro, se oía el zumbido de las bombas y luego veías una nube de humo
negro subiendo hacia el cielo. Luego los cazas nos alcanzaron por
detrás.

Se estremeció, veía los aviones inclinados hacia ellos; tan cercanos
que podía ver la cara de los pilotos en el mismo instante en que se
oían las balas de sus ametralladoras atravesar el techo del coche. Casi
arrancan de cuajo de los hombros la cabeza de su madre.

—Fue horrible. La sostuve en mis brazos durante un momento mientras moría. Cuando los aviones se fueron, pedí a alguien que me so-
corriese, que me ayudase a enterrarla. Nadie lo hizo. Gritaba que alguien me ayudase a enterrar a mi madre y todos me chillaban que
pusiera en marcha el coche y siguiese adelante o dejase de bloquear
la carretera.

Tomó otro sorbo de su martini y contuvo las lágrimas que amenaza-
ban con inundar sus ojos.

—Finalmente, se presentaron un par de desertores. Convinieron conmigo en enterrarla si les llevaba hacia el Sur en el coche. Por lo

tanto, cavamos un pequeño agujero a un lado de la carretera, la sepultamos y continuamos el viaje.

—Pobre muchacha... —exclamó Crane—, qué cosa más espantosa. ¿Dónde fuiste?

—A Burdeos. Decidí que todo cuanto deseaba era llegar junto a mi padre. Conseguí subir a bordo de un dragaminas de la Royal Navy, gracias a mi pasaporte británico y al hecho de que fuese hija de un oficial de la Armada. Naturalmente, una vez allí, no hubo manera de conseguir prioridad para una plaza en un avión al Lejano Oriente, por lo que estoy pasando esta inútil guerra trabajando de mecanógrafa en el Ministerio de Armamento.

Se acabaron sus bebidas y luego Crane la acompañó hasta una mesa en el «Grill». La visión de las mesas con velas encendidas, los gruesos manteles de lino, la cristalería y la cubertería de plata. Los sonidos de la orquesta que tocaban música de baile al fondo, todo ello devolvió el ánimo a Catherine. Por lo tanto, disfrutó por anticipado de los deleites de la cazuela de camarones y lenguado de Dover, que Crane pidió como cena.

—¿Dónde has estado, *Tuffy?* —le preguntó cuando desapareció el camarero—. Te busqué en cuanto llegué pero no tuve suerte. ¿Estabas en el mar?

—No —replicó el contralmirante, haciendo una mueca—. Lamento decirte que no he paseado por un puente desde diciembre de 1940. Alguien consideró oportuno asignarme el Mando de Oriente Medio, en El Cairo. He pasado estos tres años en una encantadora villa, al lado de la carretera que lleva a las Pirámides, sin otro peligro que echar barriga.

—Pues deberías dar las gracias por ello. ¿Qué has estado haciendo?

—Oh, esto, lo otro... No la clase de cosas de las que se habla seriamente. Cuando llegaron los norteamericanos me trasladaron a Argel.

—¿... otra villa encantadora?

... ne se echó a reír.

... hotel aún más encantador, el «Saint George», que da a la ... Argel. Aún sigo destinado allí. Sólo me han mandado aquí ... diligencias durante unos cuantos días.

... narero les sirvió el vino y Crane lo probó un poco ausente. ... recordar a su maravillosa ahijada la muerte de su madre o ... recarias circunstancias de su padre. Finalmente, regresó al ... s evidente de la conversación.

... guerra carece de interés. Cuéntame lo que has hecho. Creo no haberte visto desde tu boda, o para ser más preciso, desde tu no boda.

Catherine soltó una risa cristalina.

—¿Me has perdonado ya?

—No tengo nada que perdonar —se echó a reír Crane como respuesta—. En realidad, lo pasé estupendamente.

—No llego a imaginarme la reacción de los demás.

—Oh, claro... Todo el mundo lo atribuyó a un gesto caprichoso más de mi rebelde y voluntariosa ahijada.

—Estoy segura. Pero realmente no fue así.

Catherine probó su vino.
—Delicioso. ¿Qué es?
—Un «Chablis» de 1934 de uno de mis bodegueros preferidos, en Beaune, Joseph Drouhin. Pero cuéntame, querida...
Crane se rió por lo bajo.
—¿Qué te llevó a hacer una cosa así?
—Ah, *Tuffy* querido...
Catherine suspiró y dejó su copa.
—A lo que nos empujaban no era a un matrimonio, sino a una alianza. La familia de Jean-Jacques es inmensamente rica.
—Eso he oído.
—Cuando mamá vio su interés, hizo todo lo que pudo por alentarlo. Y lo mismo los padres de él. Y me gustaba Jean-Jacques. En realidad le adoro..., como amigo. ¿Pero como marido? Honestamente, temo que le hubiese puesto cuernos con gran rapidez. Y habrían sido unos cuernos tan grandes, que hubiera tenido que agacharse cada vez que intentase pasar por la puerta de nuestro dormitorio.
Un brillo no muy propio de un padrino apareció en los ojos del contralmirante.
—Entonces, ¿por qué permitiste que las cosas fuesen tan lejos?
—Yo no quería. Ni tampoco Jean-Jacques. Pero seguimos manteniendo aquellas abrumadoras conferencias familiares. La guerra se acercaba. La seguridad de la familia... Tal vez una esposa y un hijo para impedir que llamasen a filas a Jean-Jacques. Supongo que, tras mucho champaña, le diría a uno de ellos: «Bueno, sí, tal vez sea buena idea.» Luego, dos días después desperté y apareció en letras de molde en el *Figaro*, el anuncio de nuestro compromiso... Me quedé lívida...
—Pues fue en ese preciso momento cuando debiste haberlo detenido todo...
—Claro que sí, *Tuffy*. Pero no tienes la menor idea de lo que es verse en medio de uno de esos fregados. Te ves metida en plena marea. ¿Recuerdas que sólo tenía veintidós años? De repente, todo fue una serie de recepciones, viajes a París para el ajuar, regalos de boda que llegaban de todo el mundo... Me vi atrapada.
—En realidad debo decir que, ciertamente, iba a ser la boda de la temporada.
—¡Dios santo!
Catherine emitió una risa sonora, en la que toda la tensión de aquel distante día de junio pareció liberarse de nuevo.
—¿Te imaginas que doscientas personas habían venido de París, en un tren especial, sólo para la boda? Aún enrojezco al pensar en ello.
—No comprendo cómo lo hiciste... Cuando menos, debiste tener unos nervios de acero...
—Te lo contaré. Estuve toda la mañana sentada en mi cuarto, mirando mi vestido de novia. Sin llorar. No pude echar una lágrima durante todo el asunto. Tenía aquella espantosa sensación clavada en el estómago, la profunda certeza de que iba a cometer un terrible e irreparable error. Luego entró mi madre, me dijo: «Querida, si no empiezas a ponerte el vestido inmediatamente, llegarás tarde a tu propia boda.» En el instante en que me lo dijo, lo supe. Era algo equivocado

para mí, erróneo para Jean-Jacques y lastimoso para los hijos que pudiésemos tener. Sin embargo, por mucho que dañase a Jean-Jacques, aquel daño no sería nada en comparación con lo que sufriría a causa de un matrimonio desgraciado.

Catherine miró a su padrino, mientras sus ojos verdes dejaban ver una sombra del desafío que habían mostrado cinco años atrás.

—Le dije: «No habrá ninguna boda, mamá. Me voy a París.»

—¡Dios mío! —jadeó el contralmirante imaginándose el incidente—. ¡Tu pobre madre se moriría del susto...!

—Se puso histérica. «¿Y qué me dices de las 400 personas a las que hemos invitado a la recepción en el "British Club"? ¿Y las 200 personas que llegan a la ciudad ahora mismo? ¿Y Jean-Jacques?» «Madre —le respondí—, se trata de mi vida y no de la de ellos. Tendrán una fiesta estupenda..., pero sin mí.» Y salí en busca del coche. Así fueron exactamente las cosas...

Catherine rió con ganas al recordar ese momento.

—Te diré que al llegar al coche, experimenté una abrumadora sensación de alivio. Supe que había tenido el valor de tomar la decisión apropiada.

—Está bien —comentó Crane con una admiración sin límites—, pues vaya revuelo armaste. No pasa todos los sábados que una joven dama invite a 400 miembros de la buena sociedad francesa a una boda y que ésta no se celebre.

—Debió de ser algo espantoso.

—Jean-Jacques llegó hinchado como un pavo real. Uno hubiera creído que acababa de ganar el primer premio en un concurso poético en el colegio, al que en cierto sentido creía tener derecho. Pobre tipo... Se deshinchaba a medida que pasaban los minutos. Cuando uno ha estado esperando a su novia —al lado del alcalde— durante más de cuarenta y cinco minutos, empieza a albergar ciertas dudas. Piensa que nunca me había preocupado demasiado de aquel joven. Finalmente, alguien le llevó a otra estancia, mientras el alcalde nos informaba de que se había producido un pequeño cambio en los planes.

—Debiste pensar que había perdido el sentido. Casi te oigo decir: ¡La loca de Catherine!

—De veras que no.

Crane se rió por lo bajo al recordar aquel momento.

—Algunas de las personas más deportivas de la fiesta, se detuvieron en el «Sonny's Bar» para echar un trago, camino de la recepción y hablar de todas aquellas cosas. Mientras echábamos una ojeada a las *cocottes*, en el momento en que supongo que tú corrías por la carretera en dirección a París y a la libertad.

El camarero interrumpió sus risas colocando ante ellos un cuenco de camarones. En el momento en que se retiraba, la orquesta comenzó a tocar *The Lady is a tramp*. Crane echó hacia atrás su silla.

—No se van a enfriar —comentó—. ¿Bailamos?

Al regresar a la mesa, minutos después, Catherine meditó sobre cómo la abrazaba el contralmirante en la pista de baile. Además, el brillo de sus ojos reflejaba un afecto diferente al que por lo general se asocia con los padrinos.

—*Tuffy* —le dijo al empezar a tomarse sus camarones—, tengo algo que preguntarte...

—Di lo que sea...

—Voy a salir huérfana de esta guerra. ¿Y qué habré hecho durante la misma? Nada, absolutamente nada, excepto llevar papeles de un sitio a otro en el Ministerio. Si fuera un hombre, lucharía en la guerra... ¿No habrá nada interesante que pueda hacer, aunque sea una chica? ¿Podrías encontrarme algo? ¿Me podrías llevar a Argel contigo? ¿No habrá realmente nada relacionado con la guera que yo pueda hacer?

—Bueno —declaró Crane—, eso es algo difícil...

—Lo sé —insistió la muchacha—, ¿pero cómo vivir conmigo misma si no tengo nada que hacer? Lo he intentado por todas partes, y siempre aparecen las mismas cosas: el parque de Automovilismo, hacer de mecanógrafa o de enfermera.

—Todo muy valioso..., y necesario —observó Crane.

—Deseo algo más.

Crane la estudió durante un momento y volvió a dedicarse a sus camarones. Los masticó con tal intensidad y placer que semejaba saborear cada una de aquellas pequeñas criaturas que pasaba por su boca.

—Son deliciosos —observó—. Dime una cosa, querida. ¿Hablas en sueños?

Catherine se sorprendió: «¡Qué pregunta tan absurda!», pensó.

—Algunas veces.

—¿En francés o en inglés?

Enrojeció.

—Siempre en francés, o por lo menos eso me han dicho...

Su padrino volvió a sus camarones y permaneció silencioso durante un momento.

—Te sorprenderá —observó, rompiendo su silencio— lo difícil que es encontrar a un inglés o una inglesa que hable el francés sin ninguna clase de acento. Tenemos gente que habla urdu, telegu, suahili... Todo esto, estupendo... ¿Pero y francés?

«Querrá que haga de intérprete —pensó Catherine—. ¿Y hasta qué punto es eso más interesante que el Ministerio de Armamento?»

—¿Sigue Su Majestad reconociéndote como uno de los suyos, aunque por dentro seas francesa?

—Naturalmente —replicó Catherine—. Siempre he conservado mi nacionalidad británica.

Su padrino dejó encima de la mesa el cuchillo de pescado y el tenedor y estuvo silencioso durante un largo rato.

—Sé de una cosa —dijo al fin— en que podrías prestar inestimables servicios.

—Es todo lo que pido.

—Está bien —repuso Crane—. Tendré que hacer una o dos llamádas telefónicas.

*Londres, Inglaterra*
*19 de marzo de 1944*

El hombre permanecía silencioso ante la ventana abierta, examinando la oscuridad de la gran ciudad. Desde Orchard Street, tres pisos más abajo, el ruido de pasos apresurados llegaba hasta sus oídos: los londinenses que se precipitaban a los refugios antiaéreos en las estaciones de Metro de Bond Street y Marble Arch. El comandante Frederick Cavendish miró hacia arriba. Casi cada noche, desde hacía dos semanas, los bombarderos alemanes habían seguido el curso del Támesis hasta Londres. El «pequeño Blitz», lo habían llamado los londinenses y, una vez más, salían a cenar o a tomarse un cóctel con sus cascos de acero debajo del brazo.

Cavendish aspiró aquel húmedo aire nocturno, fragante, que traía una promesa de cambio. Los azafranes en Portman Square, según había advertido aquella mañana, estaban ya casi a punto de florecer, en cuanto hiciera un día caluroso. Los narcisos llegarían pronto también. La primavera llegaba, tal vez la última primavera de aquella espantosa guerra.

Cavendish encendió un cigarrillo «Gauloise» —francés— que había sacado de la camisa de su uniforme caqui, y expulsó largas volutas de humo por sus trémulas narices. Durante los últimos cuatro años casi cada hora de vela había dedicado a preparar la invasión que llegaría con la primavera, tan segura como las flores de Portman Square. Este discreto y lujoso piso, oculto detrás de la fachada neogeorgia de Orchard Court, constituía un subcuartel general para una organización tan secreta como cualquier otra en aquella Gran Bretaña en guerra. A sus órdenes, más de 200 agentes habían salido por su puerta de paneles —en la que sólo aparecía un número: el 6— para infiltrarse en la Francia ocupada, en paracaídas, en avión, por mar. Nobles y pederastas, revientacajas y científicos, estudiantes, hombres de negocios, clérigos, abogados, vástagos indolentes de la buena vida y duros productos del East End londinense. Realizaron la tarea de organizar los ejércitos de la noche, para sabotear las industrias de armamento de la Francia ocupada por los alemanes y, por encima de todo, para preparar el hostigamiento de la retaguardia alemana durante los días críticos, cuando el éxito de la invasión se encontrase en equilibrio en la balanza.

Doscientos hombres y mujeres. Apenas la mitad de ellos, por lo que Cavendish sabía, seguían con vida. El resto habían muerto, o quizás estaban peor: en las cárceles de la Gestapo en Francia y Alemania. El discreto zumbido del timbre interrumpió sus pensamientos. Cavendish miró su reloj. Eran las siete. La mujer llegaba puntual. Buena señal. La puntualidad no era, por lo general, un distintivo de las mujeres atractivas. Sin embargo, para sus agentes podría representar la diferencia entre la vida y la muerte. Quedaba claro que había aprendido bien las lecciones.

Sus oídos siguieron las pisadas de Park, el mayordomo, que avanzaba hacia la puerta, luego el sonido de los tacones de la mujer repiqueteando en el suelo de mármol de la estancia adonde la habían llevado. Aquéllas podían ser unas horas difíciles para ella. Los temores y las dudas se habrían abierto camino en aquella mujer, el terror de lo desconocido, de lo que serían las próximas horas.

Cavendish regresó al expediente personal en su carpeta manila, que llevaba el sello de «ALTAMENTE SECRETO», y que estaba sobre el escritorio. Desde el primer momento le gustó Catherine Pradier. Sus antecedentes resultaban perfectos. Llevaba el pasaporte azul y dorado de Su Majestad, pero todo lo demás en ella era francés.

Cavendish hizo crujir nerviosamente los nudillos de su mano izquierda. Eran horas de prueba también para él. Era el momento en que las dudas turbadoras y las preocupaciones reprimidas se abrían siempre camino hacia la superficie. El localizar, en un hombre o en una mujer, aquellas indefinidas cualidades que harían de él o de ella, funcionar de manera efectiva como agente secreto, constituía en realidad una ciencia muy imprecisa. ¿Cómo se podía predecir qué individuo sería capaz de maniobrar solo sin ayuda o guía, en un mundo hostil? ¿Quién, a pesar de la insoportable tensión y fatiga, permanecería atento al menor error, al gesto discordante que representaría el arresto o la traición? ¿Cómo se podría prever quién permanecería silencioso bajo las torturas de la Gestapo, o quién vacilaría y revelaría los nombres de sus camaradas o sus lugares de escondite?

A fin de cuentas, en el fondo se debía apelar a los propios instintos. Se buscan ciertas cosas. Una especie de calma interior. Lo que se deseaba, en el fondo, era un hombre o una mujer cuyos caracteres contuviesen manantiales ocultos de paciencia y determinación, pero cuya apariencia resultase tan anónima, que se pasaría ante ellos por la calle sin mirarles dos veces.

El decidir si un futuro agente poseía aquellas cualidades resultaba particularmente difícil si el candidato era una muchacha. El mismo hecho de que también empleasen mujeres para esas tareas sucias y peligrosas, constituía uno de los secretos más firmemente guardados por su organización. No había que tener mucha imaginación para saber el escándalo que armaría la Prensa y el público en general, si se sabía que unas mujeres jóvenes estaban siendo lanzadas detrás de las líneas alemanas. Para ser torturadas y fusiladas si eran atrapadas. No había precedente de ello en los anales de la guerra. Sus superiores habían forjado una preciosa racionalización al respecto: «Las mujeres están calificadas para unirse a la defensa de nuestras creencias generales lo mismo que los hombres. Esta guerra es total, y no restringida sólo a los hombres.»

En realidad, la decisión de emplear agentes femeninos se basaba en una consideración mucho más concreta que todo eso. Las mujeres podían moverse por la Francia ocupada con mayor facilidad que los hombres. Resultaban menos sospechosas en los controles de carreteras y en las comprobaciones de seguridad. Una simple mujer no podía ser barrida de las calles o del Metro y embarcada hacia Alemania como trabajador forzoso con tanta facilidad como un hombre.

Cavendish se estremeció. El punto de equilibrio en estas decisiones era siempre muy sutil y los cálculos muy precisos. No había que olvidar cuán terribles podían ser las consecuencias de un error, o cuán alto sería el precio de un error para un agente y los que trabajaban con él. Los antecedentes de Catherine eran los adecuados; tenía determinación y sus informes del adiestramiento eran buenos. Y necesitaba desesperadamente radiotelegrafistas en campaña. Sin embargo, existía una dificultad con aquella muchacha que le preocupaba en extremo, y que contradecía una de sus reglas cardinales. Nadie, excepto un ciego, pasaría al lado de Catherine Pradier en la calle sin dejar de mirarla.

Dos puertas más allá del despacho de Cavendish, el objeto de sus preocupaciones, se miraba al espejo con mal oculto desdén. Catherine Pradier llevaba una sahariana caqui, camisa y boina de las FANYS —el Servicio Auxiliar de Enfermeras— y para ella esa indumentaria era algo que siempre había considerado particularmente desagradable. Podía tratarse del uniforme de las Fuerzas de Su Majestad, pero a sus finos ojos galos era una prenda que ajustaba mal, mal cortado en forma de saco, exactamente lo que cabría esperar de un grupo de asexuadas damas inglesas, de mediana edad que hubiesen pensado en el campo y en sus discretos *tweeds* para elegir un uniforme.

Pero se lo habían hecho llevar porque, durante su adiestramiento, debía tener una «cobertura militar». Casi jubilosa comenzó a quitárselo. Y todo lo demás: la ropa interior, las horquillas, incluso el anillo de sello de oro que un teniente de vuelo de la RAF admirador suyo le había comprado un sábado por la mañana, en el mercado de joyas antiguas de Portobello Road. De pie y completamente desnuda en medio del dormitorio, Catherine se estremeció.

Pero no era por el frío. Con aquel simple acto de desvestirse, finalmente se había concienciado de una forma total de lo que iba a hacer. Por duro y realista que hubiese sido su entrenamiento, nada la había preparado por completo para la realidad de aquel momento. Era como si al haberse quitado su uniforme, también se hubiese desprendido de su ser real junto con las ropas; como si, en cierta manera, su forma real de ser fuera ahora guardada en un armario ropero londinense, junto con el uniforme y sus cómodos zapatos ingleses de color marrón.

Cuidadosamente dispuestas en el lecho se hallaban las pertenencias de la nueva y extraña persona en la que estaba a punto de convertirse: las ropas de la marcha que la convertirían en Alexandra Boyneau, de veintiséis años, divorciada, de Calais, nacida en Orán, una ciudad del norte de África que Catherine no había visitado nunca, de segunda generación de colonos franceses. Su padre había sido oficial naval francés, por lo menos, pensó, una ocupación correcta aunque no fuese en el lado apropiado...

Cada uno de los artículos de su nuevo guardarropa los había reunido con preciso y amoroso cuidado Maurice Weingarten, sastre judío de Viena. A las órdenes de Cavendish, regentaba una manufactura secreta de tejidos en Margaret Street, cerca de Oxford Circus. Nadie seguía con mayor celo la moda de la Francia ocupada. Su atestada tienda se hallaba bien surtida de revistas parisienses y de periódicos traídos de Madrid, Lisboa, Estocolmo. Cada 'viernes por la noche, Weingarten registraba las sinagogas de Londres, en busca de refugiados recientemente llegados del continente, y cuyo guardarropía pudiese hallarse en venta o bien por si de sus prendas podía quitar la etiqueta de algún diseñador o fabricante francés.

Para Catherine había preparado un traje ligeramente masculino, gris oscuro y con listas blancas. Los sastres de Weingarten habían realizado cada puntada al modo continental, para que nada traicionase su origen a un adiestrado ojo alemán. Para envejecerlo lo habían lavado y planchado una docena de veces.

Su largo cabello rubio, lavado varias veces con el maloliente champú usado en la Francia ocupada, se hallaba ahora parcialmente recogido según el estilo *bouffant* que las francesas llevaban aquella primavera. De una mesa, Catherine cogió una botella de un líquido castaño y que llevaba la etiqueta de «Création Bien Aimée, Paris», y pacientemente se pintó una de sus largas y musculosas piernas. Traído a Londres por uno de los agentes de Cavendish que regresaban, el líquido constituía la *chic* repuesta francesa a la escasez de medias en la época de guerra. Al sentir su fría rigidez en las pantorrillas, la mujer se echó a reír. Aquí tenía unas medias cuyos puntos no se le correrían...

Se vistió de prisa y luego se colgó el bolso de los hombros. El servicio de Cavendish lo había llenado juiciosamente con billetes de Metro usados, cerillas francesas, una polvera vieja, un *flacon* medio lleno de perfume —apropiadamente llamado *Je reviens* (regreso)—, un par de desgastadas tarjetas profesionales, un recorte del tercer número de marzo del periódico colaboracionista *Je suis partout*, donde se describía la colección de primavera del diseñador modista francés Pacquin.

Cuando terminó la pequeña ceremonia de vestirse, Catherine volvió al espejo en el que unos minutos antes se había estudiado con su uniforme FANYS. Sonrió. La visión de sí misma como una francesa *chic* resultaba infinitamente más satisfactoria de lo que había sido la imagen anterior.

«Incendiemos Europa.» Con esta sonora frase, pronunciada el 16 de julio de 1940, Winston Churchill había sido el heraldo de la adición de una nueva arma al agotado arsenal de Inglaterra. Se le llamó el SOE, el Ejecutivo de Operaciones Especiales (*Special Operations Executive*), y sus órdenes fueron «promover el terror, alentar la resistencia, cundir la alarma, el desaliento y la destrucción detrás de las líneas alemanas».

De todos modos, ni las llamas del infierno hubieran sido suficientes para, en julio de 1940, hacer arder los países ocupados de la Europa occidental, y aquel día veraniego en que había pronunciado sus desafiantes palabras, Winston Churchill apenas poseía ni una cerilla mojada. Promover el terror era el monopolio de la Gestapo y la destrucción un reino de la Luftwafe. Incluso la idea de resistirse a sus conquistadores nazis resultaba una noción impensable para la amplia mayoría de las personas de la Europa ocupada.

Pero no Churchill. No permitiría que los alemanes descansasen tranquilamente en sus territorios recientemente conquistados: aunque no tuviese las armas convencionales para turbar su sueño, conocía otros medios para perturbar sus noches. Había aprendido a luchar con los enemigos de Gran Bretaña en todos los rincones del Imperio. Había combatido contra los bóers en las praderas de África del Sur, había perseguido a los esquivos afganos de la Frontera Noroeste, estudiado las tácticas empleadas por los pistoleros del IRA para movilizar los barrios bajos de Dublín. La guerra en la que había combatido era una sin principios, sin reglas, sin ética, tan distante de las virtudes del juego limpio anglosajón, como las celdas de tortura del cuartel general de la Gestapo en Prinz-Albrecht-Strasse lo estaban del Old Bailey londinense. Pero, como él mismo había visto, resultaba un juego mortíferamente efectivo, con él se podían convertir en inofensivos enormes ejércitos.

Por lo tanto, creó el SOE. Sus modelos de conducta fueron el IRA, las guerrillas de Mao Tsé-tung, incluso la quinta columna del enemigo nazi. Sabotajes, huelgas, propaganda falsa, boicots, algaradas, actos terroristas, en eso consistía su táctica. Pronto comenzó a ganarse el apodo de «Ministerio de la Guerra sucia». Los hombres y mujeres del SOE que saliesen a combatir en los oscuros y solitarios territorios de la guerra, lo harían a sabiendas de que sus vidas podrían considerarse perdidas desde el momento en que se embarcasen en sus botes de goma o se deslizasen a través del hueco de paracaidistas de los bombarderos «Halifax»; que sus acciones estarían condenadas a ser desautorizadas por la nación a la que servían. Ningún documento oficial revelaría nunca la existencia de su organización, a los representantes elegidos del pueblo inglés en la Cámara de los Comunes. La Historia nunca sabría lo que hicieron o por qué lo hicieron.

Aquella noche de marzo en que se presentó el momento en que Catherine Pradier ocupase su lugar en la Francia ocupada, el SOE había ido mucho más allá de colmar el sueño de Churchill. Resultaba ahora inminente el regreso de los ejércitos aliados al continente, algo impensable cuando Churchill creara el SOE. Y cuando aquel día llegase, los alemanes, en efecto, encontrarían su retaguardia en llamas, alimentadas por los hombres y las mujeres del SOE.

No obstante, los dirigentes del SOE seguían siendo los parias del *establishment* del espionaje. Ninguno de ellos se sentaba en los comités secretos en los que se decidían las políticas de la guerra clandestina. Ninguno tenía acceso al material generado por el mayor secreto de la guerra, el programa «Ultra» que había permitido a los aliados leer las claves de guerra de los alemanes.

Para el general Sir Stewart Menzies, «C», Jefe del Servicio Secreto de Inteligencia, SIS, el SOE resultó ser una insegura y no bien recibida invasión en un mundo que él y sus acólitos estaban acostumbrados a regir por sí mismos. El SIS se había introducido en el SOE con un celo comparable al que empleaba en penetrar las filas de sus rivales alemanes, la Abwehr. Durante dos años, el SIS había manipulado todos los códigos y comunicaciones secretas del SOE, y todo ello para asegurarse el control sobre aquel rival de tiempos de guerra.

Además, su organización había adquirido la reputación de ser fatalmente insegura. En el «White's Club» y en los lugares en torno de Saint James Park, donde vivían y trabajaban los verdaderos dirigentes de la Inteligencia británica, se había pasado la consigna: «Nunca confiéis un secreto al SOE.» Eso podría haber arruinado el invento de Churchill. Sin embargo, no había sido así, puesto que, en la guerra de las sombras, una organización secreta puede correr el riesgo de convertirse en otra fuerza redentora.

Cavendish se puso en pie en cuanto Catherine Pradier entró en su despacho. Con amplia sonrisa, rodeó su escritorio para saludarla.

—Maravilloso —exclamó—, diría que acabas de salir de los mismos Campos Elíseos.

A pesar de su nerviosismo, Catherine le devolvió la sonrisa e hizo una reverencia burlona. Las observaciones galantes, según se había percatado, no salían con frecuencia de los delgados labios del comandante. Más parecía un clérigo anglicano que un guerrero. Una muy visible nuez de Adán bajó y subió a lo largo de su delgado cuello, mucho más apropiado para un alzacuello clerical que para una guerrera de combate. Su cara era alargada y angulosa: una barbilla sobresaliente, una nariz afilada, amplia frente sobre la que caían unos cuantos mechones de pelo en desaliñada soledad. Era un hombre alto, que sobrepasaba el metro ochenta y, como muchos hombres altos, tendía a inclinarse como si pretendiese atrapar las palabras de aquellos mortales a los que Dios había colocado más cerca de la Tierra que a él.

Cavendish la estudió con atención. Se trataba de una criatura obstinada. A pesar de sus ruegos, se había negado a cortarse el rubio cabello que le caía esplendorosamente por encima de los hombros. El vestido de Weingarten caía con rigidez poco característica, de la flexible figura que la mujer no podría hacer pasar por discreta. «Apostaría —pensó— que ha conseguido burlar las órdenes que le habían dado en la tienda de recortar y remeter donde más interesaba. Supongo —siguió diciéndose a sí mismo—, que tendremos que aprender a vivir con su aspecto y que ella deberá aprender a sobrevivir con él.»

—Y ahora, querida —le anunció Cavendish mientras se sentaba cómodamente en su sillón—, ¿podemos pasar revista a las órdenes?

A Catherine le habían entregado sus instrucciones finales en un trozo mecanografiado de papel, hacía sólo unas horas. Las memorizó y luego se las devolvió a través de su oficial de escolta.

—Mi nombre en campaña será Denise. Saldré del país en avión durante la luna llena de marzo, esta noche si el tiempo se mantiene. Me harán aterrizar en algún lugar al sudoeste de París, en el valle del Loira, donde se hará cargo de mí el oficial de operaciones aéreas de la organización. Me ayudará a llegar mañana, si todo sale bien, en tren a París.

Al oírse repetir aquellas palabras, Catherine deseó estallar en carcajadas. Parecía demasiado loco para ser cierto. «¿Puedo, realmente, estar sentada aquí esta noche, a salvo y segura, en este piso confortable, y mañana encaminarme hacia París, rodeada de soldados alemanes, tal vez bombardeada en el camino por los aviones de las mismas personas que me envían allí?»

—Entraré también en contacto con el oficial de operaciones aéreas en París y continuaré por mis propios medios hacia Calais, vía Lila, en tren. A mi llegada a Calais, ocuparé el apartamento en el segundo piso, izquierda, 17 Rue des Soupirants, del que tengo la llave, hasta que me ponga en contacto con mi red. Cada mañana a las once iré al «Café des Trois Suisses», donde buscaré a un hombre de pie en la esquina de la calle, delante del café, y que llevará unos pantalones azules y una caja de herramientas de color verde. Le preguntaré si es el fontanero que he llamado para que me repare un desagüe obturado. Él me preguntará a su vez si soy Madame Dumesnil de la Rue Descartes. Si todas esas palabras en clave han sido intercambiadas convenientemente, sabré que el contacto ha quedado establecido. Me llevará ante Aristide, el jefe de la red a la que me han asignado. Me ocuparé de la emisora de radio de Aristide y seré también su correo. Efectuaré mi primera transmisión a las 21.00 GMT, al día siguiente de entrar en contacto con Aristide. A continuación, retransmitiré de acuerdo con mi «Sked».

—Muy bien, Catherine. Creo que eso es todo. Permíteme que te dé ahora mis regalos...

Cavendish se dirigió a una mesa contigua a su escritorio y abrió una atrotinada maleta de cuero. Hizo a un lado varias saharianas, calcetines y prendas de ropa interior sucia para descubrir una segunda maleta más pequeña, esta última del tamaño de un neceser. Abrió sus cierres.

Encajado de manera precisa se encontraba un radiotransmisor. Los dedos de Cavendish señalaron el enrollamiento verde de la antena y la clave con la que Catherine podría emitir los mensajes. Alzó el faldón de un pequeño compartimiento.

—Los cuarzos de recambio están aquí.

Estos cuarzos eran unos cuadrados negros de plástico del tamaño de una caja de cerillas. Al colocar un nuevo cuarzo en el transmisor, el operador, automáticamente, cambiaba la frecuencia en la que radiaba. Esto hacía más dificultosos los esfuerzos del servicio de detección de radio alemán para localizar los transmisores clandestinos.

—Permíteme avisarte de nuevo. Nunca retransmitas más de 12 minutos sin cambiar el cuarzo. Y nunca, Catherine, bajo ninguna circunstancia, transmitas durante más de cuarenta minutos. Los servicios de detección de radio alemanes son devastadoramente efectivos. Y el Pas de Calais está lo que se dice atestado de camiones detectores.

Cavendish dio un golpecito en el cierre del pequeño maletín.

—Recuerda que, por precioso que sea este transmisor, tú eres aún más valiosa. Si ves que te van a descubrir en un registro de seguridad, trata de enterrarlo. Cuando te encuentres en el tren, colócalo en una redecilla portaequipajes y siéntate luego a dos o tres vagones de distancia. Si los alemanes realizan una de sus comprobaciones sorpresa de los equipajes, el pobre tipo que esté sentado debajo de él, tendrá que responder a algunas preguntas un tanto difíciles, pero tú, por lo menos, te encontrarás a salvo.

Cavendish esparció las saharianas viejas y la ropa interior sucia por encima de la caja del transmisor.

—Por desgracia, si te pillan con esto, te habrán atrapado. Realmente, es el meollo del asunto. Es más bien difícil convencer a nadie de que se trata de otra cosa.

Cavendish sacó de la maleta un tubo de pasta dentífrica francesa «Cadum».

—La clave y el horario se encuentran en la parte inferior del tubo envueltos en celofán. No es preciso que los saques hasta que llegues a Calais.

Cada uno de ellos era una pequeña pieza de tejido que, desplegado, resultaba más pequeño que un pañuelo de mujer. Impreso en los mismos se encontraban las claves del código que Catherine emplearía para cifrar sus mensajes. La FANY que en, Sevenoaks, Kent, recibiría sus emisiones tenía una serie idéntica de claves. El sistema, correctamente usado, resultaba por completo impenetrable.

Cavendish tomó una caja de cerillas francesas de madera.

—Esto es importante.

De su escritorio, cogió una cerilla de madera y la frotó contra la caja. No sucedió nada.

—No te imagines que tus amigos franceses se han olvidado de cómo se hacen las cerillas —le explicó echándose a reír—. Echa un vistazo a esto.

Catherine estudió con atención la cerilla. Parecía ser una corriente cerilla de madera. Cavendish la cogió de nuevo y luego señaló la cabeza de fósforo. Una astilla, parecida a una «U» invertida, aparecía tallada a un lado.

—De esta forma reconocerás a este fósforo en particular que no es, en realidad, una auténtica cerilla. Se trata de un trozo de madera hueco que contiene un microfilme con nuevas órdenes para Aristide. No desearíamos que le mandasen al pobre Aristide las órdenes en una bocanada de humo por error. Por favor, comprueba que lo reciba en cuanto establezcas contacto con él.

Cavendish cogió otra cerilla, esta vez de la caja y la frotó. Se encendió y dio una llama. La sopló y, con el aire de un chiquillo encantado con un nuevo juguete, colocó la cerilla falsa en la caja.

—Son muy listos esos tipos del laboratorio.

Cavendish regresó a su mesita auxiliar del escritorio. Curiosamente, nada en sus antecedentes le había preparado para el extraordinariamente complejo y difícil papel que había sido llamado a desempeñar en esta guerra subterránea. Su calificación real al respecto se basaba en el simple hecho de que era antiguo alumno de Eton. Sin que Cavendish lo supiese, había sido designado para su trabajo por otro de Eton mayor que él. Y el que fuese un aficionado en este mundo cínico, había hecho que se adecuase a él de forma admirable. Trabajaba con increíble tesón. Se hallaba absolutamente dedicado a los hombres y mujeres a los que enviaba a aquellas peligrosas misiones y a menudo fatales. Algunos se referían a su organización como «La Firma». Cavendish prefería pensar en ella como en una familia y, en muchos aspectos, eso era realmente para él. Proporcionaba a sus miembros, de forma instintiva, todo su ser y todas sus habilidades; en realidad se lo daba todo, excepto aquel ingrediente vital en el papel de maestro de espías, y que no podia entregar porque no lo poseía: tortuosidad.

Cogió ahora la cartilla de racionamiento de Catherine y su carné de identidad. Al igual que sus ropas, habían sido impresas en otro de los talleres secretos de Cavendish, éste dirigido por un falsificador convicto, liberado bajo palabra de la cárcel, para servir en las Fuerzas Armadas de Su Majestad. Los estudió meticulosamente en busca del menor fallo que, aunque pequeño, pudiese traicionar a Catherine ante la Gestapo.

—Tratamos de mantener estas cosas absolutamente al día, con todos los cambios que van haciendo por allí —explicó, colocándolos delante de Catherine—. Creo que éstos son perfectos. Afortunadamente, y como muy bien sabes, el cumplir la ley a pies juntillas no constituye algo que caracterice a nuestros amigos franceses. Si un gendarme encuentra algo atrasado en alguna de ellas, no te dejes dominar por el pánico. Probablemente, serás la quinta persona a la que ha parado desde la hora del almuerzo con idéntico problema.

Señaló la cartilla de racionamiento.

—Te hemos arrancado algunos de los cupones para que se vea que has estado empleando la cartilla con regularidad.

Al cabo de un instante prosiguió:

—Esto —y señaló una tarjeta que llevaba el sello del águila y de la esvástica de la *Standartkommandantur* de Calais— es tu pase para la *zone interdite*, a lo largo de la costa francesa, y aquí está tu carné de identidad.

Catherine cogió dos documentos doblados de color pardoamarillento. La cartulina con la que estaban confeccionados se hallaba cuidadosamente rayada y desgastada, como si ya hubiesen sido manoseados por docenas de gendarmes en docenas de comprobaciones de seguridad en Francia. Una foto grisácea y sin vida, tan típica de los retratos con que se agraciaba cada documento de identidad que se imprimía, pareció mirarla desde una de sus páginas. Se estremeció. Cada detalle de su nueva identidad estaba allí: los nombres de sus padres, de su divorciado marido, su lugar de nacimiento, su fecha de cumpleaños, cada una de las características de aquella extraña cuya existencia debería, a partir de ahora, llevar con tanta naturalidad como el traje de Weingarten.

—Tendrás que firmar aquí —le dijo Cavendish, al tiempo que le indicaba un recuadro señalado con *Firma del titular*.

Cuando acabó, la llevó ante una almohadilla entintada de color púrpura y, cuidadosamente, le hizo aplicar sus huellas dactilares en el espacio que existía para ellas en la tarjeta. Tras soplar para que se secase la tinta, la dobló con cuidado.

—*Voilà...* Durante algún tiempo, Catherine Pradier habrá dejado de existir —la previno Cavendish mientras le entregaba la tarjeta—. Recuerda que esto no es una charada que te estemos pidiendo que juegues. Piensa en esos padres que te hemos dado, ámalos, cuídalos. Asume tu nueva identidad de una forma tan completa y total, que todos los vestigios de tu ser real lleguen a quedar olvidados.

El teléfono le interrumpió. Lo descolgó, asintió y luego miró a Catherine.

—Parece que el tiempo se mantiene. Te llevarán esta noche.

Había llegado ya el momento de la última fase, para Cavendish la más penosa de este cuidadosamente preparado ritual de despedida.

—Catherine...

Su voz fue suave, casi tierna.

—Ya sabes, desde que te uniste a nosotros, que en nuestra organización todos somos voluntarios. No existe aquí ninguna compulsión. A nadie se le pide nada que crean que no pueden llevar a cabo. Permíteme ahora ser terriblemente ingenuo contigo. Como operadora de transmisión sin hilos, vas a realizar la más peligrosa de nuestras tareas. Debo decirte, con la mayor honestidad, que tus probabilidades de regresar sana y salva son menores del 50 %. Si te cogen allí, nosotros no podremos hacer virtualmente nada por ti. Si resultas herida, como sabes también, tus camaradas tienen órdenes de dejarte y salvarse a sí mismos.

Cavendish dio una larga y contemplativa chupada a su «Gauloise». Estaba apoyado en el quicio de su escritorio, con una de sus largas piernas encima de la rodilla opuesta y el cigarrillo colgándole de los labios.

—La decisión de marcharte o no, es tuya, Catherine, y sólo tuya. Quiero que seas consciente de todas las consecuencias. Y consciente también de que no quedará ningún estigma para ti si ahora dices «no».

Se dio la vuelta y deliberadamente y con gran lentitud, sacudió la ceniza de su cigarrillo en un cenicero, permitiendo a la mujer unos cuantos segundos para considerar las implicaciones de sus palabras sin retenerla durante ese tiempo bajo su mirada.

Cuando se enfrentó a ella de nuevo, sus ojos azules parecieron irradiar una cualidad especial de preocupación y simpatía. Hizo la pregunta ritual que dirigía a cada uno de sus agentes que se ponían en campaña:

—Catherine..., ¿deseas continuar?

Durante varios segundos no se oyó el menor ruido en la estancia. De alguna forma, la lengua de Catherine pareció incapaz de articular la palabra que su mente le mandaba pronunciar. Cuando, finalmente, se produjo, lo hizo en francés como si fuese la respuesta inconsciente al impulso que la empujaba hacia delante.

—*Oui* —contestó.

Sin pronunciar una palabra, Cavendish se acercó al pequeño departamento de las bebidas que se hallaba en su armario. Sacó dos copas y una botella de «Crockford Port» de 1927.

—Por tu éxito, Catherine —le dijo, alzando su copa hacia ella.

Una vez más era el alegre *paterfamilias*.

—Estoy seguro de que harás las cosas muy bien. Todo en tus antecedentes, en tu adiestramiento, en los informes de tu instrucción, en tu actitud, no hacen más que hablar de ello.

Una vez tomaron unos sorbos de oporto, hurgó en su chaqueta y sacó un objeto envuelto en papel de seda y que tendió a Catherine. Era una polvera «Cartier» 1939 de oro, una de las limitadas series que el joyero había realizado para conmemorar la Feria Mundial de Nueva York.

—Es algo de todos nosotros —le dijo Cavendish—. Si alguna vez te sientes sola y preocupada allí, piensa en nosotros cuando te empolves esa deliciosa nariz. Estaremos detrás de ti tanto como podamos. Creemos en ti. Confiamos en ti. Y, por encima de todo, deseamos que regreses.

Cavendish se rió por lo bajo.

—Y si alguna vez has de dejarlo todo y escaparte sin una moneda en el bolso para regresar, siempre podrás empeñarla.

Alguien golpeó la puerta. Apareció el oficial de escolta de Catherine.

—El coche ha llegado, señor.

Cavendish se acabó su oporto.

—Bueno —anunció—, supongo que será mejor que nos vayamos.

Ambos echaron a andar por el alfombrado pasillo hasta la puerta principal, donde aguardaba Park, el mayordomo. Hizo una leve inclinación a Catherine.

—*Merde*, Mademoiselle, buena suerte —entonó, mientras abría la puerta y los acompañaba hasta el ascensor.

En silencio, Cavendish y Catherine descendieron hasta la planta baja, luego caminaron bajo la araña de cristal del edificio y pasaron ante un gran ramo de flores artificiales, hasta llegar a un saledizo de cemento debajo del cual se encontraba el «Ford». El agente que iría con Catherine estaba ya instalado en el asiento delantero, junto con la conductora de la WAAF con su uniforme azul. Como estipulaban los reglamentos, él y Catherine apenas intercambiaron una mirada.

Cavendish se inclinó y la besó cariñosamente, a la manera francesa, en ambas mejillas. Se incorporó y le lanzó una cálida sonrisa.

—*Merde*, querida —murmuró.

Catherine subió al vehículo y la conductora arrancó con suavidad y cogió el camino hasta la arcada que se hallaba en medio de la fachada de Orchard Court's y luego siguió por Portman Square y las oscuras calles de Londres que estaban más allá. Catherine se dio la vuelta y miró a través de la ventanilla abierta. Debajo del saledizo de cemento se hallaba Cavendish de pie, levemente inclinado, con su uniformada figura inmóvil bajo la tribuna, en un saludo final a aquel vehículo que se alejaba. Lentamente, Catherine subió el cristal de la ventanilla. Mientras lo hacía, pudo escuchar, débiles, pero tranquilizadores, los ecos lejanos de las campanadas del Big Ben.

A trescientos cincuenta metros de distancia, en el verdadero corazón de la capital británica, aquellos mismos sonidos resonantes de las campanadas alzaban ecos por Saint James Park, el Almirantazgo y el Desfile de los Caballos de la Guardia, hasta las oficinas en la planta baja del macizo edificio situado en el cruce de Great George Street y Storey's Gate. La oficina y la austera parte de viviendas adjunta a la misma, eran conocidas por los oficiales de alta graduación y empleados del Gobierno de Su Majestad como el «anexo», puesto que estaban cerca de la residencia oficial del Primer Ministro en el número 10 de Downing Street, a cinco minutos de distancia a pie.

Downing Street, con sus doscientos años de antigüedad y su débil estructura de madera, se consideró demasiado peligroso para una residencia de tiempo de guerra del Primer Ministro de Su Majestad y fue en este simple recinto donde Winston Churchill y su esposa vivieron durante los últimos cuatro años. Directamente debajo de ellos existe un laberinto de despachos conocidos como las Salas de Guerra Subterránea. Mantenidas absolutamente a prueba de bombas, han albergado aquellas organizaciones a las que apelara Churchill con mayor frecuencia, a los más importantes estados mayores británicos de planificación y a un puñado de sus agencias secretas más vitales. Esta construcción subterránea fue proyectada, lo más proféticamente, el mismo día de primavera de 1938 cuando Neville Chamberlain regresó de Munich con la promesa de «la paz para nuestro tiempo».

Con sus gafas para leer semilunares bien bajas en su nariz, Churchill está sentado ante un pequeño escritorio en el despacho adjunto a su dormitorio, anotando afanosamente algunos de los contenidos de su Caja Negra que se halla abierta a su lado. En el centro de la estancia, dispuestos en torno de una mesa de ébano, los participantes en la reunión que va a comenzar aguardaban al Primer Ministro en respetuoso silencio.

Estaban presentes el general Sir Alan Brooke, jefe del Estado Mayor General Imperial; el Comandante Supremo del Aire Sir Arthur Tedder, segundo jefe del SHAEF, el comandante Desmond Morton, asistente personal de Churchill y su oficial de enlace con los servicios clandestinos, el capitán Henry Pim de la Royal Navy, que cuidaba de los mapas, y un levemente intimidado general de Brigada de la Sección de Planificación, que debe llevar adelante la información.

Delante de cada uno de esos hombres se encuentra una carpeta de cartulina. En cada una de ellas figura el sello de «FANÁTICO» y la espada flamígera del Cuartel General Supremo, Fuerza Aliada Expedicionaria. Contienen los planes detallados de «Overlord», el próximo asalto a la Fortaleza Europea de Hitler. Al lado de cada carpeta aparece un segundo y mucho más pequeño conjunto de hojas con el estampillado de «ALTAMENTE SECRETO» y el título de «Resumen semanal de la Situación europea, 18 de marzo de 1944, Comité Conjunto de Espionaje».

El último hombre en llegar, el general Sir Hastings Ismay, jefe personal de Estado Mayor de Churchill, se perfila en el umbral. Al verle, el Primer Ministro le hace un ademán hacia el armarito de las bebidas que se encuentra en un rincón de la habitación.

—Sírvete tú mismo un coñac con soda, *Pug* —le ordenó.

Garrapateó unas cuantas notas más en un papel y luego cerró la caja semiabierta.

Con su andar desgarbado y sin prisa, el Primer Ministro cruzó el cuarto para ocupar su sitio en la cabecera de la mesa. Consciente o inconscientemente, Churchill rezuma una auténtica aura personal, una presencia que domina una habitación antes de que se pronuncie una palabra. Con excepción del general de Brigada, los hombres de la estancia son todos íntimos de Churchill; sin embargo, ninguno de ellos se muestra indiferente o no afectado por aquella sensación especial que emanaba el líder británico. Con cuidado, encendió de nuevo su cigarro «Romeo y Julieta», aspiró dos veces para que se encendiese la punta, luego hizo un ademán para apartar el humo y se quedó mirando a la mesa, en dirección al nervioso general de Brigada.

—Ruego que empecemos —ordenó.

—Señor —replicó el hombre, poniéndose en pie—, se nos ha pedido nuestra valoración actual de las perspectivas de éxito de la inminente invasión, basándonos en nuestras recientes estimaciones de Inteligencia.

Alzó el más pequeño de los dos expedientes.

—Aquí se indica que, en la actualidad, existen cincuenta y dos Divisiones alemanas en Francia y en los Países Bajos.

Se produjo un crujido de papeles mientras los hombres de la mesa seguían su ejemplo y cogían sus carpetas.

—Estimamos que el día D habrá sesenta: diez «Panzer», dos de paracaidistas, diecisiete Divisiones móviles de Infantería de primera clase y treinta y una Divisiones ordinarias, algunas de las cuales son Divisiones estáticas de defensa costera. Por lo general, se hallan dispuestas tal y como mostramos en este mapa.

El capitán Pim, al unísono de las palabras del general de Brigada corrió las cortinas que protegían un caballete en el extremo del cuarto.

—El grueso de sus fuerzas se concentra aquí, en el 15.º Ejército, que cubre el área desde el Somme a las tierras bajas holandesas. Un segundo ejército, el 17.º, cubre Bretaña y Normandía, nuestra zona de desembarco, con más o menos la mitad de fuerzas que el 15.º. Las restantes unidades se hallan esparcidas entre su Primer Ejército, cerca de Burdeos, y el 9.º, en la costa mediterránea. Por lo general, mantenemos treinta y dos Divisiones norteamericanas, británicas y canadienses aquí, en el Reino Unido. El Día D tendremos treinta y siete, de las que quince serán blindadas y cuatro de paracaidistas.

—En otras palabras, ¿exactamente la mitad de las fuerzas que Hitler tiene a su disposición?

El que ha preguntado es el general Brooke.

—Sí, señor.

—¿Y los nuestros se encuentran aquí, en esta isla, separados del campo de batalla por ciento cincuenta kilómetros de aguas abiertas?

—Sí, señor.

El general de Brigada se volvió a su caballete, con un puntero retráctil en la mano.

—Sin embargo, Hitler se ve obligado en este momento a dispersar sus fuerzas a todo lo largo de la línea costera.

El puntero barrió el Atlántico desde el golfo de Vizcaya hasta el extremo de Holanda.

—Nosotros podremos concentrar las nuestras en el punto de asalto. Además, esperamos tener un absoluto dominio táctico del aire en la zona de desembarco. Y contamos con el bombardeo naval. El éxito o el fracaso de la invasión, señor Primer Ministro, se basa, en última instancia, en la más simple y exacta ecuación que rige todos los asaltos por mar. ¿Podremos fortalecer a nuestras fuerzas en la cabeza de playa con mayor rapidez de la que empleen los alemanes para aportar refuerzos por tierra? Si podemos hacerlo, el triunfo está asegurado. En caso contrario, fracasaremos.

—Esto supone, naturalmente, que tenga éxito nuestro desembarco inicial.

—Winston...

Fue Brooke de nuevo, el único hombre de aquella reunión que tenía el privilegio de dirigirse al Primer Ministro por su nombre de pila.

—Las tropas llegarán a la playa...

—¿A pesar de todos esos obstáculos que Rommel está colocando por todas partes en la línea costera francesa?

—Pueden entorpecer el desembarco. Pero no impedirlo.

—¿A pesar de su evidente determinación de detenernos en las playas?

—Rommel, Primer Ministro, es un buen comandante de Divisiones, pero no posee un fuerte control estratégico en todas partes. Eso no constituye el problema. Nunca lo ha sido. Nuestras tropas llegarán a la costa. No hay nada que Rommel pueda hacer para impedirlo.

Se evidenció un rasgo de apenas reprimida petulancia en la respuesta de Brooke. La tozuda creencia que Churchill tenía en su propio genio militar, constituía una cruz que Brooke había llevado a cuestas durante cuatro años de contienda. Se trataba de un don que el dirigente británico estaba firmemente convencido que le venía de su ilustre antecesor, el duque de Marlborough, y, al igual que Hitler, nada le complacía más que entremeterse en los asuntos de sus generales.

—El problema, Primer Ministro, no radica en que podamos llegar a tierra, sino: ¿cuánto tiempo nos mantendremos allí una vez lo consigamos?

Brooke suspiró e hizo ondear el expediente que contenía las estimaciones más recientes del Comité Conjunto de Espionaje a fin de subrayar su preocupación.

—Sólo se necesita mirar los números. El número de fuerzas disponible por los alemanes, respecto del número de Divisiones que podemos hacer desembarcar en las dos primeras semanas, deja bien a las claras lo condenadamente difícil que puede llegar a ser esta proposición.

»Desgraciadamente, Winston, el que la invasión tenga éxito o no es algo que no depende de nosotros. Constituye uno de los factores que hace el desembarco tan difícil de digerir. Todo dependerá de si Hitler y sus generales toman o no las decisiones adecuadas en el momento apropiado. El instante crítico para nosotros tendrá lugar entre el D + 3, y creo que el D + 7. Para Hitler un poco antes.

Brooke contuvo la respiración durante un momento, cerrando los ojos y llevándose dos dedos a los labios como si estuviese conjurando una imagen de aquellas playas de la invasión atestadas con sus hombres y sus máquinas, semiparalizados por el caos y confusión que siempre esperan a semejantes empresas.

—Desde mi punto de vista —continuó—, el momento crítico para Hitler tendrá lugar la noche del día D + 2. No antes. Tampoco después. Ése es el momento en que debe tomar la decisión de reunir las cosas y arriesgarlo todo para echarnos de Normandía. Antes es imposible que sepa que Normandía constituye nuestro esfuerzo principal. Si espera mucho más después de eso, será demasiado tarde para él.

Brooke dio unos golpecitos con el índice en el expediente que contenía todos los planes de «Overlord» para subrayar su opinión.

—Esa noche deberá echar la carne en el asador. Es el momento que puede ser el todo o nada para él. Debe tener los arrestos necesarios para dejar todo lo demás y echarse sobre nosotros. Si lo hace, en ese caso la mayor parte de sus Divisiones Panzer se estarán reuniendo en Normandía hacia D + 4. Desde D + 5 en adelante, podemos esperar un sangriento contraataque de ocho a diez Divisiones Panzer, más otras cinco Divisiones mecanizadas de Infantería, más las once Divisiones que ya tienen en la zona de invasión.

—¿Podría la Resistencia francesa impedir su llegada? —preguntó Churchill.

—Winston, el movimiento de Resistencia que pueda detener diez Divisiones Panzer aún no ha sido creado.

—¿Incluso con nuestra fuerza aérea acosándolas, destruyendo los puentes que deben emplear para alcanzar el campo de batalla?

Brooke miró a Tedder, el representante de más rango de la Fuerza Aérea presente en la reunión, como pidiéndole su ayuda para lo que estaba a punto de decir.

—Los retrasaremos. Pero no podremos detenerlos. El obstáculo principal es el Somme y lo cruzarán por la noche con el equipo de pontoneros que ya tienen dispuesto para ese propósito. Esas Divisiones Panzer son las mejores de la Wehrmacht, Winston. Están bien equipadas, bien entrenadas, descansadas. Si Hitler ordena que se dirijan a Normandía, llegarán hasta allí.

Churchill frunció el ceño mientras consideraba las sombrías palabras del Jefe de Estado Mayor.

—¿Y cuántas Divisiones tendremos ya en tierra para entonces?

—Si todo se lleva a cabo según lo planeado, trece...

—¿Trece? ¿Más o menos la mitad de lo que tendrán ellos?

Brooke asintió.

Se produjo un incómodo silencio mientras los soldados que estaban en la estancia aguardaban a que Churchill absorbiese la conmoción de aquellos datos. Finalmente, musitó:

—Se trata de una horripilante perspectiva.

—Es esa perspectiva, Primer Ministro, la que hace esta operación la más espantosamente azarosa de toda la guerra.

Churchill se levantó y, con las manos unidas a la espalda, anduvo por la estancia hacia el caballete. Durante unos cuantos segundos, lo estuvo contemplando hoscamente.

—Si no podemos conseguir más lanchas de desembarco de los norteamericanos, ¿no existiría otro lugar para llegar a tierra? ¿Y por qué, precisamente, hay que desembarcar en Normandía?

No había otra pregunta para la que el general de Brigada estuviese mejor preparado para responder. Durante dos años y medio, desde el momento en que empezó a planearse una eventual invasión, le habían asignado esta tarea. A veces le pareció que no existía ninguna cala, ensenada, ni faja de playa de Bretaña a Dunkerque que no conociese tan bien como los alrededores del pueblo de Surrey en el que había nacido.

—Señor —comenzó—, debemos emplear una de dos formas para establecer la cabeza de playa con hombres y suministros. O bien lo realizamos a través de un puerto de aguas profundas capturado o bien lo efectuamos en las playas.

Churchill siguió de pie e inmóvil, con las manos a la espalda, brillando la punta de su cigarro. Asintió.

—Dieppe nos enseñó una lección crítica. Y, si puedo expresarlo así, señor, una lección tan importante que valió la vida de cada uno de los canadienses que allí murieron.

—Pobres diablos...

Las fuertes pérdidas en vidas humanas en la incursión, y la humillación de los canadienses capturados que hubo que soportar, constituían una herida aún no curada en Churchill.

—Gracias a Dieppe, Primer Ministro, sabemos que no podemos capturar un puerto francés defendido de aguas profundas y mantenerlo activo a la velocidad suficiente como para dar respuesta a las necesidades del establecimiento de la invasión. Este hecho, señor, nos condena a la otra alternativa: las playas. Y no existen playas que apoyen una invasión en el Pas de Calais.

—Winston...

El Primer Ministro había estado a punto de hablar pero Brooke, simulando no darse cuenta de ello, le interrumpió. Churchill siempre daba vueltas a sus pensamientos en aquellas reuniones, y Brooke creía que una de sus principales obligaciones era la de mantener la concentración del Primer Ministro en las cosas esenciales.

—Los planificadores del Estado Conjunto ya han discutido eso millares de veces. El hecho radica en que, si vamos a efectuar ese desembarco, ha de tener lugar en Normandía. No existe otra alternativa. Lo sabemos... Pero, gracias a Dios, Hitler no...

Durante un momento, Churchill no dijo nada, sopesando las palabras de Brooke. Luego comenzó a pasear en torno de la habitación.

—¿Y cuáles, por favor —preguntó en un ronco susurro— son sus estimaciones actuales acerca del éxito del desembarco?

El general de Brigada echó un vistazo por la estancia, confiando, tal vez, en que alguno de sus superiores replicase. Nadie lo hizo.

—Señor, el Jefe de Estado Mayor del general Eisenhower las evalúa al 50 por ciento.

Aquellas cifras parecieron golpear a Churchill. A algunos de la habitación les pareció como si retrocediese al oírlo, como si realmente hubiese sido golpeado por una fuerza sobrenatural.

—¿Así que todas nuestras preciosas peripecias, todas nuestras esperanzas y objetivos han de ser ineluctablemente puestas en juego a un solo golpe de timón?

Durante varios minutos siguió andando por la estancia, con los hombros caídos hacia delante, las manos enlazadas a la espalda, con su sobresaliente puro señalando el camino como una especie de bauprés a través de los procelosos mares de su espíritu. Gran parte de sus aliados norteamericanos acusaban a Churchill de no apoyar con todas sus fuerzas la invasión. Se equivocaban. Churchill había empezado a soñar en un regreso al continente casi antes de que el último soldado británico abandonase las playas de Dunkerque. El 3 de junio de 1940, sólo veinticuatro horas después de que Francia firmase un armisticio con Hitler, Churchill había ordenado que ciento veinte comandos en cinco yates privados diesen un golpe de mano en la costa de Boulogne, una especie de compromiso simbólico para que Hitler y los franceses supiesen que un día regresarían los británicos. Un mes después, mientras Inglaterra se esforzaba por repeler una invasión contra ella misma, Churchill creó el Mando de Operaciones Combinadas, para estudiar las tácticas y la técnica de un desembarco a gran escala en el continente.

Como cualquier otro en Washington, Churchill anhelaba una vuelta al continente..., pero no a cualquier precio. Todo su pensamiento estratégico se resumía en un principio: derrotar al enemigo debilitándole y acosándole en sus flancos, no golpeando donde fuese más fuerte; vencer con astucia, no con un inexorable despilfarro de hombres y máquinas. Pero la de Churchill ya no era la voz preponderante en los consejos aliados de la guerra.

Se detuvo y se volvió hacia los hombres de la mesa.

—Los riesgos de la batalla que se avecina son en realidad demasiado grandes. Tengo una pesadilla periódica que domina mis sueños. Veo a trescientos mil muertos, la flor y nata de la juventud británica y norteamericana, ahogándose en las playas de Normandía. Veo las olas normandas enrojecer con su sangre. Contemplo una gris y silenciosa playa atenazada en el triste sudario de una derrota mucho peor que la de Dunkerque.

Meneó la cabeza como para desembarazar su espíritu de semejantes imágenes.

—Cuando esos fantasmales espectros se alzan para aterrorizar mi sueño, tengo mis dudas. Dios mío, tengo mis dudas.

El turbado Primer Ministro comenzó a pasear de nuevo por el cuarto.

—Otra generación de ingleses diezmada por la locura de unos generales como los nuestros en el Somme... Juré ante el altar de los Dioses de la Guerra que jamás presidiría una matanza así. Y ahora, los norteamericanos insisten en lanzar todas nuestras fuerzas contra las puertas de acero de Europa. ¿Y por qué no los Balcanes? ¿Y por qué no en el Mediterráneo?

Churchill regresó a su sillón y se dejó caer en él durante un momento, con el mentón apretado contra el nudo de su corbata de lazo.

—Pertenecen a un pueblo que no ha perdido tanta sangre. ¿Cómo pueden comprender nuestra angustia? Sus Sommes se hallan a un siglo de distancia, en Bull Run y Gettysburg.

Una vez más, quedó silencioso, con su espíritu protegiéndose lentamente y con desgana de lo inevitable.

—Está bien —gruñó—, tendremos que hacerlo. No existe la menor duda al respecto. Y no podremos sorprenderles. El alemán se guía por el precepto de Federico *el Grande*: «Resulta perdonable ser derrotado, pero nunca sorprendido.»

Churchill dio meditabundo una gran chupada a su cigarro.

—Por lo tanto, finalmente, todo se reduce a una cosa, ¿no es así? Nos estamos acercando a la batalla más crítica en nuestra historia nacional, y la victoria no depende de nuestras fuerzas si no de un caballo de Troya. Todo depende de si esa pequeña pandilla de Maquiavelos aficionados que hemos instalado en el piso de abajo son o no capaces de conseguir que Hitler compre la cosa a ciegas. Son quienes lo tienen todo en su poder y los que deben mantener su ejército alejado de nuestra cabeza de puente, ¿no es cierto?

La melancolía vidrió sus famosos rasgos.

—¿Y si pensamos que Hitler no cae en esas madejas de engaño y falsedades? ¿Y si suponemos que adivina nuestras auténticas intenciones y decide lanzarnos esas Divisiones Panzer, qué pasará entonces?

Un silencio embarazoso siguió a sus palabras. Constituía una pregunta que nadie de los presentes en aquella sala estaba ansioso por responder. Finalmente, Tedder, el hombre más próximo a los preparativos de la invasión, fue el que tomó la palabra:

—Si esos «Panzers» de Hitler aparecen por el horizonte durante los primeros cinco días, Primer Ministro, no tendremos ninguna oportunidad.


*Berchtesgaden*


Más o menos a la misma hora, al otro lado de los vastos espacios de la *Festung Europa* de Hitler un magnífico coche de turismo «Horch», descubierto, avanzaba entre grupos de abetos rojos que se elevaban sobre la carretera como arcos de bóveda en las naves de una catedral gótica. Una fría niebla que ascendía del suelo del valle cubría el paisaje con un sudario gris, proporcionando al ambiente un aire de tenebrosidad y de presagios dignos de un decorado para el *Die Gitterdammerung* de Wagner. Los cinco kilómetros de trayecto desde Berchtesgaden al Berghof de Hitler hubieran inspirado aquella noche una sensación de melancolía al más jovial de los seres humanos; y un radiante buen humor era algo que nunca había experimentado aquella rígida figura con monóculo que se sentaba en el «Horch». El mariscal de campo Gerd von Rundstedt era el oficial arquetípico prusiano imperial: austero, distante, inflexible.

Lo mismo que una pasión por la Iglesia parece regir en ciertas familias francesas, de la misma manera una pasión por la guerra parecía correr por la sangre de los Von Rundstedt. Durante generaciones, la familia había estado proporcionando señores de la guerra a Prusia. Con su altivo porte, sus cicatrices de duelos y su monóculo, el último de esa estirpe parecía la verdadera encarnación del soldado alemán.

Apodado por su admirado Estado Mayor «el último caballero teutónico», su carácter lo constituían una serie de contradicciones. Se le consideraba un genio de los blindados, pero jamás había estado dentro de un carro de combate. No hubiera podido soportar el polvo, la grasa, el ruido. A pesar de su austera conducta, tenía pasión por la buena comida y los finos vinos, una pasión que su cargo de Comandante en Jefe en el oeste de Alemania le había permitido casi diariamente comer en el «Coq Hardi», una ciudadela del esplendor culinario francés. Von Rundstedt recibía su primer informe diario a la inapropiada hora para un soldado de las diez de la mañana. Tampoco tenía el mariscal de campo el concepto de que un oficial debe mandar a sus hombres desde la misma línea del frente. Aborrecía la idea de salir a inspeccionar sus fuerzas, visitar sus comedores, levantar su moral. En los dos años y medio que llevaba de Comandante en Jefe en el Oeste, había visitado sólo dos veces la tan alabada Muralla del Atlántico de Hitler, y en ambas ocasiones con desgana.

Von Rundstedt prefería dirigir las fuerzas alemanas en el Oeste desde su cuartel general, en el elegante pabellón de Saint-Germain-en-Laye, donde había nacido Luis XIV. Allí, mandaba como creía que debía hacerlo un gran capitán, rodeado de sus mapas y de su Estado Mayor, por encima del alboroto del campo de batalla, con la mente libre para ponderar el gran alcance de la estrategia.

Pero, de todas sus numerosas contradicciones, ninguna resultaba más chocante, más irónica, que el hecho de que despreciase al Führer de Alemania y al régimen que había creado; sin embargo, había servido a ambos sin vacilación y sin reservas. ¡Y qué bien los había servido! Aparecían blasonados en el escudo de armas de Von Rundstedt los nombres de las victorias más importantes del III Reich de Hitler. Había conducido al Grupo de Ejércitos Sur a través de las llanuras polacas hasta Varsovia en treinta días, añadiendo una nueva palabra al léxico bélico: *Blitzkrieg*. Su Grupo de Ejércitos «A» había humillado al invencible Ejército francés, en mayo de 1940, y destruido las mejores Divisiones de Stalin en el verano de 1941. Se podía burlar de Hitler llamándole «cabo bohemio» y a sus seguidores «hatajo de matones»; Hitler había proporcionado al ejército de Von Rundstedt el acero y el oro que necesitaba para convertirse en una fuerza digna de sus sueños prusianos; a cambio, Von Rundstedt había proporcionado al III Reich medio mundo civilizado.

Y ahora, la responsabilidad de defender la parte más vital de aquellas conquistas estaba a punto de caer sobre este aburrido y cínico mariscal de campo de sesenta y ocho años. Hitler había convocado a Von Rundstedt y a sus compañeros mariscales a Berchtesgaden para realizar una conferencia en que se pasase revista a la estrategia de Alemania para el próximo momento decisivo en el Oeste. En algún instante de las próximas semanas, meses quizá, los aliados intentarían desembarcar en las orillas del continente europeo. Con esa acción comenzaría la batalla decisiva de la Segunda Guerra Mundial: la batalla de la que dependerían el destino de Alemania y de toda la Europa ocupada. E iba a ser el último caballero teutónico alemán quien tendría la tarea de rechazarlos para aquel Führer al que tanto despreciaba.

Cuán a menudo había ponderado las líneas generales que adoptaría mientras paseaba por los balcones de su palacio, mirando hacia los distantes tejados de París. Al igual que la mayoría de las batallas, sería decisiva por lo desconocido, pero, mientras aguardaba la prueba decisiva, Von Rundstedt sabía por lo menos una cosa: que tenía los hombres y las armas para rechazar el asalto aliado. Todo dependería de tomar las decisiones correctas, los juicios apropiados en los primeros días de la lucha. Si lo hacía rectamente, si impedía que Eisenhower resquebrajase sus fuerzas con fintas y engaños, nada en la Tierra, según sabía Von Rundstedt, le impediría asestar a los aliados una derrota tan devastadora como aquellas que había infligido a los franceses y a los rusos.

*Londres*

Un mágico silencio llenaba la *rubia* de Catherine Pradier. En el asiento delantero, su pasajero acompañante estaba inclinado sobre un libro que aprisionaba entre sus rodillas, con las páginas iluminadas por una linterna que sostenía con la mano. Catherine había dado por supuesto, de forma errónea, que estaría estudiando algunas órdenes dadas por Cavendish en el último minuto. En realidad, quedó conmovida al descubrir que el hombre leía una edición «Penguin» de bolsillo de los poemas de Shelley, moviendo silenciosamente los labios al recitar para sí cada uno de los versos. A pesar de las órdenes, había sido incapaz de resistir la tentación de estudiarle. Tenía un rizado pelo rubio, unas mejillas levemente hinchadas que parecían brillar con la gordura del adolescente. Le recordaba el famoso jabón que se anunciaba en las vallas de la Francia de preguerra: «Baby —Bebé— Cadum.» Era como si enviasen al *Baby Cadum* a la guerra leyendo a Shelley.

Sus propias preocupaciones eran más prosaicas. Catherine estudiaba postales de Calais: la estatua de los Seis Burgueses, el *quai* del *Bassin du Paradis*, la *Grande Place* y el Ayuntamiento, donde dos estatuas de bronce, bautizadas Martin y Martine, tocaban las campanadas de las horas. Constituía una técnica que Cavendish había desarrollado para que un agente reconociese los paisajes más característicos de una ciudad desconocida y fuese capaz de caminar por sus calles sin tener que ir preguntando continuamente direcciones. El preguntar una dirección atribuía automáticamente carácter forastero, y ahora no se permitía el paso de ningún extraño al interior de la zona prohibida a lo largo de la costa del canal de la Mancha adonde se dirigía.

Aburrida, apartó la mirada de las postales y se quedó contemplando las calles del Londres suburbano que desfilaban por la ventanilla de la *rubia*, con su interminable monotonía. Durante kilómetros y kilómetros siguieron pasando aquellas lúgubres hileras de casas victorianas, cada una con sus ventanas de vidriera, sus pequeños céspedes y sus puertas con picaporte. Normalmente, las hubiera encontrado inexpresablemente monótonas; esta noche, le parecían encantadoras. A pesar de sí misma, no dejaba de pensar: «¿Volveré de nuevo a verlas?» Meneó la cabeza y apartó los ojos; sería mejor seguir con las postales.

Gradualmente, los suburbios londinenses dieron paso a los estrechos setos de Surrey y luego a las bajas y abiertas colinas de Sussex. Se detuvieron en un control de carreteras, donde un sargento de la RAF les pidió su identificación. Segundos después, la conductora de la WAAF entró por el camino de coches enfrente de la puerta principal del Puesto de la Real Fuerza Aérea en Tangmere. Allí, oculta detrás de la vigilante hilera de un grupo de bojes, se encontraba una desordenada cabaña con su pintura blanca descascarillada, con yedra y persianas deterioradas, exactamente la clase de retiro que un agente de Bolsa londinense hubiese elegido para sus fines de semana en el campo antes de la guerra. Un recio sargento de vuelo de la RAF, frotándose las manos en un mandil ante la puerta de la cocina, daba fe de la naturaleza de sus actuales ocupantes. Medio cocinero, medio guardián, les hizo ademanes desde la cocina hacia un corredor lleno de humo que llevaba a una puerta abierta de la que salía el murmullo de unas voces masculinas.

—Bien venidos a Tangmere —les gritó una voz desde dentro.

Procedía de un esbelto joven con mono caqui y un jersey de cuello de cisne de la marina, que se apartó del grupo reunido en torno de los carbones que ardían en la chimenea. Extendió la mano y les brindó una alentadora sonrisa.

—Yo os llevaré esta noche. Venid a tomaros un whisky con mis compañeros no conductores...

A medida que el piloto mezclaba las bebidas, los otros oficiales de la 161 Escuadrilla de Servicios Especiales, las servían mientras proseguían su jovial conversación. Uno de ellos hizo de cicerón con Catherine, señalando los números romanos tallados en las paredes encaladas de blanco, lo cual indicaba que aquel comedor había sido una capilla clandestina católica en tiempos de los Tudor; otro se llevó a su compañero de viaje, hablando sobre las posibilidades de Inglaterra en el encuentro de rugby del sábado contra Escocia.

Al cabo de unos minutos de animada conversación, el piloto preguntó:

—¿Echamos un vistazo a nuestra ruta de esta noche?

Los llevó a través del vestíbulo hasta la Sala de Operaciones de la Escuadrilla. Un gran mapa de Francia aparecía pegado con chinchetas en una pared.

—Cruzaremos por encima de Bognor Regis —explicó, señalando un mapa—. Tras unos veinte minutos por encima del agua, tocaremos la costa francesa aquí, un poco al oeste de Bayeux.

Los ojos de Catherine enfocaron una red de manchas rojas que corrían a lo largo del mapa, desde Caen hasta El Havre.

—¿Qué quieren decir esas señales? —inquirió.

—Fuego antiaéreo. Tendremos que evitarlo. Luego, desde Bayeux volaremos en línea recta todo el camino hasta Angers, donde tomaremos por el río Loira. Ésa es la peor parte. Después la cosa, realmente, es muy sencilla. Seguiremos el Loira hasta Tours y luego el Cher y continuaremos hasta nuestro campo, al este de la ciudad, en la orilla norte del río. Diré de paso que se trata de un buen campo. Ya lo hemos usado antes. Todo lo que os pedimos, es que os sentéis en la parte trasera todo lo cómodo que os sea posible y que gocéis del viaje. Y mantened los ojos atentos a cualquier caza nocturno alemán que esté buscando una presa.

Catherine se echó a reír.

—Está bien —replicó—. Lo único que puedo decir es que lo haces pasar todo por algo tan alegre como un paseo hasta Brighton para un día de playa.

El viaje que el joven piloto acababa de describir a Catherine de una forma tan despreocupada, representaba, en realidad, una de las operaciones aéreas más extraordinarias de la guerra. Solos, absolutamente desarmados, únicamente con una brújula y una serie de mapas de carreteras «Michelin» como ayuda para la navegación, los pilotos de la 161 Escuadrilla de Servicios Especiales, volaban regularmente a través del fuego antiaéreo y los cazas nocturnos, buscando, en alguna parte en la oscurecida inmensidad de la Europa ocupada, un distante campo de una granja, con sus contornos simplemente marcados con algo tan poco preciso como tres linternas clavadas en la turba a un centenar de metros de distancia. El avión en que volaban, el «Westland Lysander» era tan lento y pesado, que solían gastar bromas respecto de que los alemanes podrían derribarlo con una honda. En realidad, otros pilotos de la RAF se habían negado categóricamente a volar con él en las misiones de reconocimiento para las que había sido diseñado. La única virtud que lo redimía la constituía el hecho de que, en la jerga de la RAF, «era un robusto y pequeño cabrón que podía aterrizar y despegar sobre quinientos metros de caca de vaca ondulada».

Asignado al SOE y a la 161 Escuadrilla, el «Lysander» había sido despojado de sus armas para aumentar su radio de acción, lo cual significaba que sólo Dios o una nube podrían salvar al aparato si era avistado por un caza nocturno alemán. Sin embargo, todas las noches de luna llena, aquellos pilotos salían en busca de sus remotos pastos de vacas, abriéndose paso a través de las grietas del radar alemán, bajando a través de las nubes en busca de la curva de un río, de una línea ferroviaria, de un cruce de carreteras que les proporcionase la conexión que necesitaban para encontrar su ruta en la masa terrestre a oscuras de Europa. Constituía una hazaña comparable a mandar una mosca en busca de un sello de Correos oculto en un campo de fútbol, y de noche...

Antes de que Catherine pudiese hacer ulteriores comentarios acerca de su inminente viaje, su joven piloto le deslizó un brazo por encima de los hombros.

—Vamos —le dijo—. El sargento Booker tiene ya la cena preparada y veremos si encontramos un buen clarete para alegrar el viaje...

*Berchtesgaden*

A unos 1.000 kilómetros de Tangmere, en el esplendor de su casa en el Berghof, el amo del III Reich se hallaba absorto en una tarea que no tenía la más remota conexión con la reunión con sus mariscales de campo o con el próximo combate por la Europa occidental. Escribía una nota para acompañar el champaña y las flores que iba a enviar a su secretaria favorita en el día de su cumpleaños. La mujer estaba enferma de bronquitis, y el hombre bajo cuyo reinado millones de seres humanos eran conducidos a las cámaras de gas en la Solución Final, la urgía a que dejase de fumar puesto que esto era perjudicial para su salud.

Firmó la carta: «Afectuosamente suyo, Adolfo Hitler.» Selló el sobre y le puso él mismo la dirección. Luego se levantó y se acercó a la ventana. Aquella visión de los Alpes cubiertos de nieves perpetuas, no dejaban nunca de solazar a Hitler. No había un lugar donde se sintiese o trabajase mejor que aquí, en su retiro en la cima de la montaña, que comprara ya en 1928 con el importe de los derechos de autor que le había proporcionado las ventas de *Mein Kampf*.

Al mirar las majestuosas montañas, con sus nevados picos brillando a la luz de la luna, volvió su mente, al fin, a la conferencia, y a sus razones para convocarla. No temía a la próxima invasión. Todo lo contrario, la aguardaba con ansia. Era un jugador y sabía que, para Alemania y los aliados, la inminente invasión representaría la mayor apuesta de la guerra, la tirada fatal de dados de la que dependía todo.

Una llamada en la puerta interrumpió sus pensamientos.

—Los mariscales de campo están ya aquí —anunció el general Rudolf Schmundt, su ayudante de la Wehrmacht.

—Estaré con ellos dentro de un minuto —replicó.

Este minuto, naturalmente, llegaría a los diez. Una breve espera les recordaría a todos los reunidos dónde estaba la máxima autoridad del III Reich. Finalmente, tras decidir que ya había pasado el tiempo suficiente, se puso su chaqueta de uniforme de doble solapa, adornada con la Cruz de Hierro de segunda clase que había ganado en Ypres, en la Primera Guerra Mundial, y acudió a saludar a sus mariscales de campo.

Para aquellos, como Rommel, hacia los que sentía cierto afecto, había alguna cálida palabra de salutación. Para los demás, sólo una fría inclinación de cabeza. Cuando finalizó, se hizo a un lado y les indicó el comedor del Berghof. Cuando Von Rundstedt pasó ante él, el Führer murmuró:

—Disfrute de su cena, *Herr Feldmarschall...*

Hitler era absolutamente indiferente a la comida. Sabía que su mesa tenía justa fama por la trivialidad de su cocina. También era consciente de la reputación de Von Rundstedt como *gourmet*. El menú de la noche consistía en chuletas de cerdo, col roja y salsa.

Como es natural, Hitler tenía reservado su menú vegetariano. Al observar cómo consumía ruidosamente su sopa de guisantes, Von Rundstedt se esforzó por reprimir un estremecimiento de asco. No dijo nada; nunca lo hacía en la mesa de Hitler. Las comidas con el Führer eran, por lo general, un asunto lúgubre, dominado por un monólogo de Hitler acerca de cualquier tema que cruzase por la mente del dictador. Incluso los mariscales de campo tendían a ser tímidos y desconfiados en su presencia, y raramente aventuraban una idea o un simple comentario.

La excepción la constituía Rommel. Con frecuencia expresaba sus pensamientos, generalmente unas observaciones que complementaban las teorías de Hitler. Con motivo de una de sus obsequiosas observaciones, Von Rundstedt miró a través de la mesa hacia Mannstein. Rommel era el único miembro de aquella pequeña pandilla que no procedía de la casta militar prusiana o de alguna familia rica con una larga tradición en el servicio militar. Era hijo de un maestro de escuela, apenas un retoño de la clase media. Y algo aún peor: era el único mariscal que pertenecía como miembro al partido nazi. También se trataba de una cruz que Von Rundstedt tenía que llevar. Recientemente, Rommel había sido puesto bajo su mando, en calidad de comandante de uno de los dos ejércitos alemanes apostados a lo largo de la costa francesa.

—El payaso que manda el circo —susurró Von Rundstedt a Mannstein a través de la mesa.

Se hizo hacia atrás en su asiento para permitir a un camarero que colocase ostentosamente ante él el postre que la cocina de Hitler había preparado aquella noche para su apetito de *gourmet*: una reluciente manzana roja. Otro camarero siguió con lo que se consideraba el momento cumbre en el Berghof, una taza del café del Führer. Era una mezcla de un café especial yemení que se hacía llegar una vez al año al Consulado alemán en Estambul. Allí, en secreto y de noche, era cargado en un submarino para el peligroso viaje por el Mediterráneo hasta Kiel. Toda la operación era calculada para que el café llegase cada año a Berchtesgaden poco antes de Navidad.

Hitler, naturalmente, nunca lo tomaba. Sólo bebía té. En raras y festivas ocasiones mezclaba el té con unas cuantas gotas de coñac. La visión del camarero que llevaba una pequeña botella envuelta en arpillera y la dejaba al lado de su taza de té, constituyó un recuerdo para sus invitados de que no se trataba de una de aquellas ocasiones. Contenía «Elixir Magenbitter», un brebaje de pésimo gusto empleado por sus paisanos para la resaca o para los dolores de un estómago revuelto.

Mientras sus invitados acaparaban su café, perfectamente conscientes de que incluso los mariscales de campo no podían conseguir más de una taza, de repente Hitler cambió la conversación y la enfocó en la auténtica preocupación de todos ellos.

—Caballeros —anunció como si fuese un predicador que hablase desde su púlpito—. La inminente invasión en el Oeste constituirá el acontecimiento decisivo, no sólo de este año, sino de toda la guerra.

Un camarero había colocado en silencio un mapa en un caballete detrás de él y Hitler se volvió hacia el mismo.

—En realidad, decidirá el resultado de la guerra.

Hizo una pausa para permitir que sus palabras calaran hondo.

—Si el desembarco tiene éxito, la guerra está perdida. No me hago ilusiones al respecto. En el Este, la misma vastedad del espacio nos permite ceder territorios, incluso a una mayor escala, sin que se inflija un golpe mortal a las posibilidades de Alemania para su supervivencia. ¡Pero no pasa lo mismo en el Oeste! Si el enemigo triunfa allí, unas consecuencias de tremendas proporciones seguirán en muy poco tiempo.

Pero no triunfarán. Tenemos fuerzas para derrotarlos. Y un vez vencido, el enemigo no volverá nunca más a intentar invadirnos.

Su entusiasmo por el tema comenzó a proporcionar a su rostro una parte de aquella hipnótica mirada por la que era tan famoso.

—Y en cuanto les hayamos rechazado, echaremos todo el peso de la guerra en el Este. Trasladaremos cuarenta y cinco Divisiones al Este. Cuarenta y cinco Divisiones que revolucionarán allí la guerra. Pero, caballeros, el derrotar esta invasión dará también a Alemania el regalo más valioso de todos: tiempo. Proporcionará a nuestra industria un año entero. Y con ese año, ganaremos la guerra.

Las palabras de Hitler estaban diseñadas para comunicar celo a sus mariscales para el próximo embate, pero no constituían una jactancia ociosa. Hitler tenía bajo las armas a diez millones de hombres, más que los norteamericanos, británicos y canadienses juntos. A pesar de los ataques aliados, la escasez de mano de obra y de materiales, las fábricas del Reich habían producido 11.897 tanques en 1943, casi diez veces más que su rendimiento en 1940, 22.050 aviones, tres veces más que en 1940, cinco veces más piezas de artillería, y tres veces más municiones.

Y por encima de todo, Hitler, poseía sus armas secretas, las «V1» y «V2», los misiles que empezaban a salir en gran cantidad de las cadenas de montaje; el nuevo tipo de submarinos «U 19» y «U 21», que podrían recorrer el Atlántico inmunes a las sondas del sonar aliado; el reactor de caza «Me 163», mucho más avanzado que cualquier otro que poseyesen los aliados. Si se le daba a Hitler un año para construir aquellos aviones, su Luftwaffe sería una vez más la que reinaría en los cielos de Europa.

Hitler suspiró y volvió los ojos al mapa de Francia, a aquellas largas y distantes zonas costeras donde tanto se decidiría tan pronto.

—El momento en que esto comience constituirá un enorme alivio. Pero, ¿por dónde vendrán? Casi cualquier lugar de esta costa resulta factible.

Sus últimas palabras fueron una pregunta dirigida a su comandante en jefe en el Oeste. Von Rundstedt estaba preparado.

—*Mein Führer* —comenzó, dando peso a sus palabras la autoridad de sus años—. Desembarcarán entre Dunkerque y el Somme.

Von Rundstedt se levantó y se acercó al mapa, trazando con su dedo un pequeño arco en torno a la protuberancia de Cap Nez, al Sur, hasta Le Touquet Plage.

—Pero lo más probable es que desembarquen aquí, entre Calais y Boulogne.

El mariscal de campo lanzó una mirada tranquilizadora al mapa. Sabía que todos los imperativos de la Historia hablaban en favor de su elección. Desde el momento en que Francia había emergido como nación, aquellas tierras de pólderes de Flandes enfrente de los acantilados calizos de Dover, las bajas colinas del Artois y de la Picardía, habían sido la puerta del continente. En ciertos lugares, apenas treinta kilómetros de mar abierto separaban a Inglaterra de la costa francesa. Felipe *el Hermoso* de Francia, Enrique V de Inglaterra, los condes de Flandes y los duques de Borgoña habían asolado aquellas tierras, legan-

do a los siglos los nombres de pueblos de encrucijadas tales como Crezy
y Azincourt donde sus armas se habían enfrentado. El mismo Von
Rundstedt había planeado emplear la región como trampolín hacia
Londres en la Operación «León Marino», la proyectada invasión de Inglaterra por Alemania en 1940.

—Cualquier imperativo de diseño estratégico dicta el desembarcar
aquí —continuó Von Rundstedt—. Podrán hacer llegar hombres y materiales a una cabeza de puente cuatro veces más de prisa que en Normandía y seis veces con mayor rapidez que en Bretaña. Esa diferencia
es enorme. La mayor ventaja que tendrán los aliados en su asalto es
su poder aéreo. ¿Y dónde podría esta fuerza aérea emplearse mejor?
¡Exactamente aquí! Sus cazas del sudeste de Inglaterra estarán a sólo
unos minutos de vuelo. Cubrirán las playas de aviones. Hemos aprendido por el ataque de los aliados a Dieppe, en agosto de 1942, que su
primer objetivo es apoderarse de un puerto marino abierto e importante
para hacer llegar al mismo equipo pesado. De otro modo, su invasión
fracasaría. Aquí...

El mariscal de campo había vuelto a su mapa.

—...tienen tres puertos: Dunkerque, Calais, Boulogne. Cualquiera
de ellos apoyaría su asalto. El enemigo sabe que encontrarán aquí
nuestra mayor fuerza defensiva. El desembarcar en Normandía o Bretaña les sería más fácil. Pero les dejaría aislados del campo principal
de batalla.

Von Rundstedt se volvió hacia su auditorio:

—Un desembarco con éxito en el Pas de Calais conseguiría el mayor
valor estratégico. Miren el terreno detrás de la línea costera.

Los dedos del anciano mariscal de campo bailotearon sobre las
zonas donde tantas vidas se habían perdido en la Primera Guerra
Mundial.

—La tierra es llana, abierta, ideal para los carros de Patton. Una
vez se hayan establecido aquí se encontrarán a sólo cuatro días de marcha del Rin. Empujarán su daga hacia el Ruhr y destruirán nuestra
capacidad para mantener la guerra. Si llegan a tierra en Normandía o
Bretaña, corren el riesgo de quedar embotellados, sin ninguna utilidad
durante meses. Pero si consiguen desembarcar en el Pas de Calais,
*mein Führer*, la guerra habrá acabado para Navidad.

Hitler palideció de ira. Sólo Von Rundstedt podía haberse atrevido
a emitir una frase tan derrotista en su presencia. Le brindó un descuidado ademán de agradecimiento y dedicó a continuación su atención
a Rommel.

—Estoy de acuerdo con las conclusiones del mariscal de campo
—declaró aquel hombre más joven.

En realidad, era uno de los pocos puntos en que coincidían ambos
hombres.

—De todos modos, creo que desembarcarán ligeramente más al Sur,
en las bocas del Somme, para poder emplear las riberas del río como
protección de su flanco.

Durante varios segundos, Hitler permaneció sentado y silencioso,
digiriendo aquellas palabras. Luego comenzó a hablar.

—Muy bien, caballeros —anunció—. Ambos se equivocan. No desembarcarán en el Pas de Calais. Lo harán en Normandía. A los aliados no les gustan las aproximaciones directas. Hasta ahora, en cada desembarco, en el norte de África, en Sicilia, en Italia, han elegido siempre una aproximación indirecta. En este desembarco, que es crucial, ciertamente no nos golpearán donde somos más fuertes.

Sus dedos se dirigieron también al mapa, haciéndoles correr por las playas de Normandía, desde Arromanches al oeste de Sainte Mère Église hasta la península de Cotentin.

—Aquí es donde desembarcarán. Recorrerán la base de la península normanda y aislarán Cherburgo. Luego incrementarán su fortaleza e irrumpirán a través de ·Francia.

Tranquilamente, como si hablara consigo mismo, concluyó:

—Será Normandía. Allí es donde desembarcarán, en Normandía...

Para Catherine, la cena había parecido tan despreocupada, como si la estuviera haciendo con unos amigos en «White Tower» o «La Coquille», en Londres. En realidad, casi había olvidado dónde se encontraba o por qué se hallaba aquí cuando, de repente, al igual que el fantasma de Banquo, el oficial de escolta apareció detrás de su silla.

—Acaba de llegar nuestro mensaje de la «BBC» —anunció—. Tal vez sería mejor que siguiésemos con lo nuestro.

Por primera vez desde que había entrado en el *cottage*, Catherine sintió un estremecimiento de tensión nerviosa aferrarse a su estómago. Se levantó y siguió a su escolta.

La llevó a un dormitorio del piso de arriba. En una mesilla de noche, tan ordenadamente dispuestos como las vasijas de la misa encima de un altar, se encontraban los útiles finales que debería llevarse consigo. En primer lugar, el cinturón con dinero. Contenía los dos millones de francos que debería entregar a Aristide, más dinero del que Catherine hubiese manejado nunca en su vida. Y lo que es más, era dinero auténtico de curso legal en Francia. Algún francés previsor habría conseguido sacar del país una serie de planchas para imprimir papel moneda francés en medio de aquel *débâcle* de 1940. Desde entonces, alguna organización secreta en Inglaterra había estado imprimiendo los billetes que necesitaba para financiar sus operaciones clandestinas en Francia con ayuda de aquellas planchas.

—Aquí está tu cuchillo —le dijo el oficial, mostrando a Catherine cómo salía su hoja— y tu pistola. El cargador está lleno. Éste es el seguro, ¿lo ves? Es una «Mauser 32». Te han enseñado cómo se dispara, ¿verdad?

—No quiero ninguna pistola.

—¿Qué?

El oficial se quedó atónito.

—¿No quieres una pistola?

—No. No me interesa en absoluto. Todo lo que se conseguiría con ella sería decirle a los alemanes, si me atrapan, que soy alguna especie de espía. Lo que querría es una pequeña botella de coñac.

—Está bien.

Cogió un pequeño receptáculo.

—Aquí la tienes. En realidad está llena de ron.

A continuación tomó un pequeño saquito de celofana que contenía una docena de píldoras redondas verdes.

—Bencedrina, por si alguna vez no puedes seguir adelante. Nunca debéis tomar más de una cada doce horas o, en caso contrario, ya nunca más conseguirías dormir.

Finalmente, su mano se alargó hacia un pequeño trozo de papel de seda, el último artículo que quedaba en la mesilla de noche. Lo desenvolvió y sacó una píldora cuadrada blanca que exhibió ante ella en la palma de su mano.

—Tengo entendido que te han hablado acerca de esto. Es una píldora «L». La hacen así cuadrada para que nunca se confunda con cualquier otra, incluso en la oscuridad. Es pura y se disuelve con rapidez. Treinta segundos y todo habrá acabado. Me han asegurado que no produce dolor.

Catherine se quedó mirando con profunda repugnancia aquel pequeño cuadrado que aparecía en su mano. Era la muerte comprimida en forma de una tableta más pequeña que una aspirina. Su oficial de escolta tosió incómodo.

—No conozco tus convicciones religiosas, si es que las tienes. Sin embargo, estoy autorizado a decirte que el arzobispo de Westminster ha dado dispensa a los agentes de religión católica romana que se sientan obligados a tomarse esto para evitar hablar bajo tortura. Su muerte no será considerada suicidio por la Iglesia, por lo que no llevará aparejado ningún pecado mortal.

Catherine se estremeció e, involuntariamente, se santiguó.

—Si me das tu zapato derecho —continuó el oficial—, te mostraré el lugar donde nuestro amigo Weingarten ha previsto ocultar esta píldora.

Mientras Catherine le miraba fascinada, horrorizada, señaló la cabeza de una borla negra de adorno que aparecía en el zapato.

—Esto se desenrosca, de izquierda a derecha, al contrario de lo acostumbrado.

Lo hizo así y apareció un pequeño hueco en el que introdujo la pastilla.

—Existen muy pocas probabilidades de que alguien la encuentre aquí.

Mientras Catherine volvía a meter el pie en el zapato, oyó el leve crujido de los neumáticos de un automóvil sobre el camino engravillado del patio exterior.

—Ya están aquí —explicó su escolta.

Afuera, la luz de la luna llena pintaba el mundo de un gris pálido. Catherine subió al asiento trasero de la *rubia*, junto a su otro compañero agente, al que había ya bautizado como *Baby Cadum*. Un rasgo propio distinguía a esta *rubia* de la otra en la que había llegado a Tangmere. Todas sus ventanillas, excepto el parabrisas del conductor, estaban pintadas de negro. Ni Catherine ni *Baby Cadum* serían capaces de proporcionar a los alemanes ninguna descripción de las instalaciones de Tangmere en caso de ser atrapados.

El piloto iba en el asiento delantero, al lado del chófer, muy atareado ahora. Un soldado de tropa salió del *cottage* y se inclinó junto al coche.

—Ningún signo de actividad de cazas alemanes a lo largo de su ruta en el radar, señor. El último informe del tiempo da una dispersa cobertura nubosa sobre su zona de objetivo. Aparte de esto, tendrá un viaje claro tanto a la ida como a la vuelta. Encontrará un viento de cola de quince nudos por encima de los dos mil metros.

El piloto asintió y luego se volvió hacia su pasajero.

—Estupendo —comentó—, una buena luna llena y un viento favorable hacia Francia. ¿Qué más podríamos pedir?

## Londres

«Cualquier tonto puede decir la verdad: sólo un hombre inteligente puede decir una mentira.»

Estas letras escritas a mano con tinta china en un pergamino blanco, encajado luego en la estructura de un pisapapeles triangular, constituían una máxima que formaba el regalo de despedida que el predecesor del coronel Sir Henry Evelyn Ridley le había entregado el día en que Ridley tomara posesión de su destino, en las Salas de Guerra Subterránea de Churchill en Storey's Gate, en el corazón de Londres. Resultaba un *leit motif* que encajaba muy bien con la organización que Ridley regía en aquel laberinto subterráneo. Ridley estaba al frente de aquella «pequeña pandilla de Maquiavelos aficionados» a que Churchill se había referido en su conferencia anterior. Su tarea constituía una de las más críticas de la guerra, aunque su organización fuese tan secreta que apenas trescientas personas conocían su existencia. En Ridley y en la docena de hombres que tenía en torno de él había recaído la tarea de conseguir que Adolfo Hitler y su Estado Mayor General se tragasen la mayor mentira jamás contada. Constituía una mentira de la que podía muy bien depender el resultado de la Segunda Guerra Mundial, una *ruse de guerre* (1) de tales dimensiones que el caballo de Troya parecería, en comparación, un engaño para niños.

Nadie parecería tan poco apropiado para concebir y decir aquella mentira que Ridley. Era la verdadera encarnación de aquellas virtudes de rectitud y juego limpio que un mundo admirado había atribuido a las clases dirigentes de Gran Bretaña, aquella autoperpetuante pequeña peña de hombres que gobernaron el Imperio británico durante 400 años. Era abogado por gusto y tradición. Incluso la familia de Ridley y la ley británica se hallaban tan entrelazadas, que uno de sus antepasados se había encontrado entre los barones que forzaron al rey Juan a conceder la Carta Magna. Un óleo de aquella histórica mañana de junio en Runnymede había pasado de generación en generación en las cámaras de Ridley, en Lincoln's Inn, un sello del nexo especial que unía a los Ridley con la hermandad de la peluca y de las escrituras.

En aquella noche de marzo, Ridley era, con permiso del tiempo de

(1) En francés en el original: Ardid de guerra. (*N. del T.*)

guerra, el socio principal del gabinete fundado por su bisabuelo; consejero legal de la Corona; consejero privado, lo mismo que lo habían sido su padre y su abuelo; director del «Coutts Bank». Todo, desde el momento de su nacimiento, le había preparado para el ejercicio del poder que ahora ostentaba. Desde las manos de los tutores de su padre, había pasado a Eton, «el bendito *college*» que se encontraba en el apogeo de su poder en las décadas anteriores a la Primera Guerra Mundial. Sus años en Eton le habían marcado para toda la vida. Había aprendido que la educación era más importante que la inteligencia; la lealtad a los propios amigos y clase, constituía el ingrediente indispensable de un caballero; y que la devoción al rey y al país eran la única fe verdadera. Como auténtico etoniano que era, se le hacían muy cuesta arriba los dictados del Papa e intentaba aprender un poco de todo. La especialización no era para su clase; a fin de cuentas, los dirigentes siempre podrían contratar a especialistas para que hiciesen su trabajo.

Ese maravilloso y pequeño mundo se hizo añicos en las trincheras del Frente occidental. En 1917, Ridley había llegado a capitán de la Coldstream Guards, con una cruz militar y tres galones de heridas de guerra. Con su herida final, fue trasladado al Estado Mayor del mariscal de campo Lord Haig, comandante en jefe de Gran Bretaña en Francia, como oficial de Inteligencia.

Resultó un destino irónico para Ridley que había llegado a despreciar a Haig, y a los sanguinarios y despreocupados generales que le rodeaban, con una pasión sin límites. Nunca podría perdonarles por haber enviado a tantos de sus muchachos a la muerte en su guerra de desgaste, por sacrificar sus jóvenes vidas por unos cuantos chapoteos en el fango de Flandes. Sin embargo, demostró tal misteriosa habilidad al preparar estimaciones de Inteligencia para Haig, que adquirió una reputación mágica en el *establishment* militar británico. Entre los que fueron conscientes de sus logros, se encontraba un joven ministro del Gabinete, Winston Churchill. Cuando, en la primavera de 1942, Churchill pensó en un espíritu fresco e innovador para eliminar el esoterismo de sus organizaciones clandestinas, citó a Ridley a Londres, procedente de su puesto de contraespionaje que ejercía en Irlanda del Norte, desde el inicio de la guerra, nombrándole «Oficial de control de simulación». Lo que esto significaba quedó resumido en la instrucción COSC(42) 180(O), del 21 de junio de 1942 que le asignaba la tarea: «Deberá usted preparar planes de engaño sobre una base de nivel mundial, con objeto de causar al enemigo pérdidas en sus recursos militares —rezaba—. Su trabajo no queda limitado sólo al engaño estratégico, también debe incluir cualquier asunto dirigido a confundir o engañar al enemigo, sea cual sea la ventaja militar que pueda obtenerse con ello.»

Ahora bien, como Churchill le señaló verbal y sucintamente, debería emplear «cualesquiera estrategias, trucos sucios o mortíferos o de mutilación criminal imaginables para sodomizar al maldito Huno».

En concordancia con una burocracia preparada para despistar cualquier curiosidad malsana, su organización fue denominada «Sección de Control de Londres». Ridley informaba directamente a Churchill a través del general Ismay. Desde su laberinto subterráneo en Storey's Gate, mantenía conexiones con todas las organizaciones británicas secretas encargadas de la puesta en práctica de sus tortuosos planes: con el Comité Doble Cruz XX, con los cazaclaves en Bietchley Park, con el MI5, con «C», Sir Stewart Menzies, su amigo íntimo y compañero en Eton que dirigía el MI6, el Servicio Secreto de Inteligencia. Como hombre silencioso y discreto, el nombre de Ridley era casi desconocido fuera del mundo en el que se movía. Pero dentro del mismo, en White's y Brooks, en las anónimamente etiquetadas oficinas de Inteligencia de Saint James y en las casas de Queen Ann, en torno del parque de Saint James, los hombres que le conocían sabían que Sir Henry Evelyn Ridley «era un hombre muy importante».

El arte del engaño militar que le habían encomendado, se remontaba al siglo IV a. de J.C. y al señor de la guerra chino Sun Tsu. «Socavar el terreno al enemigo —escribió—, subvertirle, atacar su moral, corromperle, sembrar discordias internas entre sus dirigentes, destruirle sin luchar con él.» Los griegos en Troya, Aníbal, Belisario, comandante en jefe de los ejércitos del emperador Justiniano, constituían unos cuantos de estos antepasados históricos de Ridley. En la Segunda Guerra Mundial, el pequeño y mal armado ejército británico, había tenido que confiar en el engaño y en la astucia no para vencer, sino para sobrevivir. En realidad, la organización que Ridley presidía había nacido en un prostíbulo, detrás del restaurante «Groppi», en El Cairo, durante la lucha con el Africa Korps de Rommel por el Desierto Occidental. Había incluido magos, falsificadores, asesinos, revientacajas, adivinos y, en 1943, un cadáver flotando frente a las costas españolas. Ahora, estaba a cargo de Ridley el llevar a cabo el plan de engaño más desafiante, más crítico y más importante de todos los tiempos. El general Brooke se lo había entregado con la siguiente admonición: «No funciona. Pero se debe conseguir a toda costa.»

Se le llamó *Fortitude*. Al igual que todas las grandes ideas resultaba sorprendente en su simplicidad. Los aliados, según sostenía *Fortitude*, no iban a lanzar una invasión contra la Fortaleza Europa de Hitler. Iban a efectuar dos. El primer y menor asalto tendría lugar en Normandía. Su objeto sería atraer hacia la península del Contentin a las Divisiones de choque Panzer del 15.º Ejército de Alemania. Una vez Hitler hubiese lanzado aquellas unidades de élite contra la cabeza de puente normando, entonces la segunda —y auténtica— invasión atacaría el pequeño paso marino de los estrechos de Dover, en el Pas de Calais. Si Sir Henry Ridley y su Sección de Control de Londres podían llevar a Hitler y a sus generales a creer en las mentiras de *Fortitude*, de ese modo inmovilizarían a las mejores tropas del Ejército alemán en el Pas de Calais, con sus cañones sin disparar, sus tropas sin bajas, aguardando una invasión que nunca tendría lugar. Sin embargo, si fracasaban, si el dictador alemán lanzaba a aquellas Divisiones Panzer contra Normandía, con rapidez y decisión, seguramente la invasión se colapsaría, y con ello todas las desesperadas esperanzas de la Europa ocupada.

Para hacer pasar la mentira de *Fortitude*, Ridley debía primero crear un ejército de fantasmas. Aquella noche de marzo, mientras trabajaba en su oficina subterránea, los aliados tenían exactamente trein-

ta Divisiones —norteamericanas, inglesas y canadienses— en todo el
Reino Unido. Aquellas fuerzas eran apenas suficientes para montar una
invasión, por no decir nada de dos. Sin embargo, Hitler y sus generales no llegarían nunca a creer la mentira de *Fortitude* si antes no
creían que los aliados poseían fuerzas suficientes en Inglaterra para
preparar dos invasiones importantes. Y lo más importante de todo:
Ridley debía convencer a los alemanes de que esa segunda invasión
se llevaría a cabo en el intervalo posterior a los desembarcos de Normandía, en aquel crítico momento, dos o tres días después del Día D,
cuando Hitler hubiera llegado a una decisión para comprometer a sus
Divisiones Panzer en Normandía.

Era un juego mortífero. Un fracaso por parte de Ridley podría activar el desastre, porque en el engaño militar la falsedad señala el
camino de la verdad. Si los alemanes detectaban el juego de Ridley,
sólo deberían mantener un espejo delante de sus mentiras para determinar cuáles eran las auténticas intenciones de los aliados. En ese
caso, sus Panzers estarían dispuestos y aguardando para destrozar a
los invasores de Eisenhower.

El llevar a cabo la mentira de *Fortitude* constituía un lento y penoso proceso. Ridley no podía lanzar sus mentiras al enemigo como
un primer premio. El espionaje conseguido con facilidad era en seguida descartado. Ridley tenía que hacer que los alemanes trabajasen para
descubrir los ingredientes de su mentira, descubrírsela poco a poco,
con gran esfuerzo y mucho coste, hasta que la mentira, nacida de tanto esfuerzo teutónico emergiese con convincente claridad.

El objetivo de Ridley era el de enredar a los alemanes en una invisible telaraña de engaños. Sus hilos eran muchos y diversos, desde
el dormitorio de un diplomático comprometido hasta los agentes dobles. La idea era descubrir todas las fuentes de espionaje empleadas
por los alemanes para luego, lenta y sutilmente, envenenar los manantiales de cada una de ellas con una información errónea. Si Ridley
podía tener éxito en esto, sería capaz de insertar hábilmente los fragmentos de su mentira en la maquinaria del espionaje alemán y luego
ir subiendo, lentamente, hasta el último objetivo del plan de Ridley:
la mente de Adolfo Hitler.

Resultaba una tarea asombrosamente difícil y no cabía extrañarse
de que el realizarla mantuviese a Ridley en su despacho hasta muy
tarde, como sucedía en esta noche de marzo. La inesperada llamada
de su teléfono rojo —secreto— interrumpió el estudio de los documentos que tenía ante él.

—Ah, *Squiff*, me dijeron que podría dar contigo porque trabajabas
hasta muy tarde.

*Squiff* había sido el obligatorio apodo de Ridley en Eton.

—Acabo de recibir unas noticias que he creído que debería compartir contigo.

Ridley reconoció inmediatamente la rechinante voz de su condiscípulo en Eton Sir Stewart Menzies, el director del MI6, el Servicio Secreto de Inteligencia.

—Supongo que serán buenas. Son precisamente las que necesito estos días.

—No, me temo que sean de otra clase. ¿Te agradaría reunirte conmigo para tomar un coñac con soda en el club, pongamos dentro de media hora?

Exacto casi hasta el segundo, Ridley apareció por la entrada del «White's Club». Al verle, el portero se deslizó de su pequeña garita desde la que mantenía un ojo discreto aunque avizor sobre cualquiera que tratase de entrar en aquellos locales, tan rígidamente restringidos como el mismo palacio de Buckingham.

—Sir Henry, Sir Stewart le espera en la sala de fumadores —le susurró haciéndose cargo del abrigo de Ridley, con lo confidencial de su tono indicando que, aunque los porteros del «White's» no poseían los secretos de los dioses, por lo menos eran conscientes de sus movimientos.

Ridley asintió, echó un vistazo al teletipo de «Reuters» y echó a andar por el vestíbulo y por una galería de cuadros donde aparecían los antiguos muchachos del «White's» con sus uniformes de gala, sus patillas en forma de boca de hacha, pelucas y togas. Uno de ellos era un antepasado suyo, un abogado que trató con notable infortunio librar a Carlos I de sus verdugos. Aquello constituía, como le gustaba observar a Ridley, un recuerdo de la constancia de la alianza de los Ridley con la Corona aunque no de la brillantez de su salvaguarda.

Encontró a Sir Stewart instalado en un rincón débilmente iluminado de la sala de fumadores. En el momento en que se sentaba a su lado, apareció un anciano camarero con una bandeja de plata en la mano.

—Coñac y soda —pidió, al tiempo que se hundía en un sillón y saboreaba la tranquilizadora riqueza del ambiente de la estancia, que olía a cuero viejo, oporto rancio y a siglos de humo de buenos puros habanos.

Ambos hombres hablaron intrascendentemente hasta que sirvieron la bebida a Ridley y el camarero desapareció en las sombras.

A continuación, Sir Stewart comenzó diciendo:

—He recibido una preocupante comunicación de ISOS a primeras horas de esta noche —manifestó.

Se produjo un imperceptible cambio en el nivel de atención de Ridley. «ISOS» significaba «Intelligence Service Oliver Strachey», y era el nombre en clave del más secreto de los interceptadores de las transmisiones de radio alemanas llevadas a cabo por «Ultra», los mejores descifradores de claves de Inglaterra. Interceptaban a la Abwehr —la Inteligencia alemana— y al RSHA de Himmler: el *Reichssicherheitshauptant*, la oficina principal de la seguridad nacional.

—Parece que a nuestro Canaris lo han puesto de patitas en la calle. En realidad, se halla bajo arresto domiciliario.

Como ocurría con frecuencia, los ojos de Ridley permanecían semicerrados, con sus párpados cayendo cual pequeñas medias lunas por encima de los globos de sus ojos. La mayoría de la gente tomaba aquella expresión por somnolencia, como algo que se adecuaba a Ridley a la perfección. Era en tales momentos cuando se hallaba más intensamente concentrado, y ahora lo estaba haciendo respecto del rostro de su viejo amigo.

—Himmler se ha hecho cargo de las operaciones en el exterior y las ha asignado a Schellenberg.

—¡Vaya!

Los ojos de Ridley se abrieron de auténtica sorpresa.

—Eso sí que son malas noticias... Son de lo peor que podías darme, diría yo.

—Pues... —murmuró su amigo mientras sorbía su coñac con soda—, me temo que así sea...

Ridley se retrepó en su sillón de cuero y cerró los ojos durante un momento, pensando. Sus tres canales más vitales para pasar los fragmentos de su plan de *Fortitude* a los alemanes los constituían un polaco, un español y un yugoslavo. Los tres eran agentes de confianza de la Abwehr. En realidad, los tres eran agentes dobles, que operaban bajo control británico.

—Supongo que la primera cosa que Schellenberg hará, será vigilar cualquier operación que la Abwehr esté llevando a cabo para buscar infiltrados.

—Yo habría pensado así —respondió Stewart—. Es un tipo inteligente y un bastardo ambicioso dentro del negocio. No hay duda que está detrás de eso. Estoy seguro de que le gustaría localizar algunas manzanas podridas y servírselas a Himmler en bandeja de plata para justificar lo que han hecho.

—Ya te harás cargo de que si localizan a los nuestros, *Fortitude* está perdido, con todo lo que ello implica.

—Claro que sí. Sin embargo, tienes algunas cosas que trabajan en tu favor. Schellenberg deberá tener algunas fuentes con las que contar para realizar sus estimaciones. Pero es un poco tarde, no te parece, para poner en funcionamiento bazas nuevas... Lo más probable es que decida seguir con alguno de los asuntos de Canaris. Y esperemos que aquellos que escoja sean de los tuyos...

Sir Stewart volteó su coñac con soda pensativamente.

—Por lo menos, puedes estar seguro de que esos controladores de la Abwehr en Hamburgo harán todo cuanto esté en sus manos para persuadir a Schellenberg de que tus tipos son seguros. Si no es así, es probable que les metan en el primer tren que vaya hacia el Frente del Este...

—Dios mío —suspiró Ridley—, esto sí que resulta de lo más sorprendente.

Quedó silencioso durante un momento, oprimido por sus preocupaciones.

—Naturalmente, tienes razón. Nuestros tipos deben sobrevivir. Pero el problema es que no puedo contar con eso, ¿no te parece?

La falta de una respuesta confirmó el pensamiento de Ridley.

—Has mencionado el hecho de que era ya un poco tarde para que emprendiesen nuevas cosas.

—Realmente no veo cómo podrían hacerlo con el tiempo que les queda.

—Supongamos que se lo proporcionamos nosotros. Que les abrimos un nuevo canal, por así decirlo, alguien al que los nuevos muchachos de Himmler puedan considerar como auténticamente suyo...

En silencio, Menzies le dio vueltas a esta idea.
—Eso constituiría un buen movimiento. Dado, naturalmente, que tengas la baza apropiada.
—¿No tienes, por casualidad, algunos tesoros ocultos a los que podamos recurrir? A fin de cuentas, nos jugamos mucho.
El director del Servicio de espionaje quedó silencioso durante un largo intervalo, siguió agitando con despreocupación los restos de su coñac con soda, mientras su mente se adentraba en el inventario del que podía echar mano. Finalmente, se desperezó en su sillón, como si se tratase de uno de aquellos antiguos miembros del «White's» que se despertase tras la siesta, después de la comida.
—Sí —afirmó—. Sí, creo que lo tengo. Déjame hablar primero con mi gente y ya seguiremos tratando de este asunto más tarde...

—Handyman Tres Cuatro ¿Y ahora qué, por favor?
Acurrucada en el asiento plegable de madera detrás de la carlinga del piloto, con su preciosa y peligrosa maleta entre las rodillas, Catherine seguía la conversación del piloto por el intercomunicador.
—Rumbo tres —le llegó la respuesta desde la última estación de radar británica que seguía su vuelo, proporcionando al piloto la corrección final de su rumbo antes de desaparecer por encima del territorio de la Francia ocupada.
Atisbando por la ventanilla, Catherine vio la grisura del canal y cómo, gradualmente, se perfilaba la oscura costa de Francia. «Regreso a casa —pensó—. Al fin vuelvo a casa.» *Baby Cadum* le puso la mano en el hombro y le señaló el lejano horizonte, hacia el Norte. Una lluvia de bolas de un amarillo dorado, al igual que los fuegos artificiales en el Día de la Bastilla, formaban delicados dibujos a través del cielo.
—Fuego antiaéreo —anunció el piloto—. El Mando de Bombarderos ha debido salir a visitar a sus amigos en el Ruhr.
Catherine regresó a su contemplación del suelo. Pasaba bajo ella como una masa azulgrisácea, con sólo algún reflejo de luz traicionando la existencia de miles de personas que vivían allí abajo. De vez en cuando, captaba la masa más gris formada por grupos de árboles en el paisaje circundante. Sus ojos vieron las trazas de los árboles alineados de una Carretera Nacional, cortando el paisaje con su forma geométrica, con el ocasional reflejo del agua de un río que captaba la luz de la luna. También veía las intersecciones de ciudades dormidas. En una ocasión, localizó un tren que se arrastraba a través de la noche, con el pálido penacho de su humo retorciéndose tras él como una serpiente. Ante su asombro, incluso llegó a ver el destello anaranjado de la abierta caldera de la locomotora. Se adormeció y luego, de repente, sintió que el avión descendía en una profunda zambullida. Debajo de ella, a la gris luz de la luna, reconoció las diecisiete torres redondas del Castillo de Saint-Louis de Angers.
—Justo a tiempo —anunció el piloto—. Encontraremos a babor el Loira, dentro de un minuto o dos.
Se retrepó en su asiento, con los ojos cerrados, tratando de no pensar. A su lado, *Baby Cadum* estaba profundamente dormido. «Para

él —pensó—, esto debe de ser como un viaje en autobús.» Sabía que era ya su tercer viaje a la Francia ocupada.

A unos 250 kilómetros al nordeste del «Lysander» de Catherine, otro avión rugía a través de la noche en busca de otra cita, no muy lejos de la ciudad normanda de Ruán. Se trataba de un bombardero «Halifax», y dentro de su frío y ruidoso fuselaje Alex Wild sintió la mano amistosa de su expedidor de la RAF en el hombro.

—¿Qué me dices de una taza de té caliente? —le preguntó con la solicitud de una niñera urgiendo a su pupilo a comerse sus copos de maíz.

Agradecido, Wild cogió la desportillada taza de manos del sargento y se tragó aquel caliente líquido. Al igual que Catherine, Wild era un operador de radio del SOE. Igual que ella, había recibido sus instrucciones finales de Cavendish, en Orchard Court, hacía unas horas. Sus caminos no se cruzaban. Park, el consciente encargado de seguridad de Cavendish, había cuidado de esto. Iba a ser «insertado», según la terminología del SOE, en la Francia ocupada a través de una táctica más convencional, lanzándole en paracaídas en un lugar donde le esperaba un comité de recepción de la Resistencia. Alineados en la parte trasera del avión se encontraban cinco paracaídas que serían lanzados después de él, cada uno de ellos estaba unido a un largo tubo de metal de dos metros, lleno de pistolas «Sten», municiones y explosivos de plástico para la Resistencia normanda.

El sargento de vuelo Cranston, el expedidor, corrió la cubierta de metal de la piquera en la parte baja del fuselaje. Wild se acercó y colgó los pies del agujero. La luz verde de encima de la puerta del piloto cambió al color rojo.

—Ya falta muy poco —anunció Cranston.

Cogió la rasgada cuerda del paracaídas de Wild y la colgó de la línea estática por encima de sus cabezas, y luego le dio un fuerte tirón para que Wild pudiese ver que se hallaba firmemente asegurada.

Wild sonrió. El sargento Cranston y aquel ademán constituían unos dispositivos que eran una leyenda en el SOE. La Seguridad del SOE, según decía esa leyenda, había detectado a un agente alemán infiltrado en las escuelas de adiestramiento de la organización en 1943. Era un francés enviado a Inglaterra con órdenes de la Gestapo de penetrar en el SOE. En lugar de revelar sus movimientos arrestándole, la Seguridad del SOE le había permitido completar su adiestramiento y regresar a la Francia ocupada, excepto que, en la noche de su lanzamiento, el sargento Cranston había convenientemente descuidado de colgar la cuerda que abría el paracaídas de la línea estática, por lo que regresó al suelo de la nación que iba a traicionar en una caída libre, a ciento sesenta kilómetros por hora, y realizada sin el beneficio de un paracaídas. Desde aquella noche, Cranston tranquilizaba a sus agentes que partían con una visible demostración de la solidez de la sujeción que tenían sus paracaídas con la línea estática.

Wild observó la tierra oscurecida que se deslizaba debajo de sus pies. De repente, la luz roja de encima de la puerta del piloto volvió a ponerse verde. El brazo de Cranston bajó.

—Adelante —dijo, gritando para hacerse oír por encima del rugido de los motores del avión.

Con la mente enfocada en lo que le habían enseñado a hacer, Wild juntó con fuerza los pies, se inclinó hacia delante para caer exactamente a través del agujero, braceando mientras lo hacía, para impedir darse la vuelta con los talones por encima de la cabeza al alcanzar la estela del avión.

Era cuestión de segundos. El SOE dejaba caer sus agentes a menos de doscientos metros; a aquella altitud se tardaba apenas veinte segundos en llegar al suelo. Wild rodó hacia delante para amortiguar el golpe del aterrizaje y comenzó a recoger su paracaídas. Pudo oír el ronco susurro de los miembros de su comité de recepción que corrían hacia él, luego un par de manos amistosas le ayudaron a arrastrar el paracaídas. Un segundo resistente, a unos cuantos pasos de distancia, comenzaba ya a abrir un agujero en los pastos para enterrar el mono de Wild y su paracaídas. A distancia, pudo ver unas figuras ensombrecidas que se precipitaban a través de la noche en busca de los cinco contenedores de armas.

No intercambiaron una palabra hasta que el equipo de Wild se encontró enterrado a salvo. Luego, jadeando levemente, el hombre que le había «recibido» se sacó un frasco del bolsillo.

—¿Coñac? —le preguntó—. Será mejor que mees el que os dan en Tempsford.

Wild sonrió ante la mención de la base de la RAF de la que había partido el «Halifax» y tomó un agradecido sorbo de licor. El segundo resistente se encontraba ya de regreso a través de los pastos.

—Esta noche tenemos primera clase —le dijo el jefe a Wild—. Hemos conseguido un coche.

—Dios santo... ¿Y cómo os las habéis apañado?

—Este bueno de Bernard —dijo el jefe señalando hacia el segundo resistente—, tiene una cobertura en el mercado negro y hace un poco de estraperlo. Les pidió a los alemanes que le diesen un *ausweis* para el toque de queda. Ya sabes cómo reaccionan los boches. Si tienes los papeles en regla, todo va como una seda.

El coche se encontraba en un claro, parcialmente cubierto con las ramas que los dos resistentes habían cortado para esconderlo.

—¿Buen viaje? —le preguntó el jefe, en cuanto apartaron el improvisado enmascaramiento del vehículo.

—Mejor que la última vez. Me lanzaron a treinta kilómetros de distancia del objetivo.

—¿Ya has estado aquí antes?

—Sí, la última vez el lanzamiento fue en Troyes.

—¿Troyes? ¿Estabas con Héctor?

Wild asintió.

—Yo era su radio.

—Pues tienes mucha suerte de estar vivo —le explicó el jefe de la Resistencia, abriendo la puerta trasera del coche.

—Creo que sí... Le dejé dos días antes de que le atrapasen.

Los dos hombres se instalaron en la parte de atrás del vehículo, mientras Bernard se ponía al volante. El jefe apretó a Wild tranquilizadoramente la rodilla.

—Será mejor que duermas —le explicó—. Lo necesitarás luego. Ya te despertaré cuando lleguemos.

Wild asintió inclinado contra la puerta trasera y se quedó inmediatamente dormido.

—Estamos cerca de Tours —anunció el piloto—. Aterrizaremos dentro de muy poco.

Catherine se tensó al oír sus palabras y se sentó erguida. En las afueras de Tours, el piloto bajó hasta poco más de trescientos metros siguiendo a lo largo del río Cher, con rumbo hacia el Sudeste, manteniéndose junto a la ribera del río para confundir a las patrullas alemanas en tierra que podían haber captado el ruido del motor. Exactamente al este de Azay-sur-Cher localizó la señal vital que había estado buscando, un puente de seis montantes. Hacia el Nordeste, una inmensa mancha negra, el bosque de Amboise, confirmó que estaba exactamente en el blanco. Apenas un minuto después sobrevoló un segundo puente, a cinco kilómetros corriente arriba de Saint-Martin-le-Beau. Hizo girar el avión, cruzó el río y luego regresó aguas arriba. Por delante, Catherine localizó las tres luces que brillaban en forma de «L». Se trataba de una figura geométrica de aterrizaje del «Lysander», un dibujo que se había hecho por primera vez encima del mantel de un restorán de espagueti de Soho, en 1942. Desde entonces, aquella «L» formando un dibujo luminoso había guiado a docenas de pilotos de «Lysander» para lograr unos aterrizajes seguros. Una cuarta linterna destelló la letra «M» en código Morse, la señal convenida de que el campo resultaba seguro.

El piloto disminuyó la velocidad a 110 kilómetros por hora y el avión comenzó a bajar. Sobrevoló a duras penas una serie de álamos y luego, con un choque y un salto, alcanzó el suelo, rebotó de nuevo y comenzó a enderezarse por encima de la tierra.

—Salid, de prisa —les ordenó el piloto, deslizando la cubierta de cristal.

Cuatro figuras se encontraban ya corriendo hacia el avión. El primero trepó y colocó una botella en la mano del piloto.

—«Lafitte» del veintinueve —le dijo—. Para el rancho de los muchachos.

Saltó de nuevo y *Baby Cadum* lo aprovechó para descender del avión.

—Adiós y buena suerte —les dijo el piloto, ayudando a Catherine a salir por la portilla—. Resérvame un baile la próxima vez que estés en el «400». Estás en buenas manos con este Paul —explicó, señalando al oficial de operaciones aéreas que le había entregado aquel burdeos de 1929—. Ya volaba antes de aprender a andar.

Con aquellas palabras, Catherine fue recibida en el suelo de Francia. Su bienvenida resultó brusca y propia de un asunto de negocios.

—Espera aquí —le ordenó Paul, señalando un grupo de árboles mientras se volvía hacia el aparato.

Los dos pasajeros que emprendían viaje subieron, el piloto cerró la cubierta de cristal, Paul se alejó a la carrera del fuselaje e hizo una señal al piloto para que se fuese. El avión había permanecido en el suelo apenas tres minutos. Con un rugido de entrechocamiento de metales y lanzando una humareda por el tubo de escape, que Catherine estaba segura que los alemanes podrían oír desde allí hasta París, el avión se deslizó por el terreno de pastos, forcejeando por elevarse de la húmeda tierra. *Baby Cadun* y el segundo hombre habían desaparecido en la oscuridad. «Qué extraño —pensó Catherine—, hemos vivido esta extraordinaria aventura juntos, hemos intercambiado apenas dos palabras en seis horas y ahora desaparece en la noche.»

Paul recorría el campo apagando las linternas y recogiendo las estacas que habían marcado la pista iluminada. Catherine siguió de pie, rígida, con los oídos siguiendo el zumbido del «Lysander» que se encaminaba de regreso a Inglaterra y a la seguridad, aferrada a su cada vez menos perceptible rugido, hasta que, gradualmente, se perdió entre las llamadas de las aves nocturnas, el ruido de la brisa y el distante ladrido del perro de una granja.

En su vida, Catherine jamás se había sentido tan total y completamente sola. A la izquierda, podía ver la niebla baja que se levantaba desde el Cher en plateados remolinos. El campo se hallaba en una llanura aluvial. Las inundaciones invernales hacían de la explanada un pastizal inhabitable; no existía ni un solo edificio a lo largo de la orilla del río, desde Azay-sur-Cher hasta Saint-Martin. Aquello convertía la zona en un perfecto lugar para aterrizajes clandestinos. Delante de ella se veía un grupo de álamos, con sus ramas desnudas silueteadas a la luz de la luna. Unos rollos negros de *gui* —muérdago— anidan mágicamente en las horquillas de esas ramas, el *gui* la planta sagrada de los antiguos druidas, cortada una vez al año por el sumo sacerdote para traer buena suerte a su pueblo. «¿Un presagio?», se preguntó.

Paul regresó con las estacas en la mano, jadeando levemente a causa del esfuerzo. Era un hombre alto, probablemente de treinta y pocos años, que llevaba una chaqueta vieja de lana y pantalones a juego. En los pies se le veían un par de holgadas botas de caucho.

—Quédate aquí —le ordenó—. En seguida vuelvo.

Le cogió la maleta y se alejó en la oscuridad. «¿No eres un tipo hablador, verdad, Paul?», pensó Catherine mientras le veía alejarse.

El pesado andar de sus botas anunció el regreso de Paul. Sin pronunciar una palabra, se acercó hasta donde se encontraba Catherine, la cogió en brazos y empezó a llevarla cual a un incapaz tullido a través del campo.

—¿Qué demonios estás haciendo? —gritó la mujer, pateando y removiéndose para protestar de su forma de obrar.

—Cállate. Por la noche, las voces llegan muy lejos...

Ése fue el único comentario que consiguió.

Bufando de silenciosa ira, Catherine le permitió llevarla a través del esponjoso pastizal, hasta un puente de planchas de madera que formaba un dique de contención, hasta llegar a una sucia carretera donde la depositó en el suelo. Les esperaban dos bicicletas. La maleta de la mujer se hallaba ya atada en la redecilla trasera de una de ellas.

—¿Sabes montar en bicicleta?

Catherine asintió.

—Algunos no saben... Y ahora escucha: tenemos que hacer cinco kilómetros. Al llegar a Saint-Martin tomaremos la D 83 hasta un lugar seguro en el extremo del bosque. Manténte detrás de mí y haz exactamente lo mismo que yo. Si oímos un coche, nos esconderemos. Puede pertenecer a un alemán o a un estraperlista. Nadie más sale durante el toque de queda.

A continuación se quitó las botas de goma y las colocó al pie del puente. Abrió la cesta que se hallaba fijada en la barra del manillar de su bicicleta y sacó un conejo muerto, con sangre fresca y entrañas rezumando de sus restos. Mientras Catherine lo observaba en medio de una creciente revulsión, lo ató encima de la maleta de ella.

—La cena. Hemos estado cazando furtivamente —le explicó, mientras pasaba la pierna por encima del sillín.

La primera cosa que sorprendió a Catherine fue lo perfectamente engrasadas que se encontraban las bicicletas de Paul. Apenas pudo escuchar el ruido de sus ruedas mientras pedaleaban hacia el Este, a lo largo de la sucia calzada. El único sonido que se oía en alguna parte, muy a lo lejos en la oscuridad, era el tranquilizador tintineo de la esquila de una vaca. Por encima de sus cabezas, unas nubes a la deriva cortaban de un lado a otro aquella luna llena que la había traído a su patria, esparciendo sus irregulares diseños alrededor de la tierra que la rodeaba. Respiró hondo el aire húmedo nocturno impregnado con rancio olor que habían dejado tras de sí las inundaciones invernales. Durante un extraño segundo, sintió unos locos deseos de detenerse, de inclinarse y de besar aquel suelo de su tierra natal que pasaba bajo las ruedas de su bicicleta. Pensó en los noticiarios que había visto de los republicanos españoles al final de la Guerra Civil, que marchaban hacia el exilio en Francia, con un puñado de su perdida tierra en las manos. Qué ridículo le pareció aquel gesto entonces, y qué natural le resultaba ahora. De repente, la asaltó lo absurdo de cuanto estaba sucediendo. No sabía dónde se encontraba. No sabía ni adónde iba. Ni siquiera sabía con quién estaba. Todo cuanto conocía era que su vida se hallaba comprometida por completo en manos de aquel hosco desconocido que pedaleaba delante de ella, por una oscurecida carretera de un rincón perdido de Francia que le era tan poco familiar como la superficie de la luna.

Se aproximaban a un cruce ferroviario. Más allá se veía el asfaltado de una carretera. Paul se bajó de la bicicleta y se quedó tenso, escuchando todos los ruidos de la noche. A Catherine le recordó un animal en el bosque, con las facultades agudizadas por la oscuridad, por el olor del peligro. Con un ademán del brazo señaló hacia un grupo de árboles enfrente de la carretera. Agazapada bajo su sombra, Catherine se esforzó por oír el sonido que había alertado al hombre. Sus oídos no lo captaron hasta que el coche estuvo delante de ellos, un «Citroën» negro, con las luces apagadas, el motor amortiguado, deslizándose con lentitud a lo largo de la carretera como un gato a punto de saltar sobre una desprevenida presa.

—¡Bastardos! —susurró Paul cuando desapareció—. Han debido oír el avión. Tendremos que sentarnos aquí y esperar un rato.


En París, la Avenue Foch yacía amordazada en el silencio de la noche. Ni un solo vehículo rodaba a lo largo del espléndido bulevar que enlazaba el Arco de Triunfo con el Bois de Boulogne. Ni un solo transeúnte, ni siquiera furtivo, recorría las aceras de su celebrada alameda, la calzada interior separada del bulevar paralelo por una amplia y verdeante hilera de césped. Sin una excepción, las imponentes residencias de piedra que se alineaban en la alameda, seguras e impasibles manifestaciones de la burguesía francesa, eran unas sombras sin vida.

Hacia el final de la avenida, cerca del punto en que se unía con la Porte Dauphiné, los dos edificios que le daban su renombre actual se hallaban tan silenciosos y oscuros como los demás. Pero no siempre era así. Aquellos dos edificios, los números 82 y 84, albergaban el cuartel general principal en París de la Gestapo. Daban su apodo a la avenida, «Avenue Boche», y en realidad sus buenos vecinos burgueses raramente dormían tranquilos. La Gestapo prefería llevar a cabo sus actos de salvajismo por la noche, como si de algún modo las sombras ocultadoras de la noche añadiesen una dimensión propia al horror que trataban de imponer en sus víctimas. Además, una preocupación práctica subyacía en la predilección de la Gestapo por las horas nocturnas: los gritos de sus víctimas tendían a perturbar a las secretarias de los edificios cuando torturaban a sus prisioneros de día. Resultaba mejor, razonaban los capitostes de la Gestapo, perturbar el sueño de sus vecinos que los trabajos de sus secretarias.

En todo caso, las celdas de tortura del quinto piso del número 84 se hallaban vacías esta noche de marzo. El único sonido que emanaba de uno y otro edificios procedía de las firmes pisadas de un par de zapatos de cocodrilo que caminaban por encima de una alfombra púrpura en la oficina del cuarto piso del número 84. El *Obersturmbannführer* Hans Dieter Strömelburg, el jefe de la Sección IV, Contraespionaje, del Sicherheitsdienst, el Servicio de Seguridad alemán para Francia, era un hombre tenso y excitado. Siempre lo estaba en noches como ésta. Aunque nunca lo admitiría, Strömelburg era un sádico. No un sádico bruto como alguno de sus subordinados, Klaus Barbie en Lyon, por ejemplo, que gozaban de un placer físico al ayudar a los interrogadores a golpear a sus prisioneros, o sádicos viciosos, como Otto Langebach, de su oficina de París, que parecía disfrutar llevando a los prisioneros al umbral de la muerte en la *baignoire*, la tortura de la bañera, o un pervertido sádico sexual, como el ex-alcahuete francés que Strömelburg empleaba para sacarles las uñas a las mujeres o atacar sus pezones o genitales con cigarrillos encendidos. No, Strömelburg era un sádico intelectual. Amaba dominar a sus prisioneros intelectualmente, sentir cómo el miedo rezumaba en ellos cuando les insinuaba las crudas pruebas que les aguardaban. Le gustaban en particular aquellas ocasiones como la que tenía por delante: los primeros aterradores momentos en que un agente se percataba, tanto hombres como mujeres, de que se encontraba en manos de la Gestapo.

Y no era que Strömelburg tuviera escrúpulos en el uso de la tortura. Era un auténtico hombre práctico y eficiente, y no vacilaba lo más mínimo en emplear cualesquiera medios que fuesen necesarios para alcanzar sus fines. Era simplemente que, al igual que su mandamás, Heinrich Himmler, detestaba la visión de la sangre. Prefería entregar sus prisioneros a los secuaces que tenía para estos fines y regresar cuando hubiesen terminado su trabajo, dispuesto a interpretar el papel del entristecido consejero, apenado por lo que se evidenciaba, ansioso de intervenir en favor de los prisioneros en el momento en que tuvieran el más leve deseo de cooperar. Era un papel que interpretaba con arrolladora efectividad.

Lo ensayaba ahora en las cámaras interiores de su mente, mientras paseaba por su despacho amueblado con mucho gusto, con sus rincones casi alegremente iluminados por el gran candelabro de cristal que dominaba la estancia. Naturalmente, se veían allí las obligadas fotos del Führer encima de la repisa de la chimenea, las fotografías dedicadas de Himmler y el superior inmediato de Strömelburg en Berlín, Ernst Kaltenbrunner. Sin embargo no constituían un reflejo de la personalidad del oficial que caminaba encima de su alfombra roja.

Esos reflejos cabía encontrarlos en los objetos que Strömelburg en persona había traído a esta habitación: un par de jarrones de porcelana de Sèvres, del siglo XVIII, que estaban en la repisa de la chimenea; tres páginas originales del manuscrito de la *Tocata en do mayor*, número 17, de Bach para órgano; un cuadro cubista del primer período de Juan Gris y, encima de su escritorio, un óleo de paisaje ruso de Chagall. El hecho de que Strömelburg se atreviera a exhibir tan abiertamente en su despacho la obra de un artista judío, constituía una medida tanto de su natural independiente como de su importancia dentro de la jerarquía de la SS.

En una organización cuyas filas estaban llenas de pequeños matones, gallitos de corral, brillantes pero no privilegiados y mal reeducados hijos de obreros, Strömelburg era una excepción. Procedía de una clase media alta, de una familia de intelectuales de Magdeburgo, muy cerca de Berlín, donde su padre era el director de un *Gymnasium*, una escuela superior alemana. Su madre era una distinguida organista que, en un tiempo, anheló ver a su hijo seguir sus pasos.

El joven Strömelburg había efectuado un doctorado en lenguas románicas, a la edad de veintitrés años, en la Universidad de Friburgo, en 1922, un logro que debería haberle destinado a una brillante carrera académica. En vez de ello, en la turbulenta Alemania de los «veinte», eso le llevó al hambre, al desempleo y a la amargura. La amargura se dirigía hacia los comunistas que campaban a través del sur de Alemania, para los cuales Strömelburg era el símbolo de la clase y valores que se hallaban determinados a destruir. En su rabia y frustración, se volvió a un nuevo profeta que emergía en Munich y que achacaba todos los males de Alemania a los judíos y a los comunistas, y prometía una redención nacional por medio del trabajo y de la disciplina. Strömelburg se convirtió en el miembro número 207.341 del partido nazi y, en 1925, a través de la agencia de un compañero nazi, fue reclutado para la Policía estatal bávara como inspector de lo criminal, y allí mantuvo un ojo vigilante sobre los enemigos del partido e, incidentalmente, persiguió a los escasos criminales.

Se trataba de una vocación muy rara para un hombre joven que parecía estar destinado a una cátedra de profesor en una prestigiosa Universidad; sin embargo, Strömelburg gozó con ella. El perseguir a los criminales se convirtió en una especie de juego del ajedrez para él, como un combate intelectual en el que su habilidad, de forma casi inevitable, le permitía llevar a una trampa a los truhanes que buscaba. Su ascensión fue rápida, corriendo pareja con su igualmente rápida ascensión en la jerarquía del partido nazi. Se unió a la SS en 1932, y en su expediente se le caracterizaba como un sólido tipo ario con algunos rasgos eslavos. Se le describía como «inteligente en extremo, enérgico y notablemente trabajador en persecución de un objetivo; fanático nacionalsocialista dotado de un odio especial a los comunistas; fuerte voluntad e implacable en su campo especializado de actividad; un buen camarada y un buen líder con potencial para llegar hasta los rangos elevados de la SS». En resumen, se trataba del recluta ideal de la SS.

Sus desusados antecedentes hicieron que fijase en él su atención Reinhard Heydrich, el ambicioso y volátil segundo de a bordo de Himmler. La madre de Heydrich, al igual que la de Strömelburg, se dedicó a la música, en este último caso cantante de ópera. En compañía de hombres cuyos gustos musicales se veían ampliamente limitados a las baladas de cervecería bávaras o a una estruendosa interpretación de la canción *Horst Wessel,* sus antecedentes familiares dotaron a ambos hombres de un lado especial. Heydrich reclutó a Strömelburg para el Sicherheidienst, la SD, el servicio de seguridad de élite en el corazón de la SS. Se le destinó en un principio a Amt VI, la rama de espionaje del SD, enviándole a la Embajada de París como agregado de Policía. Principalmente, debía coordinar las actividades francoalemanas en la persecución de los criminales internacionales. En realidad, su destino consistía en establecer una red de agentes secretos que Alemania pudiese activar al estallar la guerra.

Realizó su tarea brillantemente; en realidad con demasiada brillantez. En abril de 1938, sus actividades fueron descubiertas por los franceses y fue expulsado del país sin demasiadas ceremonias por la secretaría general del Ministerio del Interior. Exactamente dos años después, consiguió vengarse cuando, portador del mandato de Himmler de establecer los servicios de seguridad del Reich en la Francia ocupada, se dirigió a la Rue de Saussaies, la oficina del hombre que le había expulsado y le hizo arrestar. Había permanecido desde entonces en París al mando de 2.400 agentes de la Gestapo, un ejército de informadores y una fuerza de Policía irregular compuesta casi en igual número de ex-policías y criminales que había hecho liberar de las cárceles francesas. Incluso tenía un pequeño equipo de pistoleros corsos en un apartamento no lejos de la Avenue Foch, para que realizasen los asesinatos que podrían ser demasiado incómodos para la Gestapo.

Jerárquicamente, Strömelburg era, aquella noche de marzo, el tercer oficial en rango en la SS en Francia, tras el general Karl Oberg, un burócrata de cabeza dura del que se burlaban en Berlín tachándole de inepto chupatintas, y el doctor Helmut Knochen, un simbólico sofisticado miembro de la Gestapo, enviado a París para proporcionar a la SS una especie de *cachet* social, como si fuese posible una cosa así... En realidad, como todo el mundo sabía, Strömelburg era el *Gauleiter* francés de Himmler, un hombre cuyas órdenes sólo podían ponerse en tela de juicio por parte de oficiales tan importantes como Rommel y Von Rundstedt.

La importancia que tenía dentro de la jerarquía de la SS acababa de ser demostrada hacía tan sólo 48 horas, cuando se le llamó a la Prinzabrechtstrasse para una reunión con Himmler.

—El descubrimiento de la fecha y lugar exactos del desembarco aliado se ha convertido en el objetivo principal de los Servicios Secretos alemanes que actúan en el Oeste —le informó el *Reichsführer* SS.

Se notaba un gran apremio en el tono de Himmler. Durante años, Himmler había estado maquinando hacerse con el control de los servicios secretos de Inteligencia extranjeros del Reich, la Abwehr, en manos del almirante Wilhelm Canaris, la Inteligencia militar, para convertirse en el indisputable rector de todos los servicios de seguridad de Alemania. Su enorme ambición se hallaba naturalmente detrás de eso, pero asimismo seguía firme en sus creencias de que la Abwehr se hallaba infiltrada por los aliados y que fomentaba la resistencia antinazi en el interior de Alemania.

Para adelantar en su causa, de forma regular y personal Himmler había dejado caer ante Hitler, jugosas noticias de la Inteligencia del SD, algunas de tipo estratégico y gran parte falaces: fotos de las orgías de Berlín de los aristócratas antinazis, los relatos de pecadillos sexuales comprometedores de diplomáticos de países neutrales. Durante los pasados seis meses, la ineptitud de la Abwehr en Italia le había puesto las cosas en bandeja a Himmler. Sin embargo, el *Reichsführer* era en extremo escéptico respecto del valor de la red de espías que había heredado de Canaris. Sus auténticas esperanzas de penetrar el mayor secreto de la guerra se hallaban, estaba seguro de ello, dentro de la Sección IV —Contraespionaje— de su propia organización y, más en particular, en la organización de Strömelburg en el país donde resultaba seguro que desembarcarían los aliados: Francia.

Su confianza no era infundada. Encerrada en la caja fuerte del hombre que ahora paseaba por su despacho en la Avenue Foch se hallaba una carpeta tan secreta que sólo cuatro hombres, Strömelburg, Kaltenbrunner, su segundo, Horst Kopkow y Himmler estaban al tanto de su contenido. Contenía los pocos detalles que Strömelburg estaba dispuesto a poner por escrito acerca del más valioso agente secreto a sus órdenes. El nombre en clave del agente era «Gilbert». Los contactos de Strömelburg con él se remontaban al verano de 1938, cuando el alemán le envió a Francia a formar una red de agentes para el Reich. Los destinos de la guerra y sus propias maquinaciones de aventurero habían llevado a Gilbert a una posición de importancia crítica en el interior de una de las Agencias más secretas de los aliados. Servía como una especie de lanzadera humana a través de la cual fluían los más vitales movimientos. Durante casi un año, Strömelburg permaneció en guardia respecto de las actividades de Gilbert, asegurándose de que un arresto no prematuro traicionaría sus funciones reales a los aliados, alimentándoles pacientemente en relación al momento supremo cuando la operación de Gilbert casi de modo seguro revelase la localización y la fecha del desembarco aliado.

Gilbert había sido asimismo la fuente de un regular y crítico flujo de espionaje en manos de Strömelburg; gracias a ese espionaje, y sin saberlo en absoluto Gilbert, Strömelburg había sido capaz de tender una trampa en la que los aliados se precipitaban con acelerada velocidad. Se trataba de un plan de espionaje de tan diabólica astucia que, cuando llegase el momento, demostraría ser incluso de mayor valor que lo que prometía la operación Gilbert.

Llamaron a la puerta. Su ordenanza, el cabo Muller, entró con una cafetera humeante. Strömelburg deseaba que su despacho estuviese infiltrado con aquel rico y tranquilizante aroma cuando llegase su «invitado». Miró el reloj. Se presentaría de un momento a otro. Se retrepó en su sillón, como un hombre inmensamente feliz. Se había preparado en relación al inminente encuentro, como usualmente lo hacía, siguiendo un bien establecido ritual que tenía todas las garantías de ponerle del mejor humor.

En primer lugar, había realizado una visita a Saint-Sulpice para escuchar a Marcel Dupré tocar vísperas en el magnífico órgano del siglo XVIII que poseía la iglesia. El sueño de su madre de hacer de él un intérprete de conciertos no se había llegado nunca a materializar, pero Strömelburg era de todas formas un magnífico organista. Le electrizaba el genio de los dedos de Dupré; le gustaba muchísimo sentarse allí, en Saint-Sulpice, transportado por las retumbadoras y encantadas cadencias del gran órgano, en un mundo menos turbado que aquél en que vivía. Su siguiente parada, en un apartamento de la Avenue Marceau, estaba prevista para proporcionarse una exaltación de una naturaleza sustancialmente diferente.

Entre los mercenarios de Strömelburg había un proxeneta de Montmartre llamado Pierre Villon. Su tarea consistía en escoger a las mejores de las chicas a su servicio y darles un cursillo de acicalamiento, elegancia y de las más virtuosas habilidades dentro de su profesión. Una vez graduadas, los servicios de Strömelburg las empleaban con ciertos oficiales del Estado Mayor alemán que tenían reputación de hablar demasiado en las conversaciones antes y después del coito. El resultado de sus esfuerzos había sido el proporcionar a los ejércitos del frente oriental alemán una constante recluta de oficiales. De vez en cuando, el mismo Strömelburg, actuando *ex officio*, empleaba los servicios de las damas de Villon. A los cuarenta y dos años, seguía soltero, un hecho que podía fácilmente ser mal interpretado en una organización en la que la homosexualidad era un hábito muy frecuente, aunque cuidadosamente ocultado. En realidad, Strömelburg desdeñaba simplemente a las mujeres. El rasgo más sobresaliente de su carácter era la vanidad; aquello le conducía a considerar a las féminas como seres levemente inferiores, aunque deseables, cuya función primaria la constituía ser recipientes de sus placeres.

Aquella noche el recipiente era una muchacha de ojos endrinos apodada *Dodo*. Poseía una desbordante cabellera de un pelo rojo brillante, un cuerpo alto y esbelto y un aire de reprimido salvajismo que gustaba en extremo a Strömelburg. Tras una copa de champaña y la correspondiente charla, la mujer se retiró a su dormitorio donde, en respuesta a las fantasías del alemán, se puso una ropa interior de seda negra: sostenes, bragas, ligas y largas medias negras. Strömelburg había saltado literalmente sobre ella, le había rasgado toda aquella tenue ropa interior negra y la penetró por detrás con una frenética furia. Inmensamente satisfecho, acudió a cenar a su restaurante favorito del mercado negro, antes de emprender su vigilia en la Avenue Foch.

Se levantó. Acababa de escuchar el coche que se deslizaba por la entrada al patio interior. Unos minutos después oyó que se cerraban las puertas del patio y luego el sonido de unas pisadas que avanzaban hacia su oscurecida escalera. Luego se produjo un suave golpe en la puerta.

—Adelante —ordenó.

Alex Wild se tambaleó con profunda incredulidad al entrar en la luminosidad del despacho de Strömelburg. Durante un segundo, el hombre que sólo una hora antes había sido lanzado desde un bombardero «Halifax» pareció a punto de desmayarse de la conmoción. Strömelburg se puso en pie y airosamente le hizo un ademán para que se sentase en el sillón que se hallaba delante del escritorio. Wild miró sin comprender a los dos combatientes de la Resistencia que le habían recibido. Ambos eran alsacianos, miembros de uno de los comandos de Strömelburg y cada uno de ellos apuntaba ahora a las costillas de Wild con una pistola.

Vacilando, Wild se dejó caer en el sillón y, con la cabeza en las manos, se derrumbó a causa de la pena y del choque. Strömelburg salió de detrás de su escritorio.

—Es verdad —murmuró—. Estás en manos de la Gestapo, Avenue Foch. Lo siento.

Y lo expresó de un modo que parecía en realidad sentirlo.

—Estás jugando a un juego —siguió mientras sacaba un cigarrillo de una pitillera de plata y le ofrecía a su prisionero—. Un buen juego pero, desgraciadamente, uno que has perdido.

Strömelburg se percató de que uno de los alsacianos le hacía una seña.

Chascó los dedos a Muller:

—Ofrécele al caballero una taza de café —ordenó y se alejó con el alsaciano para que no se le oyese.

—Es un operador de radio —susurró—. Estuvo trabajando para Héctor en Troyes hasta hace dos meses.

Strömelburg agarró los hombros del alsaciano con sus manos. No podía creer su buena suerte.

—Eso es exactamente lo que deseo —murmuró—. Ve a buscar al doctor todo lo de prisa que puedas.

Estuvieron escondidos en las sombras durante casi una hora antes de que, finalmente, Paul le hiciese un ademán a Catherine para que fuese a buscar su bicicleta y le siguiera hacia la carretera. Por delante, el pueblo de Saint-Martin-le-Beau aparecía profundamente dormido. Ni siquiera una vela estaba encendida en aquella prístina oscuridad. A Catherine le entraron ganas de echarse a reír. Si uno tuviese la menor duda de encontrarse en Francia, Saint-Martin-le-Beau le tranquilizaría. Ésta era la Francia eterna de millares de pueblos perdidos, impasibles a las olas de cambio y a los siglos..., y a los invasores alemanes.

Su Calle Mayor corría recta hacia una plaza y a los resueltos trazos góticos de la iglesia del pueblo. Las casas parecían crecer de la misma acera, inclinándose tan gentilmente hacia la calle que semejaban los redondeados muros de un túnel. La mayoría de ellas estaban construidas con adobe sobre piedra. El tiempo y las tempestades habían arrancado el adobe, y ahora la pálida luz de la luna descubría los costillares de piedra que sobresalían de las oscuras fachadas como si fuesen los huesos de un esqueleto semidesenterrado. Cada ventana, cada puerta a lo largo de la calle, aparecía fuertemente cerrada, con los barrotes de madera firmemente colocados contra las miradas del mundo y las miserias de la ocupada patria de Catherine. Delante de ella, en mitad del pueblo, Paul giró a la derecha. Medio perdida en sus pensamientos, Catherine le siguió.

Entonces se percató de que les habían atrapado. Un camión de la Wehrmacht bloqueaba su avance. Media docena de soldados, con las armas en ristre, se hallaban de pie entre las sombras. Uno tenía ya la linterna enfocada en el rostro de Paul, con una metralleta hundida en su estómago. Catherine sintió que la sangre le fluía a la cabeza. Durante un instante, pensó que el miedo la derribaría de su bicicleta. Luego, un segundo alemán le hizo un gesto para que se detuviese al lado de Paul.

Éste estaba hablando con energía, casi tumultuosamente, con el alemán que tenía delante. Movió la cabeza hacia Catherine. La luz del alemán siguió su ademán. Catherine parpadeó ante aquel brillante resplandor. Más allá de su foco pudo ver al alemán que la inspeccionaba con curiosidad, con su estólido rostro enmarcado en los aterradores y familiares rasgos del casco de la Wehrmacht. Un incongruente pensamiento la asaltó: era el primer soldado alemán que veía, el primer enemigo al que había mirado a los ojos. El hombre emitió un sonido a un tiempo risa y gruñido y luego volvió el rayo de su linterna hacia los papeles de Paul que sostenía en la mano. Se los devolvió y se acercó de nuevo a ella.

—*Papier.*

Catherine hurgó en su bolso en busca del carné de identidad que le había entregado Cavendish apenas seis horas antes. Su boca estaba seca de miedo mientras sacaba la cartulina y se la tendía al alemán.

El alemán apenas miró la documentación de Cavendish. Echó un vistazo a la foto y luego a su rostro. Mirando de soslayo, le devolvió el carné.

—*Sehr gut* —dijo haciéndose a un lado—. *In Ordnung!*

Fue en aquel momento cuando Catherine escuchó el golpe que dio la portezuela del coche. Se dio la vuelta. Allí, inmediatamente detrás de ellos, se encontraba el «Citroën» negro. Dos civiles con abrigos de cuero, que les caían por debajo de las rodillas, se acercaron a ellos.

—*Ein moment* —dijo uno.

Avanzaron poco a poco, con tanta lentitud que, de una forma no deliberada, Catherine comenzó a temblar. El primero cogió la linterna de manos del soldado y alumbró los pies de Paul.

—Sus zapatos —ordenó.

Catherine miró a Paul. El alegre descaro con el que había tratado al soldado ya no existía. Su actitud identificó a Catherine a sus nuevos inquisidores como lo hubiera hecho una señal en torno de sus cuellos que rezase «Gestapo». Obedientemente, Paul se quitó los zapatos y se los pasó al alemán. Lenta y calmosamente el germano los escrutó, dándoles vueltas a la luz de la linterna como si fuese el inspector de una fábrica que buscase algún defecto en los trabajos de sus obreros. Sin decir palabra, se los devolvió a Paul. Su luz cayó ahora a los pies de Catherine.

—Madame...

Catherine se inclinó, se quitó los zapatos y se los tendió. El alemán los sometió al mismo examen escudriñador que a los de Paul.

—Sus documentos, por favor —le dijo devolviéndole los zapatos.

Por segunda vez, Catherine buscó en su bolso el documento de identidad falsificado de Cavendish. Este alemán lo estudió con la atención que prestaría un comerciante en diamantes al valorar una piedra rara. Lo mantuvo contra la luz, le dio vueltas de arriba abajo y de izquierda a derecha. Estudió su fotografía, y luego la miró a la luz de su linterna como si tratase de grabar en su memoria la imagen de su rostro.

—Y ahora, Madame... —comenzó con una voz cuya suavidad escondía la amenaza—, tal vez sea usted lo suficientemente amable como para explicarme qué está haciendo vagando por los alrededores de Saint-Martin-le-Beau a las dos de la madrugada, cuando su documento de identidad dice que vive en Calais...

La mente de Catherine fue asaltada por el miedo. Sintió que el sudor le resbalaba a lo largo de la columna vertebral. Instintivamente, de forma espontánea, en respuesta tal vez a la histeria que se había aferrado a ella, se echó a reír. Su risa resultó profunda y ronca y, dadas las circunstancias, sorprendentemente sensual. Forcejeando por reprimirla, se percató de que los ojos del alemán la miraban bajo el ala de su sombrero. Eran sombríos y penetrantes y a Catherine le pareció que mostraban cierta perplejidad ante aquella salida de tono. Asimismo le ofrecieron el único escape en que pudo pensar.

—Señor —respondió, mientras su risa aún se mantenía en una tonta sonrisa—, seguramente comprenderá que sólo existe una cosa en el mundo que lleve a una mujer como yo hasta este espantoso lugar perdido de la mano de Dios...

Su mirada se dirigió a Paul. Le ofreció lo que confiaba fuese la sonrisa más cálida y apasionada que una mujer pudiese dirigir a un hombre.

—De forma completa y total, podemos decir que la culpa es suya. Y también es culpa suya si tiene que corretear por las afueras de este horrible pueblo, como un criminal tras el toque de queda, para que todas las lenguas viperinas de las comadres de por aquí no le cuenten a su mujer lo que sucede.

Catherine inclinó sólo ligeramente la cabeza, un gesto calculado para hacer oscilar un poco su rubio cabello. Lanzó al alemán una sonrisa conspiratoria.

—¿No podrían ayudarme a llevarle a Calais? Para que trabajara en su famosa Muralla del Atlántico? Le prometo que se presentaría a trabajar a su hora. Y también que se quedará en casa por las noches.

—Estoy seguro de que lo hará, Madame.

Ante el asombro de Catherine, el alemán estaba ahora sonriendo. Volvió a mirar su documento de identidad.

—Por lo que veo es usted oranesa.

—Sí.

—Estuve en el norte de África antes de la guerra. Viví en Argel vendiendo aparatos de radio de la «Siemens». Qué ciudad más estupenda era Orán. Me gustaba aquel café, me parece que se llamaba «Foch», en la Place de la République, donde todo el mundo solía ir a tomarse un aperitivo a primeras horas de la noche. ¿Lo conoce? ¿Existe aún?

—Ah... Salí de Orán a los cinco años... Mi padre pertenecía a la Marina. Lo trasladaron a Indochina.

—¿A la Armada? ¿Y dónde está ahora?

—Ha muerto. Lo mataron en Mers el-Kebir.

Ante la mención de Mers el-Kebir el alemán sufrió un súbito cambio.

—Los cerdos de los ingleses —exclamó—. Qué cosa más terrible hicieron...

Le devolvió el carné de identidad y empezó a retroceder para hacerles ademán de que pasasen. Al realizarlo, el rayo de su linterna cayó sobre la maleta de Catherine, con su transmisor dentro, que seguía atada detrás de la bicicleta. Dio medio paso hacia delante y luego se inmovilizó, con una expresión de asco en el rostro al ver los restos sangrientos del conejo. Les hizo señal de avanzar con la luz de la linterna.

Detrás de ellos, el agente de la Gestapo se les quedó mirando interrogativamente mientras proseguían en bicicleta.

—Vaya cosa más bonita es esa mujer, ¿verdad? —murmuró a su ayudante—. Nunca he estado cerca de Orán en toda mi vida. ¿Y tú?

### París

—¡Limítate a mirar este arma!

Hans Dieter Strömelburg estaba exultante. Empuñaba una de las metralletas «Sten» que habían caído a tierra en su trampa junto con Alox Wild

—Es la mejor metralleta que hayamos visto nunca. Tan primitiva, tan tosca, incluso soldada en algunos sitios. ¿Qué obrero alemán habría hecho jamás algo tan chapucero como esto? Y sin embargo...

El capitoste de la Gestapo comenzó a oscilar el arma hacia Wild como si éste formase una multitud en marcha.

—Este chisme tan feo disparará, disparará, disparará, mientras esas otras refinadas y pulidas pistolas ametralladoras nuestras se habrán encasquillado...

Dejó la «Sten» encima de la mesa.

—Dos regimientos —declaró—. Dos regimientos completos de la Wehrmacht he equipado con estas armas gracias a tu querido comandante Cavendish.

Cogió una hoja de explosivo plástico y la tiró por los aires.

—Y esto... ¡Vaya maravilla! Nuestras tropas lo mezclan con alquitrán y lo emplean contra los tanques.

Se echó a reír.

—Si tus aliados rusos llegasen alguna vez a descubrir cuántos carros «T 34» han perdido gracias al plástico del comandante Cavendish, marcharían contra Londres y no contra Berlín...

Su humor se desperdiciaba con Wild. El agente inglés estaba derrumbado en su sillón, forcejeando contra el dolor agudo de la depresión que le había vencido desde el instante en que oyese la palabra «Gestapo» y viese el retrato de Adolfo Hitler en la pared. Obviamente, había sido traicionado. ¿Pero, cómo? ¿Por quién?

El alemán le sintió impotente. «Éste —se jactó Strömelburg en silencio— no será muy fuerte.» Se hallaba apoyado contra el borde de su escritorio, con su masa de más de metro ochenta alzada sobre el enjuto operador de radio.

—No me creerás, pero eso me pone también furioso, la forma en que te han dejado caer en una trampa así.

Ofreció a Wild otro cigarrillo y lo encendió con un elegante chasquido de su encendedor de oro «Dunhill», al igual que la «Sten» un producto de la habilidad británica que tanto admiraba.

—Eres un oficial británico, lo sé. Todos los agentes de Cavendish lo son. Y yo soy un oficial alemán, por lo que tenemos un nexo común. Pero debo hablarte muy, muy francamente. Cavendish te ha enviado aquí violando las reglas de la guerra. Con ropas civiles. Como un espía. Para sembrar el terrorismo detrás de nuestras líneas. No tengo que decirte cuál es la pena para eso, ¿verdad?

Wild movió levemente la cabeza, como para indicar a su capturador lo total que era su desesperación. En realidad, apenas escuchaba las palabras de Strömelburg. No tenía por qué hacerlo: el discurso del alemán era casi palabra por palabra una repetición del que le habían adiestrado para que lo reconociese, en tales desdichadas ocasiones, en la escuela de Seguridad del SOE.

—Ya sabes que como soldados colegas tenemos que admirar a un hombre que da su vida en el campo de batalla por su patria, por una causa. ¿Pero dar tu vida...

El alemán titubeó buscando el tono que reflejase mejor lo absurdo de todo aquello.

—...por un estúpido loco chupatintas de Londres que te hace caer en una trampa...?

Dio la vuelta a su escritorio y abrió su cajón central.

—En Orchard Court creen que somos unos chapuceros, unos manazas ceporros, todo brutalidad y sin nada de cerebro. Mira esto...

Empujó un gráfico por encima del escritorio hacia Wild. Se trataba de un organigrama del cuartel general del SOE en Londres. Esta vez la expresión de horror y de incredulidad en el rostro del inglés resultó auténtica. El gráfico reflejaba una exactitud asombrosa, figurando en él todos de arriba abajo, hasta Park, el mayordomo.

—Esto le hace pensar a uno, ¿no crees?

Wild se quedó mirando a Strömelburg.

—Esto me hace más bien vomitar. Resulta obvio que tenemos un traidor en nuestras filas.

Una sonrisa de la más fría satisfacción iluminó el austero semblante de Strömelburg.

—Elemental, amigo mío —continuó, con una voz tan gentil y acariciadora como el roce de una mujer—. En la Avenue Foch yo no puedo prometer los cielos. Ya sabes lo que sucede aquí. Estoy seguro de que nuestra reputación ha llegado hasta Troyes. Sólo te puedo prometer una cosa: la vida. Nuestros campos de Alemania no son de lo más saludables, pero tampoco tienen pelotones de ejecución. Sobrevivirás. En ese caso, por lo menos, cuando acabe la guerra, podrás averiguar quién te ha hecho esto. Y por qué.

Una llamada en la puerta le interrumpió.

—El doctor está aquí —anunció Muller.

Strömelburg vaciló. Tal vez sería mejor dejarle madurarse un poco, cocerse en los jugos de su propia desesperación mientras consultaba con el doctor.

—Piensa un poco en esto. En este edificio suceden unas cosas espantosas. Pero tú y yo no creo que tengamos que llegar a tanto. Muller —ordenó—, tráele a Mr. Wild un poco de café y mira si quiere comer algo mientras hablo con el doctor...

En el umbral, Strömelburg se volvió hacia el miembro de la SS.

—Enciende el «radiador».

El «radiador» era un disco que había sido grabado con dramático realismo durante una brutal sesión de tortura en el quinto piso. Strömelburg había descubierto que, al escucharlo a cierta distancia en las circunstancias de Wild, ejercía un particularmente saludable efecto sobre la disposición de un prisionero. Y pensó también, al entrar en el despacho del piso siguiente, que el disco ahorraría a Muller un viaje a la cocina. Ciertamente, el oírlo estropearía el apetito del inglés.

El «doctor» le estaba aguardando de pie ante su escritorio. Era diez años más joven que Strömelburg y, al igual que éste, había cursado un doctorado en lenguas románicas antes de la guerra. Y esto se relacionaba tanto con su apodo como con sus funciones en la Avenue Foch.

—Tenemos un expediente completo de él —anunció orgullosamente—. Cuanto necesitamos se encuentra en el Boulevard Suchet. Incluso han descifrado su código en clave.

—¡Bravo! —murmuró Strömelburg.

Cogió el expediente verde de las manos del doctor y examinó por encima la información que contenía. Esta búsqueda constituía sólo una pequeña parte de la cosecha que Strömelburg había conseguido con la trampa que tendiera con la ayuda de Gilbert. La trampa era, en efecto, una especie de juego, un mortífero jueguecito al que llamaban *funkspiel*, juego de radio. Su objeto era adquirir el control del único y crítico canal de comunicación del SOE, en Londres, y que debía llevar a la práctica con sus agentes de campo, un radiotransmisor clandestino. Idealmente, mientras el operador de radio yacía en una tumba o languidecía en una celda de la prisión de Fresnes, Strömelburg y el doctor ejecutaban las funciones por él desde este despacho de la Avenue Foch. Redactaban sus mensajes; escribían sus informes; seleccionaban blancos para las acciones de sabotaje de la red, incluso, en una ocasión las ejecutaron; elegían campos en granjas remotas donde sus imaginarios agentes recibirían lanzamientos en paracaídas de armas y municiones.

Cuando Londres se tragaba el cebo, creyendo que el operador en funciones era realmente el agente del SOE que Cavendish había enviado a operar, la cosecha para la Gestapo resultaba prodigiosa. Cada emisión de radio que pasaban constituía un espejo enfocado en el corazón de las operaciones del SOE, revelando a Strömelburg la estrategia de Cavendish, sus tácticas, sus objetivos organizativos. Los mensajes que fluían hacia atrás a un confiado Londres, llevaban a la Gestapo a unos nuevos y no detectados agentes del SOE, a unas redes cuya existencia ignoraban, a los lugares seguros y buzones que Londres daba por sentado que eran de confianza.

Y por encima de todo, el juego había abierto a la Gestapo un auténtico cuerno de la abundancia en armas, municiones y dinero. Desde enero, un auténtico chaparrón de armas había estado cayendo de los cielos nocturnos de Francia, directamente en manos de los comandos alsacianos de la Gestapo que poseían el control de los campos indicados a Londres por la Avenue Foch. Strömelburg había llegado a enviar trenes enteros cargados con las armas capturadas a Cavendish, tanto a Berlín como al Frente del Este. Su tesorero había recibido 23 millones de francos en los últimos tres meses, más que suficiente para garantizar todo el presupuesto para operaciones de la Avenue Foch, para pagar los salarios de cualquier traidor y colaboracionista francés que Strömelburg empleaba para acosar a la Resistencia francesa. Incluso en una ocasión reciente, SOE Londres había proporcionado a Strömelburg las matrículas de las camionetas empleadas por sus servicios de radiodetección en París. Un agradecido Strömelburg se había apresurado a cambiarlas todas.

Y esto había surgido de un mapa de carreteras corriente «Michelin» del Sarthe que Gilbert le había entregado un día a Strömelburg. Manteniéndolo contra la luz había descubierto un punto, hecho por un alfiler, cuyas coordenadas correspondían a las de un mensaje también facilitado por Gilbert. Strömelburg había colocado el campo indicado por el alfiler bajo vigilancia. Cinco semanas después, su paciencia resultó recompensada cuando un par de agentes del SOE fueron lanzados en aquel campo. Perseguidos hasta París, fueron arrestados exactamente cuando uno de ellos acababa de transmitir a Londres el original, un texto del mensaje en clave que aún se encontraba encima de su transmisor.

Constituía apenas un comienzo favorable, pero Strömelburg y el doctor lo habían cuidado con la atención y paciencia de unos jardineros tratando de sacar un rosal de un sendero de suelo rocoso. Cuanto habían conseguido se resumía en una serie de cifras. Aquella noche de marzo, el SOE tenía menos de cincuenta transmisores clandestinos de radio en Francia. Seis de ellos representaban quince ficticias o decapitadas redes de la Resistencia que, en realidad, se hallaban en manos de la Gestapo.

Strömelburg digirió en unos segundos la información del expediente verde del doctor. Le dio las gracias con la sonrisa que dedicaba a su joven ayudante.

—Creo que iremos en seguida al Boulevard Suchet. Deseo ver todo lo que tenemos sobre él.

Los dos alemanes bajaron las escaleras hasta el coche de Strömelburg, un «Skoda» deportivo de antes de la guerra, expropiado a una familia de judíos checos y mantenido en perfectas condiciones por su chófer, un antiguo piloto de carreras del equipo «Mercedes Benz». Mientras se deslizaban a través de las oscuras y vacías calles, Strömelburg se arrellanó en el asiento delantero, fumando nerviosamente, considerando todas las ramificaciones del arresto del operador de radio que se encontraba en su despacho.

—Lo que ha sucedido esta noche, doctor —declaró, dejando salir dos pálidas volutas de humo por las ventanillas de su nariz— es la cosa más importante que nos ha ocurrido desde que empezamos este juego. ¿Y sabes por qué?

Obedientemente, el doctor movió la cabeza. Su patrono, se percataba de ello, ni siquiera se hallaba vagamente interesado por la respuesta que pudiera ofrecerle.

—Porque esta noche, por primera vez, estamos seguros, al ciento por ciento, de que les hemos engañado.

Y prosiguió:

—De una cosa estoy absolutamente seguro. Ni Cavendish ni los británicos lanzarían a sabiendas un agente, y en particular un agente británico, en una trampa alemana. El hacer algo así estaría completamente en contra de todo cuanto sabemos del carácter británico. Armas, tal vez. Dinero, seguro. ¿Pero, un agente inglés? Nunca. Por lo tanto, sabemos ahora que la radio que hemos empleado para establecer el lanzamiento de esta noche es segura al ciento por ciento.

Strömelburg chupó larga y pensativamente su cigarrillo.

—¿Estudiaste a Kipling en Tubinga, doctor?

—Sí —replicó el doctor—, pero prefería a Forster. Siempre he creído...

Strömelburg le cortó con un ademán de la mano.

—No estoy interesado en discutir sobre literatura angloindia. Lo que me interesa es ganar la guerra. ¿Recuerdas cómo solían cazar tigres en la India los británicos?

—Ataban una cabra a una estaca, por la noche, cerca de la charca del tigre. Luego se sentaban en sus cazaderos ocultos y aguardaban a que saliese a por el cebo.

—Exactamente. Esos operadores de radio van a ser nuestras cabras atadas, doctor. Los emplearemos para sacar a los británicos de los bosques de la noche.

Strömelburg, muy complacido con lo apropiado que resultaba su símil, hizo un exuberante ademán con la mano.

—¿Por qué supones que Cavendish y el SOE nos han estado haciendo llover armas durante los pasados tres meses? No para realizar una emboscada a cinco camiones de la Wehrmacht en Dordoña. Cada vez que efectúan un lanzamiento nos dicen que ocultemos las armas y esperemos órdenes, ¿no es así? Y esto porque se preparan para la invasión. Y esas redes operan todas relativamente cerca de la costa, ¿no es verdad?

—Hay una en Brest y cinco en el Norte. El resto se encuentran alrededor de Ruán, Le Mans y Chartres.

—Bastante cerca. Quieren emplearlas para cortar nuestras comunicaciones, para impedir que nuestros refuerzos lleguen a las playas cuando desembarquen. Pero primero deben asignar a cada grupo su objetivo. Y luego han de encontrar una forma de decir a cada grupo cuándo deben atacar. Y debe tratarse de una técnica muy precisa, rápida y absolutamente infalible. Y debe ser una que puedan emplear en el último momento, cuando su flota de invasión haya partido. ¿Y cómo ha dispuesto este lanzamiento en paracaídas con nosotros esta noche? Elegimos un campo y les radiamos su localización, ¿no es así? La RAF lo comprobó y les radiaron en contestación que el campo resultaba aceptable. Les pedimos un lanzamiento y les dimos la letra que nuestro equipo en tierra les haría destellar para comunicarles que el campo era seguro. Ellos nos proporcionaron el mensaje de la «BBC» de que «las luces están en Piccadilly». Escuchad cada noche, nos dicen, y cuando oigáis el mensaje vuestro avión estará en camino. Hoy, a las nueve de la noche, emitieron el mensaje. Tres horas después, su «Halifax» se encontraba encima de nuestro campo lanzándonos armas.

Strömelburg estaba tan excitado ahora como le había ocurrido horas antes al escuchar los ecos en las bóvedas del órgano que sacudía el tenebroso recinto de Saint-Sulpice.

—Y eso, mi querido doctor, es exactamente lo que harán para la invasión. El tigre acudirá en línea recta y murmurará su secreto al oído de nuestras cabras atadas. Los mismos británicos nos dirán lo que van a hacer por medio de la «BBC».

Cuando llegaron al Boulevard Suchet, Strömelburg se hallaba tan excitado que saltó de su «Skoda» antes de que se detuviese, y echó a andar al trote por el patio interior. Este patio estaba atestado de un pintoresco surtido de camiones: camiones de leche, con depósitos para vino, camiones de mudanzas, camionetas de reparto, todos ellos pintados con los colores de los grandes almacenes más importantes de París, el *Bazar de l'Hôtel de Ville* y *Au Printemps*. La mayoría de ellos tenían unos tubos parecidos a torpedos fijados al techo o unidos con abrazaderas metálicas a sus partes traseras, lo que indicaba que funcionaban con los gases generados de quemar madera o carbón más que gracias a la gasolina, que ahora resultaba casi imposible de obtener en París. Sin embargo, todos exhibían un disco circular parecido a un anillo fijado en alguna parte de sus techos. Eran los verdugos de cualquier operador clandestino de radio en Francia, las camionetas de detección de radio tan terriblemente efectivas de la Gestapo. Strömelburg pasó ante un desconcertado guardia de la Wehrmacht y entró en una estancia brillantemente iluminada donde eran controladas las camionetas.

Dos docenas de adormilados miembros del Cuerpo de Transmisiones de la Wehrmacht, con auriculares en la cabeza, se hallaban alineados a ambos lados del cuarto, cada uno acechando en una serie asignada de frecuencias de radio, en busca de transmisiones clandestinas. Strömelburg cruzó por delante de ellos hasta la oficina del *Hauptsturmführer*, que hacía las veces de oficial de servicio nocturno de la estación de interceptación.

—Herr *Hauptsturmführer* —le ordenó—, quiero que me dé ahora mismo todo lo que haya conseguido de la AKD.

El oficial se volvió hacia un armario de caoba que se encontraba detrás de su escritorio. Aquellas tres críticas letras, AKD, habían sido el signo de llamada, la tarjeta de identidad del aparato de radio de Wild en Troyes. Todo operador de radio que Londres enviaba en campaña tenía una. Londres las usaba para solicitar las emisiones de un operador, o para informarle que el mensaje que se hallaba en el aire era suyo. Respecto del operador, era la identificación con la que iniciaba todos sus mensajes, lo cual permitía a la estación receptora del SOE captar esta transmisión entre la multitud de comunicaciones militares que inundaban el éter de Europa en tiempo de guerra. Y, a fin de evitar cualquier posibilidad de error, el signo de llamada formaba parte de un mensaje que se radiaba sin clave, el constante y continuado sello de contraste de un transmisor clandestino.

Constituía un admirable y eficiente sistema pero, aunque servía muy bien al SOE, sus enemigos alemanes tenían iguales motivos para estar satisfechos con él. Aquellas mismas letras permitían a los del Boulevard Suchet situar una tarjeta de identificación propia en cualquier transmisión clandestina que eran capaces de captar en las ondas.

El *Hauptsturmführer* sacó una atada carpeta de su armario, deshizo la cinta y luego dispuso su contenido con precisión teutónica encima de su escritorio.

—Operaba en los alrededores de Troyes —comenzó—. Nuestra primera interceptación identificatoria tuvo lugar a las 23.12, el 27 de agosto de 1943. La última a las 19.07, el 23 de enero de este año. Nuestras camionetas de detección lo situaron en el triángulo Maison Neuve-Brienne-le-Chateau-Dhuys. Al parecer empleaba diversas ubicaciones dentro de este área, probablemente en granjas aisladas. Tratamos de estrechar el área con cortes de corriente, pero fracasó. Indudablemente, porque empleaba baterías en lugar de la electricidad que, de todos modos, es muy irregular en esas zonas rurales. Su aparato transmitía en 6693, 7587, 8377 y 8510 kilociclos. Lo hacía cada tercer día y estaba en el aire cuatro horas después de la conclusión de su última emisión.

Interceptamos un total de cuarenta y tres emisiones durante el tiempo que permaneció en el aire.

El *Hauptsturmführer* alzó la mirada hacia Strömelburg, simplemente como sugerencia de la creciente presunción que afloraba en su gordinflón rostro mientras hacía una pausa para respirar.

—Sus primeras quince transmisiones y todas las subsiguientes fueron enviadas al Departamento Criptográfico de la Sección de Radioespionaje, en Berlín, el tres del pasado mes de octubre. Consiguieron descifrar su código el 16 de noviembre.

El *Hauptsturmführer* cogió una hoja de papel entre las que había dispuesto tan ordenadamente.

—Todos los desciframientos se encuentran aquí. Tenemos un equipo muy bien entrenado. Eso es todo. Oh, sí... Su frase en clave era, al parecer «Capitán, oh, mi capitán, nuestro terrible viaje ya ha terminado». Me parece que de algún poeta norteamericano. ¿No tienen los ingleses suficiente con los suyos propios?

El *Hauptsturmführer* depositó los papeles que había estado leyendo y se retrepó en su sillón alto, anticipando un elogio por un trabajo cuya dureza debería haber impresionado incluso a un oficial de la Gestapo. Pero en vez de ello recibió un gruñido y una pregunta:

—¿Dónde está el doble?

El *Hauptsturmführer* consultó una lista.

—Se encuentra de servicio en la sala.

—Vaya a por él.

El capitán regresó trayendo a un cabo de mediana edad y con gafas, preocupado por haber sido citado a presencia de un oficial superior de la Gestapo.

—¿Cómo imita de bien a AKD? —le preguntó Strömelburg.

Su pregunta concernía directamente a una de las funciones más secretas del Boulevard Suchet, un aspecto de su trabajo que SOE Londres no había ni comenzado a sospechar. Todo operador de radio tenía una forma propia de emitir sus mensajes con su clave. A aquello se le llamaba su «letra», una firma relativamente única cuya continuada presencia era una seguridad para el SOE de que el operador que transmitía en una radio dada era realmente su agente. Desde el momento que imaginó por vez primera poner en marcha su «radiojuego», Strömelburg había conseguido obligar a los agentes capturados para que transmitiesen para él. El riesgo de que uno de ellos deslizase una señal dada en medio de la transmisión resultaba demasiado grande. Su respuesta se encontraba aquí. Toda radiación interceptada por Boulevard Suchet había sido grabada. Cada radio se identificaba por su señal de llamada, y se asignaba a un operador de radio alemán. El alemán se pasaba muchas horas detectando y aprendiendo a imitar cada idiosincrasia de aquella desconocida «firma» del operador, para que, en cuanto fuese arrestado, inmediatamente ocupase éste su plaza sin que Londres se percatase de lo que había sucedido. El rival alemán de Alex Wild, considerablemente más intimidado por Strömelburg que el original, le aseguró que, hasta que había cesado de imitar a Wild y pasado a ser un operador activo, había logrado una gran maestría respecto de la firma del inglés.

—Empiece a ensayar de nuevo —le ordenó Strömelburg—. Muy pronto estará de nuevo en el aire. Coge todo eso —le ordenó al doctor, señalando el expediente de Wild—. Ya va siendo hora que mantengamos una pequeña charla con nuestro inglés.

La precipitada ascensión de Strömelburg por las escaleras de la Avenue Foch hacia su oficina, se vio interrumpida por las frenéticas señales que le hizo un ayudante desde una puerta en el descansillo del tercer piso. Dentro, alineadas en una serie de mesas, se encontraba el contenido de la maleta de Wild, cada una de cuyas cosas se hallaba meticulosamente separada. Entre sus posesiones se encontraba un tubo de pasta dentífrica, con su contenido sacado y su extremo abierto con una navaja de afeitar. El ayudante alargó la mano hacia dos trozos de seda similares a los que Cavendish había dado a Catherine en Orchard Court.

—Encontramos esto ahí.

Strömelburg los recogió. El primero consistía en seis columnas de bloques de letras, cinco letras en cada uno de dichos bloques. A lo largo de su base aparecían las palabras «Emisora de fuera a Emisora de casa». La impresión resultaba tan pequeña e incluso tan próxima, que apenas pudo leerla. Por lo menos debía de haber 500 bloques en aquella tela. El segundo trozo estaba encabezado por una serie de las letras del alfabeto. Debajo de cada letra se hallaba otra columna de letras; una según el alfabeto y la otra constituida por una lista al parecer al azar de letras. Le tendió ambas cosas al doctor.

—¿Qué puedes hacer con esto?

El doctor miró de cerca la primera tela.

—Siempre emplean cinco bloques de letras en sus mensajes. Debe de tratarse de alguna clase de nuevo mecanismo descodificador que estarán empleando.

—Debes de tener razón —convino Strömelburg—. ¿Pero cómo demonios lo emplean?

—Obviamente, empiezan con estos bloques —replicó el doctor—. Y mira aquí.

Y señaló la segunda tela a través de la cual se había impreso el alfabeto horizontalmente.

—De alguna forma, usarán este alfabeto como clave.

—Está bien —repuso Strömelburg, plegando cuidadosamente el trozo de tela y metiéndoselo en el bolsillo—. Sé quién nos explicará este rompecabezas.

Un buen interrogador, había aprendido Strömelburg durante sus días en la Policía, era un hombre con numerosos papeles. De momento, el papel que eligió interpretar con Wild era el de capturador reluctante, solícito respecto del bienestar de su prisionero, sólo levemente incómodo por la facilidad con la que había caído en su trampa. Sin embargo, Wild no quedó del todo engañado por su treta; experimentó un sobresalto de inquietud al ver a dos tipos vestidos de paisano que se deslizaban en el cuarto detrás de Strömelburg. «¿Serán —se preguntó— los torturadores que han llevado a un pobre prisionero loco al piso de arriba?»

Strömelburg dispuso con cuidado algunos documentos encima de su escritorio, puntuando sus acciones con unas cuantas observaciones sobre la marcha a Wild y trozos de un *Lied* de Schubert que tarareaba para sí.

—Está bien —anunció finalmente con el aire de un catedrático de Oxford que se dispone a revisar un examen de un ejercicio trimestral—, sólo unas cuantas preguntas y podremos irnos a dormir. Has estado en Troyes, ¿verdad?

Wild asintió.

—Con Héctor, ese pobre tipo...

Una vez más, el inglés asintió.

—¿Y cuál era la frase en clave que empleabas para tus transmisiones mientras estuviste allí?

—«Un veredicto de un hombre prudente supera a todos los tontos» —respondió Wild, que admiraba a Robert Browning desde hacía mucho tiempo.

Más tarde, en su celda, al tratar de reconstruir la escena, Wild intentó sin éxito de recordar la señal por parte de Strömelburg con que comenzó todo. En silencio, y sin que él se apercibiera, aquellos dos matones se habían colocado detrás de su sillón. El primer golpe le alcanzó en el lado izquierdo de la cabeza, por debajo del oído, lanzando su cuello contra el sillón y enviando un cortante dolor a través de su cráneo. El segundo, se estrelló en su nariz, haciendo lanzar un fino chorro de sangre por los aires. Pareció colgar allí durante un instante, como si se tratase de una nube roja deante de sus ojos. Luego el tercer y peor golpe le alcanzó en el borde de la boca, exactamente debajo de las ventanillas de la nariz, rompiéndole los labios y partiéndole uno de sus incisivos por la raíz. Wild chilló mientras un dolor agónico traspasaba su ser y le abrumaba. Aquello procedía del nervio roto del diente. Strömelburg le dominaba, con el rostro contraído por la rabia.

—¡Tonto! —le gritó—. ¡Estúpido y tonto inglés! ¿Cómo te atreves a mentirme? ¿Cómo te atreves? ¿Conoces cuál era esa frase en código? Yo te la diré: *Captain, oh my captain, our fearful trip is done...*

El alemán giró sobre sí mismo y cogió una hoja de papel de su escritorio.

—Mira aquí —le gritó, mostrando los documentos ante la ensangrentada cara de Wild—. Tenemos hasta el último de los malditos mensajes que has enviado. Todos. ¿No me crees? Trece de diciembre...

Los dedos de Strömelburg pasaron a través de los papeles.

—¿Quieres saber qué te ordenó Londres el trece de diciembre? Yo te lo diré.

A través del filtro rojo del dolor que llenaba su ser, Wild escuchó al alemán leer palabra por palabra el texto de una transmisión que reconoció instantáneamente como propia. Desesperadamente, trató de deslizarse hacia el limbo de desesperación al que se veía impulsado por su sensación de desamparo ante el alemán, ante sus terribles conocimientos.

—¿Ibas a emplear la misma frase en Lila?

Wild jadeó. Él, naturalmente, no era consciente del hecho de que Londres, inadvertidamente había facilitado a Strömelburg su destino a través de la radio falsa del doctor y con la cual los alemanes habían dispuesto el lanzamiento.

—Sí —musitó—. Sí.

Los golpes comenzaron de nuevo, esta vez en el cuerpo, culminando con uno final, un terrible porrazo en su entrepierna.

—¡Maldito idiota! ¿Es que nunca aprenderás?

A través de su visión entre una película de lágrimas y dolor, Wild vio que el alemán se metía la mano en el bolsillo y sacaba un pedazo de tela. Habían encontrado sus trozos de seda en clave y su cuadro de los tiempos.

—Éste es tu código —le silbó—. Ibas a emplear el nuevo sistema de Cavendish en Lila...

Sus dos torturadores le habían echado los brazos hacia atrás, por lo que se hallaba ahora aferrado e inmóvil en su sillón, y el rostro del alemán estaba tan cerca de Wild, que un goteo de saliva cubrió sus magulladuras.

—¿Por qué me estás toreando? —chilló—. Sé más acerca del SOE que tú. Sé que Cavendish te autoriza a darnos la clave. ¿Me la darás ahora o en cuanto permita a esos dos que te conviertan en una hamburguesa?

Wild emitió una especie de semigemido. Más que el dolor, lo que le abrumaba era lo que llegaba a saber aquel alemán. Tenía razón. Estaban autorizados a manifestar su código bajo la tortura. ¿Había sufrido un martirio suficiente?

—Muy bien, muy bien —murmuró.

Strömelburg hizo un ademán a los dos hombres para que le soltasen. Wild alargó un brazo que le dolía terriblemente hacia los trozos de seda.

—Es muy sencillo. Éste —y señaló el trozo de seda cubierto con cinco bloques— es tu pauta. Se escribe el mensaje sin clave en bloques de cinco letras como siempre. Luego mandas el primer bloque del mensaje según el primer bloque de cinco letras, en la pauta que comienza con la primera letra de la esquina superior izquierda. Si el bloque del mensaje es NOWIS escoges la letra que está encima de la N. Digamos que es la «X». A continuación continúas en la clave del trozo de seda con el alfabeto que se encuentra en la parte de arriba.

Strömelburg cogió de nuevo el fragmento de seda y lo estudió.

—La primera letra de tu mensaje auténtico es «N».

Strömelburg asintió.

—Entonces buscas la «N». Debajo tienes dos líneas paralelas de letras. Se sigue la primera hasta que se encuentra la letra en tu bloque de código, es decir, la «X».

—Ya la tengo.

—Entonces, enfrente hay otra letra.

—Es una «X».

—Ésa es la letra que transmites. Así es como funciona, exactamente así...

—¿Pero, cómo pueden leerlo en Londres?

—Tienen una réplica exacta del trozo de seda. Todo lo que tienen que hacer es trabajar hacia atrás. Destruyen cada línea del bloque de letras en la seda una vez que las han utilizado. La idea consiste en no emplearlas dos veces.

Strömelburg se quedó mirando aquel pequeño trozo de tela que tenía arrugado en la mano. Era a duras penas un experto en codificación, pero le resultaba claro que el inglés había llegado con un sistema que todos los criptógrafos reunidos de Berlín nunca hubieran podido descubrir. Tratando de ocultar su asombro, se quedó mirando de nuevo a Wild.

—¿Y cuándo se supone que será tu primera emisión?

—A la una de hoy.

El alemán se mostró interiormente exultante. Estaba en el umbral de añadir otra valiosísima radio a su juego. Tenía a Wild, tenía su clave, la hora en que debería de entrar en servicio. Sólo necesitaba una cosa más, una última y preciosa clave y dirigiría el aparato de Wild contra Londres. Contempló al inglés derrumbado en su sillón. La revelación más difícil para un prisionero era siempre la primera. Había comenzado con Mr. Wild de aquella manera.

—Mira —le dijo con tanta despreocupación como pudo—, deseo una última cosa de ti, y luego podrás irte. Te lo prometo. ¿Cuál es —le preguntó— vuestra comprobación de seguridad?

La «comprobación de seguridad» era la prueba definitiva por parte del SOE de la autenticidad de una transmisión, un acuerdo secreto entre Londres y un operador sobre el campo, que garantizaba que la transmisión no se había efectuado bajo control alemán.

Wild gimió y se dejó caer en su sillón, forcejeando de modo visible con el último dilema de un agente capturado, que le hacía caminar por el terrible filo de la navaja entre el dolor y la revelación. Los dos torturadores avanzaron hacia él, pero Strömelburg sabía cómo hacer las cosas. Les hizo un ademán para que se alejasen y acarició con ternura la maltratada cabeza de Wild.

—Verás —suspiró—, no debemos permitir que esto comience de nuevo...

—Treinta y seis —susurró Wild—, hay un treinta y seis entre el tercer y el cuarto bloque de letras.

Strömelburg dedicó al doctor, que se encontraba de pie en un rincón de la habitación, una triunfante mirada.

—Muy bien —les dijo a los dos hombres—. Llevadle al piso de arriba.

Los ojos de Catherine Pradier se deleitaron con el paisaje que pasaba lentamente ante las ventanillas de su tren: tan verde, tan rico, tan milagrosamente intacto, al parecer, tras cinco años de guerra. Casi deseó cantar «¡Francia! ¡Francia!» a medida que pasaban ante ella aquellas visiones tan familiares, ya casi olvidadas: un grupo de escolares con sus batas grises, una cartera llena de libros sujeta a la espalda, esperando pasar las barreras de un cruce; los *jefes de estación*, que andaban por allí dándose importancia con sus ridículas gorras, silbando al tren para que iniciara la marcha. «¿Sigue siendo cornudo, *señor jefe de estación* —pensó casi riéndose—, como lo era en la can-

ción que solíamos cantar?» Vio a los marchitos ancianos de Francia
que marchaban al trabajo con sus desvaídos monos azules, las parejas
de campesinos en sus campos, ganándose el pan con aquella sagrada
tierra. Tras Inglaterra, donde cada recodo de la carretera traía el recuerdo de la guerra, Francia parecía mágicamente en paz. Un curioso
pensamiento la asaltó: «¿Y las vacas? ¿Dónde estaban las vacas?» Se
percató de que llevaba media hora mirando el paisaje y no había visto
ni una sola vaca. Naturalmente, las habrían sacrificado, a todas ellas,
por orden de los alemanes, para alimentar los insaciables apetitos de
la Wehrmacht.

Catherine volvió la mirada el atestado compartimiento. Aunque el
paisaje se hallaba en paz, la guerra estaba aquí, inscrita en las melan-
cólicas y deprimidas caras de sus compañeros de viaje. Cuán grises y
andrajosos parecían, todos atenazados en suéteres y chaquetas. No había nada *chic* francés aquí. Y, por encima de todo, aquella falta de ani-
mación en sus rostros, que era lo que más la sorprendía. Había desaparecido aquel espíritu galo tan fanfarrón, discursivo y vivaz. «Hay que
darse cuenta —pensó— de que llevo en este compartimiento más de
dos horas y nadie ha dicho ni una sola palabra. ¿Me encuentro realmente en Francia?»

Suspiró y respiró hondo. El viciado aire del compartimiento olía
a sudor, a cebollas, a vino rancio y, por encima de todo, al punzante
olor del ajo. «No —se tranquilizó a sí misma sonriendo—, no existe
el menor error. Estoy de veras en el país correcto.» Miró al pasillo, más
allá de su compartimiento. Estaba atestado de debilitados pasajeros
que se aferraban a la barra que corría a lo largo de las ventanillas.
Montones de equipaje a sus pies sembraban el pasillo. Lanzó una rápida y tranquilizada mirada a la atiborrada redecilla de los equipajes
que se hallaba encima de su cabeza. Allí, en abierto desafío a las órdenes de Cavendish, se encontraba la desvencijada maleta, con el transmisor oculto en su interior. Había sido una decisión deliberada por
su parte. «Toda la razón de que me encuentre aquí se halla dentro
de esa maleta —se dijo a sí misma—. Sin eso, soy inútil por completo.»

En aquel instante, la figura familiar de Paul se abrió paso entre
los pasajeros en el pasillo, con un periódico enrollado aferrado en su
mano izquierda. Catherine aguardó tres o cuatro minutos, luego hizo
una señal a una mujer joven, con un chiquillo que gimoteaba entrela-
zado en sus piernas.

—¿Le gustaría usar mi asiento durante un rato?

—¡Oh, sí! —replicó la agradecida muchacha casi dejándose caer en
su sitio mientras Catherine salía en persecución de Paul.

Éste se encontraba en el coche restaurante, leyendo su periódico.
El lugar de enfrente estaba vacío.

—Mademoiselle —le dijo—, ¿puedo ofrecerle un asiento?

—¿Por qué no? Gracias —replicó Catherine, apresurándose a deslizarse en el asiento.

Miró alrededor del vagón y tembló levemente. Por lo menos, la
mitad de los comensales vestían uniforme alemán. Se inclinó hacia
Paul:

—¿Cómo se ha hecho esto?

Paul se frotó el índice con su pulgar.

—Algunas cosas no cambian.

Catherine le observó con atención. «Tal vez seas un tipo soso cuando te dedicas a tu trabajo, Paul —pensó—, pero eres un hombre más bien atractivo.» Era alto para ser francés y más bien también corpulento. «Buen linaje», pensó Catherine. Sin embargo, notó que sus manos desentonaban de esto. Eran cortas y recias, manos hechas para sumergirse en la suciedad o en la grasa, no para hacer gracias en un salón. Tenía un recio cabello castaño y una maquiavélica semisonrisa que, por alguna razón, no podía borrar de su rostro. Todo en él parecía irradiar un aire de tranquilidad, de confianza en sí mismo. Todo, excepto sus ojos. Eran dulces y castaños, casi rojizos, hundidos en una inusual profundidad en las órbitas de su cráneo. Una especie de tranquila tristeza parecía emanar de ellos, el aire melancólico de un hombre que ha visto más miseria y sufrimiento del que se atrevería a reconocer.

Iba notablemente bien vestido. Su chaqueta deportiva de *tweed* debía proceder del «Faubourg Saint-Honoré» de antes de la guerra. En torno del cuello llevaba un fular estampado, probablemente inglés, una camisa blanca y unos pantalones grises de franela. «El hijo de un propietario provinciano —se dijo a sí misma— o algún pequeño noble cuyos antepasados consiguieron escapar a la guillotina.»

—Estás muy elegante —le dijo admirativamente.

—Por una razón. Cuanto mejor vestido vas, más próspero pareces y más probable resulta —y realizó un movimiento casi imperceptible con la cabeza— de que seas tomado por uno de ellos. Un colaboracionista o un estraperlista.

Dio unos golpecitos en el periódico que había estado leyendo. Se trataba del notorio colaboracionista *Je suis partout* (Estoy en todas partes).

—Siempre llevo uno de éstos para leer. Tranquiliza a esos bastardos de la *milicie* cuando realizan una comprobación de identidad.

El camarero puso delante de cada uno de ellos un plato de lentejas hervidas. Se inclinó hacia Paul, al que evidentemente conocía.

—He conseguido un poco de pastel de carne de conejo que le puedo facilitar —susurró.

Paul asintió y dio su aprobación. Mientras el camarero se alejaba, se acercó a Catherine.

—Permíteme decirte lo bien que estuviste anoche. No sólo salvaste tu pescuezo sino también el mío.

La mujer sonrió.

—Funcionó, y sólo a eso debemos estar agradecidos. Aunque, de todos modos, Paul, no te veo empujando un carrito lleno de cemento por Calais.

—Eso es mejor que Dachau.

Cuando el camarero regresó con su *pâté*, el tren chirrió y acabó por detenerse en pleno campo. Paul se lo quedó mirando:

—¿Qué pasa? Es la tercera vez que nos detenemos en una hora.

El camarero se inclinó para que los alemanes que se encontraban al otro lado del pasillo no pudiesen oírle.

—La RAF ha dejado caer su mierda anoche en la estación de apartadero de Amiens. No sale nada de allí hacia París, y toda la vía se encuentra aún muy congestionada.

—¿No salen trenes para Lila o Calais?

—Ninguno.

El camarero apenas pudo ocultar su deleite.

—Cualquier persona que desee ir allí durante los próximos dos o tres días, lo mejor será que le guste andar.

—Tienes un problema —dijo Paul mientras el camarero se alejaba—. ¿Te han dado la dirección de alguna casa segura en París?

Catherine movió la cabeza.

—Claro que no. No podían pensar en eso

Mastiscó lentamente su *pâté* durante un minuto.

—Puedes comprender que se supone que no tenemos nada que ver el uno con el otro. Se supone que no sabes nada acerca de mí y que yo no sé nada acerca de ti. Y no habría sabido adónde te dirigías de no haber sido por el bloqueo de carreteras de anoche.

Catherine asintió.

—Procedemos de la misma escuela, ¿recuerdas?

—¿Tienes algún sitio seguro donde ocultarte en París?

—Ninguno en el que pueda pensar.

—¿Conoces la ciudad?

—Sí.

—Por lo menos tenemos eso...

Paul suspiró con evidente disgusto.

—Está bien. Dos horas después de que pasemos por la recogida de billetes de la Gare Montparnasse, nos encontraremos en la terraza de la «Brasserie Lorraine», en la Place des Ternes. Yo estaré leyendo un ejemplar de *Je suis partout*, una señal de que todo marcha bien. Si no estoy leyéndolo o no me encuentro allí, tendrás que apañártelas tú sola. Evita los hoteles. Lo mejor que puedes hacer es tratar de sobornar a alguien para quedarte en una casa de paso. ¿Te han dado suficiente dinero?

Catherine indicó que así era. Paul se inclinó hacia delante.

—El momento peor es cuando llegamos. La Gestapo recibe a estos trenes de la misma forma que las prostitutas de hotel acostumbraban hacerlo con ellos antes de la guerra. Te pondrás detrás de mí. Intenta mirar si me siguen. Ten cuidado con los hombres, en especial los severamente vestidos, sin equipaje. Evita a cualquiera que vaya en tren durante estos días sin equipaje. Si ves a alguien así que me sigue no te acerques a la cervecería.

El tren dio un bandazo hacia delante en el momento en que el camarero les presentaba la nota. Paul le pasó a la chica el periódico a través de la mesa.

—Toma esto. Un poco de lectura ligera te quitará los quebraderos de cabeza.


Catherine se dio cuenta de que la composición de su compartimiento había cambiado. El lugar de la pareja de personas de edad que se hallaba enfrente de ella había sido tomado por un par de alemanes uniformados. Uno de ellos, un hombre desacostumbradamente moreno, le sonrió mientras se sentaba. Acordándose de las palabras de Paul, le brindó una sugerente sonrisa a cambio y luego se sumergió en su periódico. El mismo justificaba el comentario que diera Paul al separarse. La primera página lo llenaba un artículo acerca de la Justicia francesa contemporánea. Sus compatriotas, quedó complacida de leerlo, se mataban unos a otros con mucha menor frecuencia aquellos días por asuntos del corazón. «Naturalmente —pensó— encuentran mejores razones para matarse entre sí.»

Catherine se había adormecido finalmente cuando llegaron a la Gare Montparnasse. Cuando se estiró hacia su maleta sintió una presencia detrás de ella.

—¿Mademoiselle?

Se trataba del alemán moreno.

—¿Puedo ayudarla?

Tomó su maleta y la alzó de la redecilla al mismo tiempo que emitía un gruñido.

—*Mein Gott*, cuánto pesa... Por lo menos debe llevar aquí una ametralladora...

—No una... —replicó Catherine mientras se reía con ganas—. Lo que llevo son tres...

El rostro del alemán se puso un tanto hosco. Los matices del humor alemán no eran particularmente de su gusto, pero su galantería siguió siendo la misma.

—¿Puedo llevársela?

Catherine vaciló sólo un momento.

—Eso sería muy amable de su parte.

Tras echar a andar por el atestado andén, la mujer se colocó entre los dos alemanes. Delante de ella veía la alta figura de Paul que avanzaba con facilidad entre la muchedumbre. Se percató de que nadie parecía seguirle. Por el rabillo del ojo, se fijó en el uniforme de sus escoltas. El que llevaba la bolsa era oficial. Ambos llevaban el uniforme estándar grisverdoso de la Wehrmacht, pero aparecían con ribetes dorados en vez de los más corrientes plateados. En sus hombreras se veía la divisa de un obús de artillería entre un par de alas de oro. Catherine estaba segura de que no se trataba de ninguna identificación de las que había estudiado durante sus cursos en Inglaterra. En la barrera donde recogían los billetes, empezó a rebuscar en su bolso.

—Viene con nosotros —informó secamente el alemán que llevaba su maleta al delicado recogedor de billetes.

El francés dedicó a Catherine una mirada cargada de odio, y luego les hizo un ademán para que pasasen.

—¿Dónde va? —le preguntó el alemán.

—Voy a tomar el Metro —respondió Catherine, confiando en que él no lo hiciera.

El alemán le llevó la maleta hasta la boca del Metro.

—¿Podríamos vernos esta noche para tomar una copa? —le preguntó.

—Oh, gracias, pero estoy de paso, camino de Calais. Tendré que pasar esta noche con unos parientes.

—¿Calais?

El alemán pareció iluminarse al escuchar aquella palabra.

—Nosotros estamos destinados en las afueras de Sangatte. ¿Podríamos vernos allí? ¿Dónde vive?

Catherine deseó exteriorizar su rabia. El nombre de Sangatte no le decía nada pero, obviamente, se encontraba cerca de Calais. «¿Por qué, por el amor de Dios, no he dicho Reims o Lila?» Poniéndose nerviosa, comenzó a tartamudear hasta que de sus memorizadas lecciones, la única asociación que tenía con Calais, emergió de su subconsciente.

—Mi casa es algo difícil... Pero, al atardecer, a menudo voy al «Café Trois Suisses» a tomarme un aperitivo. Es muy posible que nos podamos ver una de esas noches...

El alemán dio un ligero taconazo, se inclinó y tocó con los dedos le gorra de su uniforme.

—«Les Trois Suisses.» Lo conozco muy bien. Espero que así sea, Mademoiselle...

Catherine cogió su maleta y bajó de prisa los escalones de la boca del Metro. Con cada paso iba maldiciendo su estupidez y procuró retener las lágrimas de rabia y frustración que humedecían sus ojos. Delante de ella las pesadas puertas verdes del Metro empezaban a cerrase. Pudo meterse en el tren que aguardaba. Amargamente, observó cómo desaparecía la estación, pensando que se trataba de su primera prueba y que había fracasado...

Jackie Moore estaba sentada delante de su aparato receptor, en la emisora secreta de radio del SOE situada en las afueras del pueblecito de Sevenoaks, en Kent, y se colocó unos auriculares en la cabeza. Eran exactamente las 12.30 de la noche. Al igual que la mayoría de las otras chicas que manejaban aparatos de radio en la sala de recepción, Jackie era una FANY, una damita voluntaria de impecable educación y, en su caso, la hija mayor de un hacendado del condado de Sussex. Asimismo, y según la jerga del SOE, era la «madrina» de Alex Wild, la muchacha asignada para escuchar sus transmisiones desde su primer lanzamiento en la Francia ocupada. Ni la gripe, ni fiebres, ni los galanteos, nada había impedido que estuviese presente en Sevenoaks en todas las ocasiones, durante los últimos dos años, en que estaba previsto que Wild transmitiera. No conocía personalmente a Wild; el haberlo hecho sería algo en contra de las severas normas de seguridad del SOE. Sin embargo, sentía por él un afecto tan tierno y tan profundo a su manera, como el que sentía por el joven teniente de la Brigada Blindada de la Guardia con el que bailaba hasta el amanecer en el «Club 400» de Londres.

Ajustó su aparato de radio a la longitud de onda de 8350, en la que debía transmitir Wild, oscilando el dial hacia un lado y otro de la banda por si la llamada llegaba levemente fuera de la onda. A la una, con igual fidelidad que las campanadas del Big Ben, las familiares letras «AKD» llegaron por las ondas para decirle que se encontraba en algún lugar de la Francia ocupada preparado para transmitir. Mientras sus dedos comenzaban su danza ritual a través de las páginas de su agenda recogiendo sus ráfagas en código Morse, una sensación especial de alivio se extendió por la muchacha. Su pupilo, según sabía, acababa de ser lanzado en paracaídas en la Francia ocupada; resultaba claro que había llegado sano y salvo cualquiera que fuese su destino. Un vez acabado el mensaje, Jackie comenzó a convertir la anotación Morse en su texto en clave. Naturalmente, esta clave no significaba nada para ella. Su lazo con su pupilo sin rostro, y por el que sentía tanto afecto, se hallaba en la idiosincrasia de su «firma» de transmisión, una palabra en Morse tan familiar para ella como la severa voz de su padre.

De repente, Jackie se quedó paralizada. Según sus informaciones, Wild había sido enviado como agente de campo con una nueva clase de comprobación de seguridad. Consciente de que la Gestapo había descubierto sus trabajos en el sistema de comprobaciones de seguridad, el SOE había desarrollado un sistema nuevo y más sutil. Implicaba una doble comprobación. Los agentes eran ahora enviados no con una comprobación sino con dos. Bajo tortura, se les instruía para que revelasen a la Gestapo la comprobación de seguridad que pedían los alemanes. Su presencia en un mensaje sin la segunda comprobación confirmatoria, diría a Londres que un aparato de radio era operado bajo control alemán. La primera comprobación de Wild, un 36 entre su tercer y cuarto bloque de letras se hallaba presente. Pero no aparecía la segunda confirmación de seguridad, es decir, la de un 18 entre el cuarto y el quinto bloques.

Durante un segundo, Jackie quiso llorar. ¿Habían atrapado a Wild? No hubo absolutamente nada en su transmisión, ninguna nota no familiar que indicara que el hombre que se hallaba en el receptor no fuese otro que Wild. Tal vez, se tranquilizó a sí misma, se trataba sólo de un error. Wild, excitado por su feliz regreso al campo, había simplemente olvidado la segunda comprobación. A fin de cuentas, era la primera vez que empleaba el nuevo y poco familiar sistema. En cualquier caso, aquel juicio no correspondía a ella hacerlo. Anotó en su hoja de recepción tanto la ausencia de la segunda comprobación como el hecho de que, en todos los demás aspectos, la transmisión resultaba normal. Luego lo llevó todo a un oficial de descodificación. Éste, a su vez, pasó el texto descodificado a un expedidor de despachos. Escrito en el sobre con grandes letras rojas aparecía una advertencia de tres letras. El texto interior iba destinado no a Cavendish sino a la Seguridad del SOE, un círculo de oficiales de alta graduación cuya tarea consistía en salvaguardar todas las operaciones del SOE, desde Varsovia a Atenas. La nota decía: «Falta la comprobación de seguridad.»

*París*

Paul se encontraba allí exactamente como había dicho que estaría, aparentemente absorto en su *Je suis partout*. Se levantó mientras Catherine se acercaba y, ante su sorpresa, la cogió entre sus brazos. La sostuvo con fuerza contra sí durante un momento y luego la besó cálidamente.

—Ángel mío —exclamó en voz lo suficientemente alta para que le oyesen todos los de alrededor—. ¡Cuánto tiempo ha pasado!

—Demasiado tiempo, querido —respondió Catherine.

Su voz se hizo más íntima entre una sofocada risa, sólo para que la oyera Paul:

—En realidad sólo dos horas...

Luego hizo una pausa y añadió:

—Por lo que he podido ver nadie te ha seguido.

Paul la acompañó hasta una silla, mientras la continuaba abrazando y jugueteando en su mejilla con la nariz. Le pasó el brazo por la espalda, atrayendo su cabeza para que reposara encima de sus hombros.

—¿Qué has hecho? —le susurró.

—Un viaje en Metro.

—¿Con eso?

Paul echó un vistazo hacia la maleta que se hallaba a los pies de la mujer.

—Confío en que no haya nada ahí que pueda comprometerte. ¿No te dijeron en Londres que nunca viajaras en Metro si te encontrabas «cargada»? A los alemanes les gusta mucho llevar a cabo comprobaciones de seguridad en sus largos corredores. Te hubieran tenido atrapada. Si hubieras dado la vuelta y tratado de escapar te habrías encontrado en un callejón sin salida. Nunca, nunca cojas el Metro si tienes algo que ocultar.

Hizo un ademán al camarero:

—Dos *Banyuls* —pidió—. Dios mío, casi había olvidado lo hermosa que eres —exclamó otra vez en voz alta mientras se volvía hacia ella.

Se inclinó hacia delante y le dio otro largo beso sensual. Mientras se apartaba, su maquiavélica sonrisa se le había extendido por todo su rostro.

«Puedes estar haciendo una pequeña comedia, Paul —pensó Catherine—, pero pareces estar disfrutando de lo lindo.»

El hombre volvió a inclinarse sobre ella, permitiendo que las puntas de sus dedos bailotearan por su nuca justo por debajo de los lóbulos de las orejas.

«Y yo también», se dijo a sí misma.

—He conseguido dos pisos seguros pero, desgraciadamente, están ocupados —le susurró.

—Eso no importa. Puedo dormir en una silla o en el suelo.

—Ése no es el problema. Se trata de la seguridad. No debes ver a gente que está allí, ni ellos a ti. Los hoteles están descartados. Existe un equipo de la Gestapo en la Prefectura de París que estudia todas las noches las fichas de los registros de los hoteles. Londres se cree muy listo con esos lugares de nacimiento en el norte de África. No quieren comprender que la Gestapo cayó en la cuenta ya de eso hace dieciocho meses. Cuando ven un lugar de nacimiento en Orán y una residencia en Calais, pueden sentir curiosidad. Cualquier cosa que se relacione con Calais llama su atención. Si fueses un hombre, deberíamos hacer que el Gobierno de Su Majestad te dejase vagar un par de días en torno de los prostíbulos. En estos tiempos son más seguros que cualquier otra cosa.

Se encogió de hombros. Mientras decía todo esto no dejaba de mirarle a los ojos, con una tímida sonrisa en sus labios, por lo que cualquiera que les observase creería encontrarse ante un hombre muy enamorado de una estupenda chica rubia.

—Nuestra mejor oportunidad es un *hotel de paso*. Conozco uno en Saint-Germain. La mujer que lo regenta nunca se preocupa por los documentos de identidad. Tiene relación con el hampa. Pasa a los polis un poco de información de vez en cuando, para que todo siga en calma...

«Habla de una forma tan seria que la gente de la mesa próxima debe pensar que está citando a Baudelaire o proponiéndome que me case con él», pensó Catherine.

—Lo que pasa en un sitio así es que, en caso de una incursión, es casi seguro que lo realizará una patrulla de polis ordinarios, con esas gorras en forma de sartén. Con esos tipos no existe el menor problema.

Paul se retrepó en su asiento y sorbió su bebida, obviamente complacido con su plan. Catherine se liberó del abrazo y miró valorativamente a aquel hombre que era relativamente un desconocido y con el que, al parecer, iba a pasar una o dos noches. «Está bien, hija mía —se dijo a sí misma—, podría ser peor, muchísimo peor.»

—Le deslizaremos unos cuantos francos. Una especie de aventurilla mientras la mujer está ausente.

—Qué agradable —le sonrió Catherine.

Paul se echó a reír y alargó la mano hacia la maleta. Había dejado el importe de sus bebidas, según vio Catherine, en cuanto el camarero las colocó encima de su mesa. Reconoció esa precaución por el adiestramiento que había recibido en Inglaterra. Se debe pagar tan pronto como te sirven, para poder irte en el intante en que tengas que hacerlo, sin llamar con ello la atención.

Paul hizo una seña a un taxi-bicicleta de la cola que había en la plaza. El ciclista, algún pobre parisiense que se esforzaba por mantener con vida una familia, tuvo que esforzarse como un *cooli* chino para llevarles desde la Avenue de Wagram hasta la Étoile.

Luego, rodearon la Étoile y bajaron por los Champs Elysées. Catherine jadeó. Con excepción de un par de coches del Estado Mayor alemán, la gran avenida se encontraba vacía. Qué ancha y magnífica parecía. Y qué increíblemente silenciosa. Un cálido sol primaveral alumbraba la escena; las hojas de los castaños brotaban ya. Al estudiarlos, Catherine se percató de lo verdes y suaves que eran, muy diferentes a las hojas grises de preguerra que recordaba, que se blanqueaban casi tan rápidamente como florecían a causa del impacto de los humos de los tubos de escape que se alzaban desde el bulevar.

—Resulta increíble, Paul —musitó—. París no ha estado nunca, lo que se dice nunca, tan bello.

—Si puedes pensar que todos esos uniformes de las aceras no están ahí, en ese caso sí...

Catherine miró de cerca los enjambres de soldados alemanes que paseaban por aquella adorada avenida. Resultaba tan maravilloso estar de regreso en París en aquella dulce y silenciosa primavera. Nada, ni siquiera aquellas hordas podían quitarle aquello.

—Muy bien —le sonrió—. Lo ignoraremos.


En Berchtesgaden, los mariscales de campo, una vez terminada su conferencia de estrategia, habían vuelto a sus puestos de mando. Su lugar en el centro de la atención del cuartel general había sido sustituido por un rechoncho pequeño japonés, el teniente general barón Hiroschi Oshima, el embajador japonés en Alemania.

El incongruente carácter de los japoneses resultaba fuente de inacabable diversión para el entorno de Hitler. Era un ardiente nazi que, por un sentido de admiración hacia sus huéspedes prusianos, empleaba monóculo, un estudiado gesto hosco y lo que confiaba que fuese un riguroso porte marcial. Ninguna de aquellas afectaciones le salían fácilmente al pobre tipo. No se parecía a nada más que a un sobado osito de peluche abandonado por su propietario en un armario que empezaba a salir ya de la pubertad. Por lo general, sus uniformes parecían como si hubiese dormido con ellos durante una semana y sólo tenían el porte marcial de un derretido cucurucho de helado. En realidad, Oshima no era más que un opaco e inescrutable oriental de la mitología popular. Era encantador, algo que por sí mismo le alejaba de la vasta mayoría de sus paisanos. Un hombre jovial y bromista, al que no le gustaba otra cosa que pasarse todas las noches con los ayudantes de Hitler, bebiendo trago tras trago de *eau de vie* alsaciana y rugiendo canciones de estudiantes de las que se sabía toda la letra. La visión de aquel arrugado pequeño barón voceando *Am brunner vor dem Tor* con su ceceante acento japonés, no dejaba nunca de deleitar al personal del Führer.

Pese a todo, era un perspicaz observador militar que disfrutaba de la plena confianza de Hitler. Oshima era el único japonés que nunca le decía al Führer algo más que trivialidades y Hitler se mostraba a la recíproca siendo particularmente cándido con él en sus frecuentes conversaciones. Había hecho la gira del Frente Occidental, desde Skaggerrak hasta la frontera española, estudiado con detalle y en profundidad el Muro Atlántico, y enviado a Tokio todo lo que había averiguado en unos extensos informes. Con su olfato para percatarse de cuándo tenían lugar conversaciones de importancia, había llegado a Berchtesgaden tras la estela de los mariscales de campo. Su visita había sido breve y profesional: una noche bebiendo con los ayudantes de Hitler, una charla con el Führer y luego regreso a Berlín en avión. Tan pronto como volvió, se sentó para preparar una detallada relación de lo que se había dicho en la cena de los mariscales de campo. Oshima era tan prolijo sobre el papel como en las conversaciones. Por ello, el informe sobrepasaba las dos mil palabras.

Cuando terminó, lo llevó al refugio antiaéreo debajo de las ruinas de su Embajada. Allí guardaba las dos posesiones más valiosas que le quedaban a su Legación. La primera era el retrato imperial del emperador, un óleo que, en vista del *status* casi divino del soberano, poseía el aura de un icono sagrado. La segunda, una máquina negra que tenía un vago parecido con una máquina de escribir. Se trataba de la codificadora tipo 97 del Ministerio de Asuntos exteriores japonés, el más moderno e impenetrable chisme de su clase en el mundo. Oshima ajustó el complejo mecanismo de la máquina y comenzó a convertir su mensaje en unos bloques en clave de cinco letras cada uno. Dado que el idioma japonés con sus cinco mil caracteres se adaptaba mal a la moderna criptografía, la máquina empleaba unos caracteres latinos que representaban fonéticamente las palabras japonesas.

Cuando Oshima finalizó, entregó su texto a un mensajero que lo llevó a las oficinas de la «Compañía de Cables Telefunken». Al igual que los diplomáticos japoneses en todo el mundo, Oshima empleaba las facilidades regulares comerciales por cable de sus países huéspedes para mandar sus despachos en clave a Tokio. Desde Berlín, el despacho de Oshima se enviaría por tierra hasta la Koenigswusterhausen donde los transmisores de la «Telefunken» estaban instalados, con capacidad de lanzar uno de los más fuertes rayos de señal direccional. Para cuando el embajador estuviese a punto de sentarse para tomar su primer trago nocturno en el «Bar Adlon», las primeras palabras de su informe ya estarían cruzando el éter en su ruta hacia Tokio vía Estambul y Bandung.

*París*

El hotel estaba en un pequeño callejón llamado Rue de l'Echaude, a sólo unos cuantos pasos del bulevar Saint-Germain. Una brillante placa negra con las palabras «Hôtel Pension» señalaba la puerta. Su propietaria estaba escondida en una jaula parecida a un cuarto, estratégicamente colocada para vigilar el paso desde la puerta de entrada hasta las escaleras. Cuando entraron, Catherine se dio cuenta de que la dueña de forma rápida y silenciosa había colgado el teléfono de la centralita, con el que había estado escuchando con ensimismada atención. «Escuchaba la llamada de un cliente —pensó Catherine—. Supongo que por puro aburrimiento.»

—¿Monsieur, Madame?

Los ojos castaños de la propietaria les estudiaron con frialdad, calculando sin duda alguna cuánto podría cobrarles por una habitación, según la elegancia de sus trajes y por las ganas que tuvieran de subir arriba y empezar a copular.

—Queremos una habitación —declaró Paul.

—Naturalmente, *mes cheris*. ¿Cómo se llama usted?

—Dupont.

Catherine bajó la vista, maravillándose de la seriedad con que la mujer escribía el nombre en el registro que tenía encima de su escritorio. Era una criatura en extremo exuberante, grande, con unos caídos pechos que se apretaban contra su floreada blusa de satén, y unos ondulados mechones de cabello blanco amarillentos a causa de alguna ocasional salpicadura de agua oxigenada. Dos manchas perfectamente circulares de colorete marcaban cada una de sus mejillas, y brillantes cuchilladas de lápiz de labios subrayaban su boca en lo que en el mejor de los casos cabía describir como una forma altamente aproximativa.

—¿A qué hora se marcharán? —preguntó, mirando hacia las llaves que colgaban en unas casillas alineadas en una pared de su oficina, como si de alguna forma el tiempo de su estancia dependiese de la resistencia y poder de su ardor.

Paul se inclinó hacia delante, con un fajo de francos en la mano.

—Nos gustaría quedarnos un poco. Mi mujer acaba de marcharse al pueblo para un par de días. Y es nuestra primera oportunidad de estar juntos durante un poco de tiempo...

—Naturalmente, *mes enfants* —le interrumpió, con el entusiasmo en su voz reflejando la alta estima que, por alguna buena razón, tenía respecto de la práctica del adulterio.

—La gente joven como ustedes, en estos tiempos terribles... Se debe vivir mientras se pueda, *n'est-ce pas?*

Mientras tanto, los francos habían desaparecido en un abrir y cerrar de ojos en el amplio hueco de su escote.

—Veamos si puedo encontrar una habitación agradable para ustedes...

Contempló la hilera de llaves con la gran seriedad que la ocasión merecía. Finalmente, cogió una y con un pequeño perro de lanas a los talones, comenzó a subir la escalera.

—*Napoleón*, cierra el pico —le gruñó al perrito mientras subía por los escalones con el paso determinado de un guía alpino.

La escalera apestaba a cera vieja. Generaciones de pasos de amantes furtivos habían impreso su señal en los peldaños de la escalera de madera, observó Catherine, y la barandilla metálica gemía al menor roce. En el primer piso, la propietaria abrió una puerta y exhibió el interior con el orgulloso ademán del ayudante del director del «Ritz» que mostrara a una joven pareja la *suite* nupcial del hotel. La habitación tenía una cama de matrimonio, su colchón tenía ciertas protuberancias a causa de un uso excesivo, y una silla. En un rincón, unas desteñidas cortinas colgaban de un riel de latón tapando un lavabo y un bidé portátil colocado en un estante de madera. «Está bien —pensó Catherine—, resulta muy funcional.»

—Querido... —exclamó, al tiempo que apretaba la mano de Paul—. Qué maravilloso...

La propietaria sonrió e hizo un ademán hacia la ventana que ofrecía una visión interrumpida del callejón que había debajo.

—Aquí estarán muy a gusto y muy tranquilos —les dijo, brindándoles una sonrisa de infinita comprensión.

Echó a andar hacia la puerta. Mientras lo hacía, Catherine escuchó el chillido de una voz femenina que procedía de la puerta contigua.

—¿Estás loco? —siguieron los graznidos—. ¿Crees que me voy a quitar toda la ropa por cincuenta francos?

La propietaria, imperturbable, hizo una pausa.

—Saben... —les dijo—. Tengo abajo exactamente la cosa que necesi-

tan. Un poco de champaña, «Veuve Cliquot» de 1934. De la propia bo-
dega de mi difunto esposo.
Se apresuró a santiguarse en recuerdo del querido desaparecido.
—Qué estupendo —replicó Paul—. Estoy seguro que nos encantará
una botella.
La mujer cerró la puerta y fue a buscarlo. Catherine se sentó en la
cama y se echó a reír.
—Por lo menos, Paul, aquí estaremos en familia.
Él la miró extrañado.
—Todos los que firman en el registro se llaman también Dupont.

*Asmara*

A casi cinco mil kilómetros de la capital nazi destrozada por las
bombas, en una estéril cadena montañosa barrida por el viento, a más
de dos mil quinientos metros por encima del mar Rojo, en la ex-colonia
italiana de Eritrea, un timbre de alarma comenzó a sonar con fuerte
estrépito. Aquel timbre pertenecía a un receptor de radio «SCR44». La
antena del receptor estaba a su vez fijada en la frecuencia empleada
por el transmisor de Berlín de la «Telefunken». Cada vez que el transmisor alemán salía al aire, sonaba aquella alarma.
Al oírla, un sargento técnico de la Compañía Charlie, el Segundo
Batallón del Servicio de Transmisiones, del Cuerpo de Transmisiones
del Ejército de Estados Unidos, hizo funcionar una clavija que activaba
un gran rollo de cinta de papel que, al igual que la alarma, se conectaba
con un receptor de radio fijado en la frecuencia de Berlín. Su bailo-
teante aguja comenzó a transcribir el flujo de puntos y rayas en código
Morse que salían de Berlín, de la misma forma que un electrocardio-
grama graba los impulsos de los latidos cardíacos. El sargento se colocó
en la cabeza unos auriculares para vigilar la marcha de la máquina, escudriñando mientras lo hacía las direcciones de la corriente de cables
que se encaminaban desde Berlín hacia el Lejano Oriente. Para el sargento y sus colegas, el noventa y nueve por ciento del tráfico que co-
piaban era pura basura: órdenes de transferencias bancarias, informes
de un pesquero de arrastre, o las señales del discurrir de la vida, un
nacimiento en Hanóver, una muerte en Berlín a causa de las bombas
de los aliados. De repente, se puso en tensión. El flujo de puntos y rayas
que corrían a lo largo de la cinta de papel comenzaban a tomar la
configuración familiar de una parte de los cables de Oshima, que siempre transmitía sin clave la dirección: *Gaimu Dai Jim*, es decir, Oficina
de Exteriores del Gran Hombre.
—¡Ya lo tenemos! —gritó—. Está en el aire.
Aquellas palabras galvanizaron a la pequeña emisora de interceptación, que entró en acción. Únicamente para llevar a cabo la vital tarea
de interceptar las comunicaciones de Oshima con Tokio, el sargento
y sus 250 colegas del Ejército americano se hallaban estacionados en

las alturas de Asmara batidas por el monzón desde el verano de 1943. Los acantilados en que se hallaba Asmara se alzaban con tal repentina suavidad del fondo del mar, detrás del puerto de Massawa, 2.500 metros por debajo, que resultaba una antena natural idealmente situada para interceptar la señal de Berlín camino de su emisora relé en Estambul. La ciudad en sí era un rincón perdido de la mano de Dios, donde las mujeres paseaban con unos matamoscas confeccionados con colas de caballo para alejar los enjambres de insectos que llenaban el aire, con la densidad de las partículas de polvo en una tormenta de arena. Por la noche, rientes hienas correteaban por el exterior de los barracones de la Compañía de Transmisiones; durante el día, nómadas eritreos de pies descalzos registraban las polvorientas colinas en busca de unos cuantos fragmentos de leña. Sin embargo, en el interior, en una instalación tan secreta que su dirección era «en algún lugar de África», un puñado de técnicos norteamericanos llevaba a cabo uno de los trabajos de espionaje más vitales de la guerra. La cosecha de su emisora de interceptación había sido prodigiosa y nunca tan crítica para el esfuerzo bélico de los aliados como en aquella primavera de 1944.

A un grito del sargento, tres máquinas más de cinta comenzaron a grabar el flujo del informe de Oshima, dos de ellas captándolo al llegar al relé de Estambul, y otras dos tomándolo al salir de Estambul en su ruta hacia Bandung. El comandante de la emisora, que mascaba un puro, el coronel Charlie Cotter, ejecutivo de la «Bell Telephone», de Michigan, antes de empezar la guerra, vigiló toda la operación. Al observar la desacostumbrada extensión de la transmisión del embajador, le comunicó a su oficial ejecutivo:

—Esta vez sí vamos a joderle...

Las interceptaciones del texto de Oshima estarían camino de Washington antes de que su autor hubiese finalizado su primera copa en el «Bar Adlon».

*París*

Paul no podía apartar los ojos de ella; ni, según notó, podía hacer algo más en aquella atestada habitación. A unas pocas mesas de distancia, un coronel de la Luftwaffe casi derribó su silla de lo impaciente que se encontraba por tener una mejor visión del paso de la chica. Los movimientos de Catherine reunían un sentido de gracia, de fuerza escondida, resultado sin duda de todas aquellas carreras matutinas a través de los brezales de Escocia, las horas de calistenia llevadas a cabo bajo las imprecaciones ladradas por los instructores de Cavendish. Su cabello rubio había sido cuidadosamente peinado en los servicios de damas, por lo que ahora caía por encima de sus hombros en una cascada dorada. Había dormido en un henil con aquel traje sastre oscuro, viajado a través de media Francia en un tren atestado, pero, sin embargo, Paul seguía viéndola tan despampanante, tan en su pose como una modelo de «Maggy Rouff» en una exhibición de modas en Longchamps un domingo por la tarde. Sin embargo, según sabía muy bien Paul por su propio entrenamiento en las escuelas especiales del SOE, si tenía que hacerlo, podía matar a cualquier hombre de aquella habitación con sólo sus desnudas manos.

—Sabes, realmente quitas la respiración —le murmuró cuando ella se retrepó en su asiento con ágil gracia—. ¿Qué le ha pasado al bueno de Cavendish? Tenía reputación de evitar a las mujeres hermosas, del mismo modo que una monja de clausura soslaya las ocasiones de pecado...

—Lo que le pasaba al bueno de Cavendish —replicó Catherine, vacilando sólo durante un momento— es que tenía una imperiosa necesidad de «pianistas».

«Ah —pensó Paul, registrando aquella expresión—, ésa es la razón de que su maleta fuese tan pesada. Han mandado a Aristide una segunda radio. ¿Por qué lo han hecho? Probablemente tiene algo que ver con la invasión.»

—¿Cómo van las cosas por Orchard Court? ¿Todos están afectados de fiebre de invasión?

—Están atormentados a causa de ella. Preocupados por saber dónde, cuándo, si funcionará...

La atractiva y diabólica sonrisa de Paul destelló por su rostro como un rayo de luz veraniega.

—Pero ni la mitad que la mayoría de nuestros compañeros comensales de esta noche, estoy seguro de ello.

Sus ojos insinuaron a Catherine que mirase hacia una mesa redonda en un rincón, a su derecha. Un hombre enrojecido, con su pesado rostro reluciente de sudor, presidía un grupo de hombres más jóvenes con unos uniformes poco familiares.

—Philippe Henri Pacquet. Nos ha estado contando qué gran tipo es Hitler, a través de «Radio París» durante los tres últimos años.

—¿Qué son esos uniformes?

—LVF, es decir, Legion des Volontaires Français, los que marcharon hasta Smolensko para liberarnos a todos del bolchevismo, ¿te acuerdas? Se podría pensar que sus digestiones son un poco pesadas estos días. Atenazados por algunas dudas quizá, sólo quizá, respecto de que han elegido el lado equivocado, cuando nuestros amigos alemanes desfilaban por los Champs Elysées, cantando que muy pronto zarparían hacia Inglaterra.

Paul volvió su atención a una visión más comprometedora, la pequeña cartulina del menú que el camarero acababa de colocar encima de su plato. También Catherine cogió el suyo y lo estudió con mal escondido maravillamiento. Algunas de aquellas vacas, que de una forma tan ostensible habían desaparecido del paisaje francés, evidentemente habían sido desviadas hacia el frigorífico de este pequeño restaurante del mercado negro en su viaje hacia Berlín y el Frente Oriental. Se inclinó hacia Paul.

—¿Te das cuenta —preguntó mientras se percibía un toque de desaprobación de maestra de escuela en su tono— de que no podrías conseguir una cena así esta noche en ningún lugar de todo Londres?

—¿Esta noche?

De esta forma clara, la noción de una asociación entre la capital inglesa y la buena comida, incluso en las circunstancias más favorables, resultaba algo del todo ajeno a Paul.

—Nunca podrías hacerlo.

—Paul, dime algo.

Su rápido paso a través del monótono comedor del «Chapon Rouge» hasta esta retirada habitación trasera, seguía aún intrigando a Catherine.

—¿Cómo se llega a un lugar como éste?

—Él poder entrar en un restaurante del mercado negro no es nunca un problema —replicó Paul echándose a reír—. El problema reside en poseer el suficiente dinero para ello. Mi filosofía es muy simple para estas cosas. Si tengo que ponerme delante de un pelotón de ejecución alemán en Monte Valerien, me parece que no he de hacerlo con el estómago vacío.

El propietario, en mangas de camisa y con un delantal blanco, se acercó a su mesa. Les urgió a tomar cordero lechal al horno con romero y tomillo, con un *souflé* de queso, para empezar. Paul asintió, apreciando con conocimiento de causa el consejo.

—Y aquel «Vosne Romanée» de 1934 —le preguntó—, ¿tiene todavía alguna botella en su bodega?

Cuando el dueño se fue en busca de la misma, volvió su atención a Catherine.

—Es algo parecido a viajar en primera clase en los trenes. Los alemanes toleran lugares así. Mira a tu alrededor. La mitad de los clientes son alemanes. Incluso la Gestapo tiende a dejarles solos. Dirigen más bien sus ojos a las cantinas obreras en la Place de la République.

Catherine valoró a los ocupantes de la docena de mesas del cuarto trasero. Si lo que perseguían los alemanes era a la clase obrera, el «Chapon Rouge» no tenía grandes perspectivas de albergar a muchos de ellos, eso era verdad. Aparte de los camareros, de rostros cetrinos, resentidas pequeñas criaturas que, obviamente, no se alimentaban en la cocina de este cuarto trasero, y las mujeres, que había que concederles el crédito de encontrarse aquí en horas de trabajo, siguió pensando Catherine, no se veía aquí ni un solo rostro francés al que imaginarse trabajando con el sudor de su frente, excepto el que fuese producto del miedo o de la indigestión.

El propietario regresó con su «Vosne Romanée». Paul dio vueltas al vino en su copa, permitiendo que tomase la apropiada cantidad de aire, antes de tratar de inhalar su *bouquet*. Luego brindó con aprobación a la botella que el dueño había colocado delante de él. Paul alzó su copa.

—¿Por qué podríamos brindar, Madame Dupont? ¿Por la buena salud? ¿Por los amigos ausentes? ¿Por tu éxito?

Catherine chocó su copa contra la de él.

—¿Y qué me dices de la potente incursión de bombarderos de anoche de la RAF sobre Amiens?

Sus palabras fueron interrumpidas por una súbita conmoción. Ambos volvieron la cabeza y vieron a uno de los voluntarios del LVF que se había caído al suelo en su estupor de borracho. Sus esfuerzos para volver a ponerse en pie tuvieron una patética calidad chaplinesca para ellos, en parte debido a que el alcohol nublaba su mente, pero también por algo que ni Catherine ni Paul habían observado en su rápida caída al suelo. La manga derecha de la chaqueta de su uniforme estaba vacía. Una cinta rosa aparecía adherida en la parte delantera de la guerrera, una recompensa alemana, sin duda, por el brazo que había dejado en alguna estepa soviética.

—Pobre tipo... —susurró Catherine—. Parece un niño... No creo que tenga más de veinte años...

Paul observó con desdén al muchacho.

—Algún tonto vaquero de Lozère. Se ganaba las habichuelas ordeñando vacas dos veces al día, por lo que decidió irse a la guerra.

Bebió un sorbo de vino.

—Un bastardo estrecho de miras que consiguió la guerra que se merecía. Marchar al son del cañón. Excepto que, en su caso, demostraron ser unos cañones equivocados.

Catherine sintió un momentáneo disgusto ante aquel tono tan duro y burlón. Iba a protestar, pero Paul continuó su divagación:

—Aquí, en las sombras donde nos colocan, nada está claro, ¿no te parece? Aquí no hay capitanes que nos señalen el sonido del cañón, ¿no crees? Para nosotros las cosas no son blancas o negras, sino sólo sombras grises. Y un día llegaremos a averiguar, querida, que a veces resulta muy duro distinguir un matiz de gris de otro.

«Fiebre de campo —pensó Catherine—, ¿se trataría de un súbito ataque de taciturnidad, el primer síntoma de aquella enfermedad de la que le habían prevenido en Londres, cuando un agente comenzaba a sucumbir a la fría paranoia de la vida clandestina? El camarero puso ante ellos su *souflé* de queso. La visión de su costra dorado parda que ondulaba bajo las presiones que burbujeaban por debajo, despejó la momentánea melancolía que había asaltado a Paul. Para alivio de Catherine, le volvió su arrogante sonrisa y siguió encantándola y atento con ella durante el resto de la cena.

Fue soberbia, mucho mejor desde luego que cualquier cosa que Londres hubiese podido ofrecer. Sólo el aguado *ersatz* de café proporcionó un recuerdo de las privaciones que asediaban a millones de hambrientos parisienses en la ciudad, más allá de las puertas principales del «Chapon Rouge».

Paul se acabó la taza y miró su reloj.

—Tenemos que irnos. No debemos permitir que nos cojan después del toque de queda. Nuestros amigos alemanes tienen el encantador hábito de emplear a quienes lo quebrantan como rehenes para alimentar a sus pelotones de ejecución, si uno de sus soldados resulta muerto durante la noche.

A una señal, el camarero les entregó la cuenta. Para diversión de Catherine, tenía el aspecto de un número de teléfono: Maillot 1207. Mientras Paul comenzaba a sacar billetes y monedas de los bolsillos, la mujer se levantó.

—Voy un momento al lavabo de señoras. Está equipado con algo muy buscado por nuestra patrona: jabón.

Una vez más, Paul siguió su andar, contemplando hambrientamente cada sugerencia de aquellos musculosos y esbeltos muslos que rozaban contra los pliegues de su falda, devorando los contornos de sus insolentes y erectos pechos, que se moldeaban contra el tejido de su chaqueta. De repente, se inmovilizó. El coronel de la Luftwaffe que la había contemplado con tanta avidez dos horas antes estaba ahora de pie. Se lanzó encima de ella, rodeándole la cintura con una mano pesada que, con rapidez y seguridad, fue a descansar encima de su trasero. Con aspereza la atrajo hacia sí.

—*Hei, Fräulein* —borboteó—. Ven conmigo y con mis amigos para tomarnos una última copa. Luego nos iremos todos al «Lido».

Toda la intolerable arrogancia del conquistador iluminó la mirada lasciva que le dedicó. Su mano, ya no inerte, se deslizó torpemente hacia el hueco entre sus piernas donde sus dedos sondeadores comenzaron a hurgar en la parte baja de su falda. Paul arrojó la servilleta encima de la mesa y, pálido de rabia, se puso en pie.

El alemán se volvió hacia él con desprecio:

—Vete a casa, cerdo estraperlista. Esta damita está ahora con nosotros.

La mano del alemán dio a Catherine un azote en el trasero.

—¿No es verdad, *Schatz*?

Catherine trató de apartarse, pero el alemán la sujetó aún con mayor fuerza. Durante un segundo, la chica pensó en emplear uno de los movimientos que el sargento Barker le había enseñado en Beaulieu, pero vaciló. Aquellos conocimientos podrían ser peligrosamente reveladores. Vio que Paul cruzaba el cuarto hacia ella, con los rasgos contraídos de una furia mal dominada. Estaba a punto de hacer algo que sería tan valiente como estúpido y que les pondría en peligro a ambos.

—Paul —le dijo con voz silbante—, déjame hacerme cargo de esto...

De repente, un civil alemán se puso a su lado. Lanzó una andanada de incomprensibles frases en alemán al coronel. El brazo del hombre se apartó del trasero de la chica y cayó a su lado, como si las articulaciones de su hombro le hubiesen sido cortadas con un hacha. El civil se volvió hacia Catherine.

—Por favor, perdónele, Madame —le pidió, en un francés sin el menor acento—. Desgraciadamente, todos nos encontramos estos días bajo un gran estrés, pero algunos de nosotros —y dirigió sus gélidos ojos azules hacia el tembloroso coronel— no parecen ser capaces de dominarse y mostrar unos modales dignos del Reich alemán.

Una aliviada y enrojecida Catherine musitó las gracias a su salvador alemán. El brazo de Paul se encontraba ya en torno de ella. Él también hizo un negligente ademán con la cabeza para expresar su gratitud a aquel hombre, y luego comenzó a llevársela hacia la puerta. Su salvador observó cómo se marchaban. En cuanto desaparecieron a través de las puertas del «Chapon Rouge» hacia la Porte Maillot que se encontraba más allá, ejecutó una reverencia burlona a sus figuras cada vez más lejanas. A continuación, sonriente, regresó para continuar con su cena.

El destino de las interceptaciones del informe del barón Oshima a Tokio acerca de su visita a Berchtesgaden, era una antigua escuela para niñas llamada Arlington Hall, que se encontraba al final de un corredor de majestuosos robles en el corazón de Washington, D.C. Aquellos árboles y un puñado de vigilantes centinelas en su interior, servían de pantalla a lo que era, junto con el proyecto de construir una bomba nuclear, la actividad más secreta de Estados Unidos durante la guerra. Era allí donde un pequeño grupo de criptógrafos descifraba y leía el impenetrable código de la máquina de claves del tipo 97 del Ministerio de Asuntos Exteriores japonés.

La cosecha de sus extraordinarias realizaciones ya había tenido un enorme impacto en el curso de la guerra del Pacífico. Ahora, y contra todas las expectativas, se había convertido en una fuente preciosa de espionaje en la Alemania nazi. Los británicos habían descubierto el secreto de las claves alemanas con su «Programa Ultra», en 1941, y el resultado de esa prodigiosa hazaña había sido de lo más valioso para la causa aliada. Respecto de la inminente invasión, la batalla de la que podría depender la victoria o la derrota, «Ultra» tenía un valor muy limitado. La razón era muy sencilla. El Alto Mando alemán confiaba casi exclusivamente en las comunicaciones por tierra, y no en la radio, para enlazar con los mandos subordinados en Europa occidental. Esas líneas terrestres resultaban inmunes a la escucha aliada. Los despachos llenos de detalles del embajador de Japón en Berlín se habían convertido, virtualmente, en el único instrumento que poseían los aliados para penetrar en las mentes de Hitler y de su entorno. Como resultado de ello, eran tratados en Arlington Hall con la veneración que un clérigo reserva a los restos de su primera Biblia.

El texto del despacho de Berchtesgaden fue transcrito desde el Código Morse por un soldado de Transmisiones navales, que lo entregó a un oficial de espionaje, en el primer piso de una de las alas que en tiempo de guerra se habían añadido al edificio escolar. Empleando una máquina que era, virtualmente, una réplica de la que Oshima había utilizado para poner en clave su mensaje en su refugio antiaéreo de Berlín, el oficial de Inteligencia desmenuzó el texto en japonés de una forma exactamente idéntica al original de Oshima. Luego, a su vez, llevó el texto a través de la sala hasta un erudito de Harvard en lenguas orientales, que lo tradujo al inglés. Minutos después de que hubiese llevado a cabo su tarea, el resultado fue entregado en una bolsa cerrada de piel a la Sección «C» de la Rama Especial de Distribución, del Subjefe de Estado Mayor del Ejército de Estados Unidos —Inteligencia— en el recientemente acabado edificio del Pentágono. Desde este despacho, dos veces al día, el tráfico japonés interceptado, designado con el nombre en clave de «Mágico», era enviado en valija cerrada por un oficial correo a las dos docenas de personas, encabezadas por el Presidente, que estaban autorizadas para recibirlo.

Para cuando el informe de Oshima llegó al Pentágono, la segunda entrega del día había salido ya de la oficina de la Sección «C». Al leerlo, la importancia de lo que tenía en la mano se reveló al momento para el oficial de servicio en la Sección, un comandante del Cuerpo de Inteligencia. Pidió un coche de Estado Mayor y, poco después de las 7.30 de la tarde, había llegado delante de una residencia colonial de ladrillo de la «Avenida de las Estrellas», en Port Myers, Virginia. Un ordenanza negro le hizo pasar al estudio. Allí, unos minutos después, se le unió el general George C. Marshall, jefe de Estado Mayor de la Armada de Estados Unidos. Sin decir una palabra, Marshall abrió la valija, firmó un recibo por el informe y comenzó a leerlo. En Washington constituía una leyenda la fría calma y estoicismo de Marshall. Sin embargo, cuando acabó el texto, se quedó mirando al comandante que se hallaba de pie al lado de su escritorio. Una expresión muy cercana al pánico, como nunca hubiese aparecido en aquellos graves rasgos, cubrió el rostro de Marshall.

—¡Dios mío! —musitó—. ¡Esto es una catástrofe sin precedentes!


*París*

—¡Calla, Napoleón!

La propietaria de aquel hotel-pensión dio una patada en broma a su perrito ladrador, mientras sacaba de la hilera la llave de Paul y Catherine.

—Casi les pescan después del toque de queda, ¿verdad? —comentó mientras se apretaba los pliegues de su bata de franela en torno de la imponente circunferencia de sus pechos.

Resultaba claro que para ella constituía un impenetrable misterio el que cualquiera prefiriese errar por las calles de París, desdeñando aquellas instalaciones dedicadas a los propósitos que todos sabían.

—Hemos estado visitando a unos antiguos amigos —le aseguró Paul, mientras guiaba a Catherine hacia las oscuras escaleras, que se hallaban así porque la propietaria del hotel cortaba la corriente eléctrica en cuanto anochecía.

Su ostensible razón para hacer esto radicaba en su elevado sentido de sus responsabilidades cívicas: sin corriente, ninguno de sus clientes podría violar las reglamentaciones del oscurecimiento. En realidad, lo hacía por una forma de ser muy gala, por la convicción de que la electricidad no era una comodidad necesaria ni deseable en su establecimiento.

Catherine atravesó el cuarto a oscuras y miró hacia el silencioso y vacío callejón que había abajo. Ni un solo ser humano se movía, ni una bicicleta ni un coche pasaba por el Boulevard Saint-Germain. El *auartier* que, antes de la guerra, había sido el corazón y el alma de la Orilla Izquierda de París, se hallaba muerto por completo. Se quedó durante un momento de pie entre los rayos de luz de la luna que caían a través de las ventanas, con su figura envuelta por el sudario de un gris pálido. Sus pensamientos no se hallaban en las vacías calzadas de París sino en el hombre que estaba detrás de ella: su sobria y calculada habilidad de la noche anterior, al llevarla protestando a través del pastizal para asegurarse de que no habría fango en sus zapatos; su encantador papel de actor interpretando aquel papel con tanto entusiasmo en la terraza de la «Brasserie Lorraine», su impulsiva ayuda, jugándose el pellejo por ponerse a su lado en el restaurante del mercado negro. Sólo había que mirar en aquellos traviesos ojos suyos, seguir los maliciosos recovecos de su sonrisa para saber que era un pillín. «Dios mío —se preguntó—, ¿por qué debo tener siempre predilección por los bribones? ¿Por qué no me enamoraré de un médico o de un abogado que vaya a la iglesia los domingos y que adore a su madre?»

Desde la oscuridad de detrás, Paul la observó, contemplando los encajes plateados de la luz de la luna sobre su rubio cabello, iluminando sus altos pómulos, sugiriendo cada relieve de su esbelta figura.

—Denise...

Antes de que pudiese terminar, Catherine ya se había vuelto hacia él y le había puesto los dedos en los labios mientras lo hacía. Con un rápido y casi imperceptible movimiento dejó que su cabeza se arquease hacia atrás lo que hizo que su magnífica cabellera rubia le cayese por encima de los hombros. Le deslizó las manos en torno de su cuello. Con deliberada y atormentadora lentitud, oprimió su cuerpo contra el de él, con su pelvis apretando con fuerza y exigencia contra la entrepierna del hombre, con sus esbeltos y musculosos muslos pegados contra los rígidos miembros de Paul. Durante un segundo permanecieron así trabados, con sus cuerpos oprimidos en las primeras y gloriosas intimidades de su pasión.

Su boca buscó la de él, con sus anchos y sensuales labios plegándose a los suyos en un frío atornillamiento. Se quedaron de esta forma durante lo que parecieron siglos, buscándose mutuamente en las ondulaciones de sus labios, en cada sensual giro de sus entrelazados cuerpos. Catherine se inclinó hacia atrás mientras los dedos de Paul comenzaban a pasar entre su cabello. Él bajó la cabeza, apretando sus labios contra la piel de la base de la garganta de la mujer, con sus brazos en torno de su cintura atrayendo el muslo de ella contra la acuciante dureza de su erección. Gentilmente al principio, y luego con un casi salvaje frenesí, sus labios y lengua se deslizaron por la piel de su cuello, por los lóbulos de sus orejas, por sus hombros.

Paul se echó hacia atrás, manteniendo la cabeza de ella a pocos centímetros de la suya, con sus ojos mirando a los de la chica en una hambrienta comunión. Caderas y piernas se apretaron mutuamente como en un esfuerzo inconsciente de no romper aquel campo magnético que los mantenía unidos, recorriendo así el cuarto hasta la cama. Las manos de Paul abrieron la blusa de Catherine y se posaron sobre los trémulos pechos, que había codiciado desde hacía tantas horas, acariciándolos y oprimiendo ligeramente los pezones.

Catherine le abrió la camisa. Las puntas de sus dedos recorrieron con fría rapidez el plano y ancho pecho hasta llegar a su cinturón. Le abrió los pantalones y durante un instante, sus largas uñas coquetearon por la piel de la parte interior de sus muslos. Luego, sus esbeltos dedos se deslizaron con ansia posesiva sobre el premio que buscaban, agarrando a Paul con una fuerza que le hizo jadear de dolor y placer. Le masajeó hasta que en un mutuo frenesí, cada cual comenzó a quitarse las prendas que aún les quedaban, lanzando una auténtica lluvia de medias, bragas, pantalones, calzoncillos alrededor del cuarto.

Ella se tumbó de espaldas en la cama, con su cabello desparramándose en una especie de halo dorado por encima de la almohada. Paul se arrodilló sobre ella contemplando en un hambriento arrobo sus pechos, su plano estómago, el arco de sus largas piernas. Sus labios se inclinaron sobre su ombligo, pero las manos de la mujer le rodearon su cabeza.

—Ahora, Paul —le ordenó—. ¡Ahora!

Él descendió sus rodillas e impulsó su casi penosa fuerte erección contra la apertura de sus muslos. Catherine emitió un débil gemido de anticipación e hizo rodar sus caderas para encontrarse con él. Con un hábil movimiento, le obligó a avanzar hacia el interior de su cuerpo. Con atormentadora lentitud, Paul se deslizó en ella; luego, se detuvo durante un horrible segundo, como si pudiese negarle para siempre la culminación de lo que ella demandaba, antes de impulsarse de nuevo hacia delante, con mayor fuerza y profundidad.

Ella se retorció y forcejeó a cada diabólico impulso hasta que, finalmente, emitió un agudo grito. Extendió sus brazos en torno de las caderas de Paul y, con un fuerte impulso, le hizo introducirse por completo dentro de ella, oprimiendo su propia pelvis contra él con toda la fuerza con que pudo hacerlo. Su cuerpo se arqueó contra Paul, aferrándose en una curvación del más puro placer. Se mantuvieron así unidos en un rígido éxtasis durante el más largo y breve segundo de su vida de mortales. Finalmente, temblorosos a causa de la sensualidad, las caderas de ella volvieron a reposar encima de la cama, atrayéndole con ella en su descenso. Durante minutos permanecieron allí, forzando los últimos espasmos de placer el uno al otro, quedándose Paul dentro de ella durante tanto tiempo como pudo, como si al realizarlo así pudiese de alguna forma preservar aquel encanto que les había unido.

Al fin, Paul rodó hacia un lado y buscó un cigarrillo en los pantalones que estaban en el suelo. Durante un largo rato, Catherine permaneció allí junto a él, observando las volutas del humo de su cigarrillo desaparecer en la oscuridad, pensando sobre este hombre con el que acababa de hacer el amor de un modo tan espontáneo y apasionado. Virtualmente, todo cuanto sabía de él personalmente podía contenerse en aquella frase que el piloto del «Lysander» que la había depositado en Francia: su broma acerca de que Paul había aprendido a volar antes de que aprendiese a andar.

—¿Volabas antes de la guerra? —le preguntó.

Notó que él asentía a su lado, pero sin decir nada.

—¿Qué te hizo entrar en esto? No creo que fuese para alejarte de la monotonía de tu trabajo.

—¿Realmente quieres saberlo? ¿Toda la historia?

—Hasta el último trocito. Aborrezco hacer el amor con perfectos desconocidos.

Paul se echó a reír.

—Nací en el Norte, cerca de Compiègne. Fui un chico loco. Siempre tenía que hacer todo lo que los otros muchachos no se atrevían. Ir en bicicleta más rápidamente o bajar más de prisa una colina que cualquier otro, subir al árbol más alto, saltar desde la valla más alta. No sé por qué. Sólo me pirraba saber que podía realizar cosas que los otros no podían hacer.

Inhaló una profunda bocanada de su cigarrillo. Catherine se percató de que el tabaco era americano.

—Eso huele a «Lucky Strike» o a «Camel» —comentó—. ¿Cómo lo has conseguido?

—Fácilmente. En el mercado negro. Verás, un domingo, en junio de 1924, ya sabes que existen ciertos días en tu vida que nunca puedes olvidar, aquel viejo biplano «Farmian» se presentó y aterrizó en unos pastos cercanos a nuestra propiedad. Todo el pueblo, el cura, el cartero, todos, corrieron a verlo. El piloto iba vendiendo bautismos aéreos por treinta francos el viaje. Nadie deseaba ir. Todos tenían mucho miedo. Por lo tanto, pedí a mi padre los treinta francos y allá que me fui.

Incluso tumbado en aquel arrugado lecho, aún podía recordar cada detalle de aquellos cinco minutos de vuelo: el olor del sudor y del cuero desgastado en la carlinga delantera, la sensación del piloto cuando le sentó y le colocó el cinturón, el ruido del motor cuando aceleraron por el campo, la vibración del zumbido del viento que corría a través de las puntas de las alas. Seguía recordando la forma en que la carne de sus mejillas había parecido apartarse de su boca, cuando la velocidad aumentó y el piloto hizo descender al avión, cómo el verde horizonte giró sobre sí mismo cuando el piloto inclinó lateralmente al avión; qué distantes, qué remotas, qué poco intimidadora parecía la tierra desde aquella altura. Y por encima de todo, lo que nunca podría olvidar fueron los ojos de los pueblerinos reunidos en el pasto para vacas cuando regresó a tierra. Allí, reflejado en su asombro y admiración, encontró lo que había estado buscando. Desde aquel momento, Henri Le Maire —«Paul» para el SOE— supo que allí, en aquellos atractivos cielos azules, podría encontrar un día el pleno cumplimiento de lo que su corazón de muchacho tan desesperadamente anhelaba.

—Así nació otro Saint-Exupéry —respondió Catherine en cuanto terminó su relato.

—No del todo. El decidir convertirme en piloto era una cosa. Y el llegar a serlo otra muy distinta.

—¿Cómo aprendiste a volar?

—Pues en un aeroclub, en Compiègne. Se componía de un viejo granero y de un pastizal. El propietario era un veterano de la Primera Guerra Mundial que vivía, con ayuda del vino, de los recuerdos y de algunos bautismos aéreos que hacía los domingos por la tarde. Me enseñó. Yo me ocupé de aquel lugar, vigilé los aviones, cuidé de él cuando estaba borracho y, a cambio, me dio lecciones de vuelo. Volé solo por primera vez cuando tenía dieciocho años.

Catherine sintió el orgullo de aquel hombre que estaba a su lado, mientras pronunciaba aquellas palabras. Resultaba claro que el volar era una parte muy especial de su ser. «Qué mortificante debe ser para él —pensó— dirigir los vuelos de otros en vez de volar él mismo.»

—¿Trabajaste para «Air France»?

—¿«Air France»?

Paul se echó a reír.

—No hubieran dejado a un muchacho de dieciocho años más que barrer sus hangares en aquel tiempo. Tenía un amigo llamado Clement.

Tenía un viejo «Bleriot». Vivía de organizar circos aéreos en torno de París.

Cerró los ojos y se vio a sí mismo de nuevo en aquellos episódicos e inciertos días. Su rutina resultaba simple. Los lunes, convencían a algún granjero para que les prestase un pastizal la tarde del sábado o del domingo, a cambio de una rápida vuelta en el «Bleriot» de Clement. Luego cubrían los pueblos vecinos con sus carteles, anunciando la llegada de la Era del Avión, en la forma de su «Circo Aéreo» y esperando lo mejor para el fin de semana. Lo mejor, naturalmente, era un cielo claro y bastante gente. Henri cobraba un par de francos por dejar entrar al público por la puerta del campo, mientras Clement provocaba el entusiasmo con un ruidoso calentamiento del motor de su avión. Clement, el piloto más experimentado, saldría el primero, haría unos cuantos *loops* y giros, un par de pasadas con el avión en vuelo rasante, un rápido paso sobre la muchedumbre mientras Henri y su megáfono subrayaban para los embobados espectadores el terrible peligro que corrían los especialistas a cuyas proezas asistían. Luego, siempre el aventurero, Henri proporcionaba a la multitud la primera *pièce de resistence*, andando por las alas y lanzándose en paracaídas. Después de eso, los dos amigos seguían ganándose la vida por la tarde, engañando a cuantos espectadores podían para que volasen en el aparato de Clement a treinta francos el viaje. Constituía una precaria existencia, pero de aquella forma se volaba, y Henri Le Maire se había convertido al fin en el hombre con chaquetón de cuero y fular blanco que siempre había querido ser. Durante dos temporadas, la pareja siguió trabajando fuera, a 160 km de París, hasta que abandonaron los campos y a los crédulos granjeros.

Catherine siguió su relato con arrobada atención.

—Bueno, querido Paul —le dijo cuando terminó—. Debo admitir una cosa. Ciertamente no te amoldas a los cánones de la madre francesa media, como el marido ideal para su hija, ¿no crees? No pareces el serio y seguro hombre laborioso, familiar, que sale hacia la oficina a las nueve y regresa fielmente a las seis.

Acarició uno de los pezones de Paul con las puntas de los dedos.

—Tal vez sea ésa la razón de que te encuentre tan atractivo...

—Las chicas francesas no prestan demasiada atención a los consejos de sus madres, ¿no te parece?

—Oh, sí, claro que sí. Por lo menos al elegir al marido ideal. Créeme, yo lo hice.

—¿Estás casada?

Se produjo un cambio hacia aquella voz tan mordaz que Catherine encontraba tan atractiva.

—Me escapé por los pelos. Y todo porque había seguido demasiado los consejos de mi madre.

Acercó su aún cálido cuerpo más contra él.

—Sin embargo, en lo que se refiere a los amantes —le murmuró—, obro con mayor independencia.

—Si te sirve de consuelo, he tenido algunos, pocos, trabajos regulares en mi vida, aunque las horas nunca han sido de nueve a seis.

—¿Volar?

Paul emitió un suspiro.

—En «Air Bleu», en el antiguo servicio postal aéreo. Fui uno de los primeros pilotos que se presentaron cuando lo empezaron en 1936.

Catherine percibió de nuevo el orgullo en su voz.

—Así, pues, tenía razón. Eres otro Saint-Exupéry.

Su amante gruñó.

—Resultaba duro volar. Con muy pocos instrumentos. La navegación era más bien un asunto de meterte entre las nubes, elegir unos hitos terrestres para imaginarte por dónde ibas: un canal, un río, una línea férrea. Lo que es una buena forma de navegar mientras exista un agujero entre las nubes. En caso contrario, es cuando te ganas de veras tu paga.

Sus pensamientos volvieron de nuevo al pasado. Volaba cada tarde desde Le Bouget hasta Lila, El Havre, Ruán, Estrasburgo, pasaba allí la noche y regresaba a la mañana siguiente. Le gustaba. Siempre había esos aeroclubes en los campos que utilizabas, gente joven que aprendía a volar, chicas bonitas atraídas por el encanto del nuevo mundo del aire, hombres jóvenes de familias ricas a los que deleitaba tener a un aviador profesional como amigo. En París, su uniforme de «Air Bleu» le permitía acudir al «Salón de Pilotos» de Le Bourget, donde se tomaba un trago con los hombres que se habían convertido en sus dioses, los pilotos internacionales de «Air France», «Imperial Airways», «Lufthansa».

Suspiró.

—Te diré una cosa; era una forma magnífica de conocer el país.

—¿Seguías volando para ellos cuando comenzó la guerra?

—Dios mío, no... Lo dejé en la primavera de 1937. La compañía «Air Bleu» quebró.

—Oh, querido... Mi pobre Saint-Exupéry... Exactamente cuando las cosas iban tan bien para ti...

—Fue lo mejor que me sucedió jamás. Conseguí un trabajo en Coulommiers, en las afueras de París, enseñando acrobacias a los pilotos de caza de la República española.

Se echó a reír.

—¡Imagínate! Nunca me había subido a un caza en toda mi vida y estaba enseñando a aquellos pobres diablos a hacer acrobacias... Luego, un día, el civil que regía el campo me llevó a París y me propuso que fuese a tomarme una copa en su piso del Boulevard Pasteur. Me contó que era coronel de la Fuerza Aérea española en misión secreta. Estaban comprando todos los aviones que podían y necesitaban pilotos para llevarlos hasta Barcelona. Sin instrumentos, sin radio, con sólo una brújula y un mapa por todo instrumento de navegación. Ni siquiera informes del tiempo, porque no querían que supiera la oficina meteorológica lo que estaba sucediendo y les hiciese demasiadas preguntas.

Catherine se quedó electrizada. La mención de la guerra civil española la hizo retroceder a unos recuerdos muy turbulentos. Sus desfiles a través de Biarritz, con sus amigos vascos, denunciando la rebelión de Franco, desafiando a su madre al efectuar colectas para la República, ocultando a simpatizantes republicanos, que entraban y salían de España, en el garaje familiar. Fue así como nació su espíritu de rebeldía. Se acercó aún más a Paul.

—De esta forma tu corazón se encontró en el lugar apropiado desde el mismo comienzo.

—¡Diablos! —estalló Paul—. Me importaban un pepino los republicanos. Me metí en aquello por dinero. Recibía 5.000 francos en metálico dentro de un sobre en el apartamento del coronel, antes de cada viaje. Transportando aviones hasta Barcelona ganaba más dinero en dos meses de lo que hubiese podido ganar en «Air Bleu» en un año. Me encantaba. Volábamos en toda clase de aviones: «Vultee», «Northrup», «Dragon Fly», «Bleriot». La mitad de las veces las carlingas eran abiertas.

Catherine percibió el orgullo que se evidenciaba de nuevo en su voz, como en el tema recurrente de una sinfonía.

—No podíamos volar por encima de los Pirineos. Debíamos encontrar una forma de hacerlo a través de esas montañas. Me fascinaba...

—¡Oh, querido, Barcelona! —se lamentó Catherine—. La brillante ciudad rodeada de colinas, tan brillante, y pensar que veías todo eso como un aventurero, no como un idealista... A fin de cuentas, tal vez debí escuchar a mi madre...

—Era un lugar magnífico, debo reconocerlo. Nos alojábamos en el «Hotel Oriente», junto a las Ramblas. Me gustaba mucho pasear por las Ramblas, escuchando discutir a la gente al lado de cada quiosco de periódicos.

—¿Y también frecuentabas los cabarets de flamenco?

—A veces.

—Humm... —murmuró Catherine—, probablemente te pasabas la mitad del tiempo tocando la guitarra debajo de las ventanas de alguna *señorita*...

—Yo no... Nunca he sido de esos que tocan la guitarra debajo de la ventana de una damita. Me gustaba más ir al dormitorio y cantar allí...

—Sí —rió por lo bajo Catherine—, ya me he percatado de ello...

Cayó en un apático silencio durante unos momentos.

—¿Y no te gustaría volar ahora? —le preguntó.

—Eso es lo que me pidieron.

—¿Y por qué no lo hiciste?

—Ésa es una de las preguntas que no debemos hacernos, ¿lo recuerdas?

—Tienes razón —suspiró la chica.

Luego emitió una risa baja y gutural.

—Realmente somos unos extraños en la noche, ¿no crees? Nos hemos visto impulsados a unirnos a causa de una incursión aérea en algún lugar del Norte. Ni siquiera conocemos nuestros verdaderos nombres, puesto que no nos permiten que los sepamos...

Medio dormido, Paul se volvió en la cama y la abrazó con ternura.

—Sé cuanto necesito saber. Eres la mujer más encantadora que jamás haya conocido.

Sus cuerpos yacían entrelazados en la cama, con una manta de lana raída por las polillas cubriendo su desnudez, aunque el calor que pudiese proporcionar resultara mínimo. La cabeza de Paul descansaba confiadamente en la curva de los hombros de Catherine. Estaba profundamente dormido. Ella estaba despierta, contemplando en silencio los cambiantes dibujos que formaba la luz lunar en el suelo, lanzando un resplandor gris sobre sus figuras. Acababa de cerrar los ojos en busca del sueño, cuando escuchó el crujido aterrador de unos neumáticos y luego el rugido del motor de un coche que reverberaba a través del callejón que se encontraba debajo de su ventana. Su cuerpo se tensó: se oyó un repentino estrépito de frenos rechinantes, el metálico golpeteo de las portezuelas del coche, el sonido de unos pies que corrían y una voz que gritaba:

—*Deutsche Polizei aufmachen!*

A continuación el golpe de unos puños contra una puerta de madera.

Paul se sentó de un salto. Catherine había estado a punto de gritar, pero ahogó el grito en su garganta. Se agarró a Paul.

—¿Qué pasa?

—La Gestapo.

Se puso en pie y corrió hacia la ventana.

Con su cuerpo desnudo tan tenso como un muelle, miró hacia el callejón de abajo. Catherine buscó tontamente por la habitación, recogiendo sus ropas del suelo, preguntándose cómo podrían escapar del hotel. Dirigió la mirada hacia Paul. A la luz de la luna, la tensión pareció fluir de pronto desde su cuerpo como el aire que se escapa de un globo infantil al desinflarse. Le hizo un ademán. Se precipitó a su lado y también miró.

La incursión era en el edificio que se encontraba al otro lado de la calle.

Con las manos temblorosas aferradas a la falda que había recogido del suelo, Catherine se dejó caer aliviada en brazos de Paul. En el callejón, exactamente debajo de su ventana, habían dos «Citroën» negros, con el motor en marcha, las portezuelas abiertas. Media docena de hombres con largos abrigos de cuero se movían por allí. Un rayo de luz salió de la puerta abierta de un edificio al otro lado del callejón, exactamente a su izquierda. Desde el interior pudieron escuchar con claridad el ruido de muebles destrozados, hombres que gritaban y pasos retumbando en una escalera de madera.

Catherine escudriñó la fachada del edificio que se hallaba inmediatamente enfrente al suyo. En media docena de las ventanas pudo ver figuras oscuras que observaban con un terror silencioso la escena que se desarrollaba en el callejón, caras goyescas distorsionadas por el miedo y por la luz desigual de la luna. Las demás ventanas aparecían cerradas a cal y canto; sin embargo, presentía las figuras allí detrás, también unidas a ella, a Paul, a aquellos vecinos desconocidos e invisibles que compartían el miedo y la impotencia. De repente un hombre, vestido sólo con la parte superior del pijama y con las manos esposadas a la espalda, fue medio empujado, medio arrojado desde el umbral iluminado hacia la noche. Una de las figuras con abrigo de cuero dio un paso hacia delante. Propinó una terrible patada en los descubiertos genitales del hombre. Su grito resultó tan penetrante, tan perforador, que Catherine creyó que vibraban los cristales de su ventana.

—*Wir haben sie...* —dijo triunfalmente una voz gutural.

Tanto Catherine como Paul se esforzaron sin éxito por captar el nombre del prisionero, cuando éste fue arrojado de cabeza al asiento trasero del coche que se encontraba delante.

—¡Pobre tipo! —susurró Paul—. Si supiera lo que le tienen reservado...

Tembló levemente y el brazo de Catherine aumentó la presión en torno a su cintura.

—Tengo que sacarte de aquí mañana. Pueden presentarse haciendo preguntas, tratando de averiguar si trabajaba con alguien de la vecindad.

Temblando aún levemente, Catherine y Paul regresaron a la cama unidos. Allí se abrazaron con fuerza, como chiquillos asustados en una tormenta, con sus cuerpos temblorosos entrelazados en un esfuerzo por proporcionarse el calor y la seguridad que tan desesperadamente necesitaban. Permanecieron de aquel modo durante casi una hora, sin dormir ni hablar. Luego, cuando el primer gris pálido fue penetrando en la oscuridad, hicieron el amor de nuevo, esta vez en una profunda comunión del todo diferente a cualquier cosa que hubiesen conocido antes.

## Hartford, Connecticut

A la otra orilla del océano Atlántico, el comandante Thomas Francis O'Neill III, T. F. para sus amigos, se encontraba aquella misma mañana de marzo, preparándose para ir a la guerra. Era el comandante más joven en la rama más joven del Ejército de Estados Unidos, la Oficina de los Servicios Estratégicos (*Office of Strategic Services*, OSS). Sin embargo, nada en su forma de obrar sugería ni remotamente la afiliación de T. F. ni con el Ejército de Estados Unidos ni con su recién creado servicio de espionaje. Como había estado haciendo durante tantas mañanas como su mente de treinta y un años podía recordar, T. F. desayunaba en la penumbra de paneles de caoba del comedor principal de la mansión de su abuelo en Prospect Avenue. Su sitio y el de su abuelo, como siempre, se encontraban en los lados opuestos de la larga mesa, cada lugar brillando con la cristalería Waterford y la plata georgiana. Un ramo de rosas amarillas recién traídas del invernadero familiar adornaban el centro de la mesa y un ejemplar del *Hartford Courant*, plegado y abierto por las últimas cotizaciones de la Bolsa de Nueva York, descansaba en el atril ante la taza de café de su abuelo.

Así, todo era exactamente como debía ser, acorde con el hecho de que como siempre, su abuelo llegaba tarde. Pero no existía la posibilidad de que T. F. comenzase sin él. Debía irse a la guerra después del desayuno pero no imaginaba siquiera la posibilidad de empezar sus huevos revueltos antes de que el patriarca —que le educara desde el día de su nacimiento— hubiera ocupado su lugar a la cabecera de la mesa.

—¿Nos vamos a Inglaterra? —preguntó mordazmente Clancy, el mayordomo de su abuelo, desde su posición de centinela, junto al muchacho manteniendo la guardia sobre las bandejas de huevos revueltos, salchichas, una gran jarra de jugo exprimido de naranja y la burbujeante cafetera.

—Seguro que querrás visitar a esos tipos.

Al igual que la mayoría de los criados de su abuelo, Clancy procedía de una reserva al parecer inagotable de primos, sobrinos y sobrinas que vivían en el miserable pueblo de Carrick on Shannon, de donde había emigrado el abuelo O'Neill a Estados Unidos en 1885 y a donde enviaba periódicamente citaciones para una nueva hornada de cocineros, criadas, jardineros o chóferes. Clancy, cuya empobrecida juventud estuvo poblada de leyendas sobre aquellos intrépidos hombres fenianos, nunca había sido una persona que se enorgulleciera de los ingleses.

T. F. se echó a reír. Podía recordar muy bien aquellas largas horas de su infancia pasadas a los pies de Clancy, escuchándole tararear *Kevin Barry, Who dares to speak of Easter week, The west awake,* mientras el mayordomo pulía la plata de su padre.

—Verás, Clancy, los ingleses no son tan malos como tú los ves. He estado trabajando últimamente en Washington con algunos de ellos.

—Seguro que tienes razón, Tommy —gruñó taciturno Clancy—. Son peores.

—¡Vaya opinión!

Era su abuelo, que entraba en la estancia con todo el aplomo de los políticos irlandeses al llegar a un velatorio. Avanzó hacia la mesa, agarró a su nieto por los hombros y se inclinó para poder mirar su rostro con satisfacción.

—Seguro que nos hará sentir orgullosos a todos, ¿no te parece, Clancy?

Dio un cariñoso pellizco en las mejillas de T. F. y, sin dejar la menor pausa para una réplica a su pregunta, que como casi siempre resultaba retórica, ordenó:

—Cuidado con los huevos esta mañana. Aún está cerca la indigestión de anoche.

Con el mismo paso decidido con que había entrado en la habitación, se dirigió a su sitio, se quitó las gafas y se dedicó al periódico. El joven a quien amaba más que nadie en el mundo se iría a la guerra al cabo de muy pocas horas, pero eso no retrasaría la contemplación ritual de las tablas de la Bolsa con la que Tom O'Neill había hecho su inmensa fortuna, que ahora iba aumentando sólidamente.

—Las empresas de aviación suben un punto —observó aprobadoramente.

Con una presciencia característica, el anciano había visto aproximarse la guerra en 1937 y compró millares de acciones de «Pratt &

Whitney» aún muy cerca de su punto más bajo de la depresión. La perspicacia de aquella decisión constituía una leyenda en Hartford, Connecticut. El viejo Tom O'Neill era un patriarca reconocido del Hartford irlandés, una ciudad cuyo destino le había condenado cuando la miseria que le impulsara al Nuevo Mundo le llevó a Hartford, a medio camino entre Nueva York, donde había desembarcado, y Boston, adonde fue destinado.

La clave de su éxito en el Nuevo Mundo se debía a su educación, o más bien a su casi total carencia de ella, en la iglesia parroquial de Carrick on Shannon. Su tutor había sido un bienintencionado pero iletrado sacerdote que le enseñó a Tom la única cosa que sabía: escribir. En alguna parte de las brumas de los antepasados del cura debió haber un viejo monje de aquellos que iluminaban las páginas doradas del *Libro de Kells*, puesto que enseñó a Tom a escribir con una letra que, sencillamente, parecía flotar a través de la página. Constituía un don precioso para un muchacho de sólo catorce años en Hartford, cuando la ciudad comenzaba a emerger como capital de los seguros del país. Todas las pólizas de seguros de aquella época debían escribirse a mano, y la caligrafía de Tom le hizo conseguir un trabajo como amanuense de Morgan B. Bulkeley, el barbudo patriarca yanqui presidente de la «Aetna». A Tom le asignaron un rincón del despacho de Bulkeley, donde aguardaba los regulares rayos verbales que le convocaban para llevar a cabo los términos de una póliza importante de la empresa. También mantuvo bien abiertos sus oídos juveniles hacia las discusiones de su patrono, relacionadas con sus manipulaciones especulativas de la Bolsa. Con cada centavo que pudo pedir, tomar prestado o ahorrar, Tom acudía a la Bolsa en persecución de aquellas informaciones inintencionadas de su patrono. Cuando cumplió los treinta y cinco años era el mayor accionista individual de la «Aetna Life», con una participación que superaba la de Bulkeley. Tuvo que dedicar el resto de su vida al sólido aumento de su fortuna.

Al dejar de lado su abuelo el *Wall Street Journal* con un decisivo golpe propinado con la muñeca, T. F. se sorprendió al oír una de sus profundas toses roncas. Aquella tos constituía el heraldo de un ritual llevado a cabo raramente en el comedor del viejo Tom, la oración de acción de gracias.

—Oh, Señor Mío Jesucristo —comenzó—. Te pedimos hoy Tu bendición especial sobre Tu muy devoto siervo, Thomas Francis O'Neill III.

El anciano entonó el nombre como si cada sílaba reverentemente pronunciada significase subrayar la distancia que él mismo había recorrido desde su casita de suelo de barro, en Carrick on Shannon.

—Aléjale de todo mal en los peligrosos días que le esperan. Ayúdale a servir a su nación con valor y honor. Ayúdale a hacer bien las cosas y muéstrale cómo ver que están bien hechas. Y te rogamos que a través de la intervención de Tu divina gracia, le hagas regresar al regazo de su familia cuando la bendición de Tu paz haya quedado restaurada en la tierra. Amén.

El anciano hizo una apresurada señal de la cruz, introdujo su blanca servilleta de lino entre dos de los botones del chaleco y sonrió a sus huevos revueltos con el aire levemente divertido de un hombre que se preguntaba a sí mismo si su elocuencia sería suficiente para conseguir que el Altísimo olvidase por un momento sus transgresiones.

—Tommy... ¿Seguirás sin decirme qué vas a hacer allí exactamente?

—Abuelo —respondió T. F., abriéndose camino a través de su desayuno con el gusto de un hombre que sabe que no gozará de un festín semejante durante los próximos meses—, sé muy poco acerca de ello, pero ni siquiera de ese poco me está permitido hablar. Todo cuanto puedo decir es que serviré como oficial de enlace norteamericano en una organización inglesa adjunta a la oficina de Churchill.

—Apostaría a que tiene que ver con el asunto de la invasión...

—Es muy probable.

—Por el amor de Dios, que no te veas envuelto en eso...

El anciano suspiró.

—¿Vas a seguir trabajando con ese «abogado de visillos» de Búfalo?

Aquel «abogado de visillos» era *Wild* Bill Donovan, el fundador de la OSS. En realidad, *Old* Tom conocía a Donovan y también le gustaba, pero le parecía que representaba algo fuera de la normalidad: un republicano irlandés.

—Sólo de forma muy indirecta. Mis verdaderos superiores serán los Jefes de la Junta del Estado Mayor en Washington.

Sus palabras provocaron una sonrisa de orgullo en el rostro de *Old* Tom. Sólo tenía una vaga noción respecto a lo que podría ser aquello de la Junta de Jefes del Estado Mayor, pero le parecía que sonaba a algo semejante. Fuera cual fuese la misión de su nieto, se trataba de algo relacionado con la dirección de la guerra, en su escalón de mando superior, y el pensamiento hizo que el anciano se hinchase de satisfacción. Estudió la figura del que se había sentado al otro extremo de su mesa, en el desayuno durante tres décadas. Su propio hijo, Tom Jr., se había ahogado en la playa de Connecticut en el verano de 1913, sólo cinco meses después del nacimiento de T. F. Su muerte había cargado a Tom con aquella maldición que junto con el alcohol, constituía el estigma irlandés: el sentimiento de culpabilidad. En este caso, se trataba de un sentimiento de culpabilidad abrumador por haber descuidado a su hijo en su impetuosa persecución de la riqueza. Había trasladado al nieto y a su madre a su mansión de Prospect Avenue, determinado a prodigar en el nieto la atención que había denegado a su hijo. A partir de aquel día había vigilado el menor aspecto de la crianza de T. F., con el mismo celo que dedicaba a sus manipulaciones en la Bolsa. Cuando llegó el momento de elegir un *college* para T. F., nada menos que el cardenal arzobispo en persona había acudido desde Boston en su nuevo «Packard» para ensalzar las virtudes de Holy Cross y Boston College, previendo ya, tal vez, la biblioteca Thomas F. O'Neill o el gimnasio que llegado el momento, agraciarían esos campus si su intercesión lograba el éxito.

Pero no fue así, *Old* Tom envió a T. F. a Yale para que se convirtiera, si tenía algo que ver con ello, en una réplica perfecta de los «New England Yankees», como Bulkeley, lo cual odiaba en público tanto como admiraba en secreto. Todo aquello en lo que había triunfado podía medirse en la casi perfecta simetría de los rasgos de su amado nieto. La que fuera en un tiempo desordenada pelambrera rubio ceniza de T. F., había llegado a disciplinarse en el pelo corto *de rigeur* en la Costa Este, de Bar Harbor a Bryn Mawr, cosa que no era de extrañar. En una década, ningún barbero que no perteneciese al «Yale Club», en Nueva York, había puesto un par de tijeras en aquel cabello. Tenía los ojos azul pálido de O'Neill, un matiz acorde con la leyenda del color de las aguas de Donegal Bay en una mañana de verano. Sólo una nariz torcida, el recuerdo del golpe del *stick* de un jugador de hockey de Dartmouth, concedía un toque de carácter a un rostro que de otro modo, hubiera sido demasiado blandamente regular.

—Está bien —dijo el anciano, dejando a un lado su desayuno a medio acabar y emitiendo una tos catarral—, pero sigo diciendo que es algo terrible. No lo olvides nunca. No quieres decirme lo que vas a hacer. De todos modos, te diré unas palabras amables antes de tu partida. Y nunca olvidarás estas cosas, ¿de acuerdo?

—Oh, nunca... —replicó un sonriente T. F., pensando en la inacabable cadena de sermones que había recibido en aquella mesa para marcar cada uno de los momentos cruciales de su vida: uno cuando le enviaron a Yale, otro en su partida para la Harvard Law School, y otra tanda al acudir a Washington para trabajar en el «Reconstruction Finance Corporation», un puesto que las conexiones de su abuelo con el «New Deal» habían logrado para él.

—Recuerda sólo una cosa, jovencito. No importa dónde vayas, ni lo interesante que sea la compañía de que disfrutes: no te olvides nunca de quién eres, o de dónde procedes.

Sonó un teléfono en el recibidor.

—Probablemente, te he protegido demasiado de los aspectos rudos y penosos de la vida mientras me he ocupado de tu educación. Pues bien, tendrás que aprender a hacerles frente por ti mismo cuando lleguen los tiempos difíciles. Recuerda sólo que lo que está bien y lo erróneo no es siempre lo que han escrito en el catecismo o en esos libros que has estudiado en la Harvard Law. Lo que está bien o está mal, Tommy, es lo que aparece escrito en tu corazón. Léelo, síguelo y siempre harás las cosas bien.

Bridget, la doncella, interrumpió el sermón.

—Lo siento, señor. Es para Mr. Tommy.

Cuando T. F. regresó, se le veía una expresión de perplejidad en el rostro.

—Era Washington. Han cancelado mi vuelo desde Bradley.

Bradley Field, a unos cuantos kilómetros de Hartford, en Windsor Locks, era uno de los puntos de partida de los vuelos del Mando de las Fuerzas Aéreas en dirección a Europa.

—Me han dicho que debo presentarme en el Pentágono. Me mandarán esta noche desde Andrews.

T. F. consultó su reloj.

—Si Clancy puede llevarme a la estación, llegaré justo para coger el tren de las 8.12 a la ciudad.

Su abuelo se levantó, se acercó a él y asiéndolo con fuerza, le besó en la mejilla. Mientras el anciano se apartaba, T. F. vio brillar en sus ojos azules algo que jamás había visto antes en él, no desde la muerte de su abuela en 1936, ni desde la muerte de su propia madre de una gripe hacía ya muchos años: lágrimas.

—Regresa, muchacho —susurró su abuelo—. Regresa a casa conmigo.

El anciano se recuperó y le dio un último apretón en el codo.

—Y ahora será mejor que te vayas...


—Es él, allí. El que habla con la anciana en el quiosco de periódicos.

La mirada de Paul señaló a un hombre achaparrado, con ropas de trabajo de algodón y cuyo camión acababa de aparcar junto al bordillo en la Avenue Jean Jaurès.

—Va siempre de un lado a otro y nunca le molestan.

Catherine vio las palabras «Pécherie Delpienne, Boulogne» en el panel de la camioneta.

—Los alemanes le dejan tener allí una flota pesquera; la mitad de lo pescado es para nosotros y la otra mitad para ellos. Te dejará cerca de la estación de ferrocarril y podrás coger un tren para Calais. Te está esperando, por lo que, simplemente, métete en la cabina como si pertenecieses a la empresa.

Una lluvia suave, tan fina como una neblina, descendía de aquel firmamento gris de marzo. Aquel lugar industrial que se extendía desde la Porte Pantin constituía un espectáculo monótono y deprimente; casi tan deprimente como la melancolía que invadía a Catherine.

—Si alguna vez has de dejarlo y escapar, ya sabes cómo entrar en contacto conmigo —le susurró Paul.

Catherine asintió.

—Te conseguiré un avión para regresar a Inglaterra.

Catherine apretó su mano entre las suyas con fuerza durante un largo momento. Finalmente se la soltó y cogió su bolso.

—Será mejor que me vaya...

Se levantaron. Como de costumbre, Paul había ya pagado su café *ersatz*. Se la quedó mirando, con un ansia inmensa, casi palpable en sus ojos tristes.

—Te amo, Denise. De veras que te amo...

Catherine se llevó las manos a las solapas de su gabardina.

—Lo sé —susurró.

—¿Habrá un tiempo para nosotros?

Catherine hizo aquel ademán de apartarse el pelo que tanto gustaba a Paul.

—Espero que sí. Cuando... —titubeó—. Tal vez cuando todo esto haya acabado. ¿Quién sabe...?

—Claro que sí —suspiró Paul—. Si...

Dejó en el aire las palabras y la atrajo hacia sí en un último abrazo. Finalmente, con un brillo en los ojos, ella se apartó. Se inclinó y cogió su maleta.

—*Au revoir* —musitó.

Se dio la vuelta y echó a andar a través del vacío bulevar, hacia la camioneta que aguardaba. Paul la miró alejarse, con su gabardina azul cubriendo estrechamente aquel cuerpo que había amado con tan apasionada intensidad hacía sólo unas horas. La mujer abrió la portezuela del camión y se deslizó grácilmente en el asiento contiguo al conductor. No miró hacia atrás.

Cuarenta y cinco minutos después de dejar a Catherine, Paul estaba sentado a la mesa de otro café, esta vez en la Rue de Buci, en el Barrio Latino, absorto como de costumbre en su estudio del *Je suis partout*. No dio señales de haberse percatado del paso de una mujer de mediana edad, con un turbante azul que llevaba una cesta de la compra de redecilla. Tampoco pareció advertir su regreso quince minutos después.

Se levantó y anduvo por la Rue de Buci, pasó por los puestos de venta al aire libre con su patética colección de lentejas y colinabos, y luego siguió por la Rue Saint-André des Arts hasta la Rue des Grands Augustins. Allí entró en los débilmente iluminados locales del bar de la esquina. No había en aquel lugar ningún otro cliente. Sus dos ocupantes eran un hosco tabernero y una puta igual de taciturna, limándose las uñas sentada en un taburete de la barra. Paul se acomodó en un taburete cercano e hizo una seña al camarero.

—«Cinzano» —pidió.

Luego se volvió hacia la prostituta.

—¿Cómo van las cosas? —preguntó.

—Fatal...

—¿Y cuál es el problema? ¿Nuestros amigos alemanes han perdido su entusiasmo por *l'amour à la aise*?

La mujer se encogió de hombros en un silencio indiferente.

—Bueno, no te preocupes. Uno de estos días tendrás que alegrar a los americanos.

—¿Y eso a mí qué me importa? —gruñó—. Para mí una polla es igual que otra. Mire, Míster, si lo que quiere es hablar, hable con él.

Y señaló con su lima de uñas al barman.

—Si quiere joder, son cincuenta francos y cien si me quito toda la ropa.

—Bueno —replicó Paul—, en otra ocasión.

Y se puso a mirar el periódico en la barra que había entre ambos.

—¿Le importaría que leyese su periódico?

—Adelante...

Paul se tomó su bebida de forma ociosa, mirando de vez en cuando los titulares del periódico. Luego se levantó, les hizo a los dos un saludo y se marchó. Cuando andaba por la Rue Saint-André des Arts llevaba en la mano el periódico de la prostituta. Diestramente, sus dedos hurgaron entre las páginas en busca del sobre que debía encontrar allí. Tras encontrarlo, giró por la Rue Mazarine y aceleró el paso hacia la estación de Metro de Odéon.

Sin pronunciar una palabra, el doctor, el maestro del juego por radio de Hans Dieter Strömelburg, atravesó la oficina y dejó el mensaje que llevaba delante del *Obersturmbannführer*. Strömelburg lo leyó una vez y luego otra. Alzó la vista hacia su subordinado, con sus agradables rasgos nublados con todos los signos demasiado familiares de una cólera interior.

—¿Te imaginas? —preguntó, con un tono de incredulidad proporcionándose su propia respuesta—. Ese bastardo ha tratado de engañarnos.

Tocó una tecla del teléfono que tenía junto a su escritorio.

—Llevad al inglés de la celda cinco al *baignoire* —ordenó a los dos hombres de paisano que acudieron a su llamada—. Colgadle de la cabria e idle trabajando hasta que yo suba.

El mayor de los dos obsequió a Strömelburg con una media reverencia.

—¿Qué debemos preguntarle, señor?

—Nada. Sólo hacedle daño. Yo llevaré el interrogatorio cuando llegue.

Durante veinte minutos Strömelburg leyó su última remesa de cables desde Berlín, mientras escuchaba con silenciosa satisfacción los apagados gritos de la agonía de Wild en el piso de arriba. Una vez acabado el último cable, hizo una seña al doctor y se encaminó a las instalaciones de arriba. Wild había sido desnudado, le habían puesto unas esposas y colgado de éstas a una cabria suspendida del techo, a fin de que sus pies no acabasen de llegar del todo al suelo. Mientras colgaba allí, impotente como un carnero degollado, los dos hombres de la Gestapo le habían estado golpeando con sus porras negras de caucho. La espalda, el pecho, los muslos y la entrepierna eran una red de hilillos rojos y ensangrentados a causa de los golpes. Le habían dislocado el hombro izquierdo, produciéndole un dolor tan atroz como un ser humano puede llegar a sufrir a través de su cuerpo.

Strömelburg hizo un ademán a los torturadores para que se detuviesen. Durante algún tiempo permaneció en el umbral mirando al inglés que colgaba de la cabria y sollozaba en su espantosa agonía. Luego entró con lentitud en la estancia.

—Pequeño bastardo —le dijo con una voz tan fría como la mirada de sus ojos—, ¿creías que podrías engañarme?

Wild estaba medio ahogado por la sangre que le rezumaba de sus heridas internas.

—¿Querías hacerme trampas, eh?

Desconcertado, Wild sólo pudo emitir un gemido semihumano, como el quejido asustado de un animal herido.

—¡Bastardo tramposo!

La desdeñosa calma de Strömelburg se había convertido en un furioso rugido.

—¡Lee esto!

Empujó hacia Wild el mensaje que el doctor le había entregado hacía veinte minutos, de manera que el texto quedase a pocos centímetros de sus ojos.

—¡Léelo! —le ordenó.

El mensaje decía:

«Recibido su 9175. Ha olvidado la doble comprobación de seguridad. La próxima vez sea más cuidadoso.»

Wild sólo tuvo tiempo de jadear ante la inexpresable estupidez de sus superiores antes de desmayarse de dolor y desesperación.

—Descolgadle —ordenó Strömelburg, con su voz enriquecida otra vez con la resonancia del mando y de la seguridad en sí mismo—. Creo que le encontraremos más dispuesto a cooperar a partir de ahora.

Se volvió hacia uno de los torturadores.

—Pon ese hombro de nuevo en su sitio antes de que se despierte, ¿de acuerdo?

Mientras Strömelburg abandonaba la cámara de tortura con su acólito siguiéndole fielmente, consultó su reloj.

—Debo acudir a una reunión —informó al doctor—. Manda un télex a Berlín, por favor. Creo que podemos asegurar a Kaltenbrunner que estamos a punto de añadir otro emisor de radio a nuestra pequeña orquesta.

Como hacía siempre en semejantes ocasiones, Paul se introdujo con cuidado entre un flujo de pasajeros que se apeaban del Metro en la cavernosa estación de L'Étoile. Protegido entre el anónimo grupo, avanzó por las escaleras y salió al majestuoso corazón de la capital de su nación. El periódico que había cogido en la Rue Saint-André des Arts viajaba ahora hacia Neuilly en un asiento vacío del vagón de Metro; el sobre que había contenido estaba en el bolsillo de su chaqueta.

Rodeó la gran explanada, bajando como siempre la cabeza ante la bandera rojo sangre que ondeaba desde el símbolo de los lejanos triunfos de Francia sobre los mismos pueblos representados por la enseña nazi. Luego, girando hacia la Avenue MacMahon, comenzó a pasar aquel fastidioso tiempo de rutina previsto para comprobar si le seguían o no.

Era una técnica que Paul había desarrollado por sí mismo, un refinamiento de las prácticas que le habían enseñado en Inglaterra, en la Escuela de Seguridad del SOE. El enfoque inglés era una clásica y directa aplicación del sistema de doble comprobación. Detenerse y contemplar con curiosidad un escaparate, luego darse la vuelta y volver con rapidez sobre los últimos pasos; detenerse en un quisco de revistas para comprar un periódico, y luego repetir el mismo recorrido. Aplicado sistemáticamente por un agente bien entrenado, resultaba un sistema razonablemente infalible. Aunque, como Paul se había percatado tras su regreso a la Francia ocupada, tenía una desventaja. Si bien te permitía detectar la presencia de alguien que te seguía los pasos, también alertaba al perseguidor revelándole que le estabas buscando. Y en el mundo clandestino de Paul un hombre suspicaz era un hombre culpable. Llegó a la conclusión de que emplear la técnica del SOE era como señalar a cualquiera que te siguiese que sus razones para hacerlo estaban bien fundadas. Avanzando a un paso tan distraído, tan aparentemente despreocupado como para hacer más infantil la tarea del perseguidor, Paul desembocó en la Avenue MacMahon. Se detuvo en la Rue de Brey y entró en una librería que había en la esquina. Colocándose de forma que pudiese mirar si le interesaba a través de la luna del escaparate, comenzó una atenta búsqueda entre los libros que se exhibían. Finalmente, insatisfecho, se dirigió al librero y le pidió una edición de Henri de Montherland que sabía muy bien que se hallaba agotada. Unos segundos después estaba de nuevo en la calle con un aspecto levemente desconcertado, mirando arriba y abajo de la avenida, tratando de dar con el camino más sencillo hasta la próxima librería, cuya dirección le había proporcionado amablemente el primer librero. Tras repetir esta táctica en tres librerías, Paul se sintió relativamente seguro de que no le seguían. En el caso de que hubiese notado que alguien iba tras sus huellas, hubiera comprado un libro y naturalmente, habría pasado por alto la cita.

Resultaba una pantomima aburrida y elaborada, pero Paul se aferraba a ella religiosamente. Satisfecho por no verse acompañado aquella tarde, giró por la Avenue des Ternes hacia su auténtico destino. Andando a buen paso por las casi vacías aceras de la Place des Ternes, Paul quedó sorprendido por la abundancia de los puestos de venta de flores, una deslumbrante paleta de rojos, oros, lavandas, naranjas. Era casi como si aquellos frágiles y coloreados tallos representasen un último recuerdo del París de la época de paz, las únicas mercancías francesas tan perecederas que sus conquistadores alemanes no se preocupaban de arrancarlas del campo para despacharlas hacia las fábricas y ciudades del Reich. Para Paul, eran asimismo un recuerdo conmovedor de algo más, de la dura pero deliciosa tristeza que le había abrumado desde que observara a Catherine subir a la camioneta en la Porte Pantin. Casi inconscientemente, se llevó la punta de los dedos a la nariz, confiando en que algún rastro de su perfume, algún postrero, lento y vaporescente nexo de la piel de la mujer que había acariciado permaneciera aún allí.

Pero no había ninguno. Tristemente, Paul se subió el cuello del abrigo como precaución contra una mirada de curiosidad del portero y entró en el vestíbulo de un edificio en el linde de la plaza. Despreciando el ascensor, subió las escaleras hasta el tercer piso, llamó rápidamente a una de las dos puertas del descansillo y entró. El apartamento estaba muy mal iluminado y escasamente amueblado. En el extremo del salón, se hallaba fijada una «Leica» sobre un trípode bajo una sola y brillante bombilla, cuyo cono de luz bañaba la blanca superficie de debajo de la cámara. Paul cruzó la habitación y tendió el sobre a la figura que aguardaba junto al trípode. Mientras lo hacía, una segunda figura que miraba por la ventana hacia el patio de abajo, se volvió hacia él.

—Dime, mi querido Gilbert —dijo Hans Dieter Strömelburg—, ¿quién era aquella maravillosa mujer con la que estuviste cenando anoche en el «Chapon Rouge»?

## Segunda parte

# RARAMENTE LAS COSAS SON LO QUE PARECEN

# PARÍS-BERLÍN

## Octubre, 1943

*Raramente las cosas son lo que parecen,
piel lechosa enmascarada como crema.*

GILBERT y SULLIVAN, *HMS
Pinaforl*

*París*

*Octubre de 1943*

Henri Le Maire luchó por reprimir su casi irresistible ansia de
girar con rapidez sobre sus talones para comprobar si era seguido.
Naturalmente, resistió la tentación; los consejos de los expertos en
Seguridad del SOE que le habían preparado para su nuevo trabajo
como oficial de operaciones aéreas estaban aún frescos en su mente. A pesar de su talento innato como agente clandestino, las limitado-
ras reglas de la vida clandestina seguían siendo para él tan poco familiares como el nombre en clave «Paul» que sus nuevos patronos le habían asignado en sus operaciones. Eso cambiaría; aprendería aquellas
reglas con el tiempo. Semejantes cosas le sucedían de forma natural,
como aprender a ser un estudioso aplicado.

Se estremeció; no se debía tanto al frío de la lluvia de octubre que
caía sobre la calzada con su furtivo zapateado, sino más bien a la tristeza que la escena le inspiraba. No eran aún las once y sin embargo,
la Porte Maillot de París se hallaba desierta. Las sillas de mimbre
de la acera del café estaban ya amontonadas en pilas solitarias contra
la luna del escaparate. Briznas de basura se deslizaban por la acera

con aquel viento húmedo. Sólo dos ruidos llegaron a sus oídos: el suave tintineo del timbre de una bicicleta —desde alguna parte de la oscura avenida que llevaba al Arco de Triunfo—, y el clic-clac de unos zapatos de suela de madera golpeando la acera: un parisiense corría para atrapar el último Metro hacia su casa. Se sentía en el aire una depresión tan tangible como la que anida en un pabellón de cáncer, el profundo pesimismo de una ciudad que se enfrentaba a otro invierno de ocupación; otra temporada de frío y privaciones antes de que la distante primavera trajese de nuevo la promesa de una liberación.

Tembló una vez más y echó una ojeada al reloj. ¿Cómo le recibiría el alemán? ¿Habría en su saludo un eco de la sociabilidad que en un tiempo le había mostrado? ¿O el inmenso poder que ahora ejercía habría cambiado su carácter? Se estremeció pero esta vez a causa de la tensión nerviosa, y aceleró el paso hasta llegar a la Rue Weber. Doblando la esquina, comenzó a caminar lentamente por la calle, con los oídos alerta al siseo sibilante de los neumáticos del coche al deslizarse por la calzada.

—¿Henri? —susurró el rostro desconocido desde la ventanilla.

Cuando el vehículo se alejó, Henri Le Maire miró a través de la ventanilla trasera. La Rue Weber estaba solitaria. Nadie le habría observado subir a la camioneta. Algunas ventajas, por lo menos, en el aspecto melancólico de París. El conductor aceleró arrogantemente por la Rue Pergolese y por el paseo interior de la Avenue Foch, entrando luego en las oscuras extensiones del Bois. En Neuilly, el vehículo tomó la entrada de coches de una villa alejada de la avenida, con su acceso principal bien protegido de las miradas de los curiosos.

—¡Henri!

Hans Dieter Strömelburg se encontraba exactamente detrás de la puerta delantera, con los brazos extendidos en ademán de salutación. El calor de su voz era sincero y auténtico.

—¡Qué placer volver a verte de nuevo! Hacía mucho tiempo, muchísimo, puedes creerme. Müller —llamó a un ayudante de uniforme—, coge el abrigo de Monsieur Le Maire.

Pasó un brazo por encima de los hombros de Henri en señal de camaradería y le condujo hasta el salón de la villa.

—Ven —le dijo—, tomemos una copa por los viejos tiempos.

Los ojos escrutadores de Henri percibieron la elegancia moderada de la habitación. Un retablo tallado a mano, de al menos doscientos años de antigüedad, se alineaba en sus paredes. Reconocía aquel lujo desde su infancia. Un fuego crepitaba en la chimenea de mármol, y en un extremo de la estancia, un tapiz del siglo XVIII reproduciendo una escena de caza, probablemente un Aubusson, cubría la pared. Aquello también le trajo un eco de su infancia. Pensó que aquí había una dualidad de gustos: el del propietario, probablemente un judío, que lo había reunido todo, y el de Strömelburg, al decidir requisarlo para su propio alojamiento.

—¿Qué puedo ofrecerte? —le preguntó el alemán, haciendo un gesto hacia su bien abastecida mesa de bar—. ¿Coñac, vodka, whisky inglés?

Era como si le estuviese ofreciendo su destilación personal de la Europa ocupada.

—Tal vez un jerez.

—Naturalmente, un jerez. Muy apropiado... —se echó a reír Strömelburg.

Llenó media copa, hizo girar el líquido ambarino, lo olió aprobadoramente y se lo tendió a Henri.

—¿Has estado alguna vez en Jerez de la Frontera?

—No. Lo más al sur que llegué fue Valencia.

—Claro —replicó Strömelburg en un autorreproche—. Lo había olvidado. Jerez se hallaba en el bando nacionalista. Cuando yo...

Hizo una pausa sonriendo.

—Cuando vuestro ministro del Interior me invitó a abandonar Francia en 1938, Heydrich me envió a España. Pasé el fin de semana más maravilloso, en Jerez, con una de esas familias jerezanas. Precioso lugar. Completamente intacto de la guerra.

Hizo un ademán hacia un par de pesados sillones que se hallaban al lado del fuego, como una nota discordante en medio de los larguiruchos muebles Luis XIV del salón, como un toque de címbalo en un canto fúnebre. Aquello debía ser la contribución de Strömelburg, pensó Henri.

—Y ahora háblame de ti. Quiero conocer todo cuanto te ha sucedido desde la última vez que nos vimos —le pidió Strömelburg, alzando su copa de whisky—. Todo... *Santé!*

Henri sorbió pensativo su jerez.

—Nada muy interesante, me temo... No mucho después de que te fueses, volví a los vuelos comerciales. El «Aero-Postal». París-Burdeos y regreso cada noche, hasta el punto que hubiese podido hacer el vuelo dormido en caso necesario... Cuando estalló la guerra, fui movilizado. Volé en una escuadrilla de transporte desde Étampes. Cuando se firmó el armisticio, me instalé en Marsella, llevando aviones a Argel.

Miró hacia Strömelburg, midiendo con los ojos las reacciones de su amigo ante sus palabras.

—Decidí quedarme allí en vez de regresar aquí. Pensé que menos da una piedra, y que por lo menos aquello era algo que podía llamar mío.

Strömelburg sonrió.

—No puedo echarte la culpa. Creo que yo hubiera hecho lo mismo...

—No ha sido fácil obtener trabajo. He realizado algunos contratos para enseñar a pilotos.

Strömelburg asintió con simpática comprensión. «Ésa es la razón de que haya pedido verme —pensó—. Quiere saldar una vieja deuda, y tener un empleo para volar aquí. ¿Bueno, por qué no?»

—Tengo entendido que el otro día te encontraste con Rolf. Tal vez él, o nosotros, podamos encontrar algo para ti en París.

Aquella maquiavélica sonrisa, en cierto modo de adolescente, que siempre asociaba a Henri, se extendió por el rostro del francés.

—En realidad, ahora tengo uno. Ésa es la razón de que quisiese verte...

Una luz de advertencia se encendió en el subconsciente de Strömelburg. «Se encuentra atrapado en alguna clase de asunto clandestino, en alguna operación de mercado negro y ahora quiere que le saque del atolladero. Eso sería propio de Henri Le Maire. El audaz, el aventurero, eso es algo que en él está siempre a flor de piel.»

—Lo conseguí hace un mes.

El francés hizo oscilar su jerez, obviamente dudando cómo traducir en palabras sus pensamientos.

—Es algo que, en cierto sentido, se retrotrae a la guerra civil española. ¿Es divertido, no es cierto, cómo todo entre nosotros parece volver siempre allí?

Strömelburg, que no tenía la menor idea de adónde quería llegar aquel joven, asintió como alentándole a continuar.

—¿Te acuerdas del viejo Le Gastelloix, el comerciante de aviones en Le Bourget?

—No con demasiada emoción, pero sí le recuerdo.

—A fines de 1937, un joven inglés, un lord muy entusiasmado de la República apareció por allí con un «Lockheed 14». Le Gastelloix me pidió que le hiciera volar hasta Barcelona. El nombre del lord inglés era Forbes. Me llevó para un largo vuelo de prueba antes de que me fuese.

Henri hizo una pausa, luego, ceremoniosamente, sorbió su jerez.

—Le encontré en un bar de Marsella hace un mes.

Tras haber pronunciado aquella frase, se retrepó y apreció a Strömelburg con frío divertimento.

—Comprendo —replicó Strömelburg, interesado por primera vez en la conversación—. Supongo que se trata de un tributo ambulante de la eficiencia de la Luftwaffe. Huía tras haber sido derribado.

—Hans, eso fue exactamente lo que pensé cuando le vi —repuso Henri, con su audaz y cínica sonrisa en la cara—. Pero me equivoqué. Y al parecer tú también te has equivocado. Forbes no ha estado en un avión desde 1940.

Strömelburg reflexionó durante un momento.

—Supongo que no estarás sugiriendo que se encontraba en Marsella sólo en busca de una buena *soupe de poisson*...

Henri tomó otro deliberado sorbo de jerez.

—En realidad, iba en busca de pescado, pero no de los que se ponen en la sopa. Me dijo que se encontraba allí buscando reclutas para trabajar en un servicio secreto británico.

—Pues resulta más bien cándido por su parte hacerte participar en ese pequeño secreto...

—Me preguntó si podría trabajar para él.

Exteriormente, Strömelburg permaneció tan cortésmente desinteresado como siempre.

—¿Y qué línea de trabajo tenía en mente?

—Algo en lo que podría usar admirablemente mi experiencia de volar...

—¿En Marsella?

Henri meneó la cabeza.

—Aquí. Me pidió que estableciese una organización para llevar a cabo vuelos nocturnos clandestinos en los pastos desiertos del valle del Loira. Los británicos —prosiguió— quieren que sus agentes secretos puedan entrar y salir de Francia.

Strömelburg se retrepó en su asiento, asombrado y exaltado a la vez. Durante meses, sus servicios habían estado recogiendo rumores de misteriosos vuelos que entraban y salían de Francia en medio de la noche. Se había mostrado escéptico al respecto. A fin de cuentas, la Luftwaffe le había asegurado que una operación así resultaba casi imposible.

—¿Y qué le contestaste? —preguntó con una gentil insistencia.

—Le dije que necesitaba veinticuatro horas para pensarlo.

—¿Y...?

—Nos encontramos al día siguiente. Acepté.

Una sensación de calma interior pareció apoderarse de Henri al pronunciar aquellas palabras, algo del alivio que se extiende por un penitente cuando acaba de descubrir algún espantoso pecado a su confesor.

—¿Y has dicho que esa conversación tuvo lugar hace un mes?

Henri asintió.

—Dos días después me envió aquí para que empezase el trabajo. La primera cosa que tuve que hacer fue encontrar media docena de campos que sirviesen como pistas de aterrizaje. Unos pastos llanos, abiertos, cerca de alguna señal importante que un piloto pudiese captar desde mil metros de altura, como un puente o la orilla de un río.

Durante un segundo, Henri cayó en el silencio. Luego, bruscamente, se levantó y depositó su copa de jerez en la repisa de mármol de la chimenea con un chasquido.

—Mira, Hans —declaró—, antes de que vayamos más lejos, deseo que comprendas algo. Quiero que conozcas exactamente por qué estoy aquí.

Strömelburg asintió, pero no respondió nada. Era mejor —razonó— que fuese su visitante quien diese salida a aquella tensión que de forma tan clara hervía en su interior.

—Puede parecerte absurdo en este instante, dado el hecho de que me encuentre aquí, en esta estancia, pero soy un patriota francés. Cuando fui movilizado en 1939, pedí que me asignasen a los cazas. Créeme, hubiera derribado cualquier avión alemán que hubiese podido alcanzar en 1940, y me hubiera alegrado de que fuese así. No he regresado a París después del armisticio, porque no hubiese soportado vivir en la capital de mi país ocupada por un ejército extranjero.

Strömelburg hizo un ademán con su copa como demostración de su simpática comprensión.

—Henri, créeme, nadie admira o aprecia más que un alemán la devoción de un hombre hacia su patria.

Henri había unido las manos a la espalda y comenzó a pasear arriba y abajo delante de la chimenea.

—En los viejos tiempos, solías creer que sólo estaba interesado en aeroplanos, muchachas y dinero...

—Cometes una injusticia contigo mismo, mi querido Henri. Yo siempre te he juzgado como un joven muy valeroso. Un brillante piloto, tal vez algo testarudo, y carente, quizá, de cierto grado de madurez política.

—Sí —respondió Henri con una mueca—, siempre me estabas adoctrinando acerca de lo ingenuo que era al trabajar para los republicanos españoles...

—Y lo eras —reconoció Strömelburg, indicando con su sonrisa una comprensión paternal de voluntarismo de un jovenzuelo.

—En esa época necesitaba dinero. Estaba sin trabajo, recuérdalo.

Una vez más, la luz de advertencia se encendió en la mente de Strömelburg. «Así que llegamos al meollo de la cuestión —pensó—. Deseaba verme porque quiere venderme su operación. Veremos si el precio es el adecuado.»

—No hubiera pensado en absoluto que nadases lo que se dice en abundancia en estos días —dijo, tratando de ofrecer tan sutilmente como fuera posible una salida para el próximo movimiento del francés.

Ante el asombro de Strömelburg, Henri prorrumpió en risotadas. Su mano se dirigió a su bolsillo y sacó un fajo de francos.

—¿Nadando? ¡Me estoy ahogando en dinero! Los ingleses son unos patronos generosos, Hans.

Una risa fingida cubrió la sorpresa de Strömelburg y al mismo tiempo suspiró de alivio. Uno de los principios que le había guiado en Francia se resumía en la máxima: Amo la traición y odio a los traidores. Muy a gusto hubiese abierto sus cofres para comprar la operación de Henri, pero el gesto hubiera sido seguido del arrepentimiento. Le gustaba mucho más el pillo aventurero que tenía ante él; en cierto modo se hubiera entristecido al verle dispuesto a vender a sus compañeros por unas monedas de plata del Reich. Henri había cesado en su incesante andar y estaba inclinado contra la repisa de la chimenea, contemplando las llamas que había debajo. Cogió su copa de jerez, se la bebió de un solo trago y luego se volvió hacia Strömelburg.

—Tengo que decírtelo, Hans: deseo con todo mi corazón ver a Alemania fuera de Francia. Pero no a cualquier precio. No si eso significa que los bolcheviques se hagan cargo de todo en cuanto os vayáis. Y tal y como están las cosas ahora, Hans, si Alemania pierde esta guerra, los comunistas se apoderarán de Francia.

—Te has vuelto muchísimo más prudente desde la última vez que te vi —sonrió Strömelburg, preguntándose si el joven que tenía ante él era sólo otro francés oportunista, ansioso de encontrarse en el lado adecuado cuando la guerra acabase, o si Henri comprendía realmente la amenaza comunista.

A fin de cuentas, era esto lo que había llevado a Strömelburg al nazismo cuando era un joven estudiante y enfocaba las pasiones de su vida adulta.

—Siempre me estabas diciendo en los viejos tiempos que políticamente, era muy ingenuo, Hans. Pues bien, no lo era tanto como pensabas. Sé muchísimo más acerca de las clases trabajadoras de lo que puedes creer. Y mantuve los ojos abiertos. Los tenía abiertos en Barcelona y también los he tenido abiertos durante los tres últimos años en Marsella.

Strömelburg empezó a decir algo pero se contuvo. Una de las lecciones de sus días de Policía era que si quieres enterarte de algo, debes escuchar. Dejar que hablen los demás.

—Las armas están comenzando a inundar este país, Hans. Me refiero a una auténtica inundación. Los ingleses creen que van a parar a los patriotas franceses que desean luchar contra los alemanes. Pero están equivocados. El noventa por ciento acaba en manos de los comunistas. Los comunistas son quienes dirigen la Resistencia.

—Somos muy conscientes de eso, Henri —replicó Strömelburg, con su voz modulada por la seguridad en sí mismo—; eso no es exactamente como descubrir a Dios en el camino de Damasco...

—Tal vez tú sabes cosas que desconocen la mayoría de las personas de este país. Lo hacen igual que lo hicieron con los republicanos en España. Un pequeño grupo en el centro de las cosas, que gradualmente se expande, hasta que un día te despiertas y son ellos los que mandan, y ya no puedes hacer nada al respecto. No van a usar esas armas que entran en esto país para matar alemanes, Hans. Las emplearán para matar franceses, franceses como yo, que están contra la revolución que emprenderán cuando la guerra haya acabado.

—De todos modos —observó Strömelburg mientras valoraba con ojos sin vida al joven francés—, te ha costado un mes llegar a esa conclusión, ¿no es así? Un mes durante el cual, me imagino, has trabajado para nuestros amigos ingleses.

—Sí, así ha sido.

Hubo casi un hosco desafío en el tono de Henri.

—Ya sabes que vosotros los alemanes no sois los únicos salvadores del mundo. Ya te he dicho que quiero ver a Alemania fuera de Francia.

Se encogió de hombros.

—Por eso estuve dispuesto a intentarlo con los ingleses.

—¿Conoces Inglaterra?

—En mi vida he estado en Inglaterra. No distinguiría un *pub* de una *pissotière*.

—¿Y sin embargo has decidido que prefieres a nuestros rivales ingleses?

—Los ingleses, Hans, sólo se preocupan por los ingleses. Ya he aprendido eso. Nos dejaron en las playas de Dunkerque. Nos hundieron la flota en aguas de Mess el Kebir. Nos entregarán a Stalin mientras toman el té si creen que eso salvará su isla. Pero permíteme decirte algo: me gustan los ingleses.

Henri sonrió.

—Por otra parte, vosotros los alemanes estáis en una posición diferente, Hans. No sois el pueblo más agradable del mundo, pero no vais a vender a nadie a Stalin. No podéis. No compra. Tenéis que derrotarle, porque si no lo hacéis os esclavizará. Y ésa es la razón de que cuando todo se haya dicho, sólo los alemanes estarán entre Francia y los comunistas.

Strömelburg permaneció sentado en silencio durante un largo rato, considerando las implicaciones de lo que Henri le había dicho.

—No me crees, ¿verdad?

Strömelburg alzó la mirada, sorprendido. Aquello no entraba dentro de sus cálculos.

—Te daré los detalles de mi primera operación. Puedes enviar a alguien a verificarlo si lo deseas. Verás que te estoy diciendo la verdad.

—¿Cuándo llegará el primer avión?

—Mañana por la noche.

—¡Mañana por la noche!

Henri se retrepó en su sillón con un suspiro.

—Eso ha sido la razón de mi decisión, Hans. Por eso cuando vi anoche a Rolf le dije que tenía que concertarme una cita contigo hoy por
la noche. Sabía que no podía pasar por todo esto. Por mucho que desee
veros a vosotros, los alemanes, fuera de Francia, no puedo hacer algo
que sé que preparará el camino para que los comunistas se apoderen
de este país.

Strömelburg se levantó, llenó de nuevo la copa de jerez de Henri y se
sirvió otro whisky.

—Y ahora, dime... ¿Cómo se supone que funcionará esta operación?
—preguntó mientras volvía a su sillón.

—Después de encontrar los campos radié sus ubicaciones a Londres
para que la RAF los fotografiara.

—¿Y cómo transmitiste el mensaje?

—A través de la entrega de una carta. En un café. La RAF radió a
su vez la aceptación de cuatro de los seis campos que les he facilitado.

—¿Y con qué frecuencia se supone que deben llevarse a cabo esos
vuelos?

—Cada luna llena. Dos, tres, tal vez cuatro veces como máximo al
mes. Cada vuelo traerá a dos o tres personas y se llevará a dos o tres.

La dimensión de lo que Henri estaba describiendo hizo tambalear al
jefazo de la Gestapo.

—Ah —añadió el francés—. Me olvidaba. También se supone que
he de recoger paquetes de correo para cada vuelo, en las entregas de
cartas que efectúan en varios lugares de la ciudad.

Dos agentes al mes entrando, calculó Strömelburg. Londres reser-
varía ese servicio para sus agentes más importantes, ciertamente. Y esos
sobres llenos de información. Si Henri le estaba diciendo la verdad, ese
trabajo sería algo muy importante, el pivote vital sobre el que debería
girar toda la operación británica en Francia.

—¿Te dijeron quién lleva a cabo esto?

—Una organización llamada SOE.

—Los conozco muy bien. ¿Pero esperan que lo hagas todo tú solo?

Henri meneó la cabeza.

—Me han proporcionado un ayudante y un operador de radio.

Strömelburg soltó un silbido de admiración. Un operador de radio.
Eso constituía la prueba de lo importante que era el asunto para los
británicos. El alemán jugó con las gotas del whisky en su vaso, distraído momentáneamente por la luz que se refractaba a través de los
derretidos cubitos de hielo y el cristal. Naturalmente, estaba recordando
todo lo que Henri le había dicho, sondeando su relato, tratando de
alinear en el espacio, en unos breves segundos, las alternativas que se
abrían ante él.

—Dime, Henri, ¿aún vives en tu viejo piso?

Intrigado porque después de todo lo que le había dicho, Strömelburg
estuviese interesado en sus disposiciones domésticas, Henri indicó que
así era.

—¿Sabe alguien además de Rolf que venías aquí esta noche?

Henri le miró pasmado.

—Hans, sé que solías pensar que era en parte un aventurero, pero créeme que eso no incluye una vocación por el suicidio.

Strömelburg se echó a reír con la suavidad de una brisa que pasa junto a uno y a continuación, se puso de nuevo serio.

—¿Exactamente dónde y cuándo este supuesto primer aterrizaje va a tener lugar?

Henri, con cuidadosos detalles, le facilitó toda la información.

Ahora le tocó el turno a Strömelburg de levantarse y comenzar a pasear por la estancia, con las manos unidas a la espalda. Tarareando en voz baja, hizo pasar las implicaciones de lo que Henri le había contado a través del filtro de su mente, analizando sus motivos, y yuxtaponiéndolos contra sus primeros recuerdos de aquel joven. Luego decidió el curso más sagaz que se abría ante él.

Se detuvo y se volvió hacia el francés.

—Lo que deseo que hagas, Henri, es que finjas que jamás has venido aquí esta noche. Que eches una cortina en tu mente sobre nuestra conversación. Regresa y lleva a cabo esa operación de mañana por la noche exactamente como si nunca nos hubiésemos visto. No me preguntes por qué te estoy diciendo que hagas esto. No ahora. Más tarde, cuando de nuevo nos pongamos en contacto ya te lo explicaré.

—Si es de esa forma como lo quieres, Hans...

—Así es...

En la puerta, mientras aguardaban a que se acercase el coche, Strömelburg pasó un afectuoso brazo en torno de los hombros de Henri.

—Has tenido mucha razón al venir, mi viejo amigo, ya lo verás...

Al escuchar cómo los neumáticos del vehículo aplastaban la gravilla, extendió la mano.

—Será mejor que te demos un nombre en clave. Empléalo si has de llamarme. Yo lo emplearé para ponerme en contacto contigo.

El alemán alzó la vista al oscuro firmamento nocturno.

—¿Conoces aquel verso de Gilbert y Sullivan, «raramente las cosas son lo que parecen»?

Henri meneó la cabeza.

—No importa. Lo dejaremos en «Gilbert». Parece apropiado dadas las circunstancias.

Apretó la mano de Henri.

—Buenas noches, Gilbert. Juntos lograremos grandes cosas...

En cuanto el coche se hubo ido, Strömelburg se dirigió al teléfono.

—Póngame con el Mando General de la Tercera Flota Aérea de la Luftwaffe en Le Bourget —le dijo al telefonista militar—. Inmediatamente.


Los dos hombres temblaban a causa de la humedad que penetraba en sus cuerpos. El punto elegido por Strömelburg era el lugar ideal desde el que estudiar el improvisado aeródromo de Henri Le Maire, una elevación sobre un canal de drenado, con los lados llenos de zarzas y espinos. El problema radicaba en el firme flujo de agua que gorgoteaba en el fondo de la zanja. Aquello había hecho que Strömelburg y

Wilhelm Keiffer, del Estado Mayor de la Gestapo de París, anduviesen hasta los tobillos en aquel agua helada durante dos horas. En realidad, Keiffer estaba tan helado que no podía impedir que le castañeteasen los dientes o que su cuerpo se retorciese en una especie de trance espasmódico.

Strömelburg le miró con desprecio. Keiffer, el atleta de la SS que siempre corría por algún gimnasio francés, oliendo a sudor y a linimento, para saltar sobre un potro de cuero o impulsarse en las anillas... «Y también recogiendo a algunos jovencitos franceses, estoy seguro», pensó Strömelburg, dando a su ayudante un golpe duro y rencoroso en el antebrazo.

—¿No puedes dejar de temblar, hostia?

—No, estoy mortalmente helado.

—Estupendo —replicó Strömelburg con una mueca—, eso te pondrá en forma para el día en que Berlín decida enviarte al Frente Oriental.

—Si ese día llega —gimió Keiffer a través de sus dientes, castañeteantes—, me pegaré un tiro en el pie.

—Será mejor que pruebes en la cabeza, Keiffer. Una pierna mala nunca mantendrá a buen oficial de la SS como tú lejos del *Fronturlauberzug* para Brest-Litovsk.

Strömelburg se regodeó en el desasosiego que producía en su ayudante, y regresó a su punto de observación en el campo que salía del dique. Seiscientos, setecientos metros de longitud, conjeturó, tan abierto como una mesa de billar, con la hierba cortada por algunas complacientes vacas de los granjeros. No había casi declive y se orientaba al Oeste en la corriente de los vientos predominantes. En el extremo más alejado había una hilera de álamos y el cobertizo donde Henri había dicho que su séquito aguardaría hasta que se aproximase el momento en que se esperaba el avión.

—Ningún avión podrá aterrizar aquí —gruñó Keiffer—. Ese francés le ha engañado. Estaba sólo tratando de que le diese una recompensa.

—La palabra «dinero» no salió en nuestra conversación —susurró Strömelburg—, pero si nos ha hecho venir aquí para nada, será mejor que haya desaparecido de su apartamento para cuando regresemos a París.

Keiffer trató pisando fuerte de reanimar la circulación de sus pies, que ahora estaban entumecidos a causa del frío.

—Vamos a pillar pies de trincheras. Aún no sé por qué no me ha permitido traer un escuadrón aquí y rodearlo todo, si está tan seguro de que se presentará un avión.

—Deja de salpicar —le silbó Strömelburg—. Compartes la equivocación de la mayor parte de los policías, Keiffer. Piensas en línea recta.

Una vez más quedaron silenciosos, con sus oídos escudriñando los lejanos vientos, en busca del estruendo del motor de un avión. La siguiente vez en que Keiffer miró el reloj era ya más de medianoche. Dio unos golpecitos encima de la esfera luminosa en beneficio de su superior.

—No vienen —susurró—. ¿Puedo fumar?

—Haz lo que quieras, Keiffer —musitó Strömelburg, escondiendo a duras penas la ira que empezaba a formarse en él—, y mientras lo haces, ¿por qué no vas al cobertizo y le pides a alguno de los franceses que están dentro que te dé fuego?

Casi en el mismo instante en que decía esto, se percató de que el primer francés salía del cobertizo.

—¡Mira! —se refociló.

Probablemente eran media docena. Algunos se movieron a lo largo del campo, mientras otros lo hacían en torno del mismo, al parecer colocando estacas. Cuando acabaron, el campo quedó una vez más silencioso. Veinte minutos después, ambos hombres captaron el ruido de un motor. Desde el suelo vieron una linterna que parpadeaba en lenguaje Morse y el destello de respuesta desde el avión, que ahora se encontraba sobre sus cabezas. Una silueta oscura encendió tres linternas fijadas a las estacas en mitad del campo y luego el avión comenzó a descender sobre el grupo de álamos. En un segundo apareció corriendo por los pastos hacia su dique, se dio la vuelta y se alejó de ellos. En cuanto se paró, pudieron oír voces, una puerta que golpeaba, vieron otras figuras correr a la luz de la luna. Luego el piloto aceleró el motor y el avión se precipitó de nuevo a través del campo, alzándose por encima de los álamos.

Strömelburg miró su reloj. Todo el asunto apenas había durado tres minutos.

—Es perfecto —susurró admirado—. Todo ha tenido lugar exactamente de la forma que Henri dijo que sucedería. ¡Qué operación más soberbia!

—La Luftwaffe les abatirá antes de que alcancen la costa —gruñó Keiffer.

Su superior se encontraba perdido en algún laberinto mental mientras observaba a las figuras de los agentes de la Resistencia desaparecer por el camino posterior al cobertizo. Cuando finalmente llegó su respuesta, fue como una ocurrencia tardía.

—Oh, no podrán, Keiffer. Eso ya lo he comprendido.


Cuarenta y ocho horas después, Strömelburg caminaba por los pasillos de la Prinzalbrechtstrasse, el cuartel general en Berlín de la RSHA, la oficina principal desde la que Heinrich Himmler y los suyos presidían sobre su imperio del mal. El sótano del edificio albergaba un laboratorio de perversidad humana, las celdas de tortura en las que los secuaces de Himmler llevaban a cabo aquellas técnicas de «interrogatorio enérgico e infatigable», que había llevado a Himmler a jactarse —y sus enemigos a temer— que no había nadie que no se derrumbara bajo la tortura de la Gestapo. Sin embargo, pese a toda su notoriedad la Prinzalbrechtstrasse, según los niveles del Reich, se encontraba relativamente poco guardada, un reflejo quizá de cuán pocas personas estaban ansiosas de penetrar por sus puertas. Hans Dieter Strömelburg tuvo sólo que hacer destellar su placa de identidad metálica de la Gestapo al centinela, para que le permitiesen penetrar en el recinto interior del edificio. Mientras caminaba despreocupado hacia su reunión, rió disimuladamente ante la visión de tres soldados de la SS con guardapolvos blancos, caminando a su lado, blandiendo matamoscas y rociadores de flit. Entre los numerosos rasgos estrafalarios del cacique de la RSHA se encontraba un mórbido miedo a las moscas. Convencido de que eran portadoras inevitables de virus y pestilencias, Himmler mantenía a tres hombres de servicio, durante veinticuatro horas al día, registrando la Prinzalbrechstrasse en busca de insectos.

Strömelburg entró en la oficina del segundo de Himmler, el SS *Gruppenführer* Ernst Kaltenbrunner y fue inmediatamente llevado a su oficina interior. Le esperaban dos hombres: Kaltenbrunner y el inmediato superior de Strömelburg, el SS *Obersturmbannführer Kriminal Rat*, Horst Kopkow. Strömelburg despreciaba a Kaltenbrunner. A diferencia de su volátil predecesor Reinhard Heydrich, patrón de Strömelburg, Kaltenbrunner era un burócrata laborioso y metódico, dotado para aquella tarea con una mediocridad mental absoluta. Físicamente, era un hombre macizo y feo, una parodia de un luchador de circo. Este aspecto le había ganado el apodo de *la nevera*. Strömelburg no hubiera tenido el menor problema para manipularle; nunca lo había hecho.

Kopkow era otro cantar. Strömelburg le necesitaba y desconfiaba de él a un tiempo. En cierto modo, era el epítome del tipo SS y de su mentalidad. Procedía de una familia de clase media baja de Oriansburg, Prusia Oriental, donde había sido ayudante del farmacéutico antes de unirse a la SS en 1934. Era tortuoso, intrigante y por encima de todo, ambicioso. Si Himmler le hubiese pedido que presidiera uno de los campos de la muerte de la SS, lo hubiera hecho encantado, apresurándose a poner en acción sus cualidades en las cámaras de gas, con la misma austera eficiencia que empleara en un tiempo para preparar jarabes contra la tos. En realidad, había sido él quien recomendaba a los oficiales de la Gestapo, en toda Europa, emplear la tortura sin el menor remordimiento o restricción al interrogar a los prisioneros. El contraespionaje en el territorio del Reich era la especialidad de Kopkow. Strömelburg sabía que necesitaría su respaldo para llevar a cabo el plan que le había llevado a Berlín. También sabía que si fracasaba, Kopkow haría que toda la culpa recayese sobre él y si la cosa funcionaba, haría todo cuanto fuese necesario para reclamar para sí el éxito de todo aquello.

—Supongo —observó Kopkow con la acritud de un hombre cuyo desayuno sigue sin digerir— que algo de considerable importancia le ha hecho venir aquí esta mañana y solicitar esta reunión.

Strömelburg colocó su maletín en el suelo y comenzó a quitarse los guantes negros de piel de becerro con deliberada lentitud.

—Así es —replicó, mirando a Kaltenbrunner—. Creo que tengo en las manos la clave de una operación de espionaje que llegado el momento, nos aportará unos dividendos mayores que la «Orquesta Roja» o el «Polo Norte».

Aquellas dos operaciones, una dirigida contra los soviéticos, y la otra en Holanda, habían sido supervisadas por Kopkow.

—Implica el secreto más importante de la guerra: cuándo y dónde los aliados invadirán el continente.

Dejó de hablar durante un segundo buscando un efecto dramático.

—Casi seguramente lo harán en Francia. Y cuando esto ocurra, emplearán con la mayor seguridad a la Resistencia francesa como apoyo a su ataque. Por lo tanto, para entrar en el secreto de su invasión, debemos en primer lugar penetrar en la Resistencia en el nivel apropiado. ¿Están de acuerdo?

Kaltenbrunner no dijo nada. Kopkow silbó un suspiro hostil.

La alusión de Strömelburg a «Orquesta Roja» y «Polo Norte» no había pasado inadvertida.

—La Resistencia francesa puede desglosarse en tres componentes —continuó Strömelburg—. En primer lugar, y con mucho los más numerosos, las redes gaullistas dirigidas desde Londres por un francés llamado Passy. Los ingleses no confían en ellos. Saben que hemos penetrado en sus filas. Nunca les proporcionarán el secreto de su invasión.

Strömelburg, casi complacido por lo conciso de su bien ensayada presentación, hizo una pausa para estudiar a sus dos superiores.

—En segundo lugar están las redes dirigidas por el espionaje británico. Sus funciones se limitan a reunir asuntos de espionaje. Debemos penetrar en el secreto de la invasión analizando las preguntas que pedirán que se les respondan. Pero tampoco facilitarán el secreto porque no lo necesitan para su trabajo. En tercer lugar —prosiguió Strömelburg—, se encuentra la Sección francesa del SOE. Es la menor de las tres y la dirigen exclusivamente británicos. Su función consiste en sabotear nuestras instalaciones vitales. A través del interrogatorio de sus agentes, sabemos que todos esperan desempeñar un papel muy importante ayudando al desembarco cuando éste se produzca.

—Esto ya es archisabido —observó Kopkow—. Seguramente no es ésa la razón de su visita.

Strömelburg se irguió, colocando sus palabras como un actor que busca el efecto.

—Ahora tengo los medios para tener a toda la organización del SOE en Francia bajo mi control.

Saboreó su reacción, luego describió el servicio aéreo que había establecido su nuevo agente, cómo operaba, cómo había observado una primera demostración de su efectividad.

—Ahora propongo garantizar la continuación del éxito de esta operación para los británicos. Mantendré a la Luftwaffe alejada de sus campos. Y también vigilaré que nuestra Policía o la Wehrmacht no les molesten.

—No puedo creer que hable en serio —le dijo Kaltenbrunner—. ¿Poner nuestras instalaciones al servicio de los británicos? ¿Dejar que esos agentes entren y salgan sin molestias?

—Cuanto mejor agente sea este hombre, al que llamaré Gilbert, para los británicos, más confianza pondrán en él, y mejor agente se convertirá para mí.

—Teóricamente, Strömelburg tiene razón, doctor —intervino Kopkow—. El momento y el lugar del desembarco es la clave de la guerra. Comparado con esto, ¿qué importancia tienen unos cuantos agentes?

—De vez en cuando, atraparemos a uno o dos —aseguró Strömelburg a su superior—. Pero un arresto en masa está fuera de la cuestión. Seguiremos a sus agentes cuando lleguen. Vigilaremos dónde van, con quién se ven, dónde se encuentran sus casas seguras para que cuando la invasión se produzca, podamos barrerles a todos en una detención en masa.

—Antes de que siga adelante —declaró Kopkow—, deseo saber algo acerca de ese hombre llamado Gilbert.

—Naturalmente. Su nombre auténtico es Henri Le Maire. Le conozco desde 1937.

—¿Ha trabajado antes para usted?

—En realidad, sí. Durante mucho tiempo y con gran lealtad. Descubrimos ya en 1937 que transportaba aviones desde París a Barcelona para los republicanos. El *Oberst* Rolf Untermeyer, de la Sección IV, al que Heydrich había nombrado para una misión en Barcelona, se vio con él en un cabaret de esa ciudad. Se habían conocido en el bar de los pilotos de Le Bourget, en 1936, cuando Rolf volaba para «Lufthansa» de Berlín a París.

—Pudo haber denunciado a Rolf a los republicanos —observó Kopkow.

—Pudo hacerlo, pero no lo hizo. De todos modos, Le Maire es un poco mujeriego, por lo que Rolf dispuso que una damita le quitase la cartera una noche. Rolf consiguió encontrarse con él de una forma aparentemente casual a la mañana siguiente en su hotel, cuando se disponía a regresar a París, y le pidió si podría entregar en su nombre un sobre en París con una suma considerable de dinero. Nuestro amigo Henri aceptó con gran rapidez. Naturalmente, el sobre iba destinado a mí. Le di 5.000 francos al recibir el dinero y nos hicimos muy amigos. Le pedí si estaría dispuesto a llevar de regreso otro sobre a Rolf en idénticas condiciones. Se mostró de acuerdo.

—¿Y eso fue todo? —preguntó Kopkow.

—No todo... Se convirtió en mi correo más regular y de confianza.

—¿Y cuánto duró esto?

—Realizó dos o tres entregas al mes para mí durante casi un año.

—¿Sin problemas?

—Absolutamente ninguno. Como ya he dicho, fue el mejor correo que jamás haya tenido.

—¿Y sabía lo que estaba haciendo con todo esto?

—Obviamente, al principio no dirigíamos los sobres al Sichercheittsdienst, querido colega, si eso es lo que quiere decir. No le dijimos nada. Sin embargo, sabía que Rolf había volado para «Lufthansa» y que ambos éramos alemanes. Es un tipo inteligente. Supongo que no pensará que esos sobres contuviesen poesías de Goethe. Más tarde, cuando quise comprobar su lealtad, le dejé bien claro quiénes éramos. Continuó las cosas sin hacer la menor observación. Y recuerden que si los españoles le hubiesen atrapado con aquellos sobres, le hubieran fusilado al instante.

—Muy bien —repuso Kopkow—. Hábleme de él personalmente.

Strömelburg escudriñó la espartana disposición del despacho de Kaltenbrunner mientras formulaba su respuesta. El gusto artístico de su jefe, según se percató, se limitaba en gran parte a los retratos del Führer en poses variadas.

—Gilbert es un aviador de primera clase —dijo al fin—. Pero para ser un aviador de primera clase, un hombre debe tener también un prudente sentido del miedo, puesto que un aviador que no lo tiene es un hombre que se cava su propia fosa.

Hizo una pausa.

—Y esto también es para mí la descripción del agente ideal.

—Por favor, Herr *Obersturmbanführer* —observó ácidamente Kopkow—, ahórrenos sus enigmáticos acertijos. Quiero sus antecedentes personales. Seguramente le investigó cuando se convirtió en su correo.

Strömelburg devolvió la malevolencia de Kopkow con una sonrisa.

—Claro que sí. Nuestro amigo Henri Le Maire nació, como suele decirse, con una cucharilla de plata en la boca. Desgraciadamente, y el hecho al parecer le ha marcado durante la mayor parte de su vida, la cucharilla pertenecía a alguien más. Su lugar de nacimiento fue un castillo del siglo XVII en el borde del Bosque de Compiègne. Su madre era la cocinera del castillo. Su padre, el portero. Era un glotón cuyo pecado iba acompañado de una deficiencia tiroidea. Como resultado de ello, el hombre era tan obeso que en el pueblo, existían dudas considerables respecto de su habilidad para llevar a cabo sus deberes maritales. Las sospechas acerca de la paternidad del niño tendieron a recaer en el propietario del castillo. En todo caso, nuestro amigo Le Maire se mantuvo muy cercano a él durante su crianza. Resultó claro que trataba de imitarle en su forma de hablar, en su modo de vestir. Como resultado, se convirtió en un hombre sin clase. Vestía con elegancia, carecía de acento. Podía entrar en cualquier casa de la sociedad francesa. Incluso le gusta sugerir que es un noble campesino que, en realidad, posee aquel castillo en cuyas habitaciones de servicio había nacido.

—¿Sus convicciones políticas?

—Ninguna que hayamos podido descubrir. Su pasión por volar apareció muy pronto y parece haberle dominado por completo. Rolf no detectó nunca ningún tipo de sentimientos políticos en él, durante sus reuniones en el bar de los pilotos de Le Bourget. Pero admiraba mucho a los alemanes a quienes conocía como pilotos.

—Así que era un mercenario.

—Le gusta el dinero porque le gusta gastarlo: en ropas, en mujeres, en comida. Lo necesita para representar ese falso papel de noble rural que ha creado para sí mismo. Ésa fue la razón de que aceptara el trabajo de transportar aviones para los republicanos. Y también es la razón de que comenzara a trabajar para mí.

—¿Ha pedido dinero por esa operación?

Se trató de la primera contribución de Kaltenbrunner a la conversación.

—Dele un poco —ordenó cuando Strömelburg le informó de que no era así—. Nada compromete más a un hombre que un poco de dinero.

—¿Y por qué se presentó ante usted si no era por dinero? —quiso saber Kopkow.

Strömelburg describió en detalle su conversación con Henri Le Maire.

—Nunca he tenido una confianza total en un agente que no comparta algo de nuestra ideología, y estoy absolutamente convencido de su anticomunismo. Además, eso encaja muy bien con la personalidad que acabo de describir.

— Muy bien.

Strömelburg quedó agradablemente sorprendido por el apoyo que estaba recibiendo por parte de Kopkow.

—Los agentes se ven motivados por una de dos cosas, cuando uno llega al fondo de la cuestión. Por dinero («Dame suficiente dinero y traicionaré a la emperatriz de China») y por ideología («Lo hago porque creo en ello»). Yo siempre he preferido esto último.

—Además —prosiguió Strömelburg—, su operación funcionó exactamente tal y como me la describió. Debe de tratarse de una de las operaciones más secretas y vitales que están llevando a cabo los británicos.

—Sí...

Kopkow inclinó lentamente la cabeza en señal de aquiescencia.

—Ciertamente convengo en eso. También comprendo a la perfección cómo puede usar las operaciones aéreas de ese hombre para atraer gradualmente a esas personas bajo su control. Si se sigue lo suficiente a esos agentes que van entrando llegará a saber todo lo necesario. Pero lo que no comprendo es por qué está tan convencido de que esto nos proporcionará el secreto de la invasión.

—Además de hacer entrar y salir clandestinamente agentes de Francia, mi amigo es asimismo responsable de enviar paquetes de material secreto. Recoge sobres que dejan en diversos lugares de París y los hace llegar de forma personal al piloto.

Kopkow asintió.

—En la actualidad, la función primaria del SOE es el sabotaje. Hemos visto ya ejemplos de su tarea: en la fábrica «Peugeot», en el centro ferroviario Perrache de Lyón. Cuando el desembarco se produzca, habrá ciertamente unos objetivos que los aliados deberán sabotear. Instalaciones de radar, de comunicaciones, empalmes ferroviarios, puestos defensivos clave. Su plan radica en emplear al SOE para que actúe solo o más probablemente, en coordinación con tropas paracaidistas, para llevar a cabo esas tareas.

Kopkow y Kaltenbrunner le miraron intrigados.

—Para realizar operaciones de ese tipo se necesitan unas herramientas específicas: mapas, planos de los edificios, proyectos bosquejos en los que se pueda establecer una línea de ataque, el lugar exacto en que debe colocarse una carga para que haga el mayor daño posible.

—Sí. Todo eso es perfectamente lógico —convino Kopkow.

—Y se puede radiar un cianotipo a Londres en una clave indestructible, ¿no es así?

Incluso Kaltenbrunner sonrió cuando empezó a captar las implicaciones del plan de Strömelburg.

—Existe sólo una forma de enviar y traer de Inglaterra todo ese material vital: los paquetes del correo secreto que Gilbert debe recoger y entregar a sus aviones. Amigos míos, es en esos paquetes donde descubriremos el secreto de su invasión.

Tercera parte

UN HOMBRE DE NUMEROSOS PAPELES

# WASHINGTON-PARÍS-CALAIS-LILA-LONDRES

## Marzo-abril 1944

*En esta época, un hombre representa
numerosos papeles*

*Como gustéis*, acto segundo.

W. Shakespeare

*Washington, D. C.*

—¿Pertenece al OSS, comandante?

—Sí señor —replicó T. F. O'Neill, con sus ojos cautelosos percibiendo la placa negra encima del escritorio del general de Brigada, que le señalaba como ayudante de Inteligencia del general George C. Marshall, Jefe del Estado Mayor del Ejército de Estados Unidos.

—Pues ya no. A partir de ahora, pertenece usted a esta oficina y hará las cosas de una forma diferente a como las hace Donovan. Mire, lea esto.

Casi enfadado, le mostró una sola hoja de papel a T. F. Mientras lo hacía, el joven oficial captó el reflejo oxidado de su anillo de clase de West Point. Probablemente, uno de la vieja escuela, conjeturó, un miembro que llevaba ya muchos años en el Cuerpo de Inteligencia del Ejército de Estados Unidos, uno de aquellos idealistas que creían que los caballeros no se leían unos a otros el correo. T. F. echó un vistazo al memorándum. Lo había escrito el general George Strong, el vicejefe de Estado Mayor de Inteligencia del Ejército, y el crítico más persistente del OSS en Washington. Strong acusaba al OSS de emplear «tácticas que carecían de cualquier referencia a consideraciones morales o principios, y que actuaban según la no anunciada premisa de que en una guerra total, Estados Unidos debía tomar el color ético de sus enemigos en todos los detalles». Además, escribía Strong, el OSS pasaba por alto «la posibilidad de que Estados Unidos, desde una concepción de sus intereses a largo plazo y por el mantenimiento de uno de sus más importantes bienes —su posición moral entre los pueblos del mundo— pudiese, a veces, considerar prudente no sacar ventaja de los odios raciales, religiosos o sociales existentes en el mundo, o incluso de la debilidad y vulnerabilidad de las personas de las poblaciones enemigas, o poblaciones dentro de los territorios ocupados por el enemigo.» Finalmente, Strong, declaraba que la ambición de *Wild* Bill Donovan era crear y mandar «una Agencia Central de Inteligencia del Gobierno», una organización, según razonaba, que no era «ni necesaria ni compatible con las instituciones democráticas de Estados Unidos».

Una vez digeridas las palabras de Strong, T. F. se dispuso a devolver aquel papel. El general de Brigada lo rechazó.

—Guárdelo —ordenó—. Memorícelo. Manténgalo escondido en el cajón de su escritorio en Londres, y léalo dos veces al día. Nada resume mejor que ese papel los principios por los que esperamos que se vea guiado en Londres. Las ideas que hay ahí pueden parecer un tanto anticuadas a un tipo listo como usted, pero han preservado a este país durante los últimos 150 años, y no debe olvidarlo.

T. F. sintió una suavización en la hostilidad de aquel anciano. Se retrepó en su sillón giratorio y se puso las manos a la espalda.

—Le hemos encargado una tarea condenadamente dura, comandante. La organización a la que le han asignado es exclusivamente británica. Implica engañar al enemigo. Cuando entré en esto, hace veinte años, solía decir que cuatro instituciones gobernaban el mundo: la Casa Blanca, Buckingham Palace, el Vaticano y el Servicio Secreto Británico.

Hizo una pausa.

—Y aún lo siguen haciendo, comandante. El Servicio Secreto Británico es el mejor de todos. Son también sinuosos, implacables y traicioneros. Les gustan los muchachos de Yale como usted para desayunar y luego les dan de lado cuando han terminado.

El general de Brigada inhaló una bocanada de rancio humo de tabaco.

—Usted puede proceder de Connecticut, comandante, pero cuando llegue a Londres lo mejor es que sea de Missouri. Los británicos no aman a los demás. Los emplean. Aunque...

Un brillo malicioso apareció en sus ojos de un color gris acerado.

—En realidad, no debería comentar todo eso con alguien que se llama O'Neill, ¿no le parece?

T. F. se esforzó por reprimir una sonrisa, pero no respondió nada.

—Operan según un principio: que el fin justifica los medios. Pero para nosotros, no es así.

Sus ojos valoraron a T. F.

—¿Le suena esto extraño?

Le sonaba, pensó T. F., como una manera fatal para vencer en una guerra. Sin embargo, entonó un ritual:

—No, señor.

A fin de cuentas, los comandantes raramente discuten con los generales de Brigada...

—No deseamos ver a este país contaminando sus objetivos y sus ideales al adoptar tácticas que son idénticas a las que emplean los fascistas, sobre la base del dudoso argumento de que es la única manera de combatirlos.

El general de Brigada gruñó como si tuviese una resignada conciencia de cuán rápidamente las olas de la guerra moderna estaban erosionando los ideales en los que se basaban él y los de su condición, con cuánta presteza los tiempos estaban dejando anticuados tantos de los valores que le habían enseñado en West Point en el período anterior a la guerra. Abrió el cajón de su escritorio y sacó un rollo de cinta adhesiva y un sobre cubierto con sellos de lacre rojo.

—Sin embargo, no le hemos traído a Washington sólo para darle una conferencia, comandante. Esto —observó, haciendo ondear el sobre— contiene material de Inteligencia de tales consecuencias que preferimos no transmitirlo por radio. Vaya al lavabo con el MP de allí y adhiéraselo al pecho. Es usted responsable de llevárselo en mano al general Ismay, en las Salas de la Guerra Clandestina, cuando llegue usted a Inglaterra. Si le sucede algo a su avión, será responsabilidad suya el destruirlo, sea cual sea el coste...

El ruido de la puerta al abrirse le interrumpió. T. F. se dio la vuelta y se encontró mirando al general Marshall en persona. Los azules ojos de Marshall le contemplaron en un abrir y cerrar de ojos.

—¿Es éste el oficial que va a ir a Londres? —preguntó a su segundo.

—Sí, señor.

Marshall se volvió hacia T. F., asestándole mientras lo hacía una mirada escrutadora.

—No debe permitir que nada se interfiera en su misión, comandante. Cuando llegue al Reino Unido, no deberá comer, ni beber, ni comunicarse con nadie, de cualquier rango o servicio, hasta que haya hecho llegar, personalmente, este sobre a manos del general Ismay. ¿Me he explicado con claridad?

Ciertamente que sí, pensó T. F., pronunciando un rotundo:

—Sí, señor.

Marshall se dio la vuelta en redondo y sin haber dedicado a su mensajero una expresión de adiós o desearle un feliz viaje, volvió a meterse en su despacho.


*París*


Hans Dieter Strömelburg había aprendido durante sus años en la Policía y en la Gestapo, que ningún prisionero llega a cooperar tanto como un prisionero que siente que le han traicionado. Lo mismo si la traición la ha llevado a cabo un tipo criminal, o a causa de la estupidez de sus superiores, como era el caso con el operador de radio del SOE Alex Wild, el resultado era inevitablemente el mismo: una rabia que destrozaba la voluntad del prisionero de resistirse a los interrogatorios.

Eso fue exactamente lo que sucedió con Wild. Los matones de Strömelburg, quienes le habían sometido a una paliza tan feroz que hizo necesaria atención médica, le trajeron una bandeja con comida y media botella de vino de las cocinas de la Avenue Fóch, le premiaron con cigarrillos y simpatía. Incluso, para cuando los secuaces de Strömelburg hubieron terminado con Wild, el pobre inglés había experimentado tal confusión que no sabía exactamente cuáles eran sus auténticos amigos.

Strömelburg se sintió razonablemente seguro de que no se había reservado nada. Su descripción de las operaciones del SOE en Londres se hallaba entreverada de muchas cosas que Strömelburg ya sabía, pero no se trataba de una información que le sirviese de ayuda para interferir en las operaciones del SOE en Francia. Por ello, Wild había sido de poca ayuda ya que sabía muy poco. Los agentes del SOE que entraban raramente sabían mucho. Conocía el nombre de la red —«Mayordomo»— que iba a trabajar en la zona de Lila; el nombre y descripción física de su comandante, un tal capitán Michel; el nombre del café de la Rue de Béthune donde debía entrar en contacto con Michel y la palabra en clave que debía emplear para identificarse. Aquello constituía una magra cosecha, reflexionó Strömelburg, pero era más de la que cabía esperar.

El doctor se puso en pie de un salto, obedientemente, en cuanto Strömelburg entró en el cuarto. El suyo era uno de los despachos más selectos, con vistas a la Avenue Foch, una recompensa por la habilidad que había desplegado al realizar su juego de radio con Londres. El hecho de que hubiese merecido tan claramente aquella recompensa, era algo que nunca dejaba de intrigar a Strömelburg, puesto que para él el doctor constituía un enigma. No era nacionalsocialista. Se trataba de un soldado de quintas enviado a París como intérprete. Su nombre, que jamás empleaba nadie, era Willi Cranz. Era pálido, tímido y distinguido por un desmadejado cabello oscuro que como el del Führer, le estaba siempre cayendo encima de su ancha frente. Strömelburg, impresionado por su habilidad, le había ofrecido un nombramiento en la SS y un puesto permanente en la Avenue Foch. Ante su asombro, el joven lingüista se había negado. No tenía el menor deseo de alistarse en la SS. Strömelburg contraatacó con la oferta de una plaza en el batallón de trabajo que se estaba reclutando para servir en el Frente Oriental. Esta proposición había ayudado al doctor a comprender la prudencia de aceptar la primera sugerencia, lo cual hizo prestamente.

Sin embargo, una vez impuesto en su juego por radio, lo manipuló con entusiasmo y brillantez: un dócil intelectual jugando a Napoleón y disfrutando de cada momento de ello. Vivía en esta oficina, subsistía de café, cigarrillos y bocadillos, bosquejando sus mensajes para Londres como si el mundo dependiera de ellos, lo cual, según pensaba Strömelburg, era muy probable. Nunca salía, nunca bebía, nunca alternaba en el comedor. Su única diversión la constituía alguna ocasional película en el «Soldatenkino», en los Campos Elíseos. Probablemente, conjeturaba su superior, era el único oficial de la Gestapo en Francia que nunca había degustado los deleites de una buena puta francesa, un descuido que Strömelburg asociaba a un muerto de hambre que anduviese por una tienda de comestibles con las manos en los bolsillos.

Strömelburg se hallaba sentado en un sillón y apoyaba los pies en el escritorio del doctor. Tal descuido fingido, estaba convencido de ello, ayudaba a lubricar la muy considerable maquinaria de la mente de su subordinado.

—Ahora, doctor —le preguntó—, ¿cómo va a meter a este nuevo jugador nuestro en el juego?

Hizo un ademán hacia el mapa de Francia en la pared, detrás del escritorio del doctor. En el mismo estaban marcadas las ubicaciones de las quince redes del SOE cuyos operadores de radio, todos ellos muertos o en prisión, el doctor estaba ya imitando para Londres. Se esparcían a lo largo de una curva que corría desde «Saturno», en Saint-Malo, en Bretaña, a través de «Tanz», en Chartres, «Grossfurst», en Dijon, a «Walze», en San Quintín.

—Hemos sido afortunados de que se encontrara camino de Lila —observó Strömelburg—. Al parecer andamos escasos de aparatos en el Norte. ¿Operan en la actualidad radios clandestinas desde Lila?

—Ya no. El servicio de goniometría arrestó uno hace seis semanas, pero consiguió tragarse una píldora de cianuro antes de que nadie pudiese hablar con él.

Strömelburg contempló el rosado brillante de sus uñas. Obviamente, Wild era el sustituto. Por lo menos, no había allí aparatos en el aire para transmitir a Londres el arresto de Wild.

—Si tratamos de desarrollarle para lanzamientos de armamento, nos encontraríamos con un problema —observó el doctor—. A la RAF no le gusta efectuar lanzamientos en el Norte. Temen a nuestros cazas nocturnos en el Pas de Calais...

—¿No cree que podría reunir un caso convincente para nuestro amigo Cavendish?

—Lo haría sonar lo suficientemente convincente.

Hacía ya mucho tiempo que el doctor había desarrollado la imitación de los mensajes del SOE de una forma artística.

—El problema es: ¿no reconocería Cavendish a un oficial de la Gestapo en el otro extremo de la línea si empiezo por pedirle lanzamientos de armas en una zona donde se les dice por lo general a sus agentes que no lo hagan?

—Mi querido doctor...

Strömelburg ofreció a su subordinado su sonrisa más favorecedora.

—A veces me pregunto si Cavendish reconocería a un oficial de la Gestapo si uno de ellos entrase en su despacho con uniforme negro y cantando el *Horst Wessel Lied*. Sin embargo, tiene razón en parte. ¿Qué más podríamos usar con él?

—He estado pensando en lo que contó anoche.

La sonrisa de Strömelburg le dijo al doctor que contaba con su total aprobación.

—Me ha dado una idea para algo que debemos hacer. ¿Podría arrestar a ese capitán Michel y a algunos de los suyos, rápidamente, antes de que nuestro operador del piso de arriba deba entrar en contacto?

—Tal vez.

—Si es posible, en ese caso en mi primer mensaje a Londres les diré que Michel ha sido arrestado. Les contaré que Lila se ha hecho tan peligrosa, que tendré que ocultarme durante dos o tres semanas hasta que pase la tormenta. Esto me proporcionará una explicación lógica para no mandar ningún mensaje durante algún tiempo.

—Francamente, no acabo de captar cómo eso haría avanzar nuestro trabajo.

—También diré a Londres que el café en la Rue de Béthune, que dieron a Wild como su punto de contacto, sigue siendo seguro. Transmitiré a Londres que si en la zona hay alguien que tenga un mensaje urgente, puede pasarlo a través del café, empleando una frase en clave que les facilitaré.

—Nuestra cabra atada —dijo el admirado Strömelburg—. A fin de cuentas, es usted un estudioso de Kipling. Haremos oscilar la radio de Mr. Wild delante de Londres y luego aguardaremos a ver quién envía Cavendish de noche deslizándose por los bosques para comerse la cabra.

Se puso en pie y pasó un brazo en señal de camaradería por encima de los hombros de su subordinado.

—Es usted un hombre muy inteligente, doctor —le dijo—, aunque también un poco aburrido.

El doctor pareció perplejo.

—Esta noche tengo mejores cosas en mente que una visita a Lila.

## Calais

Detrás de Catherine Pradier, un violinista ambulante, con su chaqueta brillante por el uso, persuadía a su instrumento para que interpretara un tierno, aunque en cierto modo aproximativo, fragmento de *Parlez-moi d'amour*. Cuán incongruentes podían parecer a Catherine las canciones plañideras, acurrucada en su mesa en el porche del «Café des Trois Suisses». Estaba rodeada de alemanes. Nunca en su vida había visto tantos. Calais parecía alfombrado de ellos; alemanes con el uniforme verdigris de la Wehrmacht, o el gris azulado de la Luftwaffe, o el azul oscuro de la Kriegsmarine; alemanes atestando las aceras, guardando las cruces, llenando las mesas de su café; más alemanes dentro de los confines de su visión. Según Catherine, más que habitantes de Calais.

Y éstos no eran los soldados alemanes turistas de París, que iban de una iglesia a un museo con sus guías en la mano, mientras aguardaban a que los bares y burdeles de Montmartre abriesen sus puertas. Eran combatientes alemanes, los parientes de los pilotos de «Stuka» que habían ametrallado a su madre y los guerreros quemados por el sol que habían destrozado su nación en otra primavera de hacía años. Aunque le inspiraban un renovado sentimiento de odio y sabía con certeza por qué se encontraban aquí, su masiva presencia le producía asimismo otra duradera sensación de miedo. ¿Cómo podía tener la Resistencia esperanzas de funcionar en medio de tantos alemanes? ¿Cuánto tiempo podía confiar una vida en ir a la deriva en este mar hostil?

Tan discretamente como podía, desplazó su mirada del periódico que tenía en el regazo hasta la esquina de la calle delante de ella, en busca de su contacto con la caja de herramientas metálica. Se preguntó a sí misma cómo en nombre de Dios no acababa de presentarse. Ésta era su tercera tarde en los «Trois Suisses». «¿Qué ha funcionado mal? —se preguntaba—. ¿Sería que había llegado tarde a la primera cita? ¿La habrán dado por perdida? ¿Habrían sido Aristide y su red capturados por la Gestapo? Y aquí estoy sola, en esta ciudad hostil, sin ningún contacto adonde dirigirme...»

Se forzó a sí misma a concentrarse en el periódico que tenía en el regazo. Se trataba del diario colaboracionista local, *Le Phare de Calais*. Por primera vez, estudió los anuncios: el de un par de zapatos de señora, de piel auténtica, del número 38; la «Voz del Reich», en los 279 metros, encareciendo a los calesianos a «escuchar los bienamados valses de Johan Strauss, que constituyen una parte tan importante de la herencia cultural del pueblo alemán». Miró de nuevo el anuncio oficial que tanto la había divertido. El Alto Mando alemán acababa de ordenar un censo formal del Pas de Calais, no de sus habitantes, sino de sus perros. Cada propietario de un perro del departamento, era requerido a que registrase a su animal doméstico en el Ayuntamiento local: sexo del perro, raza, *pedigree* (si lo poseía), altura medida desde la cruz, junto con el nombre del propietario y dirección. Se ordenaba a los Ayuntamientos que remitiesen los resultados por duplicado a la *Kriegskommandantur* no más tarde del 15 de mayo.

«Por el amor de Dios, ¿por qué? —se preguntó—. ¿Qué obsesión misteriosa con el orden lleva a esa gente a tan pintoresca preocupación respecto de los perros franceses en vísperas de la batalla de la que dependía su existencia?» Contemplar aquel absurdo la ayudaba a mantener su mente apartada del *Avis* con filetes negros, en primera página, donde se daba la lista de los resistentes, como ella misma, «condenados y fusilados en Lila», el día anterior, «por acciones contra la potencia ocupante». ¿Cómo podían conciliarse tales cosas en un solo pueblo: aquellos valses de Strauss, la absurda obsesión por los perros de Calais, la brutalidad de sus pelotones de ejecución?

Catherine meneó la cabeza y miró a la esquina de la calle: allí no se veía nadie. ¿Por qué? ¿Por qué? Volvió al periódico, sumergiéndose en su soledad, como un gato durmiendo al sol aísla su ser en un charco de calor. Ya la habían prevenido en Londres de aquella soledad, de la soledad profunda y dolorosa que constituiría la carga más difícil de llevar en una vida clandestina. Desde que bajó de la camioneta de la pescadería, que la llevara hasta Calais, no había dirigido una palabra a otro ser humano más allá de las tres peticiones de una taza de café *ersatz* al camarero de este bar.

Y no había sido una cosa fácil. Cada alemán que pasaba, al parecer, había hecho un esfuerzo por ligar con ella. Aterrada, los había ignorado a todos. Al igual que los nuevos agentes, sentía que tenía una señal que decía «Agente enemigo. — Made in England» estampada en la frente. Y constantemente recordaba la advertencia de Cavendish de que «el exceso de atractivo y de belleza pueden llevar a Dachau». Debería haberle escuchado y haberse cortado el cabello. Lo llevaba ahora oculto debajo de un viejo pañuelo, se lo dejaba sin peinar para que hiciese juego con su rostro ahora sin maquillaje, pero muy pocos hombres resultaban engañados por esto.

El hombre con la caja de herramientas no se presentaba. Había llegado diez minutos antes, y Catherine conocía las reglas: nunca te quedes cuando se ha pasado por alto una cita. Se levantó y comenzó a pasear por las calles. No había comido nada desde su llegada, excepto el puñado de arenques secos que el camionero le había dejado. Retortijones de hambre comenzaron a dolerle en el estómago. Por un momento trató de alimentarse con los recuerdos de aquella comida con Paul en el restaurante del mercado negro. Pero un restaurante del mercado negro constituía algo fuera de cuestión en esta pequeña ciudad. Una desconocida, una mujer sola, atraería la curiosidad como una luz a las polillas. Tampoco estaba dispuesta a hacer cola ante una tienda de comestibles, temerosa de que algo no sabido respecto de su cartilla de racionamiento la traicionase.

Desesperada, buscó el único sitio donde creía que podría estar a salvo: la explanada detrás de la iglesia de Notre Dame. Allí, según sabía, encontraría una cocina comunal para los pobres y desposeídos de Calais. Ocupó su lugar en la cola, con una serie de ancianas desdentadas con raídos abrigos y zapatillas sueltas, y unos hombres que constituían un desecho, con el recuerdo de suficiente alcohol para conservar a un dinosaurio escrito en sus rostros. Cuadraba aquí tan naturalmente, pensó, como un organizador comunista en una convención de banqueros. La intrigada sonrisa del sacerdote al llenarle su bol metálico con una sopa en la que flotaban algunos trozos perdidos de verdura, confirmó su sentimiento. En cuanto tomó el primer sorbo agradecido, escuchó un motor detrás de ella. Un coche del Mando alemán, descubierto, se había detenido al lado de la iglesia y bajó de él un elegante oficial.

—Venga aquí a hablar un poco conmigo, *ma petite* —le susurró el sacerdote a Catherine con sonrisa maliciosa.

Mientras daba la vuelta a su lado, Catherine se percató de que aquel gesto la había transformado de una pensionista de su cocina de sopa de caridad en el más apropiado papel de buena dama de la parroquia que ayudaba al pastor con su caridad. Por el rabillo del ojo, observó cómo un soldado tendía al oficial una escopeta. El alemán observó el campanario de la iglesia con divertida sonrisa, luego alzó el arma y disparó dos veces. Un par de palomas cayeron graznando a la calzada.

—¡Bravo! —susurró el sacerdote—. Acaban de matar a dos agentes británicos más.

Una expresión de perplejidad cruzó el rostro de Catherine.

—¿No lo sabía? —musitó el cura—. Alejan a las palomas. Me parece que tenía las últimas del Pas de Calais en mi campanario.

Se escuchó de nuevo el estampido de la escopeta y otra paloma muerta cayó del cielo.

—O por lo menos las tenía...

El sacerdote se enjugó las manos en su delantal, mientras observaba al alemán regresar a su coche.

—Venga por la noche y ayúdeme a servir. Será mejor de esta manera y le podré dar un plato extra una vez hayamos acabado.

Caldeada y agradecida, anduvo de regreso a su habitación. Durante media hora se sentó en la cama contemplando la radio, preguntándose si debería enviar un mensaje a Londres. Finalmente, se metió, medio vestida, en la cama. Un vendaval primaveral azotaba el Canal. Sus ráfagas hacían tintinear los cristales de la ventana de su cuarto y llenaban la desierta calle de abajo con su triste zumbido. Nunca en su vida se había sentido tan profunda y desconsoladamente sola. «¿Por qué, en nombre de Dios, habré aceptado esta misión? —no dejaba de preguntarse—, ¿por qué estoy aquí, realizando algo que estoy segura de que acabará en un desastre?»

Debilitada por el hambre cayó en un sueño semidelirante.

Se despertó poco después con un grito y un estremecimiento, con gotas de frío sudor deslizándose por la línea del pelo de su frente. No había ningún oficial de la Gestapo a los pies de la cama. Estaba sola. Afuera reinaba la oscuridad pero el viento del Canal seguía golpeando las ventanas e inquiriendo a la noche con sus tristes llamadas. Lloró. ¿Cómo había llegado a esta situación? ¿Era ésta la última aflicción de la vida de un agente secreto: que incluso el santuario de sus sueños hubiese de verse hechizado con la pesadilla de su captura?

*Lila*

La calle estaba desierta. Siempre lo había estado a la hora en que René Laurent cerraba la puerta de su café y comenzaba el acelerón nocturno para llegar a casa antes del toque de queda. Esta noche, ni siquiera uno de los gatos muertos de hambre de la ciudad solicitó su afecto mientras se precipitaba por la Rue de Béthune hasta su piso. En realidad nada atrajo su atención hasta que abrió la puerta principal y sintió el duro golpe del cañón de una pistola al apretarse contra sus costillas. Dos hombres medio lo empujaron y medio lo arrastraron hasta su salón. Allí, para su horror, vio a su mujer, con una mordaza en la boca, atada a una de las sillas del comedor. Sus dos hijos pequeños, atados similarmente, también se hallaban en sillas junto a la de ella. El hombre elegantemente vestido y despatarrado en su mejor sillón, se puso en pie.

—Policía alemana —anunció Strömelburg—, la Gestapo.

Cada sílaba fue articulada con metálica frialdad para subrayar el terror que aquellas palabras debían inspirar.

El asombrado propietario del café se tambaleó hacia la silla que Strömelburg le señaló. Dejándose caer en ella, leyó el miedo que destilaban los ojos de su mujer e hijos.

—En realidad —anunció Strömelburg, inhalando con fuerza su cigarrillo americano—, es usted un pacífico ciudadano, cumplidor de la ley, que trata de regir un café tan bien como es posible en estos tiempos difíciles, sin hacer nunca nada que pueda ofender a las autoridades...

—Eso es...

El miedo había elevado la voz de Laurent hasta un ronco graznido.

—Sin tener nunca nada que ver con esos terroristas de la Resistencia.

—No.

La boca del dueño del café estaba tan seca que apenas pudo articular esta palabra.

—Oh, tal vez las transacciones ocasionales del mercado negro —dijo Strömelburg al tiempo que imprimía a su cigarrillo un indulgente movimiento—. Una botella de vino comprada o vendida ilegalmente. A fin de cuentas, ¿quién no hace algo así de vez en cuando?

Tal vez se trate de eso, se dijo a sí mismo Laurent, esperanzado. Algo que tenga que ver con el mercado negro. Alzó los antebrazos del sillón, pero luego volvió a dejarlos caer en un reconocimiento resignado de las acusaciones.

—Todo eso es mentira. Es usted buzón de la red del capitán Michel en Lila.

—No sé de qué me está hablando —jadeó Laurent.

—Además, espera que uno de ellos se presente en su café mañana. Un nuevo operador de radio. Le preguntará dónde puede encontrar gusanos para ir de pesca. Cuando lo haga, usted le pondrá en contacto con el capitán Michel.

Al oír estas palabras, el propietario del pequeño café supo que no había escapatoria. Eran poco más de las once. La paliza comenzaría dentro de unos minutos. De algún modo debería encontrar el valor para resistir durante trece horas. Para entonces Michel sabría que le habían arrestado y buscaría un refugio. Temblando levemente, se fortaleció a sí mismo para la prueba que se le avecinaba.

—Pero... —continuó Strömelburg, con un tono tan indiferente como el que emplearían unos vecinos que discutiesen la posibilidad de una lluvia próxima por encima de la cerca del patio—. En todo esto, sólo me interesa una cosa. ¿Dónde está el capitán Michel?

—Nunca he oído hablar de él.

—Oh, querido...

Strömelburg que se había apoyado casi desenvueltamente sobre la mesa del comedor de Laurent, se incorporó de nuevo. Durante un par de segundos paseó por la estancia en silencio. Luego miró su reloj.

—Tiene tres minutos para responder a mi pregunta.

Parecieron una eternidad. El único ruido que Laurent podía oír mientras pasaban fue el débil silbido de su trabajosa respiración y el crujido de las junturas de madera, cuando su hijo más pequeño, con la cara cubierta de lágrimas, se retorció contra la cuerda que le ataba a su silla. Finalmente, Strömelburg se detuvo directamente enfrente del propietario del café.

—¿Será usted razonable o no?

Laurent alzó en silencio el rostro hacia él.

Strömelburg suspiró como un niño petulante que protestase contra alguna infracción, por parte de los mayores, de sus libertades.

—Si insiste... —le dijo.

Siempre conseguía que pareciera como si el infligir la tortura sobre un prisionero representase una imposición para él, más que sobre su víctima. Hizo un ademán a uno de los dos hombres que se encontraban detrás de Laurent. Mientras el segundo hombre esposaba las manos de Laurent a su espalda, el primero se quitó la chaqueta de su traje y la colgó con cuidado en el respaldo de una silla. Luego, se aflojó la corbata con deliberada lentitud, y se subió las mangas. Era francés, un hombre que se había pasado veinte años en la cárcel por secuestro y asesinato, hasta que Strömelburg, que recordaba el caso por su servicio de preguerra en Francia, le había reclutado. La idea de simetría de emplear franceses para que llevasen a cabo sus salvajadas sobre sus paisanos, era algo que deleitaba al jefe de la Gestapo.

El hombre se colocó durante un segundo delante de Laurent, extendiendo y flexionando los dedos como un cirujano antes de ponerse los guantes de goma. Mientras Laurent le observaba con creciente horror, Strömelburg miraba también a Laurent. Vio su rostro endurecerse, sus ojos fortalecerse para el castigo que estaba a punto de llegar. Conocía aquella expresión. El dueño del café deseaba jugar duro. Tenía treinta y pico años, conjeturó Strömelburg, un hombre al parecer pacífico que no estaba en absoluto preparado para la ordalía que se le aproximaba. Sin embargo, nunca se sabe dónde está el límite de resistencia de un hombre. Algunos de sus prisioneros más insignificantes habían demostrado ser muy resistentes a sus interrogadores. Acababan derrumbándose..., ¿pero con cuánta celeridad? El tiempo no era un artículo que Strömelburg poseyese en abundancia, si el plan del doctor debía funcionar. Tal vez pudiese acelerar el asunto. Cuando su hombre se aproximó a Laurent, Strömelburg le detuvo con un chasquido de dedos.

Durante un segundo, el francés se quedó inmóvil, un paso delante de Laurent. Luego, con un gesto de su cabeza, Strömelburg le puso de nuevo en movimiento, pero esta vez no hacia Laurent sino hacia su esposa, amordazada y atada a la silla.

El terror se apoderó de los ojos de la indefensa mujer ante su aproximación. Luego, cuando le pasó la palma abierta por un lado de su cara, la mujer cerró los ojos. El hombre bajó la mano hasta el cuello de su blusa de algodón y lo rasgó con un tirón rápido. Durante un momento, se quedó allí contemplando sus pesados pechos que temblaron de miedo dentro de sus sostenes de algodón. Con indiferencia, metió el dedo índice por el broche del sujetador y lo abrió. Alargando la mano, agarró uno de los pezones y se lo retorció salvajemente. La mujer se removió y trató de gritar. La mordaza que sellaba su boca hizo que el ruido pareciese un patético balido.

La mirada de Strömelburg se concentró ahora en Laurent. Se había puesto del color de la ceniza. Strömelburg se dijo a sí mismo que había efectuado la elección adecuada. Su torturador se sacó un cigarrillo del bolsillo de la camisa, lo encendió y, lentamente, sopló en él hasta que la punta se volvió de un color rojo naranja. Agarró de nuevo el pezón de la mujer e inició con el cigarrillo un lento arco hacia su pecho. El niño que estaba al lado de ella añadió ahora el sonido de su alarido al reprimido terror del grito impotente de la mujer.

—¡Deténgale! ¡Por favor, deténgale! —jadeó Laurent.

—¿Michel?

—Se aloja en el «Hotel Saint-Nicholas» con Arlette, su correo, habitación veintidós.

Al oírse pronunciar aquellas palabras, Laurent se derrumbó entre sollozos, abrumado por la enormidad de su traición, algo que se había jurado que nunca sucedería.

La habitación 22 se encontraba en el cuarto piso del «Hotel Saint-Nicholas», al extremo de una escalera de caracol que atravesaba el pequeño hotel como el pozo de una mina. Strömelburg, con su «Walther» en la mano, empezó a subir las escaleras, detrás de uno de los hombres que había reclutado en la Gestapo de Lila. Media docena más subían también detrás de ellos por la estrecha escalera. Strömelburg lanzó el rayo de su linterna contra la puerta que se encontraba a la derecha del final de la escalera y luego se apretó contra la pared al lado de la puerta, alejado de la línea de cualquier posible intercambio de disparos. El valor físico nunca se había encontrado entre las virtudes principales de su carácter. Asintió a su colega oficial. El hombre se hizo hacia atrás y con una poderosa patada, consiguió abrir la puerta. Con la «Walther» desenfundada, dio un paso en el umbral, gritando al mismo tiempo que lo hacía:

—¡Gestapo!

Aquello constituyó un error fatal. Su avance le dejó silueteado en el umbral a causa de la mortecina luz que había en la escalera, detrás de él. Dos disparos salieron del interior de la oscurecida habitación. Strömelburg le vio dar un salto, aunque había sido alcanzado en el estómago; luego fue impulsado hacia atrás. Durante un segundo pareció vacilar sobre sus talones; luego su cuerpo dio una voltereta lateral y se precipitó por las escaleras. Al igual que un esquiador precipitándose por una atestada loma, pasó los pies por debajo de los de los otros oficiales de Strömelburg que subían en aquel momento. Mientras los tres se derrumbaban en confuso montón en el recodo de la caja de la escalera, Strömelburg oyó desde dentro de la habitación unos pies desnudos que corrían sobre un suelo de madera y luego cómo se abría una ventana. Desde la calle de abajo se escuchó un nuevo disparo.

—¡Están ahí también! —gritó una voz masculina desde el dormitorio—. ¡Estamos atrapados!

—¡Oh, Dios mío, no!

Strömelburg reconoció la voz de una mujer, obviamente la correo del hombre. Strömelburg se inclinó encima de la barandilla de la escalera, gritando a los oficiales que se encontraban agrupados un piso por debajo:

—¡Hostia, no os preocupéis por él! —les chilló a los hombres inclinados sobre su camarada muerto—. Subid aquí todos.

Apretándose de nuevo contra la pared para mantenerse apartado de la línea de fuego representada por la puerta abierta del dormitorio, dijo en francés:

—Policía alemana. Estáis rodeados. Salid con las manos en alto y no os pasará nada.

—¡Nos han cogido!

Fue de nuevo la voz del hombre.

—¿Qué vas a hacer?

La voz de la mujer había adoptado un repentino tono más agudo.

—Debemos hacerlo —gritó el hombre—. Nos juramos mutuamente que lo haríamos.

Los dos primeros alemanes habían llegado al final de las escaleras.

—Agachaos, está armado —les previno Strömelburg—. Los quiero vivos...

—No me importa lo que juráramos. No puedo hacerlo.

Se percibió una nota frenética en la voz de la mujer, al llegar hasta Strömelburg desde la oscura estancia.

—Por favor, querido, no me hagas hacer eso. Por favor, no lo hagas.

—Debemos hacerlo —dijo el hombre.

Ahora hablaba en un tono tajante y sin la menor emoción.

—¡Hostia, apresuraos! —silbó Strömelburg a sus dos ayudantes, ninguno de los cuales se mostraba ansioso por avanzar contra el agente armado.

—¡Oh, no, no, no, no, no lo hagas, no!

La mujer imploraba, casi histéricamente.

—Si tú no puedes hacerlo, lo haré yo.

—¡No, no, por favor, te lo suplico!

Su angustiado grito acabó con la explosión de un disparo de pistola.

—¡Oh, Dios, cómo te amaba, Arlette! —gritó el hombre—. Perdóname, perdóname, por favor.

—¡Entrad ahí! —rugió Strömelburg, pero sus palabras coincidieron con el rugido del segundo disparo.

Cuando se apagó su reverberación, Strömelburg escuchó el chasquido metálico de una pistola al caer al suelo.

El jefe de la Gestapo siguió a sus hombres y entró en la habitación. Los cuerpos desnudos de un hombre y de una mujer estaban despatarrados encima de la cama, el hombre encima de la mujer, con la cabeza apoyada contra sus pechos en un abrazo final. La boca de la mujer había quedado abierta, detenida en medio de su último ruego por conservar la vida. La pistola, de la que aún salían volutas de humo, estaba en el suelo al lado de la cama. No habría interrogatorio de la Gestapo para el capitán Michel y para Arlette, la correo a la que tanto había amado.

—¡Cristo! —susurró Strömelburg.

Luego, casi a pesar de sí mismo, alzó el cañón de su «Walther» hasta la frente en un saludo al valor de sus adversarios muertos.

*Londres*

Sir Stewart Menzies, el jefe del MI6, el Servicio del Espionaje Secreto, observó la exigua cantina de las Salas de Guerra Clandestinas de Churchill con mal disimulado disgusto. Las paredes, en otro tiempo de color crema, se hallaban ahora más próximas al color de un periódico viejo. Suspendidas del techo se veían una serie de tuberías por las que pasaba el gorgoteante flujo de las cloacas de los lavabos de las oficinas gubernamentales del piso de arriba. Un linóleo pardo cubría el suelo.

—Parece el comedor más deprimente del reino, ¿no es verdad? —observó Menzies.

—Supongo que es la forma que tiene Winston de que no nos preocupemos más que del trabajo —dijo sonriente Sir Henry Ridley, el planificador de estrategias de simulación de Churchill—. ¿Qué puedo ofrecerle?

Menzies miró su reloj.

—Un poco pronto para un gin-tonic, me temo. Aunque Dios sabe que lo necesito.

Pidió un café al cabo de cocina de la Royal Marine.

—Acabo de tener la sesión más bestial en el dormitorio.

Churchill convocaba siempre a sus principales consejeros en su dormitorio en el piso de arriba donde con su bata de seda verde por encima de los hombros, su primer cigarro del día pegado a la boca, discutía a fondo los últimos acontecimientos de la guerra.

—¿Se habrá enterado, supongo?

Ridley asintió.

—Me hicieron venir del campo en cuanto llegaron las noticias.

—Si realmente nos están aguardando en el otro lado, tendremos otro espantoso Passchendaele entre las manos. En nombre de Dios, ¿supone lo que ha llevado a Hitler a pensar en Normandía?

Sin esperar una respuesta, Menzies tomó un sorbo de café y luego exploró con la lengua un pequeño bocado.

—Algo tan vil como la cocina que preparó esto —observó.

Mientras lo hacía, su ojo captó la relativamente rara visión de un uniforme del Ejército norteamericano que pasaba por la cantina. El oficial que lo llevaba sonrió tímidamente a Ridley y luego continuó su camino.

—Vaya... —preguntó Menzies—, ¿quién ese nuevo chico en la escuela?

—Un tipo llamado O'Neill, mi segundo norteamericano y oficial de enlace. Acaba de llegar. A propósito, fue él quien trajo a Ismay la información que los norteamericanos interceptaron sobre la conversación de Hitler con el embajador japonés...

—¿Un enlace norteamericano? No sabía que le hubiesen proporcionado uno.

—Idea de la Junta Mixta Anglonorteamericana de Jefes de Estado

Mayor, no mía. Supongo que algo inevitable.

Menzies reflexionó durante un momento.

—Sabe lo que dicen de la relación con los norteamericanos, ¿verdad?

—Me temo que no.

—Pues es algo parecido a tener un lío con un elefante. Es en extremo difícil llegar al objetivo. Puedes verte atrapado en él. Y se necesitan ocho años para palpar los resultados. No hace falta decir —prosiguió Menzies— que cuento con usted para que no le llegue ni una palabra de nuestro papel en cualquier cosa que hagamos juntos.

—Naturalmente...

—Esto me hace recordar la razón de mi visita. ¿Se acuerda de nuestra conversación la otra noche en el club?

—Lo tengo muy presente. Particularmente desde que leí aquel informe diciendo que Hitler se había fijado en lo de Normandía.

—Eso es... Esto pone la más espantosa carga en usted y en su plan de simulación, ¿no es así? Pues bien, tenemos una baza en marcha que puede serle de utilidad. Por desgracia, no veo cómo diablos podrá seguir siendo empleada sólo para lo de *Fortitude*. Deberá usarse en conjunción con algo o alguien más. Tal vez esa mente suya tan fértil en recursos podría prever alguna posibilidad.

—Inténtelo —replicó Ridley—. Estoy dispuesto a todo.

—Debo prevenirle que la forma en que le hemos insertado en su puesto puede no merecer el más cálido reconocimiento por parte del Gobierno de Su Majestad...

—En ese caso —contestó Ridley—, ¿podríamos tal vez discutir mejor el asunto de una manera extraoficial durante el almuerzo en el club?

*París*

Hans Dieter Strömelburg miró a través del texto que el doctor había colocado ante él, lo leyó por tercera vez y luego se lo devolvió a su subordinado.

—Esto debería funcionar —manifestó.

—Me preocupa una cosa —le previno el doctor—. Si Londres se lo traga, ¿cualquier otro agente que manden a aquel bar de Lila, no esperará encontrar al antiguo dueño?

Strömelburg había sustituido a René Laurent, el dueño del café de Lila, por otro de sus propios oficiales franceses de la Gestapo. Laurent, su mujer y sus dos hijos se encontraban camino de los campos de concentración de Alemania.

—¿Por qué? —replicó Strömelburg—. Cualquiera de los que envíen con un mensaje para nuestro radio seguramente no habrá estado nunca antes allí. No notarían la diferencia entre el antiguo dueño y la Virgen María. Y si alguien de los de Michel que no hemos atrapado va por allí, se enterará de que hemos arrestado al antiguo propietario

y a su familia. ¿Y por qué su primo de Rennes no podría dirigir el
bar por él hasta que salga de la cárcel? Su cabra sigue balando —tranquilizó Strömelburg al doctor—. Confiemos únicamente en que la oigan
desde Londres.

## Berlín

Gotas de sudor corrían por los flancos de ébano del semental. Las
riendas del jinete mantenían su cabeza bien erecta mientras sus cascos
batían el tamborileo del *panache*, el galope *in situ* de la *haute école*
de Viena. Aflojando las riendas, el jinete hizo que el animal fuera a
medio galope alrededor de la pista con sólo una sutil presión de sus
rodillas, esta vez en los movimientos también de alta escuela del famoso *passage*. Finalmente, tras recompensar al caballo con una caricia
de su guante de piel de cerdo, lo hizo volver junto al mozo de caba-
llerizas que ya le aguardaba, un cabo de la Wehrmacht.

El jinete saltó grácilmente de su silla y empleó su fusta de montar
para cepillarse la parte interior de los pantalones grises, en cuya parte
externa aparecía la franja de color clarete de oficial del Estado Mayor
General alemán. Lanzó una mirada al cielo matinal. En la distancia,
apenas pudo ver la cuadrícula mortal formada por las estelas de los
«B-17» sobre Berlín, detectando con dificultad el sordo estrépito de las
defensas antiaéreas. A sólo treinta kilómetros de la capital del Tercer
Reich. Zossen era una isla del siglo XIX en el mar de una nación llena
de escombros. Constituía el refugio de tiempo de guerra del más eficiente grupo de soldados profesionales de la tierra, los oficiales del
Estado Mayor General alemán. Aquí, con sus caballos, sus carritos ti-
rados por ponys, sus esposas, vivían los rituales de su casta Junker,
inmunes a los sufrimientos del mundo que habían conquistado y devastado.

El jinete anduvo por la húmeda mañana primaveral hasta un semicírculo de edificios en forma de A conocidos como «Maybach I»; en
esta forma de «A», presumiblemente, una bomba que cayera se desli-
zaría por el tejado y estallaría frente al edificio. Devolvió el saludo
nazi al centinela que guardaba la puerta con un ademán indiferente de
la fusta, y penetró por la puerta de su oficina. Era un hombre alto,
con su rizado cabello negro cortado muy cerca del cráneo, y sus ojos
aparecían rodeados de unas gafas de montura de oro. Un distante as-
cetismo parecía emanar de su ser, hubiera sido más apropiado verle
en calidad de predicador luterano del siglo XVIII, en algún frío puerto
báltico, que en el *feldgrau* de la Wehrmacht.

Esperándole en su escritorio había una taza de café y un par de
«Cobbler Boys», el triangular bollo de trigo integral favorito de los
berlineses antes de la guerra. La panadería del Estado Mayor General
en Zossen era una de las pocas en el área de Berlín que aún podía
producirlos. También le aguardaban los últimos informes de Inteligen-

cia llegados a los cuarteles generales del Estado Mayor General alemán para el coronel barón Alexis von Roenne, comandante de la sección más sensible del Ejército alemán en la Europa Occidental, *Fremde Heere West.* El comandante Von Roenne y su personal de élite de oficiales de Inteligencia eran los responsables de preparar las estimaciones de las fuerzas aliadas y las intenciones sobre las que el Alto Mando de Hitler basaba sus decisiones estratégicas. Él y sus subordinados inmediatos constituían aquella selecta audiencia para la que el plan *Fortitude* de Henry Ridley se había preparado de manera tan cuidadosa.

Von Roenne mordió un bollo y comenzó un atento estudio de los documentos que aparecían en su escritorio. Hoy era lunes, el momento más importante de la semana, el día en que preparaba el resumen semanal de los esfuerzos e intenciones aliados para el Estado Mayor del OKW de Hitler. A través de Zossen —y lo que era más importante, a través del establecimiento militar del Führer—, Von Roenne disfrutaba de la reputación de ser un oficial con «una mente clara y realista». Se había ganado la estimación de Hitler cuando era un simple capitán, en 1939, porque desafiando a los generales y coroneles que estaban por encima de él, le había dicho al Führer lo que el Führer deseaba oír: que el alabado Ejército francés no se movería mientras las legiones de la Wehrmacht desmembraban Polonia. Y no lo hizo. Luego, de nuevo, en 1940, sus asombrosamente exactas evaluaciones de los puntos flacos del Ejército francés habían resultado vitales para planificar la conquista de Francia. Desde entonces, a pesar del desdén con que recibía los informes de Inteligencia en general, y los informes de Inteligencia de la Wehrmacht en particular, Hitler había reservado una audiencia considerable al material que llevaba la firma de Von Roenne.

Von Roenne alzó la vista de los documentos que leía hacia la figura que entraba en su despacho con una gracia indiferente de atleta. Esta mañana, como sucedía muy a menudo, la cara de su subordinado, el teniente coronel Roger Michel, reflejaba la expresión sofocada de un hombre cuyo consumo de alcohol nocturno aún no ha terminado de abrirse camino a través de su sistema.

—¿Con quién ha estado desplegando sus favores anoche? —le preguntó Von Roenne con helada desaprobación—. ¿Con las damas de Berlín o en alguna *Hausfrau* de Zossen?

Michel le brindó la piadosa mirada que los devotos fornicadores reservan para los cornudos o los hombres cuyos horizontes sexuales se hallan confinados a la intimidad con sus esposas.

—Desgraciadamente, ni una cosa ni otra. Demasiado *schnapps.* La RAF me mantuvo despierto la mayor parte de la noche.

—Aprenda a disciplinar su mente y dormirá con mayor facilidad —le reprendió su superior—. ¿Ha estudiado esos informes?

Von Roenne señaló las cinco hojas mecanografiadas de papel tamaño folio extendidas sobre su escritorio. Acababan de llegar a través de un mensajero motorista desde la Tirpitzstrasse de Berlín, el cuartel general de la Abwehr, la Inteligencia militar alemana. Como buen analista de Inteligencia que era, Von Roenne evaluaba, por lo general, los informes de espías que operaban en suelo enemigo con el mayor de los escepticismos. Prefería otras dos fuentes de información: las interceptaciones por radio del tráfico militar aliado y el reconocimiento aéreo. Desgraciadamente, Herman Goering era tan reluctante a arriesgar su menguante fuerza aérea de la Luftwaffe en misiones de reconocimiento, que una de aquellas dos fuentes de inteligencia estaba virtualmente descartada para Von Roenne. Como resultado de ello, se veía obligado a conceder una importancia desproporcionada a los informes de los agentes de la Abwehr que estudiaban los preparativos de la invasión de los aliados.

Se trataba de una situación que ya había anticipado durante el invierno. Al percatarse de la importancia que las escaseces de la Luftwaffe le iban a forzar a atribuir a los informes de los agentes de la Abwehr, había pedido una reunión en febrero con el almirante Wilhelm Canaris, jefe de la Abwehr. Para su sorpresa, Canaris había descrito, de forma abierta y franca, sus operaciones de espionaje en Inglaterra al declarar que el hecho de que la Abwehr tuviese algunos hombres «V» —*Vertrauensmaenner*, el término alemán para los agentes, operando en Inglaterra— constituía «una de las hazañas más notables en la historia del espionaje». Algunos de esos agentes llevaban más de tres años *in situ* suministrando a Berlín un flujo continuo de información militar, la mayor parte de gran importancia, demostrablemente veraz y confirmada por acciones subsiguientes de los aliados. Tres de ellos comunicaban con la Abwehr por transmisores de radio clandestinos ocultos en Londres. Los demás empleaban otros medios diferentes y más lentos, como cartas en las que se usaban los micropuntos de la Abwehr, o correos. Y por encima de todo, Canaris se jactó de que tenía como promedio treinta o cuarenta mensajes a la semana procedentes de sus agentes. Dos de ellos disfrutaban de su especial confianza. Uno era un oficial de la Fuerza Aérea polaca convertido por sus expertos de contraespionaje en París. El polaco había sido atrapado con sesenta y tres colegas franceses que dirigían un círculo de espías aliados en la Francia ocupada. El mensaje de la Abwehr había sido muy simple: o bien se dirigía a Inglaterra al servicio de la Abwehr, o él y sus colegas de la Resistencia irían al cadalso. Había marchado a Inglaterra donde a principios de enero, sus superiores aliados le habían concedido un nuevo y potencialmente más importante destino. Le nombraron oficial de enlace de la Fuerza Aérea polaca con un grupo de Ejército norteamericano que se hallaba en proceso de formación.

El segundo agente, cuyo nombre en clave era Arabel, constituía un caso más clásico. Era español, un conocido fascista, que había estado trabajando para la Abwehr en Inglaterra desde 1940, inicialmente como hombre de negocios y más recientemente al servicio del Gobierno británico. Había organizado de forma muy inteligente su propia red de agentes, con un total de veinticuatro. Como resultado de ello, suministró a su controlador de la Abwehr, en Madrid, lo que Canaris consideraba el más consistente flujo de información disponible para la Abwehr desde cualquier fuente en cualquier otra parte del mundo.

El pequeño almirante había ya desaparecido, víctima de la acerva rivalidad entre su Abwehr y el RSHA de Himmler. Su Abwehr era hoy regida con la ruda y poco imaginativa eficiencia de la SS. De todos modos, pensaba Roenne, mientras su ayudante digería el material que había sobre su escritorio, los canales de la Abwehr continuaban proporcionándole una corriente regular de informes. Una clave que había elaborado con Canaris le indicaba aún los que procedían del polaco y del español. Cuatro de sus cinco informes de esta mañana eran de ellos, dos de cada nacionalidad.

—Parece como si estuviesen comenzando a elaborar sus puertos de invasión —dijo Michel.

—Así es, ¿no cree? —convino Von Roenne—. Estamos captando cierto incremento en la actividad por radio también. Creo que se prepara algo.

Von Roenne sacó un manoseado mapa de Inglaterra y lo colocó sobre el escritorio, al lado de los informes. Detallados en el mapa aparecían la ubicación y descripción de cada unidad de Ejército británica, norteamericana o canadiense que había identificado en Inglaterra. Ningún documento de los que poseía le era más precioso y llevado al día con mayor cuidado. Como un astrólogo tejería sus predicciones a partir de las órbitas planetarias, Von Roenne podía discernir la pauta del próximo asalto a través de la localización y distribución de las fuerzas aliadas en Inglaterra. Su primer mensaje de la Abwehr, procedente del polaco, informaba que el «VII Cuerpo de Ejército norteamericano se halla en el área noroeste de Colchester, con el cuartel general del Cuerpo identificado por una divisa en las hombreras de un "7" blanco sobre un fondo azul». Von Roenne y Michel estudiaron el mapa. «Colchester se encontraba en el trozo de Essex que señalaba hacia Holanda y el mar del Norte, una ubicación natural para el Cuartel General de un Cuerpo que tuviese que embarcar sus Divisiones a través del cercano puerto de Clacton on Sea. Además, los mensajes del español identificaban a la Sexta División Blindada de Estados Unidos que, en sus mapas, Von Roenne había colocado más al Noroeste, en Yorkshire, en realidad en la zona de Ipswich, apenas a 30 kilómetros al noreste de Colchester.

—Tal vez el Sexto Blindado sea una de las Divisiones mandadas por el VII Cuerpo —propuso Michel.

Von Roenne asintió en silencio. Su mente estaba ya en el segundo informe del polaco. Como resultado de su última gira de inspección, había confirmado que la 28.ª División de Infantería de Estados Unidos se había desplazado desde Gales a Folkestone, en los estrechos de Dover, y el Sexto Blindado de Estados Unidos, a Ipswich, una corroboración independiente de la información enviada por el español. Naturalmente, ni uno ni otro espías eran conscientes de la existencia del otro. Con un carboncillo, Von Roenne borró los antiguos Cuarteles Generales del 28.º y del Sexto Blindado y los colocó en su nueva localización en el sudeste de Inglaterra.

Estudió con cuidado su revisado mapa. Durante las últimas tres semanas, los informes de los agentes habían indicado un desplazamiento de las unidades aliadas al sudeste de Inglaterra. Existía un equilibrio casi simétrico entre las unidades aliadas que se había confirmado en el noroeste de Inglaterra, donde de una manera natural, amenazarían Bretaña o Normandía, y el sudeste de Inglaterra, donde amenazarían el Pas de Calais. El Führer, a quien suministraba información, debía confiar en su intuición para formarse su juicio; Von Roenne se apoyaba siempre en la fría lógica militar. Por el momento no había nada en las disposiciones de las tropas aliadas que indicase dónde se asestaría el golpe, a menos, pensó de repente Von Roenne, que la intención de los aliados no fuese dar un golpe sino dos.

Telefoneó a su secretaria que entró en el despacho con el bloc de taquigrafía en la mano. Con rapidez anotó lo que sabía que sería el encabezamiento del informe que su superior estaba a punto de dictar. «*Generalstab des Heeres, Fremde Heere West*; documento de referencia 1837/44; la fecha, 17 de abril de 1944; y el hecho de que sólo debían hacerse trece copias del memorándum Altamente Secreto.»

—«El estado de preparativos de la invasión —comenzó Von Roenne— ha entrado visiblemente en una nueva fase, a causa de una serie de medidas decisivas tomadas, todas a la vez, en el campo militar. Es nuestra estimación —continuó— que existen ahora en Inglaterra sesenta grandes Grupos de Ejército anglonorteamericanos, Divisiones o Brigadas reforzadas.»

Von Roenne miró a su subordinado, que asintió su acuerdo al respecto.

—«Todos los informes —continuó confiadamente, para beneficio del Führer— apuntan a una abrupta aceleración de los preparativos de invasión, con una creciente disposición de las fuerzas aliadas en el sudeste de Inglaterra, frente al estrecho de Dover.»

*Londres*

—¡Lo dicho! Somos afortunados. La mayoría de los americanos que vemos alrededor tienden a ser bajos y de pelo gris. ¿Qué supone eso? ¿Se debe al peso de todas esas estrellas en sus hombreras?

Según notó T. F. O'Neill divertido, las palabras fueron vertidas por la oficial más bonita, WREN, que, supuso, tendría veintipico años. Su pelo de ébano estaba peinado corto, a lo paje, con los rizos hacia atrás, según exigían las reglamentaciones británicas, por encima del cuello de la chaqueta del uniforme. Tenía una boca generosa y sensualmente sugestiva, y una figura flexible que ningún corte opresivo de los sastres militares podía esconder. Pero lo mejor de ella eran sus ojos; formaban una serie de oscuros reflejos, y le observaban con una mirada entre la provocación y cierta clase de alegría irreverente.

—¡Y qué voces tienen!

Apenas había realizado una pausa para respirar.

—¡Hacen retumbar los cristales a cien pasos! Y no es que haya muchos cristales que romper aquí, como ya habrá advertido usted. ¿Baila bien el *jittenbug*? Todos los americanos lo hacen.

—Sí.

T. F. le ofreció su más levemente divertida sonrisa.

—Lo hago cuando me veo impulsado a ello. Pero tengo un oscuro secreto.

—Cuéntemelo —le ordenó ella—. Me encanta escuchar secretos. Aunque, como estoy segura de que comprenderá, no es una actividad que pueda hacerse en este cuarto.

—Prefiero a Guy Lombardo.

—¡Estupendo! ¡Sorprendente! Y parece también un tipo muy agradable.

T. F. había estado considerando el apoyarse en el borde del escritorio de ella, pero lo pensó mejor. El candor conversacional de los británicos, según le habían prevenido, no debía tomarse erróneamente como una invitación a la informalidad. En vez de ello, introdujo la mano en un bolsillo de su chaqueta en busca de los «Camel» y le ofreció uno.

—Tal vez —propuso, encendiéndole el cigarrillo— pueda darme algunas pistas acerca de quién es quién y cómo van las cosas por aquí.

—Naturalmente —replicó la chica—. La primera cosa que tiene que hacer es firmar en el libro negro, y le prevengo que, prácticamente, le fusilarán si cuenta una sola palabra durante el resto de su vida acerca de lo que hacemos.

—Ya lo hice ayer —observó T. F.—. Un ritual intimidatorio, ¿verdad?

—Espantoso —convino ella—, y ahora empezarán a mostrarle los secretos más terribles que tienen en su regazo. Bien —comenzó señalando a un oficial de mediana edad con el uniforme azul de la RAF—. Es Dennis, nuestro autor. Es el libertino de la casa. No hay nada que desconozca en comida y vinos. El caballero que se está sirviendo una taza de té es Ronnie Wingate, nuestro número dos. Es el hombre más maravilloso. El encanto sería su camino al harén del sultán, si tuviese que hacerlo. Detrás de él, el tipo que estudia unos informe es Reginald Grinsted. Era banquero en su encarnación anterior. Si le invita a ir al campo para un fin de semana, lo cual seguramente hará, por el amor de Dios, no vaya. Se pasaría todo el fin de semana desherbando su jardín y tratando de mantenerle apartado de la cama de su hija, que se parece auténticamente a un caballo. Creo que en gran parte, se debe a que pasa muchísimo tiempo con esas sanguinarias bestias. Mi colega que está al lado de la máquina de escribir —y señaló hacia la otra chica de la estancia— es Lady Jane Pleydell Bouverie. Es la ayudante de Sir Henry. Una superchica, pero debo prevenirle que es más bien parcial respecto de la Brigada de la Guardia. Y me parece que eso es todo.

—No, se ha olvidado de alguien.

—¿De veras?

Se produjo una rápida reacción, una indicación de que, a pesar de su presunta falta de ingenuidad, aquella joven dama estaba acostumbrada a que no hubiera errores o preguntas.

—Usted misma.

—Ah, yo. Pues estoy en la sección de los esclavos, me temo... Hacerlo todo, pero la colada fuera. Me llamo Deirdre Sebright. Les oirá referirse a mí como Lady Deirdre, pero no debe permitir que esto le afecte. Papá, simplemente, tiene el buen sentido de heredar una dignidad de Par.

—Títulos —observó T. F.—. Eso parece muy propio de este territorio.

—Naturalmente —respondió Deirdre—. En este país, sólo las órdenes superiores pueden considerarse vasijas para los secretos de Estado.

T. F. le brindó su más inocente y muchachil sonrisa, que había encontrado muy efectiva en el circuito de cócteles de Georgetown.

—Dígame, ¿comparte usted la parcialidad de su amiga hacia la Brigada de la Guardia?

—Dios santo, no.

T. F. saboreó la risa que acompañó a la frase. Era de una ronca contralto, con sus notas acentuadas sólo por un toque de burla.

—Mis gustos son considerablemente más católicos que eso.

—Caballeros.

T. F. se volvió hacia aquella voz. El coronel Ridley acababa de entrar en la estancia, andando por ella levemente, con los hombros caídos y arrastrando los pies, como un irlandés inclinado ante una galerna del West Country o, más probablemente, se dijo T. F., un hombre al que hacían encorvarse las preocupaciones que llevaba a cuestas.

—Oraciones matinales —anunció el coronel continuando su marcha a través de la estancia hasta las puertas de su despacho privado.

Los miembros de su Sección de Control de Londres se desparramaron detrás de él, fumando y aferrados a tazas de humeante té. Aquello de la limpieza que le habían prevenido que debía esperar en una organización británica no era evidente aquí, se mofó T. F.

La estancia se hallaba impregnada con el levemente acre olor de tabaco inglés y las siempre presentes trazas de centenares de tazas de té que debían de haberse consumido entre sus paredes. Wingate, el número dos, observó la ausencia de una taza delante de T. F.

—¿Una taza de té, comandante? —le ofreció—. ¿O prefiere café? Ustedes los yanquis todos toman café, según me han contado.

—No, gracias. No soy realmente parcial ni con una cosa ni con la otra.

—Ya sabe, comandante O'Neill —esta vez el que hablaba era Ridley—, que Iván *el Terrible* tenía una pintoresca tradición militar. Clavaba los pies del mensajero que le traía malas noticias con una espada en el suelo. Sobre esta base, me parece que tengo el derecho de clavarle ambos pies en la alfombra.

La sonrisa que acompañó sus palabras resultó tímida y fugaz; casi deferente, aunque al observarle se le ocurrió a T. F. que no podía apostar a que ninguno de aquellos rasgos desempeñase un papel muy importante en el carácter del inglés. Rápidamente, Ridley resumió para la conferencia la conversación de Hitler con sus generales, tal y como se contenía en la interceptación del mensaje de Oshima, y las escalofriantes noticias de que su legendaria intuición le había hecho fijarse en Normandía. Sus palabras produjeron un palpable sentimiento de pesimismo en torno de la estancia.

—Como puede ver, comandante —dijo dirigiéndose a T. F.—, este asunto del engaño que estamos convocados a practicar puede sonar más bien vago y nebuloso para usted.

Ridley dio una profunda chupada a su «Players».

—En realidad, lo es conforme a algunas justas y precisas leyes con las que hemos actuado a través de los años. Una de ellas es que aunque sea del todo posible dar codazos a un enemigo a lo largo de una línea de acción que ya está predispuesto a seguir, es enormemente difícil obligarle a realizar un giro repentino y que vaya contra el cogollo de su intuición. Si Hitler realmente se ha agarrado a lo de Normandía, en uno de esos destellos de su genio intuitivo, nos vamos a encontrar con el más espantoso de los problemas. En cualquier caso —asintió hacia su ayudante WREN, que estaba abriendo una caja de despachos de cuero rojo para extraer unos expedientes manila—, ello convierte a éste en un momento particularmente apropiado para revisar todo lo que tenemos entre manos.

La joven dama colocó un expediente delante de cada uno de ellos.

T. F. echó un vistazo al suyo. Aparecía en él en grandes letras mayúsculas la palabra GUARDIA DE CORPS y bajo la misma la frase «JEFES DEL ESTADO MAYOR MIXTO 459, 7 de enero de 1944». Debajo, con la apropiada tinta roja, se encontraba la siguiente advertencia: «La circulación de este documento se halla estrictamente limitada y ha sido realizado para el uso personal del comandante T. F. O'Neill, EE.UU. COPIA ALTAMENTE SECRETA; núm. 32.» Estampado en la cubierta en grandes letras de color púrpura se hallaba la palabra en clave BIGOT, que abarcaba todo el material secreto relativo a la inminente invasión.

—La palabra en clave que aparece en las tapas de su expediente —explicó Ridley— procede de algo que el Primer Ministro dijo a Stalin en Teherán: «En la guerra, la verdad es algo tan importante que debe siempre ir acompañada de una guardia de corps de mentiras.» Esencialmente, esta carpeta contiene un compendio de las mentiras que hemos preparado en beneficio de nuestros amigos alemanes.

Ridley extrajo un «Players» de la cajetilla que se encontraba delante de él y lo encendió con el cigarrillo que ya estaba fumando.

—Básicamente —continuó—, el plan se descompone en dos partes. La primera ha estado en acción hasta el otoño pasado. Su idea radicaba en compeler a Hitler a desparramar sus fuerzas a lo largo de las fronteras de su Imperio e impedirle que concentrase demasiadas de sus Divisiones en Francia. Con los desembarcos a sólo seis semanas vista, esta parte de nuestro plan ya se ha agotado. Estamos entrando ahora en la fase segunda y la más crítica de nuestro plan, al que hemos dado un apodo con la apropiada insinuación muscular del cristianismo: *Fortitude.*

El coronel sonrió ante su pequeño chiste. Colocó las palmas de la mano sobre la mesa que tenía enfrente y se inclinó hacia atrás, con los ojos semicerrados y el humo de su «Players» formando volutas delante de su rostro. T. F. pensó que se trataba de un hombre particularmente consciente de que otras personas le observaban.

—Dejaré que Ronnie les proporcione las líneas maestras de nuestro plan. Pero antes, no obstante, me gustaría enunciar, si me es posible, los principios sóbre los que la propia experiencia nos ha enseñado a actuar.

El coronel se apresuró a quitarse de la boca el cigarrillo cuya ceniza estaba a punto de caer.

—Un oficial de engaño, o un estado mayor de engaño, como es el nuestro, debe tener en primer lugar y principalmente la habilidad de crear, de sacar algo de la nada, de concebir una noción original, revestirla luego de realidades hasta que, llegado el momento, empiece a vivir como un hecho auténtico. Lo que conlleva todo esto es la creación de una deliberada representación errónea de la realidad para conseguir una ventaja competitiva sobre nuestro enemigo.

Ridley volvió a coger el cigarrillo, lo apretó con fuerza entre sus dedos pulgar e índice y se lo llevó a los labios, enfocando sus semicerrados ojos sobre T. F.

—Se muestra usted escéptico, ¿verdad? Los norteamericanos siempre lo son respecto de estas operaciones.

«¿Cómo se lo ha imaginado ese bastardo? —se preguntó T. F.—. ¿Soy en realidad un jugador de póquer tan malo que cualquiera puede leerme las cartas en mis ojos?»

Musitó una ritual —y sentida a medias— protesta ante la acusación de Ridley.

—Tomemos El Alamein —continuó Ridley—. El oficial de engaños de Monty comenzó con una idea, una creación: «El ataque se producirá contra el flanco derecho de Rommel.» Tras haber concebido esta noción, la envolvió en realidades: tanques falsos, tropas, artillería, depósitos de suministros. Le dio vida propia y se lo pasó a los alemanes a través de miles de falsos mensajes por radio, puntos kilométricos de carreteras, falsas huellas de tanques, oleoductos. Todo un castillo de naipes, naturalmente, pero ganó en El Alamein para nosotros.

El rostro de Ridley tomó la expresión de un hombre que acaba de descubrir, al dar un mordisco al helado, una caries en un molar superior.

—El engaño de estrategia militar... Realmente aborrezco la palabra «engaño». Siempre que la oigo, todo lo que puedo pensar es en alguna ama de casa de Hampstead Heath que acude a una cita en un apartamento de Pimlico en una lluviosa tarde de jueves. Los franceses le llaman a esto «intoxicación». Realmente, se trata de algo más próximo a la realidad. Los alemanes, por sabe Dios qué razones de esa imaginación tan podrida que tienen, lo llaman «florecimiento». En cualquier caso, el engaño...

Su breve monólogo, según le parecía a T. F., se había reconciliado con lo inadecuado de la palabra.

—Como decía, el engaño y la mentira son conceptos que muchas personas emplean indistintamente. Se equivocan. El mentir se halla fundamentalmente implicado con las acciones del que dice la mentira. El engaño, la clase de engaño militar de la que estamos hablando, tiene unos fines más amplios. Fundamentalmente, nuestra preocupación se halla relacionada con las reacciones de las personas que son objeto de nuestro engaño. Un mentiroso es siempre un mentiroso, se crea en él o no. Sin embargo, un engañador no es un engañador a menos que el auditorio ante el que actúa crea que miente y lo que es mucho más importante, reaccione físicamente ante ellos. El engaño de El Alamein hubiera carecido de valor si Rommel no hubiese seguido adelante y deshecho su flanco izquierdo para reforzar su flanco derecho.

Si T. F. se había hecho cargo de esto o no, Ridley no lo sabía. En cualquier caso, razonó, tendría que convivir con este nuevo norteamericano, por lo que sería mejor hacer el esfuerzo para educarle.

—El engaño estratégico se divide en dos categorías básicas. La más simple de las dos es a la que me gusta denominar «engaño ambiguo». La idea consiste en asaltar a tu enemigo con una ventisca de información errónea, multiplicando las opciones que debe considerar. Al final, la acción de tu engaño le fuerza en realidad a la inacción. Paralizas su habilidad para moverse de una forma decisiva ante la desconcertante disposición de opiniones con las que tu engaño le ha enfrentado.

»La segunda es más sutil. Me gusta llamarla engaño desviador. La idea en este caso es proporcionar a tu enemigo el echarle una mano al reducir la ambigüedad con la que se enfrenta. En vez de dividirlo con un amplio abanico de información errónea, intentas de forma muy sutil construir para él una alternativa agradable. Impulsarle de forma amable a encauzar un curso de acción preciso. Excepto, naturalmente, que es la acción equivocada. Que se muestre decisivo, pero también equivocado a fondo.

»Eventualmente, el tiempo deshace todo el engaño en guerra. Exactamente como cabe suponer que ocurre en el dormitorio. El truco para nosotros consiste en estar seguros de que nuestras mentiras, nuestros engaños, sean aceptados durante el tiempo suficiente como para conseguir el resultado que buscamos.

Ridley alargó la mano hacia otro cigarrillo. Mientras lo hacía, T. F. quedó asombrado ante el montón de colillas que llenaban su cenicero. El inglés, a su vez, le asestó una mirada levemente burlona, una que parecía preguntar si esta diversión valía el esfuerzo que estaba llevando a cabo.

—Tiendo a pensar que nosotros, como engañadores, somos unos autores de teatro, unos dramaturgos. Porque un buen engaño siempre comienza, como una obra o una película, con un libreto o guión plausible. Esencialmente, el reparto está formado por todas las fuentes de Inteligencia del enemigo que podemos de algún modo manipular o infiltrar, a fin de deslizar trozos y piezas de nuestro guión a su maquinaria de Inteligencia. Naturalmente, nuestro objetivo es no influir a una audiencia en masa, sino penetrar directamente en un selecto círculo interior, los oficiales de alta graduación del Estado Mayor General alemán del servicio de espionaje. Tratamos de dirigir a ese selecto auditorio el mensaje de nuestro pequeño guión, con sus auténticos orígenes cuidadosamente ocultos para ellos, con el relato llegándoles en segmentos no relacionados de una variedad de direcciones tan amplia como ello sea posible.

T. F. se percató de que Ridley se aproximaba al final de su discurso.

—Nuestro objetivo último es alcanzar la misma mente de Hitler, conducirlo a que cometa un error. No sólo un error cualquiera, sino el error preciso que le llevará a caer en la trampa que hemos montado para él.

El inglés se retrepó hacia atrás y se frotó los ojos en señal de fatiga y resignación.

—El engaño, como cualquier otra forma de operación militar, implica bajas. Pero permítanme prevenirles que las bajas que seguirán al cebo intencional del enemigo son las menos populares de toda guerra.

»Una última palabra —dijo mientras chupaba otro cigarrillo—. Al poner en obra nuestro libreto, existe sólo una prueba que podemos aplicar a nuestros planes, por extraños, espantosos o pérfidos que puedan ser. Deben funcionar.

Había acabado. Su discurso les había impresionado, pero el oírlo había llevado a T. F. a un recuerdo instantáneo de sus instrucciones finales en el Pentágono y a las palabras del memorándum del general Strong, que había grabado en su memoria. T. F. cogió un «Camel», lo encendió y lentamente movió el fósforo, un ademán deliberadamente retardado para darle unos segundos de reflexión.

—Al evaluar sus proyectos, coronel, ¿existe algún nivel moral que se aplique a los mismos? ¿Alguna estructura ética de referencia en la que trate de adecuarlos para diferenciar nuestras pautas de conducta de las del enemigo?

Al escucharse, T. F. pensó en lo profundamente mojigatas y pretenciosas que sus palabras debían sonar a unas personas que estaban combatiendo por su existencia desde 1940, cuando él y sus amigos bailaban en el «Stork Club» o se precipitaban al «Yale Bowl» con abrigos de mapache. El rostro de Ridley quedó indiferentemente vidrioso, la expresión de un hombre que ya ha oído esas preguntas demasiado a menudo y que realmente no está dispuesto a pasar por los movimientos necesarios para responderlas una vez más.

—La moralidad y la ética, mi querido comandante, son dos palabras que no existen en el léxico de la guerra.

T. F. jugueteó con su cigarrillo, preguntándose qué hubieran esperado de él en Washington que dijera. Los norteamericanos siempre habían merecido una reputación en Londres por irrumpir, primero con botas de combate, en áreas de la estrategia militar de las que no conocían absolutamente nada, lo cual debía admitir que era ciertamente su caso en este mundo arcano al que le habían asignado. Pensó que debía dejar claro que había oído la cosa y que la había dejado pasar.

—Tal vez —comenzó, ofreciendo a su auditorio lo que confiaba que sería una sonrisa apropiadamente desarmadora— eso depende del léxico que se use.

Durante un segundo se preguntó si Ridley no iría a alargar la mano, apoderarse de su carpeta manila de Alto Secreto y meterla de nuevo, sin leerla, en su caja de los despachos. En vez de ello, el inglés le dedicó una sonrisa de un calor infinito.

—Por completo —replicó—. Ronnie, ¿por qué no sigue adelante?

Wingate cogió su carpeta manila.

—Esencialmente, la historia, el guión de *Fortitude* que deseamos suministrar a los alemanes es el siguiente: nuestro asalto al continente de Europa adoptará la forma de dos ataques principales al otro lado del canal. El primero, y el menos importante de ellos, tendrá lugar en Normandía. Su objetivo será el atraer a Normandía a las reservas alemanas en el Pas de Calais y Bélgica. Una vez esas reservas hayan quedado comprometidas, entonces nuestro segundo y sustancial asalto tendrá lugar contra las defensas alemanas debilitadas en el Pas de Calais.

»La historia tiene la ventaja, si se me permite decirlo así, de ser estratégicamente un plan muy consistente, a no ser por un hecho notorio. En este momento, tenemos un total de treinta y tres Divisiones aliadas en esta isla. Para el día D poseeremos exactamente cuatro más: Divisiones apenas suficientes para llevar a cabo un desembarco con éxito, por no decir nada de dos. En realidad, Hitler no es tonto. El Pas de Calais es la zona más fuertemente fortificada de la costa del canal. Y no tomará en serio una amenaza contra esas defensas a menos que se le haga evidente que poseemos las tropas que necesitaríamos para asaltarlas.

Una sonrisa iluminó lentamente el rostro de Wingate.

—En ese caso, preguntarán, ¿dónde conseguiremos las tropas que necesitamos para llegar a tierra en el Pas de Calais? Como siempre, la necesidad es la madre del ingenio. Las crearemos.

Wingate hurgó a través de las hojas de su expediente manila.

—Si miran la página dieciséis encontrarán un mapa base de Goode del sudeste de Inglaterra, y que lleva fecha de 15 de mayo de 1944. Revela cuál será la disposición aquel día, de aquí a un mes, de las unidades que comprenden una espléndida fuerza combatiente, el Primer Grupo del Ejército de Estados Unidos, o FUSAG. Su comandante es el general Patton. Los alemanes creen que es el mejor comandante en un campo de batalla de que disponemos. Se hallan del todo convencidos de que estaríamos locos si emprendiésemos cualquier acción importante en Europa sin Patton a la cabeza. Como verán, el FUSAG está compuesto de dos Ejércitos: el Primero canadiense y el Segundo estadounidense. Veinticinco Divisiones entre ambos, cinco de ellas blindadas. El FUSAG constituye algo imponente. La lástima es que no es más que un poco de humo.

»Como observarán por su localización en nuestro mapa —Wingate agitó el mapa de su expediente como lo haría un ansioso maestro de escuela, para el caso de que alguien del grupo de alrededor de la mesa no prestase atención—, se encuentran en el estuario del Támesis y en East Anglia, detrás de Dover y Ramsgate. Eso sólo les da un lugar lógico adonde ir: el Pas de Calais. Dado que nuestras auténticas Divisiones se están empezando a desplazar hacia el sudeste de Inglaterra para alcanzar sus puertos de embarque, hemos comenzado a mover esas Divisiones imaginarias hacia sus zonas de agrupamiento. Esto, si se me permite emplear la jerga teatral del coronel, ocurrirá cuando el telón se alce en el primer acto de nuestro drama. Al igual que los primeros actos, debe establecer las bases esenciales sobre las que se construirá la obra. Si el primer acto no funciona, el resto de la obra tampoco lo hará.

»Lo que debemos hacer es corporeizar con carne y sangre ese ejército fantasma. Debemos convertir a ese millón de hombres en personas vivas y que alienten, con apetitos, armas, problemas, esposas, madres. Debemos hacer que surjan a la vida donde importa más, no aquí, en Inglaterra, sino en Berlín, en las mentes del Estado Mayor General alemán.

«Nunca —pensó T. F.— he oído algo tan completamente loco. Mirad esas personas —se dijo a sí mismo—: un abogado, un novelista populachero, un tipo que hace muebles en algún lugar de Birmingham, un par de posdebutantas con títulos, sentadas aquí en este agujero del sótano, diciéndose a sí mismos que van a embestir a Hitler con un millón de falsos soldados, y ganar así la guerra. El general de Brigada del Pentágono tenía razón. Unos chiflados.»

Wingate prosiguió con suavidad.

—La habilidad de Hitler para conseguir información de este país se limita, en última instancia, a tres canales: reconocimientos aéreos, escuchas de nuestras comunicaciones inalámbricas y espionaje. La idea es filtrar unas piezas variadas a los alemanes a través de los tres canales, para que, al unir los tres, descubran que el FUSAG se encuentra en toda su potencia y gloria. Naturalmente, esto no es una cosa sencilla. Deseamos que los alemanes se sientan justamente orgullosos, cuando lo descubran, de lo inteligentes que son.

—¿Me permite, por favor?

Wingate se había vuelto hacia la ayudante WREN de Ridley y sacó un grueso expediente de su caja roja de los despachos.

—Este anexo a *Fortitude* contiene lo que sería, en realidad, un completo movimiento para la concentración de nuestros imaginarios dos ejércitos y poner en pie nuestro también imaginario FUSAG.

—¿Lo han elaborado en esta habitación? —preguntó T. F.

—Naturalmente que no. Hemos reunido un grupo de Estado Mayor para que lo elaboraran para nosotros.

—Un momento, coronel —prosiguió T. F.—, ¿está usted diciéndome que ha empleado a un auténtico grupo de Estado Mayor del Ejército, que los ha reunido durante sabe Dios cuánto tiempo para...

T. F. se forzó a sí mismo para concederse un respiro antes de exhibir su sarcasmo.

—¿Ha hecho todo esto para que elaboraran un montón de mentiras?

El pulgar de Wingate hojeó con rapidez el grueso expediente, como si fuera un jugador que barajase antes de servir.

—No son por completo mentiras. Todo es real. Todo lo de aquí. Desde los movimientos del último rollo de papel higiénico a las cajas de condones para que nuestros soldados no contraigan enfermedades venéreas en los auténticos burdeles que existen por allí.

—Comprenderá, comandante —fue Ridley el que de nuevo tomó la palabra—, que no estamos jugando a un juego. Un solo error y estamos perdidos. Emitiremos por lo menos un millón de falsos mensajes inalámbricos en las próximas seis semanas, montones de ellos en lenguaje corriente y moliente.

—¡Un millón!

T. F. no acababa de creer lo que escuchaba.

—Añadamos o quitemos algunos miles... Deben ser auténticos. En secuencia, lógicos, reales. Los elementos previstos han de seguir un orden, un Batallón antes de una División. Con el correspondiente lapso. Algunas cosas resultarán erróneas, como siempre ocurre. Los pontoneros tendrán que gritar a los artilleros que no les estropeen sus pontones. Todo ha de ocurrir exactamente como sucedería en la realidad. Los alemanes saben cómo trabajamos. Una nota en falso les sonaría tan mal a ellos como a nosotros. Y deben captar mensajes reales entre nuestras unidades hasta sus puntos de concentración en el Sudeste, como una comprobación de la autenticidad de nuestros falsos mensajes.

»Este plan general servirá como proyecto para nuestra falsa información. A partir del mismo, debemos calcular el lugar exacto, el día preciso, la hora auténtica, el minuto real de cada pieza de equivocación falsa que deslicemos a los alemanes. El plan nos dice que el parte de avance de nuestro imaginario 167.º Regimiento pasará por Sturry para comenzar a establecer una zona de reunión en Herne Bay, a las 07.25 del 2 de mayo. Tenemos allí un subagente imaginario. Se percatará de lo del convoy. No desde el *pub*, porque el *pub* no estará abierto entonces, sino tal vez en un trayecto en bicicleta a la ciudad para ir de compras. Aquella tarde la comunicación inalámbrica de la comitiva emitirá tres o cuatro breves mensajes que nuestros amigos alemanes recogerán. Luego habrá más. Y otro avistamiento por parte de nuestro agente. En el *pub* habrá americanos desconocidos. No hablarán con nadie. Luego la Luftwaffe acudirá a echar un vistazo y tendremos algo dispuesto para que lo fotografíen. Todo tiene que poder reunirse, cumplir un horario con exquisita precisión, si el asunto ha de funcionar.

«Un ejército de fantasmas —pensó T. F.—, un millón de soldados imaginarios yendo de acá para allá a través de Inglaterra. ¿Y se supone que el éxito de la invasión debe fundarse en esto? Me han nombrado para que trabaje en un manicomio.»

—Tomemos el problema del reconocimiento aéreo. ¿Está usted familiarizado con East Anglia?

—No —replicó T. F.—, me temo que no...

—Pues bien, las carreteras que llevan a los puertos son demasiado estrechas para permitir el paso de los blindados. Los alemanes lo saben.

—Comprendo.

—Por lo tanto, estamos ampliando las carreteras. Por la noche, como es natural, haciéndolo así para impedir la detección aérea.

—Perdone un momento. Está diciendo que realizará la ampliación física de toda una red de carreteras, Dios sabe a qué coste en tiempo y en recursos... ¿Y todo esto para poder formar parte de una falsificación?

—Sólo unos ciento cincuenta kilómetros para ser exactos. Me temo que crearemos miles de problemas a la población local. Ahora bien, los alemanes saben muy bien que si ampliásemos las carreteras tendríamos que enmascarar el hecho para impedirles averiguar lo que estamos haciendo.

—¿Y por lo tanto camuflarán esas carreteras que nunca usarán?

—Exactamente. Y muy bien. Excepto que un oficial de Inteligencia muy astuto será apenas capaz, casi por los pelos, de poder leer las señales de enmascaramiento de una fotografía aérea tomada con una de sus «Leicas» a siete mil metros de altura.

Si había el menor indicio de autosatisfacción en el anuncio de Ridley, T. F. no respondió al mismo. En lugar de ello, valoró al anciano por primera vez con una sensación de admiración. «Si están dispuestos a tomar semejantes medidas para engañar a los alemanes..., ¿quién sabe? Este loco plan puede conseguir algo...»

—Esto nos lleva al aspecto más secreto de *Fortitude* —continuó Ridley—. Desde fines de 1942, nuestro servicio de contraespionaje, el MI5, que es comparable, según puedo afirmarle, a su FBI, posee la razonable certidumbre de que todos los agentes alemanes de Inteligencia que operan en este país, lo hacen en realidad bajo nuestro control.

—En realidad —declaró T. F.—, eso no es ciertamente algo de lo que el FBI pueda jactarse, por lo que, ¿cómo está tan seguro al ciento por ciento de ello?

—Uno nunca puede estar seguro al cien por cien de nada, comandante, excepto de la eventual defunción propia. Certidumbre razonable es el término que he empleado. Hemos capturado a más de cincuenta de ellos. Algunos, los tipos más desagradables, han sido condenados a la Torre o a la horca. El MI5 ha conseguido persuadir a cierto número de los demás hacia la prudencia de trabajar bajo nuestro control. Tenemos sus claves. Hemos leído el tráfico inalámbrico con «Ultra» y hace ya dos años que hemos localizado en el mismo una referencia a un agente en este país al que no controlamos. También sabemos que no existe tráfico inalámbrico del que no estemos enterados.

—En otras palabras, ¿durante los dos últimos años ustedes, los británicos, han estado dirigiendo toda la red de espías alemanes que funciona en este país?

Esta pregunta de T. F. era en realidad una muestra de la admiración respecto del escepticismo profundamente arraigado que había sentido hacia este inglés y sus planes hacía sólo unos momentos.

—Así es como han ido las cosas. Y hemos hecho un buen trabajo al respecto. Mejor aún, según creo a veces, que el que hubiesen realizado por sí mismos.

—¿Qué hacen ustedes cuando Berlín pide a uno de sus espías dónde está tal o cuál escuadrilla de la RAF, o cuántos aviones fabrican en alguna factoría al norte de Manchester?

—Se lo decimos.

—¿Sus secretos militares?

—Naturalmente. Si nuestro agente envía a su controlador de la Abwehr, en Hamburgo, un refrito del *Times* del día anterior, no pensarán que es un buen tipo, ¿verdad? Debe comprender que nuestro objetivo ha sido montar cierto número de esos agentes a los ojos de los alemanes. Si vamos a usarlos para manipular el espionaje alemán con nuestras mentiras, primero tenemos que convencerles de su fiabilidad con nuestras verdades, ¿no le parece?

T. F. sonrió ante su superior inglés. Estaba pensando en J. Edgar Hoover. ¿Cómo cabía imaginarle a él y a su FBI llevando a cabo algo tan sutil como esto? Era algo tan fácil de decir, como conseguir que un niño de tercer curso de EGB leyese y comprendiese el *Finnegan's Wake.*

—Hemos trabajado sobre una fórmula puramente empírica. El ochenta por ciento de lo que les pasamos debe ser verdad. Y parte de ello debe ser realmente jugoso. Nuestro cálculo ha sido que una vez un controlador de la Abwehr haya sido capaz de confirmar la certeza de la mayor parte de nuestro ochenta por ciento, quedará ya atrapado. Y al llegar este momento, de una forma muy hábil se les deslizará unas pocas mentiras esenciales que inclinarán su decisión para que todo el proceso vaya en la dirección que deseamos.

«No es de extrañar que a los irlandeses les costase tanto tiempo desembarazarse de esta gente —pensó T. F.—. Seguramente el que escribía los discursos a De Valera sería un agente británico...»

—Volviendo a *Fortitude* —continuó Ridley—, no es suficiente crear nuestro Primer Grupo de Ejército de Estados Unidos para convencer a Hitler. Una vez su existencia haya quedado fijada firmemente en la mente del alemán y anclada en su orden de batalla, debemos convencerles de que les atacaremos en el Pas de Calais muy poco después de que hayamos desembarcado en Normandía. Se trata del segundo acto de nuestro libreto, y es aquí donde esperamos ser capaces de emplear a tres de esos agentes que hemos estado formando tan pacientemente durante los dos últimos años, para convertirlos en nuestros actores principales.

El pulgar y el índice de Ridley se acercaron a sus narices, en un gesto nervioso que T. F. ya había observado varias veces antes.

—Digo que confiamos porque recientemente hemos recibido algunas noticias que pueden echar por tierra por completo nuestro plan *Fortitude.* Himmler y el SD se han hecho cargo de todas las operaciones en el extranjero de la Abwehr. Los tres agentes que hemos preparado para que intervengan en nuestra historia son agentes de la Abwehr.

Esta revelación, que los que estaban en torno de la mesa escuchaban por primera vez, produjo el segundo acceso de pesimismo de la mañana.

—Himmler y esa gente del SD son todos unos paranoicos. Se muestran tan suspicaces respecto de los agentes del Abwehr que ahora se encuentran a su cargo, que no quieren confiar en ninguno de ellos.

Aquello lo había dicho Dennis Wheatly, el autor.

—No aceptarán nada de lo que les envíen.

—Tal vez —convino Ridley—, pero no hemos visto ninguna indicación en el tráfico «Ultra» hasta ahora. De momento, nadie en Berlín pone en tela de juicio a ninguno de ellos.

—No estoy seguro de que los perdamos.

La voz pertenecía a un nuevo interlocutor, un hombre al que T. F. aún no conocía. Se llamaba Arthur Shaunegessy. Era criador de caballos de carreras, y había sido agente doble dentro del IRA en su juventud.

—Una vez un maestro de espías ha llegado a una opinión acerca de la fiabilidad de un agente, es preciso un auténtico terremoto para hacerle perder sus convicciones. Los maestros de espías son un poco como los Papas de Roma. Ambos poseen una exagerada creencia en su propia infalibilidad.

Brindó a T. F. una austera sonrisa.

—Esto no es ninguna irreverencia, comandante. Una cosa está clara —continuó—. Debemos tener más caballos para continuar la carrera. Sugiero que todos miren la página veintitrés.

Se produjo el sonido de pasar hojas, mientras una docena de pares de manos hurgaban a través de los pliegos de «Guardia de Corps».

—Lean el párrafo diecisiete: Fuerzas patriotas.

El mismo Shaunegessy lo hizo, por si alguien había perdido el punto:

—«Las operaciones de engaño tendrán los apoyos siguientes: *A*) El incremento de un sabotaje general en y alrededor del Pas de Calais y las zonas belgas; *B*) El envío al Pas de Calais y a las zonas belgas de organizadores instruidos específicamente respecto de que los aliados están a punto de desembarcar en la costa del Pas de Calais, y con órdenes de emplear los grupos locales de la Resistencia para llevar a cabo varios tipos de acción en apoyo del asalto.» Ésa es nuestra respuesta —prosiguió—. Convocaremos a todos los de la Resistencia cuarenta y ocho horas después de que hayamos desembarcado en Normandía. Para que provoquen allí un infierno sangriento y consigan que Hitler mantenga los ojos fijos en los lugares que les corresponden.

Una vez más un timbre de alarma sonó en la cabeza de T. F. ¿No era aquello lo que el memorándum de Strong había dicho respecto de abusar de la vulnerabilidad de las poblaciones en los territorios ocupados por el enemigo?

—Eso es una manera cínica de poner en peligro muchas vidas de franceses —afirmó.

—¿Y qué? —respondió con fuerza Shaunegessy—. Es su maldito país el que vamos a liberar, ¿no es así? ¿No deberían algunos de ellos ser sacrificados para esto? Puede creerme: también estará sacrificando a muchos de los hijos de sus granjeros de Kansas cuando se produzca la primera oleada.

—Una de las razones por las que estamos en esta condenada guerra —contraatacó T. F., mientras comenzaba a aflorar su temperamento irlandés— es porque se supone que defendemos algo. Y sacrificar a la gente así no forma parte de estas razones. Además, pretendemos seguir siendo amigos de los franceses después de la guerra, ¿verdad?

—Dios santo —replicó Shaunegessy alzando los ojos, frustrado ante la idea de responder a un pensamiento tan ingenuo—. Ya estaremos al tanto de que esa matanza no se averigüe nunca. Si no empleamos cualquier estratagema, no podremos conseguir lo que tenemos entre manos, aparte de que es un punto muy discutible, comandante. Pero no ganaremos esta maldita guerra.

—Caballeros —Ridley golpeó la mesa con la palma de la mano para llamar la atención—. La idea es sólo un punto de partida. Los jefes anglonorteamericanos deberían aprobar cualquier llamamiento a la sublevación de la Resistencia, y no lo harán. Ya lo hemos discutido. Es algo demasiado obvio. Hitler tampoco caería nunca en algo así.

Aspiró su cigarrillo con una de aquellas frenéticas chupadas suyas.

—Pero convengo en que necesitamos más gente en liza. Lo que precisamos es una fuente asentada más sólidamente y que se revele en el último minuto, cuando todas las demás ya hayan sido suministradas. La fuente más sutil e iluminadora que de repente permita que las demás piezas del rompecabezas queden en su sitio.

—Muy bien —preguntó Shaunegessy casi airadamente—, ¿dónde se propone encontrar este nuevo y original vehículo de engaño? Lo hemos empleado todo, incluso un cadáver. ¿Qué nos falta todavía?

—Sí —replicó Ridley.

El dedo se alzó instintivamente hacia su nariz.

—Ésta es la auténtica pregunta... ¿Qué nos falta aún?

## Calais

Ningún amante que se acercase a una cita hubiera sido nunca mejor recibido. Catherine tuvo que reprimir simultáneamente un suspiro de alivio y una risa sofocada. Tal vez el hombre que se acercaba a la esquina de la calle del «Café des Trois Suisses», con una caja de herramientas metálicas de color verde colgada del hombro, fuese realmente un fontanero. Era rollizo y tenía la barriga prominente propia de un aplicado bebedor de cerveza, con su desteñido traje de faena de mahón sostenido por un cinturón de gran anchura, que se parecía mucho a uno de cuero que usaba el padre de Catherine para afilar su navaja de afeitar. Sin embargo, era el rostro lo que más se adecuaba a aquel asunto. Los rasgos del hombre aparecían inmovilizados en la hostilidad cansada de alguien acostumbrado desde hacía mucho tiempo a dirigir un oído indiferente a los ruegos de su cliente para que acudiera a prestarle un servicio. Catherine se bebió de un trago su «Cinzano» de imitación, dobló su ejemplar de *Le Phare de Calais* y fingió despreocupación lo mejor que pudo, acercándose mientras tanto al fontanero.

—¿Es usted el hombre que he llamado para que arregle el desagüe embozado? —le preguntó.

El individuo le brindó aquella agria mirada que los taxistas parisienses de antes de la guerra reservaban para los turistas lo suficientemente ingenuos como para olvidarse de dar una propina.

—¿Es usted Madame Dumesnil, de la Rue Descartes?

El cigarrillo pegado a sus labios subió y bajó al ritmo de cada una de sus sílabas. Mientras la chica se colocaba a su lado, un par de chicos adolescentes bajaban por la acera de la calle, unos diez metros por delante de ellos. Su «fontanero» no respondió.

Finalmente, comenzó a musitar.

—Son de los nuestros —indicó vagamente a los chicos que tenían delante, con el cigarrillo pegado a los labios como si se tratase de un apéndice de su boca—. Si se presenta algún problema, fingirán una pelea para que usted pueda escapar.

Se encogió de hombros, un ademán que describió a la mujer con elocuencia cuán improbable sería una huida en aquellas circunstancias.

Luego volvió a su silencio hosco. Finalmente, cuando llegaron a un estrecho callejón lateral, susurró:

—Número 17. Tercer piso, derecha.

Ya estaban en el número 13. Catherine le miró interrogadoramente al llegar al 17. Con los ojos fijos enfrente de él, el hombre susurró un *Merde...*

La mujer dio la vuelta, entró en el edificio y trató de subir por la mal iluminada escalera, como si llevase haciéndolo muchos años.

—¿Denise? —dijo el hombre que le abrió la puerta.

—Sí —replicó, reprochándose a sí misma por lo raro que su nombre en clave le sonaba aún.

Aristide era mayor de lo que había esperado, de cuarenta y pico años, un hombre casi desesperadamente frágil, cuyos hombros parecían a punto de derrumbarse de resignación en torno a su hundido costillar. Llevaba una barba a lo Van Dyke, un rasgo distinguido que, según pensó Catherine, Cavendish no hubiera aprobado. En las sienes le caían unos rizos de pelo gris.

—Siento que haya tenido que aguardar —murmuró, haciéndola entrar.

Tenía un cigarrillo firmemente sujeto entre el pulgar y el índice y su mano, según pudo notar Catherine, temblaba levemente. «¿Éste es el hombre que rige la red del SOE?», se preguntó la chica.

Sus ojos la tranquilizaron. El resto de su rostro sonreía, pero los ojos no. La contemplaban con tal penetrante intensidad, que Catherine advirtió que aquella fragilidad exterior debía ocultar un interior de considerable fuerza.

—Por desgracia, la Gestapo se ha mostrado particularmente activa durante los pasados días. Sin embargo, sabíamos que había llegado y que las cosas iban bien. Mi esposa —dijo Aristide, haciendo un ademán hacia una mujer que salía de la cocina y se secaba las manos en un delantal—. Y Pierrot, nuestro número dos.

Un hombre más joven, sentado junto a la ventana, asintió.

—Debe de estar muerta de hambre —declaró Aristide, alargando la mano hacia una botella de burdeos que se encontraba sobre una mesita—. Un trago de bienvenida, algo de comer y luego entraremos en materia.

Una vez Catherine hubo devorado las patatas fritas y el arenque que su mujer había preparado, Aristide continuó:

—Ahora que ya ha comido, le diré que nuestro amigo Cavendish la ha enviado al peor lugar posible para operar como agente, y particularmente como operadora de radio. Calais es la ciudad más ocupada de Francia.

Según Catherine pudo observar, había casi un desafiante orgullo en el modo de decir aquello.

—En realidad, por lo que se refiere a los alemanes, no constituimos en absoluto una parte de Francia.

Aquello había sido verdad casi desde el primer día en que las primeras columnas blindadas de Guderian llegaron al canal de la Mancha. El 4 de junio de 1940 los departamentos franceses del Norte y Pas de Calais fueron colocados bajo el Gobierno Militar de la Wehrmacht en Bruselas. Al reestructurar el mundo de posguerra, Hitler tenía la idea de anexionar el *hinterland* de Calais a un Estado vasallo flamenco que se proponía crear, como amortiguador para la frontera alemana occidental, una especie de Alsacia-Lorena atlántica.

Dados sus puertos marítimos y la proximidad a Inglaterra, la zona se llenó inmediatamente de soldados alemanes. Al principio fueron Divisiones de Infantería, unas tropas que desfilaban ufanas por las calles de la ciudad, cantando el «Zarparemos para Inglaterra», mientras en la acera unos valientes muchachos franceses proferían unos sonidos que imitaban a hombres ahogándose. A continuación llegó la Luftwaffe para salpicar el interior con aeródromos para los cazas de Göring que encabezarían el asalto aéreo sobre Gran Bretaña. A medida que los avatares de la guerra fueron cambiando de sentido, una nueva ola invadió la zona: especialistas de defensa, artilleros costeros para accionar las baterías que se estaban construyendo para bombardear la costa de Dover, obreros para verter hormigón y alzar las fortificaciones de la Muralla del Atlántico, que impediría a los aliados regresar al continente. Y más recientemente, los bosques y manglares de detrás de la línea costera habían sido el lugar de otra nueva miniinvasión, la de los ingenieros y científicos que supervisaban la construcción de rampas de lanzamiento que pronto enviarían las bombas de Hitler «V1» y «V2» camino de Inglaterra.

Como resultado de todo ello, había literalmente más alemanes en Calais que franceses, incluyendo mujeres y niños. Las vidas de la población francesa se vieron ordenadas con un rigor mayor que el impuesto por los alemanes en cualquier otro lugar de Francia. Nadie podía entrar o salir de la Zona Prohibida a lo largo de la costa sin una autorización especial de la Feldkommandantur. Las bolsas y paquetes que fueran transportados por las calles estaban sometidos a una instantánea y constante inspección. El toque de queda a las nueve de la noche se cumplía con autoridad inflexible. Los viajeros del tren Calais-Lila podían estar seguros de que sus bolsas serían registradas a fondo por lo menos una vez. Partes del área, el puerto de Calais y la faja costera que corría desde Cap Gris Nez hasta Boulogne, por ejemplo, estaban prohibidas a todos los ciudadanos franceses, excepción hecha de los habitantes del lugar. Incluso las prostitutas que trabajaban en la media docena de burdeles, estaban sometidas a unas restricciones de seguridad draconianas para asegurarse de que sus conversaciones de almohada con los clientes alemanes no llegasen a oídos de la Resistencia. Sólo se les permitía salir de sus casas dos veces a la semana, para un aperitivo dominical y para la revisión médica, escoltadas, en ambas ocasiones, tan severamente como si fuesen novicias de paseo.

En semejante atmósfera claustrofóbica, la Resistencia requería un gran valor y asimismo una gran astucia. Como resultado de ello, las actividades antialemanas en la zona se habían arraigado con lentitud. El primer acto importante de sabotaje no tuvo lugar hasta el 5 de enero de 1943, cuando fue descarrilado un tren de mercancías que transportaba diez toneladas de arenques de las capturas de Calais hacia las fábricas de latas de conservas del Reich. Siete toneladas de arenques que desaparecieron antes de que pudiese intervenir la Wehrmacht.

Al día siguiente, el *Phare de Calais* llevaba los siguientes titulares: «La temporada de pesca se abre con una milagrosa captura.»

Sin embargo, la resistencia a los alemanes no era más que un juego de niños. La oficina de la Gestapo de Calais era una rama de la mortífera Gestapo de la Rue Terremonde, en Lila, donde los resistentes eran decapitados con un hacha o sometidos a torturas particularmente viles por el sádico jefe de la Gestapo de la ciudad. Una serie de arrestos, según explicó Aristide a Catherine, habían diezmado la Resistencia de la ciudad a fines de 1943. Hasta ahora no habían empezado a recuperarse.

Si la opresiva presencia alemana hacía difícil la Resistencia, resultaba curioso que también descorazonase el colaboracionismo. Incluso los orgullosos calesianos hacían el chiste de que la ciudad sólo tenía un colaborador: el director del *Phare de Calais* el periódico que Catherine había elegido para leer cada día en el «Trois Suisses». Se llamaba August Leclerq y era un veterano de la guerra de 1914-18 gravemente herido, un hombre dotado de una inteligencia limitada y un poco simple, pero con firmes convicciones. Y entre ellas se hallaba una visión de Hitler como una versión actualizada de Juana de Arco, con brillante armadura, protegiendo a *la belle France* de las acciones salvajes de los bolcheviques y de una vaga coalición de anglo-norteamericanos-judeo-masónicos-capitalistas.

Esos sentimientos le habían ganado el puesto de director del *Phare de Calais*, una función para la que carecía de las aptitudes más rudimentarias de tipo literario o periodístico. No obstante, sus esfuerzos por inculcar a sus paisanos calesianos los sentimientos apropiados resultaban incesantes. La poesía era su medio preferido y sus odas, como las *Hitler*, *mon ami* o *Braves teutons* habían proporcionado a los habitantes de la ciudad una fuente constante de chistes durante la Ocupación.

Aplastados bajo la carga de sus ocupantes, sus vidas rodeadas de restricciones, con la coreografía de unas incursiones aéreas regulares sobre el Muro del Atlántico y las constantes batallas aéreas en el cielo sobre sus cabezas, la gente de Calais había soportado cuatro años de ocupación con el estoicismo que había hecho célebre aquella zona. Ahora, mientras la primavera avanzaba hacia el verano, aguardaban la liberación, sabiendo muy bien que ninguna ciudad de Francia pagaría un precio mayor por su liberación.

—¿Tiene algo para mí?

Catherine se puso en pie, se desabrochó la parte baja de la blusa y pasó a Aristide el cinturón con dinero que llevaba allí escondido. Luego cogió su monedero y sacó la caja de cerillas que Cavendish le había dado al salir de Orchard Court.

—El comandante tenía una sorpresa para usted —le dijo, buscando a través de las cerillas hasta que encontró la que estaba marcada con la «U».

Aristide no se sorprendió en absoluto. Resultaba claro que se hallaba familiarizado con aquel aparato. Cogiendo unas tijeras, rompió la cabeza de la cerilla y sacó tres microfilmes del tamaño de sellos de correos que se hallaban ocultos en su tubo hueco. Pierrot, su número dos, ya había comenzado a reunir una especie de trípode en la mesa del comedor. Colocó un mantel bajo la base del trípode y un aparato parecido a una caja en su ápice, tras lo cual enroscó una bombilla en la caja. Aristide metió uno de los microfilmes en una abrazadera, manipuló un momento en ella hasta que Catherine vio aparecer el contorno de una hoja de papel sobre el mantel.

Aristide se inclinó, leyó unas cuantas líneas y luego hizo un ademán hacia Catherine.

—Será mejor que lea esto —le dijo—. Ahora le concierne a usted.

Catherine estudió los documentos vertidos sobre el mantel.

### INSTRUCCIONES DE OPERACIÓN F 97

*De Cavendish*
*a Aristide:*

*Los tres cañones de artillería costera de la Batería Lindemann instalados bajo los riscos de Noires Mottes, entre Sangatte y el cabo Blanc Nez amenazan todo el tráfico marítimo del canal o que pase por el canal. Los tres cañones que constituyen la batería son cañones navales de 40,6 centímetros, fabricados por Krupp y, con toda probabilidad, constituyen la batería de reserva del acorazado Bismarck. Con toda certidumbre, se trata de la más poderosa batería artillera con base en tierra del mundo. Calculamos que sus obuses deben pesar 1,4 toneladas métricas y sabemos que en varias ocasiones, han impactado a más de ocho kilómetros tierra adentro de Dover. La Kriegsmarine les ha proporcionado un arco de tiro excepcionalmente amplio —120 grados— lo cual, unido a su potencia y su situación por encima de los acantilados de Noires Mottes, les confiere el control sobre todo el paso marítimo a través de los estrechos de Dover. Es opinión concertada del mando militar que no podría intentarse ninguna operación de envergadura de paso del canal a lo largo de la costa de Dunkerque a Cheburgo, sin encontrar primero una forma de neutralizar los efectos del fuego de la batería. A menos que los cañones sean neutralizados, cualquier operación de apoyo naval para una ofensiva tendrá que montarse a través del extremo abierto del canal por Lands End, privando por lo tanto al asalto a través de alguno de nuestros mejores puertos en el canal.*

*Por ello, el problema con el que nos enfrentamos podría resumirse de una forma muy sencilla: ¿Cómo neutralizar los cañones?*

*Información independiente a la que hemos acudido, ha establecido que los cañones están encerrados en torretas de acero encajadas en muros de hormigón armado, de un grosor superior a un metro. Tal cobertura puede proporcionar a los cañones una protección efectiva contra bombas de dos toneladas, las mayores de que disponemos. El 20 de setiembre de 1943, la RAF empleó 600 «Lancasters» en un asalto aéreo conjunto sobre las baterías.*

*Los aviones dejaron caer 3.700 toneladas de bombas. Un reco-
nocimiento aéreo al día siguiente reveló que el 80,2 por ciento de
las bombas impactaron dentro de los 250 metros del centro del
objetivo, unos números en extremo excepcionales, dada la defensa
aérea en torno de la batería. Sin embargo, el ataque no produjo
efectos perceptibles en la capacidad operativa de la batería. Por lo
tanto, es firme conclusión de la RAF que esas baterías no pueden
neutralizarse a través de asaltos aéreos, por intensos que éstos
sean.*

*Nuestros arquitectos navales creen que la batería puede tener un
punto débil potencial en las aperturas de sus casamatas. Para lograr la excepcional amplitud de 120 grados de arco de tiro, la
Kriesgmarine ha tenido que dotarlos de unas aperturas inusualmen-
te altas y anchas. Es factible que la Armada traiga una escuadra
de buques importantes al canal para enfrentarse a los cañones
con unas perspectivas razonables de ponerles fuera de combate.
Para lograr el grado de exactitud que una operación así requeriría,
debería llevarse a cabo a plena luz del día. Esto colocaría a nuestros barcos en gran desventaja y casi seguro acarrearía la pérdida
de uno o más de ellos. El Almirantazgo, por lo tanto, se muestra
reacio a emprender una operación de este tipo a menos que se
hayan estudiado y descartado otros medios posibles de neutralizar la batería.*

*Las defensas terrestres de la batería se hallan dispuestas pri-
mariamente, como la de las instalaciones alemanas en Dieppe,
para proteger los cañones contra un posible asalto desde el mar.
Asaltarlos desde el mar resultaría en extremo costoso. Las defensas
hacia tierra son menos imponentes, pero constituyen un obstáculo
muy serio. GOC, Operaciones Mixtas Anglonorteamericanas considera un asalto de los cañones a través de una compañía de comandos transportados en planeador, que podría llevarse a cabo
con razonables perspectivas de éxito, si:*

*1) El asalto se llevase a cabo por sorpresa.*

*2) Los planeadores que requiriese la operación aterrizasen en
una meseta detrás de la batería con un alto grado de exactitud.*

*3) Pudiesen efectuarse previsiones desde tierra para guiar
a los comandos a través de los campos de minas, hasta la entrada
posterior de las casamatas, junto a las que aterrizasen los planeadores.*

*Resulta obvio que un ataque así implicaría muchas bajas entre
las fuerzas asaltantes. Y es igualmente obvio que un ataque de
este tipo debería realizarse de noche, para contar con el factor
sorpresa. Sin embargo, de las tres opciones, el desembarco terrestre parece ofrecer las mayores perspectivas de éxito.*

*El SOE y su organización en particular desempeñaría un papel
muy importante si se intentara un asalto de este tipo. Por el momento, su misión consiste en:*

*1) Determinar la localización de un lugar apropiado de ate-
rrizaje para los planeadores de ataque, tan próximo como sea posible a las inmediaciones de las baterías por la retaguardia. El*

*lugar de aterrizaje debería tener unos 100 metros de anchura, por
unos 250 metros de longitud. Es esencial que esté despejado de
minas y obstáculos artificiales. Debe ser llano o hacer una leve
inclinación hacia arriba. Si posee una inclinación hacia abajo, se
deben añadir 50 metros por cada cinco grados de inclinación.*

*2) Determinar la ruta más corta y más segura hasta el borde
de la faja terrestre de las posiciones de la batería.*

*Antes de la operación, un equipo especialmente entrenado del
SOE deberá infiltrarse en su área. Su responsabilidad consistiría
en señalar la zona de aterrizaje para los deslizadores la noche
de la operación y guiar a los comandos a lo largo de la pista segura que usted haya seleccionado hasta la batería. Su responsabilidad consistiría en alojarlos y esconderlos a su llegada, cuidar
de que puedan reconocer adecuadamente la pista de aterrizaje
y una senda segura a través del campo minado, y realizar disposiciones de plena seguridad para que se encuentren en posición la
noche del ataque.*

Personal: Cavendish a Aristide

*Reconozco los peligros extremados que implica todo esto, pero
aquí nadie ha logrado planificar una alternativa mejor. Por favor,
cuídese de reunir y radiarnos cualquier información acerca de la
batería, su fuerza, personal, procedimientos de operación, infraes-
tructura y puntos débiles potenciales que pueda conseguir. Buena
suerte.
DESTRUIR ESTOS MICROFILMES TAN PRONTO COMO TODO
SU CONTENIDO HAYA SIDO LEÍDO Y ASIMILADO.*

Aristide, obviamente perdido en los pensamientos que aquella sobria
lectura le hubiese inspirado, sacó el microfilme de su trípode, cogió
una de las cerillas auténticas de la caja en que habían llegado y los
quemó.

—Están locos —dijo, finalmente, volviéndose hacia Catherine y
Pierrot—. ¿No comprenden lo que ha sucedido aquí desde que Rommel
se hio cargo de las cosas? Están sembrando minas a lo largo de esta
costa como...

Hizo un gesto raro con los dedos.

—Rommel ha ordenado que se talen 30.000 árboles para convertirlos
en estacas, esos espárragos suyos. Incluyo ha obligado a los médicos,
a los abogados, a los farmacéuticos a salir a clavarlos en los campos.
Para cuando hayan terminado no podrá aterrizar un planeador ni siquiera a ochenta kilómetros de Calais.

—Y esperan que les consigamos información sobre aquella batería
cuando no podemos ni acercarnos a menos de un kilómetro de sus
cañones —comentó Pierrot, echándose a reír ante lo absurdo del requerimiento de Cavendish.

—¿Y por qué no? —preguntó Catherine.

—Están completamente vetadas a los civiles franceses —replicó Pierrot.

—Por lo que sé, sólo dos franceses han estado dentro de la batería desde que la construyeron —añadió Aristide—. Uno el director de la «Béthune», la compañía de electricidad. La otra, una mujer.

—¿Una mujer? —inquirió Catherine—. ¿Alguna especie de fulana?

—No exactamente —se echó a reír Aristide—. Hace la colada de los oficiales. Nuestros conquistadores parecen incapaces de lavar su ropa interior.


*París*


Paul anduvo a lo largo de la Avenue Wagram, acabando de llevar a cabo la misma elaborada charada que unos días antes, había precedido a su cita con Strömelburg y el fotógrafo de la Gestapo en la Place des Ternes. Su destino esta mañana era la pequeña barra lateral de la «Brasserie Lorraine», el café-restaurante en cuya terraza se había tomado un aperitivo con Catherine.

Como siempre, llegaba con antelación a esta reunión. Esto le confería unos minutos para andar por la acera delante de la «Brasserie», estudiar las revistas en el quiosco de la esquina, para hacer un escrutinio de la zona buscando algún rostro sospechoso o la incongruente visión que le indicaría que la «Brasserie» se hallaba bajo vigilancia. Al igual que la rutina de las librerías, esto formaba parte del riguroso procedimiento de seguridad que Paul se forzaba a seguir él mismo y a los miembros de su red de operaciones aéreas. Por ejemplo, para sus llamadas telefónicas, había elaborado una rutina particularmente difícil. En primer lugar, el que telefoneaba debía dejar sonar el teléfono tres veces, colgar y llamar de nuevo. Su primera pregunta debería ser la frase francesa ritual *Ça va*: «¿Cómo van las cosas?»

La réplica sería inevitablemente una queja acerca de un enfriamiento del pecho, una garganta inflamada o una mala noche pasada. Eso daría la tranquilidad de que todo iba bien. El razonamiento de Paul, explicado pacientemente a los miembros de su red, radicaba en que si alguno de ellos era capturado por la Gestapo y se veía forzado a responder a su teléfono, los alemanes que escuchasen esperarían una desarmantemente, indiferente —y tranquilizadora— respuesta a la pregunta de *Ça va*. Por lo tanto, la respuesta normal de «Todo va muy bien» sería señal de que el que hablaba se hallaba bajo control alemán. Naturalmente, los rituales prolongados con que se procedía en cada una de sus reuniones poseía una completa ironía al respecto. Esta mañana se iba a reunir con su operador de radio. Sin embargo, Strömelburg conocía ya quién era el operador, cuál era su nombre en clave, dónde vivía, dónde transmitía, cuáles eran los momentos de emisión. Y lo sabía porque el mismo Paul le había suministrado toda esa información cuando comenzara a trabajar como agente alemán seis meses atrás.

Ambos hombres deseaban asegurarse de que la detección de radio alemana dejaría tranquilo al operador y que los soldados alemanes no irrumpirían en su piso una noche para arrestarle en medio de una transmisión.

Cuado Paul empezó a caminar hacia la barra, un espasmo de melancolía le acometió al pasar ante la mesa que había compartido con Catherine. A pesar de su intensa autodisciplina, olvidó por un segundo la seguridad, a su operador de radio, su propia peligrosa y comprometida existencia y se permitió hundirse en el recuerdo de sus momentos juntos. La visión de su operador colgado cual una especie de muñeco de gran tamaño en su taburete de la barra, le hizo volver de nuevo a la realidad. El operador tenía poco más de metro y medio de altura, un inconveniente al que debía estar agradecido cada vez que los alemanes hacían redadas de franceses para incrementar la fuerza laboral en el Reich. Al igual que los pescadores, que vuelven a arrojar al mar las capturas de talla reducida, los alemanes, inevitablemente, rechazaban sus servicios a causa de su tamaño. Ambos charlaron durante unos minutos al lado de un vaso de vino. Mientras lo hacían, Paul, de una forma natural, se metió en el bolsillo la cajetilla de cigarrillos que el operador había dejado encima de la barra.

Diez minutos después, estaba de regreso en su piso, descodificando el mensaje que contenía. Era una clara notificación de su próximo vuelo:

«Operación "foxtrot" confirmada campo seis mañana —leyó—. Tres individuos a su discreción stop Lleve a Susan Anatole a París stop Código letra "l" stop BBC Lanzará mensaje "rosas saldrán en El Cairo" stop Confirme mañana huida».

El texto significaba que un «Lysander» llegaría al día siguiente por la noche a su campo cerca de Angers, trayendo a tres personas, a dos de las cuales —en nombre en clave «Susan» y «Anatole»— debería escoltar hasta París. El tercero —hombre o mujer— desaparecería por su cuenta. No se había previsto que saliese nadie, pero Paul quedaba libre para utilizar su sentido de la prudencia embarcando pasajeros en el avión de regreso. Londres confirmaría la llegada del avión a las 9.15 de la noche radiando el mensaje «Las rosas saldrán en El Cairo». Al oírlo en la casa de campo, que emplearía como casa segura en las afueras de Angers, Paul sabría que el avión estaba de camino. Sólo el mal tiempo podría detener la operación.

Se metió en el bolsillo el mensaje y el paquete del correo que estaba previsto que se llevasen en aquel vuelo. Luego, poniendo en marcha una vez más la compleja pantomima, se dispuso a entregar el material a Strömelburg y a su fotógrafo de la Gestapo.

*Londres*

—¡Ah, Dicky! Cuánto me alegro de verte. Permíteme ofrecerte una taza de té en la sección francesa.

El comandante Frederick Cavendish, el hombre que había instruido a Catherine la víspera de su partida hacia Francia, se puso en pie mientras saludaba.

—¿A qué debo el placer de esta visita?

Richard Moore-Ponsonby era un oficial de preguerra del MI5, la Contrainteligencia británica y, durante los pasados tres años, había sido director de la Junta Directiva de Inteligencia y Seguridad del SOE. Su oficina era responsable de dotar de condiciones de seguridad a los reclutamientos del SOE y prevenir, hasta donde ello fuese posible, la penetración de la Gestapo en sus redes en el campo. Parecía un personaje de Agatha Christie en una de sus novelas de misterio y de asesinatos, algún *chief constable* del Lincolnshire llamado a la mansión señorial con su brillante traje azul para investigar la muerte de un invitado de la casa. Pero en realidad no tenía nada de todo esto. Su apariencia benigna en cierto modo torpe, escondía una mente que había proporcionado hacía mucho tiempo a Moore-Ponsonby un asiento en la Mesa Alta de la Inteligencia británica.

—Me temo que no sea nada que estés demasiado ansioso de escuchar —dijo, al tiempo que contemplaba la humeante taza de té que la ayudante FANY de Cavendish había dispuesto ante él—. ¿Te acuerdas de cuando el dirigente de tu red «Ajax» salió de Francia hace un par de semanas?

Cavendish se acordaba muy bien. El hombre era uno de los pocos franceses encargados de una red importante del SOE, un oficial profesional del Ejército, un antigaullista que sin embargo, compartía las nociones del líder acerca de la llamada *grandeur.*

—Pues ha venido a verme en la mayor confianza. Dice que tiene razones para creer que Paul, nuestro oficial de operaciones aéreas, ha estado mostrando el correo que le entregaba a los alemanes.

—En realidad debo reconocer que me cuesta creerlo. ¿Por qué diablos no ha venido a verme y me ha contado toda esa historia?

Moore-Ponsonby realizó un encogimiento de hombros, con deferencia.

—En efecto, pero creo que sus sospechas no estaban suficientemente arraigadas como para irrumpir aquí y armar un jaleo en la sección. Su historia es que se ha enterado de que una parte de información que sólo podría proceder de uno de sus paquetes de correo recientes, fue mostrado a un prisionero durante un interrogatorio de la Gestapo.

Cavendish se apretó el botón de la guerrera de su uniforme con nerviosa preocupación.

—Algo inquietante tal vez —convino—, pero la Gestapo tiene un montón de maneras de conseguir su información, ¿no te parece?

—En efecto. Sin embargo, ¿no es verdad que debemos comprobar esas cosas? Lo que hice fue proporcionarle una docena de hojas de papel especialmente tratado cuando regresó. Es algo que el laboratorio ha preparado para nosotros. Al aplicar al papel cierto producto químico, pueden decir si ha sido expuesto o no a una luz intensa. En otras palabras, fotografiado. Le dije que los emplease la próxima vez que enviase un paquete del correo a través de Paul, tu oficial de operaciones aéreas.

Moore-Ponsonby hizo una pausa.

—Ese paquete llegó el sábado.

—¿Y...?

—Las seis hojas habían sido fotografiadas.

*París*

Un brillante cono de luz que caía del trípode dejaba el salón de la Place des Ternes de París en la penumbra, del mismo modo que la luz sobre un ring de boxeo dejan el resto del recinto en la oscuridad. Confortablemente instalado en un sillón en la semioscuridad, Paul revisó su próxima operación para Strömelburg, mientras el rápido clic del disparador de la «Leica» contrapunteaba sus palabras.

El alemán asintió aparentemente con el mismo interés a cada frase que él pronunciaba, pero estaba fingiendo. En realidad, Strömelburg sabía ya los detalles de la operación «Foxtrot» desde antes que Paul. Había estado leyendo las comunicaciones de su agente de radio con Londres. Y no es que Strömelburg desconfiase de su agente principal. Simplemente, tenía una naturaleza tan suspicaz que si hubiera sido un apóstol habría sospechado de las buenas intenciones del Espíritu Santo. La primera cosa que había hecho cuando Paul le proporcionó la localización de su operador de radio y de su plan de transmisión, fue ordenar al Boulevard Suchet que averiguase su código. El esfuerzo le había llevado un mes. Desde entonces, Strömelburg había leído cada cable que Paul había mandado o recibido. Eso le había proporcionado una prueba perfecta acerca de la fiabilidad de Paul, una manera sutil de descubrir si le mentía o de forma deliberada retenía alguna información. El francés se había mostrado por encima de toda sospecha en ambos puntos.

—Dime —le preguntó Strömelburg cuando el discurso de Paul hubo acabado—, ¿tienes alguna idea de quiénes son Susan y Anatole o lo que van a hacer?

—No —replicó Paul—. Que yo recuerde, nunca he intervenido con ellos en nada.

Strömelburg emitió un suspiro de frustración. El SOE de Londres mantenía una rígida seguridad en la operación de Paul. A Paul no se le suministraban ni siquiera los nombres en clave de los pasajeros que le llegaban a menos, como en este caso, que se le ordenase conducirlos a alguna parte, por lo general a París. Casi una tercera parte de los agentes que llegaban se desvanecían, simplemente, en la noche. Naturalmente, Paul conocía los nombres en clave de los pasajeros que salían, pero a menos que desatasen la lengua carecía de todo medio de averiguar a qué red pertenecían o dónde habían estado estacionados. Además, Strömelburg no podía tocar a los pasajeros que se iban, puesto que de hacerlo echaría a perder toda la operación.

Localizar a los agentes que Paul debía conducir hasta París, seguirlos a sus destinos una vez alcanzaban la capital, era algo que se había convertido en mucho más difícil de lo previsto. Enviar a Keiffer a observar un aterrizaje y mirar con detalle a los hombres, constituía un ejercicio inútil. En la oscuridad, no podía acercarse lo suficiente al avión como para observar los rasgos de los agentes que llegaban. Eso significaba que nunca serían capaces de reconocerlos al día siguiente en una atestada estación de ferrocarril o en el compartimiento de un tren.

Tal como Londres exigía, las casas de seguridad de Paul tendían a ser aisladas, tan difíciles para sus agentes de observar sin ser detectados como lo eran sus campos. Paul y sus agentes tenían órdenes de no llegar juntos a las estaciones de ferrocarril, de no viajar juntos, de mantener sus contactos a un mínimo. Como la regla cardinal de Strömelburg era no hacer nada que pudiera hacer despertar sospechas en los británicos, sus propios equipos franceses de la Gestapo tenían prohibido entrar en contacto con Paul. Su única oportunidad real de localizar a los agentes que llegaban se producía cuando Paul empleaba los campos tres o cuatro, localizados en el valle del Cher, muy lejos incluso de una estación ferroviaria de tamaño medio. Paul situaba esos campos cerca de unas estaciones de tren pueblerinas tan pequeñas, que él y sus agentes eran, por lo general, los únicos pasajeros a bordo en el primer tren de la mañana y por lo tanto, podían ser localizados por los hombres de Strömelburg que ya se encontraban en el tren. Como resultado de ello, Strömelburg no pudo cumplir su promesa a Kopkow de mantener al SOE en Francia bajo su control, lo mismo que tampoco podía contener el agua de un vaso en su puño cerrado. Sin embargo, era el juego de radio, y su acceso al correo, lo que constituía los únicos dividendos de la operación, beneficios cuyo valor presentaba más ventajas que el arresto de cualquier número de agentes.

—No creo que debamos preocuparnos esta vez por la vigilancia —dijo Strömelburg, encendiendo un «Lucky Strike»—. Lo que me gustaría que hicieses es tratar de averiguar a dónde van esos tipos.

—Lo haré —le aseguró Paul—, pero no siempre es sencillo. Depende de cómo tengan aprendidas sus lecciones en la escuela de Seguridad.

—Lo que me interesa está en el Norte. Estamos preparando allí una pequeña sorpresa a nuestros amigos ingleses y no deseamos que interfieran. Vamos a hacerles pagar caro lo que le hicieron a Hamburgo.

—¿De veras? —preguntó Paul, sin hacer el menor intento por ocultar su escepticismo—. No creo que Göring y su Luftwaffe hagan pagar caro a los ingleses ni siquiera una ventana rota durante estos días.

—La Luftwaffe no tiene nada que ver con esto. Es algo más, una nueva arma que nuestros ingenieros han desarrollado en el mar Báltico.

Strömelburg se levantó. Según pudo observar, su fotógrafo seguía aún con su trabajo.

—Al parecer estará atareado durante un buen rato. ¿Por qué no me voy primero? ¿Cuánto tiempo te llevará regresar desde Angers?

—Llegaré a eso de mediodía.

—Muy bien —le contestó con una sonrisa—. La próxima *Treff* será aquí, a las cuatro de pasado mañana. *Bon voyage.*

## Londres

El comandante Frederick Cavendish escudriñó los rostros de todos los que estaban en el «Savoy Grill», hasta que localizó la figura familiar —con unas gafas de montura negra—, de quien se hallaba sentado remilgadamente a una mesa, clara pero no ostentosamente aparte de la multitud de comensales. La soledad era algo tan natural en el coronel Sir Claude Edwards Marjoribanks Dansey como las lágrimas en un borracho llorón. Asimismo, una calculada soledad, el deliberado aislamiento de un hombre que no quiere que las emociones de los demás se entremetan en su mundo privado, constituía también una característica principal de Claude. Era viudo, un hombre que había hecho conocidos más que amigos, que prefería el respeto al afecto de sus colegas y subordinados. Durante años había sido segundo jefe del Servicio Secreto, del jefe, Sir Stewart Manzies, el director del MI6. Su naturaleza tortuosa, ya fuese por un rasgo inherente a su carácter, o bien resultado de toda una vida en el Servicio Secreto, constituía el tema de una leyenda menor en los círculos de la Inteligencia de Londres. Al ver a Cavendish aproximarse a su mesa, le hizo una seña y ofreció al oficial del SOE sólo una insinuación de sonrisa.

—Tienes aspecto de estar extrañamente lúgubre —observó.

—Tengo razones para estarlo —suspiró Cavendish, al mismo tiempo que se instalaba en su sitio enfrente de Dansey.

—Pues me parece que tengo el mejor remedio para eso —le aseguró Dansey, al mismo tiempo que hacía un ademán hacia Manetlla, el *maître d'hôtel* del «Savoy»—. Dos martinis largos y muy secos —le pidió—, y dígale a Gerald que quiero que los haga de su botella de «Tanqueray» de antes de la guerra y no con ese espantoso *ersatz* que sirve a los aliados norteamericanos.

Sus tranquilos almuerzos constituían un ritual mensual para Cavendish y para Dansey, generalmente a sugerencia de Cavendish y ocasionalmente, como había sido el caso de hoy, por iniciativa de Dansey. Asimismo, su amistad había persistido a pesar de la amarga rivalidad entre el MI6 de Dansey, el principal Servicio de Inteligencia británico senior, y la creación de guerra de Cavendish, el SOE. El viejo Dansey, de forma más bien poco característica, se había mostrado dispuesto a ayudar a Cavendish desde el momento en que éste había aceptado su nombramiento en el SOE. La mente de Dansey era un almacén de conocimientos sobre actividades de cobertura, de tácticas de espionaje, de cualquier maniobra sobre el terreno y de sinuosas estratagemas en el oscuro y diabólico mundo de la subversión. De forma ocasional, *Tío Claude,* como se conocía a Dansey, sin afecto palpable y nunca de forma abierta ante él, había mantenido entreabierta la puerta del almacén en beneficio de Cavendish. Naturalmente, apenas había podido entrever lo que había adentro, puesto que era muy bien conocido que Dansey no contaba a nadie, ni siquiera a su jefe, toda la historia. Pero lo que había mostrado fue a menudo lo suficientemente útil como para que Cavendish pudiese resolver algún intrigante problema. Por lo tanto, mientras el *maître d'hôtel* se dirigía a por sus bebidas, Cavendish se descargó de su descubrimiento de la traición de Paul, su agente de operaciones aéreas.

—Sí —musitó Dansey—, ya he oído susurrar algo al respecto. Parece que estás haciendo frente a un clásico ejemplo de esa subespecie de nuestro mundo: el agente doble.

—Así parece —replicó Cavendish—, pero debo admitir que estoy perplejo, completamente perplejo. Nunca había tenido la menor duda acerca de él.

—No, uno no suele sospechar de los mejores.

El camarero regresó y colocó un martini delante de Dansey. Éste lo probó como si estuviese sorbiendo un raro burdeos; luego dedicó un movimiento de cabeza aprobador a la obra maestra del barman.

—Lo que me intriga, Claude, es que había hecho un estupendo trabajo para nosotros desde que se encontraba allí —observó Cavendish una vez el camarero hubo desaparecido—. Ese pequeño servicio de taxi que dirige supera el servicio de «Imperial Airways» que solía regir entre Croydon y Le Bourget antes de la guerra. Sin él, mis operaciones se hubiesen detenido, detenido totalmente.

—¿Cuánto tiempo llevaba en esto?

—Unos ocho meses.

Dansey permaneció silencioso durante un momento, casi masticando la ginebra de antes de la guerra de su martini; aparentemente intrigado por lo que Cavendish le había contado.

—Ha realizado treinta y siete operaciones para mí...

La voz de Cavendish había adoptado el tono de un abogado que se esfuerza por convencer a un juez de que debe reducir la sentencia de su cliente.

—Agentes entregados ochenta y uno, y sacados ciento veintiséis.

Dansey inclinó la cabeza en respetuoso reconocimiento del logro que representaban las cifras de Cavendish.

—¿Y cuántos de esos ochenta y uno has perdido? ¿Eres consciente de eso?

—Siete. Pero a cuatro de ellos los atraparon tanto tiempo después de su aterrizaje que no es posible relacionar su arresto con Paul. Y no tengo razones para creer que a los otros tres los detuviesen tampoco por su culpa. No hemos tenido nunca el menor problema en una operación. Y algunas de las personas que ha sacado se encontraban literalmente a un paso de que la Gestapo les cogiese. Unos agentes busca-dísimos, digamos que desesperadamente.

—Incluso suponiendo que esos siete hayan sido detenidos por su culpa, podríamos considerar que constituye un justo precio que hay que pagar por una operación con éxito, ¿no te parece?

Cavendish estuvo a punto de vomitar su ginebra ante el horror de aquel pensamiento.

—No, si el precio es un hombre que, deliberadamente, está traicionándonos ante la Gestapo.

Dansey hizo un gesto como si quisiese apartar algunas migas imaginarias en el inmaculado mantel del «Savoy».

—Claro, Freddy... Todo esto es más bien intrigante, ¿no crees? Dime, ¿puedes clausurar su operación y seguir metido aún en tu asunto?

—Supongo que tendría que quitarle de enmedio, ¿no es así? Pero constituye un desastre, un desastre sin paliativos. Su servicio es la única forma fiable que tengo para sacar agentes de Francia cuando las cosas se complican. Como sabes, los alemanes tienen en la actualidad las líneas costeras patrulladas de forma tan rígida que es imposible hacer entrar o salir gente por mar.

Cavendish tomó con entusiasmo moderado un sorbo de su martini.

—Si le dejo fuera, me quedo mutilado. Y en el peor momento de toda la guerra, precisamente cuando estamos preparando la invasión.

—¿No podrías eliminarle y poner a alguien en su lugar?

—Primero debería encontrar a alguien que le remplazase. Luego entrenarle. Encontrar nuevos campos. Conseguir que la RAF los acepte. Todo eso llevaría por lo menos un mes, probablemente mucho más.

Cavendish se tomó otro trago de su martini, esta vez con un entusiasmo mucho mayor.

—No, este asunto es espantoso. Me temo que no tengo elección. Debo conseguir que vuelva y entregarlo a las autoridades.

Dansey hizo un ademán desaprobador con la mano.

—¿Por qué? —preguntó—. La justicia no disfruta de un *status* particularmente elevado en nuestra línea de trabajo. Siempre cabe esperar un momento más oportuno.

Acabó sus observaciones con una cautelosa mirada al camarero que se aproximaba. Ambos hombres observaron el reforzado menú de tiempo de guerra del grill del «Savoy» que constituía la delicadeza del día: abadejo al vapor.

—Dime —inquirió en cuanto al camarero desapareció—, si no te parece indiscreto por mi parte, me gustaría que me contases un poco más acerca de él.

—En absoluto... —replicó Cavendish.

Estaba más interesado en la valoración por Dansey de la operación que en mantener una presunta discreción.

—Su nombre es Henri Le Maire. Pasó los Pirineos a fines del verano de 1942. Fue piloto para el Servicio Postal francés antes de la guerra. Una especie de Saint-Exupéry, excepto que no posee un encanto irresistible. Voló en su Fuerza Aérea en 1939 y 1940. Después del armisticio, se estableció en Marsella y consiguió un trabajo como piloto de pruebas para uno de los fabricantes de aviones de Vichy.

Dansey siguió pinchando.

—¿Cómo entró en contacto contigo?

—Archie Boyle me lo trajo. Me dijo que había venido a Inglaterra porque deseaba volar en la RAF, pero el tipo de los Servicios especiales de la RAF estaba al corriente de que buscábamos a alguien para nuestras acciones de «Lysander», por lo que nos lo pasaron.

Se produjo otra pausa mientras el camarero regresaba con su abadejo. Dansey se lo quedó mirando de forma tétrica.

—¿Sabes que me he pasado toda la niñez resistiendo las admoniciones de la niñera para que comiera este maldito pescado?

Gimió.

—Y ahora el «Savoy» nos lo sirve como una cosa exquisita. Dios condene a Hitler y a todas sus obras.

Dansey se golpeó ligeramente los labios con la servilleta del «Savoy», de un lino tranquilizadoramente pesado.

—¿Te gustaría saber cómo veo la situación?

—Naturalmente —replicó Cavendish, enfocando toda su atención sobre el anciano.

—Supongo que la Gestapo debió de atraparle poco después de que le enviases. Probablemente, o bien le obligó a cooperar con ellos de esa forma amistosa suya, o bien decidió seguir adelante y salvar su cuello..., y sus testículos.

Cavendish mostró su acuerdo con una mueca.

—Ahora bien, apostaría a que llegaron con rapidez a la conclusión de que lo interesante para ellos en su operación era el espionaje de vuestros paquetes del correo. A fin de cuentas, unos sólidos materiales de Inteligencia son más aptos para hacerles ganar la guerra que una docena de vuestros agentes, con los debidos respetos a vuestra organización.

—Adelante, por favor.

—Pero si debían asegurarse una ojeada regular de esos paquetes de espionaje vuestros, debían dejarle dirigir sus aterrizajes sin ser molestado, ¿no te parece? Si comenzaban a hacerse con vuestros agentes, sabían que tú llegarías a captar el hecho de que la cosa no funcionaba y que constituía una trampa.

Dansey se retrepó en su asiento, con aquella helada mueca que le caracterizaba haciéndola por primera vez en el almuerzo.

—Esto puede tener que ver con el hecho de que sus operaciones para ti se han desarrollado con tanta suavidad. Probablemente, las ha estado llevando a cabo bajo la protección de una cobertura de la Gestapo. Un tipo inteligente.

—Un inteligente bastardo —suspiró Cavendish—. Supongo que lo mejor será que encuentre una excusa para hacerle regresar y entregarlo al MI5.

—Puedes hacerlo —convino Dansey—, o bien mirar las cosas desde una perspectiva a más largo plazo.

—¿De qué manera?

Con una satisfacción inspirada por los recuerdos de su insistente niñera, Dansey apartó el plato de abadejo apenas empezado.

—Existe una regla fundamental que cabe aplicar cuando se valora la situación de un agente doble. ¿Quién sacará más de él, tú o los del otro lado? Si la respuesta es que tú, déjale seguir adelante. Si para ellos, mátale.

—¿Estás dando a entender que debo dejarle seguir adelante?

—En efecto. Naturalmente, se trata de un riesgo calculado. Esas cosas siempre lo son. Pero a mí me parece que sus servicios son tan valiosos que los riesgos justifican la apuesta.

—¿Pero, qué debo hacer con el correo?

Dansey consideró aquello durante un momento.

—Obviamente, no puedes decir a tu gente en el campo que debes deshacerte de él. Uno de ellos se tomaría la justicia por su mano y lo haría por ti. Y de todos modos, probablemente la cosa llegaría a oídos de los alemanes. No, lo que creo que deberías hacer es decir a tu gente, por mensajes cifrados de radio que con el asunto de la invasión en marcha cualquier cosa de importancia debe hacerse a partir de ahora por radio. Diles que usen el correo sólo para material de tipo secundario. Informes acerca de los efectos de un bombardeo, de los estudios de sabotaje, de quién dirige los sindicatos ferroviarios en Dijon... Proporcionar a nuestros amigos de la Avenue Foch sólo el material de lectura suficiente para apaciguar su curiosidad. Esperemos que, cuando despierten ante lo que está sucediendo, Eisenhower ruede ya hacia París. Y en el entretanto, tendrás que emplear sus graciosos auspicios para mantener a tu gente entrando y saliendo en el momento en que sea más importante para ti.

La firmeza y simplicidad del plan de Dansey hizo funcionar la mente de Cavendish con nerviosa excitación. Caramba, emplear a la Gestapo como paraguas protector para una de las más vitales operaciones de su servicio. La simetría de la cosa resultaba perfecta.

—Naturalmente —hizo observar al anciano—, si la cosa sale mal, seremos nosotros los que pagaremos el pato.

—En efecto... Ése es siempre el riesgo de una cosa así. Pero lo que realmente conlleva todo eso, como tan a menudo sucede en nuestro pequeño mundo, es una bonita valoración de las pérdidas y de las ganancias. Y cuando se añaden las cosas positivas y las negativas, se llega a la auténticamente firme conclusión de que el equilibrio parece caer a nuestro favor.

Cavendish reflexionó durante unos momentos antes de replicar.

—Creo que tienes razón.

—Sí —repuso Dansey—. Estoy completamente seguro.

*Calais*

La muchacha de la cama emitió una sonrisilla maliciosa.

—Ese doctor me ha puesto demasiada escayola en el tobillo y apenas puedo levantarlo.

Se esforzó por levantar el yeso que envolvía su pierna derecha de la almohada donde se apoyaba y luego lo dejó caer con un ruido sordo que le hubiera producido un alarido de dolor..., si realmente hubiese tenido el tobillo roto.

—Y ahora no te preocupes por nada.

Una mano roja y encallecida se alargó hacia su desteñida bata de franela color lavanda y dio un apretón tranquilizador al antebrazo de Catherine.

—Nada cambia nunca, todo es siempre lo mismo, como ya te dije. Lo que necesitas está en el cuarto donde tienen todas esas cosas eléctricas: la lavadora, llena de jabón en el antepecho del saliente. Si cuelgas las cosas en el cable que está a la derecha de la máquina, no puedes pasarlo por alto. Si te dejan coser, tráetelo para hacerlo aquí.

Una indicación de su cabeza señaló un bien doblado montón de ropas encima de la mesilla de noche.

—El único problema consistirá en decirles por qué no quieres cenar con ellos.

La chica emitió un triste y dificultoso suspiro y repuso:

—Nunca he tenido ese problema. Nadie me ha pedido que salga a cenar, excepto el seboso cabo que conduce la motocicleta. Dicen que tienen muy buena comida en esos restaurantes para oficiales adonde van. Lenguado fresco... ¡Incluso ostras!

La nostalgia por aquellas exquisiteces olvidadas desde hacía tanto tiempo invadió el rostro de la muchacha.

—«Pobrecita —se burló Catherine—, es exactamente como Aristide la describía: gorda, con manchones de piel exhibiéndose a través de las zonas calvas de su fibroso cabello castaño, una tez tan tosca que sus mejillas parecían de papel de lija. No es de extrañar que nadie le proponga salir a cenar.»

—Todo corazón —había dicho Aristide— y nada de cabeza hasta donde he sido capaz de descubrir.

Durante tres años había estado haciendo la colada de los oficiales de la «Batería Lindemann». Su padre, un vago simpatizante comunista de preguerra, había sido deportado a Alemania en alguna lejana redada y ella era la única ayuda para su anciana madre alcohólica. Incluso a los ojos del más ardiente antinazi ningún estigma se atribuía a su trabajo para los alemanes. De todos modos, se había mostrado más que contenta al simular su accidente de bicicleta y dejar su puesto a Catherine como una forma de reasegurarse para el mundo de la posguerra.

En el exterior, Catherine escuchó el jadeo de la moto y luego el retumbar de las botas en el piso de madera de la vivienda.

—*Ach!* ¿Qué es eso? —preguntó el sorprendido cabo al entrar en el cuarto.

La chica se frotó de una forma muy poco atractiva en la manga de su bata y emitió un gemido.

—Karli, *mein Schatz* —dijo—, pobre de mí... Me he caído de la bici y me he roto el tobillo. El doctor me ha dicho que debo permanecer en cama durante seis semanas. Denise, mi amiga, se cuidará de la lavandería hasta que esté mejor.

Cualquier sorpresa o recelo que este súbito cambio en el programa pudiese haber suscitado en el cabo, quedó al instante compensado por la comedida pero prometedora sonrisa que Catherine le dedicó. El cabo cogió el paquete de costura de la chica y una vez fuera, acomodó a Catherine en el sidecar de su moto como si llevara haciéndolo durante meses. Recorrieron la carretera paralela a la costa del canal, en la parte occidental de Calais. Sólo les separaban unos 100 metros de la línea de las mareas altas, en el lado de sotavento de la hilera de dunas que se alzaban detrás de las playas. Numerosos búnkeres, cañoneras, fortines y emplazamientos de ametralladoras habían sido empotrados entre las dunas, de modo que a Catherine le pareció que se habían convertido en una especie de maciza espina dorsal de hormigón, sobre la que los alemanes habían esparcido un manto de césped y algas. Cuando, a través de alguna brecha ocasional entre las dunas, Catherine veía la playa, lo único que divisaba era un recio alambre espinoso y estacas de cemento, los famosos obstáculos hacia el mar que Rommel había ordenado plantar en el límite de las aguas. La faja de tierra que corría entre las dunas hacia la carretera, según sabía Catherine, se hallaba llena de minas. A su izquierda, se había inundado la llanura tierra adentro.

Pasaron ante unos *bungalows* de madera de un piso en la aldea de Sangatte que acababa en una barricada donde servían de guarnición una docena de *feldgendarmes*. Al ver a la familiar motocicleta, uno de ellos alzó la puerta y les hizo un ademán para que pasasen. La carretera formaba un embudo en el tráfico en este punto de control. ¿Cómo, se preguntó, con minas y campos inundados a cada lado de la carretera, podía un equipo del SOE llegar a la batería sin abrirse el paso a tiros a través del bloqueo de la carretera y sembrar de esta manera la alarma?

Pasado el control, la carretera costera comenzaba a trepar. A la derecha, los pliegues del terreno se alzaban de una manera cada vez más abrupta y dramática desde el nivel del mar, fundiéndose mientras lo hacían en los acantilados que se extendían hasta el cabo Gris Nez. A su izquierda, Catherine veía ahora los tres emplazamientos de hormigón de los cañones de la batería. Parecían los macizos cimientos de una torre aún no construida y diseñada para alzarse por encima de la costa del canal. Oscuros cañones sobresalían de cada torreta, con sus extremos apuntando hacia las delgadas paredes calizas de Dover, apenas visibles al otro lado del canal. El cabo dejó la carretera costera y comenzó a subir por una senda polvorienta de gravilla que corría en amplio semicírculo por detrás de las baterías. No obstante, según observó Catherine, otro control marcaba su entrada. Trató de registrar en la filmadora de su mente todas las cosas que veía, calculando las distancias y los ángulos. A cincuenta metros de la senda, sobre una loma que se alzaba de la falda de la colina, se encontraba lo que parecía un puesto de observación, un gran hongo de cemento que sobresalía de la tierra y rodeado por una abierta trinchera en la que se veía a hombres moviéndose. ¿El centro de control de tiro, se preguntó, o el puesto de mando?

Más allá había un trío de cañones antiaéreos en unos emplazamientos de hormigón. Sus servidores se hallaban esparcidos por allá, medio dormidos bajo el sol primaveral. Obviamente, confiaban en el radar y no en sus prismáticos para prevenirse de un ataque aéreo. En la cima de la cumbre de una colina, detrás del emplazamiento del cañón de en medio, el cabo dejó la senda para entrar en una zona de aparcamiento. Allí se veía otro hongo de cemento, éste coronado por un bosque de antenas que avistaban por encima de la torreta del cañón central en dirección del mar. En el extremo más alejado de la pista desde la torreta, el terreno descendía levemente hacia una expansión herbosa de terreno abierto desfigurado por docenas de bostezantes cráteres, dejados por la incursión aérea de 1943 sobre la batería. Catherine se percató de que resultaba imposible aterrizar allí con un planeador. «¿Y al otro lado de la pendiente?», se preguntó.

El cabo la ayudó a salir del sidecar. Mientras lo hacía, la muchacha le apretó tiernamente su peludo antebrazo.

—¡Karli, mira! —le dijo haciendo un ademán hacia las amapolas escarlata y las anémonas que surgían entre los cráteres de la cumbre de la colina, más allá de la pista—. ¿Verdad que son encantadoras? Vamos, me gustaría ir a coger algunas y llevárselas a la pobre Danielle que está en cama.

—¿Estás loca? —preguntó Karli—. No puedes hacerlo.

—¿Por qué?

—Porque hay instaladas muchas minas y ni siquiera un perro podría ir allí a mear, sin resultar muerto.

—Oh, Karli... —insistió—, no me engañes. Siempre tienen un mapa que indica cómo caminar a través de las minas. Podrías guiarnos y las cogeríamos por el otro lado.

—Escucha, *Schatz* —le contestó Karli, al tiempo que le cogía el montón de ropa—, esto no es un mercado de flores. No hay ningún camino. Y al otro lado nos encontraríamos con tantas minas que ni siquiera un ratoncito pasaría entre ellas.

Hizo un gesto con la cabeza hacia el otro lado, a las aguas abiertas del canal.

—Los paracaidistas de Churchill —gruñó— se quedarían sin piernas si intentasen saltar ahí.

Para llegar a la entrada de la torreta anduvieron a lo largo de una carretera que, según observó, tenía los bordes alineados con matojos de caléndulas. Alzando la mirada desde las flores hasta la fachada de la torreta, vio un par de ametralladoras que cubrían amenazadoramente la parte de atrás del emplazamiento de los cañones. Una puerta de acero llevaba a la torreta. Se abrió eléctricamente como respuesta a la consigna que el cabo pronunció ante un tubo acústico. Tras pasar por ella, Catherine tomó nota mental de la localización de sus goznes. Un comando podía volarlos con cargas de plástico, si alguno de ellos quedaba con vida para hacerlo, pensó, tras los campos minados y las ametralladoras. ¿En Londres estaban locos? Comprendía muy bien que aquella idea jamás funcionaría.

Traspasaron una segunda puerta de acero, ésta abierta, hasta donde Catherine comprendió al instante que estaría la sala de control de tiro de los cañones. Una docena de hombres se encontraban en la estancia, algunos de ellos con auriculares y megáfonos, otros leyendo, fumando, hablando unos con otros. Se divisaban dos mesas cubiertas de mapas y varios tipos de compases. En la pared de enfrente, a través de la que entrevió la boca del cañón, se encontraba pintada la palabra «BRUNO» y debajo, en alemán, la frase: «Nosotros, los alemanes, no tememos a nada en el mundo, excepto a Dios.» Una serie de obuses con aletas, y lo que parecían fechas debajo de ellos, se extendían a lo largo de las paredes; resultaba claro que era un anexo de la actividad del cañón.

Catherine no tuvo tiempo de observar más porque su cabo ya había cruzado el cuarto y empezado a descender por una escalera circular de acero. «Esto debe representar cómo es el aspecto de un submarino», pensó mientras le seguía. El sistema de apoyo de la batería tenía cinco pisos subterráneos de extensión. Era un pequeño mundo autónomo, todo dispuesto y bien compartimentado. Mientras seguía bajando por las escaleras vio talleres de construcción y reparación, un pequeño hospital, alojamientos para los servidores del cañón, cocinas, una sala de juegos donde una docena de soldados se hallaban repantigados. Una cabria, indudablemente para los obuses, corría al lado de la escalera. Por todas partes escuchaba el zumbido opresivo de los sistemas de ventilación, que hacían circular el aire sin textura del mundo subterráneo de la batería. Al llegar al descansillo del fondo, el cabo la condujo hacia el comedor de oficiales. A su izquierda se encontraba la sala de la instalación eléctrica, una pared cubierta de fusibles, interruptores, contadores y, al lado, lo que probablemente sería un par de generadores independientes para proporcionar a la batería electricidad en caso de que se cortase el suministro desde el exterior. En la parte de atrás del cuarto, localizó la máquina de lavar.

Un camarero del comedor les recibió en el alojamiento de los oficiales y ofreció a Catherine una humeante taza de café de su hornillo. En la pared, por encima de una serie de sillones, y exactamente como Danielle las había descrito, se encontraban una hilera de siete cajas de madera, una por cada oficial de la batería. Abrió su hato de ropa y comenzó a distribuir su contenido en las cajas, tomando de cada una, mientras lo hacía, el montón de ropa sucia que la estaba aguardando. Detrás de ella, escuchó a dos de sus clientes entrar en busca de una taza de té. Cuando se dio la vuelta para coger otro paquete, entrevió a uno de ellos por el rabillo del ojo. En sus oscuros rasgos había algo vagamente familiar, una perturbadora sugerencia de que le había visto antes en alguna parte. Al meter la ropa de la colada en su caja, supo que la estaba mirando, haciéndose seguramente la misma intrigada pregunta que ella.

—*Mademoiselle?*

Catherine se dio la vuelta. Por primera vez desde que había entrado en la batería, fue perturbadoramente consciente de dónde se encontraba. El alemán sonreía.

—Espero que su colada no sea tan pesada como su maleta en el tren de París. La busqué en la posada de «Trois Suisses» muchos días, y durante todo el tiempo estaba aquí...

*París*

Media hora después de su cita con Strömelburg, Paul se hallaba ante la cabina telefónica del «Café Sporting», en la Porte Maillot. Dio a la telefonista, una mujer que parecía una gárgola, su propio número de teléfono y se dirigió a la cabina. Mientras el aparato sonaba sin que nadie respodiese, en el estante que estaba debajo del aparato abrió el listín telefónico por la página setenta y cinco, colocando su mensaje en el interior. Era breve. Simplemente confirmaba, tal como Londres había requerido, que la «Operación Foxtrot» se llevaría a cabo a la noche siguiente.

Cuando colgó, el operador de radio que había estado sentado en la parte de arriba del café, se hallaba esperando ya su turno para usar el teléfono. Sin hacerle la menor señal de reconocimiento, Paul subió las escaleras, llegó a la calle y luego anduvo hasta la estación de Metro que se hallaba en la esquina de la calle del café. Esta vez su destino era una de las más celebradas instituciones de París, una empresa que por lo general, no se asociaba con los rigores de la vida clandestina. Se trataba de un burdel conocido como el «Uno dos dos», por su dirección, 122 Rue de Provence, y que tenía la ventaja de ser uno de los pocos prostíbulos de París que aún seguía abierto, tanto para los civiles franceses como para los soldados alemanes.

Paul entregó su abrigo al inválido jubilado de la casa, encargado del guardarropía y se dirigió al salón raídamente elegante y de alto techo. La madama le recibió cálidamente y luego hizo un ademán a la docena de chicas que se hallaban allí, con el orgullo de una directora que mostrase su mejor aula a un inspector de la jefatura de Educación.

—Elija, Monsieur —le pidió.

Luego se inclinó hacia Paul y le dijo en un susurro:

—Todas están estupendas y frescas. Aún es muy temprano.

Paul observó a las pupilas.

—Me parece que me tomaré algo primero —declaró y se encaminó a la pequeña barra que se encontraba en el extremo de la estancia.

Estuvo sentado allí durante quince minutos tomándose un vaso de vino y estudiando a las muchachas. Todas ellas llevaban trajes de noche, de seda, ajustados o unas faldítas cortas, con sujetadores de seda a juego. Efectivamente era temprano y el único cliente aparte de Paul era un cabo medio borracho de la Wehrmacht, que tenía considerables dificultades para mantenerse en su taburete de la barra.

Las chicas realizaron el obligado esfuerzo de captar la mirada de Paul desde sus bancos de terciopelo o cruzaron ante él en la barra, ondulando sus caderas tratando de representar con la mirada un interés que no sentían, murmurando la frase ritual.

—*Je t'emmène, chéri* (¿Vienes conmigo, querido?).

De repente, una rubia entró a través de las cortinas que cubrían el arco que llevaba a las escaleras. Era mayor que casi todas las otras chicas del salón, tal vez treinta y pico años, vestida con un traje de noche de seda verde que parecía salir de su piel. Era una rubia teñida, con ojos oscuros y orientales y altos y musculosos pechos, cuyos pezones se oprimían con evidente desafío contra su vestido. Con el infalible sentido de las putas de dónde encontrar un cliente, captó la mirada de los ojos de Paul cuando éste la observó.

Lentamente, con estudiada indiferencia, la mujer anduvo hacia él. Poseía una dura y burlona expresión en los ojos, que contradecía la desarmante sonrisa con que miraba a Paul. Avanzó exactamente hasta delante de él, con los bordes de su pelvis tocándole las rodillas. Atrapando sus ojos con los suyos, le deslizó una mano por la parte interior del muslo y la hizo avanzar hacia arriba, hasta que sus largos dedos comenzaron una indolente caricia de su objetivo.

—*Alors, mon amour* —le dijo, con los ojos clavados en los de Paul—, *tu viens ou non?* (¿Vienes o no?)

Paul lo hizo. Se acercó a la madama y pagó los honorarios establecidos para «un rato» y luego siguió a la rubia escaleras arriba hasta su habitación. La criada, una muchachita de frescas mejillas que probablemente, tenía menos de dieciséis años, les abrió la puerta y dejó sobre la cama una toalla que griseaba a causa del uso.

La chica cerró la puerta detrás de la criadita que se alejaba y Paul se quitó la chaqueta y se aflojó la corbata. Se sentó en la cama, con los hombros apoyados contra la pared, y ofreció a la mujer un cigarrillo.

—¿Qué hay de nuevo? —preguntó.

—No demasiado —respondió ella—; las malas noticias no parecen apagar el ardor de nuestros amigos alemanes.

Se encogió de hombros.

—Y esto supongo que son buenas noticias para mí. ¿Y tú?

—Muchos asuntos, como de costumbre. ¿Tienes algo para mí?

La chica meneó la cabeza.

—Pues yo sí tengo algo para ti.

Paul se metió una mano en el bolsillo. Ese «algo», que era mucho para lo que les rodeaba, se hallaba encerrado en un condón fuertemente enrollado. Ella lo colocó debajo de la pila de preservativos que tenía en el cajón de la mesilla de noche.

—Es urgente —le previno Paul.

Charlaron durante otros quince minutos, hasta que escucharon una llamada en la puerta y la voz chillona de la criada que anunciaba:

—*Temps, Monsieur, Madame...*

Lo de «un rato» en el «Uno dos dos» era exactamente eso. La prostituta acompañó a Paul hasta la puerta principal, agarrándole orgullosamente la mano con la suya. Una vez se hubo puesto el abrigo, le abrazó cálidamente.

—*Merci, chérie* —le dijo—. *À bientôt, j'espère.* (Espero que hasta pronto.)

*Calais*

Aristide se estaba bebiendo un vaso de agua, tragándosela, según observó Catherine, con los pequeños y meditativos sorbos de un *gourmet* que saboreara las primicias de una botella de burdeos de 1932. Pierrot estaba inclinado contra la pared, con los brazos cruzados, escuchando en silencio. Había algo casi dostoievskano en el pequeño trío, en este piso vacío y en sombras. El apartamento, como había observado Catherine en su primera visita, era austero, como un indicio de que el hombre que vivía allí fuese un estudioso jesuita. Pero aquella casi calculada carencia de posesiones, que conllevaba al parecer la sistemática exclusión de cualquier comodidad material, ¿era reflejo de la personalidad de Aristide —se preguntó—, o consecuencia de la terrible incertidumbre de la existencia clandestina?

Cuando terminó el relato de su primer día como lavandera de los oficiales de la «Batería Lindemann», alzó la mirada hacia Aristide. Su respuesta fue un largo y especulativo silencio.

Finalmente, Pierrot intervino:

—Por lo menos —dijo— has averiguado más acerca de esa batería en una hora y media de lo que hemos sido capaces de hacer durante tres años.

—Suficiente —habló Aristide— para probar que el comando que destruya esos cañones no existe.

Pareció auténticamente deprimido ante lo fútil de la proposición de Londres.

—Una inútil matanza de doscientos hombres es todo lo que representaría.

Volvió a su agua durante un momento y luego dirigió de nuevo su atención a Catherine.

—¿Qué hacía allí aquel oficial que te llevó las maletas en el tren?

—Según el cabo, es ingeniero.

—¿Se cuida de la maquinaria, de la electricidad?

—Supongo que sí.

—Hay dos maneras de manejarle...

Aristide consideró la situación con un aire de desprecio que Catherine no compartió.

—Esos oficiales alemanes, aparte de otros posibles defectos, tienden a ser caballerosos en lo que se refiere a las mujeres. Podrías rechazarle indicándole lo espantosa que resultaría tu vida entre tus conciudadanos, en el caso de salir con él. Mi suposición es que lo comprenderá.

—Eso es exactamente lo que me gustaría hacer.

—Tal vez —empezó Aristide volviendo otra vez a su agua—, pero eso no es lo que quiero que hagas.

Catherine enrojeció levemente, mientras pretendía, torpemente, no comprender.

—Lo que me gustaría es verte aceptando su invitación para tomar un trago.

El rostro lleno de odio del que recogía los billetes en la Gare Montparnasse surgió en aquel momento ante Catherine.

—¿Quieres decir que deseas verme pavoneándome por las calles de la ciudad del brazo de un alemán? ¿Qué pensará la gente?

—Comprenderán —repuso Aristide, pronunciando las palabras con sereno despego— que te has prostituido con un oficial alemán. ¿Qué otra cosa cabe esperar que piensen?

—Pues bien, eso es algo que preferiría ahorrarles.

Aristide se encogió de hombros.

—No desearía... No puedo forzarte a salir con él. Y eso sin tener en cuenta lo importante que puede ser para nosotros.

Su sonrisa dio a entender una tolerante comprensión de sus objeciones. Sin embargo, sus ojos y el tono de su voz fueron vehículos de otro mensaje.

—¿Qué tal aspecto tiene? Quiero decir físicamente.

—Oh, muy buena apariencia...

Catherine quedó sorprendida de la facilidad con la que le habían salido aquellas palabras.

—Moreno. No parece en absoluto alemán. Como si de alguna manera hubiese sangre española en él.

—Debe de ser del Norte. De Hamburgo, Bremen...

Las observaciones de la chica habían resultado tranquilizadoras. Si el hombre hubiese sido gordo, calvo y bajo, razonó Aristide, le hubiera sido difícil abogar por él.

—La mayoría de los oficiales proceden del Norte. Los retoños de la Liga hanscática, gente condicionada por el mar. Resulta muy extraño, pero hay en ellos algo nuestro...

—Aborrezco positivamente la idea de salir con él, Aristide. Dime simplemente por qué es tan importante para ti... Y por favor, ahórrame ese cansino viejo *canard* acerca de Mata Hari, de la *femme fatale*.

Aristide se encogió de hombros.

Se puso en pie y siguió dirigiéndose a ella mientras paseaba por la estancia.

—No sé por qué es tan importante para ti dejar que este hombre te saque a pasear. Tal vez no lo sea... Quién sabe... No sabemos nada acerca de él. No sabemos de dónde procede. No sabemos tampoco qué hace en esa batería. Nada conocemos de sus lealtades. Y por encima de todo, Denise, no sabemos lo que él sabe... Hasta que tengamos alguna idea, ¿cómo saber lo importante que llegaría a ser para nosotros?

—Aristide, esto no es el París de 1938.

Una fría calma se había apoderado de nuevo de Catherine.

—Hoy la gente vende su alma por una buena comida. Y no saldrá conmigo sólo para practicar su francés.

Qué extraño resultaba lo pertinente de aquella observación, pensó Aristide. En aquel mundo raro de la ocupación, el verdadero acto de sumisión para una mujer no se producía por irse a la cama. Se llevaba a cabo en el comedor, en el restaurante del mercado negro, ante el rostro del olvidado lujo de la comida.

—No todos los hombres que salen con una chica guapa a cenar concluyen la cosa haciendo el amor con ella, Denise. De haber sido éste el caso, mi existencia habría, en realidad, sido mucho más satisfactoria de lo que ha sido.

Aristide regresó a su silla y encendió un espantosamente maloliente «Gauloise» de la ocupación.

—Supón —comenzó con lo remoto de su tono dando a entender que estaba a punto de discutir algún concepto abstruso— que te sugiero dos razones de por qué podría ser muy valioso para ti, a pesar de tus comprensibles reservas en el asunto, el salir a tomar una copa con ese caballero... En primer lugar, la incursión de comandos de Londres no va a funcionar. Los tres lo sabemos, estamos de acuerdo en ello. Ni tampoco incursiones aéreas. Por lo tanto, el Almirantazgo, por mucho que le disguste, tendrá que traer sus navíos a los estrechos para inutilizar a esos cañones, a menos...

—¿A menos qué, Aristide?

Catherine no ocultó su petulancia.

—A menos que nosotros, los tres que estamos en esta habitación, podamos encontrar una cuarta opción.

—¡Oh, Dios mío! ¿He de suponer que vas a decir que lo que quieres que haga es que me acueste con ese alemán, le vuelva loco de lujuria, si es ése el término, y luego le haga volar esos cañones para nosotros? ¿Qué diría Londres a esa idea?

—Londres diría lo que siempre afirma en tales situaciones: «Se lo dejamos a su criterio.» Denise, por favor, no pienses que soy tan ingenuo como pareces dar por supuesto que soy. No quiero sugerir tan extravagante resolución a nuestros problemas. Lo que quiero decir, como jefe de esta red, es que nos enfrentamos a una situación, a una potencial situación, que debería explotarse, por lo menos hasta que hayamos determinado si es algo que merece sacarle partido. Desgraciadamente, tú eres la única que puede hacerlo para nosotros. Es posible, apenas concebible, estoy de acuerdo, pero todavía posible, que algo de lo que diga este alemán sugiera otra forma de resolver el problema de Londres. De todos modos, no de una forma tan dramática como sugieres.

Aristide inhaló una gran bocanada de su cigarrillo, tomando el silencio de ella como indicación de que algo de su acaloramiento inicial había desaparecido en sus argumentaciones.

—Comprendo cómo te sientes. No olvides que yo trabajo en el Ayuntamiento. Estoy siempre humillándome ante ellos de una forma que odio cada minuto que paso allí.

El movimiento de su cigarrillo acabó este pensamiento por él.

—Debemos seguir manteniéndote como lavandera en la batería, no te olvides de eso. El tenerlo de tu parte puede representarte menos problemas. En cualquier caso, no te pido que decidas ahora. Consúltalo con la almohada. ¿Cuándo conectas de nuevo con Londres?

—Mañana, a las diez y media.

—Enviaré a Pierrot contigo a las nueve y media. Puede echar un vistazo por si hay camiones alemanes de detección mientras transmites.

—Aristide, hay algo más...

—¿Acerca del alemán?

—No. Acerca de la radio. He realizado todas las emisiones desde mi cuarto. Londres ha aconsejado variar nuestros lugares de emisión

para evitar los camiones goniométricos: los camiones de detección.
—Lo sé.
Aristide suspiró pero esta vez de forma casi penosa.
—Londres vive en un mundo perfecto. Pero nosotros no. Intenta
moverte por ahí si lo deseas, radiar desde aquí, desde casa de Pierrot.
El problema es que existen en la actualidad numerosos registros de
paquetes en las calles, por lo que honestamente no creo que sobre-
vivas quince días sin que acaben pillándote con la radio a cuestas.
—¿Y cuánto tiempo sobreviviré sin ser atrapada, si sigo transmitiendo desde el mismo lugar?
Su pregunta provocó otro de aquellos silencios de Aristide, pobla-
dos de pensamientos.
—Como te dije cuando llegaste Denise, tu trabajo es el más peligroso que tenemos. Y éste es el peor sitio en Francia para llevarlo a
cabo. ¿Qué más puedo decir?


Según sabía, en algún lugar, en algún camino apartado y rural, en
alguna semidesierta calle de la ciudad, oculto detrás de alguna des-
pintada pared, en un tranquilo patio, un alemán estaba sentado pacientemente en un camión, con los auriculares sujetos a la cabeza, haciendo girar con lentitud una aguja en el dial de su radio. Era un
cazador que acechaba a su presa con cuidado, meticulosamente. «Y yo
—pensó Catherine— soy su presa.» Por lo menos, cabía decir que aquello era un pensamiento deprimente, pero, curiosamente Catherine lo
alentaba a estar siempre en primer plano de su mente. Los padres primero, los amantes después, la habían prevenido de las consecuencias
de cierta temeridad en su carácter. No había espacio para eso en lo
que realizaba ahora. Para sobrevivir como operador de radio clandestino hay que trabajar para sostenerse, y cualquier alusión sobre esto,
por lúgubre que pareciese, era bien venida.
Eran las 10.20. Catherine se frotó las manos, como suele hacerse
encima de un fuego chisporroteante en una noche fría. El ademán
era a medias un reflejo nervioso y a medias una cuidadosa prepara-
ción para su transmisión. Pierrot ya estaba en la ventana, con los ojos
estudiaba la calle de abajo. Transmitir desde el centro de Calais tenía
algunas ventajas. Sólo nueve vehículos, cinco coches particulares y
cuatro camiones, tenían *ausweisses* para circular por la ciudad. La posibilidad de que uno de ellos apareciese en su apartada calle durante
una transmisión era mínima. Ella y Pierrot convinieron en que cualquier vehículo que entrase en el callejón sería casi con toda certeza
una camioneta alemana de detección.
Su aparato estaba ya preparado y enchufado a la corriente. Su antena, un cable de quince metros recubierto de caucho, ondulaba como
una serpiente por el suelo del apartamento. Era otra ventaja de transmitir desde Calais. Con la emisora de recepción de Sevenoaks apenas
a 160 km de distancia, Inglaterra no tenía nunca el menor problema
para captar su señal. Otros operadores del SOE, que debían emitir
desde los Alpes o en el Sudoeste, se veían forzados a tener sus antenas fuera, donde podían ser localizadas fácilmente.

Bostezó, sabiendo, en el instante en que lo hacía, que eso reflejaba la tensión nerviosa que siempre sentía antes de salir al aire. Se desperezó, sonrió a Pierrot y luego, por décima vez, estudió el equipo que tenía sobre la mesa delante de ella. Lo había dispuesto con el cuidado y precisión de un cirujano que prepara sus instrumentos para una operación importante. El aparato estaba conectado a la electricidad general del apartamento. Sin embargo, una pila de seis voltios, regulada por un interruptor, estaba también adaptada al transmisor. Al lado del aparato, una lámpara, con su bombilla encendida, descansaba encima de la mesa.

Había una razón precisa para esto. A menudo, si la Gestapo había localizado la calle o el barrio desde el que transmitía un operador, enviaban un equipo con ropa de paisano para cortar el suministro de electricidad casa por casa, en cuanto la radio estaba en el aire. Si la señal desaparecía cuando se cortaba el suministro eléctrico de determinado edificio, en ese caso la Gestapo sabía que era la casa desde la que radiaban. Si la luz de la lámpara de Catherine se apagaba cuando estaba en el aire, sólo tenía que conectar el interruptor de su pila con la mano izquierda y seguir transmitiendo. Esta breve interrupción podía pasar inadvertida a los escuchas de la Gestapo.

Al lado de la lámpara se encontraba un gran reloj despertador y cuatro de sus cinco cristales alineados en el orden en el que pretendía emplearlos. Cada cristal estaba encajado dentro de una vaina dentada que se alojaba en el aparato igual que un fusible eléctrico. Cada uno de ellos tenía un número. Catherine sólo debía radiar el número del siguiente cristal que usaría para prevenir a Sevenoaks del hecho de que variaba de frecuencias. Su «madrina» en Sevenoaks tenía una lista de frecuencias que correspondían con cada uno de los cristales. Lo conectaba instantáneamente, pero los cazadores del servicio de detección alemán tendrían que comenzar su incesante búsqueda por las ondas para dar con su nueva frecuencia, y empezarlo de nuevo todo.

Su mensaje se hallaba enfrente de ella codificado en bloques de cinco letras, en el papel cuadriculado que los escolares franceses emplean para sus deberes en casa. Lo había cortado en trocitos de papel. Si la Gestapo se presentaba irrumpiendo por la escalera, podría tragárselos antes de que apareciesen por la puerta. Afortunadamente, Aristide era un hombre parco cuando debía expresar su pensamiento en palabras. Algunos jefes del SOE las usaban con el inacabable abandono de los marineros borrachos al gastar su dinero en tierra. Constituían la maldición de sus operadores de radio, puesto que, cuanto más rato permanecía una radio en el aire, mayores eran las probabilidades de que los alemanes pudiesen conseguir su localización.

Las 10.25. Catherine hizo un ademán a Pierrot y se colocó los auriculares en la cabeza. Jugó con el dial durante un instante y luego saltaron al éter con fuerza precisa y clara las familiares tres letras de su señal de llamada: «BNC... BNC... BNC...», una y otra vez, en dirección a Sevenoaks. Aquel sonido tenía un efecto extrañamente tranquilizador sobre Catherine: era su enlace con aquella FANY sin rostro que la recibía, en Inglaterra. Cuidadosamente, ajustó el dial para conseguir enviar a Sevenoaks una señal con el máximo de fuerza. Afortunadamente, no había otras transmisiones cerca con la longitud de onda que empleaba, ni maniobras de tropas alemanas, ni buques de carga holandeses en el Escalda parasitando su frecuencia.

Las manecillas de su reloj señalaron las 10.30. Catherine se tensó, respiró con lentitud para relajarse y conectó el aparato para empezar a transmitir. En el primer intervalo de la transmisión en Sevenoaks de su señal de llamada, entró en el aire, emitiendo su «BNC» media docena de veces. Luego se retrepó y escuchó.

—QSL... QSL... QSL... —respondió Sevenoaks—. La oímos alto y claro.

Ya estaban preparados. Catherine miró al reloj, se frotó por última vez su mano derecha y colocó el dedo encima de la llave. En unos segundos, se encontraba en otro mundo, total y absolutamente concentrada en su ágil dedo, en el clic-clac de la clavija de la radio bailoteando a través de puntos y rayas. Ágilmente, firmemente, se abrió camino por sus cinco bloques de letras, insertando su comprobación de seguridad entre el cuarto y el quinto, y su doble comprobación de seguridad entre el quinto y el sexto bloques. Trabajó metódicamente, forzándose a una calma que no sentía, obligando a su propio ser a olvidarse de la rigidez de sus músculos, de las gotas de sudor que empezaban a abrirse camino por su espina dorsal. Exactamente a las 10.40 hizo destellar una clave de nueva frecuencia a Sevenoaks, desenchufó su primer cristal e insertó el siguiente.

Lentamente y con firmeza, avanzó por los bloques de letras del mensaje de Aristide. Se había olvidado de todo, excepto de su dedo y de mantener el oído alerta hacia algún eco de silbido, que, según la habían prevenido, podía indicar que las camionetas alemanas de detección la habían encontrado.

Eran exactamente las 11.12 cuando transmitió la última letra del último bloque y su signo de llamada «BNC» para indicar que había concluido. Se echó hacia atrás tensa, escuchando. En cierto modo, se trataba del peor momento de una transmisión. En Sevenoaks, su «madrina» FANY tendría que repasar su mensaje, bloque por bloque, para asegurarse de que lo había copiado todo. ¿Tendría que pedirle que repitiera parte del mensaje?

Aguardó, doliéndole los músculos de la espalda a causa de la rígida posición que siempre adoptaba al emitir. Luego, al cabo de tres minutos, escuchó el sonido mejor recibido de toda la mañana: «QSL.» Sevenoaks lo había recibido todo. Se derrumbó en su silla exhausta y feliz. Había permanecido en el aire durante cuarenta y dos minutos, la transmisión más larga que había efectuado desde que llegara a Calais y no se había producido la menor señal del *Gonio*. Una vez más había frustrado a aquel desconocido cazador alemán que, en alguna parte, en su camioneta detectora, recorría las ondas en busca de una pista de su escondida posición.

Hans Dieter Strömelburg se encontraba en un estado mental desacostumbradamente jovial. Una cálida brisa primaveral agitaba las hojas de la Avenue Foch, en París, en el exterior de la ventana de su oficina.

Marcel Dupré, el gran organista cuyos talentos tanto admiraba, daría un concierto por la noche en la iglesia de Saint-Sulpice. Se hallaba determinado a estar entre su auditorio. También había dispuesto todo para una visita después del concierto a Dodo, la prostituta pelirroja cuyos servicios había llegado a estimar grandemente. Y acababa de regresar de una totalmente satisfactoria conferencia de estrategia en el cuartel general del mariscal de campo Rommel en La Roche Guyon.

Le gustaba Rommel. La franca adhesión del mariscal de campo por el nacionalsocialismo y su devoción personal al Führer, constituían actitudes que Strömelburg encontraba pocas veces en los oficiales de la Wehrmacht. Nunca había visto al mariscal de campo tan optimista, respecto a las posibilidades de rechazar la invasión, como lo había estado ayer. Su contribución a la reunión, una evaluación de la fuerza de la Resistencia francesa, había sido particularmente apreciada. Había tres regiones de Francia en las que le había asegurado que la concentración de la Wehrmacht podía verse relativamente libre de la amenaza de la actividad armada de la Resistencia: en el Norte, en Normandía y en la región central alrededor de París. Al sur del Loira las cosas eran mucho más inseguras. Pero aquellas eran las que más importaban, a lo largo de las costas, por lo que podían estar tranquilos al respecto, según había informado.

Una llamada a la puerta le despertó de su autosatisfecha ensoñación. Era el doctor.

—Supongo que llega con buenas noticias —le dijo Strömelburg, al ver al expediente que su subordinado traía en las manos.

—Por lo menos son interesantes —replicó el doctor, pasándole el expediente—. Es el informe semanal del servicio de detección del bulevar Suchet. La semana pasada han salido en el aire cuatro nuevas radios.

—Era de esperar. El tiempo de la invasión se acerca —observó Strömelburg extendiendo el material encima de su escritorio.

Vio que las dos primeras emisoras se encontraban en la Dordoña. Por lo que a él se refería, podían emitir desde allí noche y día si lo deseaban. Localizar una radio en aquellas desoladas colinas era en extremo difícil. Y aunque la encontrase, el capturarla sería seguramente un asunto sangriento. La zona estaba llena de guerrilleros de la Resistencia. El tercer nuevo aparato se encontraba en Lyón, seguro que su subordinado Klaus Barbie se encargaría de eso. Fue la cuarta radio la que captó su atención.

—Una nueva radio, con el signo de llamada «BNC», opera en el triángulo Boulogne-Dunkerque-St. Omer. El aparato transmite irregularmente y se han detectado emisiones en 6.766 y 7.580 kilociclos. Aún no hemos captado plenamente su frecuencia de actuación, pero hasta ahora están confirmadas seis emisiones. Hemos interceptado fragmentos de las seis y estimamos que su extensión varía de seis a cincuenta minutos. Eso indica que es una emisora de cierta importancia. Los fragmentos interceptados han sido comunicados a la Sección de Radio de la Inteligencia del Ejército, en Berlín, para su descodificación.

—¿Cuántas camionetas de detección trabajan allí? —preguntó con violencia Strömelburg.

—Dos con esa emisora —replicó el doctor—, más otras cuatro que actúan entre nosotros y Lila.

—Ponga el resto de los camiones en ese triángulo —le ordenó—. Todos.

Dio unos golpes al expediente con el dedo índice.

—Quiero esa radio, doctor. Le hago responsable de conseguirla. Y lo más rápidamente posible.

Cuarta parte

# UNA ENMARAÑADA TELA DE ARAÑA

## CALAIS-LONDRES-PARÍS

### Abril-mayo 1944

*¡Oh, qué enmarañada tela de araña tejemos
la primera vez que empezamos a engañar!*

SIR WALTER SCOTT

Los dos «Humber» azul oscuro se deslizaban por la carretera de Kent, por el tapiz verde pálido del campo inglés que despertaba en ese momento. T. F. O'Neill admiró las prímulas que brillaban al sol abrileño moteando los prados, las campánulas azul pálido que se agitaban desde los cauces de los arroyos. «¿Podría —se preguntó— aspirar el aire salino a través de la ventanilla abierta?» A fin de cuentas, el canal de la Mancha se encontraba sólo a quince kilómetros de distancia... En las afueras de Tenterden, los coches dejaron la carretera y atravesaron una discreta puerta; se dirigían a una mansión victoriana de ladrillos rojos.

Un teniente coronel americano y media docena de oficiales se saludaban al pie de las escaleras. T. F. salió del coche. En el vehículo detrás suyo, su superior, el coronel Ridley, salió con su huésped de honor, el general Sir Hastings Ismay, Jefe del Estado Mayor de Churchill. El Primer Ministro estaba tan interesado en *Fortitude*, le había explicado Ridley a T. F., que decidió enviar a Ismay para inspeccionar uno de los componentes principales en el plan, el Batallón 3103 del Servicio de Transmisiones de Estados Unidos. Ridley había insistido a T. F. que, como su enlace norteamericano, acompañase a la comitiva de Ismay. Durante un mes, los 1.000 oficiales y hombres del 3103 habían trabajado simulando las radiotransmisiones de tres Divisiones, tres Cuerpos armados, el Cuartel General de un Ejército y un Grupo de Ejército, un cuarto de millón de combatientes que no existían, y todo en beneficio de los escuchas alemanes, al otro lado del canal de la Mancha.

Ismay subió de dos en dos las escaleras y entró en la sala de instrucciones que los norteamericanos habían preparado para él. Un camarero le ofreció una taza de té; Ismay le apartó con impaciencia. Tenía otras cosas en la cabeza. El coronel norteamericano subió a un pequeño estrado, con un puntero con el extremo de goma, dispuesto a comenzar la bien ensayada sesión informativa para su distinguido visitante. Sin embargo, Ismay no iba a desperdiciar su tiempo escuchando cómo un instructor le contaba lo que los norteamericanos deseaban que supiera. Su vida con Winston Churchill, en ocasiones difícil, le había enseñado cómo perseguir la información con despiadada efectividad.

—Sólo tiene que decirme una cosa, coronel. ¿Por qué los alemanes van a aceptar estas falsas radiotransmisiones suyas como si fuesen auténticas? —le preguntó.

El coronel dejó el puntero con tanto cuidado como un hombre que se ha recuperado de una pierna rota y deja a un lado sus muletas por primera vez.

—Señor, cada División estadounidense, Regimiento y Batallón que se halla en realidad estacionado en este país, tiene órdenes de mandarnos un análisis diario de sus intercambios por radio: el número de mensajes que mandan y reciben; el porcentaje de ellos en clave, con voces, en morse sin código; un análisis del porcentaje corresponde a cada una de las diez categorías de asuntos que les hemos dado. Además, nos imaginamos que los alemanes están escuchando esos mensajes auténticos. Por lo tanto, sacamos los falsos mensajes para nuestras falsas Divisiones basándonos en ellos. Por ejemplo, sabemos cuántos mensajes de un puesto de mando regimental auténtico se envían en un día, de qué es probable que traten, a quién irán dirigidos, etc. Por lo tanto, forjamos el falso intercambio para nuestro falso puesto de mando regimental basándonos en la pauta de los mensajes reales de un puesto de mando.

En vez de permitir que Ismay le aguijonease con otra inesperada pregunta, el coronel se volvió con rapidez hacia los confortablemente familiares rasgos de un mapa, que colgaba a su lado de un caballete.

—Nuestro papel en el plan de engaño de *Fortitude* se llama en clave *Azogue* —continuó instalándose en su preparada rutina—. Se nos ha asignado descubrir, a través de nuestra falsa actividad por radio, la concentración de un imaginario Primer Grupo de Ejército estadounidense, que prepara una invasión de las costas de Calais desde aquí, en el sudeste de Inglaterra. Se supone que se compone de dos Ejércitos, el Primero canadiense y el Tercero estadounidense.

—Ya sé todo eso— le interpeló Ismay impaciente—. ¿Sus operadores lanzan sus transmisiones directamente al aire?

—No, señor —replicó el coronel—. Aquí lo grabamos todo en discos normales de cuarenta centímetros y los emitimos desde camiones que circulan por el sudeste de Inglaterra.

—¿No parece eso demasiado perfecto?

—Nuestros hombres cometen errores en la grabación, señor. Y si no son comprometedores permitimos que salgan al aire.

—¿Supongamos que un disco se rompe en uno de nuestros soberbios caminos vecinales?

—Los grabamos por duplicado, señor.

T. F. sonrió. La razón de que Churchill hubiese mandado aquí a su Jefe de Estado Mayor personal, según se acababa de dar cuenta, radicaba en abrigar un saludable escepticismo acerca de la habilidad de los norteamericanos para llevar a cabo su papel en *Fortitude*. El coronel le estaba decepcionando.

—¿Con cuántos camiones opera?

—Tenemos diecisiete equipos, señor. Cada uno de ellos está formado por dos camiones de radio y dos jeeps, cinco operadores de radio, tres criptógrafos, un especialista en voces, cinco guardianes y tres técnicos. Cada uno de esos equipos está previsto que imita cinco circuitos de radio, lo cual significa que, en total, imitamos ochenta y cinco circuitos diferentes.

Se volvió hacia un mapa del sudeste de Inglaterra.

—Los camiones operan dentro del triángulo Ipswich-Brighton-Ramsgate.

—En lo que se refiere a los mensajes en clave —preguntó Ismay—, naturalmente no estarán perdiendo el tiempo en extraer mensajes auténticos para ese tráfico, ¿verdad?

—Sí, señor, sí lo hacemos. Si uno de esos alemanes de allí descubre nuestra clave, no deseamos que empiece a leer: «Mary tenía un corderito», cuando están esperando algo acerca de estrategia de carros blindados.

Ismay ofreció al coronel una tibia sonrisa.

—Suelen decir que cada operador de radio tiene su propia firma, su propia manera de pulsar su tecla de emitir.

—Generalmente hablando, señor, eso es correcto.

—En ese caso, le ruego me diga una cosa: ¿esa docena más o menos de operadores que graban aquí sus mensajes, evitan que resulte evidente para los alemanes que esos ochenta y cinco circuitos de radio suyos están todos, en realidad, manejados por un número limitado de hombres?

T. F. sintió una punzada de aprensión hacia su paisano al escucharle plantear aquella pregunta.

—Cada uno de nuestros operadores ha sido entrenado especialmente durante un año para desarrollar una gran variedad de firmas, señor, hasta una docena. Y las emplean al azar cuando hacen su grabación en el piso de arriba.

Incluso T. F. no pudo reprimir una sonrisa de satisfacción.

—Uno de nuestros camiones opera aquí, general —continuó el coronel—. ¿Le gustaría tal vez echarle un vistazo?

Durante quince minutos, la comitiva anduvo en torno del camión, mientras el coronel mostraba su equipo, sus mezcladores «Preston 340A» y los amplificadores, osciladores, comprobadores de circuitos, ohmiómetros, sus bancos de grabaciones y sus cajones llenos de agujas de zafiro para tocadiscos. Finalmente, Ismay se volvió hacia un larguirucho cabo que se hallaba al lado del camión con una especie de indolente indiferencia que ningún soldado británico hubiera mostrado jamás en presencia de un general.

—¿Qué hacías antes de la guerra, hijo? —le preguntó, empleando aquella espúrea jovialidad que los oficiales de alto rango usaban para dirigirse a los soldados en el campo.

—Era actor, señor.

—¿Un actor? —preguntó asombrado el general inglés.

Estaba claro que los poderes que forjaban el Ejército estadounidense funcionaban de una forma insondablemente diferente a aquéllos por los que se regían las Fuerzas Armadas de su propia nación.

—Sí, señor. En Broadway. Como papel suplente en *Esconde el muerto...*

—Flannagan, aquí presente, es un especialista en voces —explicó el coronel—. Se ocupa de las transmisiones con voz de este camión. Tenemos veinte actores asignados al Batallón para estos propósitos...

Ismay se lo quedó mirando intrigado.

—Cierta cantidad del movimiento del camión se pasa en directo con voces, como lo haría una auténtica unidad. Queremos convencer a los alemanes de que tenemos una gran cantidad de hombres realizando la transmisión, no sólo uno. Ésa es la razón de que empleemos actores. Muestre al general lo que puede hacer, Flannagan.

Mientras T. F., Ismay y Ridley observaban fascinados, el cabo recorrió toda una escala de acentos, desde los brooklinianos, a los del Sur, del vibrante sonido tejano al nasal de Nueva Inglaterra. En realidad, explicó el coronel, constituían una parte del repertorio que interpretaba diariamente en beneficio de su invisible audiencia alemana, al otro lado del canal de la Mancha.

—Asombroso —replicó Ismay—. Algo del todo asombroso. Todo esto es impresionante.

Su admiración era auténtica, aunque fuera contra su voluntad.

—Naturalmente, la cuestión es si nuestros amigos del otro lado de las aguas estarán captando todo esto...

—Sí —replicó Ridley—, ésa es la cuestión, ¿verdad? Me temo que no podremos tener la respuesta hasta que llegue el momento. Tengo expedientes llenos de pruebas de la implacabilidad con que vigilan nuestras comunicaciones. Son condenadamente buenos en esto y lo saben. Como consecuencia, tienden a conceder gran importancia a este asunto.

La mente de Ridley pareció errar durante un momento.

—Sin embargo, hay una cosa. Uno de esos camiones norteamericanos está emitiendo junto a East Durham, imitando a una División blindada. La Luftwaffe ha visitado hace dos noches esta zona. Por desgracia, mató a varios civiles. Como saben, hoy raramente se aventuran a volar. Suponemos que han venido en busca de nuestra imaginaria División blindada.

—Sí —convino Ismay—, eso podría ser una indicación de que le escuchan.

Ismay regresó a Londres en su propio «Humber». T. F. le siguió media hora después con Ridley. Durante algún tiempo la pareja rodó en silencio, optando T. F. por no interferirse en cualesquiera preocupación de tipo privado de Ridley. Finalmente, aprovechando que le había pedido un cigarrillo, T. F. sacó a colación un asunto que le había estado inquietando desde el último intercambio de frases del coronel con Ismay.

—Terrible, ¿no es verdad? —comentó—. Esos civiles han muerto a causa de que nuestros camiones han estado radiando como un señuelo para su ciudad.

Ridley le asestó aquella impenetrable expresión que T. F. ya había visto en su rostro varias veces durante su instrucción de apertura, en el cuartel general subterráneo del LCS.

—¿Sí...? —preguntó—. Sí, supongo que así es.

Chupó con fuerza del cigarrillo «Camel» que T. F. le había dado, manteniendo la respiración y luego exhalando el humo levemente. Tosió.

—Su tabaco americano es más bien fuerte. Debe comprender una cosa, comandante. No hay nada, no existe nada lo suficientemente valioso; lo vendería incluso al diablo, si fuese el precio que garantizase que el 15.º Ejército alemán se encontrará al norte del Somme cuando desembarquemos en Normandía.

## Calais

El aire en el interior de la iglesia de Notre-Dame de Calais era tan húmedo, que pareció pegarse a las mejillas de Catherine Pradier; la luz tan tamizada le alcanzó los ojos a través de un filtro como si llevase unas oscuras gafas de sol. Hundió los dedos en la esculpida piedra del agua bendita, al lado de la entrada principal, y se persignó, con aquella humedad que dejaba su fría impresión en la frente. Parpadeando, empezó a andar por el pasillo central, con los ojos fijos en la vela que temblaba en la lámpara roja del sagrario, en el altar lateral. En el tercer banco vio a Aristide, con los ojos fijos en el altar como si estuviese perdido en alguna intensa y religiosa meditación. Se deslizó en el banco al lado del suyo y luego se arrodilló fingiendo también rezar.

—¿Te imaginas? —le susurró al levantarse—. Tu alemán insistió en llevarme a *Aux Amis de la paix*, en el Boulevard Lafayette. Los alemanes casi nunca van allí. Todos aquellos *zazous* sentados con sus grasientos cabellos y sus pantalones haciendo bolsas, me hubieran matado de haber podido.

Catherine Pradier se acordó de sus paisanos adolescentes, con los ojos llenos de odio, y ello confirió una especial estridencia a su tono.

—¿Por qué esos alemanes insisten en acudir a unos lugares donde no les quieren?

—¿Y qué otra clase de sitios hay?

En las sombras, los mechones de cabello gris que salían por las sienes de Aristide parecieron estremecerse con su satisfecha hilaridad ante sus palabras.

—Dime, Denise, ¿de qué te has enterado?

—Tenías razón acerca de una cosa. Es del Norte, de Bremen. Se llama Lothar Metz. Su padre sirvió en la Armada en la Primera Guerra Mundial.

—La tradición sigue en la familia... ¿Y qué más?

—Está casado y tiene dos hijos. Sus fotos estaban en la mesa delante de nuestras consumiciones. Realmente tienen extrañas ideas acerca de lo que hace seductor a un hombre, ¿no te parece?

—En las circunstancias en que se encuentran, Denise, no necesitan muchos pensamientos originales para ser seductores. ¿Qué te contó sobre las baterías?

—Parece como si estuviese enamorado de esos cañones. Han dado un nombre a cada cañón, como si fuesen animalillos domésticos: *Antón*, *Bruno* y *César*. Él está a cargo de *Bruno*. ¿Puedes imaginarte cuál es su lema?

—Pues no...

—«Nosotros, los alemanes, no tememos a nadie en el mundo, excepto a Dios.»

Aristide miró hacia el crucifijo del altar, que sobresalía entre las sombras que había ante ellos.

—Sí —murmuró—, Dios y tal vez una buena tormenta de nieve rusa...

—Me ha dicho que los cañones son tan grandes que necesitan diez servidores. Al parecer, son tan pesados que no pueden moverse a mano. Usan motores para ello.

—Ya lo había oído...

La mirada de Aristide estaba de nuevo fija en el suelo. Sus manos se apretaban contra los muslos, por lo que tenía todo el aspecto de un hombre de mediana edad que suplicase al Sumo Hacedor que le ayudase en alguna titubeante empresa.

—Dice que los ingleses nunca desembarcarán aquí mientras puedan disparar. Que los cañones harán saltar por los aires la flota inglesa en el canal...

—En eso tiene razón, me temo... Obviamente, ésa es la razón de que Cavendish esté tan ansioso por quitarlos de en medio.

—Muy poderosos... No ha hecho más que decir eso, una y otra vez, acerca de sus preciosos cañones. Habla igual que un colegial del hércules de un circo.

Catherine percibió la sardónica sonrisa de Aristide.

—Nuestros vecinos teutones admiran mucho la fuerza —silbó.

Los ojos de Catherine se habían acostumbrado ya a la luz tenebrosa de la iglesia. Un sacerdote con sotana negra apareció desde detrás del altar. Hizo una genuflexión delante de la luz del sagrario y luego, deslizándose una estola de color púrpura en torno de los hombros, se metió en el confesonario que estaba a la izquiera de Catherine. Ésta oyó el suave roce al deslizar la rejilla que separaba el cubículo del penitente del suyo. «Qué inteligente —pensó—. Si se presenta alguien, Aristide y yo no seremos más que un par de parroquianos que esperamos turno para confesarnos.» Recordó qué simpático había sido el cura el día de la cola de racionamiento. ¿Estaría el clero de Calais confabulado con Aristide?

—¿Qué te ha contado sobre la vida en las baterías? —siguió preguntándole.

—Nada valioso. Los oficiales y los soldados tienen salas de comedor separadas, pero comen la misma comida. El almuerzo es su comida principal. Por la noche reciben una cena fría: salchichas, pan negro, queso. Los oficiales compran alimentos en el mercado negro de Sangatte; verduras, carne... Y, naturalmente, vino y coñac. Tal vez pudiésemos envenenarlos...

—Eso es algo de aficionados, Denise. ¿Qué más te ha contado?

—Déjame ver...

En Inglaterra no la habían entrenado para recordar todas las conversaciones y el hacerlo le resultaba difícil.

—Los soldados tienen una cantina donde por la noche compran cerveza y *schnapps*. Hacen tres turnos de ocho horas al día. Los soldados deben regresar siempre a la batería a la puesta de sol. Y también los oficiales, a menos que tengan pases pernocta que resultan muy difíciles de conseguir. Él todavía no tiene, pero me temo que esta privación resulte sólo temporal. Ha pedido uno para el jueves y quiere llevarme a cenar...

—¿Cuál es su trabajo en la batería?

—Es el oficial de las cosas eléctricas. Estudió ingeniería eléctrica en Hamburgo antes de la guerra.

—Eso es muy interesante... ¿Y cómo es...?, como persona, quiero decir.

—Como habías predicho es más bien un caballero. Probablemente solitario y vulnerable. No creo que sea muy nazi... Más bien resultó desconcertante estar allí, tomando cerveza con él y ver que, a fin de cuentas, nuestros enemigos son humanos...

—Claro, claro...

Incluso en las sombras, Catherine sintió el odio que chispeaba en los ojos de Aristide.

—Como aquel piloto de «Stuka» que ametralló tu coche durante el éxodo. Probablemente nunca se olvida de mandarle flores a su madre el día de su cumpleaños. Piensa acerca de todo esto si en algún momento te inclinas por la ternura...

Aristide suspiró y se estiró en el banco de la iglesia.

—Una vez más has realizado un buen trabajo. El hecho de que sea electricista podría ser muy importante para nosotros. Debo pedirte que salgas a cenar con él el jueves por la noche...

Catherine hizo una mueca, pero Aristide la ignoró.

—Pierrot te hará llegar un mensaje mañana por la mañana.

Dio un paso hacia el pasillo, haciendo una genuflexión.

—Dame unos cuantos minutos de delantera —musitó.

Catherine permaneció sentada envarada en su banco, escuchando el duro sonido de sus tacones de cuero que se iban extinguiendo a lo largo de la nave de la iglesia. «Tal vez —pensó sardónicamente— un acto de contrición y unas cuantas avemarías serían lo adecuado, como gesto preliminar de penitencia por el pecado que siento que tendré pronto que cometer...»


Jadeando a causa del esfuerzo, Aristide se dejó caer en la herbosa cumbre del Mont Roty, un altozano barrido por el viento que se elevaba encima de la carretera costera que unía Calais y Boulougne. Conocía muy bien el lugar. A menudo, antes de la guerra, había merendado allí con amigas a las que deslumbraba con sus historias de que Felipe VI había acampado en estas alturas, en 1347, camino para levantar el asedio de Calais, o César y Calígula que, desde esta cresta, habían contemplado los acantilados de su isla, que se alzaba al otro lado de un neblinoso mar. En aquellos años de paz, Aristide había enseñado filosofía en el College de Calais de la Rue Leveux, pero su pasión la había constituido siempre la Historia. Miró hacia el foso gris del canal que se extendía a sus pies. Cuántas flotas habían arrostrado las corrientes de aquel paso vital a través de los siglos: galeras romanas y galeones británicos; buques de línea de Napoleón y los yates de motor que habían sacado a un ejército destrozado de los arenales de Dunkerque. Las largas tormentas invernales habían ya acabado y las turbulentas y revueltas aguas del canal se encontraban ahora tranquilas en esta mañana de abril, debido a la mano suave de la primavera. Aquí y allí una brisa refrescante alzaba cabrillas y más allá de las aguas podía ver a duras penas los blancos acantilados, cuyas formas en cierta época habían dejado transfiguradas a las legiones de Roma. El cruce sería tranquilo. Ahora no cabía la menor duda. El tiempo de la invasión se encontraba al alcance de la mano.

La visión de una figura que se esforzaba por subir la ladera interrumpió su meditación. Era notable, pensó Aristide, cuánto más amigables se habían vuelto las actitudes de sus paisanos hacia la Resistencia, a medida que el signo de la guerra había ido cambiando. Hacía dos años, el hombre que trepaba hacia él, en el mejor de los casos hubiese ignorado su invitación para una pequeña charla, y, en el peor, le habría denunciado a la Policía. Ahora, con la victoria de los aliados como perspectiva muy real, casi se había mostrado ansioso por aceptar su requerimiento de una reunión.

Al observarle, Aristide no pudo dejar de pensar en el pasado, en 1942, y en su propio reclutamiento para la Resistencia. Su padre había sido minero del carbón en Lens, hasta que sus enfermos pulmones le habían llevado a la superficie, y a Calais como organizador de la federación de sindicatos comunistas. Había sido capturado en la primera redada que hicieron los alemanes de comunistas en el Pas de Calais, en noviembre de 1941, y dos meses después, había sido fusilado en Lila tras haber disparado contra un soldado alemán. En aquella época, Aristide llevaba ya a cabo ocasionales tareas menores para la Resistencia, convencido de que su edad y su debilidad física le impedían desempeñar un papel más activo. Cuando el capitán Trotobas, el legendario comandante del SOE en el Norte, le sugirió que podría realizar algo más sustancioso para su organización, Aristide aceptó con la mayor de las alegrías. El SOE le había enviado a Inglaterra en un vuelo clandestino de «Lysander» para efectuar un cursillo de adiestramiento de seis semanas. A su regreso, y a sugerencia de Londres, dejó de dar clases y consiguió un empleo en el Ayuntamiento de Calais, donde podría ayudar a fabricar los constantemente cambiantes pases y documentos de identidad para circular por la zona costera.

Aquel empleo le permitió acceder a los archivos municipales y, ocasionalmente, prever los planes de los alemanes respecto de la ciudad. Por ejemplo, también le había permitido investigar los antecedentes del hombre que ahora trepaba la colina para reunirse con él. Pierre Paraud tenía cincuenta y cuatro años, estaba casado, era padre de dos hijos y llevaba ya doce años como empleado en «La Béthunoise», la compañía eléctrica privada que suministraba fluido eléctrico al noroeste de Francia. Desde mayo de 1939 había dirigido las operaciones de la compañía en el Pas de Calais. La constante necesidad de los alemanes por aumentar la producción de corriente eléctrica, para construir sus fortificaciones del Muro del Atlántico, significaba que necesitaban de la cooperación de «La Béthunoise» y de sus empleados principales, como Paraud. Algunos —muy pocos en realidad— se habían marchado para no tener que poner sus habilidades al servicio de los ocupantes. Pero no Paraud. Al igual que tantos franceses, había sido colaboracionista, aunque reluctante, dispuesto a hacer lo que fuera para mantener su empleo, para seguir adelante y que su familia conservara sus niveles de vida. La gente como Paraud necesitaría de referencias en los meses venideros, pensó Aristide. Y él estaba dispuesto a concedérselas, pero a cierto precio.

Los dos hombres se estrecharon la mano y se tendieron luego en el altozano. Aristide ofreció un cigarrillo al jadeante Paraud.

—Bonita vista, ¿verdad? —murmuró, señalando a través de la niebla marina hacia Inglaterra, a treinta kilómetros de distancia—. ¿No se pregunta a veces qué deben estar haciendo allí? ¿Qué pensarán cuando estén de pie en sus acantilados calizos y miren hacia nosotros?

—No...

Paraud se encogió indolentemente de hombros, un gesto que en cierto modo implicaba que se remitía en aquello a Aristide.

—Cuando miro hacia allí e imagino lo que vendrá, pienso en la destrucción que la liberación va a aportar...

«Estupendo —pensó Aristide—, exactamente la apertura que deseaba.»

—Sí, probablemente habrá que pagar un pesado precio por nuestra privilegiada ubicación. Siempre ha sido así.

Ofreció a Paraud el beneficio de una sonrisa de tanteo y aquella mirada perforadora de sus ojos que tanto había afectado a Catherine la primera vez que le vio.

—Me temo que habrá muchos precios que pagar cuando llegue la liberación.

Si sus palabras habían dejado la menor duda en la mente de Paraud acerca de su significado, el tono de Aristide fue suficiente como para disiparlos. Hizo ondear negligentemente su cigarrillo.

—Pero, ¿por qué debemos preocuparnos acerca de eso ahora? Sólo deseaba charlar un rato. Conseguir alguna información que me pueda ser útil.

Devolvió la mirada a Paraud, con sus profundas ojeras denotando el precio del silencio.

—Sobre una base estrictamente privada, no obstante —dijo con su voz convirtiéndose en un murmullo—, no soy un hombre que olvide a aquellos que me prestan un servicio.

Paraud pareció tragarse el cigarrillo.

—¿Qué desea saber?

—Hábleme sobre las instalaciones eléctricas en la «Batería Lindemann».

La aprensión que aquellas palabras produjeron en los rasgos de Paraud, resultó gratificante para Aristide. Una leve incomodidad mental era un pequeño precio que el ingeniero eléctrico tenía que pagar por lo que había sido, a fin de cuentas, una guerra relativamente libre de problemas.

—Toman la corriente eléctrica directamente de la central. Tienen su propia línea. Se la instalamos en 1942 para que no se queden sin luz cuando tenemos que cortar el suministro a la ciudad. También poseen dos generadores diesel «Deutz» en la batería, para generar su propia electricidad si la corriente queda cortada.

—¿Y cuánto tiempo pueden gobernar la batería con esos generadores?

—Indefinidamente.

—¿Días? ¿Semanas?

—Meses. Mientras tengan combustible para que funcionen los motores.

—¿Y en un caso de emergencia, podrían utilizar la batería sin corriente eléctrica?

—En absoluto, no el «Lindemann». Es demasiado grande. Los obuses pesan más de mil kilogramos. La única forma que tienen para llevarlos hasta los cañones desde su arsenal subterráneo, consiste en transportarlos en montacargas. Las torretas de los cañones pesan cincuenta toneladas cada una. Y tampoco pueden moverlas para cambiar la puntería sin ayuda de los motores eléctricos.

Por lo tanto, reflexionó Aristide agradecido, aquí se encuentra su talón de Aquiles. Siempre se supone que existe, incluso en sus creaciones. Se removió para conseguir una posición más cómoda en el altozano.

—Dígame algo —le preguntó—. Es una cosa que recuerdo de cuando era niño antes de la guerra. Me encontraba con algunos de mis primos en Amiens y una noche tuvimos la tormenta más increíblemente fuerte que quepa imaginar. En un momento determinado un rayo cayó en la línea eléctrica que enlazaba con la casa. Corrió a través de los fusibles y quemó los motores de todas las instalaciones eléctricas de la casa, la nevera, la máquina de coser, la radio, todo... ¿Podría sucederle algo así a la «Batería Lindemann»?

—No.

—¿Y por qué no?

—Porque los alemanes están preparados para esto. Tienen un muy fiable y calibrado sistema de limitadores del circuito, que controlan el flujo de electricidad en sus monitores. La descarga del rayo nunca llegaría a pasar por ellos. Causaría un follón en el panel de control, pero nunca alcanzaría a los motores. Todo lo que los alemanes deberían hacer sería establecer una línea de desvío y volver otra vez a operar.

Aristide se desmoronó. Su alma de filósofo se había visto siempre siendo ultrajada por la incapacidad de la ciencia para conformarse con las razones mejor dictadas.

—Si los motores que gobiernan esos cañones se quemasen, ¿cuánto tiempo costaría remplazarlos?

—Veinticuatro horas. Tal vez cuarenta y ocho. Siempre y cuando, como es natural, haya motores de repuesto aquí, en Calais. Pero no sé si los tienen o no.

Los ojos de Aristide se clavaron en los de Paraud.

—¿Existe alguna forma para que esos cierres del circuito se alteren y una sobrecarga de corriente llegue a través de ellos hasta los motores?

—Para alcanzarlos, primero habría que llegar al panel de control. Y siempre está cerrado.

—¿Y quién tiene la llave?

—El teniente Metz, el oficial eléctrico. Y supongo que también el comandante de la batería.

Aristide dio la bienvenida a aquella golosina con un leve asentimiento de la cabeza.

—Permítame colocarle ante una situación teórica y puramente hipotética. La puerta de ese panel de control está abierta. El cortacircuitos se encuentra delante de nosotros. ¿Qué habría que hacerle para que el impacto de una descarga eléctrica pasase a través de los mismos y alcanzase los motores de los cañones?

Paraud hizo una pausa en lo que Aristide al principio interpretó como un recalcitrante silencio. En realidad, se trataba de la ensoñación de un técnico. Simplemente, jamás le habían enfrentado ante el problema que Aristide acababa de plantearle.

—¿Sabe cómo funciona un fusible? —preguntó finalmente Paraud.

—No.

—El principio es muy simple. El fusible está insertado en la línea eléctrica delante del motor que se trata de proteger. La corriente ha de pasar a través del núcleo de plomo de ese fusible antes de que llegue a los motores. Si existe demasiada corriente en tu línea, el calor que produce conlleva que, al alcanzar el plomo del fusible, instantáneamente se funde. Y de esa forma se corta el fluido eléctrico y se salvan los motores.

—Comprendo... —replicó Aristide, gratificado ante aquella demostración de lo razonable que resultaba la ciencia.

—Ahora bien, si quiere eliminar cuatro o cinco de los cortacircuitos que emplean, lo que debería hacer sería quitar sus núcleos de plomo y remplazarlos por cobre. El cobre es un excelente conductor de la electricidad, pero también se funde, aunque a una temperatura mucho mayor. Un fusible de plomo que esté calibrado para fundirse a treinta amperios de corriente, admitiría muchos centenares de amperios más antes de fundirse si su núcleo está compuesto de cobre.

—Ah... —exclamó Aristide que, de repente, lo había comprendido todo—. ¿Lo que sugiere es desenroscar los cortacircuitos del panel de control, quitar los fusibles auténticos y poner otros manipulados en su lugar?

—Exactamente...

El jefe de la Resistencia dedicó a Paraud la sonrisa que un anciano maestro de piano brindaría a un discípulo que acabase de abrirse camino sin cometer ningún error a través de un preludio de Chopin.

—Se trata de una idea muy inteligente. Y muy simple. Me gusta. Ahora permita que le haga una última pregunta. Podemos estar seguros de que Dios es antinazi, pero eso no significa que nos proporcione un rayo si se lo pedimos... ¿Hay algún procedimiento para que la central eléctrica pueda sustituirle? ¿Cómo mandar una gran descarga eléctrica a través de la línea y que tuviese el mismo efecto que un rayo?

El labio inferior del ingeniero tembló ante el reconocimiento de la decididamente poco teórica naturaleza de la pregunta que acababan de formularle. Aristide estaba preparado para esta reacción. El valor no era de ningún modo monopolio de los jóvenes o de los pobres, pero en su actuación para la Resistencia había aprendido que un sitio donde resultaba improbable encontrarlo era entre las personas de mediana edad de la clase media.

—No estoy seguro de que realmente quiera entrar en esto...

La voz de Paraud imploró lo mejor posible para que hubiese una pequeña comprensión de lo delicado de su situación.

—Oh, no veo por qué no...

Aristide cogió un tallo de hierba y se lo colocó graciosamente entre los dientes.

—Estoy seguro de que un hombre como usted no desea hacer nada que pueda interpretarse como una ayuda para que nuestros ocupantes prolonguen su estancia aquí.

—¿Pero qué me dice de mi familia? Debe tratarse de un trabajo interno y me acusarían a mí.

«Si ése es el problema —pensó Arístide—, resulta bastante fácil el hacerle frente.»

—¿Y si suponemos que consigo que les evacuen? En ese caso, se encontrarían a salvo de todo tipo de represalias. Y lo que es más importante, estarán alejados de los combates que con toda seguridad tendrán lugar aquí.

—¿Podría arreglar eso?

—En efecto. Y ahora volvamos a mi hipotética pregunta... Y sigo insistiendo en que se trata de algo puramente hipotético...

—Lo que habría que hacer es conseguir una súbita y enorme elevación del voltaje de la línea que suministra electricidad a la batería.

Aristide ofreció al pequeño electricista la sonrisa de un jesuita que acaba de oír el primer reconocimiento de duda ética.

—¿Y cómo lo haría?

—La corriente para la batería llega a nuestra central eléctrica por una línea de alta tensión eléctrica de 10.000 voltios. La rebajamos hasta una corriente trifásica de 220 voltios con un transformador. Normalmente, se habría colocado el transformador lo bastante cerca de la batería para que la corriente llegase de una forma directa desde la fuente. Pero, puesto que los alemanes tienen guardianes en torno de nuestra central eléctrica, han instalado los transformadores dentro de la central.

—Comprendo.

El recital había tenido hasta ese momento una lógica que complugo a Aristide.

—Básicamente, lo más importante sería instalar un desvío entre el cable que llega al transformador con la corriente de 10.000 voltios, y eliminar el cable que alimenta con corriente de 220 voltios del transformador a la batería. De esta forma los 10.000 voltios rodearían al transformador e irían directamente a la batería.

—¿Y...?

—Y el estallido de una corriente de 10.000 voltios quemaría por completo esos motores como camarones sobre un espetón.

Aristide sonrió ante el placer que le inspiraba aquella comparación.

—¿Y hasta qué punto sería difícil hacer eso... técnicamente? ¿Existe alguna forma para hacerlo con antelación respecto del momento en que se pretendiera? ¿Para que cuando llegue la ocasión todo esté listo para funcionar?

Por el repentino silencio del electricista, resultó evidente que el asunto requería pensarlo un poco.

—Habría que instalar el desvío del cable de 220 voltios a la batería con cierta anticipación. Eso podría hacerse.

—¿Descubrirían los alemanes lo que se había hecho, inspeccionando la central eléctrica?

—Nunca entran en la central. A menos que alguien se lo hubiera contado, no tendrían ninguna razón para entrar y realizar una inspección.

—Al colocar ese cable de desvío en la línea de entrada de 10.000 voltios se tendría que desenchufar la corriente, ¿no le parece? ¿No habría que eliminar el aislamiento del cable para realizar la conexión? ¿Y no es eso algo parecido como decirles a los alemanes que se está tramando algo?

La mirada de piedad de Paraud le dijo a Aristide lo poco que sabía acerca de cómo funcionaban las centrales eléctricas.

—Ese cable de entrada es de cobre en bruto. Todo cuanto hay que hacer es tocar con él su cable de desvío y ya se tendrá una sobrecarga en la batería que les hará creer que ha llegado el día del Juicio final. Todo se irá al diablo; el panel de control, los cables, los motores, las luces, los ventiladores. Todo.

—¿Y qué le ocurrirá a su central eléctrica en el instante en que se haga?

—¡Dios mío! Se producirá una explosión, chispas y humo por todas partes...

Y también, pensó Aristide, los guardianes alemanes del exterior estarían dispuestos a averiguar lo que hubiese pasado, y quién lo había causado... Debería proceder aquí con un poco de cautela; desarrollar las cosas con pasos cuidadosos.

—¿Y cada cuánto visita usted la batería?

—Depende. Por lo general, después de una incursión aérea, porque la metralla está siempre cortando las líneas eléctricas y tengo que repararlas.

—Y cuando lo hace, ¿me ha dicho que entra en el panel de control?

Paraud se puso a temblar y tartamudeó algo que Aristide no pudo comprender. Alzó la mano para detener el incomprensible tartamudeo del electricista.

—Le prometo que no le pediré que lo *haga*...

—Metz y yo siempre vamos allí cuando he terminado, para asegurarme de que la corriente fluye de una manera adecuada.

—Está bien —dijo Aristide aprobatoriamene—. Ahora quiero que haga algo por mí la próxima vez que acuda allí después de una incursión aérea. Una tarea sencilla. No le comprometerá en absoluto. Lo que deseo es que eche un vistazo al panel de control. Un buen vistazo. Deseo que lo mire como si se tratase de un pasaporte al paraíso. Que lo memorice. Que lo fotografíe en su mente. Y, por encima de todo, que me dé una descripción exacta de esos fusibles que controlan el suministro de obuses y los motores de las torretas, quién los ha fabricado, su número de serie, cualquier cosa que se necesite para identificarlos con absoluta precisión.

—Pero sólo voy si se produce una incursión aérea —le recordó Paraud.

—No se preocupe —le tranquilizó Aristide—. Cuidaré de que tenga su incursión aérea.

Sus palabras llegaron como una revelación al electricista, como una abrumadora exposición de autoridad. Un hombre que tenía a su mando el que hubiera incursiones aéreas... Eso era poder. Y como a menudo sucedía, la proximidad al poder tranquilizó su debilidad.

—Existe otra cosa que se debe recordar —observó el electricista.

—¿De qué se trata? —le preguntó Aristide.

—De alguna forma deberá tener un duplicado de la llave del panel de control.

—Déjeme a mí eso de la llave.


*Londres*


—Ven aquí, O'Neill. Mira aquí. ¿Qué te recuerdan esas cosas?

T. F. siguió el ademán del brazo del oficial de más edad que señalaba el verdor de Grosvenor Square, tres pisos por debajo de la ventana de su despacho. Allí, varios equipos de personal femenino de la Real Fuerza Aérea se atareaban para desenredar los cables que sujetaban media docena de globos cautivos entre la puesta de sol de Londres.

—Pues me recuerdan una barrera de globos —replicó T. F.—. ¿Qué diablos más van a recordarme?

—Emplea la imaginación, por el amor de Dios —gruñó el comandante Ralph Ingersoll.

El antiguo editor del *New Yorker*, fundador del periódico *PM*, ardiente defensor del New Deal y del intervencionismo, Ingersoll se había alistado como soldado días después de Pearl Harbor y ascendido de grado hasta su actual puesto. Él y un puñado de sus colegas oficiales eran los responsables de llevar a la práctica aquellos partes del plan de engaño *Fortitude* de Ridley, en lo referente a las fuerzas terrestres estadounidenses en Inglaterra.

—¿En qué te hacen pensar esos globos?

T. F. se encogió de hombros. El suponer algún juego nunca le había divertido.

—No lo sé... *Dumbo*, el elefante de Disney...

—¡Eso es!

Ingersoll se mostró insultante.

—Puedes haber ido a la Facultad de Derecho de Harvard, pero aún sigues siendo un tipo muy listo. ¿Y dónde fue el último lugar en que viste un *Dumbo* así?

—En el «Club de Yale», en Nueva York, hace cosa de un año...

El interrogatorio de Ingersoll estaba exasperando a T. F.

—Excepto que era rosado y amistoso, y que trataba de entrar por la ventana de mi dormitorio.

—Sé serio.

Ingersoll se mostró picajoso.

—Esto es un asunto serio...

—Muy bien... Me rindo... Cuéntamelo...

—Pues en la Quinta Avenida, en el Desfile de «Macy's» del Día de Acción de gracias.

—Muy bien, eso es serio, estupendo...

T. F. regresó a su silla delante del escritorio de Ingersoll. Su compañero norteamericano, según observó, tenía una cita de Walter Scott encima de su escritorio: «Oh, qué enmarañada tela de araña tejemos la primera vez que empezamos a engañar!»

—¿Para eso me has invitado a tomar una cerveza? Para recordarme algo acerca del Día de Acción de gracias en Nueva York?

—Mira —replicó Ingersoll, ignorándole—, el problema que tú y esos ingleses para los que trabajas nos han pasado es éste: ¿qué hemos de hacer para crear un ejército de un millón de fantasmas? ¿No es así?

—Sí, más o menos...

—Olvida todo lo referente a la radio... Ése no es mi departamento. Lo que se supone que debemos hacer es representar sobre el suelo, aquí, en el sudeste de Inglaterra, todos los normales preparativos de invasión que cabría esperar ver desde el aire: pistas para aviones, campamentos de tropas, parques de tanques y camiones. Y sólo para el caso de que Göring tenga el valor de enviar unos cuantos aviones para echar un vistazo cualquier día de primavera...

T. F. sorbió su cerveza e hizo una mueca. Se trataba de un «Budweiser» y estaba tan caliente como su té de la mañana...

—Es cosa de nuestro mayordomo inglés —explicó Ingersoll—. Cada vez que meto una lata en el frigorífico, atentamente me la saca para que el frío no estropee el sabor. Así, pues, ¿qué hacemos respecto a poblar East Anglia y Kent con este imaginario ejército de ustedes? Te diré lo que hago. En primer lugar, he enviado a su Home Guard de maniobras por los campos. Han establecido campamentos donde algunos de nuestros regimientos se supone que deberían estar. Luego, los británicos nos piden que hagamos circular tanques y camiones alrededor de los campos por la noche. Para que dejen un montón de señales de neumáticos y de cadenas de los tanques. A los granjeros locales les encanta. Finalmente, nos piden también maquetas de tanques y camiones con contrachapado y que los saquemos a los campos para que la Luftwaffe los fotografíe.

Ingersoll tomó un trago de su propia cerveza.

—Pues existe un problema con esas maquetas de contrachapado...

—Ralph, existe un problema con todo lo de esta guerra...

—Cuesta tanto trabajo construir una como si se tratase de un ataque auténtico. Eisenhower se encontrará en Berlín antes que esas maquetas estén terminadas.

—¿Y qué quieres que haga sobre eso?

Ingersoll señaló con el pulgar hacia la abierta ventana.

—¿Quién supones que hace esas floras para «Macy's»?

—¿Y cómo diablos voy a saberlo?

—B. F. Goodrich... «Goodyear». Tenemos que recurrir a ellos. Pedirles que nos hagan un modelo de un carro blindado «Sherman», un camión de dos toneladas, un cañón de 105 milímetros. Juguetes de goma hinchables parecidos a esos flotadores de «Macy's». Los producirán en masa para nosotros. Tendremos centenares de ellos en brevísimo tiempo. Probablemente, podrán llevarse en una maleta. Todo lo que necesitaremos para crear un parque de blindados regimental será un compresor de aire.

—Ralph, eres un genio...

—Eso es muy cierto... Pero silenciado. Mi tarea es simplemente llevar a cabo las órdenes de los británicos. Son ellos los que escriben el guión. Me dicen lo que desean que crean los alemanes, y lo que tengo que hacer es obligarles a que se lo crean. Tú eres el único que está sentado en la sala del trono, allá en ese agujero subterráneo en el que trabajas. Y eres el que se lo vende.

*Calais*

Catherine Pradier observó a las otras comensales en «L'Auberge du Roi», el primero y, hasta donde había podido enterarse, el único restaurante del mercado negro de Calais. En la estancia sólo había dos mujeres más. Una de ellas era alemana, indudablemente una de las auxiliares femeninas de la Wehrmacht, a las que la población había motejado con el nombre de «ratones grises». La otra era francesa y, a juzgar por las miradas de comprensión y camaradería que ocasionalmente lanzaba a Catherine, una puta. Los hombres eran o alemanes de uniforme o colaboradores franceses de mediana edad, los pilares de la aristocracia de Calais en aquella época de guerra, a los que se había bautizado como B. O. F. (*beurre, oeuf, fromages*; mantequilla, huevos, queso), para aquellos que habían preferido una tripa llena a una conciencia sin remordimientos.

A su lado, Metz estaba hablando de la inspiración de la música acuática de Haendel. La música, ya se tratase del jazz americano de preguerra o de los clásicos, representaba uno de aquellos terrenos neutros de conversación en los que ocupantes y ocupados podían sentirse unidos y a salvo. Metz era un hombre perfectamente decente, muy agradable, en realidad como a ella le hubiese gustado que fuese. Incluso tenía muy buen aspecto con aquella apariencia morena, tan poco germánica, que ya le había llamado la atención en el tren en el que llegó a París. Tal vez, reflexionó, de haber sido el perfecto ario, con cabello rubio, piel fina y ojos azules, en ese caso, quizá, le hubiera odiado y el odiarlo habría hecho más sencillo el llevar a cabo lo que se disponía a hacer. A fin de cuentas, el amor y el odio se supone que son unas emociones de la misma clase.

Catherine no era en absoluto promiscua; pero su forma de ser in·dependiente y determinada, que la había alentado a huir de su matrimonio y que la había conducido a su existencia actual, había tenido algo que ver con sus experiencias con algunos amantes. Sin embargo, nunca había hecho el amor con un hombre por una razón distinta a su propio deseo de hacerlo. ¿Podría, se preguntó, hacerlo esta noche? ¿Y Paul? ¿Qué habría dicho? ¿Habría explotado en un frenesí de celos galo, amenazando a Aristide y se la hubiera llevado de allí a rastras? A pesar de sí misma, sonrió. «Me gustaría algo así», pensó. Excepto que Paul no haría una cosa de esa clase. Era un cínico. Le hubiera aconsejado que siguiese la corriente...

Suspiró como si apreciase las cosas que Metz estaba diciendo acerca de Haendel. «La guerra nos hace cínicos a todos —pensó—, ¿no es verdad?» Cuán estúpida había sido al permitirse el soñar —como tan a menudo hacía— en algún dichoso nirvana después de la guerra con un hombre que, a fin de cuentas, sólo había conocido durante apenas cuarenta y ocho horas.

Con un extraordinario esfuerzo de voluntad alejó la imagen de Paul de su mente y dedicó su atención a Metz. Ahora hablaba de Beethoven. Ni siquiera en otra encarnación habría sido su tipo. Era demasiado envarado y rígido para su gusto. «Por qué tuviste que ser tan caballero —se preguntó—, por qué me ayudaste a bajar aquella maleta de la redecilla del equipaje?»

Se imaginó mostrándole cuál era la causa de que su maleta fuese aquel día tan pesada... Le miró de reojo tímidamente, inquiriéndose cuál habría sido su reacción. Probablemente, entregarla a la Gestapo, lamentándolo mucho, pero sin la menor vacilación. Existían límites a una conducta caballeresca y el pensamiento de esto no hizo que las perspectivas de lo que tenía ante sí fuesen más digeribles. Titubeante, sumergió un trozo de pan en la salsa de su lenguado *à la dieppoise*, mientras Metz continuaba con su discurso. Alguien en la *Kommandantur* del Boulevard Lafayette debía tener también su buena parte en las capturas que los pescadores de la ciudad llevaban a este restaurante. Les habían traído también mejillones al ajillo con auténtica mantequilla, antes del lenguado. Todo cuanto había visto en el mercado desde que llegara aquí, habían sido arenques..., y en muy pequeñas cantidades...

Qué irónico era aquello, pensó. Por primera vez en varias semanas, se veía delante de una auténtica comida y casi no tenía apetito para comérsela... Esto, sin embargo, no era el caso de sus colegas comensales.

Un pensamiento la encolerizó. Estaba segura, tal y como Aristide le había dicho, de que cada uno de aquellos hombres tenía la convicción de que no era más que una puta acompañando a un oficial alemán, y aquellos hombres, se dijo con amargura, se habían prostituido y alcahueteado para congraciarse con el conquistador de su patria. Naturalmente había un consuelo en todo aquello. Ninguno se apresuraría a denunciarla como compañera de los alemanes cuando la guerra terminase. Estarían más ansiosos de olvidar que de recordar sus experiencias durante la época de la guerra.

Bruscamente, se dijo a sí misma que ya había llegado el momento de acabar con esta línea de pensamiento. Iba a hacer lo que se disponía a hacer porque se había mostrado de acuerdo en llevarlo a cabo y porque, dadas las circunstancias, era lo apropiado. Y también iba a hacerlo bien puesto que, para Catherine, el fracaso constituía un pecado imperdonable.

—Creo —dijo, al tiempo que ofrecía a Metz su sonrisa más alentadora— que la Kriesgmarine ha privado a Alemania de un gran músico...

Naturalmente, Metz la tomó en serio y enrojeció. Su boca podía haber estado charlando acerca de Haendel, pero sus ojos, observó, se esforzaban por tener una mejor visión de la parte delantera de su blusa. «Me apuesto lo que sea —se dijo— a que no ha estado con una mujer desde que salió de Bremen.» Demasiado orgulloso para probar con una prostituta, demasiado reservado para quebrantar la resistencia de la mayoría de las chicas francesas. «Será un pequeño problema lo que debamos hacer tú y yo», pensó, al tiempo que se movía ligeramente de posición para acomodar mejor su línea de visión.

Aún musitando algo sobre el empleo por parte de Haendel del clavecín, Metz pidió la cuenta. Una vez afuera, una fresca brisa agitó la noche abrileña.

—¿Puedo acompañarla a su casa? —le preguntó educadamente.

Catherine miró el reloj. Faltaban pocos minutos para las nueve.

—Tendremos que apresurarnos —explicó—, o llegaré después del toque de queda.

—No tiene que preocuparse —la tranquilizó—. Está con un oficial naval alemán.

«Vaya —pensó Catherine—, como si necesitaran recordármelo.» Cuando llegaron junto a su puerta, Catherine le ofreció la mano. Educadamente, Metz se quitó el guante y se la tomó.

—Buenas noches, Fräulein. He disfrutado muchísimo de esta velada —le dijo, dando un ligero taconazo y ofreciéndole una de aquellas leves inclinaciones de cabeza que los alemanes realizaban con despreocupada elegancia.

Catherine rezó porque la oscuridad ocultase su asombro. Todo el asunto resultaba tan irónico... Deseó echarse a reír. El hombre estaba obviamente determinado a hacer la cosa más rara en tiempo de guerra: ser un marido fiel. Realmente le había pedido que saliesen a cenar porque estaba solo y deseaba hablar de Haendel. «¿Te reirás también tú, Aristide, o me despedirás por mi fracaso cuando te lo cuente?»

Catherine se desanudó el pañuelo que llevaba para ocultar su conspicuamente rubio cabello y agitó un poco la cabeza. Era un ademán cuya efectividad había comprobado a menudo y sintió que asaltaba la sensibilidad de su vacilante acompañante. Por lo menos, comenzaba a abrirse paso entre las imágenes de Willi y Gretel, y su *Frau*, allí en Bremen, que le habían paralizado con tanta rectitud. Le colocó las manos en los codos y tímidamente la atrajo hacia él. Ella respondió apretando su cuerpo contra el del alemán y ofreciéndole un largo y frío beso.

Cuando Catherine se separó, lanzó una serie de preocupadas miradas a un lado y otro de la calle.

—No me deberían ver aquí de esta manera —susurró—. Podría causar problemas a los vecinos.

—Claro... —replicó Metz con una comprensión profundamente poco bien venida—. Comprendo.

Catherine notó con furia que comenzaba a ponerse otra vez los guantes. «Simplemente no lo creo —pensó—. Todo este asunto es absurdo.»

Catherine apoyó una de sus manos en la guerrera de su uniforme y alzó la vista hacia él, una mirada, esta vez, notablemente menos comedida que antes en el restaurante.

—¿Le gustaría subir a tomarse una taza de té de hierbas? —le preguntó—. Es lo que utilizo en vez de café.

Durante un segundo, quedó atrapado por la esclavitud de la indecisión y Catherine sintió que el consejo de aquellas imágenes de beatitud doméstica en Bremen acabarían prevaleciendo. Luego, con inesperada ansiedad, gruñó:

—Ja, ja...

El piso de Catherine era un lugar convenientemente espartano, con una sala de estar con un lavadero y un hornillo en el rincón, su dormitorio y el cuarto de baño. La radio estaba bien escondida en el amplio depósito de «Faithful Niagara», que funcionaba con una cadena y que estaba fijo en la pared encima del retrete.

Mientras calentaba el té en el hornillo, él se sentó en el sofá charloteando esta vez acerca de Mozart. Pasaron diez minutos de Mozart y cinco de Bach antes de que reuniese de nuevo fuerzas para besarla.

Catherine ofreció sólo una frágil y fugaz resistencia a su manoseo; luego se levantó y, tomándole de la mano, le llevó al pequeño dormitorio.

Aparentemente sensible a su timidez, le señaló la puerta del cuarto de baño.

—¿Por qué no te desnudas allí? —le sugirió con tacto. Luego, con una risilla, añadió—: Y no te olvides de lavarte como un buen chico...

Metz sonrió. Aprobaba la preocupación de la chica sobre la limpieza, y por buenas razones. Los oficiales alemanes que contraían enfermedades venéreas en el Pas de Calais eran trasladados para una cura a un castillo de Bélgica y luego enviados al Frente Oriental.

Para su sorpresa, Metz, después de su reserva inicial, demostró ser mejor amante de lo que había esperado: gentil, considerado, sin apresurarse aunque ansioso. Cuando todo terminó, Metz, placenteramente cansado, se quedó tumbado a su lado durante unos momentos. Empezó a removerse pero fue ella la primera que salió de debajo de los cobertores.

—Volveré en un momento —susurró—. Quiero ir al bidé.

Cerró la puerta del cuarto de baño detrás de ella, abrió al máximo los grifos del agua y comenzó a canturrear. Luego alargó la mano hacia los pantalones de Metz y registró los bolsillos hasta encontrar el llavero. Tenía cuatro llaves. Aún tarareando, abrió su botiquín y sacó la bandeja con cera blanda que Aristide le había entregado. Con cuidado, realizó una impresión de cada una de las llaves en la cera. Luego enjugó las llaves y volvió a meterlas en el bolsillo del pantalón de Metz.

Aún tarareaba alegremente cuando regresó de puntillas al dormitorio. Metz estaba mirando lúgubremente al techo, sin duda turbado, ahora que su placer había quedado borrado tan poco agradablemente por aquellas visiones del hogar en Bremen. Se detuvo, pensando en Paul y en cuánto le hubiese gustado verle en su cama. «¿Me perdonarás por lo que he hecho? —se preguntó en silencio—. ¿Lo comprenderás? ¿Lo llegarás a saber alguna vez?»

Avanzó hasta la cama y, pensando en la bandeja con cera del armario del cuarto de baño, se inclinó para besar a Metz. Por primera vez durante aquella noche, en su caricia hubo algo de intimidad y de afecto.

Aristide estaba orgulloso de su habilidad para juzgar a las personas. Se trataba del filósofo que había en él. Sin embargo, tuvo que admitir que que había juzgado mal a Pierre Paraud, el ingeniero eléctrico al cargo de la central de Pas de Calais. No sólo aquel tímido electricista realizó un cuidadoso estudio del panel de control de la batería en su última visita, sino que bosquejó de memoria un plano del panel que resultaba asombroso por sus detalles y minuciosidad.

—No ha sido tan difícil —le aseguró modestamente Paraud a Aristide—. Los paneles de control, básicamente, están diseñados de la misma forma. Éste es uno muy bien trazado. El banco de relés y cortacircuitos que van a cada una de las tres torretas se hallan claramente etiquetados con el nombre de cada cañón.

Paraud señaló su dibujo. Se veían tres bancos de cajas trazados a tinta, cada uno de ellos dividido en dos líneas paralelas, una para los relés y la otra para los fusibles.

—Las dos primeras series de cajas de cada banco —continuó Paraud— controlan la corriente que va a la cabria de los obuses y a los motores de la torreta.

Los señaló.

—Como verá, son mayores que los otros cortacircuitos y relés. Y eso se debe a que son más sensibles.

—¿Está hecho a escala? —le preguntó Aristide.

—Más o menos. Los cortacircuitos son casi del tamaño del puño cerrado de una mujer.

—¿Y cómo encajan en el panel?

—Entran en un enchufe hembra. Me pidió que le diese las especificaciones de su fabricante. Son de la casa «Siemens». El número del modelo es «XR402».

—¿Y eso es todo?

Paraud asintió.

—¿Dónde se pueden conseguir?

—Sé que cuando necesitan piezas de repuesto las solicitan a un almacén de la «Siemens» en París.

París, pensó Aristide: tenía un buen contacto en París. Se trataba de un ex-oficial del Ejército y compañero del organizador del SOE cuyo nombre en clave, Ajax, era asimismo el del circuito que dirigía al sur de la capital. Aristide se acordaba de él porque habían regresado juntos en un «Lysander» para un entrenamiento secreto en Inglaterra. Ajax formuló unas fuertes sospechas sobre el francés que se cuidaba de las operaciones aéreas. Dio a Aristide un número de teléfono y un código con el que entrar en contacto. Tal vez Ajax consiguiese esos cortacircuitos.

—Permítame preguntarle algo. Supongamos que consigo uno de esos cortacircuitos. Alguien tendrá que prepararlos para mí, sustituir el plomo de dentro por cobre. El trabajo ha de hacerse perfectamente para que nadie adivine que hemos cambiado los fusibles. ¿Lo hará?

Aristide vio de nuevo el estremecimiento de miedo en el labio inferior del hombre.

—No puedo. Metz nunca me deja solo allí ni durante un segundo.

—Eso no es lo que le he pedido, ¿no es verdad? —le recordó ásperamente—. Todo lo que quiero es que prepare los cortacircuitos. Hágalo solo, por la noche, en su desván, donde nadie le vea.

El pequeño ingeniero suspiró. Por qué pequeños e inciertos pasos se descienden las escaleras del peligro. Se encogió de hombros.

—Si quiere...

—Claro que sí —insistió Aristide.

*Londres*

—En realidad no debería hacer lo que me propongo llevar a cabo esta tarde.

Sir Henry Ridley andaba con aquel ademán característico suyo de inclinar los hombros y, en desafío a todas las reglamentaciones acerca de uniformes de Su Majestad, con las manos metidas profundamente en los bolsillos, con el omnipresente cigarrillo «Players» colgándole del labio.

—Sin embargo, confío en usted, ya lo ve...

El candor pareció adherirse a cada una de las sílabas que pronunció.

—Me gustan mucho los norteamericanos.

La cabeza del anciano hizo un ademán hacia más allá de las verdes y vacías extensiones de Saint James Park, hacia los contornos de las majestuosas casas Nash, a lo largo del Pall Mall de Londres.

—Pero debo añadir que no compartimos el mismo punto de vista todos los que estamos aquí. Además, están haciendo una tarea de primera clase para nosotros. Esa idea que ha aportado acerca de las maquetas de caucho ha sido del todo extraordinaria. Ya tenemos al Pentágono trabajando en esto, y también a nuestra propia gente de «Dunlop Tire».

El aire de la tarde era rico y húmedo; manchas doradas de junquillos y bancos amarillos de narcisos moteaban el verde paisaje del parque. A lo largo de los ondeantes rebordes del estanque, las parejas se abrazaban, las muchachas muchas de uniforme y los hombres con los uniformes de todas las Armas y naciones imaginables.

—Necesitaremos su ayuda en otro pequeño asunto —continuó Ridley—. Aunque esta vez preferiría que lo considerásemos sobre una base en cierto modo informal.

Dejó que T. F. ponderase sus palabras cuando comenzaron a cruzar el Mall, encaminándose hacia Marlborough Road. De repente, Ridley se detuvo y se quedó mirando hacia los árboles que bordeaban el camino.

—¡Caramba!

Señaló con su «Players» hacia las ramas que tenía encima.

—Un cucú... Es de lo más extraordinario localizar uno aquí en esta época del año.

Inmensamente complacido por su descubrimiento, continuó su paseo hacia Saint-James Square.

Excepto el recio muro de sacos terreros y la presencia de dos guardianes uniformados, un P.M. americano con su casco blanco y un cabo con el uniforme azul de los Marines Reales, no había nada que indicase que el número 31, Norfolk House, fuese parte del SHAEF, el cuartel general en Londres del mando de invasión del general Dwight D. Eisenhower. La entrada en sus instalaciones, no obstante, era mucho más compleja de lo que parecía desde la calle. Tras tres verificaciones diferentes de su identidad, T. F. y Ridley fueron escoltados por un guardia armado hasta una estancia señalada sólo por un número: el 303. El cuarto albergaba una organización llamada «Operaciones B» (especiales). Agregadas directamente a la oficina de Eisenhower a través de su jefe de Estado Mayor, el general Walter Bedell Smith, las «Operaciones B» eran responsables de llevar a cabo aquella parte del plan *Fortitude* de Ridley que quedaba bajo la jurisdicción de Eisenhower.

Ridley y T. F. se instalaron en su sitio en la oficina notablemente destartalada, entre la acostumbrada charla insustancial y el ofrecimiento —que rechazaron— de una taza de té. El gordezuelo coronel que presidía la estancia, según observó T. F., tenía la misma expresión agradable e iguales fríos y calculadores ojos que descubriera en tantos de sus nuevos colegas.

—Bueno —dijo Ridley, indicando con el tono de su voz que los preliminares habían terminado y que iban a llegar al fondo de su asunto—, recordarán que el otro día les describí cómo nuestro servicio de contraespionaje, el MI5, había convertido o internado a todos los agentes alemanes que operan en este país...

T. F. aceptó aquella observación con un asentimiento de la cabeza.

—Bajo la dirección de nuestro Edgar, aquí presente, estamos empleando a treinta de ellos para añadirlos a *Fortitude*. Sin embargo, tres son de la mayor importancia para nosotros, a causa de la confianza que los alemanes tienen depositada en éstos, y porque cada uno posee transmisores de radio para sus comunicaciones con la Abwehr.

Había ya un nuevo «Players» en los dedos de Ridley describiendo gráciles parábolas en la estancia, mientras continuaba:

—Tal vez el más importante de nuestro pequeño trío, es español, o más precisamente catalán. Se llama García. Llegó hasta nosotros a través de una serie más bien fortuita de circunstancias. Cuando comenzó la guerra, nos ofreció sus servicios como agente doble a través de nuestra Embajada en Madrid. Lo rechazaron. Obviamente, todo el asunto olía a una trampa de la Abwehr. Sin embargo, García acudió a la Abwehr y les ofreció trabajar para ellos. Había luchado con Franco durante la guerra civil española, por lo que sus credenciales fascistas parecían de lo más aceptables. Al parecer, contó a Herr Kuhlental, el residente de la Abwehr en Madrid, unas patrañas sobre marchar a Londres para trabajar para una empresa farmacéutica. Naturalmente, se dirigía aquí como podía haber ido a la Luna. Se fue a Lisboa y se estableció como *free lance*, por así decirlo. Confeccionó sus mensajes de toda índole con los documentos británicos con los que pudo hacerse en Lisboa.

Ridley se rió entre dientes. La forma ingeniosa con que el español había engañado a los alemanes le encantaba.

—Desgraciadamente, parte de su material imaginario dio más bien en el clavo, según descubrimos al leer los resúmenes de la Abwehr de todo lo que les mandaba a través de «Ultra». Llegado el momento, volvió con nosotros y nos ofreció sus servicios por segunda vez. Esta vez, como estoy seguro de que comprenderán, le dimos la bienvenida cual hijo pródigo.

Lanzó una mirada al coronel que dirigía la oficina.

—¿Edgar, por qué no sigues a partir de aquí?

El coronel dobló las manos por encima de su estómago y brindó una graciosa sonrisa a T. F.

—Le trajimos aquí y le pusimos bajo nuestro control con el nombre de «Garbo». Ahora bien, el hombre tiene una interesante peculiaridad. Cuando estaba en Lisboa, inventó un par de ingleses imaginarios, que se suponía que trabajaban para él como subagentes. Pensamos que se trataba de una buena idea. Por lo tanto, durante los dos últimos años hemos creado un pequeño imperio de subagentes para él, veinticuatro en total. Inevitablemente existen los correspondientes anglófobos: un nacionalista galés, un sij, un pistolero del IRA pasado al espionaje. También hay tipos venales que hacen estas cosas por dinero y que no saben que están siendo utilizados, como un sargento norteamericano al que le gusta el whisky y las mujeres, y Garbo se las ofrece, o un desaliñado secretario del Ministerio de la Guerra, que disfruta de sus hazañas como *latin lover*...

El coronel se levantó y retiró la protección de cartón que cubría un mapa de Inglaterra colgado de la pared.

—Estos símbolos —explicó indicando un campo de asteriscos rojos— representan la ubicación de los agentes imaginarios de nuestro amigo Garbo.

T. F. observó que se hallaban muy bien distribuidos en torno de las Islas Británicas, aumentando levemente, pero no de forma que levantase sospechas, en el sudeste de Inglaterra en los alrededores de Dover, Folkestone, Ramsgate, Canterbury, donde el ejército imaginario de *Fortitude* se suponía que se estaba concentrando.

—Algunos de sus primeros agentes, particularmente los que inventó el propio Garbo, fueron desviados sin la menor consideración hacia *Fortitude*. Por desgracia, un par de ellos han demostrado ser algo embarazosos para nosotros.

Los ojos del coronel lanzaron una mirada triste y llena de reproches hacia el mapa.

—Estaban en unos lugares, particularmente un tipo en Liverpool, donde eran capaces de captar ciertas cosas en el curso normal de los asuntos. En Madrid, la Abwehr comenzó a ser terriblemente curiosa en sus preguntas dirigidas a ellos. Llegó el momento en que debíamos ingeniarnos para desembarazarnos de ellos, o bien facilitando a los alemanes una información que no deseábamos que tuviesen, o arriesgándonos a que terminara nuestro juego.

La sugerencia de una sonrisa por lo bajo indicó la divertida fascinación con la que T. F. había estado siguiendo su relato.

—No comprendo por qué constituían un obstáculo para usted. Si había imaginado aquellos agentes vivos, ¿por qué no podía imaginarlos en la fosa?

—Sí, claro...

El coronel brilló con la satisfacción que un maestro de latín pondría al oír conjugar a la perfección un verbo irregular.

—En realidad, eso fue lo que hicimos con el primer agente. Pobre tipo, tuvo un cáncer de páncreas. Murió de repente. Sin embargo, como estoy seguro que admitirá, no podíamos permitir levantar ninguna sospecha a los de la Abwehr, creando una epidemia de cáncer entre los agentes de Garbo. Por lo tanto, decidimos que nuestro segundo sujeto, el irlandés de Liverpool, hiciese las maletas. Informamos a la Abwehr que estaba harto de vivir en Liverpool: las incursiones aéreas alemanas, el racionamiento, toda esa clase de cosas. Así pues, cuando un primo americano le ofreció un empleo en su agencia de transportes en Buffalo, lo aceptó en un abrir y cerrar de ojos. De todos modos, odiaba a los ingleses.

—¡Buffalo!

T. F. quedó sorprendido.

—¿Por qué Buffalo entre todos los lugares del mundo, por el amor de Dios?

El coronel suspiró.

—Pues porque pareció lo suficientemente remoto en aquel momento, supongo...

—Por desgracia —fue Ridley el que continuó—, demostró ser una elección desgraciada. Descubrimos en un mensaje, a través de Kuhlental en Madrid, que la Abwehr tenía un agente en Canadá que deseaba que fuese a Buffalo para entrar en contacto con nuestro no existente irlandés.

—¿Y sabe quién es ese agente de la Abwehr, o dónde se encuentra? —le preguntó T. F.

Ridley sonrió.

—Aún no. Pero tenemos un gran deseo de conocerle. Y aquí debo añadir que es donde interviene usted...

—¿Yo...?

Durante un instante, T. F. pensó que desearían que aguardase en algún piso de Buffalo a que apareciese el agente de la Abwehr.

—Estoy seguro de que no tengo que revisar para usted los aspectos legales de la situación —dijo Ridley con su más solemne tono de abogado—. Estrictamente hablando, todo aquello que tenga lugar en suelo estadounidense debe llevarse bajo la dirección de su Mr. Hoover y su FBI.

El asentimiento de T. F. le recordó su propia formación legal.

—Tenemos un problema con Mr. Hoover. Nos parece que no tiene la sutileza de mente que se requiere para nuestro trabajo...

T. F. reprimió con cierta dificultad la hilaridad que le había causado el descubrimiento de su colega.

—Lo que querrá hacer, en el mismo instante en que aparezca en Buffalo ese agente de la Abwehr, será detenerle y meterle en la cárcel. Ésta es una encomiable y correcta actitud...

Ridley se permitió un segundo para que quedase registrado aquel leve elogio.

—Es también algo que casi con toda certeza revelará a nuestro amigo Kuhlenthal que Garbo opera bajo nuestro control. De esa forma se acabará la utilidad de Garbo exactamente en el momento en que más precisamos de él. Y puede incluso poner en peligro la misma *Fortitude*, con todo lo que esto implica.

—¿Y cómo está tan seguro de que Hoover reaccionará de esta manera?

—Tenemos una considerable experiencia con Mr. Hoover, y es muy desagradable. Al parecer, a Mr. Hoover no le gustan los agentes dobles.

Ridley hizo una pausa en su búsqueda de una exacta comparación, dando una chupada a su cigarrillo.

—Siente hacia ellos lo mismo que la escritora Gertrude Stein hacia las rosas. «Un agente es un agente y sólo un agente.» Simplemente, se niega a hacer nada que tenga que ver con agentes. Por así decirlo, no quiere mancharse las manos con ellos...

Luego continuó:

—Le enviamos a otro agente de nuestro trío de agentes dobles, un yugoslavo esta vez. La Abwehr le ha pedido que vaya a Estados Unidos a trabajar para los japoneses, en Honolulú. De haberle usado Hoover de modo apropiado, hubieran tenido una advertencia con varios meses de antelación acerca de lo de Pearl Harbor. Por desgracia, no quiso tocarle ni siquiera con la pértiga de una gabarra, y como resultado de todo ello la mejor parte de su Flota del Pacífico está ahora en el fondo del océano.

T. F. emitió un bajo y sorprendido silbido.

—Muy bien. ¿Qué desea que haga? —le preguntó T. F.

—Usted conoce al coronel Frank Elliot en el cuartel general de la OSS en Grosvenor Square, que actúa como enlace directo con el general O'Donovan. ¿Estoy en lo cierto? O'Donovan comprende la forma en que deben tratarse esas cosas. Lo que nos gustaría que hiciese sería instalar a uno de los suyos en un apartamento de Buffalo, fingiendo el papel de nuestro irlandés. Para ver qué hará allí ese tipo de la Abwehr. En ese momento, nuestra gente le seguirá de nuevo hasta Canadá y le tendrá estrechamente vigilado.

Ridley estaba sugiriendo que T. F. consiguiese que el OSS facilitase las acciones de un servicio de espionaje extranjero en suelo estadounidense. El norteamericano no necesitaba tener un título por la Facultad de Derecho de Harvard para comprender los problemas legales que aquello suscitaba.

—Naturalmente, debe percatarse que, estrictamente hablando, ya no pertenezco al OSS.

Los ojos destellantes y el olor a «Dutch Master» del general de Brigada en el Pentágono, se encontraron muy presentes en la mente de T. F. al pronunciar aquellas palabras.

—En efecto...

—Mi cadena de mando funciona a través de la oficina del general Marshall.

—Lo comprendo...

La voz de Ridley era de un tono gentilmente acariciador.

—Pero, ocasionalmente, existen ciertas cosas en nuestro mundo que se llevan mejor a cabo fuera de la cadena de mando. ¿Ha oído alguna vez el término *Old boy net'*?

«Una sociedad secreta de Yale con acento británico», pensó T. F.

—Sí, en efecto. Pero, ¿por qué no tratar directamente con Elliot?

—Creo que es mejor manejar esas cosas sobre una base nación con nación. Edgar, aquí presente —Ridley asintió hacia el coronel—, puede suministrar todo el material que O'Donovan necesitará conocer para asegurarse de que este hombre en Buffalo desempeñe el papel que hemos pensado para él.

—¿Y su gente en el Canadá arrestará a ese hombre de la Abwehr?

—Claro que sí, a su debido tiempo. Después de que le hayamos seguido lo suficiente para estar del todo seguros de que detenerle no hará saber a los alemanes nuestro juego.

—¿Y nuestro hombre en Buffalo?

—Me imagino que el tipo de la Abwehr le dejará un cuestionario, como suelen hacer.

—¿Puedo suponer que acerca de instalaciones militares en el Estado de Nueva York?

—Debería haber pensado en eso. No creo que la Abwehr tuviese un interés particular en las fábricas de zapatos de esa zona.

—Llegado el momento, deberá responderles.

—Es muy posible. Nosotros ayudaremos, por supuesto. Y los de O'Donovan son capaces de hacer frente muy bien a la situación.

T. F. se retrepó más bien incómodo. En el más estricto sentido legal, le estaban pidiendo que colaborase en una operación de Inteligencia llevada a cabo en suelo estadounidense, sin autorización oficial, sin conocimiento del FBI, sin que lo supiera el estamento militar de Estados Unidos y, con toda probabilidad, tampoco los militares británicos. Además, era casi seguro que la operación llegaría a implicar pasar al enemigo secretos militares estadounidenses clasificados. No era un proyecto que, probablemente, se ganara las bendiciones del general de Brigada del Pentágono. Por otra parte, el plan de Ridley indudablemente sería apoyado por los gabinetes de guerra tanto de Estados Unidos como de Gran Bretaña, si se les remitiera, cosa que claramente no ocurriría. Y, como más de un profesor de la Facultad de Derecho de Harvard había señalado, una cosa era la letra de la ley y otra el espíritu. Seguramente, dejarían de lado a un zoquete como J. Edgar Hoover para preservar la integridad de su plan de engaño y que no cayese bajo el ámbito de ese tipo de principios.

«Maldito sea el general de Brigada del Pentágono —pensó T. F.—. Es de todos modos una especie de J. Edgar Hoover de caqui, un tipo bienintencionado que vive en un mundo de sueños.»

—Muy bien, coronel. Hablaré con el coronel Elliot —aseguró T. F. a Ridley.

—Dado que ya hemos zanjado eso —prosiguió el coronel al mando de la oficina—, les daré indicaciones de una brillante idea que queremos emplear con Garbo en el momento más crítico de este asunto.

Tanto T. F. como Ridley miraron intrigados al coronel.

—La noche del Día D, en algún momento antes de que los primeros soldados lleguen a la orilla, permitiremos que Garbo comunique a los alemanes el desencadenamiento de la invasión. Naturalmente, no dónde tendrá lugar, sino el hecho de que la flota realmente ha zarpado ya.

—Vamos, Edgar —le dijo Ridley, sin hacer el menor esfuerzo por ocultar su asombro—, en último término se trata de un pensamiento original. Pero ¿cómo demonios vamos a desear una cosa así?

—Porque una vez Garbo le haya dicho esto a los alemanes, caerá un dios a sus ojos. El mayor espía de todos los tiempos. Conseguiremos que Mata Hari parezca una chapuza.

—No me extrañaría —añadió Ridley— que le haga ganar una bonita Cruz de Hierro que luzca en la Torre cuando Winston nos pida que le colguemos.

El coronel alzó la mano en señal de reproche.

—Un momento, Squiff.

Él era también un antiguo etoniano.

—Todo esto se basa en un exquisito empleo del tiempo. Debemos calcular lo que le costará a la Abwehr de Madrid descodificar el mensaje de García, y luego ponerlo de nuevo en clave y transmitirlo a Berlín para que la Abwehr lo descodifique y actúe en consecuencia. Hemos calculado que todo ello sucederá hacia las 2.30 de la madrugada, después de haberse lanzado ya los paracaidistas. De este modo, aterrizará encima del escritorio de Rundstedt exactamente en el momento en que la primera oleada alcance las playas. En realidad, la información será del todo inútil para los alemanes. Pero habremos hecho un auténtico héroe de Garbo. Una vez les haya contado eso, los alemanes estarán dispuestos a creer todo, absolutamente todo lo que les diga.

—Sí, tal vez sí.

El escepticismo que segundos antes había flotado en la voz de Ridley había comenzado a sedimentarse. T. F. observó a los dos hombres, fascinando por su intercambio verbal.

—Estamos todos de acuerdo en que el momento crítico de la invasión se presentará en algún momento en torno del D + 3. Ése será el instante en que seremos más débiles en la playa. Y cuando Hitler se percate de que Normandía constituye todo el *show*, decidirá hacer todo lo posible para rechazarnos al mar de nuevo. Esto constituirá el soporte vital y absolutamente crítico sobre el que dependerá el éxito de la invasión y su plan. ¿Están de acuerdo?

Ridley hundió la cabeza en silencioso asentimiento.

—Nuestro primer mensaje habrá convertido a Garbo en un oráculo para Hitler, en una fuente por completo sólida y exacta de información.

Una vez más, Ridley ofreció el más leve de los asentimientos.

—Entonces, en esa coyuntura crítica, cuando todo penda de un hilo, enviará a los alemanes un segundo mensaje en el que incluirá pruebas irrefutables de que las fuerzas que se han estado preparando en Kent y Sussex están a punto de caer sobre Pas de Calais. Y dejará a esos bastardos inmóviles sobre sus pasos...

Ridley encendió un cigarrillo y luego metió otra vez la cerilla en la caja, un acto reflejo que le había quedado de las trincheras del Somme.

—¿Y cómo sabrá Garbo que la flota de invasión ha zarpado...?

El coronel señaló uno de los asteriscos de su mapa junto a Portsmouth.

—Su agente 5(2) es camarero en la cantina de la Tercera División de Infantería canadiense que desembarcará en Juno Beach. Le contará que las tropas han partido. Por la noche, los alemanes habrán hecho prisioneros a algunos de ellos, por lo que tendrán de esta manera otra prueba de lo buena que es la información de Garbo.

Esta vez el silencio de Ridley resultó largo y también pensativo.

—Ésa es una brillante idea, Edgar —anunció al fin—. Absolutamente brillante. Pero existe una cosa errónea al respecto.

—¿Y cuál es?

—Que nunca funcionará.

—¿Y por qué no?

—Porque Eisenhower nunca se mostrará de acuerdo en este asunto.


## Calais

Catherine alisó su antigua agenda de codificar y colocó su seda de las claves encima de su mesa de escribir. Extendidas plenamente de esta manera, cada trozo de seda era levemente menor que un pañuelo de mujer. Al lado de los mismos, colocó los otros utensilios que necesitaría para poner en clave el último mensaje de Aristide, con una lupa para leer las finas impresiones en la seda, una libreta escolar cubierta de regulares pequeños cuadrados, un par de tijeras, un cenicero y una caja de cerillas. Un buen operador de radio, según le habían enseñado en Londres, nunca debe permitir que el tedio de pasar algo en clave produzca el sentimiento de hacer las cosas descuidadamente. «Buen consejo —pensó Catherine—. Nada es más aburrido o exige tan penoso cuidado como poner los mensajes en clave.»

Pierrot estaba en la ventana, tomando una taza del té de hierbas que había llevado a Metz a su piso, observando la calle en busca de alguna actividad desacostumbrada que indicase que el servicio de detección alemán se encontraba funcionando. Se volvió hacia ella en el momento en que la chica desplegaba el mensaje de Aristide.

—Es demasiado largo —comentó—. No sé qué le pasa. Sabe muy bien que no deben ser tan largos.

Catherine se quedó mirando el texto. Era el más extenso que Aristide le había dado. Al leerlo, de repente comprendió por qué su jefe se había mostrado tan ansioso de que consiguiera una impresión de las llaves de Metz. Aquel pensamiento no había quedado aún del todo digerido, cuando se le presentó otro para sustituirle: alguien debería emplear aquellas llaves. ¿En qué estaba pensando Aristide? Evidentemente, no en un miembro de un comando aerotransportado por planeadores, que asaltase la batería.

Brindó a su preocupado perro guardián la tranquilidad de una sonrisa.

—Esto no llevará tanto tiempo como crees. Estaremos en el aire menos de una hora.

Su primera tarea consistió en escribir el mensaje de Aristide en el cuaderno escolar, con los grupos de cinco letras que se empleaban en todas las transmisiones clandestinas del SOE. Luego cogió su antiguo cuaderno y con la lupa de aumento captó el primer bloque de cinco letras al azar en la parte superior izquierda. Las colocó debajo del primer grupo de letras del mensaje. Repitió el proceso con cada uno de los catorce bloques en la línea superior de su antigua agenda. Cuando finalizó, cortó la línea del trozo de seda con las tijeras y comenzó a trabajar con la línea de debajo. Finalmente, aplicó una cerilla al pequeño montón de trocitos de seda que se había ido acumulando en su cenicero. Aquello, acompañado de quemar también su mensaje al finalizar, convertiría todo el sistema en algo en absoluto impenetrable.

A continuación, dedicó su atención a los alfabetos paralelos alineados verticalmente en la parte inferior de la seda codificadora. Tras tomar la primera letra del primer bloque en clave, la colocó debajo de su texto, una «I», y recorrió el alfabeto hasta que la encontró. Enfrente se hallaba una tercera letra, esta vez una «S». La escribió en su agenda. Ahora, la «S» se convirtió en la letra que, en realidad, transmitiría al comenzar su emisión.

Todo el proceso le llevó una hora y la dejó nerviosamente exhausta, a causa de la precisión que aquello exigía. Pierrot había sacado la radio de su escondrijo en el depósito del agua del retrete y extendido la antena por el suelo, para que se encontrase ya dispuesta al llegar el momento de la transmisión. Catherine preparó sus cuarzos, su pila seca, su bombilla de advertencia y, exactamente a las 10.30, puso en marcha el aparato. De una forma amistosa y familiar, se escuchó el sonido de Sevenoaks de haber captado su señal de llamada a través del éter. Ajustó el aparato e indicó que se encontraba preparada para emitir. Perdida en la intensa concentración que siempre la abrumaba cuando radiaba, se abrió camino a través del mensaje. Como había predicho, aquello le empleó menos de una hora. Ya hacia el final, sintió la impaciencia nerviosa que irradiaba de Pierrot, que hacía guardia junto a la ventana. Se retrepó y, mientras un frío sudor le rodaba por las sienes, aguardó el «QSL» de Sevenoaks, indicando que su mensaje había sido recibido bien.

Pero no fue así. Por primera vez desde que había comenzado a transmitir, en lugar de ello escuchó las fatídicas letras «QXR». Algo había salido mal. Sevenoaks le ordenaba que aguardase para repetir todo o parte de su mensaje.

Miró hacia Pierrot, con el miedo reluciendo en sus ojos.

—Debemos volver a estar en el aire —explicó—. No lo han captado.

—Maldita sea —estalló Pierrot—. Nunca saldremos de esto si ocurren cosas así.

Encolerizado, regresó a su puesto de observación de la calle. Era casi como si desease encontrar alguna anomalía allí, alguna discordancia que justificase el ordenarla que dejase de transmitir. Por primera vez, sacó la pistola, un instrumento cuyo uso práctico Catherine estaba convencida que sería apresurar su suicidio en el caso de que la Gestapo les atrapase. Luego, se encogió de hombros para indicar que siguiese adelante.

Catherine comenzó a transmitir de nuevo. Su ansiedad había privado a sus dedos de su acostumbrada agilidad, por lo que recibió de nuevo un «QXR» por parte de Sevenoaks. Necesitó diez minutos más antes de que el «QSL» la hiciese finalmente dejar de estar en el aire. Al escucharlo, se dejó caer sobre su aparato con un sollozo de nervioso agotamiento. Pierrot continuó escudriñando la calle desde su puesto al lado de la ventana.

—Demasiado largo —gruñó—, ha sido condenadamente demasiado largo...

*París*

Poco después de las cuatro de aquella misma tarde, el teléfono sonó en la oficina del doctor en el cuartel general de la Gestapo en la Avenue Foch de París. El gafudo maestro del juego de radio de Strömelburg reconoció al instante la voz del que le llamaba. En realidad, telefoneaba al comandante del servicio de detección de radio en el Boulevard Suchet, por lo menos tres veces a la semana para hacer saber la impaciencia cada vez mayor de su superior, a causa de la falta de habilidad del servicio para fijar y capturar las emisiones clandestinas de radio desde Calais.

—Doctor —comenzó, con un sentido de evidente refocilamiento ya desde la primera sílaba que articuló—, tenemos buenas noticias para su *Obersturmbannführer*.

—Quedará muy complacido. Le parece que, últimamente, le han estado dejando un poco de lado...

—Cada vez se muestran más confiados en Calais. Esta mañana han permanecido en el aire durante una hora y diez minutos. Hemos conseguido ya una muy precisa fijación de ellos.

—¿Puedo confiar en eso?

El doctor no era un hombre que suscitase las esperanzas de su superior sin plena justificación.

—Puede estar seguro —le replicó su interlocutor—; dos emisiones más, tres a lo sumo, y ya les tendremos.

*Calais*

Con la notable excepción de un vehículo, la plaza enfrente de Notre-Dame de Calais estaba tan vacía como un club nocturno a la hora del desayuno. La excepción no dejó de turbar a Catherine. Indicaba que ella y Aristide no estarían solos en el interior de la iglesia. Era un coche fúnebre tirado por caballos, uno de aquellos modelos de los años 20 retirados con el advenimiento de la motorización, y que había sido requisado de nuevo por los dirigentes municipales de Calais, para acomodarse a las exigencias de la guerra y a la escasez de gasolina que la misma había producido. «¿Cuántos notables de Calais —se preguntó Catherine— habrán marchado traqueteando hasta la tumba en esa caja adornada, todo laca negra y rebordes de plata, con cortinas de terciopelo? Una cosa es segura —siguió pensando, al percatarse de las costillas que se marcaban en los costados de los caballos que tiraban del coche fúnebre—, el pasajero de esta mañana no llegará a su tumba a toda velocidad.»

En el interior, un grupo de acompañantes se había reunido en torno del ataúd de madera, en el centro del pasillo central. Instintivamente, bajó la cabeza y comenzó a buscar a Aristide en los últimos bancos. Unos cuantos parroquianos de edad se habían esparcido por la parte trasera de la iglesia, siguiendo con atención una ceremonia con la que no tenían ninguna conexión personal. «¿Qué es lo que hace —se preguntó Catherine— que los funerales sean una especie de acontecimiento deportivo para los viejos? ¿Tendrán una gratitud instintiva respecto de su continuada supervivencia que les trae aquí?» Encontró a Aristide y se deslizó en el banco a su lado. Aristide lanzó una mirada a su alrededor.

—Esta mañana hay demasiada gente —susurró—. Será mejor que probemos en el parque.

Unos minutos después, se encontraba de nuevo a su lado, pero esta vez en un banco del Parc Richelieu. El aire mañanero resultaba frío y violento, aún húmedo a causa de la cercana presencia del canal.

—Lo siento —reconoció Aristide, cuando Catherine le contó los problemas que había tenido con su última transmisión—. El mensaje era largo. Intentaré todo lo posible para evitarlo.

Pensó durante un momento.

—Tal vez deberíamos evitar ser captados por una patrulla y trasladar el aparato a mi casa.

—Esta mañana he visto de camino dos puntos de registro —observó la mujer.

—¿Existe alguna indicación de que hayan localizado nuestro barrio? Catherine meneó la cabeza.

—¿Qué opinas?

Catherine pensó en ello larga y cuidadosamente.

—Dejémoslo donde está. Por lo menos hasta que sepamos que han localizado la zona. Nuestro lugar de escondite resulta bueno.

Aristide asintió y le puso la mano encima de la rodilla. Catherine reconoció en este ademán lo que realmente era: algo paternal más que una muestra de familiaridad.

—Debo pedirte ahora algo de importantísimas consecuencias —le dijo.

A pesar de sí misma, Catherine se envaró pero no respondió.

—Sabes lo mismo que yo lo vital que es la «Batería Lindemann» para la defensa de esta costa.

Con un leve asentimiento, Catherine convino en la autoevidente sabiduría de aquellas palabras.

—Hablando con franqueza, nunca pensé que fuese posible sabotearla. Y así habría ocurrido de no haber sido por el trabajo que has realizado para nosotros.

De forma rápida y sucinta, Aristide explicó el plan que había desarrollado con el ingeniero eléctrico.

—Ayer llegaron los fusibles de París —le contó—. Y ya están preparados. Si podemos de algún modo sustituir los fusibles auténticos del panel de control por estos preparados, conseguiremos un medio fuera de serie para sabotear la batería. Piensa en ello: Londres será capaz de silenciar esos cañones en el momento preciso y crítico en que desee que sean silenciados. Todo lo que debemos hacer es hacerles llegar una frase en clave y decirles que, cuando escuchemos esa frase por la «BBC», provocaremos la sobrecarga en la línea de la corriente eléctrica de la batería, y dejaremos fuera de servicio los cañones durante las cuarenta y ocho horas en que los alemanes más los necesitarán.

—Sí, se trata de un buen plan.

Catherine estaba mortalmente pálida. Ya sabía lo que seguiría desde que había oído el último mensaje de Aristide.

—Quieres que sea yo quien cambie los fusibles...

—Sólo hay dos personas que tengan posibilidad de hacerlo, tú y el ingeniero de la central eléctrica. Y hablando con total franqueza, no confío en él. Temo que le falte el valor cuando se presente el momento.

—No sabes cómo son las cosas allí, Aristide —le contestó Catherine—. La mesa de los oficiales se encuentra en la puerta de al lado. Están siempre bajando por la escalera en busca de una taza de café.

—¿No podrías cerrar la puerta?

—Aristide, no hay ninguna puerta... Y el papel se encuentra en la pared de enfrente de mi máquina de lavar, a la derecha de ese pasadizo abierto. Un oficial que anduviese por allí, tendría que estar ciego para no ver lo que esté haciendo. El camarero siempre entra allí para ofrecerme un café mientras lavo. Y desde que llevé a Metz a la cama, nunca me deja sola. Parece un perrito que dé vueltas a mi alrededor en espera de que le eche un hueso...

Aristide se acarició la barba.

—Tal vez me haga cargo de Metz...

Se calló, obviamente planeando con cuidado sus siguientes palabras.

—No tengo en absoluto el menor derecho a pedirte que lo hagas, y ciertamente carezco de toda autoridad para ordenar que lo lleves a cabo. He calculado que realizar el cambio costaría de dos a cuatro minutos. Durante esos dos a cuatro minutos en que el panel esté abierto, tu vida estaría en juego si se presenta alguien. No hay por qué pretender otra cosa al respecto. Si estás conforme en hacerlo, deberás exponer tu vida sin la menor reserva o esperanza durante esos cuatro minutos.

—¿Y qué dice Londres?

—No le he contado a Londres lo que quiero hacer, y no se lo diré hasta que esos fusibles preparados se encuentren instalados.

—¿Por qué, por el amor de Dios?

—Londres está interesado en realidades, y no en sueños. Mientras tú y yo nos encontramos aquí, sentados en este banco y hablando al respecto, este plan no es otra cosa que un sueño. Hasta que esos nuevos fusibles se encuentren de forma segura en su sitio, sin que los alemanes los detecten, el plan no valdrá absolutamente nada.

—¡Oh, Aristide!

Catherine se rodeó con los brazos el cuerpo como para resguardarse del frío.

—Cuatro minutos puede ser muchísimo tiempo...

—Una eternidad —replicó Aristide—. Es algo terrible lo que te pido. Sólo te prometo dos cosas. Sea cual sea tu decisión, nunca mencionaré de nuevo esta conversación ni a ti ni a ninguna otra persona.

Titubeó.

—Y si lo haces y las cosas salen mal, lo juro por Dios, cuidaré que tu memoria sea honrada por ello...

Catherine permaneció silenciosa y recatada en el banco. Por encima de ellos, una bandada de gaviotas, con sus taladrantes y melancólicos chillidos, se abrieron paso hacia el mar desde unas tierras bajas inundadas por los alemanes. ¿Por qué he venido aquí —se preguntó a sí misma—, por qué me he presentado voluntaria para esta tarea hace un año en Londres, de no estar dispuesta para una cosa como ésta?» Con petulancia, se tiró del cabello oculto debajo de su pañuelo.

—Muy bien —suspiró—. Lo haré...

*Londres*

—Ha sido en realidad un encanto al venir temprano y ayudar —se entusiasmó Deirdre Sebright.

T. F. se encontraba removiendo lentamente el martini en una jarra mientras ella lavaba la lechuga. Al parecer, no existía la menor escasez de ginebra en Londres, pero el vermut italiano, que había sido una baja inevitable en aquella guerra, se sustituía con vino blanco chileno.

—Ustedes los norteamericanos son unos estupendos colaboradores, ¿no es así? ¿Por qué se supone que ocurre? ¿Les han educado sus madres de esta manera?

El conseguir información, según T. F. había observado ya, constituía raramente el objetivo de las preguntas de una inglesa. Su respuesta fue una sonrisa.

—Ha sido uno de los guardias de Jane, se ha detenido en su club para tomar de paso un par de ginebras rosadas, ha llegado aquí una hora tarde y ahora se encuentra en ese sillón del salón pasando las hojas de su *Evening Standard* y gritándome porque su martini no está lo suficientemente frío. Y yo, pobre mema de mí, probablemente le diré cuánto lo siento...

Sus zapatos bajos del uniforme habían sido sustituidos por unos de tacón alto que acentuaban la leve musculosidad de sus pantorrillas. Su falda, protegida por un delantal blanco, se adhería a sus muslos y a su firmemente redondeado trasero. Llevaba una blusa de seda de color verde pálido que mantenía bien apretados sus pechos. Los tres botones superiores estaban desabrochados ofreciendo a T. F. el ocasional brillo de un sostén blanco que moldeaba sus senos. La mujer hizo una pausa durante un segundo para mirar hacia el solomillo que se hallaba en un anaquel de la cocina, al lado de ella.

—Vaya soberbia carne —comentó—. Debe conocer a un general para conseguir una carne así.

—A un senador —repuso T. F.—. Amigo de mi abuelo que está aquí inspeccionando una cosa u otra. Le dan acceso a la mesa de los generales para mantener alto su entusiasmo respecto del esfuerzo de guerra...

—Pues bendígale por haber venido —dijo Deirdre dirigiendo de nuevo su atención a las hojas de lechuga—. A propósito, ¿es o no consciente de que se ha convertido en una especie de héroe en nuestro pequeño mundo subterráneo?

—¿Yo?

T. F. tomó un aprensivo sorbo del martini que él mismo había preparado.

Imaginaba que la mayoría de la gente que hay allí no supiese siquiera mi nombre...

—Claro que sí. Sea un cielo y páseme el vinagre —le ordenó—. Jane dice que Sir Henry está encantado con algo que ha arreglado para él en Estados Unidos. Naturalmente se supone que yo no debo saberlo. Me han dicho que prácticamente esto ganará la guerra...

—Lo veo difícil...

«Así que —pensó T. F.— la operación de Buffalo está saliendo bien...»

Una ligera duda acerca de lo apropiado de su papel en todo ello seguía turbándole. Pero a partir de ahora lo haría en tono menor. «Nada —siguió pensando— elimina el escepticismo de una forma tan efectiva como el éxito.»

—Siempre se refiere a usted como un tipo estupendo.

—¿Debo suponer que eso es un cumplido?

—¡Oh, mucho más que eso! Es un espaldarazo.

Mientras hablaba, seguía afanosamente preparando la ensalada, espolvoreando sal y pimienta en su taza de vinagre y poniendo también una pizca de mostaza.

—Por lo general, los «tipos estupendos» provienen de una buena familia, de las mejores estirpes rurales. A propósito —siguió, dirigiendo una alentadora sonrisa a T. F.—, ¿de qué clase de familia procede usted?

—No de la clase que tiene en mente, lo siento... De inmigrantes irlandeses católicos.

—Ah, muy bien —una alegre indulgencia subrayó su sonrisa—, tal vez tenga algunas otras cualidades redentoras. O quizá Sir Henry ha confundido a su O'Neill con alguno de los angloirlandeses del Ulster con los que sale de caza. No hay que preocuparse. Con eso de «tipo estupendo» se sobreentiende el hecho de que puede contar con él. Que estará con usted para lo bueno y para lo malo. Se confía en un «tipo estupendo». ¡Un «tipo estupendo» es un auténtico soporte! Y usted —concluyó Deirdre—, por alguna razón, ha sido elevado por Sir Henry a esa selecta clasificación...

—¿Quiere un trago? —preguntó T. F., ofreciéndole un sorbo del martini que había estado tan juiciosamente agitando.

Deirdre aceptó su copa y brindó a su contenido un contemplativo trago.

—Muy bueno —anunció—. Ustedes los americanos son una gente muy competente.

Sus ojos volvieron a fijarse en él, riendo de forma provocativa.

—¿No es así? En todo lo que hacen...

Le devolvió la vacía copa.

—Y ahora voy a tener que confiarle un espantoso secreto. Páseme aquella botella de la alacena.

T. F. alargó la mano a la botella que le señalaba. Era «Nu-Jol», un fuerte aceite mineral que, a menudo, había visto en el botiquín de su madre junto con sus otros laxantes.

—El aderezo de mi ensalada, lamento decírselo, está compuesto de vinagre y «Nu-Jol». El aceite de oliva, al igual que ese «Lucky Strike» verde de ustedes, se lo ha llevado la guerra. Sin embargo —declaró, mientras se atareaba en mezclar el aceite con los demás ingredientes—, junto con mostaza y vinagre suficientes es muy difícil captar la diferencia. Por lo menos —rió por lo bajo—, durante unas cuantas horas.

El timbre de la puerta interrumpió sus pensamientos.

—Ya están aquí —dijo—, sea un encanto y abra la puerta mientras preparo el solomillo.

*Calais*

El dibujo estaba tan finamente hecho como si se tratase de un cianotipo. Su autor permanecía tímidamente al lado de la mesa de la cocina de Aristide, mirando su obra maestra. Aristide se había cuidado de no presentarles cuando acudió aquel hombre.

—Me parece que cuando abras aquel panel —le dijo a Catherine—, comprobarás que este dibujo reproduce su interior con la mayor exactitud. Si lo fijas ahora en tu mente, el auténtico panel te parecerá muy familiar al verlo mañana por la mañana por primera vez.

El hombre abrió una recia bolsa del papel y sacó un fusible blanco y rectangular, poco mayor que una baraja de naipes.

—Esto —dijo a Catherine y a Aristide— es un cortacircuitos, uno auténtico.

Lo volvió hacia arriba y señaló un círculo gris de metal en su base.

—Plomo —explicó.

Con el sentido innato del orden propio de un ingeniero, colocó el cortacircuitos con cuidado encima de la mesa y metió de nuevo la mano en la bolsa. Sacó un segundo fusible, absolutamente idéntico al primero. Le dio también la vuelta. El círculo gris de plomo de la base, según observó Catherine, había sido remplazado por un trozo de un metal pardoanaranjado.

—Cobre —explicó el hombre, dándole unos golpecitos con la uña—. Una sobrecarga pasará a través de esto como una dosis de sales.

Al cabo de un momento prosiguió:

—Ahora —dijo, mientras daba a todo el asunto un aire irreal y pedante— todo lo que debe hacer es sacar uno a uno todos los fusibles del panel y sustituirlos por los seis nuevos que voy a facilitarles. No puede dejar de reconocer los que ha de cambiar. Son más grandes que los demás. Se trata de los primeros dos de cada hilera.

Alargó la mano y cogió el primero que le había mostrado.

—Y cada uno tiene este número (XR402), escrito en letras negras en la base. Son los únicos fusibles en los que hay esos números.

Catherine observó aquellos fusibles y el dibujo, tratando de imaginar qué podía ir mal, dónde se encontrarían las inesperadas trampas.

—¿No se percatarán de que las luces se apagarán y encenderán? —preguntó.

—Las luces no. Esos fusibles sólo controlan dos cosas: los motores de la torreta del cañón y las cabrias de los obuses. Mientras los cañones no disparen, no se percatarán lo más mínimo.

—¿Y si están disparando?

—Habrá que dejarlo para otro día.

—¿Y cómo debo cambiarlos?

—Debe coger el fusible entre el pulgar y el índice y tirar de él hacia atrás. Arrójelo en la cesta de la colada. Coja un nuevo fusible. Con el XR402 en la parte de abajo; recuerde eso pues es muy importante. Si uno de ellos no está de esa manera, se darán cuenta de que alguien ha puesto las manos en el panel. Cada fusible tiene cuatro púas. Colóquelas en los cuatro agujeros del panel y métalos en su sitio con la palma de la mano. Es muy simple. Si se mantiene en calma y con los dedos ágiles, todo no le llevará más de tres minutos.

—Tres minutos...

Sus palabras resultaron más una oración que un comentario, una súplica para la menor de las indulgencias, una breve suspensión del tiempo. No podría dormir esta noche. Y esto era malo porque la falta de sueño la dejaría mañana nerviosa, y sus manos estarían torpes y temblonas cuando más necesitaba que fuesen ágiles y firmes.

Catherine cogió la bolsa de papel.

—Cuéntelos y compruébelos —ordenó tanto a Aristide como a su visitante, sorprendiéndole la autoridad que se reflejó en su voz—. Asegúrense al cien por cien. No estaré ante ese panel de control por segunda vez aunque me lo pida el mismo rey de Inglaterra.

—¿A qué hora irás allí mañana por la mañana? —le preguntó Aristide.

—La motocicleta, por lo general, se presenta a las ocho de la mañana. A las ocho y media ya habré llegado.

248 _Larry Collins_

—Tenemos un pequeño problema con Herr Metz —informó Aristide a su visitante—. Debemos asegurarnos de que no hace nada para molestar a nuestra dama. Exactamente a las nueve de la mañana, usted llamará a Metz.

Se trataba de una orden, no de una petición.

—¿Por qué?

—Encuentre algo de qué hablar con él, cualquier cosa. Simplemente, para mantenerle al teléfono durante cinco minutos. La vida de ella depende de esto. Y debo añadir que también la suya.

Catherine reunió el dibujo y la bolsa de papel con sus fusibles. Aristide la acompañó hasta la puerta. Le puso las manos encima de los hombros. Luego la atrajo hacia sí y la besó con suavidad en ambas mejillas.

—_Merde_ —susurró.

Esta palabra, proferida con afecto y admiración a un tiempo, era tanto una oración como una advertencia.

Afuera, el crepúsculo había caído ya sobre la ciudad. Catherine se detuvo un momento en el umbral. Luego, bajó la cabeza y se apresuró por las calles medio vacías de Calais, sola con sus miedos y con su bolsa de papel pardo.

_Londres_

«Bruselas, la víspera de Waterloo —pensó T. F., recordando al Byron que había estudiado entre los poetas románticos, en New Haven—, Londres es Bruselas la víspera de Waterloo, el sonido del jolgorio por la noche mientras en algún sitio, a la distancia, se toca a difuntos sobre un peligroso amanecer.» Miró al joven teniente de la División Blindada de la Guardia, al que Deirdre había invitado, junto con su novia, para compartir con ellos el solomillo requisado por T. F. Tenía veintitrés años, era vivaz, bien plantado, dueño de sí mismo, y totalmente inconsciente de un secreto que T. F. conocía y que él ignoraba: que desembarcaría con su División en Normandía cuarenta y ocho horas después de que lo hiciera la primera oleada. T. F. se preguntó cuáles serían las probabilidades de que estuviese vivo dentro de dos o tres meses... ¿Un cincuenta por ciento? ¿Menos tal vez?

Deirdre se inclinó hacia T. F. Había conseguido encontrar una sustancia rara en extremo en el Londres de la guerra: café. Mientras vertía un poco en la semitaza de T. F., sus pechos se apretaron con fuerza contra los pliegues verde pálidos de su blusa de seda.

—Una ración extra para usted —le dijo en un ronco susurro—. ¿Cómo sino podría soportar la vida en esta sombría y empobrecida capital nuestra?

—¿Cree en lo que dice? —replicó T. F.—. Me encanta Londres...

—Naturalmente que sé lo que digo. Es probable que no disfrute de

la compañía de mujeres que realmente *sientan* lo que dicen, ¿verdad?
—Por favor...
Era el hombre de la Guardia.
—¿Por qué no nos acercamos al «400» para un último trago. A menos...
Se volvió hacia T. F.
—A menos que prefiera un lugar más animado como «Coconut Grove».

Con su tapicería de terciopelo oscuro, sus luces cambiantes, su orquesta inspirada en los arreglos de Tommy Dorsey y Glenn Miller, su inacabable abastecimiento de whisky del mercado negro y champaña, el «400» era el lugar de esparcimiento más majestuoso previsto para sus clases privilegiadas, y ciertamente el más querido del Londres de la época de guerra. Era asimismo, a juzgar por la calidez con la que su *maître d'hôtel*, el signor Rossi, saludó a Deirdre, un ambiente en que su grácil figura constituía una presencia familiar.

Rossi les indicó una mesa al lado de la pista de baile. Un camarero, llevando una botella mediada de whisky, se materializó entre las sombras. El de la Guardia lanzó un aprobador vistazo a la marca hecha a lápiz, que había dejado en la etiqueta de la botella al concluir su última visita al «400». Tras esto, les sirvió un trago.

—Por lo menos —dijo T. F. a Deirdre, señalando con su copa hacia la atestada pista de baile—, no tendré que impresionarla esta noche con mi *jitterbug*...

—¡Dios mío, no! —estuvo de acuerdo la mujer—. El «400» es estrictamente para los que bailan arrimados...

—Pues arrimémonos —le sonrió.

Se dirigieron a la pista. Ella se volvió hacia T. F., con una especie de gentil suspiro, plegando su cuerpo contra el de él. Durante un segundo, estuvieron allí pie contra pie, sintiendo T. F. el contorno de sus fuertes pantorrillas que buscaban las suyas, sus pechos que se oprimían contra su chaqueta, sus huesos pélvicos apretados uno contra el otro. Él tomó la mano de ella con su mano izquierda y la atrajo hacia el extremo de su barbilla, sintiendo mientras lo hacía el frío plano de su mejilla rozando suavemente la suya en la oscuridad. Indolente, lánguidamente, sus cuerpos comenzaron a moverse con la música, con sus pies apenas cambiando de sitio, sus entrelazadas figuras formando un círculo en un espacio casi del tamaño de un sello de correos.

—¿Ha leído alguna vez *Fiesta*? —le susurró.

Al igual que la mayoría de su generación, T. F. era un fanático de Hemingway.

Ella asintió.

—¿Ha visto una corrida de toros?

—¡Cielos, no! —le susurró ella a su vez.

—Existe un lugar en el ruedo que es el santuario del toro, su querencia según lo llaman. Es algo parecido a esta pista de baile, ¿no cree? Todos tienen su querencia.

La mujer permaneció silenciosa durante un segundo. Luego pronunció un prolongado *mmmm*, aquel reprimido e indescifrable zumbido que las chicas inglesas emplean para tareas tan variadas como valorar a un amante en perspectiva o preguntar el precio de una tostadora victoriana.

—¿Trata de impresionarme con el hecho de que es usted un toro? —preguntó riéndose entre dientes—. ¿O sólo que está al día en lecturas?

Era poco antes de la una cuando se marcharon. El hombre de la Guardia y su novia Anne, manteniendo una buena tradición del «400», permanecerían allí hasta que el club se cerrase a las cinco de la madrugada, muy poco antes de que saliese el tren de regreso a su campamento.

Un taxi los llevó al piso de Deirdre. Estaba junto al bordillo, con el motor en marcha, mientras Deirdre hurgaba en su bolso en busca de las llaves y T. F. trataba de hallar en su mente la especie de gambito de apertura que se requiere para disfrazar un avance sexual en la Costa Este de Estados Unidos cuando, por primera vez desde que había llegado a Londres, escuchó el sonido. Comenzó como un profundo estremecimiento, luego se aceleró con rapidez hasta un familiar chillido. El taxi se marchó a toda prisa en la oscuridad, mientras la sirena de la incursión aérea comenzaba su primer gruñido.

—¡Vaya!

En la voz de Deirdre la clave principal fue la exasperación más que la preocupación o el miedo.

—Esos alemanes arruinan la mejor de las veladas, ¿no cree?

A lo largo de la calle, T. F. oía ahora el sonido de puertas que se abrían y cerraban, pisadas que corrían por la acera, madres que llamaban a sus dormidos hijos para que se apresurasen. Luego, mientras se disipaba el melancólico quejido de las sirenas, T. F. captó otro sonido, un zumbido como un distante enjambre de abejas que llegaba por el Támesis.

—Ya están aquí —dijo Deirdre con un suspiro de resignación—. La estación de Metro de Bond Street es el refugio más cercano, pero debo decirle, francamente, que no soporto esos sitios. No he estado en ninguno desde 1941. Todos esos bebés que vomitan, los viejos que ventosean en mitad de la noche, la mujer que parlotea por ahí con su espantoso acento cockney. Es de un espantoso esnobismo por mi parte contarle todo esto, lo sé, pero ya ve. Realmente prefiero la idea de que me mate una bomba en la intimidad de mi propio piso que tenerme que pasar la noche allí...

T. F. estaba escuchando sólo a medias. Contemplaba, fascinado, el cielo. Era como los noticiarios de cuatro años atrás que de nuevo tomasen vida: los proyectores hurgando en la oscuridad con sus pilares blancoazules de luz, el estruendo de los aviones llenando el aire nocturno, los silbatos de los vigilantes de los *raids* aéreos en algún lugar de la calle.

—Mire, no se puede quedar ahí simplemente mirando, ya lo sabe —le regañó Deirdre—. El ARP le recogerá. O se encamina a la estación de Metro de Bond Street, o entra y corre la misma suerte que yo.

Sus palabras volvieron a T. F. a las más placenteras perspectivas que, momentáneamente, se habían deslizado por la cabeza en la excitación de la incursión aérea.

—A mí tampoco me producen una gran satisfacción los bebés y sus vomitonas.

En cuanto se encontraron en el interior del piso, Deirdre colocó un par de velas en la repisa de la chimenea y luego cortó la corriente eléctrica del apartamento.

—¿Le agradaría un coñac?

La chica ya estaba cogiendo de un armario un par de copas.

T. F. asintió.

—Su primera incursión aérea, ¿verdad? —le preguntó Deirdre en tono convencido, mientras le pasaba la copa.

Sus ojos destellaron un instante con aquella provocativa malicia que a él le parecía tan favorecedora.

—Estupendo —le sonrió, alzando su copa hacia la de él—, confiemos en que no sea la última...

Se instalaron en el sofá de Deirdre. Desde algún lugar de la oscurecida ciudad, llegaron los ecos de un nuevo sonido, una especie de trueno rodante.

—Ya están aquí —le dijo, con tono notablemente despreocupado—, llegan a través del río tal y como había pensado. Estos días lanzan sus bombas tan pronto como saben que se encuentran encima de Londres y se largan pitando a casita en cuanto les es posible.

Durante algunos minutos estuvieron sentados en silencio, uno al lado del otro en el sofá, con los ojos transfigurados a causa de aquellos distantes sonidos de devastación. T. F. deslizó el brazo en torno de los hombros de Deirdre. La chica inglesa alzó la vista, con sus joviales ojos oscuros y maquiavélicos a la luz de las velas. Con la misma gracia felina que había desplegado en el «400», la mujer apretó su cuerpo contra el de él. Hubo una fría serenidad en su abrazo, una especie de reconocimiento mientras sus labios se desplazaban sobre los de él en una exploración sensual.

La mujer inclinó la cabeza hacia atrás y miró ensoñadoramente a T. F. a los ojos. Sus dedos rozaron las mejillas del hombre. De repente, se puso en pie.

Una breve incertidumbre sobrecogió a T. F. hasta que vio que la chica había cogido una vela de la repisa de la chimenea y se encaminaba por un pasillo que él sabía que sólo conducía a un lugar: a su dormitorio. «Decididamente —pensó T. F. con su cuerpo vibrando de deleite y anticipación— no existe nada en Lady Deirdre Sebright que haga recordar de alguna manera a la chica media de "Smith" o "Vassar".»

La mujer dejó la vela en la coqueta y se acercó al lado de su cama.

—Sé un encanto —le ordenó— y ayúdame a bajar este edredón.

El quejido que anunciaba el fin del bombardeo despertó a T. F. Deirdre yacía en sus brazos, profundamente dormida. Gentilmente, acarició el húmedo cabello que se le había apelmazado en la frente.

«Dios mío —pensó—, cuánto tengo que aprender acerca de los británicos.»

*Calais*

La vida —la fragilidad de la suya propia— se encontraba mucho
más en el centro de la preocupación de Catherine Pradier mientras el
sidecar de su moto rebotaba y oscilaba por la polvorienta carretera,
en dirección a la cresta en la que se alzaban las tres macizas torretas
de la «Batería Lindemann». Se preguntó si los guardianes mirarían en
el· interior de la cesta de la costura, que aferraba contra su pecho con
tanta fuerza como si estuviese llena de huevos de Pascua... «Pero, ¿por
qué deberían hacerlo?», se preguntó a sí misma. Nunca antes lo habían
hecho. Miró hacia el canal, que esta mañana aparecía verdigris en vez
de con su hostil y sombrío color gris. Más allá de las aguas, los acantilados calizos de Dover eran claramente visibles. Inglaterra y la seguridad, Inglaterra, donde ya no se despertaba cada mañana con miedo como
tu compañero de lecho. Era sábado, 29 de baril, y hacía ya seis semanas que su «Lysander» la había depositado en Francia. Seis semanas en las que no había oído a nadie dirigirse a ella como Catherine,
desde que se había deslizado en la envoltura de ese ser imaginario que
se llamaba Denise. Sin embargo, la esquizofrenia de la existencia del
agente, en la que su identidad se hallaba ahora por completo sumergida
en aquella personalidad imaginaria, consideraba a su ser real tan abs-
tracto como un personaje de ensueño. «Por desgracia —pensó lúgubremente—, esta conversión tiene sus límites. Si algo funciona mal en la
siguiente media hora, será mi ser real, más que mi ser imaginario, con
el que tratarán los alemanes...»
La motocicleta se detuvo y ella declinó educadamente el ofrecimiento del cabo de llevarle la cesta. Mientras andaban por la senda de gravilla hacia la entrada de *Bruno*, la central de las tres torretas de los
cañones, se halló como siempre asustada por las dimensiones de aquellos mastodontes de hormigón y acero que se alzaban hacia el cielo.
El sentido de fuerza que transmitían, según podía apreciar, era aún más
sobrecogedor cuando se sabía, como ella, que las cuatro quintas partes
de su estructura se encontraban ocultas bajo la superficie de la tierra.
¿Era realmente posible que seis bloques esmaltados de blanco y que
se encontraban en su cesto de la costura, fuesen suficientes para inmo-
vilizar aquel monstruoso despliegue, paralizar aquellos cañones en el
momento para el que los alemanes los habían creado con tanto costo y
sabiduría?
Como había predicho, Metz se encontraba aguardándola, tan fielmente como un perro Labrador, trabajando —o fingiendo trabajar— en su
escritorio situado casi directamente debajo del panel de control. Se levantó y, con un movimiento de cabeza, mandó al gordo cabo una vez
más de vuelta a la superficie empleando la escalera.
—¿Nos tomamos un café? —preguntó—. ¿Uno auténtico?
Catherine forzó en su rostro una nerviosa sonrisa de aceptación y
dejó la cesta encima del escritorio. De la forma más disimulada posi-

ble, mantuvo los ojos dirigidos al reloj de pared, mientras Metz seguía hablando. En su nerviosismo, sólo tuvo que proporcionar algún ligero impulso para mantener el flujo de la conversación hacia delante, con tanta firmeza como el avance de una ola. Ningún sonido resultaba tan dulce a los oídos de su admirador y amante músico, reflexionó, que el sonido de su propia voz. Dieron las nueve y luego pasaron. «¿Por qué no llama?», pensó Catherine. A las nueve y cinco estaba aún prolongando los últimos tragos de su café. El bastardo había perdido los nervios. Según sabía, Metz no la dejaría sola ni durante un minuto, si le era posible evitarlo. La operación se había desvanecido. Este pensamiento debería haberle provocado una infinita sensación de alivio. Pero, extrañamente, no fue así. En vez de ello, ardía de cólera y de frustración en el momento en que escuchó una voz por el altavoz que decía algo en alemán.

Metz se puso en pie.

—Discúlpame —le dijo—. Tengo arriba una llamada telefónica...

Catherine se tragó su café y llevó las tazas a Heinz, el camarero del comedor. El lavarlas mantendría sus manos ocupadas durante un momento. Su estómago se le agitaba con los retortijones de la tensión nerviosa. Se sintió mareada y, estuvo segura de ello, se tambaleó sin poder evitarlo al regresar a la habitación de la puerta contigua.

Sacó las cuatro llaves de su llavero y probó con la primera. No acababa de encajar en la cerradura. Ni tampoco la segunda. ¿Y si no había llevado consigo la llave la noche que salió con ella?

Sí lo había hecho. La tercera, tras un leve forcejeo, se deslizó en la cerradura. Le dio dos vueltas y luego notó que el cerrojo se deslizaba sobre sus goznes. Su primer momento de pánico ya casi había pasado. Respiraba en pequeños jadeos. Para su inmenso alivio, el panel tenía exactamente el mismo aspecto que en el dibujo del ingeniero. Alargó la mano hacia su primer fusible amañado. En el panel vio el letrero que indicaba «ANTON» para la torreta del cañón de la izquierda. Observó que los dos primeros fusibles llevaban el número «XR402». Alargó la mano hacia el primero y le dio un ligero tirón. Se deslizó con facilidad de su muesca. Cogió entonces el fusible falso, apoyó sus muescas en los agujeros del panel y lo empujó hasta colocarlo en su sitio. Luego le hizo dar una vuelta con la palma de la mano para asegurarse de que quedaba fijado con firmeza en el panel.

«Es fácil —pensó—, más fácil de lo que había creído que sería.»

«Con mayor rapidez, más calmada, de forma más deliberada», se dijo a sí misma, repitiendo aquellas frases precautorias como si se tratase de una letanía. El segundo fusible entró más rápidamente en su sitio. *Anton*, había quedado listo.

Antes de su llegada, había dispuesto su cesta de la costura en dos mitades, con un pequeño cartón como divisoria. Era una precaución contra un error cometido debido al apresuramiento o al pánico. Planear las cosas, nunca improvisar si es posible; aquéllos habían sido unos principios maestros de sus superiores del SOE, y nada podría llegar a ser más estúpido que confundir entre los fusibles auténticos y los amañados. Había colocado los seis fusibles preparados en la mitad izquierda de su cesta. Ahora, metió los dos fusibles auténticos que acababa de extraer del panel debajo de un par de monos verdes, en el compartimiento a la derecha de la divisoria y sacó dos fusibles falsos más de la parte izquierda.

Entraron en el panel con tanta facilidad y rapidez como los dos primeros. *Bruno* había quedado ya preparado. Deslizó los dos fusibles auténticos en su lugar de escondite y alargó la mano para coger los últimos dos fusibles amañados. Fue entonces cuando escuchó el inconfundible repiqueteo de unas botas de cuero que bajaban por la escalera metálica de la batería.

Más tarde, los acontecimientos de los siguientes segundos pasarían a través de su mente, una y otra vez, con la letárgica y definida precisión de las imágenes en una película a cámara lenta.

No había tiempo para cerrar y echar la llave del panel de control y regresar a la habitación donde se encontraba su máquina de lavar; los pasos que se aproximaban habían llegado ya casi al pie de las escaleras. Empujó el panel de control. No encajó del todo, pero tampoco se hallaba tan entreabierto que fuese fácilmente visible. Cogió una camisa de la cesta de la ropa, la desdobló y dio la espalda al pasadizo, al tiempo que mantenía alzada la camisa como si inspeccionara algún fallo en su labor. Luego escuchó cómo las botas de cuero se adentraban en el pasadizo. Si pertenecían a Metz, estaba perdida por completo. El darse cuenta de eso no le produjo pánico; por el contrario, se sintió invadida de una entumecedora calma, algo vagamente similar a la sensación que sintió a los quince años al comenzar a deslizarse bajo la anestesia cuando le practicaron una apendicectomía. Tampoco le pareció una eternidad hasta el momento en que los pasos alcanzaron la puerta; le pareció exactamente lo que era, una fracción de segundo antes de que escuchara la voz de un desconocido gritar:

—*Heinz, ein kafee!*

Regresó al panel, lo abrió y rápidamente insertó en su sitio los últimos dos fusibles falsos, vigilando su trabajo. Los números «XR402» se hallaban correctamente alineados en la base de los fusibles. Tras darles un último empujón para asegurarse de que se encontraban sólidamente en su sitio, cerró la puerta. Dio una vuelta a la llave.

Recogiendo su cesto, cruzó la estancia hacia su lavadora, en un abrir y cerrar de ojos metió un montón de ropa sucia dentro y abrió la conexión del agua caliente. Fue entonces cuando la sobrecogió el miedo. Las articulaciones de sus rodillas parecieron paralizarse de terror. Mareada de repente, se sujetó al borde de la máquina de lavar para impedir desplomarse encima. Una vez más detrás de ella, escuchó un repiqueteo de taconazos sobre el suelo de hormigón.

Entró Metz, apartó la silla y se instaló ante su escritorio debajo del panel de control.

—Siento haber tardado tanto —explicó—. ¿Me has echado de menos?

La visita a Pierre Paraud fue algo inesperado y sin anuncio previo.

—No debía haber venido aquí —musitó Paraud, reflejando tanto reproche como se atrevió a ello—. La gente podría verle.

—Un día tendrá razón al alegrarse de que lo hayan hecho.

Aristide se permitió un instante de silencio para que comprendiese la sugerencia que sus palabras deberían aportar. Luego instaló su pequeña estructura en la silla que estaba delante del escritorio de Paraud.

—Lo ha hecho...

La sonrisa con la que anunció aquella noticia no resultó ni vaga ni irónica.

—Los fusibles están ya en su sitio. Todo salió a las mil maravillas. Su llamada telefónica se produjo exactamente en el momento oportuno, por lo que tanto ella como yo le estamos altamente agradecidos.

Paraud aceptó el cumplido con un movimiento de cabeza.

Aristide cruzó las piernas casi remilgadamente, tirándose un poco de los pantalones.

—Ahora ya sólo queda por hacer una cosa.

—¿Cuál?

—Debemos instalar el desvío que me describió, para mandar la sobrecarga de corriente en el momento en que Londres lo ordene.

—¿Y quién hará eso?

—Usted...

Paraud reaccionó igual que un hombre enfermo al que le acaban de informar que tiene un cáncer. Por mucho que haya esperado y temido aquella declaración, nada ha podido prepararle de forma adecuada para el choque de escuchar aquellas palabras fatales pronunciadas por primera vez.

—¿Y por qué yo? —jadeó.

—¿Y quién más? Me dijo que los alemanes raramente se presentan por aquí. Debe encontrar alguna excusa para trabajar hasta tarde, hacerlo cuando no haya nadie que se dé cuenta de lo que lleva a cabo. Su mujer y sus hijos ya no están con nosotros, gracias a mis esfuerzos.

Aristide introdujo en su discurso una significativa pequeña pausa.

—Amigo mío, permítame decirle algo. En el caso de que los alemanes descubran lo que se ha hecho en su panel de control, ¿se imagina cuál será la primera persona con la que les gustaría mantener una pequeña charla?

Paraud ofreció un asustado silencio y a continuación musitó:

—¿Yo?

—Exactamente. ¿Quién más? Ahora es uno de los nuestros. Por lo tanto, tendrá que pasar por esto igual que nosotros. Lo que ella hizo, lo tuvo que hacer exactamente ante las narices de los alemanes, de forma deliberada y calmada... Un acto por completo notorio. No le estoy pidiendo una cosa ni remotamente parecida a ésa... Y tengo una forma de asegurarme de que las posibilidades de que le pillen por esto sean absolutamente mínimas.

—¿Cuando esté conectada la desviación? ¡Usted está loco por completo!

—Cuando la desviación se conecte, mi querido amigo, estará usted muy lejos de aquí...

Aristide metió la mano en el bolsillo y extrajo una pequeña pieza de maquinaria.

—¿Sabe qué es esto?

—Parece un motor eléctrico.

—Exactamente. Este cilindro —Aristide señaló un tambor por un lado— estará sujeto a una cuerda y, a su vez, conectado al cable de desvío. Instalará este motor detrás del cable de 10.000 voltios que va a parar a su transformador. Cuando lo conecte, comenzará a poner en marcha el cable de desvío que ha conectado a la línea de la corriente de la batería con el cable de 10.000 voltios. Sencillo. Llevará cinco minutos el que ambos cables entren en contacto. Cuando llegue el día de sabotear la batería, todo cuanto tendrá que hacer será unir la cuerda al cable de desvío, poner en marcha el motor e irse. Le proporcionaré una casa de seguridad, que sólo usted y yo conoceremos. Permanecerá allí hasta que los aliados lleguen a Calais después de desembarcar aquí, porque es del todo seguro de que ésa es la razón de que deseen que esos cañones sean puestos fuera de servicio.

Aristide dedicó a Paraud una enigmática sonrisa.

—Tiene usted cuarenta y cuatro años, ¿verdad?

Paraud asintió, sorprendido por la exactitud de lo que erróneamente había dado por supuesto que era sólo una conjetura.

—Si sobrevive a esto, y lo desea, la Biblia le concede dieciséis años más de vida. Durante esos dieciséis años, se convertirá en uno de los héroes de esta ciudad. Será el Séptimo Burgués —prosiguió, refiriéndose a los seis burgueses que habían ofrecido sus vidas para salvar las de sus conciudadanos calaisenses durante el asedio de la ciudad, por parte de Inglaterra, en el siglo XIV—. Piense en ello. Incluso el Día de la Bastilla se encontrará de pie a la derecha del alcalde con su banda tricolor, presidiendo el desfile militar. Darán su nombre a una calle en cuanto muera. Esto que le estoy ofreciendo, amigo mío, es una posibilidad de convertirse en inmortal.

Paraud se echó a reír, la primera indicación que captó Aristide de que el hombre poseía algo vagamente parecido a un sentido del humor.

—Lo que opino es que me está ofreciendo una posibilidad para acortar más bien drásticamente cualquier mortalidad que aún me quede. Ahora desearía no haber acudido a aquella primera reunión con usted.

—Pero lo hizo.

—Sí...

Al pronunciar esta palabra, Paraud pareció marchitarse como si todas las disminuciones físicas propias de su edad le hubiesen abrumado en un solo instante abrasador.

—Creo que tuve muy pocas probabilidades, ¿verdad?

—No...

La sonrisilla de Aristide fue tan seca, tan triste, como las arrugadas hojas otoñales.

—No creí que lo hiciese.

La mañana del 30 de abril, el propietario de una villa de estucado rosa en los jardines de Lapa, a unos pocos minutos de viaje en coche del casino de juego de Estoril, aquellas instalaciones junto al mar en las afueras de Lisboa, recibieron a dos visitantes. No tenía razones para mostrarse cauteloso hacia ellos o respecto del propósito de su llamada. Habían llegado en un «Mercedes» con las matrículas diplomáticas de la Embajada alemana en Lisboa. En realidad, eran empleados del general Walter Schellenberg, el hombre nombrado por Heinrich Himmler para reorganizar la Inteligencia alemana en vísperas de que el *Reichführer SS* se hiciese cargo de la Abwehr. El que deseasen visitar a John Jepsen era algo natural. Jepsen era agente de la Abwehr, uno de los operarios más efectivos empleados por el Servicio Secreto de Inteligencia alemán. Asimismo, había sido recompensado con la *Kreigsverdienstkreuz* de primera clase, una distinción que ningún otro alemán de Lisboa disfrutaba. Mientras hablaban y se tomaban un té, uno de los visitantes dejó caer una pequeña píldora blanca en la taza de Jepsen, mientras el otro distraía la atención de Jepsen. Cuando Jepsen perdió el sentido, los dos hombres le pusieron una inyección. Luego colocaron aquella inconsciente forma en el maletero de su «Mercedes» y lo transportaron hasta Madrid, donde fue colocado en un segundo coche que lo condujo a Biarritz, en la costa vasca francesa ocupada por los alemanes. Allí, fue «desempacado» y mandado a Berlín a una celda que le aguardaba en las cámaras de tortura subterráneas en el cuartel general de la Gestapo en Prinz Albrechtstrasse.

En realidad, la Abwehr no era el único servicio de espionaje que emplease los talentos de John Jepsen. Era asimismo agente del MI6, el Servicio Secreto de Inteligencia británico, un hombre de habilidad y valor, conocido por sus patronos londinenses como un «artista». Al mismo tiempo, constituía una pieza fundamental en el laberinto bizantino de traiciones y engaños sobre el que dependía el plan engañador de *Fortitude*. Su arresto constituía el desastre que Sir Henry Ridley había temido durante tanto tiempo que se precipitase sobre él.

*Calais*

Catherine supo que algo andaba mal en el instante en que Pierrot traspuso la puerta.

—Van tras nosotros —anunció.

La mano de la chica se dirigió de una forma inconsciente a su garganta.

—¿Y qué te hace pensar eso?

—No lo sé. Pero lo sé...

Pierrot se acercó a la ventana y se quedó mirando fijamente hacia la calle.

—Tengo un amigo en Saint-Omer, que posee una granja exactamente al lado del parque de Transmisiones que los alemanes han montado allí. Anoche me dijo que les han entregado hace dos semanas tres nuevos camiones detectores. Están pintados igual que los camiones de las pesquerías de aquí, para enmascararlos.

—Tal vez —aventuró Catherine— exista otra radio por estos andurriales y la estén buscando.

—Oh, claro. Y quizás este año tengamos las Navidades en julio. Tal vez la razón de que hayan pintado esos camiones de gris para que parezcan iguales a las camionetas de los pescaderos de Calais sea porque buscan una radio en Lila, ¿no te parece?

Pierrot se metió la mano en el bolsillo en busca del último mensaje de Aristide y lo empujó casi con reproche hacia Catherine.

—Te digo que estamos corriendo demasiados riesgos.

«Pero si eso del riesgo es precisamente lo que he estado siempre buscando», pensó Catherine resistiéndose a la tentación de articular este asunto en beneficio de Pierrot. En vez de ello, extendió el texto de Aristide encima de su escritorio, al lado de su equipo para ponerlo en clave. Había mantenido su promesa. Su mensaje era breve e iba directo al grano, y al leerlo Catherine reaccionó con orgullo y satisfacción. Era un mensaje que el *gonio* alemán no impediría que radiase.

Fingiendo una alegría que no sentía ante su auditorio, formado por un solo hombre, y que hacía guardia junto a la ventana, Catherine codificó el mensaje. Cuando acabó, cumplió el preciso y pequeño ritual que siempre había precedido a sus transmisiones; colocó la radio en su sitio, extendió la antena por el suelo, enchufó el aparato a la corriente eléctrica con su luz de advertencia y luego dispuso también la pila de seis voltios con su correspondiente conexión. Instaló con cuidado sus cuarzos al lado del aparato en el orden en el que pretendía emplearlos.

Puesto que el mensaje de Aristide había sido relativamente breve, completó todas sus disposiciones bastante antes del momento del inicio de la emisión. Se echó hacia atrás en su silla tarareando bajito, intentando lo mejor que pudo eliminar aquella oleada de tensión nerviosa que siempre acompañaba sus transmisiones. Exactamente en el momento en que estaba ya dispuesta a salir al aire, Pierrot le hizo una seña para que se reuniese junto él en la ventana.

—No creo que debiéramos emitir —le dijo—. Abajo hay más personas que de costumbre.

Catherine escudriñó la calle de abajo. Para ella parecía perfectamente normal: media docena de mujeres de mediana edad que agarraban con fuerza sus cestas de la compra en las que aparecía patéticamente la más magra de las cosechas, en su diaria incursión al mercado, niños que gritaban entre ellas, unos cuantos ancianos que andaban por la acera. No había ningún alemán a la vista.

—¿Dónde están los hombres de los largos abrigos de cuero? —preguntó.

—La Gestapo no va por ahí anunciando su presencia —le respondió Pierrot—. Mira a aquellos dos tipos de la esquina.

Señaló a un par de adolescentes con chaquetas pardas de cuero inclinados contra la pared y fumando. Incluso desde la ventana, Catherine pensó que podía ver el brillo de la gomina que embadurnaba su cabello.

—Son *zazous* que esperan a que se abran los cafés, Pierrot —repuso la mujer.

—Son alemanes.

Colocó un afectuoso y tranquilizador brazo encima de los hombros de Pierrot. Ya había llegado el momento de conectar la radio, y la decisión de transmitir o no era sólo suya.

—Todo saldrá bien —le susurró—. Vamos...

Había realizado ya dos terceras partes de la extensión del mensaje cuando oyó la llamada de Pierrot:

—¡Un camión!

En realidad no gritó las palabras, sino que más bien las arrojó a través del cuarto. Al mismo tiempo se retiró levemente para que nadie en la calle de abajo se diese cuenta de su presencia. El camión giró por la esquina y comenzó un lento avance por la calle. Era gris, y en un segundo Pierrot leyó las palabras «Pêcheries Maritimes» que ostentaba en un costado. Luego, colocado en el techo, vio el aparato de escucha circular que lo identificaba con tanta seguridad como si las palabras «Servicio de Detección de Transmisiones Alemanas» hubiese estado pintado en la camioneta. Los adolescentes, según pudo observar, habían desaparecido.

Se dio la vuelta hacia Catherine.

—¡Jesucristo! —exclamó—. Son ellos...

Al mismo tiempo que profería estas palabras, las luces de la bombilla de Catherine se apagaron. Su mano izquierda conectó el interruptor que tenía ante ella. Con la mano derecha continuó pulsando la tecla de su radio.

—Denise, por el amor de Dios, déjalo —le suplicó Pierrot—. Están exactamente debajo de nosotros...

Catherine le respondió con un frenético movimiento de cabeza y continuó dándole a la tecla como si se tratase de una posesa. Su mensaje era ahora una serie continuada de errores, eso lo sabía, una serie de jeroglíficos sin sentido, pero, porfiadamente, siguió pulsando su tecla de emitir.

—Vas a matarnos...

Pierrot estaba casi gritando.

—¡Hostias, para, para...!

La bombilla de Catherine se encendió de nuevo. La corriente del edificio había sido conectada otra vez. Conteniendo la respiración siguió emitiendo hasta que transcurrieron treinta segundos. Luego se detuvo. Se precipitó a la ventana.

El camión estaba entonces exactamente debajo. Sus puertas traseras se abrieron de improviso. Esta vez sí estaban allí los hombres de los abrigos de cuero, cuatro de ellos, con las pistolas desenfundadas, empujándose unos a otros para saltar del camión.

—¡Vienen a por nosotros! —gimió Pierrot.

Entumecidos de miedo, observaron cómo los cuatro hombres se precipitaban hacia el bordillo. Durante un segundo se detuvieron, preparados para atacar, precisamente debajo de su ventana. Luego, en respuesta a alguna señal que ni Pierrot ni Catherine pudieron ver, siguieron adelante. La siguiente cosa que escucharon fue un ruido de puños que golpeaban contra las puertas y unos gritos duros y guturales en alemán que gritaban:

—¡*Deutsche Polizei!*

Llegaban del edificio de al lado.

El oscuro pasillo destilaba una vil mezcla de arenques y aceite rancio. Desde detrás de la puerta, Catherine oyó el crepitar del pescado al freírse. Se tapó las narices. «¡Cielos! —se le ocurrió pensar—, no habrá ningún lugar en que sea capaz de comer un arenque nunca más.» Titubeando, alzó la mano para llamar. Él no haría una cosa así. Lo que estaba haciendo Catherine iba contra todas las reglas de seguridad con las que él había regido sus vidas tan férreamente. De todos modos, lo sucedido aquella mañana justificaba, en la mente de Catherine, el violar sus dictados. Si le habían quedado algunas dudas acerca de lo grave que era su dilema, su viaje hasta aquí los había ido sedimentando. Había sido parada y registrada dos veces a trescientos metros de su piso. Por la forma en que habían mirado su esmaltada polvera, comprendió lo que buscaban: cuarzos.

Al responder a su llamada, el odio que brillaba en los ojos de Aristide permaneció allí por un instante. No había ningún miembro de la Resistencia, por experimentado que estuviese, que quedara inmune al terror que seguía a una llamada inesperada a la puerta.

Sin pronunciar palabra, la hizo entrar. Para cuando cerró la puerta y miró detrás de ella, el viejo fuego se encontraba de nuevo en sus ojos.

—Me imagino que esto será muy importante...

—En efecto...

En un momento, Catherine describió los acontecimientos de la mañana.

—¿Qué extensión del mensaje habías podido emitir antes de que llegasen?

—Unas dos terceras partes.

Aristide la condujo hasta una silla de madera de alto respaldo y se instaló él mismo en otra similar. Una vez más, quedó conmocionada ante lo anónimo del piso, su dureza espartana. Su único lujo visible era algo ilegal: una radio «Philips» de antes de la guerra, que Aristide empleaba para escuchar la «BBC». Sin embargo, Catherine, personalmente, había entregado a este hombre un cinturón con dinero, por una suma de dos millones de francos. Resultaba claro que Aristide no había empleado ni un chavo de aquello para suavizar su propia existencia. Delante de ella, en la cocina, su mujer acababa de quitar del fuego su cena: un escuálido arenque. No pudo dejar de pensar en Paul con su inclinación hacia los restaurantes del mercado negro y su resolución en el sentido de no permitir nunca que la Gestapo le atrapase con el estómago vacío. Al parecer, la devoción hacia la Resistencia adoptaba formas muy distintas.

—¿Cuándo debes emitir la próxima vez? —preguntó Aristide.

—Mañana a las cuatro.

—Esto no podía sucedernos en un momento peor, ¿verdad? De todos modos, no creo que tengamos elección. Hemos estado muy cerca de perderte.

Catherine no protestó. Después de su huida de aquella mañana, la Gestapo estaría aguardando a su próxima emisión para seguir atacando.

—¿Crees que podríamos trasladarla?

—¿Podrías desmontarla y volver a montarla de nuevo?

La mujer meneó la cabeza.

—Claro que no. No pensaron en enseñarte, ¿verdad?

Aristide movió las manos en impotente resignación.

—Intentar trasladarla ahora sería un suicidio. Podrías ponerte un vestido rojo, blanco y azul y entregarla al cuartel general de la Gestapo, en Rue de Valenciennes, para ahorrarles los trastornos de detenerte en la calle. La cuestión es la siguiente: ¿podríamos mandar un último mensaje a Londres?

—Tengo un cuarzo de emergencia.

Un cuarzo de emergencia era, exactamente, lo que daba a entender su nombre. No se esperaba nunca que un operador lo utilizase, para que los servicios de detección alemanes no supiesen que lo tenía y asociasen su frecuencia con su aparato. Catherine debía dar por supuesto que los alemanes ya conocían cinco de las frecuencias que normalmente empleaba. Cuando mañana la escuchasen llamar a Londres, escudriñarían cada una de aquellas cinco frecuencias para ver cuál empleaba, y luego comenzarían a rastrearla de nuevo. Al emplear el cuarzo de emergencia, se concedería unos cuantos minutos para emitir y estar en el aire antes de que la buscasen en otras frecuencias.

Aristide cogió un bloc de notas y escribió algo en una hoja.

—¿Cuánto emplearías en mandar esto? —le preguntó.

Decía lo siguiente:

*Aristide a Cavendish: Gonio localizó aparato imposible trasladarlo nuevo lugar stop debemos suspender transmisiones aconsejen radios alternativas emergencias.*

Catherine contó las letras. Contenía unos 100 caracteres. Cuando transmitía bien, tecleaba entre veintiocho y treinta letras por minuto.

—Me parece que unos tres minutos —replicó.

—¿Crees que podrías transmitirlo por tu cuarzo de emergencia antes de que te atrapen?

—Me parece que, después de esta mañana, dan por supuesto que el aparato se encuentra en algún lugar de mi calle, ¿no crees?

—Eso es una suposición bastante exacta...

—Y dado que no son unos apóstoles del silencio, también deben colegir que el operador de radio ha sido consciente de la conmoción originada esta mañana. Por lo tanto, si ven que no respondo a Londres, su conclusión será que estoy demasiado aterrada para emitir. Francamente, no creo que me busquen en otras frecuencias.

Aristide se mesó el extremo de su barba, retorciendo sus mechones entre los dedos como si tratase de hacer una trenza con sus pelos.

—Ésa, en efecto, será su primera conclusión. Es la segunda la que me preocupa.

Catherine le miró perpleja.

—Cuando vean que no vuelves a emitir, acordonarán la zona y la revolverán piso por piso, en busca de la radio. En cuanto recibas el reconocimiento de Londres, vete de aquí tan de prisa como puedas. No te lleves nada contigo, ni siquiera un cepillo de dientes ni ropa interior de repuesto. Limítate a abrazarte a Pierrot y sal por la calle como si fueseis las primeras personas en el mundo en descubrir lo que significa *cinq à sept*. Te llevaré a una casa segura.

—¿Pero qué me dices acerca de recibir la respuesta de Cavendish?

Aristide señaló su radio.

—Éste es un aparato de onda corta. Podrás captarlo desde aquí.

La escena, pensó Catherine, podía haberse sacado directamente de algún drama melancólico de extrema izquierda, con pretensiones de cargar a su auditorio con un sentimiento de culpabilidad respecto de las clases obreras de Francia. La mujer de Aristide estaba en la cama, protegida por un par de suéteres, entreteniéndoles con una sinfonía nasal de estornudos, ronquidos y carrasposas toses catarrales. Ostensiblemente, todo aquello parecía resultado de un resfriado, un dolor de garganta y un toque de reumatismo. En realidad, era su forma de protestar ante el hecho de que tenía que compartir su cama esta noche con Catherine en vez de con su marido. La emisora de transmisión del SOE en Sevenoaks, emitía por lo general en medio de la noche y los mensajes para Catherine llegarían a la 1.15. Con el toque de queda, ello significaba que debía pasar la noche en su piso y Aristide, de forma considerada, le ofreció que compartiera su cama.

Aristide estaba sentado en una de sus sillas de alto respaldo, al lado de una bombilla desnuda, estudiando un análisis del pensamiento de Engels acerca de la obra de Karl Marx. Catherine se sentaba en otra silla, escuchando a medias el «Calais Soldatensender», la emisora de propaganda inglesa, que emitía para las tropas alemanas en Pas de Calais. Por quinta vez desde las nueve, tocaban una canción que, al parecer, hipnotizaba a los guerreros de la Wehrmacht: *La lista pequeña conductora de autobús*. Mientras su tobillo seguía el ritmo de la música, pensó que era una hija de la clase obrera, que suspiraba por la libertad de los cafés y las salas de baile, y se hallaba confinada en este cuarto a causa de la penuria de sus padres y sus escrúpulos proletarios...

Dado que había llegado poco antes del toque de queda, ella y Aristide habían intercambiado tal vez sólo una docena de frases. Sin embargo, sentía hacia su jefe una admiración auténticamente genuina, así como afecto, sentimientos que conocía que eran recíprocos. Su silencio, sabía también, no tenía nada que ver con una carencia de sentimientos. Más bien, reflejaba su idea de cómo un jefe del SOE regía su red. La soledad constituía un virus que infectaba a cualquier agente clandestino en la Francia ocupada. Era el inevitable producto de una vida que transcurría bajo una falsa cobertura, en la que incluso los encuentros más mundanos debía mirarse con suspicacia, una vida de interminables esperas, de noches pasadas sólo con el miedo y la soledad por compañía. Así, pues, nada era más natural que, cuando los agentes se encontraban juntos, debieran abrazarse física y metafísicamente, dejando de lado sus restricciones y saboreando los frutos prohibidos de la camaradería. Alguno de los jefes del SOE, particularmente en París, alentaban esa reacción, convirtiendo a sus redes en unas pequeñas fraternidades agradables y exclusivas.

Pero Aristide operaba con una filosofía diferente. Mantenía a su gente rigurosamente separada. Les prohibía de modo total cualquier contacto aparte de los requeridos estrictamente para su trabajo. No les contaba a sus agentes nada que no debieran saber y tampoco les preguntaba nada que no fuese esencial para su tarea. En todas aquellas semanas juntos, nunca le había hecho a Catherine ni una sola pregunta personal, acerca de quién era, de dónde procedía, cuál había sido su existencia antes de la guerra; simplemente, no deseaba saberlo. Todo lo que sabía de ella como persona eran aquellas pequeñas cosas, como las circunstancias de la muerte de su madre que ella había querido contarle.

La mujer se alejó de sus pensamientos. Era la una. Recibir de Sevenoaks sería tan fácil como difícil había sido emitir. En vista de lo que había sucedido, no podían esperar que Catherine diese señales de conocer el mensaje. Sólo tuvo que permanecer sentada al lado de la radio de Aristide y reunir los puntos y rayas que llegaban por el éter. Cuando acabó, descodificó el texto a la luz de la vela con ayuda de sus sedas y pasó el resultado a Aristide.

Decía lo siguiente:

> *Cavendish a Aristide. De acuerdo suspensión transmisiones stop Regreso Denise Londres inmediatamente con plenos detalles plan sabotaje stop Su contacto bar esquina Rue Saint André des Arts y Rue des Grands Augustins París stop Palabra en clave barman Quiero decir hola a M Bernard stop Dispondrán regreso «Lysander» stop Por favor confirmar partida vía mensaje a través «Café Sporting» Rue de Béthune Lila stop Contactar barman René palabra en clave Sabe dónde puedo encontrar cebo contestación Dicen que hay algunos en «Café Commerce» stop Permitir barman contacte Calais vía regreso mensajes pueden enviarse stop Afectuosos saludos.*

Aristide alzó la vista.

—Te echaré de menos —declaró con sencillez.

—Yo también te echaré de menos, Aristide —replicó la mujer.

Encendió un fósforo para quemar los trocitos de seda y los pedazos de papel que había empleado para descodificar el mensaje de Londres. Su dedo se quedó inmóvil a mitad de su ademán hasta que la llameante cerilla comenzó a quemarle la punta de los dedos. Algo maravilloso acababa de ocurrirle. El contacto de París y la palabra en clave que Cavendish acababa de suministrarle eran exactamente las mismas que Paul le había dado a ella, para que la emplease si alguna vez debía escapar y entrar en contacto con él.

### París

Nada, ni siquiera el radiante calor del sol de mayo, podía alterar la deprimente lobreguez de los barrios bajos industriales que se extendían a partir de la Porte de Pantin, en París. A Catherine se le ocurrió que estaba sentada en la misma terraza del café, y tal vez a la misma mesa en la que se había sentado con Paul hacía sólo seis semanas, en realidad toda una existencia ya, aguardando la llegada de la misma camioneta de las «Pesquerías Boulogne».

Aristide le había dejado un regalo de despedida. No deseaba que corriese el riesgo de ser detenida durante una inspección de equipajes en el tren Calais-Lila, con los documentos en que se describía su plan para sabotear la «Batería Lindemann». Un detallado cianotipo del panel de control de la batería, de la nueva conexión por cable con la central de relé de Calais, incluso un ejemplo de uno de los fusibles que el ingeniero había trucado, todo ello se encontraba camino de París oculto en un cargamento de sardinas y arenques.

Ahora, sola en la inmensidad de la capital, se sintió segura por primera vez desde hacía semanas. No podía extrañar que muchos agentes del SOE prefiriesen trabajar en la ciudad. Su enormidad les concedía un instantáneo y confortante anonimato después de semanas en un lugar tan pequeño como Calais. Un ejemplar de *Je suis partout* se hallaba desplegado en su mesa, de conformidad con el consejo que Paul le había dado, pero lo apartó disgustada. Era infinitamente más placentero estar sentada allí en aquella luz primaveral pensando en Paul.

De niña, había desarrollado el hábito de sentarse a la mesa del comedor, contemplando arrobadamente su postre, ignorando los apremios de la niñera para que empezase a comérselo. Podía estar allí sentada durante minutos observando cómo se derretía su helado, contemplando su pastel, dirigiendo unos ojos con adoración a sus natillas, disfrutando de un anticipado deleite que a menudo casi rivalizaba con el placer de consumir su postre y lo que ello le aportaría. Así era como ahora pensaba en Paul, sintiendo cómo sería que sus brazos la rodeasen, disfrutando ya del momento en que se tenderían uno al lado del otro en una cama de algún lugar de la ciudad, comenzando lánguidamente a explorarse de nuevo mutuamente sus cuerpos. Incluso, pues tan ensimismada estaba en sus fantasías, le molestó la llegada de la camioneta de las «Pesquerías Boulogne». Observó cómo aparcaba, cómo salía el conductor de la cabina y se dirigía al quiosco de la esquina a comprar un periódico.

Con una indiferencia que ahora se le presentaba ya de una forma natural, empezó a cruzar la calle. Era el mismo chófer que la había llevado a Calais e inmediatamente se reconocieron el uno al otro. Catherine fingió que le estaba preguntando una dirección. Él la llevó a su camión, sacó un mapa de la guantera del lado del asiento del pasajero y dio comienzo a una elaborada pantomima, explicándole cómo llegar a Versalles. Mientras lo hacía, le deslizó el paquete que ella metió en la voluminosa bolsa que llevaba colgada de los hombros. Tras decir adiós, se percató de la presencia de un recuerdo particularmente parisiense que se encontraba extendido en el asiento del pasajero de su camión. Se trataba de una serie de aquellas postales obscenas que dos generaciones de buhoneros de Pigalle habían estado vendiendo a los turistas en Montmartre.

—Ah... —sonrió—. ¿Panfletos de la Resistencia para los muchachos de Boulogne?

El chófer hizo una mueca burlona.

—Pasaportes. Se los doy a los *feldengendarmes* de Abbeville. Ésta es una de las razones de que nunca presten demasiada atención a lo que transporto.

Subió a la cabina.

—*Merde* —le susurró y cerró la portezuela.

Catherine paseó de nuevo por la calle y bajó al Metro. Mientras lo hacía sintió el olor a pescados podridos que comenzaban a salir en gentiles oleadas de su bolsa de hombrera. «Por lo menos —pensó—, no tendré problemas para encontrar un asiento...»

## Londres

Cada viernes por la tarde durante la guerra, un pequeño aluvión de hombres, la mitad de uniforme y la otra mitad con trajes de paisano, entraban de forma discreta en un edificio de oficinas en el 58 Saint James Street. De estructura resueltamente victoriana, con ladrillos rojos, y en el arco encima del umbral podían verse las letras «MGM», por «Metro Goldwyn Mayer», que denotaban quiénes eran los dueños del edificio. Durante diez años antes de la guerra, la empresa cinematográfica había distribuido sus fantasías de celuloide a través de Europa desde aquel edificio. Las fantasías que emanaban ahora de ellos eran de un orden muy diferente. El edificio servía como cuartel general en época de guerra del MI5, el contraespionaje británico.

El destino del puñado de hombres que llegaban cada viernes por la tarde era la sala de conferencias del tercer piso. El decorado de la sala podría describirse de un modo apropiado como un espartano servicio

civil británico: una larga mesa rectangular cubierta con paño verde y
en la que el lugar de cada hombre aparecía señalado por un bloc de notas, lápiz y unas copas para beber. La única otra amenidad disponible
era una taza de té aguado y dos biscuits servidos exactamente a las
4.30. Sin embargo, los hombres que se reunían tan fielmente en torno
de aquella mesa de conferencias cada viernes por la tarde, representaban la crema de la guerra secreta. La suya era en realidad la mesa redonda de la clase dirigente de la Inteligencia británica durante la guerra. Cada organización secreta que funcionaba en Londres —MI5, MI6,
la Sección de Control de Londres de Sir Henry Ridley, la Inteligencia
de la Armada, el Ejército y la RAF, los descifradores de claves— estaba
representada en aquella mesa con una excepción notable: el SOE. Los
patronos de Catherine Pradier eran considerados demasiado inseguros
para gozar del conocimiento de cualquiera de las estrategias secretas
que se debatían en el 58 Saint James Street.

Llamado el Veinte Comité, por el número romano XX con el que se
le designaba, el grupo había sido fundado originariamente por Winston
Churchill para vigilar la información que era suministrada de la Inteligencia alemana por la creciente colección de agentes dobles del MI5. En
1944, su preocupación principal había llegado a ser el coordinar e implantar las telas de araña de engaños que el LCS de Sir Henry Ridley
forjaba para engrosar los esquemas engañosos de *Fortitude*. En 1943 se
habían añadido al comité dos norteamericanos, uno representando el OSS
de O'Donovan, y el otro al Departamento de Estado.

T. F. O'Neill, como suplente americano de Ridley, y oficial de enlace,
constituía la alternativa del representante del OSS. Fue en aquella condición como entró en la sala de conferencias por primera vez el miércoles 3 de mayo. Ridley le presentó a uno o dos de los hombres que ya
se encontraban en la sala y le señaló un asiento al lado del suyo, en la
parte central de la mesa. El joven comandante norteamericano quedó
impresionado. La autoridad de los hombres reunidos en torno de él, dominaba sobre todo el Globo. Sólo Winston Churchill, el presidente
Roosevelt o los Jefes Conjuntos americanos o el Estado Mayor General británico podían rechazar las decisiones tomadas en la mesa a la
que ahora se encontraba sentado.

Un hombre alto y ligeramente inclinado de hombros entró en la
estancia y ocupó su lugar en la cabecera de la mesa. Se dio un nervioso tirón a los puños de sus mangas, se retrepó en su silla y dejó que
sus ojos ordenasen el silencio, al igual que un profesor lo lograría antes de comenzar su conferencia. Eso constituía algo apropiado de decir, puesto que John Cecil, «J. C.» Masterman era un reconocido estudioso de Oxford y un historiador clásico. Al igual que Sir Henry Ridley, constituía el epítome perfecto de aquella noción de que Inglaterra era un país gobernado por una élite de personas bien nacidas y
bien educadas. No existía ningún canal oficial en el Londres de la época
de guerra que no pudiese alcanzar con una llamada telefónica, muy
a menudo a un oficial de alta graduación que, en un tiempo u otro, había sido uno de sus estudiantes.

Cuando el silencio se hizo en la sala, cogió un papel del expediente que tenía ante él. Se trataba de una comunicación interceptada a la Abwehr.

—Señores —anunció Masterman—, tenemos una crisis entre manos.

Hizo una pausa para dar a aquello el adecuado sentido dramático.

—*Artista*, John Jepsen, ha sido arrestado por la Gestapo en Lisboa y se lo han llevado a la Prinz Albrechtstrasse.

T. F. O'Neill no tenía la menor idea de a quién se refería. La reacción en los rostros que le rodeaban le dijo, sin embargo, con claridad que aquellas noticias eran consideradas como catastróficas.

—Debemos formularnos a nosotros mismos tres preguntas —continuó Masterman—. ¿Hablará? Si habla, ¿qué revelará? ¿Qué producirán tales revelaciones en las perspectivas de éxito de *Fortitude*?

T. F. sintió que Ridley rebullía a su lado. Encendió un cigarrillo y se inclinó hacia delante.

—La primera pregunta se responde por sí misma —manifestó—. Hablará. Se puede tomar como algo axiomático que a cualquiera que sea capturado por la Gestapo conseguirán sacarle la verdad por medio de la tortura. No hay nadie que no se derrumbe. Nadie. Y lo que sabe es de la mayor importancia.

—Hemos recibido algunas sugerencias de nuestra estación en Lisboa —terció el representante del MI6— en el sentido de que pueden haberle detenido por algunas maniobras de tipo financiero, por tratos de mercado negro con divisas.

—Esto será del todo irrelevante —respondió Masterman, descartando con una mirada el punto de vista de aquel hombre— cuando comiencen a quebrarle los huesos uno a uno en aquellas celdas que tienen, puesto que decidirá contarles todo lo que sabe, simplemente, para salvar el pellejo. Y en efecto lo que sabe es en extremo perjudicial.

—En efecto...

Una vez más se trató de Ridley, con su voz resumiendo de forma muy clara, según el parecer de T. F., lo destrozado que se hallaba cada hombre de aquella sala. Su desazón estaba muy bien fundada. Jepsen había sido reclutado para trabajar para la Inteligencia británica a través de un agente doble yugoslavo que se llamaba Dusko Popov. Popov era el agente que los alemanes habían enviado a Estados Unidos, por cuenta de los japoneses, para estudiar Pearl Harbor y que había sido tan despectivamente dejado de lado por Edgar Hoover. El llamado en código *Triciclo*, era ahora uno de los tres agentes dobles con que contaban los británicos para hacer llegar *Fortitude* a los alemanes.

Masterman se tiró de nuevo de los puños de su camisa.

—Si Jepsen cuenta a sus torturadores que *Triciclo* opera bajo nuestro control, y continuamos usándole para pasar el material de *Fortitude* a la Abwehr, nos encontraremos ante el más espantoso de los problemas, ¿no les parece?

—Si considera un gran problema el que nos estén aguardando diez Divisiones Panzer en cuanto lleguemos a las playas de Normandía, en ese caso, podemos denominarlo así —observó ácidamente el coronel que representaba a la Inteligencia Militar británica en aquel comité.

—Para mí una cosa está clara...

T. F. observó que Ridley hablaba desde dentro de una de aquellas nubes de humo de cigarrillo que siempre parecía colgar en torno de él durante aquellas reuniones.

—Debemos dar de lado inmediatamente a Popov.

Miró en torno de la mesa hacia el escocés que representaba al MI5.

—¿Ha pensado en cómo podríamos hacerlo?

—Sí —replicó rápidamente—. He dedicado alguna atención a este asunto. Popov y Jepsen eran condiscípulos, ¿no es así? Reclutó a Jepsen. Supongamos que, simplemente, le dice a su controlador que hasta que la Gestapo quite sus sucias manos de Jepsen y le haga regresar a Lisboa, está acabado. Ya no podrá pasar a la Abwehr ni la hora...

Ridley sonrió.

—Esto podría conseguirlo.

Se volvió hacia Masterman.

—Debo decir que esto confirma un miedo terrible que siempre me ha asaltado desde que Himmler se hizo cargo de la Abwehr. De momento, mi preocupación no es Popov. Éste está ya acabado. Se trata más bien de cuál será la reacción de la Gestapo cuando descubran que uno de esos preciosos agentes que han heredado de la Abwehr está, en realidad, trabajando para nosotros. ¿Empezarán a albergar sospechas de todos sus demás agentes? ¿Perderemos también a Bruto y Garbo, precisamente ahora que más los necesitamos?

La voz de Masterman resultó un portento de pesimismo cuando comenzó a hablar:

—Si perdemos a esos dos, en ese caso habremos perdido también a *Fortitude* y junto con la misma, probablemente, nuestras esperanzas de una afortunada invasión del continente.

—Antes de que lo dejemos correr todo y nos tomemos unas pastillas de cianuro —declaró el hombre del MI6—, ¿podría sugerir que los alemanes tienen pocas fuentes de información disponibles? No creo que consignamos que Göring arriesgue uno de sus aviones de reconocimiento para fotografiar esos encantadores despliegues visuales que hemos creado en su beneficio en el sudeste de Inglaterra, aunque le mandemos una escuadrilla de «Spitfires» para escoltar a su avión en su viaje de ida y vuelta. Hemos montado el más suntuoso banquete imaginable, y nuestro invitado principal no parece deseoso de acudir a la cena. En vista de ello, su confianza en los informes de sus agentes en este país ha de ser mucho mayor de lo que sería en otras condiciones.

—Estoy por completo de acuerdo.

Era el escocés del MI5 que cuidaba de la vigilancia de los agentes dobles.

—Sin importar hasta qué punto Himmler y sus compinches desprecien a la Abwehr, tienen poco más que les sirva de guía. Deberán basar, por lo menos, algunas de sus apreciaciones en los informes que les están enviando. ¿Qué más han conseguido? Naturalmente, aumentarán sus suspicacias si descubren que hemos convertido a Popov. Pero deben tener algo en que basar sus estimaciones de Inteligencia, ¿no es verdad? Además, así como el marido cornudo es el último hombre del pueblo en enterarse de cómo crecen sus cuernos, del mismo modo el maestro de espías es, inevitablemente, la última persona en percatarse de que su precioso espía se ha pasado al otro campo.

Masterman meneó brutalmente la cabeza.

—Todo eso puede ser cierto, pero debemos estar preparados para el peligro de perder a Garbo y a Bruto. ¿Y cómo hacer avanzar otros jugadores de este vasto equipo suyo, como Mutt y Jeff, Tate, Mullet, Puppet, Treasure?

—Caballeros...

Era Ridley de nuevo. T. F. estaba fascinado por la forma en que aquel hombre podía imprimir tanta autoridad en su suave voz al hablar.

—Esta discusión no hace más que avanzar en círculos. La invasión, según debo recordarles, se encuentra a tan sólo un mes de distancia. Para ser convincente, un agente doble ha de formarse de un modo cuidadoso y paciente durante un largo período, y un mes no se puede decir enfáticamente que sea lo que deseo expresar al hablar de un largo período... En cuanto a la idea de avanzar a alguno de sus otros agentes o, más lógicamente, asignarles un papel más importante en nuestras operaciones, estoy en contra. A través de nuestras interceptaciones, resulta obvio que Garbo, Bruto y Triciclo disfrutan de unas reputaciones de lo más elevado a ojos de los alemanes. Triciclo se ha perdido ya para nosotros. Sin embargo, me inclino en creer que no sólo es más sencillo, sino también más seguro y efectivo, llevar adelante un plan de engaño a través de unos pocos y probados canales, que emplear una amplia variedad de canales cuyo valor resulta incierto.

—¿Nos está sugiriendo, pues, que debemos continuar con Bruto y Garbo y rogar para que todo el daño en este asunto se limite a Popov? —preguntó Masterman.

—No. Lo que sugiero es que no debemos permitir que el pánico se apodere de nosotros. Permanecer con Bruto y Garbo por lo menos hasta que «Ultra», y demos gracias a Dios por esto, indique que los alemanes abrigan dudas respecto de ellos. A fin de cuentas, Garbo tiene esa maravillosa e imaginaria red suya esparcida por todo el país, y hemos colocado a Bruto de modo que pueda moverse libremente por ahí, y de uniforme. No obstante —Ridley hizo un ademán que lo abarcó todo con ayuda de su cigarrillo—, comparto la preocupación que todos sienten respecto a un pequeño reaseguramiento, algún nuevo conducto con los alemanes. Se trata de una preocupación que me ha perseguido noche y día desde que me enteré de que Himmler se estaba haciendo cargo de la Abwehr. Pero cualquier nuevo canal que empleemos debe confluir hacia el RSHA y no hacia la Abwehr. Y nuestra carencia de tiempo nos obliga a emplear agentes dobles en dicho canal. ¿Qué debemos hacer, pues?

Aquello le condujo a una de sus dramáticamente largas chupadas al cigarrillo, y a dejar que el humo saliera grácilmente por las ventanillas de su nariz antes de continuar:

—Nuestro amigo «C» —añadió haciendo una indicación de cabeza hacia el representante del MI6— tiene una baza ya firmemente asentada *in situ* que puede ser de considerable utilidad para nosotros a este respecto. Sin embargo, por mucho que lo he intentado, no me ha sido posible elaborar un plan para que su baza entre directamente en juego. Algo se ha pasado por alto, algún eslabón vital, alguna pieza que nos proporcionará la solución de este rompecabezas.

Sonrió y sacudió su cigarrillo.

—Todo cuanto puedo decirles es que hemos de redoblar nuestros esfuerzos por encontrar ese eslabón perdido.


Aristide pedaleaba lentamente por la Rue de Béthume, de Lila, en busca del «Café Sporting». Una vez localizado, de acuerdo con las prescripciones de seguridad del SOE, lo rebasó pedaleando con lentitud, observándolo de la mejor manera posible a través de sus sucias lunas del escaparate. Tenía un aspecto abismalmente normal para el agotado y sediento Aristide. Dio un rodeo, aparcó su bici y echó a andar.

Su mensaje, ya puesto en clave, se hallaba dentro del periódico que llevaba enrollado en la mano. Aristide aún conservaba la clave y la señal de llamada que le habían dado cuando dejó Inglaterra y contrató al predecesor de Catherine. Era la vieja clave del SOE que se basaba en un verso, de una poesía o de una letra musical, en el caso de Aristide, una línea de *Fleur Bleu*, de Charles Trenet. Había realizado la codificación y descodificación en persona, por lo que sabía que la Gestapo no había podido, con ayuda de la tortura, sacarle el secreto de la clave al operador después del desgraciado arresto del joven.

El café estaba casi desierto. Un par de ancianos se encontraban en un extremo de la barra de cinc del bar, tomándose sus cervezas del tiempo de guerra con un solemne silencio. El camarero se aproximó.

—Un *demi* —pidió Aristide—. Una caña...

Se la bebió de dos tragos y encargó otra. El camarero le asestó una divertida mirada.

—Vaya sed —sonrió, al tiempo que le ponía delante otro vaso de cerveza.

Aristide le observó. Manejaba la palanca de las cervezas con los gestos de un hombre que ha estado haciendo aquello durante toda la vida. Era de mediana edad, lo mismo que Aristide, con un estómago prominente, lo cual indicaba que la cerveza de tan horrible sabor del período de ocupación no había logrado disminuir su sed.

Aristide hizo hacia él un ademán con la cabeza. El camarero se aproximó, al tiempo que limpiaba con una bayeta y escaso entusiasmo el reluciente cinc de la barra.

—¿René?

—Sí... —replicó el hombre, sin preocuparse de alzar la mirada.

—¿Dónde puedo encontrar un poco de cebo?

Esta vez René sí levantó la mirada. Durante un instante destellador se produjo una vacilación en sus ojos, y Aristide imaginó que aquello no tenía mucho que ver con la pesca. Aquel hombre, al que había sido dirigido el último mensaje de Cavendish, era bastante cauteloso. Y eso era bueno. Escudriñó a Aristide, se plantó delante de él, con su robusto antebrazo apoyado en el borde de la barra, como si estuviese a punto de susurrarle en qué lugar del río Lys picaban más los peces.

—No vendemos cebos —le confió—. Pero sí tienen en el «Café Commerce».

El codo izquierdo de Aristide descansaba ahora en el ejemplar del periódico, que había plegado y llevado al bar.

—Hay un mensaje para Londres en la página tres. ¿En cuánto tiempo lo puede hacer circular?

—No lo sé —musitó René—. Yo sólo los entrego.

Aristide aprobó las reticencias de aquel hombre. Aquí al parecer cuidaban mucho de la seguridad.

—Me llamo Aristide. En la página cuatro verá un anuncio de «Chez Jean», en la Rue Darnel. Hay allí un número de teléfono escrito a tinta. Es mi contacto. Si Londres le hace llegar algo, llame, y dígale al que responda que René ha telefoneado desde Lila para decir que las truchas están picando. Me pasaré por allí y recogeré cualquier cosa que usted tenga.

Aristide tomó un sorbo de cerveza.

—No lo pierda —le previno—. Londres quizá tenga algo importante para mí a finales de mes.

René, el camarero, asintió. Aristide levantó el codo del periódico y el barman dejó caer el trapo encima del diario. Empezó a moverse por la barra.

—Le diré una cosa —prosiguió en beneficio de los dos clientes de edad—, un tipo de esta calle pescó tres truchas en una hora en Armentiers. Exactamente en la Nacional 42, bajo el puente Nieppe.

Aristide le hizo un ademán con el vaso.

—Gracias —replicó—. Lo probaré.

Engulló la cerveza y regresó junto a su bicicleta, preguntándose dónde podría librarse de su fatiga antes de comenzar el regreso a Calais.


*Londres*


Mientras paseaba por el Saint James Park de Londres, T. F. O'Neill estaba aún bajo el encanto que había dejado en él la mesa redonda de la Inteligencia aliada. Ridley, como siempre hacía, insistió en volver andando a su cuartel general subterráneo. A medio camino a través del parque, un curioso T. F. decidió plantearle una pregunta.

—Soy consciente del papel de Garbo en nuestro plan. Y también de ese Triciclo mencionado esta tarde, sea en realidad quién sea. Pero, Bruto, su tercer agente, constituye un misterio para mí.

—Ah... —replicó Ridley como si lamentase aquella brecha en la información de su subordinado—. Un tipo notable ese Bruto. Es polaco. Era piloto de caza en sus Fuerzas Aéreas antes de la guerra. Precisamente se encontraba en París cuando los alemanes conquistaron Polonia, por lo que nunca llegaron a atraparle. Se quedó después de caer Francia y estableció una red de espionaje para MI6. Una muy buena hasta que, como suele suceder en estas cosas, la Abwehr consiguió infiltrarse y arrestar a sesenta y cuatro de sus miembros, según creo.

—¿Y cómo llegó aquí desde París?

—El jefe de la Abwehr en París, que consiguió arrestarlo, quedó simplemente conmocionado al descubrir, por medio de los documentos recogidos, el excelente trabajo que habían estado realizando para nuestra gente del espionaje. Se lo llevó todo al viejo Von Stülpnagel, el comandante alemán en Francia, diciéndole: «Mire qué tipo más estupendo soy al haber desmontado tan maravilloso círculo de espías. ¿No merecería una medalla?»

Ridley se echó a reír. Pocas cosas le divertían más que la contemplación del desconcierto de sus enemigos.

—El viejo Stülpnagel estalló. Prácticamente, dejó muerto *in situ* al hombre de la Abwehr. «¿Cómo es eso? —le gritó—. ¿Los británicos tienen esos soberbios espías detrás de nuestras líneas, y sus bufones de la Abwehr son del todo incapaces de plantar espías en Gran Bretaña ni remotamente parecidos a éstos?» Pues bien, eso facilitó al tío de la Abwehr lo que le pareció una idea muy inteligente. Si su polaco era tan bueno, se dijo a sí mismo, ¿por qué no ponerle a trabajar para Alemania? Por lo tanto, se dirigió a la prisión de Fresnes a verle.

»—Mira —le dijo—, tengo más bien malas noticias para ti. Nuestro tribunal militar te condenará seguramente a muerte como espía. Sin embargo, me parece que tengo una forma de salvarte del pelotón de ejecución.

—¿Y el polaco aceptó?

—Oh, Dios santo, no... Hubo cierto tira y afloja. Finalmente, el polaco se mostró de acuerdo si, a su vez, los alemanes garantizaban que se les respetaría la vida a los sesenta y tres franceses que habían sido arrestados con él. El hombre de la Abwehr quedó encantado de aceptar, puesto que esto le daba, naturalmente, una especie de garantía de la buena conducta del polaco. Por lo tanto, fingieron una huida y así comenzaron las cosas.

—¿Y contó toda la historia al llegar aquí?

—Tras algunas persuasiones... Se ha convertido en inmensamente valioso para nosotros. Sabemos que los alemanes confían en él. Y, a diferencia de los otros agentes que tenemos aquí, es un oficial regular. Lo que hemos hecho es convertirle en oficial de la Fuerza Aérea polaca en nuestro ejército de fantasmas. Esto le permite viajar por todos los sitios, inspeccionando tropas y cuarteles generales. Imaginamos las cosas más maravillosas para que las vea e informe de las mismas a los alemanes.

—Fascinante... —replicó T. F.

Luego, al cabo de unos cuantos pasos, se detuvo y se volvió hacia Ridley.

—Espere un momento, coronel. Más pronto o más tarde, los alemanes despertarán y descubrirán que su polaco les ha estado mintiendo, ¿no le parece?

—Supongo que sí.

—¿Y qué sucederá entonces con esos sesenta y tres franceses que mantienen como rehenes de la buena conducta del polaco?

Ridley no respondió inmediatamente. Miró a T. F. a través de sus semicerrados ojos, con la más mínima sugerencia de una tímida sonrisa en las comisuras de su boca.

—Afortunadamente, para cuando hayan anudado cabos, la marcha de la guerra habrá cambiado y sus mentes estarán ocupadas en otro lugar.

—Maldita sea, coronel, si perdona mi francés... Los alemanes les alinearán a todos delante de un pelotón de ejecución y los fusilarán, y usted lo sabe condenadamente bien.

Ridley no respondió. Siguió andando con firmeza, como si su silencio fuese ya bastante respuesta. Cuando, finalmente, se volvió hacia T. F., fue como si el polaco y las preocupaciones que T. F. había suscitado ya no existiesen.

—Mi mujer y yo —comenzó— hemos pedido a Deirdre Sebright que venga al campo a pasar el fin de semana. ¿Le gustaría unirse a nosotros? Le sentará muy bien mancharse con un poco de barro las botas. Y eso nos dará oportunidad de mantener una larga charla. Y conocernos mejor mutuamente.

### París

Catherine escrutó el «Café-Tabac» de la esquina de la Rue Saint-André des Arts con la Rue des Grands Augustins, con la misma disimulada intensidad que Aristide había empleado en el «Café Sporting». Parecía casi desierto. Una mujer, probablemente una prostituta, fulminaba al flujo de personas que circulaba por aquella estrecha calle del Barrio Latino, reflejando tal hostilidad en los ojos, que Catherine se preguntó qué desesperada lujuria podría llevar a un hombre hasta su cama.

Qué diferente era la escena en la calle de Calais, donde la mitad de la gente del centro de la ciudad parecían ser alemanes. Aquí no se veía un uniforme a la vista. Continuó un centenar de metros más, consideró durante un momento los pocos y patéticos ofrecimientos que se hacían en el escaparate de un comerciante de antigüedades, y luego retrocedió de nuevo por la calle hasta el café. La puta no alzó ni siquiera la mirada hacia ella cuando traspasó la puerta del local y se instaló en la barra. Al parecer, la competencia no la inquietaba. Catherine pidió un vaso de vino, que se bebió pensativamente. Se hallaba alarmantemente fuera de lugar. Sintió que sería mejor para todos los interesados que hiciera las transacciones propias del asunto tan rápidamente como le fuese posible.

—Me gustaría decir hola a Monsieur Bernard —dijo.

El hombre la miró con resignada indiferencia.

—Aquí no —replicó—. Vuelva a eso de las seis. Tal vez tenga para entonces un recado de su parte.

Catherine volvió a ocuparse de su vaso de vino y el camarero a limpiar los suyos. Si su pregunta le había afectado de alguna manera, ciertamente no dio la menor indicación al respecto. La mujer se acabó su vino y se levantó para marcharse. Mientras lo hacía, se vio invadida por uno de aquellos impulsos infantiles que, ocasionalmente, la abrumaban, una de aquellas repentinas ideas en relación a las cuales amigos, padres y amantes la habían estado previniendo en su contra durante años. Una vez más, hizo un ademán hacia el camarero.

—Dígale a Monsieur Bernard —le susurró—, que Madame Dupont aguardará a Monsieur Dupont en el mismo hotel-pensión que compartieron hace unas cuantas semanas.

Inmensamente complacida consigo misma, salió en su busca. La Rue de l'Échaude se encontraba a sólo unos minutos de distancia. En cuanto abrió la puerta, el olor de cera vieja que se alzaba de las estructuras de madera la alcanzó al instante y escuchó los ladridos de *Napoleón*, el horrible caniche blanco de la dueña. No se podía comparar, se le ocurrió, la sensación que tuvo al entrar en aquel escuálido hotel con la que recibiera al llegar a casa de vacaciones desde el colegio de monjas. De todos modos, en vista de los memorables momentos que había pasado aquí, sintió una bien venida sensación de deleite recorrerle el cuerpo.

La propietaria, tan grotescamente pintada y empelucada como Catherine la recordaba, estaba oculta en su jaula de la escalera. No reconoció a Catherine, pero, ¿por qué debería hacerlo? A fin de cuentas, el tránsito por su establecimiento era considerable y aún había aumentado recientemente a causa de los ritos primaverales. Aceptó el montón de billetes que le dio Catherine con un alegre gruñido y sacó una llave de su llavero.

—¿Madame está esperando compañía?

Se trataba de una afirmación más que de una pregunta, una clara indicación de que el único pecado que no se hallaba dispuesta a condonar era el que una persona durmiera sola bajo su techo.

—Ciertamente así lo espero —la tranquilizó Catherine, mientras comenzaba a subir por la desgastada escalera del establecimiento.

Luego sonrió *sotto voce*. «Dios mío... ¿y si recibo a un Monsieur Dupont equivocado?»

Hans Dieter Strömelburg reflexionó que, el detectar sentimientos de cualquier clase en los blandos rasgos de su subordinado, el doctor, era algo tan poco frecuente como descubrir edelweiss en el Zugspitze en el mes de abril. Sin embargo, la autosatisfacción parecía haberse extendido por los rellenos rasgos del doctor en aquella tarde de mayo. Strömelburg estaba intrigado. Dejó a un lado el objeto que había estado contemplando, un jarrón de Sèvres del siglo XVIII, que había confiscado en Neuilly en la casa de un hombre de negocios judío deportado. Inclinándose hacia atrás en su sillón, sonrió indulgentemente a su joven e intelectual lingüista.

—¿Está enamorado? —le preguntó—. ¿O la expresión de su rostro es simplemente resultado de una buena botella de vino a la hora del almuerzo?

El doctor, que rehuía el alcohol tan asiduamente como practicaba la continencia sexual, sonrió apreciativamente.

—Ni una cosa ni la otra —replicó—. Se trata más bien de que los tigres están al fin comenzando a salir del bosque por la noche, allá en el Norte.

Aquella alusión dejó intrigado a Strömelburg.

—¿Se acuerda de aquel operario del SOE, Wild, al que capturamos en marzo?

—¿Aquel bastardo que trató de engañarnos con aquella doble comprobación de seguridad que comenzaban a emplear? Naturalmente que sí...

—¿Se acuerda de la trampa que decidimos montar en un café de Lila empleando su radio como cebo?

—Ah, claro... Fue aquel terrible asunto con aquellos dos terroristas que se suicidaron pegándose un tiro antes de que los atrapásemos... ¿Y qué ocurre?

—He activado el aparato hace unas tres semanas. Le dijimos a Cavendish que Wild debía esconderse, a causa de todos nuestros golpes a la red a la que había sido asignado allí, ¿se acuerda?

Strömelburg asintió.

—He enviado a Londres un mensaje de que yo, es decir, Wild, estaba dispuesto a operar de nuevo, pero que la red había quedado en gran parte destruida. Le he dicho a Cavendish que yo, Wild, estaba disponible como radio para cualquiera que tuviese que contactar con Londres. Que le diesen algunas frases en clave relacionadas con la pesca.

Strömelburg se llevó las manos a la nuca. Pensó que debía permitir al doctor seguir adelante y anunciar cuando quisiese el pequeño triunfo que le había llevado a su despacho.

—Esta mañana se presentó un hombre en el bar, dio al propietario la correspondiente palabra en clave y dejó un mensaje para Londres.

Strömelburg se irguió en su sillón ante las palabras del doctor.

—Vaya, vaya —le dijo—; eso parece interesante...

—El mensaje que entregó estaba en clave.

—Naturalmente...

El doctor sonrió. La forma en que disfrutaba de todo aquello no resultaba muy característica en él.

—Tenemos la clave. Pertenece a un agente de Calais. Berlín la descubrió hace seis meses.

—¡Ésa fue la razón de que aquella radio desapareciera del aire en Calais! Cavendish les ordenó que la cerraran y emplearan Lila, porque sabían que nuestros servicios de detección estaban cada vez más cerca de ellos. Déjeme ver el mensaje.

El doctor, como si fuese más bien un niño que ofreciese a su padre unas excelentes calificaciones, entregó una nota a su superior.

El texto decía lo siguiente:

*Aristide a Cavendish: Denise partió hacia París tal y como ordenaron stop Lleva plena descripción del plan de sabotaje Contacto Calais con camarero café para futuras comunicaciones.*

—Hay algo más.

¿No tendrían fin la sucesión de jugosos bocados que el doctor ofrecía hoy? Strömelburg le brindó una sonrisa que impulsó a su subordinado a proseguir:

—El operador de radio de Gilbert acaba de recibir un mensaje de Londres. Gilbert debe estar con él ahora. Le dice que dé absoluta prioridad a conseguir que una agente llamada Denise tome el próximo vuelo del «Lysander» a Londres.

—Esa particular pieza de noticias, amigo mío, no es algo que pueda recibirse tan bien como parece creer —declaró Strömelburg—. Significa que no podremos ver los planes de sabotaje a que el mensaje de Lila se refiere, a través del correo de Gilbert, ¿no es así? Obviamente, esta Denise se los llevará a Londres en persona.

—Podría arrestarla en el momento de la partida...

—En efecto...

Strömelburg se levantó y paseó sobre aquel magnífico suelo hasta las puertas-ventanas que daban a la Avenue Foch. El césped que se extendía desde la *contre-allée* hasta la misma Avenue Foch, aparecía de un verdor tan lozano a la luz del sol primaveral, que podía haberse tratado de la calle de un recorrido de golf. Un grupo de niños corría de acá para allá bajo los vigilantes ojos de sus niñeras y madres. Cuatro años de ocupación no parecían haber afectado demasiado las rutinas de sus burgueses vecinos, pensó Strömelburg mientras los observaba. Permaneció allí durante algún tiempo, con las manos a la espalda, balanceándose de atrás adelante sobre las puntas de los pies, considerando el delicado planteamiento del problema surgido a causa de la información del doctor.

—Lo primero que hay que hacer es mandar ese mensaje a Londres en su próxima transmisión. No debemos levantar suspicacias en Cavendish. Nunca he deseado que las sospechas preocupen su bienintencionada mente.

—He recogido el número de teléfono de Calais que el agente dejó en el bar. Es de otro café. ¿Deberíamos poner ese lugar bajo vigilancia?

—Claro que no. Es la última cosa que deberíamos hacer. Existen aún unas cuantas brechas en su comprensión de este asunto, doctor.

Una alegre indulgencia, el tácito reconocimiento del excelente trabajo llevado a cabo hasta aquel momento del día, tamizó las palabras de Strömelburg.

—¿Por qué asustarles? Si Londres responde, lo hará en la clave antigua. Es como si Cavendish nos estuviese pasando directamente la información a nosotros.

Regresó junto a su escritorio y alzó el jarrón de Sèvres que había estado admirando cuando llegara el doctor. Querubines y faunos rodeaban a una rolliza y sensual criada tendida sobre una cumbre herbosa en el centro del medallón, adornándolo.

—Una pieza hermosísima. Estoy casi seguro de que constituyó un regalo de Luis XV a alguna de sus queridas.

—¿Dónde lo consiguió? —le preguntó con poco tacto el doctor.

Strömelburg se encogió de hombros.

—De un caballero que ya no podía emplearlo donde iba.

Dejó de nuevo el jarrón encima de su escritorio con exquisito cuidado.

—Si esa Denise llegara en lugar de marcharse, nuestra vida sería más fácil —suspiró—. No puedo pensar en nada que se interfiera con un «Lysander» en vuelo de regreso sin comprometer con ello a Gilbert. ¿Debemos destruir nuestra más efectiva operación de espionaje que tenemos entre manos para conseguir un plan de sabotaje cuyo objetivo ignoramos por completo?

—Ciertamente, Calais es vital para sus planes de invasión.

—Eso lo doy por sentado. Pero, supongamos que los detenemos en el campo y averiguamos luego que ese plan de sabotaje suyo no implica nada más que volar algunos trenes de mercancías entre Calais y Lila. ¿Qué pasaría entonces?

El doctor sabía las cosas lo suficiente como para no responder a eso. Strömelburg sonrió.

—Le diré lo que tendríamos. Un par de casos de paros cardíacos en Berlín.

Sacó un cigarrillo de su pitillera de plata, le dio unos golpecitos pensativamente y luego lo encendió.

—Tal vez nuestra respuesta está allí. ¿Por qué no lo remitimos a Herr Kopkow y le dejamos que sea él quien tome la decisión? En ese caso, si algo sale mal, nuestro brillante experto en contraespionaje tendrá el placer de asumir la responsabilidad del lío que haya creado...

Catherine se inclinó contra el borde de la ventana del hotel-pensión, con los brazos cruzados, en una especie de meditación, escudriñando a la gente que paseaba a través del estrecho callejón de la Rue de l'Échaude que se hallaba abajo. En cierto modo, parecían andar con paso más ligero que la última vez que había permanecido junto a aquella ventana, con sus figuras pareciendo menos inclinadas de hombros y cansadas. ¿Se debería a una sensación de que la liberación de su patria se estaba al fin acercando? ¿O era tan sólo aquella rejuvenecedora primavera y, particularmente una primavera en París, que siempre parecía ofrecer algo así incluso a los seres más cansados? El apartamento del otro lado de la calle aparecía cerrado y vacío; recordó la imagen del hombre al que sacaban por la puerta hacia el coche en medio de la noche. ¿Dónde estaría ahora?

Una llamada en la puerta interrumpió aquella perturbadora cadena de pensamientos. Se envaró y luego sonrió.

—¿Quién es?

—Monsieur Dupont.

—Entre, Monsieur Dupont —dijo desde el otro lado de la habitación. No se produjo ningún error; se trataba del correcto Monsieur Dupont.

Apareció ante ella con aquel encrespado cabello castaño propio de Paul, aquellos ojos pensativos, que eran una mezcla de maquiavelismo y melancolía, y en los que tan a menudo había pensado durante sus solitarias noches en Calais, incluso con la misma chaqueta deportiva de *tweed* y el pañuelo, cuya incongruente elegancia tanto la habían conmocionado en su viaje en tren a París... Se miraron mutuamente durante aquel fugaz instante de interrogación, de valoración, que todos los amantes viven tras una separación. Luego, sin una palabra, volaron uno en pos del otro a través de la habitación. Paul la sujetó y comenzaron a abrazarse, con la boca de él abierta y cubriendo la de la mujer con tal intensidad de sentimientos, que era como si estuviese tratando de extraer desde las profundidades de su ser algún fragmento de su alma.

—¡Dios mío! —jadeó cuando al fin se detuvo—. Temí no volver a verte nunca.

—¿Por qué? —susurró ella, con su pregunta acarreando un saber de siglos—. Sabía que te vería otra vez.

—No sé, las cosas suceden tan de prisa en el mundo en el que vivimos...

—Paul...

La mujer le puso la punta de los dedos encima de los labios.

—¿Por qué hablar?

Nunca en su vida Caterine hizo el amor de forma tan veloz o tan intensa. No hubo preliminares. Ninguno de ambos los necesitaba. Se arrancaron las ropas de sus cuerpos en una frenética búsqueda de la desnudez, luego se tumbaron en la cama. Paul estuvo ya en ella y juntos, galoparon, con el frenesí de los animales que se acoplan. Cuando terminaron, él comenzó a besarla gentilmente para quitarle las pequeñas gotías de sudor que se habían ido juntando entre sus pechos. Aún dentro de ella, oprimiendo su cuerpo contra el de él, rodó con suavidad sobre un lado. Durante unos momentos, estuvieron allí trabados uno contra otro, jadeando, abrazándose, explorándose las medio olvidadas familiaridades de cada uno de sus cuerpos. En un santiamén, Catherine sintió que Paul se endurecía de nuevo dentro de ella. Esta vez su amor fue más lento, más lánguido; una dolorosa ascensión hacia el clímax. Cuando llegaron al mismo, Catherine emitió un profundo grito de triunfo y arrobo, un alarido de saciamiento sensual, como los que otras ocupantes femeninas de su hotel raramente tenían motivos para proferir.

Se quedaron dormidos. Cuando las sombras de la noche comenzaron a extenderse por el cuarto, se removieron. El contenido de la chaqueta de Paul —llaves, cartera, dinero, billetes de Metro— se hallaba esparcido por el suelo. Mientras le ayudaba a recogerlos, Catherine encontró una fotografía, una desgastada y borrosa instantánea de antes de la guerra, de un castillo del siglo XIX.

—¿Qué es esto? —le preguntó.

—El castillo donde nací.

—¿Es tuyo?

—Pertenece a mi familia.

—¿Así puedo decir que estoy enamorada de un noble?

—Claro que no...

Paul se echó a reír.

—De un pícaro y un bribón, que encontrarás mucho más divertido y mucho menos previsible.

Cuando terminaron de restaurar por lo menos una imitación de orden en el cuarto, se dejaron caer pesadamente encima de la cama.

—Qué lástima que no hayas llegado veinticuatro horas después —comentó Paul.

—Pues ése parece un pensamiento poco gracioso —respondió Catherine—. En particular, en vista de la bienvenida que he recibido.

—Si te hubieses presentado dos días después, la luna habría cambiado y hubiera tenido una excusa para tenerte aquí durante tres semanas. Mañana es el último «Lysander» de la luna de mayo y he recibido un mensaje de Cavendish esta tarde. Desea que subas al avión.

—Tal vez la RAF nos eche de nuevo una mano.

Paul suspiró y alargó la mano en busca de un cigarrillo.

—No es probable. Debemos ir a un campo cerca de Amboise, no lejos de aquél donde llegaste. Probablemente sea mejor para ti llegar hasta allí por tus propios medios. Yo tengo que acompañar a un piloto americano derribado, y puede resultar algo difícil. Esos norteamericanos nunca hablan francés y parecen tan franceses como un brujo zulú médico. Mala cosa si la Gestapo registra el tren.

—¿Y qué quieres que haga?

—Perder el avión si puedo arreglarlo...

Paul sonrió.

—No, es sencillo. Hay un tren que sale a las nueve de la Gare d'Orsay para Amboise mañana por la mañana. Lo tomarás. La última visita con guía al castillo acaba a las cuatro y cuarto. Ve a ella con un *Je suis partout* por compañía. Uno de mis hombres se presentará y dirá: «Si Carlota de Saboya era tan bonita como usted, Luis XI fue un hombre muy afortunado.» Tú le responderás: «¿Me está ofreciendo un castillo?» Vete con él. Te llevará a una casa segura cerca del campo.

—¿Es una cosa así de sencilla?

—Querida —Paul la volvió a tomar entre sus brazos—, créeme, mi pequeño servicio de taxi aéreo es más seguro y fiable que la «Air France» de antes de la guerra.


Si T. F. O'Neill hubiese tenido que imaginar el perfecto fin de semana inglés en el campo, pensó que no hubiera podido imaginar algo mejor que el que estaba viviendo en la finca de Sir Henry Ridley, en Sussex, llamada «Clairborn». En primer lugar, estaba el viaje en tren. Este tren parecía salido de una de aquellas películas de asesinatos y misterio de antes de la guerra, que los ingleses hacían tan bien: un vagón que crujía, cada compartimiento con su propia salida al andén de la estación; la desgastada tapicería parda exhalaba un olor a moho y tabaco rancio, con un desgastado paño prendido de la parte alta de cada asiento, incluso el ubicuo agente de Bolsa con su sombrero hongo y su traje oscuro, sumergido en su *Times* en un rincón de su compartimiento. El paisaje aparecía maduro y verdeante, estallando con la promesa del tiempo primaveral, con sus gentiles vistas moteadas por convoyes caquis que se arrastraban hacia el canal, un recuerdo del mortífero significado de aquella particular estación primaveral.

En cuanto llegaron a «Clairborn», Ridley insistió en que T. F. se pusiese un par de pantalones de pana y recorriese las extensiones de la finca con él, observando los muros del cercano castillo de Cowdray, con el progreso de las azaleas, escuchando la llamada de un elusivo martín pescador. A continuación se habían sentado al lado de la chimenea, bebiendo wiskies calientes con soda, una aberración inglesa de la que T. F. comenzaba a disfrutar, mientras escuchaban las noticias por la «BBC». La cena había sido uno de aquellos ceremoniosos e indiferentes asuntos ingleses, con los alimentos guarnecidos de verduras, que Ridley señaló orgullosamente procedían de su jardín campestre y un «Chateau Ausone» de 1934, que trajo personalmente de su bodega de vinos. Deirdre estaba sentada enfrente de T. F. Al resplandor de las velas, sus ojos parecían parpadear con un brillo iridiscente. Iba vestida, como siempre, con una sorprendente sencillez, y sus únicas joyas eran una sarta de perlas en la garganta y apenas una sugestión de lápiz de labios luciendo en los bordes de su boca. Cada gesto que hacía, incluso el trivial acto de comer unas natillas, le dejaba en trance.

Ridley estaba hablando. Alejado de su oficina, donde sus terribles preocupaciones le sumergían tan a menudo en un taciturno silencio, resultaba un hombre encantador, y alguien que evidentemente disfrutaba muchísimo contando historias.

—Debo contarle una pequeña anécdota muy divertida y, querida —prosiguió mientras le hacía un ademán a su esposa—, manténte en un sombrío silencio hasta el momento apropiado.

Apartó su silla de la mesa y miró hacia el techo.

—Allá por 1943, teníamos una cosa en el War Office que se llamaba la Junta de Seguridad Interservicios (ISSB), que era la gente que hacía las veces de custodios de todos los nombres en clave de nuestras operaciones secretas... Se recurría a ellos cuando comenzábamos a planificar cada una de las operaciones.

Se rió por lo bajo anticipándose a su propio chiste.

—Pues bien, un día el adjunto de Freddy Morgan vino a verme y me dijo: «Al fin se han completado los planes de la gran invasión y Morgan desea un nombre en clave. ¿Quiere ir al ISSB y ver qué sugieren?»

Los ojos de Ridley se posaron en T. F.

—Morgan dirigía el COSSAC, la organización que elaboraba los planes de la invasión. Por lo tanto, fui a ver al comandante que estaba al mando allí y le dije:

»—Mire, necesito un nombre en clave para la gran operación.

»Miró en sus libros y luego volvió y dijo:

»—Lo siento terriblemente, pero me temo que en este momento sólo tengamos disponible un nombre en clave.

»—¿Y cuál es? —le pregunté.

»—*Bola de naftalina* —replicó.

»—¿Está absolutamente seguro? —le dije—. Eso parece más bien un nombre en clave espantoso para lo que, a fin de cuentas, va a ser la operación más importante de la guerra.

»—Sí —me respondió—. Me temo que es todo lo que tenemos. Ya se han llevado los demás...

»Por lo tanto, regresé junto a Freddy Morgan y le dije:

»—Al parecer, *Bola de naftalina* es el único nombre en clave que pueden aportar.

»—Oh, querido —me dijo—, no me hace mucha gracia la idea de llevarle esto a Winston. No le va a gustar en absoluto.

»Se fue y al cabo de una hora estaba de regreso con una expresión más bien lamentable.

»—¿Qué ha sucedido? —le pregunté.

»—Exactamente lo que me temía que sucedería —explicó—. Winston se puso hecho un basilisco: «Si esos malditos tipos no pueden dar con un nombre en clave mejor —me gritó—, seré yo el que invente esa maldita palabra en clave.» Se retrepó en su sillón y dijo: «¡*Overlord!* (Jefe supremo). La llamaremos *Overlord*...»

Ridley sonrió agradablemente al recordar aquel momento.

—Por lo tanto, mi querido comandante, llegará un día en que describa a sus nietos el papel que desempeñó en esta extraordinaria operación nuestra que, gracias a Dios, será conocida por la posteridad como *Overlord* en vez de por *Bola de naftalina*...

Se rió entre dientes.

—¡*Bola de naftalina!* ¿Se imagina a nuestros futuros historiadores esforzándose por preparar sus portentosos relatos de la Operación *Bola de naftalina*?

Sonrió hacia el lado de la mesa de Lady Gertrude.

—Querida, ¿por qué no os refrescáis un poco tú y Deirdre mientras el comandante y yo vamos a la biblioteca a tomarnos una copa de oporto?

Incluso en una ocasión tan informal como aquella noche, T. F. vio que los ingleses no se salían de sus costumbres.

Ridley condujo a T. F. por el vestíbulo hasta una biblioteca oscura y con paneles de madera. Resultaba claramente el santuario de aquel hombre, una ciudadela en la que no entraban huéspedes no invitados. La chimenea estaba encendida. Encima de la repisa se veía una pintura al óleo de un caballero con peluca y toga de abogado, y que miraba desaprobadoramente hacia la estancia.

—¿Uno de sus antepasados? —le preguntó T. F.

—En realidad, mi abuelo —replicó Ridley—. *Lord Chief Justice* antes de la Primera Guerra Mundial. Tuvo una muerte muy bella, pobre hombre. Cayó fulminado de un ataque cardíaco mientras disparaba a los urogallos en los pantanos escoceses una mañana de agosto...

El inglés cogió una pulida caja de palo de rosa de uno de los estantes de la librería.

—¿Un cigarro? —preguntó, ofreciendo su *humidor* a T. F.

«Habanos de antes de la guerra», pensó T. F. mientras aceptaba su ofrecimiento. Ridley eligió un puro para él, lo cortó meticulosamente con un cortapuros de plata y se lo devolvió a su invitado ya dispuesto para que lo encendiese. De un aparador sacó una garrafa de cristal georgiana y sirvió dos copas de oporto.

—A su salud —dijo, alzando su copa hacia T. F.—. ¿Puedo decirle otra vez lo complacidos que nos encontramos de que esté con nosotros?

T. F. enrojeció levemente y alzó a su vez su copa.

—A la suya... —replicó—. Es un honor el trabajar para usted, señor.

Ridley le hizo un ademán para que se acercara a uno de los dos grandes sillones de cuero que se hallaban enfrente de la chimenea y se instaló amistosamente en uno de ellos.

—Debo contarle otra historia, comandante.

Algo en su sonoro e incitante tono le sugirió a T. F. que aquello era algo más que una pequeña charla al lado de la chimenea, que su invitación a venir aquí para aquel fin de semana, su paseo, su encantadora cena y tal vez que todas las bien diseñadas paradas en el camino hacia su sobria biblioteca.

—Me temo que no sea tan humorística como la historia de *Overlord*, pero sí una que no carece de significado para nuestro trabajo. En el otoño de 1942, ustedes, los americanos, tenían una fuerza muy importante de asalto, la Task Force 34, que transportaba a las tropas de Patton al otro lado del Atlántico para desembarcar en el norte de África.

Ridley bebió su oporto, lo saboreó durante un momento y luego continuó:

—Gracias a «Ultra» localizamos una manada de lobos compuesta por ocho submarinos alemanes que se encontraban exactamente al sur de las Canarias para interceptar la ruta de la Task Force hacia Casablanca. Si daban con su Task Force tendríamos un desastre en nuestras manos. Dio la casualidad que teníamos un convoy que venía de vacío, su nombre era SL125, y que se encaminaba hacia la costa sudatlántica, hacia su hogar en Sierra Leona. En aquel momento sabíamos que una de nuestras claves marítimas había sido descubierta por los alemanes.

T. F. dejó su copa de oporto de cristal encima de la mesa, al lado de su sillón, casi tan furtivamente como si cualquier ruido o movimiento pudiese alterar el sonoro ritmo de la voz de Ridley. «Se trata de una parábola —pensó—, no de una historia, y significará alguna clase de lección para mí.»

—Por lo tanto, dispusimos comunicarnos con el convoy con aquel código, un mensaje que requería que nos diesen como respuesta su posición. El resultado de ello, como ya esperábamos, fue que la manada de lobos interceptase su mensaje y se encaminara hacia el Sur. Se precipitaron sobre el convoy como lebreles contra venados y hundieron trece navíos en tres días. Naturalmente, mientras realizaban aquello, la Task Force de Patton pasó a salvo.

Ridley sorbió su oporto y se quedó mirando las oscilantes llamas. «¿Veía allí —se preguntó T. F.— un reflejo de aquellos marineros británicos a los que había condenado a muerte en aquellas aguas infestadas de tiburones del Atlántico Sur?»

—¿Cuántos marineros perdió? —preguntó T. F.

—Centenares.

Ridley continuó mirando morosamente el fuego.

—Algo muy triste, pues la vida humana es la materia prima de la guerra, lo mismo que el hierro es la materia prima para los altos hornos. Si en vez de ello hubieran hundido trece de los transportes de Patton, ¿cuántos centenares más de soldados norteamericanos se habrían perdido? Los alemanes habrían sido conscientes de la aproximación de la Task Force. Y, ¿quién sabe? Tal vez hubieran fracasado los desembarcos de Casablanca.

Ridley suspiró.

—Le cuento todo esto, comandante, porque estoy seguro de que llegará a percatarse de que se trata de un mundo lóbrego y sucio este al que le han asignado sus superiores en Washington. ¿Conoce por casualidad a Malcolm Muggeridge?

—No —replicó T. F.—. Lamento que este nombre no signifique nada para mí.

—Es uno de esos tipos escritores. Un sujeto cascarrabias. Personalmente, no me preocupa. Sin embargo, el otro día dijo algo de su gente del OSS que más bien me conmocionó. Supongo que no se lo tomará como una ofensa si se lo repito. Se parecen más bien, afirmó, a unas *jeunes filles en fleur*, sacadas directamente de su colegio de monjas, todas frescas e inocentes, y arrojadas a esta casa de putas en la que trabajamos en nuestro mundo del espionaje.

T. F. se echó a reír.

—Sí —replicó—, debe convenir en que esta descripción es muy correcta...

Ridley sonrió con aquellos ojos suyos semicerrados.

—En efecto. Ya ve, el trabajo de espionaje necesariamente implica mucho engaño, muchas mentiras y numerosas traiciones, lo que de forma inevitable deforma el carácter de aquellos que lo practican. Es un mundo en el que me he visto implicado de una forma u otra desde la Primera Guerra Mundial, y debo manifestarle que nunca he conocido a alguien comprometido en todas estas tareas en el que haya confiado por completo.

La sonrisa había abandonado ahora el rostro del inglés y a T. F. se le ocurrió un extraño pensamiento: ¿Había alguna vez alcanzado realmente a sus ojos?

—Pero debo también decirle que estoy totalmente convencido de la necesidad de lo que hacemos. Totalmente. Absolutamente.

Al cabo prosiguió.

—Perdóneme un momento —le dijo Ridley, levantándose del cómodo asiento de su butacón.

Se acercó a uno de los estantes de su librería y sacó un desvaído volumen azul. Regresó junto a T. F. y abrió sus páginas mientras lo hacía.

—Éste es lo que creo que ustedes los americanos llaman un anuario. El registro de los muchachos con los que estuve en el colegio, en Eton.

Se lo pasó a T. F., que miró, fascinado, las restregadas e inocentes caras que le miraban desde sus páginas, tan ansiosos y tranquilos con sus sombreros de copa y sus almidonados cuellos blancos.

—Mis más queridos amigos —observó Ridley, recogiendo otra vez el libro y cerrándolo con fuerza—. Cuatro años después de que se tomaran estas fotos, las tres cuartas partes de ellos estaban ya muertos. Matados en la carnicería sin sentido del Somme.

Ridley volvió a sentarse en su butacón en cierto modo menos relajado, según le pareció a T. F., que cuando se había levantado.

—«¿Quién es el hombre más virtuoso? —preguntó una vez Horace Walpole—, ¿el que engendra veinte bastardos o el que sacrifica cien mil vidas?» Nosotros hemos engendrado nuestra parte de bastardos en ese oscuro mundo nuestro. Pero si el precio de hacerlo así es prevenir esa idiota carnicería de otra horda de ingleses y norteamericanos, no existe traición vil, ningún acto pérfido, que no llevase a cabo con alegría.

Ridley tomó otro trago de su oporto.

—Usted ha expresado cierta preocupación el otro día por lo que le pueda suceder a los colegas franceses de Bruto cuando los alemanes se den cuenta de que les ha estado mintiendo. Con toda franqueza, no lo sé. Sin embargo, recuerde que todos ellos se prestaron voluntariamente a servir como espías, plenamente conscientes de cuál sería el precio de esto si les capturaban. Por lo menos, les hemos concedido tres años extras de vida.

»Sin embargo, lo que sí sé es que si un hombre como Bruto fracasa en conseguir que los alemanes se traguen nuestras mentiras, el coste para nosotros en vidas humanas será más, muchísimo más que esos sesenta franceses que pueden, o no, ser fusilados por la Gestapo porque él les ha traicionado. Debe comprender, de todos modos, una cosa, comandante, por penoso que le resulte aceptar esta noción: En este mundo en el que trabajamos, no hay lugar en absoluto para los escrúpulos.

T. F. cogió su copa de oporto y bebió un largo trago de aquel cálido líquido pardorrojizo, viendo, mientras lo hacía, aquellas largas hileras de franceses ante los pelotones de ejecución, convencidos de que eran unos mártires por la libertad de su nación cuando, en realidad, serían víctimas de una mentira dicha por alguien en Londres.

—Supongo que lo que dice es que el fin justifica los medios...

—Eso es exactamente lo que digo y precisamente lo que quiero decir.

—¿Pero no existe un límite en alguna parte?

La mente de T. F. había regresado a su general de Brigada, en el Pentágono, aquella mañana en que había salido para Londres.

—¿No existe un punto más allá del cual no deberíamos pasar sin rebajarnos a nosotros mismos, sin reducirnos al mismo plano moral que nuestro enemigo?

—Esta guerra en la que combatimos no es, como algunos de los suyos allá en Washington parecen creer, una extensión de su guerra civil. Grant y Lee, Longstrecht y Meade, y permitir que los hombres tomen sus caballos para las labranzas primaverales. Estamos en guerra con un Imperio salvaje, con un pueblo determinado a rebajar y esclavizar a razas enteras, dispuesto a asesinar y saquear mucho más de como lo hicieron las hordas de Gengis Khan. El fracasar en vencer a los nazis significaría el fin de nuestra sociedad. Y la supervivencia de nuestra sociedad es un fin supremo que deja de lado cualquier consideración moral. Horace Walpole...

Esta vez Ridley pareció contemplar jovialmente a T. F.

—Me parece que esta noche me he aficionado a él, ¿no le parece? Pues bien, también hizo esta observación: «Ningún gran país ha sido salvado nunca por unos hombres buenos, porque los hombres buenos no tienen nunca la fuerza necesaria para salvarlo.» Así, pues, debemos asegurar la supervivencia de nuestras sociedades y de nuestra forma de vida, comandante, y si los extremos de fuerza a los que nos vemos forzados a recurrir son, ocasionalmente, reprensibles o moralmente erróneos, pues deben serlo. Estamos en una guerra total y una guerra total exige un compromiso total.

—Es divertido —dijo T. F., haciendo girar lo que le quedaba de su oporto en su copa—. Recibí una larga conferencia, desde un punto de vista opuesto, por parte de un general de Brigada en el despacho de Marshall el día en que salí de Washington.

—¿Cómo se llama?

—No lo recuerdo. Era el Jefe de Estado Mayor adjunto de Marshall para G2.

—Ah, Parkinson... Lo conozco. Se trata de uno de esos tipos bienintencionados que siempre gobiernan en Washington, la clase de quienes siempre parecen tener firmemente agarrado el extremo equivocado del bastón.

T. F. se echó a reír, casi a pesar suyo.

—De todos modos, tiene algo a su favor, según creo. El que Estados Unidos no debería nunca rebajar sus ideales y niveles para adoptar tácticas que les lleven luego a cosas idénticas a las que emplean sus enemigos totalitarios.

—Lo que importa, mi querido comandante, es ganar esta guerra con la mayor rapidez posible, arriesgando la menor cantidad de vidas aliadas. Algunas serán inevitable y deliberadamente consumidas para salvar un número aún mayor de otras. Pero no evitaría sacrificar una sola vida para mantener un ideal. Permitir que los alemanes crean que combatimos con alguna clase de esa noción anglosajona del *fair play*, si es que lo eligen así, tal y como yo confío. Si puedo me deslizaré contra ellos en la oscuridad de la noche, cuando aún están en la cama, embrutecidos por el sueño en brazos de sus queridas y les clavaré un cuchillo en la tripa. Sería muy feliz de poder hacer una cosa así.

—No parece tener mucho tiempo para las reglas del cricket, coronel.

—Eso es una noción para tontos.

Ridley se engulló lo que restaba de su oporto.

—O para jugadores de cricket —terminó la frase echándose a reír.

Se levantó de su asiento, se acercó a la garrafa de la alacena y luego llenó ambas copas de nuevo.

—Muy bueno —reconoció T. F.—. Ésta es la primera vez que pruebo el oporto.

—¿De veras?

La voz de Ridley dejó clara su extrañeza de que alguien que hubiese llegado a la posición en la vida de que gozaba T. F. no hubiese saboreado nunca el oporto. Sostuvo la garrafa de oporto frente a la luz para que su contenido brillase con chispas de un rojo rubí.

—Es de la bodega de mi padre. De 1914. Muy apropiado, ¿no le parece?

Volvió a sentarse en su butacón, con los pies extendidos ante él, contemplando pensativamente el fuego que se iba extinguiendo.

—Resulta penoso tener que decirle alguna de esas cosas —dijo al cabo de un momento—. La inocencia es algo que siempre tratamos de preservar contra la cruel evidencia de la realidad. Pero tenemos una tarea que llevar a cabo, una tarea crítica y hay que realizarla.

Se tomó un largo trago de su oporto.

—Y también existe otra razón detrás de mis especulaciones.

—¿De qué se trata? —preguntó T. F.

—Ya sabe que los ingleses hemos gobernado el mundo durante los últimos doscientos años. Nuestros siglos de Roma. Y creo que los historiadores del futuro juzgarán que lo hemos regido bien, teniendo en cuenta todas las cosas.

Bebió un poco más de su copa.

—Pues bien, nuestro tiempo ha pasado. Nuestro Imperio no sobrevivirá a esta guerra. El manto pasará a ustedes, los americanos. Tendrán que ejercitar el poder no sólo en nuestro nombre, sino en nombre de docenas de otros pueblos más débiles, que buscarán un liderazgo en vuestro país. Y los hombres jóvenes como usted, comandante, disciplinados y endurecidos por esta guerra, serán los que deban proporcionar esa jefatura. ¿Estaréis preparados? Porque depende mucho de ello.

—Sí —convino T. F.—. Probablemente emergeremos de la guerra como una de las dos potencias más importantes del Globo. Junto con los rusos.

—Con los rusos, eso es. Y van a ser unos adversarios incluso más rudos e implacables que los nazis contra los que ahora combatimos. Nosotros tenemos a nuestra disposición generaciones en las que aprender cómo se ejercita el poder. Pero ustedes no. Tendrán que aprenderlo aquí, en el caldero de esta guerra, lo que necesitarán saber cuando la contienda haya terminado y el mundo sea vuestro. Siempre existirá una especie de encantadora ingenuidad en el punto de vista norteamericano del mundo, un ardiente deseo de mantener a Estados Unidos puro, tanto en ejecución como en intenciones. Pero deberán renunciar a esto.

—¿Por qué? —protestó T. F.—. Existe cierto idealismo detrás de ese punto de vista.

—El idealismo, mi querido comandante, es un lujo que sólo se pueden permitir los débiles de este mundo.

—Eso parece más bien una manera cínica de ver las cosas.

—El ejercicio de un gran poder, por su misma naturaleza, comandante, es un proceso cínico, algo que ustedes los americanos han sido particularmente reluctantes en comprender.

Ridley suspiró como si comenzase a cansarle su papel de profesor.

—El general Donovan y algunos de los suyos están comenzando a comprender todo esto, gracias, en parte, según prefiero pensar, a nuestra tutela.

Se frotó la frente con los dedos y luego, lentamente, apagó el cigarro en el cenicero que se encontraba al lado de su sillón.

—Espero que usted lo conseguirá también. Debe aprender bien las lecciones, comandante, porque, créame, necesitará de todo eso en los años venideros.

Comenzó a levantarse, pero luego se sentó de nuevo.

—Una última palabra antes de que nos unamos con nuestras damas. En este lóbrego mundo nuestro, debe comprender que, si va a verse implicado en alguna de estas cosas, no debe nunca, nunca, admitirlo a nadie después. Debe marchar entre ellos determinado a que no revelará jamás lo que ha hecho, que se irá a la tumba negando de forma resuelta que todo eso haya llegado nunca a suceder.

Se puso en pie y T. F. le siguió a través del largo corredor de la mansión, de regreso a la sala de estar. Allí también las brasas del fuego relucían en la chimenea. Deirdre y Lady Gertrude estaban sentadas una al lado de la otra en un gran sofá verde. La esposa de Ridley tejía laboriosamente una chaqueta de punto para su marido.

—Qué... —sonrió Lady Gertrude—, ¿ya habéis resuelto todos los problemas del mundo para nosotras?

Ridley gruñó una respuesta y comenzó a hurgar en los leños de la chimenea con un atizador de hierro. De forma clara, las palabras de Lady Gertrude habían constituido una frase ritual más que una pregunta. Ella y Deirdre habían vuelto ya a discutir a fondo el infortunio de cualquier amiga de la que hubieran estado hablando. T. F. se instaló en un sillón, aún sacudido e incómodo por su conversación en la biblioteca. Miró el reloj. ¿Cuánto tardaría, se preguntó, en subir Deirdre al piso de arriba? Ridley le proporcionó pensativamente la respuesta al cabo de unos cuantos minutos de charla trivial, al anunciar que estaba agotado. Tras una larga serie de darse las buenas noches, finalmente se encaminaron al piso de arriba. Ella abrió la puerta de su dormitorio, sonrió, y le indicó que pasara.

—Tú y Lady Gertrude parecéis viejas amigas —observó T. F., cerrando agradecido la puerta del cuarto detrás suyo mientras hablaba.

—¿Amigas? Dios mío, no. No puedo soportarla.

Deirdre cruzó el cuarto, se desabrochó la chaqueta de su traje sastre muy bien cortado a medida y la colgó en el respaldo de una silla. Llevaba una blusa blanca de algodón lisa, que oprimía con fuerza sus firmes y turgentes senos. Se acercó a T. F.

—Una dama inglesa selecciona a sus amigas con sumo cuidado.

Riendo mientras rodeaba el cuello de T. F. con sus brazos, sacudió su cabellera y se lo quedó mirando con aquellos sus maliciosos ojos.

—Los amantes, cariño, son un asunto por completo diferente. Dime una cosa... ¿Por qué nos encontramos aquí de pie, aún vestidos, cuando podríamos estar en la cama haciendo el amor?

Catherine seguía obedientemente detrás del graznido de las ancianas, de los colegiales, de un cura y de un par de hombres viejos que constituían los visitantes del día del castillo de Amboise. «¿Será alguno de éstos el hombre de Paul?», se preguntó a sí misma.

Su guía se detuvo de repente y ofreció al grupo una de aquellas significativas y pesadas pausas que tanto favorecían su negocio. Era un marchito anciano afectado de cojera y que se esforzaba al máximo para infundir a su descripción de reyes y cortesanos, de los torneos, de los bailes de máscaras, de las peleas de animales salvajes que en un tiempo agraciaron el patio del castillo un hálito de drama.

Ahora, señaló un arco de cemento y piedras sobre una entrada que conducía a un pasadizo subterráneo.

—En este arco —entonó—, en el año 1498, Carlos VIII se hirió mortalmente tras golpearse en la cabeza mientras se precipitaba para asistir a una competición deportiva en los fosos del castillo.

Tras haber anunciado esto, entonces, naturalmente, se paró allí e hizo unos ademanes hacia el pasadizo, con un admonitorio:

—Cuidado con las cabezas, Messieurs, Mesdames...

Qué monótono era el castillo, pensó Catherine, avanzando detrás del grupo. Las famosas ventanas con vidrios emplomados de la capilla de san Huberto se habían roto en 1940; todo el lugar parecía caerse en ruinas a causa del descuido y de la indiferencia. Se le ocurrió que no dejaba de ser una alegoría de su patria ocupada. Se demoró por la terraza con vistas a los dos ramales gemelos del Loira, que brillaban al sol de la tarde, aferrando ostensiblemente el *Je suis partout*, aguardando a que se pusiese en contacto con ella el hombre de Paul. Nadie se aproximó.

Lentamente, la comitiva siguió su recorrido hasta su conclusión, y luego regresaron al patio de la capilla donde todo había comenzado. Hasta aquel momento nadie le había hablado. El guía se había quitado su gorra azul y extendido la mano, murmurando el clásico ruego:

—No se olviden del guía.

«*Merde* —pensó—, ¿qué diablos estoy haciendo aquí?» Forcejeando para encontrar una respuesta, metió la mano en el bolso en busca de una moneda, la oprimió contra la mano del hombre y musitó:

—Gracias.

—Ah, Madame —le contestó—. Si Carlota de Saboya era tan bonita como usted, Luis XI fue un hombre muy afortunado.

Ella le brindó una sonrisa de sorpresa y alivio, junto con su frase de contestación.

—Afuera, en la puerta principal —le susurró—, dentro de diez minutos.

Se presentó exactamente en el tiempo previsto. Con un movimiento de cabeza, le indicó que le siguiese. Bajó la rampa del castillo y dobló

luego la esquina hacia un cobertizo construido en el muro de contención del castillo. Dentro había dos bicicletas.

—Sígame a unos veinticinco metros —le explicó—. Pasaremos el puente y luego nos dirigiremos hacia el Norte durante un par de kilómetros.
A continuación, abandonaremos la carretera principal, en dirección a
una meseta. Cerca de la cumbre pasaremos frente a un hombre que estará partiendo leña al lado de una pista polvorienta. Estará también
silbando *Je tire ma reverence*. Hay un albergue de piedra. Paul se encontrará dentro. Si el leñador no está allí o si no silba, deje de seguirme.

Todo salió bien. El leñador ni siquiera alzó la mirada hacia ella al
pasar a su lado, pero su silbido del estribillo de la canción resultó inconfundible. El albergue se hallaba al extremo de la carretera donde
el guía había afirmado que estaría. La mujer abrió la puerta. Dentro se
veía a media docena de hombres. Uno de ellos preparaba café. Paul,
con una amplia sonrisa en su rostro, avanzó hacia ella.

—¿Has disfrutado de tu visita al castillo? —le preguntó con una torcida sonrisa.

Le trajo una taza de café y la instaló sobre un montón de paja cubierto con tela de arpillera en un extremo del albergue. No hubo pre-
sentaciones. Una, sin embargo, no era necesaria. El norteamericano se
encontraba apoyado contra la pared, fumando, mirando atentamente el
suelo. Era un gigante. Alguien le había metido en un mono azul de trabajo, por lo menos tres tallas más pequeño, probablemente, pensó Catherine, porque ningún obrero de Francia era tan corpulento como él.
El hacerle pasar furtivamente ante los alemanes, se imaginó que debía
de haber sido tan difícil como tratar de ocultarle a un gallo la salida
del sol.

Paul miró hacia él y sonrió a Catherine.

—No puede creer lo que le está sucediendo, y no le echo la culpa.
Fue derribado anteayer por la noche. Cree que perdió a toda la tri-
pulación. Se arrojó en paracaídas. Ha cruzado todo París a pie, ha
viajado 400 kilómetros en tren sin el menor documento de identidad,
incapaz de hablar una sola palabra en francés y ahora le decimos que
desayunará en Inglaterra.

Paul se dio unos golpecitos en la cabeza.

—Opina que estamos chiflados.

Exactamente antes de las 9.15, Paul sacó una radio portátil de debajo de la paja y la conectó. El albergue quedó silencioso. Paul escuchó
con atención la letanía de la «BBC» de mensajes personales, luego apagó
el aparato y se puso en pie.

El aire autoritario que tanto la había sorprendido cuando llegara,
apareció de nuevo en él.

—Atención todos —ordenó—, escuchad atentamente. El vuelo está
al llegar. El que no hayamos visto alemanes por aquí hoy, no quiere decir que no estén presentes. Por lo tanto, deseo que todos sigáis mis instrucciones con la mayor exactitud. Existe una línea férrea a un kilómetro y medio de distancia, que deberemos cruzar antes de las diez, cuando los guardianes entran de servicio. Hemos de ir en fila, con diez metros de distancia de uno a otro. Sin hablar, sin fumar y sin toser si po-

déis evitarlo. Si algo sucede, no os dejéis dominar por el pánico. Simplemente, echaos al suelo. Yo iré delante. Marcel —prosiguió señalando a uno de sus hombres—, detrás. No me importa si alguno de vosotros va armado, pero sólo él y yo tenemos autoridad para abrir fuego. ¿Entendido?

Se produjo un murmullo de asentimiento.

—Tradúceselo —ordenó a Catherine, señalando al piloto norteamericano.

Luego todos se dirigieron a la puerta.

Su marcha a través de la noche, bajo la luz de la luna que se alzaba con rapidez, resultó rápida y sin acontecimientos. Cuando al fin dejaron el último claro, desembocaron en un gran prado abierto que brillaba a la luz lunar. Debía de tratarse de la cumbre de la meseta hacia la que se había dirigido antes con su bici.

Paul ordenó a sus tres pasajeros que se sentaran a la sombra de un grupo de árboles, al borde del prado. Dos de sus hombres se alejaron para tomar posiciones como centinelas en las vías de aproximación a los pastos. Paul y Marcel inspeccionaron el campo en busca de agujeros, estacas o vacas errantes. Luego fijaron sus tres postes en el suelo, en forma de «L», y sujetaron unas linternas en el extremo de cada uno de ellos.

Jadeando ligeramente, Paul regresó junto a sus pasajeros.

—En cuanto el avión aterrice, los pasajeros que llegan y sus bolsas deben salir los primeros. Observadme. Cuando os dé una seña, corred hacia el aparato. La dama irá delante, tú —y señaló hacia el norteamericano y extendió dos dedos—, el segundo, y tú el tercero —concluyó, indicando al francés—. Os pasaremos vuestras bolsas en cuanto estéis en el avión.

Se sentó en la hierba al lado de Catherine y se llevó la mano de la chica a los labios, besándosela con suavidad.

—Me alegro de que te vayas —le susurró.

—Tal vez regrese.

Paul meneó la cabeza.

—No, es demasiado tarde. La invasión se producirá de un momento a otro y eso acabará con mi tarea.

Estaban sentados uno al lado del otro en la oscuridad, apretándose las manos en silencio. Catherine sintió que Paul estaba tenso y se le quedó mirando. Una vez más, tenía aquel aire de animal acosado, que siente cómo se aproxima el peligro, que Catherine había percibido la noche en que llegó. Luego escuchó el ruido que le había alertado, el distante zumbido del motor de un avión. La besó ardientemente.

—*Au revoir, mon amour* —susurró.

Al instante siguiente, ya había echado a correr a través del prado hacia sus estacas, con Marcel detrás de él. De repente, la silueta del avión, algo negro que emergía contra la plateada luz de la luna, se halló por encima de sus cabezas. Vio el intercambio de destellos de Paul con el piloto y, segundos después, el avión comenzó a rugir sobre el suelo. Desde el grupo de árboles, vio unas figuras que saltaban del avión y a Paul que les hacía ademanes para que siguiesen adelante. Apenas tuvo tiempo de apretarle la mano al subir al aparato. Sus dos compañeros le siguieron, Paul cerró la carlinga y desapareció. El piloto aceleró el motor y el avión, rebotando y bamboleándose, se precipitó por el prado y se alzó del suelo. Segundos después, se habían perdido en la negrura del firmamento. Detrás de ella, el americano se removió.

—Nunca llegué a creer en esta jodida cosa —gruñó.

Catherine se hallaba profundamente dormida cuando el primer bote sacudió la estructura del «Lysander». Parpadeó al seguirle dos brincos más y, volviéndose para mirar por la ventanilla, divisó borrosamente árboles y edificios que pasaban con rapidez ante ella. Estaban ya en tierra. Durante un segundo, deseó gritar en señal de triunfo.

—Bien venidos de regreso a Blighty —les gritó el piloto por encima del rugido de los motores.

Hizo dar una vuelta al avioncillo, que comenzó a corretear hacia un hangar. En el momento en que apagaba el motor, Catherine escuchó voces afuera y vio un grupo de personas que se aproximaban al aeroplano. Deseó gritar de alegría:

«—¡He vuelto! ¡Estoy a salvo! ¡Lo he conseguido!»

«Lindbergh debió sentirse así —pensó— al aterrizar en París.»

Se vieron sumergidos en un círculo de abrazos, de bravos, de gritos de «¡Bien hecho!» y luego les metieron en el mismo coche con las ventanillas tapadas que la había llevado a su vuelo de partida de aún no hacía dos meses. En unos minutos se hallaban de regreso al mismo *cottage* de la RAF, en el que hizo su última comida en suelo inglés.

Un sonriente oficial del SOE con una tablilla de notas en la mano, la saludó en la puerta.

—Sólo un par de rápidas formalidades —le explicó— y podrá ir adonde el sargento Booker le aguarda con el desayuno. Veamos, Denise.

Se quedó mirando sus notas.

—No se llevó ningún arma, ¿verdad?

Catherine sonrió.

—No...

—¿Ha traído alguna?

—No —respondió ella de nuevo, mientras el hombre consultaba su tablilla.

—Entonces todo lo que tiene que hacer es devolver su píldora a «L». Ahora ya no la necesitará.

Catherine había casi olvidado la pequeña píldora de forma cuadrada escondida en el tacón de su zapato. Lo desenroscó, sacó la pastilla y se la pasó al joven oficial.

Dentro del comedor, la mesa de los desayunos del sargento Booker estaba atestada de platos con huevos, jamón, salchichas y beicon.

—¡Oh, Dios mío! —gritó Catherine—. ¡Vaya festín!

Durante un segundo le escocieron los ojos al recordar su sopa boba en Calais. El piloto, aún con el mono puesto, entró en la sala. Alguien sacó una botella de vino y todos comenzaron a entrechocar copas en un feliz tumulto de excitación y alivio.

Cuando acabaron, la *rubia* les esperaba afuera para conducirla de regreso a Londres y al piso en el 6 Orchard Court, del que había partido hacia Francia. Se adormeció de nuevo durante unos momentos y se despertó mientras aceleraban hacia las afueras de Londres, y pasaban ante las monótonas hileras de casas que le habían hipnotizado en su viaje de ida. En cierto sentido, fue entonces cuando el conocimiento de que realmente había regresado, sana y salva, la abrumó de forma definitiva. Un calorcillo tranquilizador, una especie de calidez sofocada, como después de tomarse una buena botella de borgoña, se deslizó a través de ella. Lo había hecho; había regresado desde detrás de las líneas alemanas como agente secreto; había cumplido una peligrosa misión con honor y dignidad; había vuelto, en suma. Se había probado a sí misma lo que ya no debería probarse nunca más.

Tras tomar el ascensor del edificio hasta el piso y cruzar por el corredor pesadamente alfombrado, la conmovió cuán incongruente era todo aquello: unas horas antes, se hallaba en un cobertizo en la Francia ocupada y ahora en la elegancia y seguridad de este edificio. Park, el mayordomo, le abrió la puerta.

—Mademoiselle Denise! —exclamó con aquella especie de cántico feliz suyo—, *comme ça fait plaisir*: Qué alegría verla de nuevo.

Le explicó que el comandante Cavendish la recibiría muy pronto pero que, en el entretanto, quizá le gustaría recomponerse un poco. La condujo por un pasillo hasta el cuarto de baño del apartamento, una especie de relicario para los operarios del SOE. Su bañera de mosaico negro estaba llena de agua caliente y de burbujas de jabón; su uniforme de FANY, limpio y planchado, colgaba de la pared. Catherine jadeó ante la idea de un lujo tan sencillo como un baño caliente. Mientras tanto, Park desapareció y reapareció luego con una bandeja de plata en la que había media botella de «Veuve Cliquot» y una copa de champaña.

Durante largo rato, se refociló en la bañera, saboreando la calidez del agua, sorbiendo el champaña, sintiéndose alcanzada por una oleada de dicha. Qué maravilloso hubiera sido el poder compartir la bañera y aquel champaña con Paul...

Se puso el uniforme, con una sensación de enorme tristeza, dobló aquellas sucias y malolientes prendas con las que había regresado. Denise y todo cuanto había hecho, las emociones vividas, eso ya no existía, no era más que un montón de ropa sucia en una caja de cartón.

Cavendish la abrazó calurosamente en cuanto la vio entrar en su despacho.

—Querida mía —le dijo—, lo has hecho soberbiamente. Has justificado más que de sobra la fe que habíamos depositado en ti.

Le hizo un gesto hacia el gran butacón y comenzó a devorar el contenido del detallado plan de Aristide para el saboteamiento de la «Batería Lindemann». A medida que la lectura progresaba, Catherine sintió cómo cada vez se excitaba más y más. Cogió el fusible que Catherine había traído y lo observó detenidamente.

—Extraordinario —dijo al fin—, absolutamente notable. Aristide ha realizado una soberbia obra maestra.

Se la quedó mirando.

—Y tú también, querida, has demostrado un frío y tremendo valor. No puedo dar un cumplido más elevado a ninguno de mis agentes. Tu trabajo, ciertamente, merecerá una condecoración.

Introdujo el informe de Aristide en un expediente de ALTAMENTE SECRETO de su escritorio.

—Ahora —siguió—, me parece que te has ganado un merecido descanso. Cuidaré que el plan de Aristide llegue lo más rápidamente posible a las personas que están esperando verlo...


Unos días después del regerso de Catherine a Londres, se llevó a cabo una reunión en la sala 732 del cuartel general del SHAEF en Norfolk House, en el corazón de la capital británica. Se trataba de la reunión regular del Comité de Defensas Costeras, y el primer tema de su agenda de aquella mañana fue la «Batería Lindemann». El presidente del comité, un tal capitán Price, de la Marina Real, entregó al comité una copia del plan del SOE para dejar fuera de combate a la batería, por medio de un sabotaje industrial basado en la labor de Aristide y de su ingeniero eléctrico.

Tras revisar cuidadosamente el plan, el comité se mostró conforme en lo siguiente:

> 1) El plan, con algunas modificaciones, era excelente y ciertamente factible desde un punto de vista técnico.
>
> 2) Su ejecución o no ejecución no era asunto propio del comité, que estaba abrumadoramente preocupado con los preparativos de la invasión a lo largo de las costas normandas.
>
> 3) Se convenía en que el plan debería trasladarse a los miembros del Comité Conjunto de Inteligencia, en cuya jurisdicción recaía principalmente aquel asunto.

La organización de engaño de Sir Henry Ridley, la Sección de Control de Londres, se hallaba representada en el Comité Conjunto de Inteligencia.


Desde la puerta, el oficial parecía arropado en una mortaja de oscuridad. Las sombras hacían desaparecer los ángulos de las esquinas. La capa de polvo en los cristales sin limpiar de las ventanas difuminaba la luz solar que llegaba a través de las ventanas del cuarto piso de los «Broadway Buildings» en una especie de brillo rubenesco, contra el cual el movimiento aparecía en silueta más bien que como una forma redondeada. Sir Stewart Menzies, «C», el jefe del servicio de espionaje británico, el MI6, prefería las cosas de aquella manera; a fin de cuentas, se movía en un mundo de sombras donde nada era completamente lo que parecía.

Estaba apoyado contra la abierta y apagada chimenea con un elegante viejo *tweeds*, y la palidez de sus pálidos ojos azules y de su plateado cabello rubio, todo ello acentuado por las sombras de que se revestía. No dijo nada mientras su criado, un veterano de la guerra bóer, con uniforme de inválido de guerra, servía el té a sus invitados. Cuando se fue el hombre, cuyas viejas articulaciones crujían al unísono de las antiguas planchas de madera del suelo, se volvió hacia Henry Ridley.

—Así, Squiff —le dijo—, ¿se trata de la luz en el camino a Damasco?

—Tal vez —replicó Ridley.

Había solicitado aquella reunión y requerido que sus participantes se limitasen a él mismo, «C» y el suplente de «C», Sir Claude Dansey.

—Dime, ¿es el SOE consciente del hecho de que has puesto tu baza en ellos?

—Dios mío, no —replicó Menzies—. Con toda franqueza, no confiaría al SOE ni el tiempo que hace hoy. Son inseguros de una forma horrible.

—¿Y Cavendish? —inquirió Ridley, al tiempo que se tomaba el té con la aprensión que merecía su elevada temperatura—. ¿No alberga la menor sospecha?

—Recordarás al viejo Cavendish del colegio. Un tipo terriblemente decente, pero del que no puede decirse que haya inventado la pólvora. Las sospechas no parecen perturbar excesivamente la placidez de su mente. Hemos tenido un montón de problemas hace unas semanas, pero Claude —sonrió graciosamente a su segundo— consiguió arreglar las cosas con él después de una buena comida en el «Savoy Grill».

—Un almuerzo horrendo, en realidad —murmuró tétricamente Dansey—; abadejo hervido, según puedo recordar.

—Verás —prosiguió Ridley—, esto es lo que tengo en mente.

Pacientemente, y con ciertos detalles, bosquejó el plan que había preparado para reforzar *Fortitude* y realizar el reajuste que la toma del poder por parte de Himmler en la Abwehr y la pérdida de Popov parecían exigir. Menzies y Dansey le siguieron atentamente.

—En realidad, se trata de una idea muy inteligente, Squiff —dijo Menzies cuando terminó—. Su éxito, naturalmente, depende de si los alemanes pican o no en tu anzuelo. Si lo hacen, podremos engancharles con bastante certeza. Sabemos que Himmler está siempre telefoneando a Hitler con sus informaciones más jugosas. Y esto puede caer dentro de esa categoría. Y, ciertamente, el RSHA está buscando un gran golpe realizado por sí mismo para justificar el haberse hecho cargo de la Abwehr. La pregunta que me hago es la siguiente: ¿cómo lanzarás tu idea de modo que sea tan innocua que nunca lleguen a ver la mano que hay detrás de todo eso?

—¿Qué me dices de tu sujeto?

—No es posible activarlo. No puede coger la idea sobre la marcha, por así decirlo, entrar en la Avenue Foch y decir: «Miren el maravilloso trofeo que tengo para vosotros.» Sería demasiada iniciativa por su parte y levantaría las suspicacias de nuestros amigos teutones. Sólo puede hacerlo a través tuyo.

—Además —terció Dansey—, no le hace mucha gracia la verdadera naturaleza de sus servicios y, obviamente, no sabe nada acerca de la invasión y de *Fortitude*. Recuerda que se encuentra exactamente allí donde los alemanes pueden prenderle. Creo que le hemos dicho que siga con ellos como una forma de facilitar sus servicios. A fin de cuentas, maneja a un gran número de personas, tanto de nuestra gente como del SOE.

—¿Puedes confiar en él?

—Oh, me parece que casi por completo. Ha estado con nosotros desde la guerra civil española. Trabajaba para nosotros en una operación de correo para los alemanes que llevaba a cabo entonces. En aquella época, se hallaba en comunicación con el Deuxième Bureau. Y desde la caída de Francia, ha permanecido del todo a nuestro lado.

—Verás —siguió Ridley—, si no podemos usarle, ¿existe alguna otra manera de que consigamos que den un mordisco a la manzana? ¿Algún modo en que, en vez de ir tu hombre a ellos, sean ellos los que vayan a él y le digan «Bien, esto es lo que deseamos que hagas»?

Dansey se aclaró la garganta con educación por medio de una serie de toses. Menzies y Ridley se volvieron hacia él. Cuando «Tío Claude» se aclaraba la garganta en momentos semejantes, por lo general seguía a su ademán un rápido y respetuoso silencio.

—Creo que existe otro canal con el que llegar a sus oídos —anunció—. No sé si recuerdas —esta vez sus palabras iban dirigidas a Ridley—, pero cuando el SOE comenzó sus operaciones, todo su tráfico de radio, de ida y vuelta, pasaba a través de nuestros transmisores. También les proporcionamos sus códigos. Armaron el correspondiente revuelo y, finalmente, en 1942, el Gabinete de Guerra decidió concederles sus propias instalaciones independientes. Sin embargo, cuando se las traspasamos, mantuvimos una capacidad para vigilar de *grosso modo* su material.

Dansey realizó una pausa para beberse su té, permitiendo deliberadamente que su gesto suscitase la curiosidad de su interlocutor.

—Hace bastante tiempo nos enteramos de que cierto número de sus circuitos, no sabemos desgraciadamente cuántos, se hallaban en realidad bajo control alemán. Esto nos sugirió algo. En realidad, aunque ni los alemanes ni el SOE lo sepan, estamos en el otro extremo de la línea de dos de los circuitos que los alemanes creen dirigir.

Les ofreció una helada sonrisilla.

—Uno de ellos se ha empleado recientemente en la conexión que has mencionado.

Ridley cerró los ojos durante un segundo, pensando.

—Notable... Ésa puede ser nuestra respuesta.

—Sí —repuso Dansey—. Creo que sería lo más conveniente.

*Berlín*

Era el lunes 15 de mayo, tiempo una vez más de que el coronel barón Alexis von Roenne proporcionase al Estado Mayor General de Hitler sus últimas estimaciones acerca de la fuerza de los aliados y de sus intenciones respecto del próximo asalto a la «Fortaleza Europa». Alineó media docena de lápices de colores sobre su escritorio, en Zossem, los cuarteles generales del Ejército alemán, a treinta kilómetros de Berlín. Sacó del cajón su precioso mapa de Inglaterra y lo pegó a la pared, donde él y su subordinado, el teniente coronel Roger Michel, pudiesen estudiarlo. Como de costumbre en las mañanas de los lunes, los ojos de Michel aparecían acuosos y sus dedos temblaron ligeramente al llevarse la nutritiva calidez del café a sus labios. Hoy, Von Roenne prefirió ignorarle. Mientras Michel asentía su conformidad, Von Roenne realizó seis ajustes en la ubicación de las unidades aliadas que se mostraba en el mapa. Todos ellos se basaban en los informes de los agentes de la Abwehr en Inglaterra durante la semana anterior.

Cuando finalizó, llamó a su secretaria y comenzó a dictarle su informe.

—«El número total de las Divisiones angloamericanas dispuestas para su empleo en el Reino Unido, se ha incrementado desde principios de mayo con tres Divisiones traídas de Estados Unidos y, por tanto, en el momento actual, probablemente, asciendan a cincuenta y seis Divisiones de Infantería, tres Brigadas independientes de Infantería, siete Divisiones aerotransportadas, ocho Batallones de paracaidistas, quince Divisiones blindadas y catorce Brigadas blindadas. El punto focal de la concentración enemiga en el sur y sudeste de las Islas británicas, se ha hecho más y más marcado —dictó Von Roenne—. Esto posee el apoyo de los traslados informados por fuentes fiables de la Abwehr, de dos Divisiones inglesas al área de Portsmouth y —continuó— la separación de dos unidades norteamericanas de las fuerzas británicas en el sudeste de Inglaterra. Se supone que en la zona de Bury St. Edmunds —siguió— se halla el 20.º Cuerpo estadounidense y la 4.ª División blindada norteamericana, según una fuente fiable de la Abwehr. En la misma zona, cerca de Ipswich la 6.ª División blindada estadounidense también parece haber sido localizada y otra fuerza americana es posible que se haya estado formando en el sudeste de Inglaterra y en la zona de Folstone.»

Ambos hombres estudiaron el mapa en busca de pistas para su final y crítica información: ¿de dónde procedería el asalto aliado? El equilibrio de fuerzas entre las situadas en el sudoeste de Inglaterra enfrente de Normandía y Bretaña, y las que se hallan en el sudeste enfrente del Pas de Calais seguía muy próximo, pero continuaba claramente la deriva hacia el Sudeste.

—«¿Por qué los aliados se arriesgarían en este ancho cruce del mar hacia Normandía o Bretaña, cuando pueden hacerlo desde Dover a Calais, donde el canal tiene sólo treinta kilómetros de anchura?»

La pregunta de Von Roenne era más bien de tipo retórico. A fin de cuentas, la respuesta se basaba en el abrumador peso de la lógica y Von Roenne era un hombre lógico.

—Su principal ataque —concluyó con el apoyo de su delegado— debe esperarse en uno u otro lado del Pas de Calais, con la mayor concentración en el sector costero del noroeste de Francia.

Sir Henry Ridley y sus compañeros simuladores en la Sección de Control de Londres, no podrían haber preparado un mejor informe a los ojos de Hitler, en el caso de haberlo escrito ellos mismos.

*Londres*

«Si la Luftwaffe pudiese arrojar una bomba en este edificio —pensó T. F. O'Neill—, Alemania ganaría la guerra de una sola tacada.» Nunca antes, ni siquiera en las grandes conferencias de Quebec, Casablanca y Teherán, se habían concentrado tantos dirigentes aliados importantes bajo un mismo techo. El rey Jorge VI, Winston Churchill, los miembros del Gabinete de Guerra, el mariscal de campo Ja Christian Smuts, de Sudáfrica, aparecían sentados en la primera fila. Detrás de ellos, al igual que escolares reunidos para recibir un rapapolvo por parte de su director, se veía banco tras banco ocupado por generales, almirantes, mariscales jefes del Aire. Se sentaban en unos curvados bancos de madera de duro respaldo, situados en el anfiteatro gótico de dos pisos. Unas columnas negras de madera soportaban una galería llena de otro tapiz humano de galones dorados y estrellas. Si Waterloo se había ganado en los campos de juego de Eton, en este caso la Historia podría un día registrar que la batalla para liberar Europa se había ganado aquí, en «Saint Paul's School», en las afueras de Londres, en los mismos bancos de madera donde el comandante de la invasión sobre el terreno, el general Bernard Montgomery, en un tiempo había conjugado verbos latinos y meditado sobre la complejidad de las ecuaciones algebraicas.

La reunión había sido convocada este lunes, 15 de mayo, para proporcionar una última revisión de la invasión de Europa occidental. Tan enormes eran las consecuencias de la operación, tan graves los riesgos que la aguardaban, que el auditorio, según le pareció a T. F., temblaba a causa de la tensión colectiva de los hombres allí reunidos. Mucho antes de que el general Dwight D. Eisenhower hubiera solicitado el orden en la reunión, ya la sala se había quedado silenciosa, aquietando por una vez la gravedad del momento las voces de generales y almirantes, por lo común enamorados del sonido de su propia y tonante retórica.

Eisenhower habló durante diez minutos y luego tomó el relevo Montgomery. Era la primera vez que T. F. veía al legendario vencedor de El Alamein en persona. No le decepcionó. Parecía botar en el estrado, señalando las articulaciones y arboledas de la maqueta de la zona costera francesa, con su puntero con el extremo de goma, como si cada uno de sus movimientos pudiese desalojar una batería de cañones enemiga. Su voz de orador era algo aguda para un gran capitán, según pensó T. F., con su tono más bien delicado y pedante. El contenido de su larga perorata, no obstante, reveló tantos detalles de la estrategia de invasión, tal maestría en sus intrincados detalles, al igual que la confianza de aquel hombre y su competencia, que compelía a la admiración incluso de sus más feroces críticos presentes en la sala.

—Hay sesenta Divisiones enemigas en Francia —previno—. Diez de ellas son Panzer y doce de Infantería mecanizada.

La mayoría de los hombres en su auditorio eran ya conscientes de todas aquellas cifras; sin embargo, el oírlas proferir allí, ante el modelo a escala de las playas, los acantilados, los pueblos costeros en los que las tropas aliadas dentro de muy poco deberían arriesgar sus vidas, no dejaron de conmocionarles.

—Rommel —declaró Montgomery respecto de su viejo enemigo en África— es un comandante enérgico y determinado. Sabemos que hará todo lo posible para repetir lo de Dunkerque el «Día D», para forzarnos a concentrarnos en las playas y mantener Caen, Bayeux y Carentan en manos seguras. Si se mantiene firme en esos tres lugares, nos hallaremos en una situación en extremo difícil.

Montgomery hizo una pausa y volvió junto a su modelo a escala. Estaba convencido de que su antiguo rival se hallaba en un error. No era en las playas donde se ganaría la batalla de Francia, sino que en las primeras horas del asalto se determinaría el resultado.

—Llegaremos al momento crítico en nuestro asalto cuarenta y ocho horas después de llegar a tierra —prosiguió—, la noche del D + 2. Para entonces, *Overlord* se habrá convertido en una amenaza dominante que requerirá de la concentración de todas las fuerzas alemanas disponibles. Trece Divisiones pueden hallarse camino de Normandía. Su sangriento contraataque es probable que se produzca en cualquier momento después de D + 6, cuando el número total de las Divisiones enemigas que se opongan a nosotros pueden llegar a ser veinticuatro, diez de ellas Panzer.

Se trataba de una aterradora perspectiva. Los aliados podrían tener aquel día en su cabeza de playa normanda, si todo iba bien, quince Divisiones, dos de ellas blindadas, todas ellas agotadas y heridas tras su combate por desembarcar.

Montgomery hizo otra pausa y se quedó mirando durante un momento a su auditorio. Desde Churchill y el rey, hasta los más oscuros coroneles y capitanes de los bancos traseros, todos le contemplaban con silenciosa preocupación, cada cual sopesando a su propio modo el frágil equilibrio del que tantas cosas dependerían.

—Caballeros —previno Montgomery—, existen muchas situaciones azarosas en nuestra empresa.

Si aquellos hombres reunidos en «Saint Paul's School» aquel día de primavera, hubieran sido conscientes de lo que sucedía al otro lado del canal de la Mancha, su preocupación acerca de las perspectivas de la invasión y de su éxito, hubieran llegado a alcanzar auténtica alarma. Se les ahorró aquella angustia porque «Ultra», el gran oído que había permitido a los aliados escuchar tantos de los preciosos secretos de sus enemigos, se había quedado sordo. El Estado Mayor de Hitler se comunicaba con los cuarteles generales de Rommel en el Chateau de La Roche Guyon, y con Von Rundstedt en los suburbios de París por teléfono y télex, sistemas ambos inmunes al fisgoneo de «Ultra». Y a medida que abril desembocó en el mes de mayo, la carga de las comunicaciones de Hitler con aquellos cuarteles generales se enfocó hacia un lugar, aquél en el que Hitler ya había profetizado que sus dubitativos mariscales de campo serían el objetivo del asalto aliado: Normandía. El día 2 de mayo, su OKW había mandado un télex a Rommel y a Von Rundstedt para que aguardasen la esperada invasión aliada en cualquier momento entre mediados de mayo, con el 18 de mayo como fecha más probable. «Principal punto de concentración y más probable —decía el télex—: Normandía.»

El Jefe de Estado Mayor de Hitler, el general Jodl, había telefoneado al cuartel general OB Oeste de Rundstedt a las siete de la noche del 9 de mayo para reiterarle aquel asunto. No pudo ser más específico y preciso.

«La península de Cotentin —subrayó Jodl— será el primer objetivo del enemigo.»

Tal manifestación del genio estratégico del «cabo bohemio» había dejado al último caballero teutónico de Alemania completamente frío. Sus pensamientos seguían fijos con firmeza, como había sucedido en Berchtesgaden, en marzo, en las zonas de pólderes de Flandes. Allí, estaba seguro, sería donde desembarcarían los aliados. Su preocupación no se relacionaba con el lugar de su desembarco, sino en cómo podría hacer frente al mismo una vez estuviesen en tierra, y en esto su enemigo jurado era su subordinado, Rommel. La insistencia de Rommel en que la invasión debía detenerse en las playas de desembarco, mantenía Von Rundstedt con helado desdén, resultaba un pensamiento sólo digno de un comandante al frente de un regimiento. Los aliados conseguirían llegar a la playa. Nada en los cielos y la tierra impediría eso. Como Montgomery había predicho a su auditorio en «Saint Paul's School», el momento crítico tendría lugar tres o cuatro días después de que desembarcasen, cuando sus suministros serían aún inseguros y sus tropas se estarían recuperando de las pérdidas sufridas al llegar a tierra. Entonces, les dijo Von Rundstedt a su Estado Mayor, su gran invasión «se convertirá en una jadeante y varada ballena». Éste sería el momento en que deberían dar un golpe furibundo, final y fatal las Divisiones Panzer en masa, exactamente aquella posibilidad que tanto temían los hombres congregados en «Saint Paul's School». Al hacerlo así, explicó, se evitarían las fintas y diversiones que los aliados realizarían para que cayesen en una trampa, tras lo cual Alemania podría ganar la guerra.

La noche del 15 de mayo, mientras los hombres que habían asistido a la reunión informativa de «Saint Paul's School» regresaban a sus cuarteles generales, su rival, Rommel, se hallaba sentado ante su escritorio en el castillo de los duques de La Rocheufoucauld, en La Roche Guyon. Aquella mesa taraceada del Renacimiento, en la que el ministro de la Guerra de Luis XIV había firmado la revocación del edicto de Nantes, tenía instalada una línea telefónica directa con el cuartel general de Hitler. También Rommel sentía curiosidad por ver qué yacía bajo aquella fijación del Führer respecto de Normandía. Llamó a sus cuarteles generales.

—El Führer —le informó Jodl— posee cierta información que revela que «la captura del puerto de Cherburgo sería el primer objetivo del desembarco aliado».

¿Se trataría de un retazo del RSHA de Himmler, del espionaje de *Cicerón*, el criado-espía en la Embajada británica en Turquía, o simplemente instinto del Führer?

Jodl no podía decirlo.

Su informe llevó a Rommel a realizar una gira de inspección a la península de Cotentin. A últimas horas de la tarde del miércoles, 17 de mayo, Rommel y el almirante Frederick Ruge, su ayudante naval, se encontraban de pie sobre una duna de arena que se alzaba detrás de una playa, a diez kilómetros del encantador pueblo normando de Sainte-Mère-Église. El cielo aparecía encapotado y una gentil brisa hacía susurrar los brezos en los páramos que les rodeaban. Ruge señaló a la solitaria faja de arena, llamada en el modelo a escala de «Saint Paul's School», cuarenta y ocho horas antes, «Utah Beach».

—Ahí —le dijo a Rommel— es donde desembarcarán.

Allí, explicó, su flota quedaría abrigada por la espina dorsal de la península de los vientos prevalentes; aquí las traidoras e impredictibles aguas del canal eran de lo más dóciles.

Durante largo tiempo, Rommel estudió las grises aguas en lúgubre silencio, reflexionando acerca de la predicción del marino. Su propia mente se hallaba fija mucho más al Norte, por encima del Somme donde se había encontrado desde el momento en que tomara el mando. Nada podría arrebatarle su convicción.

—No —respondió, finalmente, a Ruge—. Llegarán por donde la travesía es más corta, donde sus cazas se hallarán más cerca de sus bases.

Unos minutos después, reunió a los hombres del regimiento que defendían la playa para darles una breve exhortación.

—No busquéis al enemigo de día, cuando brille el sol —les previno—. Llegarán de noche, amparados en ella.

Por lo menos, en aquella predicción, el mariscal de campo Erwin Rommel demostraría que se hallaba en lo cierto.

Quinta parte

«LAS PARCAS CAMBIAN DE CABALLOS»

## LONDRES-PARÍS-BERLÍN

### 29 de mayo-6 de junio de 1944

> *Era un día de verano, el seis de junio: me gusta ser preciso en fechas, no sólo de la edad, y del año, sino de la luna; existe una especie de casa de postas donde las Parcas cambian de caballos, haciendo que la Historia cambie de ritmo.*
>
> LORD BYRON, *Don Juan*

A primeras horas de la mañana del lunes, 29 de mayo de 1944, una pequeña pero impresionante caravana de coches se deslizó, desde un Londres que se despertaba, hasta las verdes y placenteras colinas de Sussex. Su destino era una mansión con columnas llamada «Southwick House», que se asentaba en un encrespamiento de las tierras altas por encima del puerto de Portsmouth. Con aquel movimiento el general Dwight D. Eisenhower trasladaba sus guiones desde la capital de Inglaterra a los cuarteles generales avanzados, desde los que dirigiría el asalto a la Europa de Hitler. Para su primera reunión en «Southwick House», Eisenhower convocó a los hombres que, a partir de ahora, se convertirían en sus consejeros más valiosos: los meteorólogos. Revisaron sus cálculos basados en informaciones que les habían estado llegando desde sus observadores del tiempo en aviones, submarinos, buques y estaciones en las playas, desde el mar de las Antillas hasta la norteña Islandia. Los presagios eran de buen augurio. El tiempo primaveral incomparable que abarcaba Europa occidental desde el mes de mayo, predijeron que se mantendría, por lo menos, durante cinco días más. Eisenhower reflexionó durante un momento y luego lanzó su primera orden desde su nuevo cuartel general. El «Día D» tendría lugar, exactamente, dentro de una semana, el lunes, 5 de junio, el primero de los tres días de comienzos de junio en los que la concurrencia de la luna y de las mareas proporcionarían las condiciones deseadas para el desembarco. Había comenzado la cuenta atrás de la invasión.

El requerimiento resultaba de lo más desacostumbrado. Asimismo, mientras se tomaba su primera taza de té del día en el cuartel general del SOE, el comandante Frederick Cavendish sólo recordaba otro incidente que vagamente pudiese compararse con éste. Había sucedido casi un año antes, a principios de mayo de 1943. El general Sir Colin Gubbins, el jefe supremo del SOE, se había presentado ante el superior de Cavendish, el coronel Maurice Buckmaster, con una orden concisa. El Primer Ministro deseaba una audiencia privada con un joven oficial llamado Francis Suthill, que dirigía una importante red del SOE en la zona en torno de París. Gubbins ordenó que regresase inmediatamente a Londres.

Suthill había llegado en el vuelo de un «Lysander» cuarenta y ocho horas después. La tarde de su llegada, fue llevado al 10 Downing Street. Según órdenes específicas de la oficina del Primer Ministro, no debía acompañarle nadie del SOE. Tampoco se informó a otros oficiales del SOE de lo que sucedió durante la reunión entre Churchill y su joven subordinado del SOE. Al regresar de la reunión, Suthill sólo pudo decirles a Buckmaster y Cavendish que no les contaría nada al respecto y que debía regresar a Francia en el siguiente «Lysander».

A continuación de su rápida visita, el SOE recibió la orden de que aumentasen sus lanzamientos de armas sobre la red «Prosper» de Suthill. Sin embargo, Suthill y docenas de sus compañeros resistentes fueron barridos por la Gestapo a finales de julio de 1943. La red, según se enteró más tarde el SOE, había sido infiltrada a principios de la primavera por un agente de la Gestapo, que se hizo pasar por un resistente holandés que trataba de escapar de la Europa ocupada.

Y ahora Cavendish había recibido la citación para que otro oficial del SOE se presentase en las Salas de Guerra Subterránea de Churchill. ¿Era ese coronel Henry Ridley que deseaba ver a Catherine Pradier su antiguo condiscípulo en Eton? ¿Qué estaba haciendo exactamente y qué realizaba con precisión su Sección de Control de Londres? Nunca había oído nada de la organización; sin embargo, Cavendish se enorgullecía de saber quién era quién y qué llevaba a cabo en todos los círculos interiores del Londres del tiempo de guerra.

En cualquier caso, Cavendish se percató que no era de su incumbencia realizar esas preguntas o inquirir acerca de la razón de las mismas. Según decía la orden, un coche llegaría a Orchard Court para llevarse a Catherine Pradier a las tres del miércoles, 31 de mayo y conducirla a Storey's Gate. Su tarea consistía en traer a Mademoiselle Pradier de regreso a Londres, desde su lugar de permiso, y cuidar de que se encontrase a tiempo para su cita.

T. F. O'Neill se preguntó qué clase de organización secreta contrataría a un mayordomo para abrir la puerta, mientras contemplaba a Park, el cancerbero del piso del SOE en Orchard Court. Park le miró con igual suspicacia. No estaba acostumbrado a dar la bienvenida a aquel piso a los americanos, y la llegada de T. F., aunque anunciada por Cavendish, no le complacía. Le hizo un seco ademán y llevó a T. F., a las habitaciones que daban al corredor central del apartamento. Tras introducir a T. F., quiso que observase con cuánta ostentación cerraba la puerta detrás de él.

Al abrirse de nuevo unos cuantos minutos después, T. F. se quedó mirando durante un evidente e ineducado segundo a la mujer que entró en el cuarto. Aquella especial serenidad que una gran belleza confiere a una mujer, parecía emanar de ella como aquella espiritualidad que irradia de un gurú o de un hombre santo. Un brillante cabello rubio caía sobre sus hombros en ondas indolentes; sus rasgos tenían la perfección de los altos pómulos y sus ojos verdes le valoraron con una fría indiferencia. «Carole Lombard», pensó T. F. Poseía aquella misma exquisita aunque distante belleza que poseía Carole Lombard.

—Supongo que es usted el comandante O'Neill —le dijo.

T. F. asintió.

—No comprendo por qué han tenido que mandarle para que me acompañe. Según comprenderá, soy del todo capaz de moverme por mí misma en torno de Londres.

«Estoy seguro de que es así», pensó T. F.

—No se ofenda —le contestó—. El lugar adonde vamos es un poco parecido al palacio de Buckingham. No se puede ir por allí sin ser anunciado o sin que te acompañen.

—¿Podría —preguntó la mujer mientras realizaban el trayecto en el ascensor— darme alguna idea acerca de todo esto?

—No puedo —respondió T. F.—. Y no porque no quiera. En realidad, porque no lo sé.

Su respuesta satisfizo a Catherine Pradier hasta que se hubieron acomodado en el coche de Estado Mayor que les aguardaba abajo.

—En ese caso, tal vez podría contarme quién es ese coronel Ridley y qué hace la Sección de Control de Londres.

T. F. sacó su cajetilla de «Camel» y le invitó a tomar un cigarrillo. La mujer declinó su ofrecimiento.

—El coronel es mucho mejor que yo en lo que se refiere a las explicaciones.

Sintiéndose de improviso un tanto incómodo por sus propias evasivas, continuó:

—Mire, tengo una ligera ventaja. Mientras usted no sabe nada acerca de mí, yo sé algo acerca de usted. Sé que acaba de regresar de la Francia ocupada. Mi conjetura es que el coronel desea enterarse a través de usted de algunas de las condiciones allí reinantes.

Catherine dobló los brazos y se quedó mirando con cierta petulancia las atestadas aceras.

—¿Ha estado en París?

T. F. pronunció esta última palabra con una reverencia que le retrotrajo a su primera y única visita a la capital francesa, durante la gran gira que su abuelo le ofreció durante el verano que siguió a su licenciatura en Yale.

—Idas y venidas... Paso la mayor parte de mi tiempo en Calais.

—Me gustaría mucho ver de nuevo París después de la guerra...

—¿Y por qué no va a poder hacerlo?

T. F. no estuvo seguro de si el tono de aseveración de su voz reflejaba una certidumbre en la victoria, o bien la sugerencia de que el índice de bajas entre los oficiales de Estado Mayor de Londres no era tan elevado como para inspirar cualquier género de dudas acerca de si sobreviviría al conflicto...

Cuando llegaron a Storey's Gate, Catherine comprendió por qué habían enviado al comandante norteamericano para que le sirviese de escolta. La Marina Real que se encontraba en la puerta escudriñó el pase de T. F. y su documento de identidad con tanta atención que se acordó del oficial de la Gestapo que la había detenido a ella y a Paul la noche en que aterrizara en Francia.

—¿Trabaja Churchill realmente aquí? —susurró a su acompañante americano al bajar por las escaleras.

—No demasiado durante estos días —replicó T. F.—. Pero dicen que estuvo aquí durante toda la época de los bombardeos, recorriendo los pasillos con una bata púrpura y un cigarro en la boca.

T. F. la llevó a un despacho pequeño y atestado. Un hombre de edad avanzado extendiendo la mano.

—Henry Ridley —dijo, sin la menor traza de la formalidad militar en su voz—. Muchísimas gracias por haber venido.

Luego se volvió hacia T. F.

—Y también a usted, comandante —añadió al tiempo que cerraba la puerta detrás de él y se llevaba a Catherine a la intimidad de su propio despacho.

La hizo sentarse delante de su escritorio y le ofreció un cigarrillo «Players», que la mujer rehusó. Tras encender un nuevo cigarrillo con la colilla del anterior, se acomodó en su sillón, valorándola, estuvo segura Catherine, a través de sus semicerrados ojos.

—Perdóneme, por favor, toda esta comedia que ha acompañado su visita aquí —comenzó.

—Lo comprendo muy bien, señor —replicó Catherine—. Estoy segura de que ha sido algo necesario.

—En efecto. Incidentalmente —le sonrió Ridley con seductora calidez—, me gustaría decirle que dentro de esta oficina podemos dejar de lado las formalidades militares... Al igual que usted, yo soy esencialmente un civil.

Se llevó las manos a la nuca y se retrepó en su sillón.

—Hemos empleado este procedimiento porque, como estoy seguro de que apreciará, no existe un secreto más precioso en estos días que el secreto de la invasión.

—Claro...

—Se trata —prosiguió Ridley, que evidentemente elegía sus palabras con el mayor cuidado— de un secreto que nadie en el SOE, ni siquiera el coronel Buckmaster o el comandante Cavendish, conocen. Absolutamente ninguno. La razón para esto no radica en una falta de confianza hacia el SOE. Deriva del simple hecho de que la mayor parte de los nuestros se encuentran en situaciones en las que se hallan expuestos a ser detenidos por los alemanes, por lo que hemos sentido que era necesario aislar a toda la organización del conocimiento de cuándo, dónde y cómo tendrá lugar la invasión.

«En nombre de Dios, ¿por qué me está diciendo todo eso?», se preguntó Catherine.

Sintiendo su preocupación, Ridley hizo un movimiento con su «Players».

—No se preocupe —le tranquilizó—. No trato de cargarla con la responsabilidad de tan espantoso conocimiento. Mi primera razón para haberla hecho venir aquí es muy simple. ¿Le gustaría regresar a Francia? ¿A Calais?

Catherine cruzó y descruzó las piernas, se enderezó lentamente en su asiento para permitirse tiempo para estudiar a Ridley y reflexionar acerca de su pregunta. De una extraña manera, había dejado de lado su otro ser, aquella mujer llamada Denise cuyos contornos empezaban a retroceder respecto de ella a gran velocidad. Sin embargo, su respuesta instintiva a la pregunta del coronel fue similar a la reacción que hubiera tenido en el caso de que Aristide le hubiese pedido entrar por segunda vez en el panel de control de la batería. Existen ciertos riesgos que uno puede verse forzado a correr una vez, pero no dos. Incluso los nobles zaristas, pensó, no hacían una costumbre de aquello de jugar a la ruleta rusa.

—¿Por qué desea que regrese? —preguntó.

—Para llevar a cabo una misión muy precisa y particular.

—¿Una importante?

—Muy importante. Vital.

Catherine suspiró. El atronador zumbido del sistema de ventilación le hizo acordarse del mismo ruido que escuchaba en la «Batería Lindemann».

—¿Y por qué yo? ¿No puede ir algún otro?

—Naturalmente —replicó Ridley—. No soy una persona que crea que un hombre o una mujer deban ser indispensables... Sin embargo, usted está especialmente calificada para realizar lo que queremos. Lo cual, debo añadir, no es exorbitantemente peligroso o difícil. Mucho menos peligroso que todas las acciones que ya ha llevado a cabo con tanto valor.

Le asestó una cálida sonrisa. «Resulta fascinante —pensó Catherine— cómo algunas sonrisas de los hombres ganan tu confianza en un minuto, mientras que con otros toda una vida de engatusamiento no conseguirá que dejes de ser desconfiada.»

—¿Y para quién debería realizarlo? —preguntó—. ¿Para usted? ¿Para el SOE?

Los párpados del coronel parecieron cerrarse cansinamente mientras estructuraba su respuesta.

—Conseguiremos que el SOE esté convencido de que lo hace para ellos, o bajo sus instrucciones. En realidad, lo efectuará según una mayor autoridad.

Catherine respiró hondo y dejó que el aire estallase en sus pulmones.

—Muy bien —repuso—. No puedo decir que me muera de ganas de ir, pero, en vista de lo que acaba de decir, lo haré...

—Pensé que ésa sería su respuesta —replicó Ridley—. En realidad, tras estudiar su expediente, estaba casi seguro de que sería de este modo.

Abrió un cajón de su escritorio y sacó un expediente en cuya cubierta Catherine pudo leer las palabras «SECRETO» y «FANATICO» impresas en letras rojas y púrpuras.

—Debo decirle que mantenga cada palabra que intercambiemos en el secreto más absoluto. Nadie, excepto usted y yo, y no Cavendish ni Buckmaster, o cualquier otra persona del SOE, absolutamente ninguna, debe tener conocimiento de lo que ha pasado entre nosotros. ¿Puedo confiar haber hablado con claridad?

—En efecto. Ciertamente lo ha hecho.

Ridley abrió el expediente y Catherine vio que contenía una copia del plan de Aristide para sabotear la «Batería Lindeman». Lo cogió y lo dejó encima de la mesa.

—Este plan es excelente...

Ridley dio una profunda chupada a su «Players» y hojeó el expediente.

—Se le ha estudiado con gran cuidado por parte de nuestros mejores técnicos. Como resultado de su trabajo, tenemos una modificación que proponer.

Había encontrado lo que andaba buscando, un dibujo de ingeniería en tinta china.

—Probablemente no valga la pena descender con usted a todos los detalles técnicos. Resultarán de lo más evidente a su ingeniero de la central eléctrica cuando vea este plano. Esencialmente, constituye un modo de cambiar la forma en que la sobrecarga de electricidad llegue a la línea que alimenta la batería. Ayudará a garantizar el éxito del plan.

Metió otra vez el esquema en el expediente.

—Lo reduciremos a un microfilme y lo colocaremos en una de esas falsas cerillas con las que ya está familiarizada. Nos gustaría que se lo llevase a Aristide.

—¿Y cómo se supone que he de regresar? ¿En un «Lysander»? ¿En paracaídas? —preguntó Catherine.

—La luna de junio se presentará dentro de unos días —explicó Ridley—. Cuidaremos de que tome el primer «Lysander». Lo cual me lleva a la segunda y en realidad parte más secreta de su misión.

Ridley se dejó caer hacia atrás en su silla y escudriñó el techo.

—Supongo que se percata —le dijo— de que sólo podemos contar con que esos cañones estén fuera de servicio durante un limitado período de tiempo como resultado de ese sabotaje...

—Sí. Aristide me explicó algo acerca de que a los alemanes les llevaría veinticuatro horas sustituir los motores que él desea destruir.

—Eso es ser demasiado optimista. Nosotros sólo creemos contar con doce horas. No más.

Ridley se inclinó hacia delante y unió las manos delante de él encima del escritorio.

—Todo depende de mantenerlos fuera de combate precisamente durante doce horas del período de luz solar. Si se les deja fuera de servicio demasiado pronto o demasiado tarde, nos enfrentaremos a un desastre de impredictibles dimensiones. Por lo tanto, el cálculo del tiempo resulta del todo vital para el éxito de esta operación. ¿Queda esto bien claro?

Sus palabras, con todas sus escalofriantes implicaciones, resultaban inconfundibles en su significado. Sólo podía existir una razón, pensó Catherine, para que el cálculo del tiempo fuese tan importante...

—Muy claro —susurró Catherine, espantada por lo que estaba ocurriendo entre ellos.

Ridley tomó un segundo trozo de papel de su carpeta y lo deslizó encima del escritorio. En el mismo se señalaban las dos frases en clave sugeridas para la «BBC» y que Aristide le había dado en Calais, para que las llevase a Londres como desencadenantes de la operación, en el caso de que Cavendish decidiera seguir adelante:

A) *Nous avons un message pour petite Berthe.*

B) *Salomon a sauté ses grands sabots.*

—Supongo que ya lo habrá memorizado antes... Cuidaremos de que lleguen a la «BBC».

Luego, Ridley le explicó lo que implicaría el momento en que cada mensaje se radiase por la «BBC».

—Como verá, la misión que le hemos asignado es bastante sencilla. Es asimismo, como estoy seguro de que habrá comprendido, absolutamente vital para nuestras más ambiciosas esperanzas. El comandante que la ha traído aquí permanecerá en próximo contacto personal con usted. Será su enlace conmigo y mi gente, en el caso de que necesite algo o tenga alguna pregunta que hacer.

Se levantó, rodeó el escritorio y se acercó a Catherine, ofreciéndole, mientras lo hacía, una fugaz y triste sonrisa.

—Temo que, a pesar de todo, la he cargado con un conocimiento superior al que hubiera deseado...

—Sí —convino Catherine en un ronco y nervioso susurro—, ciertamente que sí.

—Perdóneme —replicó Ridley—, perdóneme también por recordarle lo vital que es que nunca, nunca, revele a nadie, bajo cualesquiera circunstancias, lo que le he dicho.

Ridley efectuó una pausa, mientras sus ojos, según percibió Catherine, trataban de hacerle llegar su compasión.

—En casos así, algunas cosas es mejor dejarlas sin decir, aunque seamos conscientes de qué se trata.

Catherine exhaló un profundo suspiro. No había podido ser más claro, ¿verdad? Asintió mientras lo hacía y Ridley le tomó la mano. Se la llevó a los labios y se la besó con delicadeza.

—*Merde* —exclamó—. Sé que hará un trabajo maravilloso para nosotros.

El «Skoda» de motor trasero de Hans Dieter Strömelburg volaba por la autopista desde Aquisgrán hacia las principales ciudades industriales de Essen y Dusseldorf. Era cerca de medianoche y ni un solo vehículo compartía con el coche deportivo de Strömelburg aquella inmensa cinta de hormigón, construida para dar paso a los multitudinarios coches populares del Nuevo Reich. Strömelburg se sentaba delante. A su lado, Konrad, el chófer, taciturno y sombrío como de costumbre, tenía la mirada puesta en la carretera, que atravesaba a toda velocidad, con aquella intensidad profesional que había desarrollado durante sus años de preguerra corriendo para la «Mercedes Benz».

Strömelburg se inclinó hacia atrás en su asiento de cuero y se quedó mirando lúgubremente hacia el Noreste, hacia la cuenca industrial que constituía el corazón y los pulmones de la Alemania nazi. Los aliados estaban allí, inalcanzables con sus grandes flotas aéreas. Podía escuchar su apagado estruendo, monótono y distante, y ver las columnas de los proyectores azules y blancos que atravesaban los oscurecidos cielos en su persecución. De vez en cuando, una explosión de fuego de la defensa antiaérea trazaba sus frágiles dibujos de encaje dorado y plateado a través de la noche. A su derecha, un sombrío resplandor rosado, como el amanecer de algún pequeño sol, se alzaba encima del horizonte; el núcleo de otra ciudad alemana que ardía hasta reducirse a escombros bajo las bombas aliadas. Strömelburg movió la cabeza. ¿Cómo se había llegado a esto? ¿Se hallaba el Tercer Reich, por el que había luchado y combatido durante toda su vida, condenado a hundirse entre llamas y cenizas, a ser barrido bajo las bárbaras hordas bolcheviques, como Roma había sido saqueada por los visigodos?

Sin embargo, aquel deprimente espectáculo que se extendía más allá de su veloz «Skoda» no hacía disminuir la fe de Strömelburg en la visión de su juventud. Alemania, estaba convencido de ello, aún podía ganar la guerra. Todo dependía de la invasión, de la invasión, de la invasión... Si se la derrotaba, el Reich sobreviviría, sus valores perdurarían y sus propios horizontes se ampliarían. Cogió un emparedado de la bolsa de la merienda que había en el suelo, bajo sus pies, y, con los dientes, descorchó una botella de «Chambolle Mussigny».

Aquellos viajes suyos a Berlín para responder a una convocatoria de la oficina de Kaltenbrunner, seguía una bien establecida rutina. Abandonaba su villa de Neuilly a las nueve de la noche. Su cocinero siempre le preparaba algo de cena fría y un segundo paquete lleno de los víveres más bien considerados disponibles para un jefe de la Gestapo en París: foie-gras, mantequilla, chocolate, jamón, champaña. Aquella cesta iba destinada a los padres y hermana de Strömelburg. Vivían en Magdeburgo, no muy lejos de Berlín, donde el padre de Strömelburg aún daba clases en el *gymnase* local. Llegaría, como siempre hacía, justo a tiempo de desayunar con ellos, ducharse y cambiarse de ropa y luego salir para su reunión en la Prinzalbrechtstrasse. Tras un soporífico trago final de su vino, Strömelburg se reclinó hacia atrás y se quedó dormido.

Se despertó poco antes de las siete de la mañana, con el acre olor del humo, de aquella clase que se alza de las moribundas brasas más que de un gran incendio, obstruyéndole las ventanillas de la nariz. Habían salido de la autopista, y pasaban por el puente encima del Elba hacia el corazón de la ciudad. Cuando llegaron a lo más alto de la ascensión del puente, Strömelburg jadeó. El centro de su ciudad natal se extendía ante él, un campo de humeantes ruinas, parte de las cuales eran aún devoradas por anaranjadas sábanas de llamas. Sólo la catedral se mantenía intacta, un lúgubre esqueleto gótico que lanzaba su espectral advertencia respecto de la locura de los hombres por encima de las ruinas. «Gracias a Dios —se dijo Konrad—, sus padres vivían en los suburbios y, evidentemente, los aliados habrían buscado sólo el centro de la ciudad.»

Pero aquello no era exactamente así. Cuando Konrad giró hacia la arbolada Goethestrasse, en la que se ubicaba la casa de su familia. Strömelburg gimió horrorizado. Un lado de la calle había sido devastado por una serie de bombas: su lado. Konrad aceleró a través de la calle. Sólo una humeante pirámide de ruinas se alzaba en el lugar de la casa de Strömelburg, con alguna llama ocasional aún abriéndose paso por los escasos restos de la vivienda familiar que todavía permanecían sin consumir.

Strömelburg saltó del coche y se precipitó hacia las ruinas gritando el nombre de sus padres, como si de alguna forma su voz pudiese conjurar sus espíritus de las cenizas. Una vecina, empujando aquellas posesiones que había podido salvar de las ruinas de su hogar, le contó a Strömelburg que su hermana se hallaba en un sótano al otro lado de la calle. La encontró allí, ilesa, murmurando cosas incoherentes y presa del horror y de la pena. Finalmente, consiguió explicarle lo que había ocurrido. Ella, su padre y su madre corrían hacia el sótano a la primera señal de alarma. Su padre, un hombre muy metódico, se había atado en la mochila de supervivencia que siempre llevaba en las incursiones aéreas, un equipo de emergencia con agua, medicinas, salchichas, pan y una botella de *Schnapps*. Se agruparon, escuchando el rugido de los aviones. Cuando la bomba impactó, su madre murió instantáneamente. De alguna forma, su hermana había conseguido salir de las colapsadas ruinas a través de una ventana o de un agujero. Oyó un grito y regresó a por su padre. Al igual que un esquiador precipitado en un banco de nieve profunda, se hallaba atrapado en escombros hasta el pecho, absolutamente incapaz de moverse. La mujer gritó en petición de socorro, para que se presentasen algunos rescatadores. Luego estalló el incendio.

Tuvo que permanecer allí, impotente, le contó a Strömelburg, mientras las llamas se abrían paso a través de los cascotes hasta su padre, inmolándole finalmente en el montón de escombros del que no había podido liberarse. Su última imagen de él, gimoteó, fue ver cómo las llamas alcanzaban la mochila que debía haberles salvado a todos en un caso de emergencia, alcanzando la botella de *Schnapps*, haciéndola estallar en una fuente de llamas anaranjadas que prendieron en el cabello de su padre y acabaron en un *Gotterdammerung* particular.

El horrorizado Strömelburg se unió a los voluntarios que apartaban los restos de su casa en busca de los cadáveres de sus padres. A las ocho y media tuvo que irse. Incluso las tragedias personales, por grandes que fuesen, no consentían que un oficial de la SS dejara de acudir a una reunión con Kaltenbrunner. Con su uniforme gris cubierto de manchas negras, con su pecho lleno de odio, Strömelburg regresó junto a su «Skoda» para completar su viaje a Berlín, dejando a su hermana que enterrase a sus padres en una fosa común.

Horst Kopkow, el jefe de los servicios de contraespionaje de la Gestapo, estaba sorprendido. No sólo su subordinado, Hans Dieter Strömelburg, llegaba tarde a su convocatoria en las oficinas del *SS Gruppenführer* Ernst Kaltenbrunner, sino que parecía como si se hubiese arrastrado a través de las cunetas de la Prinzalbrechtstrasse para llegar hasta allí. Sin embargo, Strömelburg no profirió la menor palabra de disculpa o explicación al *Gruppenführer*. Se instaló en su silla y devolvió la mirada fulminante de Kopkow con otra desafiante, como si de alguna forma las manchas negras que cubrían su uniforme, la suciedad en su cara y en sus manos, constituyesen unos distintivos de honor y no de ignominia.

Kaltenbrunner se detuvo a media frase en su recital, para seguir con mirada de desaprobación cómo Strömelburg se acomodaba en su asiento. Volvió a hablar tras exhalar una tosecilla. El *Gruppenführer* tenía un talento especial para conseguir que el enunciado más galvanizador sonase tan trivial como el recitado de los artículos de la lista de la colada. El tema de su sermón para aquel jueves, 1 de junio, para todos los jefes de contraespionaje de la Gestapo en la Europa ocupada, constituía el paso final en la reorganización de los servicios de Inteligencia del Reich en una organización central bajo el RSHA. De una manera que sería efectiva de inmediato, les informó, las oficinas y oficiales de la Abwehr dentro de su jurisdicción territorial quedarían plenamente bajo su disciplina y autoridad.

Mientras ronroneaba a través de las implicaciones burocráticas de todo ello, Strömelburg tenía en las manos el sobre que el ayudante de Kaltenbrunner le había pasado en el despacho de afuera. Había llegado por la noche desde su cuartel general de París. Tan discretamente como pudo abrió el lacrado y, a través de unos ojos que aún le escocían a causa de las lágrimas, echó un vistazo al texto. Era del doctor.

*El siguiente mensaje ha sido recibido a las 0315 procedente de Sevenoaks y destinado al transmisor que tenemos instalado en Lila.*

Y concluía:

*Por favor, haga llegar con urgencia sus disposiciones al respecto.*

Mientras Strömelburg se dedicaba a aquel texto, Kaltenbrunner les felicitaba a todos por el hecho de que la reorganización de los servicios de Inteligencia del Reich se hubiese terminado a tiempo de aceptar el mayor desafío de espionaje de la guerra: la derrota de la invasión aliada.

A requerimiento de Kaltenbrunner, Strömelburg se puso en pie. Sus compañeros oficiales que no le habían visto entrar en la estancia quedaron asombrados. A través de la SS, Strömelburg tenía una bien merecida reputación de vestir como un maniquí, de pasarse tanto tiempo cultivando su aspecto como estudiando expedientes. Aquella visión suya con los ojos enrojecidos, mocos secos pegados a la piel debajo de las ventanillas de la nariz, con su orgulloso uniforme gris de la SS formando una masa de desgarrones, polvo y manchas, constituía algo tan perturbador como inesperado.

Strömelburg comenzó por describir la trampa que había tendido al SOE en Lila, luego, dejando caer la voz en busca del correspondiente efecto, cómo, hacía dos semanas, el SOE había picado el anzuelo ofrecido por el transmisor. Finalmente, blandió en el aire el cable del doctor.

—Este mensaje ha sido radiado por Londres anoche a nuestro falso transmisor —anunció—. «Cavendish a Aristide Calais. Muy urgente —leyó en voz alta—. Su plan de sabotaje ha sido aprobado y su ejecución se ordenará vía "BBC" frases en clave sugeridas por usted stop Correo regresa vía "Lysander" Operación "Tango" 4 junio aportando vital modificación al plan que debe prepararse antes ejecución fecha más estrictas instrucciones acerca tiempo operación stop Cumplimiento tiempo acción resulta esencial repito esencial stop Es vital siga las instrucciones horario con el mayor cuidado stop Efusivas felicitaciones y buena caza.»

—¿Y qué quieren sabotear? —gruñó Kaltenbrunner.

—No tengo la menor idea —replicó Strömelburg—, pero sea lo que sea, Londres considera que es lo suficientemente importante como para mandar un agente a Francia que compruebe cómo se lleva a cabo.

Los ayudantes de Kaltenbrunner habían pegado a la pared para aquella reunión un mapa de las defensas del canal. Kopkow se acercó al mismo.

—Lo que desean sabotear no es importante, por lo menos no de momento —explicó—. Lo que me parece más vital en el cable es la importancia que conceden al tiempo necesario para el sabotaje.

Lanzó una mirada al mapa. Incluso un ayudante de botica comprendía el inmenso significado militar de la línea costera de Calais.

—¿Por qué? Muy posiblemente porque su sabotaje debe coordinarse con otra operación mucho más importante.

Se volvió hacia Strömelburg:

—Queda suficientemente claro cuál deberá ser nuestro próximo paso.

Durante cuatro años, el pequeño ritual había sido observado tan religiosa y exactamente como una liturgia prescrita por el calendario eclesiástico. Asimismo, en aquella oscura noche de la Ocupación, su fiel observancia representaba una cierta clase de cordón umbilical auricular que unía a millares de franceses con Londres y con la libertad. Dos veces cada noche, a las siete y media y luego de nuevo a las nueve y cuarto, las notas de apertura de la *Quinta sinfonía* de Beethoven, alzándose desde un estudio subterráneo en la «Bush House», en el corazón de Londres, había servido como preludio. A continuación de las últimas notas, un locutor informó a su auditorio, *«et maintenant voici quel-*

*ques messages personels*» (y ahora, he aquí unos cuantos mensajes personales). Ante aquellas palabras, por toda Francia, en establos y salas de estar, en buhardillas y cafés, en granjas aisladas y en los barrios bajos de París, los hombres y mujeres de la Resistencia se pusieron tensos. Empleando una voz extrañamente indiferente y casi sepulcral, el locutor comenzó a abrirse paso por una larga serie de frases, al parecer, sin sentido e inconexas:

> *La vichyssoise está caliente.*
> *Las lilas han florecido.*
> *El tiempo en Suez es cálido.*

Desde abril, Londres había estado deliberadamente jugando con los nervios alemanes a través de un súbito aumento y disminución en el número de mensajes radiados cada noche. Inicialmente, los alemanes habían reaccionado ante el inesperado volumen de mensajes exactamente como los aliados planearon; colocaron en estado de alerta a sus tropas contra la invasión, de Burdeos a Dunkerque. Como resultado de ello, tantos soldados alemanes habían pasado tantas noches sin dormir, a causa del flujo y reflujo en el volumen de los mensajes, que el mismo Von Rundstedt, al fin, declaró que todo aquel asunto era un engaño aliado para agotar a sus soldados. Los aliados, proclamó, nunca emplearían una técnica tan evidente como heraldo de su invasión.

Originariamente, los *mensajes personales* habían sido lo que se suponía que debían de ser, mensajes personales con objeto de decirles a una esposa, a un padre, que un marido o un hijo habían llegado a Inglaterra tras cruzar los Pirineos o pasar en barco el canal. Más tarde, se emplearon para controlar los lanzamientos de armas, para anunciar la llegada de un agente secreto, para desencadenar una emboscada u ordenar un sabotaje. Ahora, en esta noche del jueves, 1 de junio, eran heraldos, por lo menos, del suceso que tantos habían aguardado durante tanto tiempo: la invasión.

El papel de la Resistencia francesa, de las redes de sabotaje del SOE para apoyar el asalto, era algo que resultaba vital. Toda una serie de planes, la mayoría de ellos designados por colores —violeta, verde, azul—, habían sido preparados para coordinar sus ataques sobre las líneas ferroviarias, comunicaciones alemanas, instalaciones de transporte y militares. Para hacer llegar la orden de la acción en el campo, Londres había previsto un sistema ingenioso. Cada red de Resistencia, con una tarea en el Día D, había sido provista de un par de frases en clave. La primera, el mensaje de «alerta», debía radiarse el día primero o quince del mes. Al oírla, la red debería ponerse en estado de alerta y se les requería que escuchasen cada noche, durante catorce días, el segundo mensaje de «acción». Si se emitía el mensaje, la red debía ejecutar sus tareas asignadas en cuarenta y ocho horas, anticipándose a un «acontecimiento importante». Era exactamente como Hans Dieter Strömelburg lo había predicho a su acólito, el doctor, la noche en que detuvieron a Alex Wild: los aliados anunciarían su presencia a través de la «BBC».

Asimismo, los alemanes habían sospechado esto desde octubre de 1943, a causa de las tareas de la Gestapo de Strömelburg. El 7 de setiembre de 1943, la Gestapo arrestó a tres miembros franceses recién llegados de un circuito del SOE. Bajo interrogatorio, revelaron que, antes de salir de Londres, les habían dado mensajes de «alerta» y «acción» para sabotear los ferrocarriles en Bretaña como apoyo a la invasión. Posteriormente explicaron la forma en que el mensaje de «alerta» debía radiarse el día primero y quince de cada mes, y el mensaje de «acción» —si la invasión estaba en marcha—, en la quincena siguiente. El 10 de octubre, todos los comandos alemanes en el Oeste habían sido informados de las frases en clave que el trío había revelado y el *modus operandi* que los aliados usarían al respecto. Las frases eran un pareado de la *Chanson d'Automne*, de Paul Verlaine:

> *Les sanglots longs des violons de l'automne*
> *blessent mon coeur d'une langueur monotone.*

Se trataba, al parecer, de una acción de Inteligencia de enormes proporciones, excepto el hecho de que aquellas frases no tenían nada que ver en absoluto con la invasión. Formaban parte de un plan de engaño del coronel Henry Ridley en la Sección de Control de Londres. El plan se llamaba *Starkey* y se había preparado para el verano de 1943. La citación de Francis Suthill en el despacho de Churchill, en mayo de 1943, constituyó una parte singularmente tortuosa del plan, porque Ridley sabía, a través de «Ultra», lo que el SOE no conocía: que la red «Prosper» de Suthill había sido infiltrada por la Gestapo. El mensaje de Churchill al joven oficial del SOE aquel día había sido muy simple, y falso. Se le dijo a Suthill que era altamente probable una invasión en otoño. Debía regresar y poner a su red en pie de guerra para apoyarla.

El objeto de *Starkey* era persuadir a los alemanes de que los aliados desembarcarían en Francia a principios de setiembre de 1943, con objeto de mantener a un número máximo de Divisiones alemanas en el Oeste lejos del Frente ruso. A principios de junio de 1943, se le dijo al SOE, que no sospechaba nada, que mandase a sus organizadores al campo con mensajes de alerta y acción para el caso, como se insinuó a los capitostes del SOE, de que la invasión tuviese lugar en otoño. A principios de 1944, para facilitar el camino a la auténtica invasión, los mensajes enviados en 1943 fueron anulados y sustituidos por otros nuevos. En el proceso, a través de un terrible e inexplicable error, el pareado de Verlaine fue asignado de nuevo a la red del SOE que operaba en Francia central.

Sin embargo, sólo se trataba de una serie de mensajes. Entre los beneficiarios de estos nuevos —y auténticos— mensajes enviados por el SOE de Londres, en la primavera de 1944, se encontraba el doctor de la Avenue Foch. Para el tímido subordinado de Hans Dieter Strömelburg, constituía la culminación de su juego de radio. Cada una de las quince redes del SOE que representaba para Londres, había sido provista de un mensaje de alerta y acción. Como resultado de todo ello, nadie en Francia seguía la letanía nocturna de *mensajes personales* de la «BBC» con mayor atención que el doctor. Solo en el tercer piso de la Avenue Foch, el doctor ajustó la antena especial que el Servicio de Transmisiones del Boulevard Suchet le había proporcionado para evitar las interferencias en las emisiones de la «BBC». Durante varios minutos, escuchó impasible. El mensaje leído el jueves, 1 de junio, en la curiosamente voz incorpórea del locutor no le preocupó. De repente se puso en pie.

—El principio será a las tres...

Aquel mensaje iba dirigido a la red que había bautizado como «Vals», en San Quintín.

«La electricidad data del siglo XX.» Aquél era para «Saturno», en Rennes. Luego, uno a uno, mientras el doctor permanecía allí sentado, asombrado e incrédulo, siguió vertiéndose el resto de los mensajes, los quince, exactamente tal y como Londres había dicho que ocurriría, tan fielmente a su cita como aquellos «Halifax» que atronaban, noche tras noche, con sus cargamentos de armas para los encuentros que había concertado con ellos destinados a sus comités de recepción de la Gestapo.

Corrió escaleras arriba al despacho de Dieter Strömelburg. La invasión, anunció, debería producirse en cualquier momento de los próximos quince días. El *Obersturmbahnführer* estaba agotado por su precipitado regreso desde Berlín.

—Póngalo todo por escrito y envíe un télex a Berlín y a OB Oeste —ordenó.

De pronto, cambió de tema.

—Dígame, doctor, ¿cuál es la próxima emisión prevista de Londres para la radio de Gilbert?

—Mañana a mediodía.

—Debemos asegurarnos de que el Boulevard Suchet no lo pase por alto —mandó—. Buscamos los detalles de una operación llamada «Tango».

A las dos y media de la tarde siguiente, sonó la línea telefónica privada de Strömelburg en la Avenue Foch. Se trataba del Servicio de Interceptación de Transmisiones del Boulevard Suchet, con el texto del mensaje de mediodía del SOE de Londres a su oficial de Operaciones aéreas.

—«Cavendish a Paul —leyó—. Operación "Tango" ordenada para cuatro junio Campo Cuatro stop Acompañe París al que llega stop regrese con pilotos RAF Whitley y Fieldhouse su requerimiento cable 163 stop letra clave "T" Tommy stop Mensaje "BBC" Copenhague junto mar confirma próximo fin huida.»

Strömelburg tomó conocimiento con un gruñido del trabajo del Boulevard Suchet. En realidad, se hallaba encantado. El Campo Cuatro era uno de los campos utilizados por Gilbert que resultaba fácil de vigilar. La casa de seguridad era un granero de un piso situado en un claro y que proveía a sus observadores de buena cobertura, localizada exactamente a unos minutos del campo. Para llevar a sus pasajeros en tren a París, Gilbert debía emplear una estación de pueblo tan pequeña que resultaba sencillo para los agentes de Strömelburg, ya a bordo localizar a Gilbert y a sus pasajeros en el tren.

Konrad, el chófer de Hans Dieter Strömelburg, había llegado a experimentar una intensa animadversión respecto del agente francés Gilbert desde la primera vez que lo recogiera en la esquina de una oscurecida calle de París. Era sólo ahora, tras docenas de posteriores citas secretas, cuando comprendió el porqué de aquello. El francés siempre insistía en colocarse en la parte trasera del coche, como para marcar por su posición la distinción social existente entre ellos. ¿Quién diablos se creía que era?

Incluso el mismo Strömelburg, siempre se sentaba delante, a su lado. Sin embargo, Strömelburg, según sabía, tenía mucha devoción al francés. Nadie en el servicio podía murmurar la menor cosa contra él en su presencia. Konrad llevó el coche a la villa principal de la Gestapo en Neuilly, haciendo entrar el vehículo por la puerta trasera, con lo que su aproximación quedaba velada a los ojos de quien pudiese estar observando desde la calle. Naturalmente, Strömelburg se encontraba ya al principio de las escaleras, con los brazos extendidos, como un padre que da la bienvenida al hogar a su hijo tras una prolongada ausencia. Aquella visión no cesaba nunca de sorprender y disgustar a Konrad.

Strömelburg llevó a su agente más preciado a su sala de estar y le hizo un ademán para que tomase asiento en el gran sillón de cuero. Le sirvió un jerez, él mismo se preparó un whisky y luego, con un suspiro, se dejó caer en su propio sillón. Alzó su copa hacia Gilbert.

—*Prost* —murmuró, tomándose un buen sorbo de su bebida.

Iba en traje de paisano y estiró los pies delante de él, moviéndolos levemente como si de algún modo mereciesen el estudio fascinado que les dirigía. Según Paul pudo observar, sus zapatos relucían con un luminoso brillo de ébano.

—Notable, querido amigo...

La voz de Strömelburg sonaba casi nostálgica.

—Me refiero a tantas cosas como hemos sido capaces de llevar a cabo juntos desde la primera vez que éntraste en esta habitación... ¿Cuánto tiempo hace de ello?

—Más o menos seis meses. El 19 de octubre, para ser exactos.

—Vaya memoria tan prodigiosa... Supongo que vosotros, los aviadores, sois todos así... ¿No es sorprendente? Por lo general, cuando uno se hace mayor el paso del tiempo parece acelerarse con perturbadora rapidez. Pero, en cierto modo, esta guerra lo ha invertido. A mí me da la impresión de que hace años que tú y yo nos sentamos aquí por vez primera.

—Te estás volviendo un filósofo —le respondió Paul sonriendo.

—Pues —suspiró Strömelburg— tengo razones para ello. Ya sabes que has realizado un gran trabajo.

Se volvió hacia su agente. «¿Era sardónica su sonrisa?», se preguntó el francés. Nunca había observado en Strömelburg el menor sentido del humor; por lo tanto, raramente sabía qué sentimientos ocultaban aquella sonrisa.

—Mucho más do lo que te imaginas.

Strömelburg se tomó un largo y reflexivo trago de su whisky.

—Hay algo de lo que quiero hablar contigo. Gane o pierda, Alemania se ocupará de aquellos que se hayan comprometido con nosotros cuando esta guerra termine. Y tú eres uno de ellos. Si llega el caso, nos cuidaremos de conseguirte una nueva identidad, hacerte llegar a un país neutral con suficiente dinero para empezar una nueva vida. La cosa ya ha sido preparada. Existe dinero en Suiza, en Sudamérica, gente en esos lugares, que aguardan. Incluso hay personas en el Vaticano que también ayudarán.

—Hans... —Paul se mostró petulante—, ¿por qué me estás diciendo todo esto, hostia? Lo presentas como si Alemania ya hubiese perdido la guerra y los ingleses aún no nos han invadido.

—Te lo cuento porque es importante que lo sepas.

Una rica y tranquilizadora nota aparecía en la voz de Strömelburg cuando lo deseaba, lo cual hacía pensar a Paul que hubiera podido hacer un mejor papel como predicador luterano que como oficial de la Gestapo, aunque sólo poseía una fracción de creencia en Dios respecto de la que tenía en su Führer.

—El saberlo te consolará a ti, igual que a mí, en los días difíciles que nos aguardan.

Strömelburg hizo ondear su copa y luego derivó la conversación a tonos ya más profesionales.

—¿Cuándo llega tu próximo vuelo?

—El cuatro, en el campo cuatro, cerca de Angers. Rutina. Un tipo que llega y un par de sujetos de la RAF que regresan.

Strömelburg asintió en un grave reconocimiento de la información que conocía desde hacía cuatro horas.

—Mi querido amigo voy a decirte algo que explica mi pequeño preludio. Me quedaré con tu pasajero que entra en el país.

Si sus palabras trastornaron a su agente de alguna manera, Strömelburg no pudo tener la menor indicación por su rostro. Gilbert se encogió de hombros.

—Era obvio que eso ocurriría un día u otro.

—Evidentemente. Tu agente, en nuestra opinión, se dirigirá al Norte, a Calais, en cuanto le dejes en París. Le aguardaremos y le detendremos allí. Ordenaré a los míos que lo hagan de una forma que no tenga nada que ver contigo, pero en cosas de este tipo nunca se puede estar seguro, por lo menos deseo que lo sepas. Si los ingleses deciden de repente invitarte a que cruces el canal para ponerte una medalla en el pecho, te sugiero que declines ese honor.

Gilbert volvió a su whisky y extendió la complicidad de una mueca a su amigo alemán.

—Me parece que lo menos que me deben son un par de medallas, ¿no te parece?

—Así es, querido amigo, pero no hay recompensa tan poco gratificante como una condecoración póstuma. Asimismo, sé muy cuidadoso con cualquier invitación inesperada de tus socios clandestinos. Si se enteran de esto, tal vez decidan tomarse la justicia por su mano.

Aquélla fue una advertencia que Gilbert se tomó muy en serio.

—Tal vez deba empezar a ir armado por ahí...

—Creo que deberías hacerlo.

Strömelburg depositó su whisky en la repisa de la chimenea y se acercó a su despacho. Tomó una de sus tarjetas personales y escribió por detrás: «Al portador de esta tarjeta se le deben brindar toda clase de facilidades y la ayuda que pueda requerir. Su identidad deberá ser verificada personalmente conmigo.» El jefe de la Gestapo firmó y puso su sello personal.

—Toma esto —le dijo a su agente—. Te cubrirá si te captura alguna patrulla de control mientras llevas un arma. Pero si crees que la Resistencia va detrás tuyo, abandona el juego y vente con nosotros. Nos ocuparemos de ti. Ahora volvamos de nuevo a considerar la operación. ¿Usarás aquel mismo cobertizo como casa segura para el campo cuatro, tal y como has hecho siempre?

Su agente asintió.

—¿Y cogerás el tren a la mañana siguiente en la estación de La Ministre?

Una vez más, el francés prestó su asentimiento con una inclinación de cabeza.

—Muy bien. Tendré gente por los alrededores del cobertizo, y también en el campo y a lo largo de la senda. Te cubrirán en tu camino hacia la estación por la mañana. Y por el amor de Dios, no hagas nada fuera de lo corriente o cambies tu ruta porque se excitarán y se pondrán en acción si algo parece ir mal. Unas personas de la Rue Lauriston estarán en el tren.

Había oficiales de la Gestapo francesa de Strömelburg empleados para tareas de este tipo.

—Entra en contacto en París exactamente como lo haces de manera normal. Pondremos toda la distancia posible entre tú y la detención.

—Realmente debes desear a este tipo...

—En efecto...

—¿Es tan importante?

—Querido Gilbert, los agentes, como tales agentes, son escasamente importantes. Lo que a menudo es importante es la información que transportan.


—*Halt!*

El *Feldgendarm* había saltado desde las sombras con tan felina suavidad, que Paul casi se cayó de la bicicleta a causa de la sorpresa. El faro de su bici, parcialmente oscurecida con la cobertura obligatoria, captó un reflejo de la chapa pectoral del alemán y, lo que era aún más amenazador, el cañón de su metralleta «Schmeisser» apuntaba hacia su pecho. En las sombras, Paul sintió que los otros hombres de la patrulla de aquel hombre le rodeaban.

—*Ausweiss.*

Paul sacó de su cartera el permiso especial que le autorizaba para circular por las calles de París después del toque de queda. El *Feldgendarm* lo miró con tanta suspicacia como un empleado de Banca estudiaría un billete que creyese que estaba falsificado.

—¿Dónde cree que puede ir con esto? —le preguntó.

Paul hizo un ademán hacia la Rue de Provence, donde una leve luz señalaba la entrada del burdel «Uno Dos Dos».

—Pues no le será posible —le dijo el *Feldgendarm*—. No admiten franceses por la noche.

Dio al *ausweiss* un roce desdeñoso con un dedo.

—Me parece que me lo voy a llevar y comprobaremos mejor esto.

Ante esas palabras, Paul sintió que los soldados del *Feldgendarm* estrechaban su círculo alrededor de él.

—Espere un momento, cabo.

Paul puso la mayor traza vibrante de autoridad que pudo en el tono de su voz. La satisfacción con que se percató de que los alemanes se enderezaban ante aquellas inesperadas palabras, no podía medirse.

—Tengo algo más que ahora leerá, y tras haberlo hecho usted y esos pobres tipos suyos desaparecerán antes de llegar a comprometer mi operación y tenga que llevarle a la Avenue Foch.

Sus palabras llegaron en un sarcástico siseo mientras se metía la mano en el bolsillo en busca de la tarjeta que Strömelburg le había dado una hora antes. Parecía igual de oportuno cualquier momento para comprobar su efectividad.

«Qué lástima —pensó, mientras se la pasaba a su interlocutor— que en la oscuridad no se pueda ver cómo un hombre palidece.»

El alemán lo estudió, gruñó y luego musitó una orden a su patrulla. Paul sintió que los hombres retiraban el pequeño cordón humano que habían situado a su alrededor. Cogió la cartulina y la metió de nuevo en la cartera con una inesperada sensación placentera. Era un apreciable añadido a su armería.

—Guarde algo para mí —le gritó el *Feldgendarm* a la figura de Paul que se alejaba.

Luego añadió en un murmullo para que Paul no le oyese, aunque no fue así:

—Cerdo francés...

La madama del «Uno Dos Dos» era una dama del todo profesional y Paul un cliente muy valioso para su establecimiento. Los modales con que hizo frente a la situación presentada por la inesperada presencia de Paul, y en lo que a ella concernía, una aparición fuera de hora, resultó una indicación del dominio que tenía la mujer de su *métier*. Tan discretamente como le fue posible, le impidió pasar hacia el salón lleno de alemanes uniformados, la mayoría de ellos borrachos.

—¿Tiene tal vez, Monsieur, alguna preferencia? —le preguntó recatadamente.

—¿Está Danielle? —preguntó.

La madama sonrió.

—¿Por qué no va al piso de arriba? La chica le llevará a un bonito cuarto y Danielle se reunirá con usted tan pronto como quede libre.

La sonrisa que estaba fija al rostro de la prostituta de una manera tan artificial como los rasgos de una máscara de carnaval, desapareció en el mismo instante en que entró en la habitación y se percató de que era Paul el que la esperaba.

—¡Gracias a Dios que eres tú! —exclamó, derrumbándose en la cama al lado de él—. Realmente, necesitaba unos minutos de descanso. Creo que la mitad de los alemanes de París han gateado y salido hoy de mi coño...

Paul la miró con atención. Por lo general, se presentaba en el «Uno Dos Dos» a primeras horas de la tarde, cuando las chicas acababan de entrar de servicio y, con un pequeño esfuerzo, un cliente podía persuadirse a sí mismo de que disfrutaban con su trabajo. Ahora, después de diez horas, las bolsas debajo de los ojos y el mentón de la chica se veían fláccidas de fatiga.

—Dame un pito —le dijo—. ¿Tienes uno de esos rubios que siempre llevas encima?

La mujer aceptó el «Camel» del mercado negro que Paul le ofreció, y jadeó después de su primera chupada con el frenesí de un asmático en busca de aire durante una crisis.

—¿Y cómo estás dando vueltas alrededor de París a esta hora de la noche?

—Tengo una emergencia. ¿Cuándo es tu próxima transmisión a Londres?

—Mañana

Paul le entregó un breve mensaje en clave.

—¿Podrías enviarme esto? Es urgente...

La mujer lo miró, valorando obviamente su extensión en relación con todo lo demás que debía transmitir. Asintió.

—Vale...

—Me gustaría tener una confirmación de que Londres lo ha recibido.

Ella lo miró a través de la gris neblina del humo del cigarrillo que la envolvía, evaluándole, le pareció a Paul, con la misma fría mirada empleada para medir el interés de un cliente.

—¿Dónde estarás mañana a la una y media?

«Chica lista —pensó Paul—, no me dará su número de teléfono...»

—Tomando un aperitivo en la barra lateral de la «Brasserie Lorraine». El nombre del barman es Henri. Dile que quieres hablar conmigo. Sabe quién soy.

La chica cogió un condón de la mesilla de noche, lo abrió, tiró la envoltura al suelo para que lo cogiese la criada, colocó dentro el texto de Paul, lo enrolló con fuerza y se lo metió en su bolso.

—Muy bien. Sé amable —le dijo señalando una silla—, siéntate allí para que pueda tumbarme y cerrar los ojos durante un momento...

Apagó el cigarrillo y se tendió en la cama.

Apenas diez minutos después, Paul escuchó cómo la criada llamaba a la puerta y aquellas familiares palabras:

—Tiempo, Monsieur, Madame...

Su agotada correo se hallaba profundamente dormida.

El sábado, 3 de junio de 1944, prometía ser la mejor elección de las creaciones, el día perfecto de junio. Sin embargo, mientras los que pasaban el fin de semana andaban a través de Saint James y Hyde Park y las gaviotas se precipitaban como libélulas a lo largo del Támesis, las primeras tropas, tanques y cañones comenzaban a avanzar hacia sus barcazas de desembarco en los puertos de invasión. Mediada la mañana, cuando comenzaron a cargarlos, un puñado de los hombres que los mandarían se había reunido en la Sala 100 A de «Norfolk House», para una revisión final de las últimas informaciones de espionaje disponibles respecto del orden de combate del Ejército alemán, la disposición de las fuerzas de Hitler en Francia. El general Walter Bedell Smith, jefe de Estado Mayor de Eisenhower, presidía. Gracias a los hombres y mujeres de la Resistencia, Eisenhower podía comenzar la invasión de Europa con una ventaja que muy pocos capitanes en la Historia habían podido tener. Sabía, con muy pocas excepciones, la localización y fuerza aproximada de cada unidad enemiga importante que tenía enfrente. La auténtica preocupación del general Bedell Smith y de los hombres que le rodeaban, no obstante, no era cuántas tropas tenían los alemanes en Francia, sino cómo las emplearía Hitler.

El Estado Mayor de Inteligencia descompuso el inminente asalto en cuatro fases. La primera, y la fase más sencilla, tendría lugar la mañana del Día D, cuando las seis Divisiones de Infantería y dos aerotransportadas de los aliados que efectuasen el asalto, se encontrasen ante sólo cuatro Divisiones costeras inmóviles y por debajo de sus efectivos. La noche del Día D, comenzaría la segunda fase. Luego, según los hombres del espionaje dijeron a Bedell Smith, los alemanes «mandarían a buscar refuerzos blindados», pero, eso se esperaba, sólo en el área del Séptimo Ejército, el más débil de los dos que hiciesen frente a los aliados. La tercera fase comenzaría durante las cuarenta y ocho horas siguientes, en cuyo tiempo los aliados deberían ser capaces de rechazar el contraataque del Séptimo Ejército con las fuerzas ya desembarcadas, porque «la presunta amenaza sobre otras áreas, como Calais» deberían mantener inmovilizadas las Divisiones Panzer del Séptimo Ejército, el mejor de Hitler, en el Pas de Calais.

Sesenta horas después de los desembarcos, no obstante, la noche D + 2, los alemanes comprobarían que aquellos ataques no se llevaban a cabo y se percatarían de lo que estaba sucediendo en Normandía. Era en aquel momento cuando decidirían un reforzamiento masivo de Normandía y desplazarían a sus blindados desde Calais a Cotentin. Con esa decisión, comenzaría la Fase IV, «el punto más crítico en la lucha», entonaron los hombres del espionaje. La pregunta sería entonces si los aliados podrían seguir aferrados a su presa en Normandía ante los contraataques masivos de los blindados de Von Rundstedt.

Nada deprimía más a Bedell Smith como escuchar, una vez más, aquellas previsiones. Al igual que muchos norteamericanos, tenía muy poca fe en los planes de engaño de la Sección de Control de Londres. Sin embargo, también era desgraciadamente consciente de que el éxito de la invasión o su fracaso dependerían, con toda probabilidad, de si funcionaba o no su tarea. Se volvió hacia Ridley, sentado entre su acostumbrada neblina de humo de cigarrillo.

—Muy bien, coronel —le dijo—. ¿Cuáles son las probabilidades de que su plan *Fortitude* mantenga a esos «Panzer» en el Pas de Calais después de D + 2?

Ridley se lo quedó mirando a través de sus ojos en luna menguante.

—No lo sé —replicó—. Sólo el tiempo lo dirá. Tenemos un informe alentador.

Tomó un trozo de papel de una carpeta que tenía delante de él.

—Hitler vio al embajador japonés el 27 de mayo. Washington acaba de enviarnos la interceptación de su informe a Tokio. Las cifras que Hitler ha empleado respecto de nuestras fuerzas, indican que las Divisiones imaginarias de nuestro Primer Grupo de Ejércitos estadounidenses se han abierto paso en sus estimaciones de nuestro orden de combate. ¿Se quedarán ahí? ¿Llegará Hitler a la conclusión de que desembarcarán en Calais cuatro a siete días después de que hayamos alcanzado Normandía?

Ridley se encogió de hombros.

—Desgraciadamente, Hitler le contó también al embajador que nada le gustaría más que asestar un fuerte golpe lo más de prisa posible. Poseemos tres canales críticos para convencerle de que guarde esos «Panzer» suyos en Calais. Dos están bien probados y hasta ahora se han mantenido muy bien. Sin embargo, ambos son canales de la Abwehr. Y la Abwehr, como usted sabe, señor, no tiene muy buena Prensa estos días en el OKW.

Hizo una pausa para frotarse su frente que cada día retrocedía más.

—Recientemente, hemos establecido un tercer canal, cuya auténtica naturaleza está dirigida al RSHA de Himmler. Por lo tanto, su valor aún no está probado. ¿Caerán en su trampa? Resulta imposible juzgarlo. Sólo podemos rezar...

Bedell Smith le fulminó con la mirada a través de la mesa. Deseaba algo más concreto que las nebulosas esperanzas de un oficial de engaños.

—Debe hacer algo mejor que todo eso —gruñó—. Si esos «Panzer» llegan, tal y como estima el espionaje, será mejor que comencemos a planear cómo evacuar nuestra cabeza de puente, y no en cómo ampliarla.

Y con aquella lúgubre nota, Bedell Smith cerró la reunión. Mientras sus participantes comenzaban a marcharse en abatido silencio, Sir Stewart Menzies empujó a Ridley, apartándolo del flujo de los que salían. El humor no era una cosa que caracterizase a aquel sombrío escocés, pero en sus labios bailoteaba ahora la sugerencia de una sonrisa.

—He recibido una llamada de Tío Claude poco antes de venir hacia aquí —le susurró—. Podrías haber sido más tranquilizador con ese pobre Bedell. Acabamos de recibir un mensaje del otro lado del canal. Tus amigos alemanes están dispuestos a picar el cebo.

En Francia, aquella última quincena de mayo había sido una temporada tan maravillosa como nadie podía recordar, una sucesión inigualable de días sin nubes y noches estrelladas. Mientras cada día perfecto había sucedido a su antecesor la tensión no había hecho más que aumentar. A todo lo largo de la costa del canal, las unidades alemanas se encontraban en alerta de invasión, escrutando los mares en busca de presagios del avance de la flota aliada. Detrás de sus defensas, los franceses estaban asimismo tensos, seguros de que la invasión era inminente. A medida que mayo se acercaba a junio y los aliados no acababan de presentarse, la Prensa colaboracionista comenzó a pregonar que «los aliados han perdido el autobús».

Paul, con su chaqueta deportiva al brazo, andaba por la Avenue de Ternes camino de la «Brasserie Lorraine», con un ejemplar de aquella Prensa, su omnipresente *Je suis partout*, metido en el bolsillo de la chaqueta. La terraza de la «Brasserie» estaba muy concurrida, con muchachas lozanas y risueñas, en sus blusas veraniegas, con los hombres inclinados y atentos al menor matiz de sus ojos. Paul pensó que nunca habían parecido sus paisanas tan hermosas como en aquella cuarta primavera de la ocupación, delgadas por la casi total carencia de grasas o dulces en sus dietas, musculosas y firmes por los kilómetros y kilómetros a pie y en bicicleta. La falta de alimentos tenía sus ventajas.

Se dirigió a la barra, pidió una cerveza y comenzó a leer, una vez más, el periódico. El cómic de su primera página provocó una amarga sonrisa en sus labios. Mostraba a un camarero en el «Café Resistance» ofreciendo a su cliente su último cóctel: ginebra inglesa, whisky americano y vodka ruso. «Mézclese en una generosa ración de sangre francesa y bátase bien», le estaba diciendo a su cliente aquel barman de ficción.

Exactamente a la una y media, se presentó ante Paul el auténtico camarero de la «Brasserie».

—Es para usted —le dijo señalando con la cabeza la cabina telefónica que se encontraba en un rincón de la barra.

Era su correo del «Uno Dos Dos».

—Todo ha ido bien —le dijo—. Han reconocido la recepción.

Y luego había colgado.

Complacido con su brevedad y obvio sentido de la seguridad, Paul regresó a su sitio, se acabó la cerveza y se fue.

Se encaminó hacia el Arco de Triunfo, con pasos rápidos y humor optimista. Su siguiente reunión debía tener lugar en el otro extremo de París, para elaborar las disposiciones a fin de recoger a los dos pilotos de la RAF que abandonaban el país, en la Gare d'Austerlitz, y conducirlos hasta su campo en las afueras de Angers. A partir de ahora debería representar una elaborada y potencialmente mortífera charada. Nadie debía sospechar que la misión iba a ser suspendida. Debía permanecer alerta ante cualquier nota falsa que estropease su juego a los ojos de los vigilantes de Strömelburg.

Éste se pondría furioso cuando Londres dejase de radiar el mensaje de confirmación, a través de la «BBC», el domingo por la noche. Deseaba, desesperadamente a aquel agente que se suponía que iba a llegar. Esto estaba claro. Mientras no diese razón a los sabuesos de la Gestapo para sospechar de él, Paul estaba seguro de que saldría de la operación indemne del todo. A fin de cuentas, no sería la primera vez que Londres había cancelado una misión en el último momento. Las palabras tranquilizadoras de Strömelburg, brindándole una vía de escape si las cosas iban mal, parecía probar lo suficiente a Paul que gozaba de la completa confianza de los alemanes. En el fiel de la balanza, pensó que Strömelburg ordenaría a sus hombres que se apoderasen de los pilotos de la RAF en cuanto Londres abortase la misión. ¿Pero, por qué iba a dejar de lado su juego por un objetivo tan poco consecuente? No, Strömelburg dejaría pasar aquel incidente y aguardaría a que Londres volviese a programar la misión, lo cual, naturalmente, no harían...

Al calcular los cambios de su traición, Henri Lemaire, alias Paul y alias Gilbert, se mostró eufórico. Existía para burlarse de los otros, para manipularlos, para sobrevivir como un animal por su propia fuerza e instintos. Desde la temeridad de su pubertad, en su búsqueda del cielo y la tormenta en lugares abiertos, el peligro había constituido la droga de su psique, sin la cual no podía vivir. Ahora, en este glorioso día de primavera, en la ciudad más encantadora del mundo, se hallaba vibrantemente feliz porque se encontraba donde había siempre querido estar: en equilibrio sobre el filo de la navaja de la existencia.

Las noticias no era malas; eran fatales. Aquel incomparable tiempo primaveral, que había abrazado tan gentilmente a Europa durante una quincena, se encontraba a punto de acabar. Una tormenta se acercaba a Bretaña por el Oeste. Había comenzado como una turbulencia de tipo menor, bautizada como L5 por los meteorólogos del SHAEF cuando apareció por vez primera en Terranova, el lunes, 29 de mayo. Había avanzado hacia el Este a través del Atlántico, aumentando en fuerza e intensidad. Durante las últimas horas, los meteorólogos de SHAEF se habían aferrado a la esperanza, cada vez más reducida, de que la senda de la tormenta se encaminaría de alguna forma hacia el Norte, lejos de la zona de invasión.

Pero éste no había sido el caso. La tormenta, según le había prevenido a Eisenhower el capitán de Grupo John Stagg, meteorólogo jefe, en «Southwick House», la noche del sábado 3 de junio, alcanzaría con toda certeza el canal con una fuerza 5, con nubes y mares agitados, el lunes 5 de junio, exactamente en el momento en qué la flota invasora se acercara a las orillas normandas. Se trataba de la peor noticia que el americano podía haber recibido. Muy a pesar suyo, ordenó un aplazamiento de veinticuatro horas del asalto, que sería confirmado, tras una revisión del último minuto del tiempo, para las 0415 del domingo 4 de junio.

Poco después de que Eisenhower hubiese tomado su decisión, sonó un teléfono verde en las oficinas subterráneas de la Sección de Control de Londres. Lo mismo que *Overlord* dependía de una valoración del tiempo precisa e intrincada para mezclar los miles de elementos de que se componía, del mismo modo, llevar a cabo el plan de engaño *Fortitude* de Ridley, dependía de su propia pauta de un exquisito cálculo del momento. Ridley se sentó de inmediato para calcular el impacto que el aplazamiento tendría sobre los tres canales que contaba implantar en su plan para los alemanes: sus agentes dobles, Bruto y Garbo, y aquella tercera pata que acababa de añadir y que ahora llevaba el nombre en clave de «Gambito de reina».

De los tres, Bruto, el oficial de la Fuerza Aérea polaca, era el más manejable. Según el guión de *Fortitude*, Bruto había de pasar la última semana de mayo viajando por el sudeste de Inglaterra, visitando al imaginario Primer Grupo de Ejército estadounidense de Ridley, en su condición de oficial de enlace polaco. El miércoles 31 de mayo, había regresado a Londres y comenzado a enviar una serie de despachos críticos a su controlador de la Abwehr en París, el coronel Reile. Representaban el núcleo de la contribución de Bruto a *Fortitude*. Con ellos, Ridley pretendía unir, en beneficio de los alemanes, los fragmentos de información errónea que les había estado suministrando durante un mes en falsos mensajes inalámbricos, los despliegues de los falsos campamentos de soldados, los bocados de cardenal pasados por otros agentes dobles.

Bruto proporcionó a los alemanes el nombre del imaginario comandante del Grupo de Ejército, el general Patton, revelando que estaba compuesto por dos ejércitos, el Tercero estadounidense y el Primero canadiense, equilibrado por un segundo, y en cierto sentido más pequeño Grupo de ejército, en el sudoeste de Inglaterra, el 21.º, a las órdenes del general Montgomery. Esto, naturalmente, representaba la auténtica fuerza de los aliados, de cuya existencia y disposición los alemanes eran ya conscientes a través de sus interceptaciones inalámbricas del tráfico real por radio de los grupos.

Unos días después, Bruto había elucidado aún más cosas respecto del FUSAG, proveyendo a los alemanes de las identidades de cierto número de sus Cuerpos y Divisiones imaginarios. Ningún agente hubiera podido enviar una información tan detallada a los alemanes y lograr que le creyeran. Bruto era capaz de hacerlo porque constituía el único agente doble de que disponía Ridley como oficial en servicio. En la mañana del D + 1, Ridley planeaba ofrecer a los alemanes la guinda del pastel. Enviaría a Bruto a un viaje de inspección por los cuarteles avanzados del FUSAG en el castillo de Dover. Allí, Bruto observaría, en beneficio de la Abwehr, las unidades imaginarias del FUSAG realizando evidentes preparativos de embarque. Incluso se le permitiría entreoír algunas observaciones indiscretas del mismo general Patton, que según los alemanes sabían, nunca conseguía mantener la boca cerrada. La idea de Ridley era hacerle regresar a Londres la noche del D + 2 para poder mandar a la Abwehr, en París, una mensaje resumiendo todo cuanto había visto y oído, señalando todo ello, obviamente, hacia un ataque en el Pas de Calais. A partir de entonces, Ridley aún no había informado a los alemanes respecto de que su preciado polaco iría a Dover, retrasando su imaginaria partida durante veinticuatro horas, para acomodarla al aplazamiento de la invasión, todo ello algo muy simple.

El caso de Garbo, el agente doble español, era mucho más complejo. Finalmente, Eisenhower había sido persuadido para que permitiera a Garbo decir a su controlador de la Abwehr, en Madrid, a las 0300 del Día D que la flota de invasión se hallaba ya en el mar. Esto ocurriría tres horas y media antes de que la primera oleada de soldados llegase en realidad a tierra. De acuerdo con el plan, su fuente de información sería uno de sus agentes imaginarios de la red, 5(2), un camarero gibraltareño que se suponía que trabajaba en la cantina de los militares en el campamento Hiltingbury, donde se hallaba acuartelada la Tercera División de Infantería canadiense. En realidad, la División desembarcaría aquella mañana del Día D en la denominada Juno Beach.

Para hacer la historia plausible a oídos alemanes, los engañadores de Ridley habían imaginado un elaborado plan. En mayo, los canadienses habrían participado en un ejercicio de invasión, que los ingleses estaban seguros de que sería localizado a través de los reconocimientos aéreos alemanes. La víspera del ejercicio, el gibraltareño le dijo a Garbo, en un estado de gran excitación, que «la División canadiense había sido provista de raciones frías para dos días, chaquetas salvavidas y bolsas de caucho para vomitar durante un viaje por mar, y que acababan de abandonar el campamento».

Garbo llegó a la conclusión de que la invasión estaba de camino e informó a Otto Kuhlenthal, su controlador de la Abwehr en Madrid. Le proporcionó todos los detalles que el imaginario gibraltareño se suponía que le había suministrado, haciendo hincapié incluso en las bolsas para vómitos. Luego, cuarenta y ocho horas después, cuando el gibraltareño informó que todo había sido un ejercicio y que los canadienses se encontraban de regreso al campamento, Garbo explotó. Le dijo a Kuhlenthal que haría trizas a su gibraltareño que según se quejó, «había desplegado la habilidad de un bobalicón».

Todo aquello había proporcionado uno de esos deliciosos momentos en el engaño que Ridley saboreaba tanto. Kuhlenthal reaccionó, exactamente como el inglés deseaba, es decir, rogando a Garbo que salvase su auténtico *petardo*, cosa que Ridley planeaba tener en cuenta más tarde. «No debemos hacer reproches a 5(2) —radió Kuhlenthal a su agente de primera clase—, pues, a fin de cuentas, los soldados y la mayor parte de los oficiales, indudablemente, abandonaron el campamento convencidos de que se trataba de la invasión, y sólo unos cuantos oficiales de elevada graduación conocían que el auténtico objetivo era un ejercicio».

Así, ante su insistencia, el gibraltareño había sido conservado en el rol de Garbo. El plan de Ridley se servía ahora de él para suministrar a Garbo exactamente la misma historia de la partida de los canadienses la víspera de la invasión, también con chalecos salvavidas y bolsas para vomitar, pero con un añadido crítico. Le contaría a Garbo que la avanzadilla de una nueva División había llegado ya para ocupar los cuarteles de la Tercera División. Resultaba claro que los canadienses no regresarían. Y esta vez se trataba de algo auténtico.

Sin embargo, la historia era bastante compleja, por lo que había aún otro problema que resolver para que la idea funcionase. El puesto de escucha de la Abwehr en Madrid que recibía los radiomensajes de Garbo salía al aire a medianoche y a las siete de la mañana. El mensaje crítico de la invasión debía emitirse a las tres de la madrugada. Así que Garbo había de encontrar un pretexto para mantener a Madrid abierto las veinticuatro horas del día durante la primera semana de junio. Una vez más fue Kuhlenthal de la Abwehr quien, atentamente, proporcionó la respuesta. El 26 de mayo radió a Garbo que Berlín deseaba saber urgentemente «si la 52.ª División británica permanece en sus campamentos en el área de Glasgow donde se encuentra de maniobras».

En realidad, uno de los agentes imaginarios de Garbo se hallaba situado en Escocia. Era un marino griego desertor y ardiente comunista, que creía trabajar para un círculo de espías soviético. Garbo informó a Madrid que su griego mantendría un ojo atento al embarque de la 52.ª División en el río Clyde e informaría del instante en que la flota se hiciese a la mar. Como no existía garantía que eso no ocurriese entre las siete de la mañana y medianoche, Garbo sugirió a Kuhlenthal que mantendría su radio abierta durante veinticuatro horas al día hasta que las tropas embarcasen. Complacientemente, Kuhlenthal se mostró de acuerdo. Esta disposición, reflexionó Ridley, se acomodaría admirablemente bien a un retraso en la invasión.

Sin embargo, «Gambito de reina» era un problema por completo diferente. Bruto y Garbo operaban desde suelo británico; los actos de apertura de «Gambito de reina» deberían tener lugar dentro de la Europa ocupada. Siguiera o no la invasión su horario, Ridley debía tener sus actores en acción si la trama quería albergar la menor esperanza de éxito. Media hora después de su llamada a «Southwick House», dispuso los arreglos finales para que «Gambito de reina» siguiese su curso.


—Lo siento, querido muchacho, pero esos tanques «Sherman» vuestros, simplemente, no valen un pimiento. Sus placas de blindaje son tan delgadas que un hércules de circo podría agujerearlos. Imagínate lo que haría un obús de «Panzer».

El joven militar de la Guardia expresó su opinión con el tranquilo conocimiento de un hombre que aún no ha oído a su primer carro alemán disparar encolerizado sus andanadas. Era uno de los aparentemente inagotables suministros de jóvenes oficiales que Deirdre sacaba como hombres extras en el momento preciso. Se lo había proporcionado como escolta a Catherine en su salida nocturna por Londres.

Comenzaron con una cena en el apartamento de ella. T. F. había conseguido unos filetes del economato de los generales, a través de Ingersoll, que parecía tener contactos en todas partes. Deirdre —morena, agitada, con una sugestión de malicia en su humor, Catherine —rubia, reposada, irradiando una serenidad interior que T. F. atribuyó al principio a su belleza, pero que estaba ahora inclinado a adscribir a la fuerza de carácter que había necesitado para permanecer como agente detrás de las líneas aliadas. Aunque ni él ni Deirdre sabían qué iba a hacer allí, ambos eran conscientes de que regresaba a la Francia ocupada dentro de menos de veinticuatro horas. Esto, de una forma muy comprensible, le confería un aura especial a sus ojos y a medida que avanzaba la velada, T. F. había observado cómo entre ambas muchachas comenzaba a desarrollarse un vínculo especial.

Después de la cena, fueron al «400». Como siempre ocurría los sábados por la noche, estaba atestado, pero al ver a Deirdre, Manetta les había encontrado una mesa y se apresuró a traer la botella particular de escocés de T. F. del botellero del club guardado bajo llave. T. F. preguntó a Catherine si quería bailar.

Acomodándose en la atiborrada pista de baile, la mujer alzó la mirada hacia él, sonrió, sacudió su melena y se dejó encerrar entre sus brazos. T. F. sintió los fuertes músculos de sus muslos apretarse contra él y, con el brazo que rodeaba su cintura, la tensión de su torso. Resultaba claro que había sido soberbiamente entrenada en cualquiera de las escuelas secretas que los británicos tenía para sus agentes.

Catherine, según notó mientras se balanceaban en el *Take the A train*, se movía con considerable agilidad. La chica ladeó la cabeza y se lo quedó mirando con sus escrutadores ojos verdes.

—Dime, T. F., ¿cuál es tu papel? ¿Ángel custodio o perro guardián?

—Creo que lo más adecuado es el de chico de los recados. Cuando saliste al otro día del despacho del coronel, asintió hacia ti y dijo: «Una admirable criatura, ¿verdad? Cuide que tenga todo lo que desee mientras se encuentre aquí.»

—¿Eso fue todo lo que te dijo?

—¿Sabes lo que dicen del coronel en nuestro pequeño agujero subterráneo?

—¿Recuerdas que sólo he estado allí una vez? —le apuntó ella.

—No cuenta sus secretos ni a Dios.

—Dios...

La sonrisa de Catherine fue forzada y fugaz.

—Dios es muy afortunado —concluyó.

—Nos dijo que volvías. Cristo... Debe de tratarse de algo muy especial para hacer una cosa así.

—En efecto...

Esta vez su sonrisa le salió sin esfuerzo.

—En avión o en paracaídas...

T. F. rió por lo bajo y atrajo su cuerpo más hacia él en la atestada pista de baile. «Qué extraño —pensó—, considerar que esta noche está bailando aquí, de la forma más despreocupada del mundo, y dentro de cuarenta y ocho horas andará en medio del Ejército alemán en cualquier misión que le hayan asignado.»

—¿Estás... —iba a decir «asustada», cuando se percató del poco tacto que representaba aquella palabra— preocupada?

Catherine movió la cabeza.

—Sería una locura no estarlo. De todos modos, en cierto sentido, me alegra ir. Una vez allí, sé que efectuaré algo de valor.

T. F. se percató de un fulgor en sus suaves ojos verdes.

—Además, estar en Francia me dará la oportunidad de ver algo que he esperado ver durante mucho tiempo.

—¿Y de qué se trata?

—De un Ejército alemán en retirada.

Aquellas palabras parecieron producir en ella una catarsis. La orquesta había empezado a tocar *The Lady is a tramp* y, cambió de conversación con la misma rápida gracia que había empleado para moverse al nuevo ritmo de la orquesta.

—Tu novia, Deirdre, es maravillosa. ¿Estáis comprometidos?

—Aún no lo hemos gritado desde los tejados —replicó T. F.—. Opinamos que debemos aguardar a que la guerra acabe. Y es probable que empiece otra cuando anunciemos las buenas noticias a Lord y Lady Sebright.

Piruetearon, se inclinaron, sus encantadoras figuras suscitaban más de una mirada de admiración... o de envidia.

—Deirdre te admira tanto como yo mismo —añadió T. F., captando mientras lo hacía una indicación de que el joven militar de la Guardia se preparaba para marcharse.

Le dejaron en la Estación Victoria a tiempo de tomar el último tren de regreso a su campamento, y luego llevaron a Catherine al «Women's Service Club», donde se alojaba. Las dos muchachas hablaron mucho en el viaje de regreso. Ya en el club, T. F. salió para escoltar a Catherine hasta la puerta. En el asiento trasero, las dos muchachas se abrazaron.

—Buena suerte, Catherine —le susurró Deirdre—. Ambos pensaremos en ti y rezaremos por tu regreso.

—*Merci* —replicó Catherine—. ¿Quién sabe? La próxima vez que nos veamos tal vez estemos celebrando la victoria en París. Me gustaría algo así, ¿no te parece?

Acababa de bajar del taxi cuando Deirdre la llamó. Deirdre llevaba un broche de perlas que T. F. sabía que había pertenecido a su abuela. La chica lo había comentado en la cena. Rápidamente, antes de que Catherine pudiese protestar, se lo quitó y lo prendió en su blusa.

—Por favor —le dijo—, lleva esto contigo. Es un recuerdo de nosotros dos.


En «Southwick House», un grupo de hombres desanimados abandonaron la conferencia de Eisenhower de antes del alba de aquel domingo 4 de junio. No se produjo un cambio sustancial en la previsión del tiempo para el lunes 5. Unos cuantos minutos antes de la reunión, las palabras en clave «Ripcord plus 24» se hicieron llegar a buques de guerra y aeródromos, a convoyes y campamentos de tropas, a submarinos y cuarteles generales subterráneos, a todos aquellos extraños y secretos locales donde dos millones de hombres y mujeres se hallaban comprometidos para trabajar por *Overlord*. El asalto se había retrasado veinticuatro horas...


En el «Women's Service Club», Catherine Pradier se deleitaba con el lujo de aquella autoindulgente mañana de domingo, cuando la secretaria del club le pidió que acudiese al teléfono. Quien le llamaba era Cavendish. Tenía el aire jovial de un clérigo anunciando a su feligresía los resultados de una desacostumbradamente estupenda venta de billetes de la tómbola parroquial.

—Al parecer la cosa será esta noche, querida —le anunció—. Tenemos por delante un poco de mal tiempo, pero los de Operaciones opinan que en el otro lado se aguantará lo suficiente como para llevarla.


La Gare d'Austerlitz rebosaba de viajeros. Ni la guerra ni las severas reglamentaciones de la Ocupación iban a impedir a los parisienses su sagrada salida dominguera al campo para visitar a amigos o parientes. La guerra había dado incluso una urgencia especial a aquellas visitas. La mayoría de los compañeros de viaje de Paul, según sabía, regresarían a París portando la preciosa cosecha de su viaje: un conejo o una gallina para los muy afortunados; un par de huevos o un puñado de patatas para los demás.

En cualquier caso, la atestada estación constituía una bendición. Acompañar a aviadores aliados resultaba siempre difícil. Para entrar en contacto, Paul había elaborado una rutina muy sofisticada, prevista para mantener una distancia segura entre él mismo y los pilotos que iba a acompañar. Paul se instaló en un banco en la concurrida sala de espera. Muy cerca, no demasiado, pero siempre a la vista, el contacto con quien recogería al piloto se hallaba ya sentado leyendo un periódico. Al cabo de unos minutos, un transeúnte se acercó a él. El contacto se puso en pie; los dos se dieron la mano y charlaron durante un momento. No era el hombre en el que Paul estaba interesado, pues la maniobra hubiera resultado demasiado obvia. Sus ojos se hallaban fijos a unos cuantos metros de distancia. Dos hombres comenzaron a dirigirse al pasillo, uno con un mono azul y el otro con pantalones y suéter. Cuando pasaron ante los dos hombres que hablaban, el individuo del suéter se metió las manos en el bolsillo. Aquélla era la señal. Ambos eran los pilotos de la RAF.

Se dirigieron al quiosco de revistas y se quedaron mirando los periódicos. Al cabo de un momento, Paul empezó a andar hacia el quiosco. No se intercambió ni una sola palabra entre él y los dos pilotos. Sin embargo, con loe ojos les hizo comprender que era él a quien debían seguir ahora.

En el control de billetes, Paul hizo ver que buscaba los suyos para que los dos ingleses pasasen por el control antes que él. Una vez hubieron traspasado el lugar, lo hizo él también y avanzó hacia el andén, subió a un vagón y ocupó su lugar en un compartimiento. Los dos pilotos le siguieron y se instalaron en otro compartimiento a dos puertas de distancia del suyo. Si alguien intentaba hablar con ellos, ambos llevaban unos trozos de papel manuscritos que los identificaban como sordomudos como resultado de una incursión aérea en Nantes. No era gran cosa como cobertura, dada su imposibilidad de hablar francés, pero se trataba de la mejor idea que Paul había podido imaginar. Resultaba sorprendente, pensó con humor, silencioso, cuántos sordomudos se encontraban aquellos días viajando en tren.

Aquella segunda vez, opinó Catherine, hubo algo en cierto modo tranquilizador en sus preparativos de partida en Orchard Court. Se encontraba Park con su cálida sonrisa de bienvenida, las instrucciones de la misión que debía memorizar. Las ropas con las que llegase habían sido lavadas, y ahora se hallaban muy bien extendidas encima de la cama del cuarto que le facilitaron para vestirse. Su bolso estaba sobre la cómoda, con su contenido dispuesto a un lado para poder estudiarlo y familiarizarse con cada objeto una vez más.

Al igual que la mayoría de los niños, a Catherine nunca le había gustado el nombre que sus padres le dieron. En el colegio de monjas, las madres la persuadían a imitar a santa Catalina de Siena, una muchacha que había ansiado siempre «la rosa roja del martirio» y dedicado su virginidad a Cristo a la edad de siete años. Ninguna de estas cosas le parecía a la pequeña Catherine algo recomendable, y todo aquel asunto reforzó su disgusto respecto a su nombre de pila. Había deseado, tener un nombre que fuese a un tiempo vital y sobre todo, no tan virginal. Jean, por Jean Harlow, en un tiempo pareció lo ideal, y más tarde Barbara. Ahora pensó que, al prepararse para introducirse en aquel personaje llamado Denise, alcanzaba todos los sueños de su niñez.

Cavendish la besó en ambas mejillas cuando entró en su despacho. Revisó los documentos de identidad, los mismos con los que había regresado. Le explicó que habían recortado una serie de cupones de su cartilla de racionamiento para ponerla al día. Luego recitó, ante una serie de asentimientos con la cabeza por parte de Cavendish, los detalles de su misión. Diferían únicamente en algunos aspectos de las auténticas instrucciones que Ridley ya le había dado: los mensajes de la «BBC» eran los mismos, aunque su significado resultaba diferente, y el oficial americano de escolta, T. F. O'Neill, sabía que le daría más tarde la cerilla falsa que contenía el microfilme que entregaría a Aristide.

—Dado que ese Ridley se ha tomado interés en lo que va a hacer...

Cavendish realizó una pausa. Catherine comprendió, que buscaba información. Resultaba extraordinario que estuviese en posesión, aunque indirectamente, de unos secretos que se le negaban a su superior. Sin embargo, la respuesta a sus requerimientos fue una expresión de inocente incomprensión.

—Le ha asignado un oficial de escolta para que la lleve a Tangmere. Le encontrará esperándola abajo en el coche...

Cavendish estaba revisando un último detalle de su misión cuando sonó el teléfono. Escuchó con la mayor seriedad y luego musitó.

—Comprendo...

Y colgó.

—Era Tangmere —le informó—. El tiempo es algo inestable. Hay una tormenta encima del canal que se desplaza hacia Francia. Creen que podrán llevarla, pero me temo que la cosa sea un poco agitada.

Cavendish se puso en pie y rodeó su escritorio acercándose a la silla de Catherine.

—Muy bien —anunció—, sólo queda una última pregunta que debo plantearle.

Una vez más, le explicó que su partida era voluntaria, que podía apartarse de su misión sin que aquella decisión significase nada vergonzoso.

—Catherine —le preguntó—, ¿desea continuar?

Aquella vez no hubo el menor asomo de duda en su respuesta.

—Naturalmente —repuso.

Cavendish le sonrió y cogió su garrafita de oporto para el ritual trago de adiós. Mientras Catherine tomaba su bebida, él sacó del bolsillo su regalo de despedida. Catherine suspiró al desenvolver el papel de seda que lo contenía. Se trataba de un par de pendientes de oro, sorprendentemente hermosos.

A unos minutos de distancia de Angers, Paul se levantó y avanzó por el pasillo de su vagón de tren. Se detuvo durante un segundo en el quicio de la puerta del compartimiento en el que los dos pilotos ingleses estaban sentados en un silencio total. Durante un instante, realizó un contacto visual con ellos y los pilotos le respondieron con un apenas imperceptible ademán de cabeza para indicar que la siguiente parada era la suya.

Continuando hacia la puerta, localizó a dos de los seguidores de Strömelburg en un compartimiento adyacente. También se preparaban para bajar. Dos cosas los distinguían como agentes de la Gestapo: que ninguno de los dos llevaba maletas y que ambos calzaban zapatos de piel de cocodrilo. A los antiguos chulos de Montmartre que los alemanes habían contratado para la Gestapo francesa, les parecía imposible suprimir algunos de sus más llamativos instintos de indumentaria.

Paul anduvo con indiferencia por la estación, sintiendo que los ingleses le seguían. En la entrada principal, su número dos se colocó al lado de él. Anduvieron en silencio unas cuantas manzanas hasta llegar al garaje donde su ayudante había escondido cuatro bicicletas. Afortunadamente, ambos pilotos sabían montar en las mismas. Con tanta indiferencia como le fue posible, Paul condujo su pequeña fuerza expedicionaria hasta salir de Angers y luego por los quince kilómetros de carretera que los separaban del cobertizo que les haría las veces de lugar seguro para el Campo Cuatro. Tras abrir la puerta, su número dos exclamó:

—¡Cristo! *Ça puait de Boche à la gare...!* (La estación hedía a alemanes...)

Paul le dedicó la única respuesta que le fue posible: un indiferente encogimiento de hombros

De nuevo, las monótonas hileras de casas victorianas del Londres suburbano, se deslizaron ante las ventanillas de la *rubia* de Catherine. Esta vez no se oyó ningún grito de queja, ni le inspiraron una emoción distinta a la indiferencia que sus fachadas merecían. La emoción de su primer viaje había desaparecido, remplazada por una especie de excitación nerviosa. Había comenzado a llover: la tormenta que Cavendish le anunciara se hallaba en marcha. Al observar cómo aquellas gotas salpicaban las ventanillas del vehículo, se preguntó si llegaría a salir. Tal vez regresaría a Orchard Court para desayunar con Park en vez de yacer en brazos de Paul en cualquier lugar de Francia.

T. F. se sentaba a su lado, uniendo al introspectivo silencio de ella su propio y respetuoso silencio. El joven norteamericano era un hombre que se sentía turbado e incómodo. Parecían inherentemente equivocados en sus papeles. Dentro de unas horas, él volvería en coche a Londres en esta *rubia*, enfrentándose a una amenaza que no sería más seria que la formada por un perro extraviado o chocar contra un taxi a causa de la oscuridad. Catherine sería arrojada en un cielo tormentoso por un avión desarmado que trataba de aterrizar en el campo de una granja, en medio de la Francia ocupada por los alemanes. Mientras él disfrutaría de las comodidades del apartamento de Deirdre, de los clubes y comedores que alegraban su existencia militar, ella se infiltraría sola y expuesta en una tierra enemiga. En la oficina subterránea a prueba de bombas donde realizaría su papeleo, el único riesgo físico que correría, reflexionó T. F. con ironía, sería escaldarse la lengua con una taza de té caliente. ¿Y ella?

Casi a hurtadillas, la miró sentada allí a su lado en el coche sombrío. ¿Por qué la enviaban? ¿Tenían realmente derecho a enviar a una mujer a una misión como ésa? ¿Por qué no daban con un francés que corriese los riesgos que esta mujer asumía?

Inadvertidamente, T. F. suspiró. Ridley tendría la respuesta a esto. No había que plantear la pregunta de «¿está bien?» en primer lugar, sino más bien la de «¿funcionará?». T. F. meneó la cabeza. «Ella va a arriesgar su vida y yo permaneceré detrás de un escritorio en la Sala de Guerra Subterránea de Mr. Churchill.» Resultaba difícil saber qué sentía con mayor intensidad: si culpabilidad por la inadecuación de su propio papel o admiración por el de ella.

Ahora mismo, sentada allí con sus ropas poco familiares, ya semejaba una persona del todo diferente a la oficial FANY que había recogido en Orchard Court hacía exactamente un par de días. Ninguna mujer de las que viera en Londres vestía igual que ella. Su magnífico pelo rubio había sido cepillado hacia atrás en un estilo que T. F. nunca había visto. Sacó un «Camel» y, olvidándose de que la mujer no fumaba, le ofreció un cigarrillo. Con el resplandor de su «Zipo» advirtió el broche de Deirdre que Catherine se había prendido en el cuello de su blusa. Como respuesta a su casi furtiva mirada, las manos de Catherine se dirigieron hacia aquella joya.

—No debería haberlo hecho —murmuró—. Es demasiado precioso.

—La comprendo...

Pensó durante un momento en los muy especiales regalos de despedida que le habían encomendado entregarle antes de subir al avión.

—Cristo, hace falta valor para llevar a cabo lo que haces. Ella admira eso. Y yo también.

—Probablemente no hay tanto valor como crees.

—Más, diría yo...

T. F. hizo una pausa como si su vacilación excusase lo que creía que era una trivialidad de sus pensamientos.

—Deberían enviar a alguien como yo en tu lugar.

—¿Porque hablas muy bien el francés —replicó Catherine, riéndose—, o porque te pareces tanto a un francés como a un esquimal?

T. F. sonrió.

—De todos modos, podemos citarnos ahora mismo para esa cena en París cuando la guerra haya terminado.

—¿Y por qué aguardar a que acabe la contienda? —le preguntó—. En cuanto los alemanes se hayan ido, habrá buenas razones para celebrarlo.

La mujer abrió su bolso.

—¿Harás una cosa por mí?

—Se supone que ésa es la razón de que me encuentre aquí.

Catherine le entregó un trozo de papel de seda que envolvía algo metálico, y lo depositó en su mano.

—¿Le darás a Deirdre esto en mi nombre? Era un regalo de despedida del comandante Cavendish. Pero me gustaría que fuese ella quien los tuviese.

Desenvolviendo el papel, T. F. comprobó dentro el brillo de un par de pendientes de oro. Silbó con suavidad.

—No deberías hacerlo...

Catherine escuchó durante un momento el tenue repiqueteo de las gotas de lluvia en la ventanilla. Se volvió hacia T. F.

—Si no regreso, me complacería la idea de que fuese Deirdre quien los tuviese. Tal vez entonces, de vez en cuando, al llevarlos mientras tú y ella bailaseis en Londres, o en Nueva York, o en cualquier otro sitio donde os establezcáis cuando acabe la guerra, pensaréis en mí. Es agradable saber que eso podría suceder. Que alguien te recuerde...

A T. F. se le encogió el corazón ante las palabras de la muchacha. Tomó sus manos entre las suyas.

—Se los daré. Y los llevará hasta el día en que celebremos esa fiesta en París. Te lo prometo.

—Gracias...

Ella también le apretó las manos.

—Realmente me gusta que los tenga. Por otra parte —prosiguió con una risa quebrada—, si algo sale mal, colgarían de las orejas de alguna puta de un oficial de la Gestapo en Calais, lo cual es algo que no desearía en absoluto.


Paul sacó su radio portátil de onda media del escondrijo dentro del fogón de leña sin usar del cobertizo y comenzó a ajustar los diales para una clara recepción de la «BBC». Sus dos pilotos de la RAF se sentaban en una amplia cama adosada a una de las paredes del cobertizo, regocijándose en silencio ante su inminente regreso a Inglaterra y a la libertad. Remy Clément, su número dos, se encontraba delante de la ventana, escrutando las sombras, aún trastornado por la presencia de la Gestapo que había sentido en la estación. «Confío por Dios que uno de los hombres de Strömelburg no se cruce en su línea de visión», pensó Paul. Clément, a diferencia de Paul, iba armado. Saldría disparando todas sus armas, de la forma en que se hace en las películas. En tal caso, Paul debería permitirle que lo hiciese, arriesgándose a que los matasen a todos, o contar a Clément algo acerca de sus contactos con la Gestapo. «En realidad —pensó sombríamente—, sopesando las cosas debería arriesgarme a un tiroteo.»

A pesar del tiempo inestable que en ocasiones, hacía dificultosa la recepción, captó la «BBC» con tono alto y claro. Paul se preparó para el pequeño estallido de cólera y frustración que fingiría, en beneficio de Clément y de sus dos pilotos, cuando la emisión acabase y el mensaje no se hubiese radiado. Actuar constituía la parte de sus funciones con la que más disfrutaba. Arrugó el ceño y aguardó el primer mensaje nocturno.

Al oírlo, casi jadeó.

—Copenhague se inclina por el mar —dijo el locutor.

Luego, para que no hubiese el menor error, lo entonó de nuevo en sus lúgubres tonos. Paul se miró los pies para que los demás no observasen la desilusión que desfiguraba sus rasgos. «¿Hostias, qué ha salido mal?» Londres había recibido su mensaje. La muchacha del «Uno Dos Dos» confirmó no sólo que lo había enviado, sino que Londres había reconocido haberlo recibido.

Naturalmente, ninguno de los otros sabía qué era aquella frase en clave. Podía fingir que no la había emitido y permitir que el avión no fuese recibido, ocultarse aquí durante la noche y tratar de escapar al amanecer. Pero, naturalmente, Strömelburg o alguno de sus compinches habría estado escuchando la «BBC». Si veían dar vueltas al avión y al piloto destellar su letra de identidad, en ese caso debería enfrentarse al pelotón de ejecución en Mont Valérien.

En aquel momento se le hizo la luz. Londres era inepto y torpe, pero no tan inepto como algunas veces le hubiese gustado pretender. Habían comprendido que Strömelburg también estaría escuchando la «BBC». Emitieron la frase en clave para cubrirlo. Debería chapotear en una larga noche lluviosa por los campos, en una auténtica exhibición de aguardar a un avión que nunca llegaría, de cara a los hombres de Strömelburg. Naturalmente, achacarían el que no se presentara el avión a algún fallo mecánico o a la apurada puntería de su artillería antiaérea. Paul desconectó la radio y sonrió a los pilotos de la RAF.

—Todo está en orden —anunció—. El mensaje ha llegado. El avión está de camino.

La cena en el «Tangmere Cottage» con los pilotos del Escuadrón de la Luna llena constituyó algo tan alegre como Catherine recordaba. Como mujer atractiva, y su única pasajera de aquella noche, Catherine fue la invitada de honor en cuyo beneficio se contaron de nuevo todas aquellas estupendas historias de vuelos. Al parecer, cada vez que se tomaba un sorbo de su vaso de vino, alguien se lo volvía a llenar. Como postres, el sargento Booker le trajo una naranja en una bandeja de plata, con la dignidad de un joyero que propone una tiara de diamantes a una duquesa viuda. Una vez más lo pasó tan bien que olvidó dónde se encontraba y por qué se hallaba allí, pero una mirada de T. F. desde el extremo de la mesa se lo recordó nuevamente. Le siguió al piso de arriba, al dormitorio que el Escuadrón de la Luna llena tenía dispuesto para los pasajeros, para las instrucciones de última hora.

T. F. colocó su maletín en la mesilla de noche y comenzó a manipular en su contenido exactamente como se le había instruido que debía hacerlo. En primer lugar, le ofreció la cerilla con el microfilme oculto en el hueco de su palito de madera.

—Ya habías visto antes uno de éstos, ¿no es así?

—Sí. Me lo llevé en mi último viaje.

Catherine cogió la cerilla a T. F., la estudió cuidadosamente y luego la deslizó en una caja y dejó caer ésta en su bolso.

T. F. sacó ahora una «Walther PPK» y dos cargadores de balas de uno de los departamentos del maletín.

—La última vez no me llevé ninguna pistola —le dijo—. Esta noche tampoco la quiero. Constituyen todo un distintivo si los alemanes te atrapan en un puesto de control.

T. F. asintió y sacó el siguiente artículo del maletín: un frasquito plateado.

—Vaya... —sonrió Catherine.

Desenroscó el recipiente y olisqueó su contenido.

—Ron...

Hizo una mueca.

—¿Sabes por qué llaman en la Armada a la ración de ron «Sangre de Nelson»?

T. F. meneó la cabeza.

—Cuando Nelson fue muerto en Trafalgar, metieron su cadáver en un ataúd de madera lleno de ron, supongo que para conservarlo hasta regresar a Inglaterra para enterrarlo. Pero...

Rió por lo bajo.

—A nadie le gusta más el grog que a los marinos ingleses, por lo que, cuando abrieron la caja en Inglaterra, estaba seca y el pobre Nelson tan rancio como una mantequilla de tres meses. Mi padre era marino y desde que me contó la historia, aborrezco el sabor del ron. Pero no importa...

Metió el frasquito en su bolso.

—Mañana por la noche lo rellenaré de coñac. ¿Qué más?

T. F. abrió una cajita de pastillas y sacó una docena de píldoras redondas verdes.

—Bencedrina. Dicen que un par de ellas te mantendrán despierta durante una semana.

—No tanto —le respondió Catherine—. Pero, ciertamente, sí te hacen pasar toda una noche en blanco.

Finalmente, T. F. extrajo la última cosa de su inventario la píldora cuadrada y blanca «L». Al verla en la palma de su mano, se sintió incómodo.

—Me parece que ya sabes para qué es esto —inquirió en un embarazoso murmullo.

—Naturalmente...

La cogió, se sentó en la cama y se quitó el zapato izquierdo. Mientras T. F. la observaba con mórbido interés, se desenroscó una de sus decorativas borlas y encajó la píldora en el compartimiento que contenía. Luego lo enroscó todo de nuevo. Mientras lo hacía, una imagen, tan incongruente como extrañamente apropiada, sorprendió a T. F. Sus ademanes le recordaron a las chicas con las que se había citado en el Hartford de antes de la guerra, que se deslizaban una moneda de diez centavos en sus mocasines, para garantizarse un viaje de vuelta a casa en autobús si la cita salía mal. Catherine se puso en pie y se acercó al espejo para dar un último vistazo a su aspecto.

—¿No te gustan estas medias? Las han pintado —le dijo, al captar a T. F. que la miraba.

Cogió el bolso de encima de la cama.

—Vamos —continuó—, será mejor que nos marchemos. El coche se presentará de un momento a otro.


Fuera de la sala de conferencias de «Southwick House», el cuartel general avanzado de Eisenhower, la lluvia repiqueteaba en las ventanas y unos fuertes vientos arrancaban las hojas primaverales de los alerces que rodeaban la gran mansión. En el interior, Eisenhower, Montgomery, el almirante Ramsay —su jefe naval— y el comandante supremo del Aire Leigh Malloy —que mandaba sus fuerzas aéreas— se hallaban tensamente pendientes de cada una de las palabras del meteorólogo principal de SHAEF. El hombre del tiempo, el capitán de Grupo John Stagg, explicaba que un frente frío atravesaría el canal durante la noche. Detrás de él, desde el Atlántico Norte, una de las depresiones que se dirigían hacia Europa, había intensificado su fuerza durante las últimas veinticuatro horas. Aquel reforzamiento había ralentizado su marcha hacia el Este. Entre el paso del frente frío y la llegada de la depresión, Stagg pronosticaba un «hiato providencial» que les ofrecería un descanso breve de tiempo razonable. No un tiempo bueno, pero sí unas condiciones de nubes, viento y estado del mar que casi con toda seguridad, permitirían el mínimo que la invasión exigía.

La discusión que siguió a esta previsión fue breve. Finalmente, Eisenhower frunció el ceño. Sólo hacía unos días que resumiera los riesgos terribles de su empresa en una frase feliz: «No podemos permitirnos fracasar.»

Se volvió a sus ayudantes:

—Debemos dar la orden —declaró—. Esto no me gusta, pero así están las cosas...


Catherine y T. F. se sentaban en silencio en los asientos traseros de la *rubia* sombría que les aguardaba a la puerta del «Trangmere Cottage». Delante, el piloto se atareaba escuchando al sargento de la RAF que le facilitaba el último informe del tiempo.

—Esta noche hay un tiempo realmente agitado —estaba anunciando con toda la jovialidad de alguien que sabía que pasaría la noche en una cama calentita—. Tendrá tormenta con vientos superficiales de treinta a cuarenta nudos que llegarán a sesenta sobre el canal y una fuerte cobertura de nubes desde aquí a la costa francesa. Se convertirá en una capa más dispersa a unos ochenta kilómetros tierra adentro. Hay que vigilar la presencia de hielo por encima de los dos mil quinientos metros.

Saludó diligentemente.

—Esto es todo, señor.

—Es suficiente, sargento —suspiró el piloto.

Luego se volvió hacia Catherine cuando el coche comenzó a avanzar hacia el campo.

—Alguien debe desear mucho su llegada allí, puesto que nos envían con un tiempo semejante —le dijo.

Al llegar al avión aguardaron un poco. Un mecánico ya había calentado el motor. El piloto subió a bordo, comprobó su radio y luego hizo un ademán a Catherine para que subiese también.

—Bueno —dijo la chica mirando hacia T. F.—, debemos despedirnos ya. Empieza a reservarte el apetito para nuestra cena en París.

T. F. la besó cálida y afectuosamente en los labios, y no al estilo francés en ambas mejillas.

—Adiós —murmuró—. Buena suerte.

Se quedó allí, entristecido y conmovido, mientras el mecánico cerraba la carlinga por encima de la cabeza de la chica. Ella le mandó un beso, el piloto saludó su adiós con la mano y el avión pivotó hacia la izquierda en dirección a la pista de despegue. Mientras T. F. observaba, el piloto aceleró el motor y dirigió el avión atronando por encima del asfalto. T. F. continuó en pie escudriñando aquella sombra que se alejaba, observando el recio avioncillo que luchaba por cada metro que le arrebataba a aquel firmamento tormentoso y hostil.

Una hora después, T. F. se hallaba de regreso en Storey's Gate para informar al coronel Ridley de que Catherine había despegado a salvo. Encontró a Ridley en la sala de operaciones, una pequeña y atestada oficina dominada por una amplia mesa cubierta por una docena de teléfonos rojos, blancos, verdes y negros. En las paredes colgaban mapas de las rutas marítimas del Atlántico, la guerra aérea contra el corazón de Alemania, las junglas de Birmania, el frente del Este. Pero en aquella noche de junio, el foco de todos los ojos era el mapa de la costa de Francia, una abstracción extraordinaria y en dos dimensiones del terreno donde estaba a punto de celebrarse la batalla decisiva de la guerra. Gracias a las interceptaciones de «Ultra» de las comunicaciones alemanas, a la Resistencia francesa y a la notable red de comunicaciones aliada, virtualmente cada convoy, cada unidad, cada batería costera, cada punto fuerte y aeródromo de las fuerzas contrarias se hallaba señalado en su superficie con notable perfección. En manos del coronel alemán Von Roenne, aquel mapa habría costado la guerra a los aliados.

Ridley se hallaba tan absorto en su estudio de los datos del mapa, que no parecía oír el informe de T. F. respecto de la partida de Catherine. En efecto, todo cuanto Ridley podía pensar era en la situación climática que tenían ante ellos. Se había dado la orden. Desde el mar de Irlanda hasta la costa galesa de Land's End; en atracaderos y amarraderos, malecones, puertos, calas, ensenadas, desde Liverpool a Ramsgate, la gran máquina se puso en marcha. Ahora ya no habría posibilidad de volverse atrás. Los pensamientos de Ridley volvieron al Somme, al sangriento Somme donde tantos de sus compatriotas habían sido martirizados para nada entre el barro y la miseria. ¿Se dirigirían a otro holocausto en aquella península normanda a la que contemplaba con tal intensidad? Finalmente, se volvió hacia su subordinado norteamericano.

—Será mañana —le dijo—. Si sabe rezar, rece a Dios para que Hitler se trague nuestras mentiras.

Oscuras volutas de nimbos corrían tierra adentro desde el horizonte occidental, seguros heraldos de la embestida de la tormenta. Paul estudió sus pistas con ojos de aviador, leyendo aquel dibujo cambiante con los instintos de los que tan a menudo había dependido su vida al llevar el correo para «Air Bleu» antes de la guerra. Iban bajos y llenos de amenazas, avanzando, según conjeturó, a unos 20 nudos. Dentro de dos horas, toda Francia occidental se hallaría cubierta de nubes. Sus extendidos contornos dispersaban ya la luz de la luna en un caleidoscopio móvil, moteando los abiertos pastos de tonos grises y plateados. Veían avanzar el mal tiempo. La razón para que el avión no llegase sería tan gráficamente evidente, que no cabría ninguna sospecha respecto de él o de su operación.

Se acomodó en la húmeda hierba al lado de sus dos pilotos de la RAF. Ambos comprendían también lo que estaba sucediendo. Uno de ellos hizo un ademán hacia el horizonte occidental.

—Sería un auténtico milagro que alguien se presentara aquí esta noche.

Paul asintió y trató de calcular hasta dónde tendría que llegar en su actuación en beneficio del invisible comando de Strömelburg. De repente, se puso tenso. Allá en el horizonte occidental sus oídos alertas habían captado el lento estruendo del motor de un avión. Se puso en pie, siguiendo su avance hasta que sus entrenados sentidos detectaron el latido familiar de un motor de «Lysander Westland». Se quedó atónito. Simplemente, aquello no era posible. En nombre de Dios, ¿qué había funcionado mal? Londres actuaba de modo deliberado, sabiendo que volaba hacia una trampa de la Gestapo. Se encontraba aún allí paralizado de asombro e incertidumbre cuando el «Lysander» hizo su primera pasada por encima de sus cabezas. Su ayudante, Clément, se encontraba ya en pie corriendo hacia su posición.

Paul se puso en acción. ¿Qué debería hacer? ¿Destellar su falsa letra de identificación para alejar al avión? Los hombres de Strömelburg que se encontraban allí, entre los arbustos, sabían cuál era la letra correcta. Todos estarían muertos en quince minutos si hacía una cosa así. «Dios mío», pensó Paul cogiendo su linterna para hacer la única cosa posible: destellar la «T» de bienvenida al piloto que se acercaba al campo, aquel pobre bastardo...

El avión parpadeó su «T» como respuesta, viró y se precipitó sobre el terreno en un perfecto aterrizaje. Paul hizo un ademán a los dos pilotos de la RAF, que echaron a correr hacia él.

La carlinga se abrió y el pasajero que llegaba saltó grácilmente al suelo. Paul se percató de que se trataba de una mujer. Los pilotos de la RAF pasaron ante ella y comenzaron a trepar a bordo del «Lysander». La mujer se precipitó hacia Paul. Sólo en el instante en que se arrojó en sus brazos, Paul reconoció su cabello, su olor, sintió oprimirse contra su carne los contornos de la mujer a la que amaba. Sus piernas temblaron y la sangre se le subió a la cabeza. Por un momento, pensó que iba a desmayarse.

—¡Denise! —gritó.

Fue la única palabra que pudo articular ante su sorpresa y horror.

—Querido —susurró Catherine—, gracias a Dios que estoy de regreso contigo, aunque sea sólo por una noche...

Sólo al regresar al cobertizo unos minutos después, empezó a recuperarse Paul del choque recibido con la llegada de la mujer. Con las manos temblándole aún levemente, abrió la puerta para que Catherine entrase. Mientras lo hacía, se dio la vuelta tratando de leer el mensaje de las oscuras e inciertas sombras que los rodeaban. No pudo ver nada, descubrir ningún movimiento que indicase cuántos hombres de Strömelburg se escondían por allí, detectar el movimiento del follaje que le señalase dónde se hallaban. ¿Deberían aprovechar su oportunidad y tratar de escapar? Clément, su ayudante, se encontraba ya en marcha por la senda polvorienta con la bicicleta extra, pero su movimiento fue uno de los que la Gestapo habían estado esperando.

A cinco metros del cobertizo se encontraba una zanja de drenaje que corría paralela a la senda durante 500 metros, hasta unirse con otra pista polvorienta. ¿Podrían arrastrarse por allí sin ser detectados? Lo estudió con sus ojos tan acostumbrados a la noche y luego se inmovilizó. A cincuenta metros de distancia, donde la zanja llegaba a los bosques que rodeaban el cobertizo como las aguas una isla, vio una oculta sombra y escuchó el seco chasquido de una ramita que se tronchaba. Paul emitió en voz baja una maldición. Si eran lo suficientemente listos como para situar un hombre allí, tendrían el lugar rodeado por completo. No habría vuelo de medianoche para ellos.

Cerró la puerta. Encendió una lámpara de queroseno y la colgó de un gancho que había en el techo. Su luz parpadeante impulsó a las sombras hacia los rincones del cobertizo. Era un lugar claramente primitivo: no había fontanería, ni agua, ni electricidad, sólo una mesa y un colchón cubierto de viejas mantas. Catherine lo observó y se volvió hacia Paul. Al gentil resplandor de la lámpara, aparecía tan radiantemente hermosa que Paul suspiró.

—Querido —le dijo—, tienes auténtico gancho para detectar los lugares más románticos de Francia.

Tras sus palabras, corrieron el uno hacia el otro. El abrazo de Catherine rebosaba pasión. La inspiraba saber cuán poco tiempo tendrían para estar juntos. Paul se mostró indeciso y tembloroso, un reflejo de la única pasión que le consumía: la preocupación. Catherine se apartó con lentitud de su amante. Una mujer sabe leer un mensaje de un abrazo incierto con mucha mayor rapidez y más exactitud que un astrólogo descifrando los portentos de sus estrellas. Las puntas de sus dedos captaron el rasgo confirmador de sus frías y húmedas sienes.

—¿Estás bien, cariño? —le preguntó.

—Me encuentro terriblemente preocupado.

—¿Por qué?

—He tenido un mal presentimiento acerca de esta operación.

«Demonios, ¿cuánto más podría decir?», se preguntó.

—He estado desasosegado todo el tiempo. Incluso desde que bajé hoy del tren en Angers. He tenido la sensación de que me seguían.

Catherine tembló levemente.

—Tal vez te imaginas cosas. Has estado sometido a una terrible presión.

—Poseo una especie de sexto sentido para esas cosas.

—Pero, si iban detrás de ti, se habrían apoderado del avión en el campo, ¿no te parece? Ése es el precio.

Paul se mostró taciturno y silencioso. Catherine apagó la lámpara y ambos cayeron uno en brazos del otro encima del colchón. Paul la sujetó con su cuerpo con una intensidad casi salvaje, pero, tal y como Catherine descubrió muy pronto, el esfuerzo nervioso le había invadido como una fiebre, dejándole impotente para una excitación física.

—No te preocupes, cariño —le susurró ella.

Le besó tiernamente y luego se acurrucó entre sus brazos con la confianza de un niño moviéndose hacia el seno de su madre. Al cabo de unos minutos estaba dormida.

Paul yació despierto, mirando el plano techo del cobertizo, preguntándose, desesperadamente, qué hacer, tratando en cierto modo de retrotraerse al amanecer. ¿Qué había sucedido? Su mensaje a Londres a través del «Uno Dos Dos» no podía haber sido más claro o más explícito: la Gestapo iba a detener al pasajero que llegaba en la «Operación Tango». Danielle explicó que lo había enviado y que Londres confirmó la recepción. ¿Le habría mentido?

Aquello era posible, ¿pero, por qué? Siempre estuvo por encima de cualquier reproche en sus operaciones. ¿Habría sido manipulada también por los alemanes? Era improbable, porque, en ese caso, Strömelburg sabría desde hacía ya mucho tiempo sus lazos con el MI6 y, seguramente, le habría fusilado. No, examinando la situación con la fría sensación de duplicidad que constituye la armadura de un agente doble, Paul llegó a la conclusión de que, o bien Londres había enviado aquí a Denise de forma deliberada por alguna razón propia, o Londres era criminalmente inepto. En cualquier caso, la explicación resultaba insuficiente.

Miró a la figura acurrucada en confiada somnolencia en sus brazos. Oía la mesurada cadencia de su respiración, la fragancia familiar del olor de su cuerpo. Fuera cual fuese el retorcido y demente mundo a través del que se abría tortuosamente paso, se hallaba aquí entre sus brazos. Fueran cuales fuesen sus lealtades, debía salvarla. ¿Pero, cómo?

Era posible acudir ante Strömelburg y rogarle que la soltase en reconocimiento de todo lo que había hecho por él. Era una posibilidad, pero sólo una extrema y desesperada posibilidad. Conocía a Strömelburg lo suficientemente bien como para sospechar los límites que podría tener su gratitud. ¿Y si revelaba su conexión con el MI6, ofreciéndole una triple jugada para salvarla? La confianza de Strömelburg en él era total. Constituía la más orgullosa creación del alemán. Revelarle que le había estado engañando, tomándole el pelo, produciría una reacción imprevisible en el alemán, como el recorrido de un rayo.

Alargó la mano en busca de un cigarrillo y comenzó a fumar en la oscuridad. Strömelburg debería ser el último recurso. Su primera preocupación sería encontrar una vía de escape a la trampa en que habían caído. Una vez se encontrasen en el tren de París, la huida resultaría difícil. Cualquier movimiento que realizasen parecería sospechoso. Strömelburg habría infundido un miedo terrible en sus seguidores. No correrían el menor riesgo. Si Denise se alejaba de su asiento, la seguirían y si iba a cualquier lugar que no fuese los lavabos o el coche restaurante, la detendrían. Estaba tan seguro de esto como de cualquier otra cosa.

Cuidadosamente, trató de revisar cada kilómetro de su viaje. Mañana, debían dar un paseo en bicicleta de 4 kilómetros hasta la estación, a lo largo de una carretera comarcal relativamente desierta. Strömelburg no podía situar un agente detrás de cada arbusto. Mandar un coche tras ellos sería tanto como revelar su juego, y esto resultaba muy improbable en Strömelburg. Si había un momento en que la guardia de la Gestapo estaría baja, sería más bien allí, en su recorrido en bicicleta de aquella mañana. Paul se dio cuenta de ello.

En una de las pequeñas carreteras que cruzaban la ruta hacia La Minitre, podrían girar y dirigirse al Norte para evitar cruzar el Loira, porque una vez escapasen, los alemanes montarían puestos de vigilancia en los puentes. Al hacer aquel rodeo hacia el Norte regresarían a Angers desde el Oeste. Strömelburg no sabía nada de las operaciones de Clément, su segundo. Podrían acudir a su casa de seguridad y recluirse allí. Entre el momento en que el último seguidor les observase pedalear hacia La Minitre, y el instante en que los agentes que aguardaban en la estación esperasen su llegada, tendrían unos veinte minutos. Resultaba una considerable delantera, aunque la Gestapo les persiguiese con coches y no con bicicletas. Era también la única posibilidad de Paul de salvar a Denise de la trampa de Strömelburg. Por primera vez desde que Denise había descendido del «Lysander», la alterada confianza de Paul comenzó a recomponerse.

A unos 300 km de las afueras de Angers, el fuerte viento que corría tierra adentro desde el canal comenzaba a arrancar las hojas de los tilos que rodeaban el *château* de los duques de La Rochefoucauld y las hacía revolotear frente a las ventanas del dormitorio del mariscal de campo Erwin Rommel. El mariscal contempló con satisfacción el gris y tormentoso amanecer del lunes, 5 de junio. Durante dos semanas, en aquella última gloriosa quincena que había aportado su ración diaria de tiempo perfecto para la invasión, no había hecho más que rezar para que lloviese.

Se duchó, se afeitó, se vistió y desayunó el cuenco de sopa demasiado líquida que su *chef* había preparado para él. Al igual que Eisenhower, su enemigo del otro lado del canal de la Mancha, su primer pensamiento por la mañana fue para su meteorólogo jefe, el comandante Ernst Winkler, instalado en la «Villa Les Sapioles», en las instalaciones junto al mar de Wimereux, sobre el canal de la Mancha, exactamente en las afueras de la ciudad de Boulogne. Era uno de los pocos subordinados a su mando al que el mariscal de campo llamaba con regularidad. La predicción del tiempo no podía ser peor, le informó al mariscal de campo. Desde sus ventanas, le dijo a Rommel, veía que unas olas de metro y medio se estrellaban contra las arenas del canal por debajo de su villa. Resultaba impensable un desembarco con un tiempo así.

Aquello era exactamente lo que Rommel deseaba escuchar. Durante varios días, había planeado salir de La Roche Guyon los días 5 y 6 de junio. Encima de su cama se hallaban el par de zapatos grises que Rommel había comprado en París unos días antes como regalo para su mujer, Lucie, el día de su cumpleaños, el martes, 6 de junio.

Sin embargo, el cumpleaños de Lucie resultaba algo incidental respecto de la auténtica razón de su viaje: la reunión que había concertado para el martes por la tarde con Adolfo Hitler, en Berchtesgaden. Rommel deseaba que se añadieran a su mando más Divisiones Panzer, la Segunda SS en Toulouse, y la Novena Panzer en Aviñón, ambas más preparadas para una invasión desde el Mediterráneo que desde el Atlántico. Estaba seguro de que las conseguiría, puesto que pretendía estacionarlas al sur de Caen, detrás de las playas normandas que últimamente tanto preocupaban al Führer.

Antes de salir, Rommel, como buen comandante que era, tuvo un último pensamiento hacia sus tropas, muy cansadas después de una quincena de alertas de invasión. Ordenó que todas sus fuerzas a lo largo del Muro del Atlántico descansasen y autorizó permisos locales para oficiales y los soldados.

En el pequeño claro en el bosque al sudeste de Angers, comenzaba otro viaje en el mismo amanecer tormentoso. Paul estudió el follaje que rodeaba el cobertizo, tratando de conseguir alguna indicación de cuántos hombres habría escondido Strömelburg por allí. No consiguió localizar ninguno. En cierto sentido, se tranquilizó a sí mismo, aquello carecía de importancia. La única cosa que contaba consistía en conseguir aquel precioso cuarto de hora libre de aquellos ojos invisibles en la carretera hacia La Minitre. ¿Qué razón le daría a Denise para aquel súbito cambio en su ruta y comenzar a correr campo a través? ¿Cuánto podría contarle acerca de sus relaciones con Strömelburg? Chupó con fuerza de su «Camel», fruto del mercado negro, una recompensa más por sus servicios con la Gestapo de la que ahora trataba de escapar tan desesperadamente.

No le diría nada. Algunas cosas requieren, o demasiadas explicaciones, o ninguna en absoluto. Ésta sería mejor explicarla después de la guerra, en un despacho de Londres, cuando cualquier necesidad de aclaración hubiese pasado hacía mucho tiempo. En el colchón, Catherine se removió, sin querer despertarse por completo. Se levantó y se acercó a Paul en la ventana. Respiró el aire húmedo, saboreando su promesa de estío, sus olores a lavanda y a tomillo. Luego se volvió para abrazarle. En un principio soñoliento y juguetón, su beso se volvió de repente apasionado cuando le barrió la percepción de que dentro de unas horas se separarían de nuevo.

La respuesta de Paul fue rápida. La confianza puede encender la vitalidad de un hombre de forma tan intensa como la pasión. El saber que muy pronto estarían corriendo a través del campo, libres de los secuaces de Strömelburg, confirió a Paul el ardor que las preocupaciones le habían arrebatado unas horas antes. Cayeron encima del colchón y, de un modo exuberante, casi alegre, comenzaron a hacerse el amor. Cuando acabaron, Catherine yació contenta y permaneció allí escuchando la llamada de las aves matinales.

Paul la volvió en seguida a la realidad.

—Si algo nos sucede en nuestro trayecto hasta la estación, haz exactamente lo mismo que yo. Por el amor de Dios, no pierdas el tiempo haciéndome preguntas. Limítate a llevarlo a cabo.

«Ése es mi viejo Paul —pensó Catherine—, mi hosco aviador con sus botas de goma, sacándome como si fuese un saco de patatas.»

Su hosco aviador emprendió el camino hacia la puerta y hacia sus bicicletas. Mientras pedaleaba por la polvorienta pista en dirección a su empalme con la carretera principal, Paul escudriñó los bosques en busca de una señal de sus invisibles observadores. No vio a nadie.

La carretera principal trazaba un suave arco en una ligera ascensión para cruzar en seguida unos prados abiertos a ambos lados de la ruta. A final de la recta se encontraba un camino que llevaba a una serie de bosques y tierras sin cultivar. Era allí donde se apartaría de la carretera. Silbando en voz baja, sintiendo cuán poco profunda y nerviosa era su respiración, Paul comenzó a pedalear por la subida y luego en la larga recta. Por delante, la carretera aparecía vacía y los campos que se hallaban a su lado se veían tan desnudos que no ofrecían posibilidad a nadie de ocultarse. A mitad de camino de la recta, miró por el espejo fijado a su manillar para vigilar lo que ocurría detrás de él.

Casi se cayó de miedo de la bici ante la imagen que vio en el retrovisor. A doscientos metros detrás de ellos, un Citroën negro, *traction-avant*, con cuatro hombres dentro, avanzaba lentamente, previendo el tiempo de su arrogante avance por la carretera respecto del lento progreso de ellos. Su plan había contenido un error fatal de cálculo. Strömelburg deseaba tan ardientemente la detención de Denise, que no le preocupaba exponer su actuación y el hecho de que sus hombres les estuviesen siguiendo los pasos.

Paul casi se desvaneció, y durante un segundo su bicicleta osciló y perdió el control de la misma. Por una vez, Henri Lemaire, alias Paul, alias Gilbert, el agente doble cuyo ego se estremecía ante su habilidad en burlar a los demás, en engañarlos y manipularlos, no tenía en absoluto idea de qué debía hacer. El echar hacia los bosques con el coche detrás de ellos constituía un suicidio. Por lo tanto, hizo lo único que le era posible: continuar pedaleando lentamente, firmemente hacia delante, arrastrándolos de modo inexorable hacia la estación y a la trampa que conducía a la prisión que constituía el tren de París.

Al llegar a la estación, Paul localizó a dos hombres más de Strömelburg en sus ventanas, avistándoles. Al verlos, sólo pensó en una cosa: en una foto que había contemplado una vez de unos buitres grises, posados en la rama de un árbol, con sus ojos mortecinos mirando hacia el cuerpo de un buey moribundo que aguardaban devorar.

Paul avanzó por el pasillo que recorría toda la longitud del vagón del tren. Catherine se encontraba en un compartimiento a dos puertas de distancia del suyo, pero antes de seguir, se agarró a la barra que corría por la ventanilla y estudió los rostros de aquel bamboleante pasillo semivacío. Tal vez había una docena de pasajeros franceses corrientes, varios de ellos sentados en las maletas que bloqueaban de una forma efectiva el pasillo. Contó cuatro soldados alemanes... armados; siempre los había y, probablemente, se dirigían de permiso a París. En cada extremo, captó a uno de los buitres de Strömelburg. ¿Cuántos más se hallarían a bordo? Dos o tres todo lo más, reconoció, probablemente situados, como los que había localizado aquí, en uno y otro extremo del tren, donde pudiesen vigilar las salidas.

Paul se hubiese matado de rabia. La noche pasada se había hallado en tal extremo de conmoción una vez aterrizó el avión, que había permitido que su ayudante, Clément, se desvaneciese en la noche con su pistola antes de pensar en pedírsela. Si Denise tenía un arma, podrían intentar salir a tiros del tren si reducía la marcha en algún lugar del recorrido. Hubiera ido detrás de ella y disparado contra el agente de la Gestapo de Strömelburg sin ninguna clase de advertencia. Deberían valerse de la sorpresa para reprimir las reacciones de los otros alemanes en el vagón durante unos segundos, lo cual les dejaría el tiempo suficiente que necesitaban para abrir la puerta y dejarse caer del tren en marcha.

Pero, en el caso de que no tuviese una pistola, ¿qué podrían hacer entonces? Intentar saltar del tren y salir corriendo era su única esperanza. Orleáns sería una locura. Al igual que las estaciones principales, estaría llena de soldados alemanes de permiso, de policías, de los terribles bastardos de la *milice*. Sólo un acontecimiento externo y totalmente inesperado, como una incursión aérea, les concedería unos momentos de confusión en los que saltar y echar a correr. El pensar en todo esto le dio a Paul una idea: la única y desesperada táctica que liberaría a Denise si no podían abrirse paso a tiros en el tren. Encendió un cigarrillo y siguió pensando en aquello. Consideró planes y estratagemas con el fervor de un misionero jesuita contemplando a los infieles. La intensa desesperación personal que componía ahora aquellos instintos le condujo a aferrarse a su plan como el marinero que se ahoga a su salvavidas, pensando en toda clase de cosas imponderables.

Siguió por el pasillo hasta el compartimiento de Catherine. Al verle, la chica avanzó hasta él.

—¿Tienes una pistola? —le susurró.

—No...

Meneó la cabeza.

—Nunca llevó ninguna. ¿Por qué?

—La Gestapo está por todas partes en este maldito tren.

Al oír sus palabras, Catherine se quedó helada. Tan subrepticiamente como le fue posible miró a un extremo y otro del pasillo.

—Hay uno de ellos en cada extremo del vagón —le susurró Paul.

—¿Y cómo lo sabes?

—¿Qué quieres decir con eso?

Paul tenía que hablar en voz baja para que nadie le oyese, pero eso no le impidió impregnar a su voz de la furia necesaria.

—¡Hostia, lo sé simplemente! Puedo oler a esos tipos a un kilómetro de distancia.

Catherine contempló a su amante. Estaba pálido y tembloroso, lo mismo que la noche anterior al regresar al cobertizo, igual que cuando llegaron a la estación a primeras horas de la mañana. ¿Se habría vuelto paranoico después de actuar durante meses para la clandestinidad sin el menor reposo? ¿Veía a los hombres de la Gestapo en los vagones del tren, o estaban realmente allí? Lo intentó de nuevo y permitió que sus ojos revisasen tan discretamente como era posible los rostros del pasillo.

—Van detrás de ti o de ambos —susurró Paul—. Si es a ti, a la que buscan, aguardarán para detenerte en Calais. Te seguirán hasta que les lleves hasta tu contacto allí. Ésa es la manera en que operan. Si soy yo...

Paul se encogió de hombros en lo que indicaba una heroica indiferencia pero, de hecho, representaba un esfuerzo para descargarse de la naturaleza monstruosa de su mentira.

A Catherine le temblaron ligeramente las rodillas.

—¿Qué podemos hacer?

—He localizado a cinco de ellos.

Paul encendió un cigarrillo y pretendió contemplar el paisaje que pasaba ante las ventanillas.

—Tengo una idea que me parece que funcionará si eres tú a quien siguen. Un amigo mío dirige una red de sabotaje en el Norte. Sus hombres viven en Hénin-Beaumont, a cosa de media hora de Lila. ¿Lo conoces?

Catherine asintió.

—Les pediré que hagan descarrilar tu tren en Lila. Siéntate al lado de la ventanilla de tu compartimiento. Asegúrate de que esté abierta. Cuando oigas la explosión, tendrás treinta segundos de confusión para huir. Salta por la ventanilla y echa a correr. Intenta regresar al bar de Saint-André-des-Arts, en París.

—¿Y si está alguno de ellos en el compartimiento?

Paul se encogió de hombros.

—Entonces la cosa no funcionará. Pero, por lo general, no lo hacen, porque resulta demasiado obvio. Les gusta permanecer en los extremos del tren, de la forma en que lo hacen los de aquí. Lo primero que realizarán una vez se produzca el descarrilamiento, será comprobar las salidas. Luego, probablemente, tratarán de averiguar qué ha sucedido. A continuación, alguno de ellos se acordará de ti y se dirigirá a tu compartimiento. Treinta segundos. Para entonces debes haber logrado salir por la ventanilla y escapar.

Una vez más Catherine se estremeció, como si se tratase del inicio de una fiebre, y miró hacia los hombres de uno y otro lado del vagón, intentando memorizar sus rostros.

—¿Y qué pasa si nos siguen a los dos?

—En ese caso, me detendrán en París.

—¿Y qué ocurrirá entonces con el descarrilamiento?

—Pues que no lo habrá...

Paul vaciló durante un momento.

—Si el tren no descarrila, tu mejor oportunidad es intentar desembarazarte de ellos de alguna manera en la estación de Calais. Emplea el truco de meterte entre los vagones y saltar a otro andén, subiendo a otro tren si es que se encuentra alguno allí.

Con el rabillo del ojo, Paul observó que uno de los buitres de Strö-melburg empezaba a mirarlos con suspicacia. Sabían a la perfección que mantenía a un mínimo los contactos con sus pasajeros. Lo único que no podía permitirse era que entrasen en sospechas acerca de él y decidieran seguirle en cuanto llegasen a París.

Acarició el dorso de su mano e hizo que la chica le mirase a los ojos: el único gesto de adiós que podían permitirse.

—Te amo, Denise. Por el amor de Dios, cuida de que esa ventanilla esté abierta cuando llegues a Hénin-Beaumont, y echa a correr por tu vida en cuanto oigas la explosión.

—Yo también te quiero —le susurró ella, dándose cuenta mientras pronunciaba aquellas palabras de que era la primera vez que se las decía a un hombre que no fuese su padre.

Se dio la vuelta y regresó a su compartimiento, mientras Paul avanzaba por el pasillo hacia el suyo.

Catherine permaneció sentada durante un momento en silencio, contemplando cómo el tren se abría paso entre el paisaje y considerando el dilema ante el que se hallaba. Naturalmente, existía siempre la probabilidad de que Paul hubiese sucumbido a la paranoia del agente, que se hubiese quemado a causa de la tensión de la vida clandestina y que se tratase de una falsa alarma, que no hubiera agentes de la Gestapo en el tren. Por lo menos, ayudaba en algo pensar que ése podría ser el caso. ¿Por qué no había aceptado aquella pistola que le daba T. F.? Pensó en la estación de Calais y en cómo debería dar esquinazo a quienes la siguiesen. Se miró los zapatos. Eran de tacón alto. Condenadamente inapropiados para correr por el campo. Se desembarazaría de ellos y correría descalza si hacían descarrilar el tren, se dijo a sí misma. Pensó en Ridley y en la magnitud de la misión que le había confiado. Luego hizo regresar sus pensamientos a la escuela de seguridad del SOE. Lenta, deliberadamente, trató de serenarse, de prepararse de la mejor forma posible ante la prueba que le aguardaba.

En la Gare d'Austerlitz, Paul la siguió entre la muchedumbre que salía del tren. Observó cómo los hombres de Strömelburg, cinco de ellos, continuaban en torno a ella. Por lo tanto, no habría la menor oportunidad de escapar mientras cambiaba de tren. La observó angustiado al pasar la barrera de los billetes y confundirse entre la multitud. «Oh, Dios —rezó a aquella deidad cuya existencia hacía mucho tiempo que cesara de reconocer y a cuyos mandamientos nunca había prestado demasiada fe—, por favor, ayúdame a salvarla.» Luego, tan de prisa como se atrevió a ello, corrió hacia la sala de espera y los teléfonos públicos.

Unos momentos después, Paul corría por el Boulevard des Capucines en dirección al «Café de la Paix». Investigó frenéticamente los rostros de los clientes en las mesas de mimbre y luego pasó entre ellas en dirección a Ajax, que se hallaba leyendo tranquilamente el periódico y sentado a una mesa arrimada contra la pared. Ajax puso a un lado el diario y comenzó a estudiar al oficial de Operaciones Aéreas del SOE con talante divertido. Se le veía preocupado y agitado. A Ajax le gustó mucho esto. No trabajaba demasiado con Paul. En realidad, por lo general se negaba a tener tratos con él. Fue sólo cierto tono desesperado en la voz de Paul lo que le había prevenido a Ajax de que la reunión a la que le rogaba que acudiese debía tener mucha importancia, por lo que convino en verse con él.

—Pareces muy trastornado —le dijo Ajax a Paul, en cuanto el aviador se sentó a su lado.

Ajax era un ex-oficial de Caballería, un aristócrata menor, cuya sangre que corría por sus venas era tan distinguida como pequeña su cuenta bancaria. Las rodillas y los codos de su traje que tenía ya diez años relucían con el adecuado brillo que les concedía una década de duro uso, pero cada una de sus arrugas se veía muy bien planchada. Tenía el rostro curtido y los ojos guiñados de un marinero, o de un hombre que se ha pasado la vida al aire libre bajo el sol. Su pelo, con brillantina, se veía tan impecablemente peinado, que era como si cada uno de sus mechones hubiese sido colocado en su sitio de forma individual.

—Necesito desesperadamente tu ayuda —le susurró Paul.

Ajax asintió con gravedad y no respondió. Una ayuda era algo que prestaría a Paul con pocas ganas. Como había prevenido a la gente de seguridad del SOE en su último viaje a París, estaba convencido de que Paul mantenía contactos con la Gestapo. El hecho de que los documentos tratados químicamente que el SOE le había dado para que los emplease en el correo vía Paul, al parecer no hubiesen sido fotografiados, podía haber convencido a Londres de la inocencia de Paul, pero no había alterado la propia convicción de Ajax respecto de su traición.

—Necesito que se haga descarrilar un tren. Hoy.

Ajax trató, sin demasiado éxito, de reprimir cualquier vestigio del júbilo que la frenética petición de Paul le provocara.

—Se trata del 4126 que llegará a Lila esta noche.

—Paul —replicó Ajax—. En primer lugar, no se va por ahí ordenando descarrilamientos de la forma en que se pide una cerveza en la terraza de un café. Y, en segundo lugar, los descarrilamientos a pleno día pueden ser peligrosos. Y, en tercer lugar, hacemos descarrilar trenes de mercancías y de tropas, pero no trenes de pasajeros. Lo que buscamos no es matar a los propios compatriotas.

—Sé todo eso, pero es desesperadamente importante.

—¿Por qué?

—Una agente del SOE va a bordo de ese tren. Se encuentra camino de Calais. La Gestapo la persigue. Desean detenerla. Lo harán en Calais. Su única esperanza de escapar de ellos consiste en aprovechar la confusión que sigue a un descarrilamiento.

Ajax pensó cuidadosamente en las palabras pronunciadas por Paul. «Paul —pensó—, ¿sabes todo esto? ¿Desde cuándo la Gestapo te hace partícipe de sus secretos?»

—¿Y por qué es tan importante esa agente? —preguntó.

—No lo sé. Todo cuanto sé es que Cavendish me contó que su misión resultaba vital —mintió Paul—. Y he comprendido que ha sido Strömelburg en persona el que ha ordenado a la Gestapo que la detenga.

Ajax contempló a Paul con sus curtidos ojos.
«¿Así que Strömelburg, eh? ¿Y cómo has podido conseguir esa pieza vital de información?»
—No me concedes mucho tiempo.
—Lo sé —replicó Paul.
—No puedo prometerte nada. ¿Dónde estarás mañana?
—Tengo un vuelo esta noche.
—¿Y cuándo regresarás?
—Mañana por la tarde.
Ajax recogió su periódico y se puso en pie para marcharse.
—Llámame en cuanto regreses —le dijo—. Te haré saber lo que haya sucedido.

Catherine sugirió con la mayor timidez a sus compañeros de compartimiento que se encontraba embarazada y que se sentía ligeramente indispuesta. La recia mujer de mediana edad que estaba a su lado hizo levantarse a su marido, para que Catherine ocupase su puesto al lado de la ventanilla y luego, diligentemente, le ordenó que la abriese para que Catherine disfrutase de un poco de aire.

La agente trató de seguir con la vista aquel húmedo paisaje que cruzaba ante ella con la mayor despreocupación posible. Dado que no tenía la menor idea del lugar en que ocurriría el descarrilamiento, le resultaba imposible prepararse mentalmente para su huida. La mayor parte del paisaje que cruzaban era abierto, tierras de cultivo. Musitó una silenciosa súplica para que el descarrilamiento no tuviese lugar en una zona así. Al correr por campo abierto se hallaría tan expuesta al fuego de la Gestapo como un conejo perseguido ante la escopeta de un cazador.

Poco antes de las seis el tren se detuvo en la estación de Hénin-Beaumont.

—¿Cuánto falta para Lila? —le preguntó a su solícita vecina.
—Unos veinte minutos —replicó la mujer.

Aquéllos fueron los veinte minutos más largos de la vida de Catherine. Estaba allí sentada, mirando por la ventanilla, con los músculos en tensión, con los pies afirmados para resistir el choque del descarrilamiento, revisando constantemente el paisaje que cruzaba ante ella, en busca de cualquier camino hacia la salvación que pudiese ofrecerle.

Al cabo de diez minutos nada había pasado. Comenzó a hacer la cuenta atrás de los minutos. El campo dio paso a una serie de pueblos y luego a los suburbios de Lila. Se dejó caer contra su asiento. Pasaban ante las chimeneas de las afueras industriales de Lila. No se iba a producir ningún descarrilamiento. Estaba atrapada. Y Paul, su amado Paul, era seguramente un prisionero de la Gestapo en París, al igual que la impotente figura que había visto sacar de su apartamento en medio de la noche aquella primera vez en que durmieran juntos.

Como había hecho cada noche desde que recibiera los mensajes de «alerta», cada una de las quince redes del SOE, representadas ante Londres por el doctor, éste se hallaba en su sitio ante la radio «Grundig», con el bloc de notas y los lápices preparados, mucho antes de que la «BBC» radiase su boletín de noticias de la noche. Afuera, la Avenue Foch se hallaba desierta, sus calzadas resbaladizas a causa de la lluvia y los cielos por encima de su cabeza aún aparecían cubiertos de nubes. El doctor no era un hombre militar pero, sin embargo, podía sentir lo improbable que resultaba que los aliados desembarcasen con un tiempo semejante.

Ante el anuncio de que iban a comenzar los *messages personels*, el doctor se puso tenso. Cuando comprendió que ninguna de sus primeras frases se refería a las radios que interpretaba para el SOE, se relajó y encendió un cigarrillo. Temblaba cuando aquella lúgubre voz, que al doctor le parecía la de un empresario de pompas fúnebres dando instrucciones en un funeral, comenzó a entonar:

—La lámpara verde está rota...

Era uno de los suyos.

Segundos después el doctor palideció.

«Dios mío —pensó—, otra... ¿Es posible?

—«Alphonse abraza a Camille...»

«Eso es, eso es —pensó el doctor—, otra...»

Mientras permanecía allí conmocionado y atemorizado, el resto de los quince mensajes siguió goteando. Al comprobarlos uno a uno en su bloc de notas, sus dedos temblaban de excitación. Le parecía sentir el cálido aliento de la Historia en el cuello. Él, un estudioso, un antinazi, una especie de «Buen Soldado Schweik», incapaz de distinguir su pie derecho del izquierdo en un desfile, había penetrado el secreto de la invasión aliada. Después de todos aquellos largos meses de prueba pasados solo en su despacho, viviendo de café, cigarrillos y bocadillos, jugando su mortífera partida de ajedrez con un enemigo sin rostro de Londres, había alcanzado la culminación que jamás se atreviera a soñar. El SOE de Londres dejaba en su regazo su más precioso secreto. Él, un maestro de escuela desconocido, estaba a punto de entrar en las páginas de la Historia como el improbable salvador del Tercer Reich.

Cuando el locutor leyó su último mensaje, y las majestuosas cadencias de la *Quinta sinfonía* de Beethoven salieron una vez más de su «Grundig», saltó de su silla y subió corriendo las escaleras hacia el despacho de Strömelburg.

—¡Los mensajes de acción! —gritó—. ¡Al fin están aquí, todos ellos! Los aliados desembarcarán mañana...

La lluvia arreció cuando se acercaron a la costa del canal. Lo mismo le ocurrió con la depresión que aferraba a Catherine. El tren Lila-Calais, que había abordado en una especie de atontado trance después del fracaso de los hombres de Paul para descarrilar su primer tren de París a Lila, iba abarrotado. Todos los compartimientos aparecían llenos y los pasillos estaban atestados de unos desesperadamente cansados pasajeros, algunos tan agotados que conseguían adormilarse entre los traqueteos y vaivenes del avance del tren. Las ventanillas estaban cerradas y una niebla húmeda y maloliente parecía alzarse de los cuerpos encajados unos con otros en el vagón de tren, una acre mezcla de respiraciones agrias, sudor rancio y pies sucios.

La mitad de los pasajeros eran soldados alemanes, marinos y aviadores. «No podrías abrirte camino en este tren ni siquiera con una metralleta Sten», pensó Catherine. Y no tenía ni un alfiler... Y no sólo eso, sino que tampoco podía moverse de su compartimiento para comprobar si la seguían o no los hombres que Paul había indicado que les acompañaron hasta París. Todo cuanto cabía hacer era permanecer sentada y tratar de pensar en cómo escapar de su vigilancia al llegar a Calais. Sería casi de noche cuando lo hicieran. La estación era siempre un manicomio a la llegada del tren nocturno. Debía confiar en que con la muchedumbre y la oscuridad, pudiese deslizarse sin que la vieran. ¿Pero, adónde iría? Deberían conocer ya su antiguo apartamento. Ni tampoco quería llevarles hasta Aristide. ¿Adónde?

«La lavandera —pensó—, la lavandera, en Sangatte, cuyo lugar ocupé en la Batería.» Iría a solicitar su ayuda. De repente, en la puerta apareción un *Feldgendarm*, con su gran placa metálica tintineando en su pecho. ¿Habría venido en su busca? ¿Era eso?

Pero no. Su único interés consistió en comprobar los paquetes de sus compañeros de compartimiento. Cuán hoscos y hostiles parecían, alzando con desgana sus patéticos bultos del mercado negro, llenos de tomates o patatas, para que los bien alimentados dedos del alemán los inspeccionasen. Los *Feldgendarmen* arrestarían a algún pasajero por llevar un pollo muerto. A fin de cuentas, esos tesoros estaban previstos para los ciudadanos del Reich, y no para los de sus Estados vasallos. Sin embargo, la fatiga y la indiferencia parecían haber mitigado su rudeza marcial. Tras unas cuantas miradas negligentes, cerró la puerta corredera del compartimiento y siguió su avance por el tren.

Unos minutos después, Catherine escuchó el crujido metálico de los frenos del tren, que comenzaban a aferrarse a la vía y sintió cómo sus ruedas frenaban. Estaban llegando. Se forzó a controlar su respiración a base de pequeños alientos, para mitigar su creciente miedo. Se quitó la chaqueta y se la puso al brazo. La chaqueta era negra y la blusa azul. Tal vez en la multitudinaria estación este cambio confundiese momentáneamente a alguien que deseaba atraparla.

Trató lo mejor que pudo de perderse en la protectora cobertura de una oleada de pasajeros que se bajaban del tren, insertándose tan cerca como se atrevió entre una fuerte mujer con vestiduras de viuda y las manos llenas de bultos, y un hombre solo con un abrigo tan largo que, por un segundo, estuvo tentada de pedirle que le permitiera, pasárselo por los hombros.

El consejo de Paul de saltar a otro andén parecía una locura. En la estación sólo se hallaba su tren, y las salidas de los andenes enfrente de ellos, según sabía, no llevaban a ninguna parte, excepto otra vez a la sala central de la estación. Sólo le quedaba una esperanza. Y era perderse de algún modo entre la multitud, lo suficiente como para pasar el control de billetes, cruzar la sala central y meterse en las calles oscurecidas. Entonces tendría dos elecciones claras. Podía seguir por la izquierda, hacia el puente del canal, que llevaba a los estrechos y atestados callejones de la parte antigua de la ciudad, o bien seguir recto a través del abierto y expuesto Parc de Saint-Pierre, y luego por la Rue Aristide Briand. Y ninguna de ellas resultaba una alternativa atractiva.

Al llegar donde estaba el que recogía los billetes en el extremo del andén, Catherine maldijo aquella costumbre de pedir los billetes a los pasajeros al acabar el viaje. Mientras su grupo se arrastraba lentamente hacia aquel embudo, tuvo un casi irresistible deseo de mirar hacia atrás, para ver si podía localizar alguna de las caras que Paul le había enseñado, para descubrir si era seguida. Pero naturalmente, no lo hizo. De haberlo hecho, hubiera constituido una advertencia para cualquiera que la siguiese respecto de que sospechaba. Existía la posibilidad de que sus perseguidores se confiasen demasiado y dejasen algún cabo suelto.

Finalmente, pudo pasar el control de billetes sin ser molestada. Una vez más, trató de introducirse en un grupo de gente que avanzaba por la estación. Con el rabillo del ojo vio a Pierrot que la aguardaba. Éste avanzó hacia Catherine, pero la chica se dio la vuelta. Si se encontraban allí, tampoco debía comprometerle a él.

Pierrot comprendió inmediatamente el significado de su ademán. Se retiró hacia la multitud y observó el flujo de los pasajeros detrás de ella. Sus experimentados ojos los localizaron en seguida. Eran cinco. *Milice* francesa o Gestapo, siguiéndola de cerca con despreocupada arrogancia. Les miró hasta que llegaron cerca de la puerta. Dos hombres de la Gestapo, casi seguramente alemanes, con sus chaquetones que les llegaban hasta las rodillas y sombreros de fieltro salieron de las sombras. Uno de los agentes franceses de la Gestapo hizo un gesto hacia la ahora rápida figura de Catherine.

Se encontraba ya casi en la puerta de la estación. Una misericorde oscuridad, aún con mayor negrura a causa de las nubes de por encima de sus cabezas, se había apoderado de la ciudad. Al salir a la calle, decidió encaminarse en seguida al Parc Saint-Pierre. Se alejó con rapidez de la puerta, pasó ante una carretilla de equipajes y alcanzó uno de los extremos de la estación. Allí debería doblar a la derecha y, si le era posible, echar a correr.

Fue en el momento de pasar ante la carretilla llena de maletas, cuando sintió unos dedos que la sujetaban por los antebrazos y una rápida aplicación de fuerza que la elevaba y la impulsaba hacia delante.

Gritó. Dos hombres, uno de ellos con un sombrero de alas caídas y el otro destocado, se la llevaron hacia un «Citroën» negro que aguardaba.

—*Deutsche Polizei* —siseó uno.

El otro la miró maliciosamente, mientras sus ojos, debajo del reborde de su sombrero, se burlaban de su miedo.

—*So* —le dijo—, *wir haben unseren kleinen Schatz geschnappt...* (Hemos cogido a nuestro tesorito.)

El destino del precioso paquete del doctor con su contenido de información militar era una casa francesa de dos pisos en la Rue Alexandre Dumas, en el suburbio parisiense de Bourgival. El edificio albergaba al Estado Mayor del coronel Wilhelm Meyer-Detring, oficial de Inteligencia del mariscal de campo Gerd von Rundstedt. Meyer-Detring no estaba en París aquella noche. Disfrutaba de un permiso en Berlín. El simple hecho de que Meyer-Detring hubiese seguido adelante con su permiso después de la primera ronda de mensajes de «alerta» de invasión radiados el 1 de junio, resultaba una indicacción de la poca importancia que él y su Estado Mayor concedían a toda la noción de los mensajes de «alerta» y «acción» que eran los heraldos de la invasión radiados por la «BBC».

El oficial de servicio aquella noche era un joven teniente llamado Kurt Heilmann. A las 9.20, mientras la motocicleta que llevaba la prodigiosa cosecha de un año de juego de radio de la Gestapo se encontraba aún a varios kilómetros de la Rue Alexandre Dumas, Heilmann recibió una urgente llamada telefónica del puesto de Reconocimiento de Comunicaciones del Quinto Ejército en Turcoing, al norte de Lila. La «BBC», según le informó Tourcoing, acababa de radiar el segundo verso del pareado de Verlaine: *Blessent mon coeur d'une langueur monotone.* Se trataba de la segunda mitad del mensaje de alerta/acción enviado originariamente a Francia por el SOE en el verano de 1943, como parte del plan de engaño de 1943 *Starkey.* Luego, a través de una extraordinaria pifia del SOE, fue enviado de nuevo a Francia, en la primavera de 1944, como frase en clave para la auténtica invasión.

Heilmann lo llevó inmediatamente al oficial de operaciones de Von Rundstedt, el general Bodo Zimmerman. Éste encontró todo el asunto casi cómico. Todo cuanto tenía que hacer para comprobar que los aliados no desembarcarían durante la noche era asomarse a la ventana. Una invasión con semejante tiempo resultaba imposible. El mensaje era claramente otro aspecto de la guerra psicológica que estaban llevando a cabo los aliados para agotar a las fuerzas de Von Rundstedt con una enervante e inacabable serie de alertas. Aquélla no era una trampa en la que Zimmerman fuese a caer. Además, le recordó a Heilmann, los aliados no iban a ser tan atentos como para informar de su llegada a la Wehrmacht a través de la «BBC», y ciertamente no gracias a una frase en clave que ya había circulado por el interior de Europa durante más de ocho meses. Juntos, Zimmerman y Heilmann prepararon un breve mensaje para informar a Berlín y a los mandos subordinados de Von Rundstedt de la interceptación de Verlaine y su probable interpretación. Hacía notar que aquella frase en clave era ya conocida del Mando alemán desde octubre de 1943, y daba de lado la noción de que «la próxima invasión fuese anunciada por la radio». Su mensaje en aquella noche tormentosa fue una invitación para que los comandantes de Von Rundstedt a lo largo de la costa de invasión hiciesen exactamente lo que ya iban a hacer al recibirlo: nada.

Pierrot llamó con suavidad a la puerta del apartamento de Aristide. Jadeaba tanto de miedo como del esfuerzo de su rápida carrera desde la estación ferroviaria de Calais.

—¡La Gestapo ha arrestado a Denise! —le dijo en cuanto Aristide, asombrado y perturbado por la visita inesperada, hubo abierto y cerrado la puerta detrás de él—. Debemos irnos lo más de prisa que podamos...

Aristide le señaló una de sus sillas de madera disponibles. Su mujer apareció en la puerta de la cocina, frotándose nerviosamente las manos en un gastado trapo de cocina, como una vecina que escuchase por encima de la valla de un patio trasero cómo un par de amigos se contaban una y otra vez mutuamente sus miserias.

Pierrot describió con detalle cómo los hombres de la Gestapo habían seguido a Denise fuera del tren y cómo se la señalaron a sus confederados que aguardaban en la puerta de la estación. En cuanto el coche salió a toda velocidad, entrevieron su matrícula. Era de la Gestapo de la Rue Terremonde, en Lila.

—Obviamente tenía miedo de que la siguiesen y no deseaba encaminarlos hacia ti. Debemos darle las gracias por ello —observó Aristide cuando su delegado hubo acabado.

—Y cómo... —se mostró de acuerdo Pierrot, comenzando a medir lo cerca que había estado de su propia detención por parte de la Gestapo.

—La pregunta es: ¿cómo, dónde y por qué la han arrestado? ¿Los viste en el tren?

—Vi a dos de ellos pasar el control de billetes.

—Por lo tanto, la habían seguido, por lo menos, desde Lila. ¿Pero, cómo iban a detenerla a menos que alguien se lo indicase? Alguien la vendió a la Gestapo entre el momento en que llegó anoche y cuando alcanzó Lila. ¿Y quién lo habrá hecho?

—Tal vez le sucediese algo en París —sugirió Pierrot.

Aristide se apoyó contra la pared y comenzó a aplicar los recursos de su mente de filósofo a aquel problema.

—Sabemos por el cable de Cavendish que llegó anoche. Lo que significa que salió de Sarthe o del Loira esta mañana. Si se ha presentado aquí esta noche, no tuvo realmente tiempo para establecer ninguna clase de contactos en París, ¿no te parece? Por lo tanto, las únicas personas con las que ha estado en contacto han sido los de Operaciones Aéreas, los que recibieron su «Lysander».

Aristide cerró los ojos y buscó en su mente el archivo de tarjetas de rostros. Se encontraba en un prado iluminado por la luna al sur de Tours, regresando a Francia en un «Lysander» con Ajax, el agente del SOE que le había proporcionado los fusibles «Siemens» que Denise insertara en el panel de control de la «Batería Lindemann». El hombre cuyo rostro buscaba era alto, con un ondulado cabello castaño y un toque de elegancia. «Ten cuidado con él —le había prevenido Ajax mientras salían del campo—. Ese hombre mantiene contactos con la Gestapo.»

Abrió los ojos y se quedó mirando a Pierrot.

—Ya sé quién la ha vendido —le dijo—. Fue un tipo llamado Paul. Dirige las operaciones del «Lysander».


Poco después de que el teniente Heilmann regresase a su despacho en la Rue Alexandre Dumas, en Bourgival, le fue entregado el informe detallado de la interceptación de los mensajes de «acción». Quince diferentes mensajes de «acción» a quince redes distintas de Resistencia: se trataba de una cosecha que haría a cualquier analista de Inteligencia reflexionar muy cuidadosamente, y Heilmann era un hombre joven pero muy meticuloso.

Sin embargo, la decisión respecto de lo que había que hacer con la información del doctor no le correspondía a él. El análisis del verso de Verlaine se encontraba bajo la autoridad del mando de Von Rundstedt. Y a los altos comandantes no les gusta verse considerados como camaleones por sus subordinados, cambiando constantemente de opinión. Un gran comandante, habría decretado Bismarck, permanece siempre sobre la roca de sus convicciones.

Por lo tanto, Heilmann transmitió el contenido del despacho de la Gestapo al oficial de operaciones de Von Rundstedt, Bodo Zimmerman. Al igual que la mayoría de los oficiales profesionales de la Wehrmacht, Zimmerman sólo dedicaba una refunfuñadora mirada respecto de la Inteligencia de la Abwehr y ninguna en absoluto con relación a la Inteligencia emanada del RSHA de Himmler. Ya había decidido no alertar a sus cansadas tropas a causa del pareado de Verlaine. Seguía lloviendo. Sólo Von Rundstedt tenía autoridad para ordenar una alerta general basándose en los mensajes de la «BBC». El viejo mariscal de campo se había ido a la cama con un libro policíaco inglés, tras una cena solitaria, y con la mejor parte de una botella de burdeos. Zimmerman se propuso no despertarle a causa del galimatías de un oficial menor de la Gestapo. Con toda aquella noción caballeresca, el golpe más importante de la Inteligencia alemana en la Segunda Guerra Mundial fue dejado de lado, por carecer del valor suficiente para someterlo a la consideración del comandante de las fuerzas alemanas en el Oeste.


René, el barman del «Café Sporting», en la Rue de Béthune, en Lila, estaba ya cerrando para la noche cuando Aristide irrumpió por la puerta. Se hallaba sin respiración, a causa de la carrera hasta el bar desde la estación de ferrocarril de Lila.

—*Une demie...* (Una caña) —pidió jadeante.

El camarero se lo quedó mirando. A la escasa iluminación del tiempo de guerra del establecimiento, era sólo una figura en sombras, un frágil desconocido con barba que buscaba algo que no era característico de los camareros franceses: indulgencia.

—¿No se ha enterado de lo que es el toque de queda? —le ladró René.

Mientras hablaba, comenzó a salir de detrás de la barra dispuesto a ayudar a su cliente no deseado a salir a la noche, si insistía en saciar su sed en contra de las reglamentaciones del toque de queda.

Al aproximarse a Aristide, reconoció sus rasgos. A fin de cuentas, Aristide era la única persona que había empleado los servicios especiales que Strömelburg le encargara a René llevar a cabo, tras ponerle en aquel bar.

—Eres tú —le reconoció—. ¿Recibiste el mensaje?

Aristide asintió. René se lo quedó mirando con atención. Parecía cansado y ojeroso. Sirvió una cerveza y la deslizó por encima de la barra. Luego alargó la mano al armario secreto en donde el anterior propietario del «Café Sporting» guardaba sus existencias privadas de licor y sacó una botella de coñac. Llenó a medias una copa panzuda con aquel licor ambarino.

—Parece como si necesitases esto —le dijo, ofreciéndosela a Aristide.

Aristide se bebió la mitad de su cerveza y a continuación un buen trago de coñac.

—Mira, René, tengo algo urgente para Londres. ¿Hay alguna oportunidad de que lo hagas salir esta noche?

El camarero se encogió de hombros «Nunca seas preciso —le había dicho Strömelburg—; no te comprometas, muéstrate evasivo en tus respuestas.»

—No lo sé —replicó—. Puedo intentarlo. Pero no te prometo nada. ¿Esperas respuesta?

—Eso es lo que necesito... Y en seguida.

—¿Quieres que te llame al mismo sitio de Calais?

Calais, según se le ocurrió a Aristide, no era un lugar donde estuviese particularmente ansioso de pasar su tiempo durante el siguiente par de días, por lo menos después de que la Gestapo realizase una incursión en su apartamento y averiguase que él y su mujer habían huido. Y si Londres le daba la respuesta que esperaba, debería dirigirse a París.

—No —replicó—. Yo mismo pasaré a recogerlo.

—¿Dónde paras? —inquirió René—. Tendré un correo por ahí...

Aristide meneó la cabeza. Aquélla no era una respuesta que él diese a nadie.

—Volveré mañana.


Las esposas, apretadas más de lo necesario, cortaban las muñecas de Catherine Pradier cada vez que intentaba mover las manos para aliviar el hormigueo que sentía en los dedos. Estaba atada con las esposas a una silla en la oficina de la Gestapo de Lila, apenas a tres kilómetros de distancia del «Café Sporting», donde Aristide se acababa su bebida y se disponía a desaparecer en la noche.

Aunque el pensamiento no resultaba apropiado en sus circunstancias, pensó que era una especie de pequeña celebridad, sentada allí en una especie de antedespacho de la oficina del jefe de la Gestapo de Lila. Toda una serie de mujeres de apariencia ratonil con uniformes grises, había encontrado una excusa u otra para entrar en la oficina y echarle un vistazo con petulante deleite.

—*Terroristin* —había oído que se musitaban unas a otras—, *französische Terroristin*.

Media docena de sus colegas masculinos se habían unido al desfile, haciendo lo que a juzgar por las reacciones de sus dos capturadores, serían varias y ruidosamente lascivas observaciones acerca de ella en alemán.

En el instante de su arresto, una poderosa sensación de terror se había apoderado de ella, convirtiendo sus miembros en goma derretida. Luego, mientras la llevaban a Lila, el miedo se había visto remplazado por una extraña y casi mágica calma. La tensión, la preocupación enervante y toda la incertidumbre de aquel día había desaparecido. «Se acabó —pensó—, todo ha terminado. Me han capturado.» El comprobar aquello había constituido un casi bien venido alivio. A pesar del daño que le hacían sus sujetos brazos y su preocupación ante lo que la aguardaba, una curiosa y resignada lasitud se había apoderado de ella.

Uno de sus dos capturadores se levantó y comenzó a pasear por el cuarto.

—Será mejor que engrases la lengua, hermanita —le dijo, al tiempo que inclinaba la cabeza hacia la cerrada puerta del despacho que se hallaba ante ella—. El tipo de ahí dentro aborrece tanto a las mujeres que se pone enfermo en cuanto las huele.

Se echó a reír ante su humor de sal gruesa.

—No debes desear pasar mucho tiempo hablando con él. Y él, ciertamente, tampoco querrá malgastar mucho de su tiempo hablando contigo.

Catherine miró atontada hacia delante, intentando ignorar sus palabras. La reputación del jefe de la Gestapo de Lila, un sádico homosexual, no necesitaba mayores evidencias. «Por lo menos —pensó para consolarse—, Pierrot habrá visto mi detención. Él y Aristide ya habrán desaparecido.» Si se daba el caso, podía con tranquilidad dar sus nombres y sus direcciones. «Resérvalos durante veinticuatro horas, si eres capturada —le habían dicho sus instructores del SOE—, para darles tiempo, y luego ve diciendo tan poco como te sea posible y tan lentamente como puedas.»

Aquellas instrucciones daban a los agentes capturados del SOE una finita medición de auxilio a la que aferrarse en la agonía de la tortura de la Gestapo, un momento más allá en que ya no tendrían que soportarla. En cierto sentido, era algo encaminado a derrotar a sus captores: resistir sus bestialidades durante veinticuatro horas y en ese caso serían ellos y no los de la Gestapo quienes habrían triunfado.

¿Pero, y si tenían algunos indicios de su misión? En ese caso, no habría un período finito de veinticuatro horas de agonía que resistir. Constituiría un calvario sin fin. Casi ensoñadoramente, miró hacia la borla de su zapato en la que estaba escondida su píldora «L». «¿Tendré —se preguntó— el valor de tomármela si se presenta la oportunidad?»

La puerta del despacho se abrió y un hombre de mediana edad, con un traje gris con chaleco salió por ella. Se la quedó mirando. Estuvo tentada de devolverle la mirada, de desafiarle con el silencio de sus ojos. Luego tuvo una idea mejor y apartó la vista.

—Ah, Mademoiselle —le anunció finalmente con un triste pequeño suspiro—. Había considerado por adelantado el placer de hablar con usted personalmente. Pero, desgraciadamente, una autoridad superior me ha negado ese placer. Han insistido en enviarla a París, a la Avenue Foch.

Hizo un movimiento blandengue con la muñeca.

—*Noblesse oblige.*

Luego se volvió a sus dos capturadores.

—Llevadla a París —les ladró.

A varios centenares de kilómetros de Lila, en su amado retiro alpino por encima de Berchtesgaden, Adolfo Hitler había pasado una tranquila velada escuchando música con su amante, Eva Braun, y luego se fue a la cama con la ayuda de una poción para dormir. Había tenido un día tranquilo: una discusión acerca de camiones diesel, una conferencia sobre las exportaciones de volframio de Portugal, otro examen de sus heces y de sus perturbadas tripas. Sus subordinados en el cuartel general habían decidido no molestar su disfrute del *Lieder* de Schubert para decirle que se habían radiado más de una docena de mensajes de «alerta» de invasión a la Resistencia francesa por parte de la «BBC». Para ellos resultaba muy claro, así como para sus delegados a través del Muro del Atlántico, que no podría tener lugar una invasión con aquel tiempo tan malo afectando al canal. Al igual que Von Rundstedt, al igual que Rommel, Hitler se fue a la cama la víspera del 5 de junio totalmente ignorante del hecho de que la mayor Armada de todos los tiempos que cruzara las olas del planeta, se estaba acercando a las orillas de su *Festung Europa.*

Y, sin embargo, en aquellas aguas oscuras y azotadas por el viento de la bahía del Sena, los seis mil navíos de la flota de invasión de Eisenhower estaban comenzando a ponerse en posición. Habían navegado en un mar tormentoso, con neblina y marejada gruesa. Sin embargo, en las primeras horas del martes, 6 de junio, habían llegado en formación y buen orden, a tiempo y en secuencia, exactamente a través de balizas «Dan» y submarinos en miniatura que indicaban rutas a través de los campos de minas hasta los amarraderos.

Y lo más milagroso de todo: habían llegado sin ser detectados. La tormenta que casi había paralizado la mano de Eisenhower le había proporcionado la única ventaja con la que jamás se atrevió a contar: la sorpresa. Seis mil navíos y ni un solo avión de reconocimiento de la Luftwaffe, ni una sola lancha rápida o submarino, ni siquiera un rayo de radar escrutando a través de las oscuras aguas había descubierto a la tropa que avanzaba. La primera indicación que tuvieron los alemanes de que los invasores habían llegado, se produjo a través del más prosaico de los sistemas de advertencia: el oído humano. Un centinela en la playa oyó el tintineo de la cadena del ancla de uno de los buques, que buscaba un punto de apoyo en 15 brazas de agua. Y por encima de sus cabezas el gran tren aéreo que traía a las Divisiones aerotransportadas atronando tierra adentro. Eran las dos y media de la madrugada. La invasión de Europa occidental había comenzado.

En Londres, cuatro hombres en un «Humber» oficial se dirigían a una residencia de dos pisos en los suburbios de Hampstead Heath. Su misión era de tipo extraordinario. Agentes del plan *Fortitude* de Ridley habían acudido a Hampstead Heath para contar a los alemanes lo que su propia vigilancia había fracasado en decirles: que la flota de invasión se encontraba ya allí. Tras ese mensaje, los planeadores de *Fortitude* estaban convencidos de que su agente doble, Juan Pujol García —«Garbo»—, se convertiría a ojos alemanes, en el mayor espía que hubiera jamás existido, un hombre cuyos mensajes llevarían a partir de ahora el sello de una revelación cuasidivina.

El transmisor de radio de Garbo se encontraba en el ático de la casa de Hampstead Heath, que se alzaba en una suave elevación del terreno. Esto estaba fuera de consideración para los controladores alemanes de Garbo en Madrid. Les hacía aún más fácil recibir su señal. Mientras el sargento del Servicio de Transmisiones de Inteligencia se dirigía al ático para preparar su transmisor, Garbo y su controlador británico se habían reunido para fumar y charlar en la sala de estar del piso de abajo.

Madrid había sido instruido para mantener sus puestos de escucha abiertos para el caso de que la 52.º División, en Escocia, comenzase a moverse. Esto, naturalmente, carecía de cualquier tipo de consecuencias. Las auténticas noticias eran la revelación supuestamente entregada a Garbo poco después de medianoche por su agente, el camarero gibraltareño que trabajaba en la cantina del campamento de Hiltingbury, donde la Tercera División de Infantería canadiense se encontraba estacionada.

«Cuatro se ha apresurado a acudir a Londres —decía el texto de Garbo preparado por los británicos— en vista de las altamente importantes noticias que de otra forma, le hubiera resultado imposible comunicar como resultado del sellado total del campo. Su lugar ha sido ocupado por una División norteamericana. Se dice que los canadienses han sido embarcados y han zarpado para la invasión.»

Es decir: la flota de invasión se encontraba ya en alta mar. Garbo había justificado cada pizca de confianza que los alemanes habían depositado en él. Cuando aquel mensaje llegase al cuartel general de la Abwehr, en Tirpitzstrasse, haría sonar las señales de alarma desde Berlín hasta Biarritz. Concluía con una atenta consideración del papel que había tenido el imaginario agente de Garbo. Le había mandado a ocultarse en Gales del Sur, decía el mensaje.

Exactamente a las tres de la madrugada, hora de verano de Gran Bretaña, como el mensaje anterior de Ridley había dicho que haría, el operador inalámbrico de Garbo comenzó a emitir su señal de llamada, indicando a Madrid que estaba dispuesto para transmitir. En el piso de abajo, Garbo y sus controladores se rieron por lo bajo, encantados ante la magnitud del engaño que iban a pasar a la Abwehr. Estaban aún riéndose cuando, poco antes de las tres y media, el operador de TSH bajó del ático. Su rostro aparecía ceniciento.

Madrid no había respondido a su llamada. Una reducida peña de engañadores británicos, ansiosos y dispuestos a depositar en el regazo de la Inteligencia alemana un secreto por el que todos los agentes de la Abwehr habían estado trabajando durante seis meses, y los alemanes no lo recogerían porque su operador de radio estaba durmiendo o de juerga con alguna bailarina de flamenco en algún cabaret de Madrid.

En Londres y en Washington, los hombres que llevarían ante la Historia la terrible responsabilidad del éxito o fracaso de la invasión, pasaban agónicamente la noche del mejor modo posible. Winston Churchill estaba apoltronado en un sillón en su vivienda en Storey's Gate, bebiendo pensativamente coñac, tratando de apartar de su mente la imagen de las aguas del canal enrojecidas con la sangre de millares de jóvenes soldados ingleses, canadienses, y americanos. Su jefe personal de Estado Mayor, el general Sir Hastings Ismay, se encontraba en Portsmouth para servir como su constante enlace con los cuarteles generales de invasión.

«Esta noche es la peor noche de la guerra —escribió a un amigo—. Lo peor que podría suceder ya casi ha sucedido. Nos encontramos en una confusión espantosa.»

El general Sir Alan Brooke, el jefe del Estado Mayor Imperial Británico, se hallaba en los cuarteles de los Horse Guards.

«La invasión —anotó en su Diario— puede constituir el más espantoso desastre de la guerra. Ruego a Dios que acabe todo bien.»

Henry Ridley pasó la noche solo, paseando por las desiertas calles de Londres, con sus ojos y oídos siguiendo a la flota aérea que atronaba por encima de su cabeza, preguntándose una y otra vez lo mismo:

—¿Funcionará *Fortitude*?

En «Southwick House», Dwight Eisenhower no pudo dormir. Yacía vestido sobre su catre, tratando de mantener su mente apartada de la próxima prueba que arrastraría Occidente. Metida en el bolsillo de la chaqueta de su uniforme se encontraba una simple hoja de papel. Nada podía medir de una forma más exacta la honorable soledad de un gran capitán en su hora de prueba que las palabras mecanografiadas en aquel papel. Eisenhower se había preparado para hacerlo llegar al mundo en el caso de que la invasión fracasase.

«Las tropas de tierra, mar y aire han prestado todo su valor y devoción más allá de lo debido —decía—. Cualquier falta o error inherente a su fracaso, es sólo mío.»

El «Citroën» negro subió por los Campos Elíseos hacia el gran paseo ceremonial del Arco de Triunfo. Nada, observó Catherine, mientras escudriñaba por encima de los hombros de sus guardias de la Gestapo, ni siquiera un ciclista extraviado o un vehículo militar alemán, se movía a través de la amplitud del lugar. Estaban solos. Inevitablemente, volvió a pensar en su último paseo a través de esta avenida, a la cálida luz solar primaveral, con Paul a su lado en el ciclotaxi. «¿Lo volvería a ver?», se preguntó. Un espantoso pensamiento la invadió. Tal vez ésta fuese la razón de que la hubiesen traído a París: para arrojar a sus pies los restos arruinados de un hombre, amenazándola con empezar a torturarla de nuevo si ella se negaba a hablar. Era exactamente la clase de salvajismo especialidad de la Gestapo. ¿Sería capaz de mantenerse en silencio ante la vista de todo aquello? Se estremeció. Había cosas en las que era mejor no pensar.

A través de las ventanillas del coche vio pasar las oscuras y silenciosas fachadas de los majestuosos edificios de la Avenue Foch. El chófer frenó y luego giró a través de una verja de hierro, se identificó sólo a través de una placa esmaltada en azul y blanco que llevaba el número 82. Se le hizo un nudo en el estómago. Habían llegado al edificio que, para cualquier combatiente de la Resistencia de Francia, constituía una especie de ciudadela del miedo, el símbolo del peor destino que podía sobrevenirles.

Esperó ser arrojada en alguna oscura y desnuda celda; en vez de eso, observó que la escoltaban por la escalera principal hasta un lujoso despacho, amueblado con pésimo gusto. Sus guardianes le hicieron un ademán hacia una silla Luis XIV colocada ante un monumental escritorio. Mientras se sentaba, uno de ellos desapareció mientras el otro emprendía una silenciosa y en cierto modo respetuosa vigilancia. Tan discretamente como le fue posible, observó la habitación. Estaba iluminada por una reluciente araña de cristal, el suelo se veía cubierto con una alfombra de un pálido carmesí. Resultaba claro que su ocupante, o bien tenía gustos artísticos, o había ocupado el lugar de otro francés que sí los poseía. En una pared localizó un Chagall; en otra, cerca de la chimenea, una pintura cubista, tal vez de la primera época de Picasso.

De repente la puerta se abrió y entró un hombre inmaculadamente vestido y con aspecto distinguido. En cuanto contempló a aquel hombre, supo que le había visto ya antes en alguna parte. Hans Dieter Strömelburg la observó con una mirada divertida. Él, naturalmente, la reconoció al instante.

—Vaya —le dijo, mientras hacía resonar levemente los talones en una especie de burlona inclinación—, nos encontramos de nuevo.

Captó la incertidumbre de sus verdes y desafiantes ojos.

—Aunque, desgraciadamente, en unas circunstancias mucho menos placenteras que las ofrecidas por el «Chapon Rouge».

Ante la mención del restaurante del mercado negro donde ella y Paul habían cenado en su primera noche en París, inmediatamente reconoció al hombre que la salvara del lascivo oficial de la Luftwaffe que la había abordado cuando regresaba a su mesa aquella noche.

—Supongo que no me reconoció —dijo Strömelburg, riéndose secamente—. Yo la recordé desde el instante en que la vi, lo cual resulta difícilmente sorprendente. Pocos hombres que hayan tenido el privilegio de conocer a una tan exquisitamente bella mujer son capaces de olvidarla.

Tras aquellas palabras estalló en un repentino y diabólico acceso de ira. Sin embargo, no iba directamente dirigido contra ella, sino contra los dos agentes de la Gestapo que la habían escoltado desde Lila, y resultaba enteramente fingida. En unas cuantas rotundas frases —en francés, en su beneficio—, les abroncó por haberla esposado. Al igual que juguetes mecánicos oprimidos y liberados de pronto, saltaron hacia ella, le quitaron las esposas y le masajearon las muñecas para restaurar su circulación.

—Eso está mejor —les dijo Strömelburg.

Sacó una delgada pitillera de plata de un bolsillo interior de su bien cortado traje y avanzó hacia ella. Catherine podía oler su agua de colonia y mientras le ofrecía un cigarrillo, observó que sus uñas eran las de un hombre que se hacía hacer la manicura muy bien y con frecuencia.

—Gracias —replicó—. No fumo...

Él cogió uno para sí, le dio unos golpecitos en la tapa de su pitillera y lo encendió con un imperioso clic de su encendedor de oro. Luego regresó a su escritorio y, apoyándose levemente en él, dijo:

—Y ahora tal vez podría decirme cómo ha llegado a las manos de mis servicios.

Con todo el sentido de inocencia ultrajada que pudo reunir, Catherine se levantó para su desafío. Con detalle tras detalle cuidadosamente preparado, vertió sobre él la historia representada por sus falsos documentos de identidad; la pobre divorciada llamada Alexandra Auboyneau, esforzándose por existir en Calais, detenida por un incomprensible error por parte de la Gestado al salir de la estación ferroviaria camino de su humilde apartamento. Todo ello sonaba tan tajantemente falso, que se le ocurrió que se parecía a alguna desesperanzadamente inepta ingenua, a la que se le concedía un papel que iba mucho más allá de sus magros talentos.

Strömelburg se echó a reír en cuanto Catherine hubo acabado.

—Ésta es una historia maravillosa, Mademoiselle. La felicito. La ha contado muy bien. Es una lástima que tanto usted como yo sepamos que no hay ni una palabra de verdad en todo esto...

Mientras lo decía, empezó a valorarla de una forma muy cuidadosa. Ningún agente había entrado nunca en su despacho ansioso por hablar. La mayoría venían preparados para la prueba que tenían ante sí, impulsados a un estado de artificial tensión por su determinación de resistir su asalto. Su primer objetivo era hacerles bajar, inadvertidamente, las barreras que habían alzado ante su interrogatorio, distrayéndoles, permitiéndoles dirigir su mente a cualquier otra parte. Luego trataba de aterrarlos.

Se volvió a la bandeja de plata que se veía encima de su escritorio. Contenía una botella de «Johnnie Walker Black Lebel» y un par de vasos altos.

—¿Whisky? —le ofreció.

La mujer meneó la cabeza.

—No, gracias. No bebo.

—Una mujer sin vicios. Encomiable.

Se sirvió un poco.

—Prost... —dijo, alzando el vaso hacia ella y tomando un sorbo—. Podrá comprobar que no contiene ninguna poción diabólica prevista para dejarla inerme antes de un asalto contra su virtud. Esa clase de cosas...

Se permitió una nota fría que se reflejó en su tono.

—Bueno, no se encuentran entre los vicios que practicamos aquí. Permítame contarle de pasada, una más bien divertida historia acerca de este whisky.

Strömelburg se arrellanó en su sillón y adoptó la pose de un narrador tratando de encantar a una hermosa mujer.

—Es un regalo de su patrono y superior, el bueno del comandante Cavendish.

La mención del nombre de Cavendish y su relación con él produjeron, según pudo observar, un parpadeo de aprensión en aquellos desafiantes ojos verdes de la mujer. Aquél era precisamente el efecto que trataba de producir.

—¿Ha tenido alguna oportunidad de conocer al capitán Harry Anton, en Orchard Court, durante sus visitas a «Wamborough Manor»?

—No —mintió ella, confiando en que su mentira resultase más convincente que sus primeros esfuerzos.

«¿Cómo —se preguntó— ha podido conseguir el nombre de Orchard Court y de la, supuestamente, altamente secreta escuela de adiestramiento del SOE?»

—No importa —replicó Strömelburg con un indulgente movimiento de su cigarrillo—. Saltó en paracaídas, en marzo, en lo que él y el viejo comandante Cavendish daban por supuesto que sería una recepción del SOE. En realidad, se trataba de algo organizado por mis servicios. Se produjo una mala interpretación en el campo y por desgracia, resultó muerto. Ahora sabemos que había recibido instrucciones para comunicarse con Londres cuarenta y ocho horas después del aterrizaje, una tarea difícil a fin de cuentas, cuando uno está muerto... ¿Qué hacer? Resultaba claro que si no entraba en contacto con Londres, incluso el comandante Cavendish se habría percatado de que el circuito en el que lo habían lanzado se hallaba comprometido. Uno de mis subordinados tuvo lo que siempre he creído que era una idea particularmente genial. Sugirió que dijésemos a Londres que había resultado herido en la cabeza por uno de los contenedores de armas que lanzaron junto con él y que se encontraba en coma.

Strömelburg se echó a reír en un complacido recuerdo del genio del doctor. Luego se inclinó hacia delante, con una sonrisa de autosatisfacción iluminando su rostro.

—Cavendish replicó con un aullante DD informándonos de que el pobre Anton había estado constipado antes de salir y que, si su cráneo había quedado fracturado por un contenedor, podía haber contraído meningitis, lo cual, como estoy seguro que sabe, es una enfermedad grave y por lo general mortal.

Catherine asintió atontada, tratando de ocultar su conmoción. ¿Cómo conocía la señal DD, el supuesto prefijo secreto para un mensaje urgente?

—Y, en efecto, resultó ser fatal para Anton. Conseguimos que uno de nuestros médicos viniese aquí y dispusiese que muriera por segunda vez, en esta ocasión al cabo de tres semanas sin llegar a salir del coma. Radiamos a Cavendish boletines regulares preparados por nuestro médico acerca de su estado cada vez más deteriorado y al fin, un relato más bien conmovedor de cómo todos cantamos la marsellesa y gritamos «*Vive De Gaulle!*», al lado de la tumba del pobre Anton. Luego se me ocurrió sugerir, como un asunto de cortesía, que Cavendish enviase un poco de whisky y puros en nuestro próximo lanzamiento de armas para el médico que había cuidado de Anton durante su trágica enfermedad. Esto —se echó de nuevo a reír— me ha valido mis provisiones de whisky. ¿Está segura de que no desea cambiar de opinión?

Pretendió mirar hacia la botella, pero, en realidad, la estaba observando a ella y su reacción ante el relato. Pretendía impresionarla con la extensión de sus conocimientos de las operaciones internas del SOE.

En esto, según sospechó, había obtenido un éxito total. Idealmente, debía haberla llenado de un sentimiento de impotencia ante aquellos conocimientos. Pero aquello pareció mucho menos seguro.

—Ahora —continuó, adoptando el aire de un vendedor dispuesto a concluir un pedido— esto nos lleva a usted y a su razón para encontrarse aquí: la auténtica razón, no esa tonta historia que me ha contado hace unos momentos. Cavendish debe de haberse reído mucho cuando se la hizo recitar ante él en Orchard Court el domingo, la noche antes de salir para Tangmere. Consiguió usted volar el domingo, a pesar del espantoso tiempo, y viajó a Calais ayer, donde, de no haberla detenido, hubiese entregado a su superior, Aristide, las modificaciones que Londres le hizo traer para el plan de sabotaje que usted y él habían ideado y que estaban a punto de poner en marcha allí.

Catherine sintió que el color se le retiraba de las mejillas. Había un traidor dentro de su organización, ya aquí, en Francia, o incluso aún peor, en Londres.

Strömelburg se retrepó en su sillón, pensando en su próximo movimiento.

—Confío en que nada de todo esto la haya sorprendido...

—Lo que me sorprende es comprobar que uno de los nuestros es un traidor.

Sus ojos verdes destellaron de cólera.

—Alguien de gran importancia en el SOE está trabajando para usted. Y ésa es la razón de que me encuentre en este despacho.

—Sí —replicó Strömelburg—, su suposición es por entero correcta.

Se levantó y rodeó su escritorio.

—Es usted un oficial británico en servicio. Todos los de Cavendish lo son. Pero es también una terrorista, que actúa detrás de las líneas enemigas sin uniforme, para lo cual el castigo, según la convención de Ginebra, es la pena de muerte.

—La convención de Ginebra... —estalló airada—. Vosotros los alemanes no sabéis siquiera cómo se deletrean esas palabras.

Al instante de decirlo, deseó morderse la lengua. ¿Por qué no dominaba sus nervios?

Sin embargo, Strömelburg no estalló en un ataque de ira como había esperado.

Sonrió.

—Una mujer de carácter, al igual que virtuosa. Debería ahorrarse los aspectos menos atractivos de un interrogatorio en este edificio. Puedo ofrecérselo. Y lo deseo. Todo lo que quiero de usted es unas cuantas respuestas francas. Quiero las modificaciones que Londres le ha dado. Quiero las claves del tiempo que le ha facilitado. Y quiero una descripción, en unas pocas y bien elegidas palabras, de cómo se propone llevar a cabo su operación. Ni más. Ni menos.

—Sabe que no puedo decírselo.

—¿De veras?

La voz del alemán tenía el temple del acero, y ahora ya no aparecía en su rostro ninguna sonrisa. Sus ojos, pensó Catherine, eran los ojos fríos e inmisericordes de un cazador, de un hombre que mira a través del cañón de un arma hacia la presa que se propone destruir.

—Mi querida joven damita, no hay nada que guarde en esa bonita cabeza suya que yo no pueda conseguir que me diga. Nada.

En aquel instante, sonó un zumbido en su escritorio. Strömelburg cogió el teléfono. Era el doctor.

—Comprendo —replicó—. En seguida estoy con usted.

Se volvió hacia los dos hombres que la habían escoltado desde Lila.

—Preparad a la señora para una pequeña conversación —les dijo—. Volveré en seguida.

El doctor le aguardaba en la sala de estar al otro lado del vestíbulo de su oficina, que Strömelburg empleaba por las noches cuando no tenía que regresar a su villa en Neuilly. Entregó a Strömelburg un pedazo de papel.

—Acaba de llegar del «Café Sporting» de Lila. Fue entregado por el mismo hombre que trajo el último mensaje.

Strömelburg cogió el texto descodificado de Aristide.

Decía: «Aristide a Cavendish. Denise arrestada al llegar estación Calais esta noche stop.»

Qué divertido era aquello, pensó Strömelburg. Por lo menos ya sabía su nombre de guerra.

«Fue seguida por cinco oficiales franceses de la Gestapo casi seguramente de Bony Laffont París que la entregaron a dos agentes alemanes Gestapo que aguardaban stop Conclusión debe haber sido traicionada a los alemanes por alguien de aquí stop Tiempo su llegada Calais indicaría que no tuvo contactos en ruta hacia aquí desde llegada «Lysander» stop. Por tanto Paul oficial Operaciones Aéreas debe estar en nómina Gestapo stop Se pide carta blanca para ajustarle cuentas stop Respuesta urgente este canal.»

—¿Qué significa esto? —preguntó el doctor.

—Muy simple. Van detrás de Gilbert. Lo de «carta blanca» significa que solicitan permiso de Londres para matarle.

El doctor palideció.

—¿Debo retenerlo?

—No —replicó Strömelburg—. Envíalo inmediatamente.

—Dios mío, ¿por qué?

—¿Y por qué no? ¿Puedes imaginar una más perfecta comprobación final de la lealtad de Gilbert?

—Pero —replicó el doctor—, ¿después de tanto tiempo, tiene aún alguna duda acerca de la lealtad de Gilbert?

—Para un policía, doctor, dudar es existir. El amor en ocasiones, tiene una forma de alterar las lealtades de un hombre. Sospecho que nuestro amigo Gilbert tiene o ha tenido un asunto con esa mujer que está en mi despacho, y que, si demuestra ser tan poco cooperativa como está determinada a ser, sus ansias se verán sometidas a una dura prueba la próxima vez que le eche los ojos encima...

Strömelburg vio palidecer al doctor. Una vez más, se acordó de que su delegado no tenía ninguna clase de antecedentes SS.

—Doy por supuesto que Cavendish autorizará a ese Aristide para que mate a Gilbert. Sería algo muy natural en estas circunstancias. Entre otras cosas, nos proporcionará, y lo que es más importante a Berlín, la seguridad final de que nos encontramos en el camino correcto.

—¿Pero, qué me dice de Gilbert?

—¿Y qué pasa con él? Su operación ya ha terminado. O bien le daremos un nombramiento y le proporcionaremos un trabajo aquí, o le haremos pastar en alguna otra parte. Mande el cable...

Cuando el doctor se fue, Strömelburg se dirigió a su cuarto de baño privado. Comenzó, ausentemente, a lavarse y volverse a lavar las manos. Se trataba de un reflejo nervioso con el que, de un modo totalmente inconsciente, Strömelburg se preparaba a menudo para sus sesiones de tortura, una especie de absolución ritual diseñada para lavarse de las iniquidades que estaba a punto de perpetrar con su víctima. Mientras seguía restregándose, trató de enfocar sus pensamientos. Sus largos años como policía interrogador le habían enseñado a leer en los ojos de la gente, como un marino lee en un cambio del viento. El desafío es lo que había leído en aquellos destelleantes ojos verdes, un desafío determinado de frustrarle. ¿Cómo conseguiría derrumbarla?

Cuando hubo acabado de lavarse, con sus manos más limpias que las de un cirujano al entrar en el quirófano, encendió un cigarrillo y reflexionó durante un momento. Lo que necesitaba saber de ella era relativamente simple: ¿qué era, exactamente, la operación de sabotaje que le habían ordenado llevar a cabo y lo más importante, que precisara cuándo y bajo qué órdenes debía realizarlo?

Strömelburg sabía que la mayoría de las personas tenían una zona vulnerable, algún aspecto de su ser por el que eran particularmente susceptibles de experimentar una penetración psicológica. Había descubierto que a menudo, la vanidad era la debilidad de un agente. Si se le decía que se creía más importante de lo que era, si se rebajaban sus logros, podría derrumbarse y proporcionar la información que se deseaba en un estallido de orgullo herido.

¿Y qué pasaba con ella? ¿Dónde tenía un punto flaco en su carácter que pudiese explotar, la forma en que pudiese conseguir de modo expeditivo las informaciones que debía extraer de ella? Lo que la hacía especial, reflexionó Strömelburg, era el hecho de que fuese una mujer tan hermosa. La gran belleza mantiene a una mujer aparte de sus menos afortunadas hermanas. Lo mismo que la riqueza proporciona a los ricos el poder y la buena cuna concede a la aristocracia su arrogancia, del mismo modo una espléndida belleza otorga a una mujer una autoridad que las demás no poseen. Es un instrumento para conseguir atraer la atención, ganar el acceso a personas y lugares, engañar a los demás para que hagan su voluntad. Es la herramienta con la que cualquier auténtica mujer hermosa se abre paso en la vida.

Sin embargo, si se priva de repente a la misma mujer de su belleza, se queda indefensa, tan impotente como un gato a quien se le cortan los pelos del bigote. Por lo tanto, pensó Strömelburg mientras atravesaba el vestíbulo, aquélla era la manera como quebrantaría a la desafiante criatura que le aguardaba en su despacho. La atacaría a través de su belleza.

Como Strömelburg había ordenado, la habían «preparado» para su próxima charla. Le habían puesto de nuevo las esposas, con las manos sujetas al respaldo de la silla delante de su escritorio. Sus tobillos estaban también sujetos a las patas de la silla con un cable eléctrico, de

368 Larry Collins

forma tan apretada que le cortaba la superficie de la piel. La habían desnudado. Strömelburg sabía ya que nada resultaba más humillante para un prisionero, tanto del sexo masculino como femenino, que tener que permanecer desnudo por completo delante de su apresador.

Sin pronunciar una pàlabra, cruzó la estancia y la contempló. Los ojos verdes que le miraron eran tan hoscos y desafiantes como siempre. Se volvió a la mesita supletoria que sus hombres habían colocado a poca distancia de la chica. Allí, sobre una sábana, habían colocado el contenido de su bolso. Strömelburg lo estudió: una polvera, un tubo de lápiz de labios, un peine, cerillas, un cepillo para el pelo, dos pañuelos, una cartera. El bolso había sido cortado con una navaja para asegurarse de que no contenía ningún compartimiento secreto en que hubieran escondido algún microfilme. La alteración del plan de sabotaje se encontraría en alguna parte de aquella colección mundana de encima de la mesa, meditó Strömelburg, o más probablemente, en el menos accesible microfilme de su mente.

Retrocedió y la miró a algunos pasos de distancia, con los brazos cruzados sobre el pecho.

—Mira, Denise —le dijo, notando con satisfacción el temblor que perturbó su desafiante mirada al oír pronunciar su nombre—, no eres ninguna chiquilla. Ya sabes dónde estás y por qué te encuentras aquí.

La mujer no respondió, pero le miró con ojos firmes y sin pestañear.

—Ya onoces lo que le hacemos aquí a la gente...

Hizo una pausa para que el sonido de sus palabras descendiese lentamente, como un eco que se extingue poco a poco.

—En el caso de que no estén preparados para responder a nuestras preguntas...

Catherine siguió sin replicar.

—Ya te he dicho antes lo que deseo saber de ti: los detalles de la operación de sabotaje que estabas planeando llevar a cabo en Calais, y las instrucciones respecto del momento oportuno que Londres te dio para hacerlo.

Catherine se humedeció los labios y empezó a hablar lentamente, tratando de hacer desaparecer cualquier indicio de miedo en su tono. No resultó fácil.

—Dado que conoce a mi organización tan bien, en ese caso sabe que estoy autorizada a decirle mi nombre, mi graduación y mi número de serie.

—¡Nombre! —ladró Strömelburg, del mismo modo que un sargento en el campo de instrucción.

—Catherine Pradier.

—Graduación.

—Teniente.

—¡Número de serie!

—266712...

Catherine pudo observar cómo uno de los acólitos del interrogador escribía cuidadosamente cada una de sus respuestas en una agenda de notas.

—Y ahora, ¿dónde están las modificaciones del plan de sabotaje que Cavendish te ha dado para entregárselo a Aristide? ¿Dónde?

Strömelburg se había inclinado hacia delante, mientras pronunciaba aquellas palabras, hasta que su rostro se encontró a pocos centímetros del de ella, y su aliento la alcanzó al articular aquellas furiosas sílabas.

—¿Dónde?

—No puedo decírselo.

Catherine luchó desesperadamente para eliminar el temblor del miedo en su tono.

—Ya lo sabe...

Strömelburg suspiró. Su expresión se suavizó de repente y la miró de una forma prevista para que se mezclasen, a partes iguales, el pesar y la conmiseración por la prueba que la mujer parecía determinada a obligarle a llevar a cabo con ella. Alargó las manos y las colocó, casi cariñosamente, sobre sus desnudos hombros.

—Mira —le dijo casi implorante—, no me hagas dirigir esas personas contra tu...

Los ojos de Strömelburg enfocaron a sus dos torturadores franceses, apoyados indiferentes contra la pared del despacho.

—Te prometo que si cooperas no se te hará el menor daño...

Se incorporó, con su rostro brillando repentinamente como el de un niño que ve que puede responder a una pregunta del maestro.

—Dispondré alguna forma para que te escapes. Serás de nuevo libre. Nadie excepto tú y yo sabrá nunca que has hablado. Te doy mi palabra de honor de oficial alemán...

—¿La palabra de un oficial alemán?

Su risa fue forzada y amarga.

—Tengo más fe en la palabra del diablo.

Esta vez no lamentó su salida de tono. Su ira parecía de repente un apoyo del que extraer fuerzas.

—¡Loca! ¡Estúpida e imbécil chiquilla! —le ladró Strömelburg.

Cuando comenzaba un interrogatorio, era un actor que, deliberadamente, oscilaba salvajemente entre la furia y la amabilidad para confundir y desorientar a su prisionero. Pero, invariablemente, mientras su tensión crecía y su determinación de triunfar le abrumaba, el actor desaparecía, el drama palidecía y las emociones que había fingido se convertían en reales.

—¿Confías en las personas que te han enviado aquí? ¿Esos maravillosos ingleses que juegan al cricket con pantalones blancos y beben té, y que te envían a ti, a una mujer, a hacer el trabajo sucio para ellos? ¿Confías en esos viles y despreciables bastardos?

Estaba ya algo histérico y en sus labios se veía un poco de saliva.

—¿Vas a sufrir por ellos? ¿Por esos americanos, esos estúpidos norteamericanos que quieren deciros cómo habéis de regir el mundo y bombardean a mujeres y niños alemanes inocentes y matan millares de ellos cada día? ¿Sufrirás por ellos? ¿Dónde está el microfilme?

La última palabra llegó en un rugido, y la mirada de respuesta de sus ojos le dijo a Strömelburg lo que quería saber, dónde se encontraba el microfilme.

—No puedo decirle eso —murmuró.

Y luego añadió, demasiado tarde.

—No hay ninguno.

Strömelburg comenzó a pasear en una corta línea por delante de la silla de la mujer, más calmado ahora.

—Denise o Catherine, de la forma en que desees que te llamen, todos hablan al final. Todos cuantos se han sentado en esa silla en que te encuentras ahora me han contado lo que deseaba saber. Todos. El único problema es cuándo. ¿Me lo dirás ahora o esperarás a que te arrastren al mismo borde del infierno para decírmelo? ¿Cuando te arranquen las uñas una a una?

Se detuvo y contempló su angustiada e impotente desnudez, exhibida ante él.

—¡No seas estúpida!

Catherine meneó la cabeza, tanto para ocultar las lágrimas que comenzaban a manar de sus ojos como para replicar:

—No puedo, no puedo... —susurró.

El hombre se lanzó hacia delante y dirigió una mano a su cara. La mujer se echó hacia atrás. Pero no la aicanzó. Le sujetó su largo cabello rubio con firmeza pero sin brutalidad.

—¡Este maravilloso cabello!

Suspiró. Su otra mano se aproximó también a su cara y la pasó por sus elevados pómulos.

—Este beilo rostro, el rostro de una Madonna, tus ojos, tus labios. ¿Me dejarás destruir todo esto? ¿Y por qué? Por nada, para decírmelo de todos modos.

Se levantó a medias y miró su desnuda figura.

—Ese estupendo cuerpo, esos bellos pechos. Piensa en el hombre que lo ama, a quien amas. ¿Cómo lo acariciará y se alegrará con ello cuando todo se convierta en un saco de viejos y rotos huesos, cuando te lo desfiguren y mutilen?

Hizo una pausa y luego le rugió una furiosa pregunta:

—¿Lo hará?

Todo cuanto Catherine pudo hacer fue inclinar la cabeza, por lo que no pudo ver sus aterrorizados ojos. Pensó en Paul, pero se negó a musitar ni una palabra, temerosa de que su voz traicionase su miedo.

Strömelburg se incorporó por completo. La mujer gimió para sí y se dijo: «Sé fuerte. Está a punto de empezar.»

Los secuaces atravesaron la estancia, cogieron un objeto de la repisa de la chimenea y volvieron junto a ella.

—Mira —le ordenó.

Sostenía un jarro, aquel mismo jarrón que había exhibido ante el doctor tan orgullosamente unas semanas antes.

—Porcelana de Sèvres del siglo XVIII.

Comenzó casi a acariciar el jarrón como un padre lo haría con su hijo recién nacido.

—Qué ágil armonía de color, de formas, de diseño... ¿Cuándo pudo alguien producir obras de tal belleza?

Sus dedos se deslizaron por el bulboso pie del jarrón.

—Mira este rico color azul oscuro, el azul real de Sèvres, un color que nadie ha sido capaz nunca de imitar.

Catherine seguía sus palabras en una especie de trance. Su voz se había hecho baja, casi tierna, y un pensamietno muy extraño la asaltó:

este hombre que hacía segundos la amenazaba con desgarramientos y mutilaciones, realmente sentía lo que decía; se hallaba genuinamente conmovido por aquel objeto, que tan reverentemente sostenía en la mano.

—Este jarrón es único —murmuró Strömelburg—, absolutamente único. Su belleza no tiene precio, es irremplazable. Una vez destruido, nunca más podrá crearse de nuevo. Su sublime belleza, su unicidad, su habilidad para inspirar reverencia, se habrá desvanecido para siempre...

Sostenía el jarrón para que su irradiación fuese plenamente captada por el brillo luminoso de la araña.

—La belleza de una mujer es igual que la belleza de este jarrón: evanescente, tan tierna y frágil como la porcelana. La belleza de una mujer, de una verdadera mujer hermosa como tú, puede movernos, inspirarnos, mandarnos con su presencia.

Su voz se hizo de una intensidad tan seductora, que parecía estar tratando de seducirla, lo cual, en cierto sentido, era verdad.

—Pero si esa belleza desaparece, esa mística especial de la mujer desaparece también con ella. Nunca más entrará en una estancia y atraerá la atención de todos con su presencia. Nunca más poseerá ese misterioso poder de llamar nuestra atención, de que le brindemos reverencia e inspiración.

Hizo una pausa, estudiando primero a Catherine y luego al jarrón.

—¡Por favor —su voz se había convertido ya en un susurro—, no me fuerces a destruir el jarrón irremplazable de tu belleza. No desperdicies esa auténtica bendición de Dios, por un sentido del deber mal entendido, por ese puñado de cínicos ingleses que te han enviado aquí. Te lo ruego, Denise, te lo suplico, no me fuerces a tener que emplear esas técnicas que tanto desprecio.

Sus ojos se dirigieron a sus hombres, aún apoyados contra la pared del despacho.

—No me hagas dirigirlos contra ti. ¿Qué ibas a sabotear?

La mujer comenzó a decir algo, pero luego sofocó sus palabras.

—No... —susurró, sacudiendo la cabeza.

—¡Dímelo!

Su voz reflejó una ira repentina. Catherine lo miró. Su rostro había enrojecido de cólera y de frustración, y una vena en su cuello comenzó a abultarse levemente.

—¡Dímelo! —le ordenó.

De nuevo la mujer meneó la cabeza.

—No puedo —musitó.

El jarrón se hallaba ahora aferrado en una mano alzada por encima de la cabeza de Strömelburg.

—Dímelo... Maldita sea... ¡Dímelo...! —rugió.

Catherine no sabía qué hacer. Se hallaba profunda e impotentemente atrapada.

—No puedo... Ya lo sabe... —murmuró.

—¡Dímelo!

La estancia pareció temblar con el impacto de su rugido.

—No.

Su brazo cayó. Arrojó el precioso jarrón de Sèvres a sus pies con toda su fuerza, rompiéndolo en una serie de fragmentos contra el suelo y contra sus huesos, lacerando su desnuda carne.

—Lleváosla —les dijo—. Llamadme cuando esté dispuesta a hablar.

Salió del despacho, con el primer grito vibrante de Catherine taladrándole los oídos.

En las afueras de París, en el magnífico palacio de Saint-Germain-en-Laye, en el que Luis XIV había nacido, un viejo y cansado hombre estudiaba el gran mapa de la zona costera francesa que adornaba la pared de su sala de operaciones. Para Hitler, al que despreciaba, y para su subordinado Rommel, del que se mofaba, el mariscal de campo Von Rundstedt era un cansado y débil general de sillón, un hombre que prefería cuidar las rosas de su jardín y los deleites culinarios del «Coq Hardit» a los rigores de la guerra. Por cansado que pudiese encontrarse, se hallaba meditando en silencio ante un mapa, discerniendo lo que los otros no verían: que a pesar de sus propias predicciones de que desembarcarían en el Pas de Calais, los aliados iban a efectuar un asalto marítimo a gran escala entre los ríos Vire y Orne. ¿Sería ésta la auténtica zona de desembarco? ¿Iban los aliados, como Hitler había predicho en Berchtesgaden, a despejar las preferencias de Churchill respecto a un choque indirecto? ¿O se trataba todo de un masivo engaño para que hiciese algo que no debería hacer si deseaba derrotar a los aliados: desparramar sus fuerzas para que le hiciesen picadillo?

Por el momento aquello no importaba. El ataque iba a ser un asalto realmente sustancial, y lo importante era detenerlo en su mismo inicio. A las 4.15, mientras la primera barcaza de asalto comenzaba a luchar en dirección de la orilla, a través de unos mares azotados por vientos de fuerza 5, Von Rundstedt tomó la primera decisión crítica de los alemanes en el día. Ordenó a su Duodécima División Panzer SS «Juventudes hitlerianas», estacionada entre París y Caen y a la Panzer Leh, entre Caen y Chartres, que se dirigieran inmediatamente hacia Normandía. Se verían protegidas del ataque aéreo aliado en su avance hacia el mar por la niebla que se elevaría del terreno al amanecer en los campos normandos. Y una vez se hubiesen acercado a las playas, donde los pilotos aliados y los artilleros navales serían incapaces de distinguir entre amigos y adversarios, junto con la Vigésimo primera Panzer ya *in situ*, repelerían el ataque en el mismo borde del agua.

El problema era que esas Divisiones no se encontraban al mando de Von Rundstedt. Formaban parte de la reserva central del OKW de Hitler. Sin embargo, con la arrogancia típica del hombre de su casta, Von Rundstedt ordenó que las Divisiones avanzaran primero y luego informó al cuartel general de Hitler de lo que había hecho.

El camarero delegado por el comedor de oficiales de la Avenue Foch para atender a Hans Dieter Strömelburg, alisó meticulosamente un mantel de lino en la mesa de caballete del lecho del *Obersturmbannführer*. De una bandeja sacó un pesado servicio de plata del Tercer Imperio. Strömelburg, que pretendía no oír los apagados gritos que procedían del interior de su despacho, siguió el ballet ritual del camarero. Tenía mucho apetito. Estaba ya cerca el alba del martes 6 de junio, y en la excitación del día, simplemente, se había olvidado de comer.

Un segundo camarero colocó sobre la mesa un plato cubierto con una tapadera de plata y descorchó una botella del burdeos de la Gestapo. Con un gesto ceremonioso, el camarero apartó la argentada tapadera que conservaba el calor del plato de Strömelburg, para revelar un *wienerschnitzel* y una generosa guarnición de patatas hervidas y col. Strömelburg se encontraba a mitad de su comida, cuando el doctor apareció en el umbral, agitando varios impresos de cablegramas.

Resultaron gratificantes de leer. Una importante operación militar aliada, casi ciertamente la invasión, estaba en marcha, y gracias al doctor y a su juego de radio, las fuerzas alemanas habían sido alertadas para hacerle frente. Sin embargo, una cosa le intrigaba aún: OB Oeste informó de lanzamientos de paracaidistas en una amplia faja entre Normandía y Deauville, hasta las afueras de Cherburgo, y una fuerte concentración de buques enemigos en la bahía del Sena. Si Normandía debía ser el foco del desembarco enemigo, ¿por qué perdía el tiempo con aquella Pradier y su plan de sabotaje en Calais? Strömelburg se encogió de hombros. Catherine era la única persona que podía responderle a aquella pregunta. Devolvió los documentos a su ayudante.

—Será condecorado por lo que ha logrado esta noche, doctor.

Mientras Strömelburg pronunciaba aquellas palabras, un alarido femenino de desesperación y de agonía alzó ecos desde el vestíbulo. El rostro rollizo del doctor, que ya estaba consumido y blanco a causa de la falta de sueño, palideció aún más. Strömelburg, según sabía perfectamente, recibía tan bien las críticas de sus subordinados como a un gato le gusta que le bañen. Sin embargo, el doctor, por primera vez en su vida, se había convertido en un héroe, en un auténtico héroe. Y saber eso envalentona al más bondadoso de los hombres.

—¿Cómo puede estar aquí comiendo tan tranquilo cuando esa mujer sufre de ese modo? —le preguntó.

Durante un instante, el rostro de Strömelburg se volvió hosco, como en una advertencia de que, tal vez, podría hacer sufrir al doctor por semejante insubordinación. Pero luego, con un encogimiento de hombros, dejó pasar por alto aquella observación.

—No nos ha dejado la menor elección.

—La tortura es algo salvaje. Nos reduce al nivel de los animales.

Strömelburg se bebió su vino, saboreando agradecido su calorcillo. Si el doctor bebiese, le habría ofrecido un vaso. Tal vez esto suavizase su atormentada conciencia.

—No crea que disfruto ordenando que torturen a los prisioneros, doctor. No es así. El interrogatorio intensivo —tal era el eufemismo que la RSHA empleaba para describir su salvajismo— es un medio poco agradable, pero en extremo efectivo, de alentar a un prisionero para que hable. No me atormento con esas nociones burguesas acerca de la moralidad.

Hizo un ligero ademán con la cabeza como para espantar un mosquito que zumbase encima de él.

—Además... —se percibió aquí un deje de cólera en su voz—, si tenemos que discutir acerca de la moralidad de las cosas, doctor, ¿quién es más inmoral? ¿El inglés que lo ha enviado aquí, en primer lugar como saboteadora, sabiendo muy bien lo que le sucedería si la atrapaban? ¿O nosotros, que tratamos de conseguir información de ella que pueda ayudar a Alemania a ganar esta guerra? Es una guerra por la que combatimos, y en la guerra, doctor, sólo existe una moralidad: la del vencedor.

Strömelburg se puso en pie y con un ademán asqueado se quitó unas cuantas migas de encima de su chaqueta. Se tomó un sorbo final de vino y se limpió los labios con la servilleta. El doctor comprendió que no resultaba prudente proseguir aquella conversación, sin importar lo frescos e impresionantes que fuesen los laureles de héroes que en aquel momento coronasen su frente. El doctor hizo una leve inclinación con la cabeza y se retiró.

—Manténgame informado de los acontecimientos en el frente —le dijo Strömelburg a sus espaldas mientras se alejaba.

Luego echó a andar hacia su despacho y su última víctima.

Sus torturadores habían obligado a Catherine a ponerse encima de una gruesa guía de teléfonos de París. Luego pasaron una cuerda en un gancho de hierro, por uno de sus extremos, al ojal del que estaba suspendida la lámpara de araña del techo. Sus esposas habían sido introducidas por la cadena hasta que sus pies tocaron apenas en la cubierta de cartoné de la guía de teléfonos. De forma alternativa, comenzaron a trabajarla, empleando primero los puños, luego el canto de las manos y más tarde unas tiras de cuero en las que se hallaban fijados unos clavos metálicos.

Strömelburg cerró con fuerza la puerta de su despacho detrás de él y anduvo por la alfombra púrpura hacia aquella gimiente figura, suspendida del techo como un animal en el matadero. Quedó horrorizado ante la transformación acarreada por media hora de trabajo de sus hombres, en su rostro y en su cuerpo. Tenía la nariz rota, su respiración se producía en laboriosos jadeos, los labios sangrantes y marchitos y casi no se le veían los ojos a causa de los morados que les rodeaban.

Los torturadores hicieron una respetuosa pausa en su tarea al dirigirse Strömelburg hacia aquel cuerpo. Catherine estaba sólo medio consciente. Tenía la sensación de hallarse envuelta en una manta roja de dolor, con su cuerpo formado por un tejido de ganglios a flor de piel, en los que el menor toque o ademán lograba enviar descargas de agonía por todo su ser. A través de la película que volvía vidriosos sus ojos vio los contornos de la figura de Strömelburg que se aproximaba a ella. Luego la cara del hombre quedó delante de la suya, con los rasgos contorsionados de tal ira que le parecieron más terribles que cualquiera de los martirios soportados. La cabeza se lanzó hacia atrás y luego hacia delante como una serpiente. Su escupitajo le alcanzó en los pómulos, al tiempo que aullaba:

—¡Puta! ¡Puta terrorista!

De repente, Strömelburg se apartó de ella. Se dirigió a una pared de su despacho y descolgó con fuerza un espejo antiguo. Volviendo hacia Catherine otra vez, lo colocó frente a su rostro.

—¡Mira! —gritó—. ¡Mírate a ti misma! Contempla lo que te han hecho. ¿Qué hombre querrá volver nunca a mirarte? Ahora eres toda una gran belleza, ¿no te parece? Y sólo acaban de empezar.

Se calló durante un momento, repitiendo luego para sí mismo y lanzando las palabras hacia la mujer como si se tratasen de remaches.

—¡Sólo acaban de empezar!

En aquel instante sonó el timbre de encima de su escritorio. Era de nuevo el doctor, que indicaba que tenía una comunicación urgente. Strömelburg salió con desgana de su despacho. El doctor, que jadeaba a causa de un no acostumbrado ejercicio físico, subía corriendo las escaleras ondeando un mensaje amarillo del teletipo.

—De OB Oeste —jadeó—. El desembarco ha comenzado... En Normandía...

Strömelburg estudió con ávido interés el despacho que acababa de llegar a su teleimpresor de gran velocidad. «Si el desembarco enemigo tiene lugar en Normandía —se preguntó a sí mismo—, ¿por qué desperdicio el tiempo con ella? ¿Por qué hago que la golpeen hasta reducirla a pulpa para saber algo acerca de algún estúpido descarrilamiento de tren cerca de Calais, sobre todo cuando cualquier paso a nivel y caseta de cambio de agujas estará ya tan vigilado como el cubículo del Führer en el «Sportpalast»?

Miró el reloj. Eran más de las seis de la mañana. De repente se sintió agotado, demasiado agotado para desperdiciar más su tiempo con aquella mujer que colgaba de una cuerda en su despacho.

Abrió la puerta.

—Llevadla arriba —ordenó.

Se hizo a un lado mientras sus dos torturadores medio cargaban y medio arrastraban a Catherine, sacándola de su despacho y llevándola al ático del piso de arriba. Allí había un círculo de cubículos, las habitaciones empleadas por lo criados de los ricos propietarios de antes de la guerra de aquel edificio, convertidos ahora en celdas donde la Gestapo guardaba a sus prisioneros entre las pausas de tortura.

En el piso de abajo, el aire en el despacho de Strömelburg parecía heder a sudor y a lágrimas, a sangre y a miedo. Su alfombra roja, bajo el candelabro, aparecía oscurecida con las manchas de la sangre de Catherine Pradier. «Todo por nada —pensó—, por un minúsculo acto de sabotaje para ayudar a una invasión que ha tenido lugar a más de doscientos kilómetros de distancia de Calais. Qué idiota he sido al verme forzado a hacer todo esto con ella.»

Se acercó a la ventana y la abrió para que el húmedo aire de junio disipase el hedor de su despacho.

En Berchtesgaden, el Führer estaba aún profundamente dormido. No fue hasta las seis y media de la mañana, cuatro horas después de que hubiesen saltado las tropas aerotransportadas, tres horas y media después de que la flota de invasión anclase en la bahía del Sena, media hora después de que desembarcase la primera oleada, cuando un miembro importante de su cortejo le despertó al fin con la noticia de que la guerra había entrado en su fase decisiva. El general Alfred Jodl, el jefe de Operaciones de Hitler, fue sacado de su sueño para informarle que Von Rundstedt había ordenado dirigirse a Normandía a dos Divisiones Panzer de la reserva del Führer. Estaba furioso. Ordenó que las Panzer se detuviesen en seco. La elección del lugar de desembarco, el tiempo tan terrible, les dijo a sus ayudantes, hacía más que probable que el asalto a

Normandía no fuese más que una diversión. Pidió que se preparase una valoración urgente de la situación por parte de la Inteligencia, para el Führer, por parte de la Sección Oeste de los Ejércitos extranjeros del coronel Álexis von Roenne.

—El desembarco principal —predijo Jodl— probablemente tendrá lugar en un sitio del todo diferente.

Las fatales semillas de duda del plan *Fortitude* de Hendy Ridley empezaban a caer en terreno abonado.

Exactamente a las 0917 de aquel martes por la mañana, mientras Adolfo Hitler dormía, un soldado de primera británico introdujo una cinta perforada por la cabeza lectora del teleimpresor en el cuartel general principal del general Dwight D. Eisenhower. Segundos después, el Comunicado 1 del SHAEF propagó a Londres y al mundo la noticia de que había comenzado el asalto a *Festung Europa*. Al mismo tiempo, el consejero de radio de Eisenhower, William S. Paley, de la «Columbia Broadcasting System», descolgaba un teléfono especial que conectaba a los cuarteles generales conjuntos de SHAEF con la «BBC» y ordenaba que se facilitase un llamamiento pregrabado, en el que Eisenhower y los dirigentes de los pueblos de la Europa ocupada anunciaban los desembarcos. Todos estos llamamientos, menos uno, habían sido preparados y revisados por los arquitectos de *Fortitude*. Todo, cada palabra y frase expresada por los aliados el Día D, reflejaba una calculada ambigüedad. Todos aparecían diseñados para atraer a los alemanes, como un canto de sirena, a la trampa de *Fortitude*, a la fatal sugerencia de que pudiese haber más de un desembarco. El mensaje de Eisenhower, que desempeñaba el papel principal en este anuncio, se refería a los desembarcos de Normandía como un asalto «inicial». El rey Haakon de Noruega los describía como un «eslabón» en una estrategia más amplia. Para el Primer Ministro belga se trataba de «unas operaciones preliminares para la liberación de Europa», y el presidente del Gobierno holandés prevenía a sus compatriotas combatientes en la Resistencia para que aguardasen a una clara e inconfundible señal desde Londres antes de entrar en acción. Churchill, al dirigirse a los Comunes, habló de «una sucesión de sorpresas» y Roosevelt incluso sugirió que los alemanes «esperaban desembarcos en otra parte».

Sólo un hombre no se sometió a los dictados de *Fortitude*, el hombre cuya nación se estaba liberando: Charles de Gaulle. No hubo ni un solo francés, ni siquiera el mismo De Gaulle, que no conociese el secreto de engaño de *Fortitude*. Ninguno llevó a su boca aquellas palabras en la lengua de Voltaire. De Gaulle dejó de lado el texto que los planificadores de *Fortitude* habían preparado para él y escribió su propio discurso, en alas de un corazón que desbordaba de emoción. Consiguió decir exactamente la cosa más equivocada:

—La batalla suprema ha comenzado —dijo—, el golpe decisivo...

En Storey's Gate, la sala de operaciones de las Salas Subterráneas de Guerra de Churchill se había convertido en un segundo puesto de mando de la invasión. El general Brooke, el mismo Churchill, los ministros del gabinete y los jefes de Estado Mayor entraban y salían cada quince minutos, consultando los mapas de invasión, los últimos comunicados de las playas, la carpeta negra con las interceptaciones «Ultra» de las comunicaciones de Alemania.

Ridley estaba agotado y desconsolado. *Fortitude* había comenzado mal. Garbo, era su jugador maestro, el caballo con cuya súbita jugada había contado para hacer jaque mate a los alemanes en el momento crítico de decisión... Y debido a que Madrid no había estado a la escucha a las tres de la madrugada, el mensaje tan astutamente diseñado para convertir a su español en un oráculo, no había llegado a Berlín hasta después de iniciarse la invasión. Todos sus planes, todas las horas implorando el acuerdo de Eisenhower respecto de una idea que iba en contra de todas sus doctrinas de soldado, desperdiciados a causa de la incompetencia de algún desconocido cabo alemán. Ridley se estremeció y encendió otro cigarrillo, con sus cansados ojos incapaces de apartarse de los mapas que tenía ante él. ¿Podría su plan dejar en su sitio aquellos «Panzer» del Quinto Ejército de lo que tanto dependía de sus movimientos (o no movimiento)? Los cálculos eran tan finos, las permutaciones tan complejas, los riesgos tan enormes...

A unos cuantos kilómetros de distancia, otro oficial británico miraba desconsolado la calle que se hallaba debajo de la ventana de su despacho. La noticia de que la invasión había al fin comenzado, no aportó ninguna alegría al comandante Frederick Cavendish. Su capacidad para la alegría aquel martes, 6 de junio, había quedado dispersada por completo a causa del cable que había dejado encima de su escritorio el primer motorista procedente de la emisora receptora del SOE en Sevenoaks. El pensamiento de que aquella encantadora muchacha, que se había sentado enfrente de su escritorio hacía sólo cuarenta y ocho horas, se encontrase en manos de la Gestapo enfermó y descorazonó a Cavendish. Y lo que había estado a punto de destruirle fue el comprobar que él mismo tenía una parte de culpa muy importante en su detención. «¿Por qué —se preguntó a sí mismo— había permitido que Dansey le convenciese de que siguiese manteniendo operativo a Paul?

Cavendish volvió a su escritorio y leyó de nuevo las palabras del cable de Aristide. Si la traición de Paul se hubiese limitado a permitir que los alemanes leyesen las materias secretas contenidas en los paquetes que enviaba, hubiera dispuesto que escapase con sólo unos cuantos años en Wormwood Scrubs. Pero el traicionar —deliberada y vilmente— a una compañera agente ante la Gestapo, constituía un crimen para el que no había perdón en el alma caritativa de Cavendish. Nada en su vida ni en sus antecedentes le había preparado para una cosa así.

Con una simple frase, condenó a un hombre a muerte.


Para el coronel barón Alex von Roenne, el martes 6 de junio, representaba la culminación de toda una vida al servicio de las Fuerzas Armadas de Alemania. Aquella mañana, en respuesta a la orden urgente del general Jodl, preparó para la conferencia de mediodía del Führer la más importante valoración de Inteligencia de su larga y brillante carrera.

A causa de unas circunstancias fortuitas, tenía sobre su escritorio aquella mañana del martes, un paquete entregado recientemente de parte del Cuartel General de la Abwehr en la Tirpitzstrasse. Contenía el resumen de la Abwehr del material *Fortitude* del agente doble Bruto, enviado cada noche a París desde el 31 de mayo. Para Von Roenne aquello constituía un don del cielo. Le proporcionaba la estructura en que situar la masa de datos en bruto que había ido recogiendo los últimos dos meses, a partir de las interceptaciones inalámbricas, ocasionales fotografías aéreas e informes de los agentes.

Los desembarcos normandos, comenzó Von Roenne en su «Informe de Situación Oeste 1288», hasta aquel momento «habían empleado sólo una relativamente pequeña porción de las tropas disponibles». Todo, decía, indicaba que «se planean ulteriores operaciones».

Luego, tras describir su fuente como «un fiable informe de la Abwehr del 2 de junio «procedió a establecer *in extenso*, y en beneficio de Hitler, los contenidos de los mensajes de Bruto. Todo estaba allí, tal y como Henry Ridley había deseado que estuviese: la división de las fuerzas aliadas en dos Grupos de Ejército, el Vigésimo primero, al mando de Montgomery, en el sudoeste de Inglaterra, el inexistente Primero de Estados Unidos, al mando de Patton, enfrente de Calais, la descomposición del Primer Grupo de Ejército estadounidense en los Ejércitos Primero canadiense y Tercero estadounidense.

«Ni una sola unidad del Primer Grupo de Ejércitos de Estados Unidos, que comprende aproximadamente veinticinco grandes formaciones, se ha visto comprometido hasta el momento —informó—. Aquello demostraba claramente, siguió escribiendo, que el enemigo planea una operación posterior a mayor escala en la zona del canal, que cabe esperar que se dirija a un sector costero en el Pas de Calais.»

Un millón de fantasmas, el fantasmal Primer Grupo de Ejército estadounidense de *Fortitude* había entrado en la Historia en la más crítica valoración de Inteligencia realizada por el Ejército alemán durante la Segunda Guerra Mundial. Al cabo de unos minutos, el informe de Von Roenne se encontraba camino de los cuarteles de Hitler y de los quince comandantes alemanes y oficiales que tenían derecho a recibirlo. Entre ellos se encontraba el oficial de la Gestapo que había entrado en aquel círculo de élite tras apoderarse, finalmente, del RSHA de la Abwehr el 1 de junio: el *Obersturmbannführer* Hans Dieter Strömelburg, en París.

Las neblinas lechosas que se alzaban desde el mar y la orilla, el humo aceitoso de millares de hogueras, la acre niebla de la pólvora disparada, sumían las playas de invasión normandas en caos y confusión. La fuerza de un bombardeo aéreo y naval sin precedentes —10.000 toneladas de explosivos— había sido el heraldo del desembarco. Sin embargo, tales andanadas, unos disparos tan tremendos, habían hecho poco más que atontar a los alemanes que defendían las playas.

Las primeras tropas llegaron a la Playa Utah, exactamente donde el ayudante naval de Rommel el almirante Friedrich Ruge, había predicho dos semanas antes que lo harían. Los dioses de la guerra les habían favorecido. Una desacostumbradamente poderosa corriente generada por la tormenta, había desviado las barcazas de desembarco 500 metros de su objetivo original y bien defendido, hasta otro carente virtualmente de defensas. Constituyó un fruto afortunado del Día D.

Las veteranas Ratas del Desierto de la Quinta División de Infantería británica apenas tuvieron que combatir para llegar a tierra. En Playa Juno, los canadienses llegaron en una agitada resaca provocada por la tormenta, que hizo zozobrar las lanchas de desembarco y ahogó a montones de hombres. Sin embargo, fue en la Playa Omaha, un suave arco de 6 kilómetros de arena, dominado por acantilados de 70 metros de altura, donde se produjo el desastre. El mal tiempo, la oscuridad, un mar agitado y una inesperada y fuerte corriente convirtieron en una pesadilla el viaje hasta la orilla de las lanchas de desembarco de las Divisiones Primera y Vigésimo novena estadounidenses. Los alemanes no dispararon hasta que las lanchas llegaron a las playas. Cuando abrieron fuego, los artilleros navales en el mar no pudieron localizarles para devolver los disparos a causa del humo y la niebla. Los hombres asustados y mareados de la primera oleada pudieron escuchar las descargas de las ametralladoras iniciar un tableteo metálico sobre las rampas de sus lanchas de desembarco. Cuando las rampas se bajaron, algunos, demasiado cargados, saltaron hacia un lado para evitar el ametrallamiento y se ahogaron; otros, manteniendo la respiración, trataron de ocultarse debajo del agua.

Con mochilas de 40 kilos, con agua hasta el pecho, el resto avanzó con agonizante lentitud como muñecos en un tiro al blanco para las ametralladoras alemanas. Resultaron tan devastadoras las descargas de dichas armas, que algunos hombres retrocedieron desde el borde de la playa y se dejaron arrastrar por las olas, como si de algún modo el manto verde del mar pudiese protegerlos de la muerte. Otros trataron de auxiliar a los camaradas heridos, ahogándose al hacerlo. Muchos se encontraban tan agotados y aterrados que se dejaron caer sobre el agua poco profunda, para que la fuerza de las olas los arrastrase hasta la playa.

Cuando la segunda oleada llegó, acabó de completarse el desastre. Los vehículos se arracimaron al borde del agua; los cadáveres se amontonaron delante de las plazas fuertes alemanas. Los hombres sin líderes se agruparon a lo largo de los rompeolas mientras detrás de ellos sus camaradas heridos, que gritaban pidiendo auxilio, se ahogaban en la siguiente marejada. A las 1100, Playa Omaha era poco más que unos centenares de metros de arena sembrada de cadáveres. La pesadilla recurrente de Winston Churchill se había convertido al fin en una realidad. La resaca que azotó las arenas de Omaha espumeó de un rosa brillante con la sangre de los centenares de jóvenes norteamericanos que habían muerto allí desde el alba.

La celda de Catherine era un poco mayor que un armario ropero de dimensiones fuera de lo normal. Su cama era un catre de hierro oxidado con unos travesaños de madera donde habían arrojado un colchón de algodón. Había dormido, no sabía durante cuánto tiempo, sobre una quejumbrosa marea de dolor. Ahora se despertó lentamente, a su pesar. Muy alto por encima de su cabeza, un sol mortecino se filtraba por una desnuda ventana. Dedujo que sería ya mediodía.

Afuera sólo escuchaba un sonido: la monótona y metronométrica caída de las botas del guardia de la SS, mientras caminaba lentamente arriba y abajo por el pasillo en el ático del 82 Avenue Foch. Periódicamente, el guardián efectuaba una pausa para mirarla a través de la mirilla que se hallaba en la puerta metálica de la celda. Al principio, aquellos burlones ojos que devoraban su tullida desnudez, la humillaban y encolerizaban. Luego aprendió a ignorarlos: la modestia, se dijo a sí misma, era un estado de la mente, y no sólo el vestido.

Alguien había arrojado sus zapatos y ropas formando un montón en un rincón de la celda. Ocasionalmente, sus ojos se dirigían al mismo, a la dorada borla de su zapato con su promesa de una eterna liberación de su sufrimiento. Sin embargo, comenzaba ya a mirarlo con desapego. Ya no se arrastraría hasta él y lo agarraría para la liberación que le ofrecía. Lo había soportado. Y continuaría soportándolo.

Durante lo que le pareció una hora o poco más, permaneció despierta sobre su catre, realizando un inventario, miembro por miembro, de las heridas y magulladuras que los látigos de sus torturadores habían desgarrado en su carne. Al otro lado de la celda, en el ángulo de la pared, había un grifo de agua y un cuenco. Con un esfuerzo supremo de voluntad, Catherine consiguió ponerse en pie y recorrer dando bandazos el suelo de la celda hasta el grifo. Si debía sobrevivir, comenzaría la lucha para esa supervivencia aquí, en esta celda. Como mejor pudo, se lavó sus heridas con el agua fría del grifo. Cada aplicación del líquido a sus abiertas laceraciones constituyó algo doloroso; sin embargo lentamente, la conmoción producida por el agua en su piel la fue reviviendo.

Se secó de la mejor forma posible con la funda del colchón y luego se vistió. Se obligó a sentarse encima del catre para mirar hacia la apertura en la puerta, por lo que ahora podía contestar con las suyas a las miradas inquisitivas del guardián, comprobando por primera vez la emoción estimulante que llegaba a constituir el odio.

De repente, a la distancia, oyó el ruido de unos pies que subían corriendo la escalera desde los despachos de abajo. Volvían a por ella. Los pies golpearon imperiosos por el corredor de madera del ático hasta la celda contigua a la suya.

Escuchó el crujido de la puerta metálica de la celda al abrirse, luego una mezcla de pisadas y un grito. A aquello siguió el terrible golpe sordo de un objeto pesado aporreando en la carne. Un aullido de dolor resonó en el ático. Mientras continuaban aquellos horribles golpes, el ruido se redujo a un quejido y a la voz desesperada del hombre que imploraba:

—Por favor, por favor...

Los intrusos se detuvieron tan súbitamente como habían comenzado La puerta de la celda se cerró con un fuerte golpe y sus enfurecidas pisadas recorrieron el pasillo y descendieron por las escaleras. Sólo el angustiado sollozo de un alma quebrantada siguió llenando el vacío de silencio que habían dejado detrás de sí.

Catherine se cubrió aterrada con los brazos su golpeado pecho, al pensar en la agonía que inspiraba aquel hombre apaleado. ¿Cómo podría socorrer a aquel compañero resistente sin rostro de la puerta de al lado? El hablarle a través de la mirilla podría aportar la misma furia golpeadora, esta vez contra ella. Tal vez conociese el código Morse. Se sacó un zapato y se acercó a la pared. En Morse, pulsó las letras QRK IMI: «¿Cómo me recibes?»

Apretó las orejas contra la pared hasta que escuchó un leve golpe en respuesta. Luego, lentamente, transmitió el único consuelo que podía ofrecer a aquel hombre:

—Valor —le indicó—. Resiste. Están a punto de llegar.

En Berchtesgaden, Hitler durmió hasta mediodía. Recibió su primer informe del desembarco después de desayunar, en bata, de un par de ayudantes que le trajeron un mapa de situación a su dormitorio en el Berghof. Con qué satisfacción debió contemplar aquellos contornos... Los aliados habían desembarcado en Normandía, exactamente como predijera en marzo a sus generales y mariscales de campo que harían en los mismos lugares de desembarco sobre los que había llamado la atención de Rommel y Von Rundstedt desde mayo.

—Ahora —pronunció— los tenemos donde podemos destruirles...

Su conferencia de estrategia de mediodía tuvo lugar en el castillo de Klessheim, a una hora de coche del Berghof, donde ofrecía al nuevo Primer Ministro húngaro, Dome Szojoay, una comida oficial. Reía y se hallaba despreocupado. Luego, exactamente como los oficiales de Inteligencia de Eisenhower habían apostado y predicho que haría, previno a su entorno de que era aún prematuro comprometer sus fuerzas en un curso de acción. Por la razón que fuese, aún no estaba dispuesto a seguir lo que su famosa intuición le señalaba. Normandía podría ser una diversión, declaró, una trampa diseñada por los aliados para engañarle y lograr que se comprometiera. El silencio a lo largo de la costa del canal resultaba ominoso. Tal vez era allí donde se produciría el verdadero asalto en cuanto el tiempo se despejase. Aquel momento requería de una calma olímpica, el sereno desapego del comandante por encima del estrépito de la batalla, que deja desarrollarse la situación antes de comprometerse, sin dar una rápida e instantánea respuesta al desafío de los aliados.

¿Por qué titubeaba? ¿Sería porque desde Stalingrado, había quedado conmocionada la fe en la infalibilidad de su intuición? ¿O porque las envenenadas insinuaciones de *Fortitude* comenzaban a influir en su pensamiento? En cualquier caso, no fue hasta terminar el almuerzo cuando Hitler convino, finalmente, en otorgar a Von Rundstedt las dos Divisiones Panzer que el comandante en el Oeste había pedido antes del amanecer. Para entonces, las fuertes neblinas de la mañana habían desaparecido; los cielos normandos pertenecían al sol y a los cazas aliados. Los invasores, que luchaban por seguir manteniendo el pie en las orillas de Francia, quedaron libres del asalto que hubiese puesto punto final a la invasión de Europa. En lugar de enfrentarse a las Divisiones Panzer el Día D, sólo deberían hacer frente a un regimiento.

Como correspondía a un servicio de espionaje cuyos orígenes se retrotraían a Sir Francis Walsingham y al reinado de la reina Isabel I, el cuartel general del MI6 en el «Broadway Building», en el 52 Broadway, enfrente de la estación de Metro de Saint Jame's Park, contemplaba los tumultuosos acontecimientos de Normandía con aire de serena indiferencia. Los criados y guardias del servicio, inválidos y brigadas de las guerras anteriores, iban y venían con sus uniformes azules, con voces apenas levantadas para comentar lo que sucedía al otro lado del canal. Los oficiales que se disponían a entrar al trabajo y subían en el viejo ascensor del edificio de ocho plantas, comentaban el desembarco con una o dos frases elípticas, un reconocimiento suficiente en un servicio en que los triunfos merecían sólo un susurro y los desastres una mirada.

«C», Sir Stewart Menzies, había tenido una conferencia al mediodía con Sir Winston Churchill, en Storey's Gate, acerca del desarrollo de la invasión. Luego almorzó ligera y rápidamente en «White's», antes de regresar a Broadway a la hora en que Adolfo Hitler estaba entregando tardíamente dos de sus Divisiones Panzer a Von Rundstedt. Su primer visitante de la tarde fue el joven oficial que servía como su Jefe de Estado Mayor personal, particularmente en aquellas materias que «C» deseaba, o bien controlar él mismo o reservar para un círculo muy restringido. Al igual que «C», D. J. Whatle-Serrel era un antiguo etoniano, ex-servidor en la Guardia, un hombre tan de confianza como su linaje resultaba impecable.

Aquella tarde aportó tres carpetas secretas. El primer informe se refería a los contactos del MI6 con la Resistencia alemana, la *Schwarze Kapelle*. Una vez tratado esto, Whatley-Serrel abrió su segunda carpeta que llevaba la etiqueta de *Fortitude*.

—Hemos recibido confirmación de que la mujer fue arrestada a su llegada a Calais, señor —le dijo—. Sus contactos allí comunicaron con Sevenoaks, vía el transmisor en Lila, que la Gestapo cree que han convertido.

«C» asintió.

—¿Y dónde se la han llevado?

—Creemos que a París, puesto que la orden de trasladarla allí procedía de Strömelburg y fueron sus hombres quienes la siguieron hasta Calais. Éste —prosiguió mostrando un pliego a su superior— es el mensaje que Lila envió anoche a Aristide, el hombre del SOE.

«C» lo leyó. Sus cejas se alzaron en una fina línea.

—Así que van tras la cabeza de Paul, ¿verdad? Supongo que es difícil sorprenderse en las actuales circunstancias.

Whatley-Serrel emitió embarazado una tosecilla.

—Así es. Desgraciadamente, señor, tenemos un problema a este respecto.

—Hum...

—En la sucesión de tantos asuntos de esta mañana, Cavendish ha mandado una réplica por cable desde Sevenoaks sin que nuestros contactos lo hayan revisado.

—Comprendo.

—Ha autorizado una *carte blanche*.

—¡Maldita sea!

«C» parpadeó varias veces bajo el impacto de aquellas noticias.

—¿Y por qué ha sido así? Deberíamos haber realizado un cortocircuito al respecto cuando llegó anoche.

—Señor...

—Y ahora, ¿qué podemos hacer para salvar a Paul?

—¿El SOE?

—El SOE no sabe absolutamente nada acerca de nuestras relaciones con Paul, y desearía que continuasen desarrollándose en su estado de ignorancia total. Además...

«C» había cerrado los ojos para concentrar mejor su mente.

—El único canal de Cavendish con Aristide es vía aquella radio de Lila. Cualesquiera nuevas instrucciones que le envíe deberían pasar por manos alemanas, lo cual comprometería las cosas mucho más de lo que yo quisiera.

—Si la gente del SOE le captura..., ¿qué les dirá Paul para salvar el pescuezo? Siempre y cuando demos por supuesto que le den tiempo para explicaciones.

—Sí...

«C» hizo una mueca.

—Lo más probable es que le abatan a tiros, ¿no es verdad? Aunque supongo que si le dan una oportunidad, les contará, naturalmente, que trabajaba para nosotros.

—¿Y le creerán?

—Buena pregunta... Les dirá que le pedimos que se pusiese en contacto con Strömelburg. Eso, naturalmente, fue idea de Claude. Había realizado un estudio a fondo de nuestro amigo alemán y llegó a la conclusión de que quedaría más que impresionado por el ligero anticomunismo de Paul, lo cual era en realidad cierto.

—¿Cree que será capaz de convencer a alguien de todo esto?

—Tal vez. Puede ser muy persuasivo cuando se lo propone. Comprenda, cree que lo enviamos a Strömelburg sólo porque estábamos convencidos de que la reacción de Strömelburg sería proteger sus operaciones. A fin de cuentas, un buen maestro de espías siempre prefiere mantener una operación del enemigo como ésta en funcionamiento, si se encuentra en posición de vigilarla y controlarla. Naturalmente, la realidad fue que Claude esperaba que Strömelburg cubriese la operación para un acceso regular a los paquetes del correo, que era precisamente lo que deseábamos que él viese.

El jefe de los servicios de Inteligencia ofreció a su subordinado una fría sonrisa.

—Y así fue exactamente como reaccionó nuestro amigo alemán. Tal y como fueron las cosas, pudimos emplear esos paquetes para el uso que pretendíamos; pero esas cosas nunca se desenvuelven exactamente como uno las planea. Lo cual nos lleva a nuestro problema de tratar de proteger a Paul. ¿Se ha puesto en contacto con él esa chica del «Uno Dos Dos»?

—No, señor. Dispusimos esto sólo en una dirección por razones de seguridad.

«C» suspiró.

—Envíele urgentemente un mensaje. Dele instrucciones para que le explique a Paul que sus compañeros resistentes se hallan ahora a la caza y que desean su cabeza. Dígale que se oculte o que se ponga abiertamente al lado de Strömelburg, lo que considere más cómodo.

—Sí, señor.

—Es una lástima que esa chica no tenga un contacto. Las exigencias del servicio secreto, por desgracia, son a veces muy estrictas...

Una llamada telefónica desde Berlín despertó a Hans Dieter Strömelburg del sueño, provocado por las drogas, en el que había caído tras terminar la sesión de tortura de Catherine Pradier. Quien llamaba era su superior Ernst Kaltenbrunner, y se hallaba en un estado de gran furia. Le gritó que la Wehrmacht había dejado por completo de lado el inestimable servicio de espionaje llevado a cabo por el juego de radio del doctor. El Séptimo Ejército, en cuya costa se había producido la invasión, no había llegado a ponerse en estado de alerta.

Aquello no fue todo lo que le dijo Kaltenbrunner. Se había producido una ominosa pauta de ausencias en el Frente occidental: Meyer Detring, el jefe de Inteligencia de Von Rundstedt, en Berlín; el general Feuchtinger del Vigésimo primer Panzer, en París; los oficiales de alta graduación del Séptimo Ejército, que jugaban a la guerra en Rennes; el mismo Rommel en Alemania. Himmler se había preguntado si detrás de todo ello podía existir una conspiración, un oscuro esfuerzo por abrir las puertas de Europa occidental a los aliados. Ordenó que Strömelburg comenzase una investigación inmediata acerca de tal posibilidad siniestra.

El*Obersturmbannführer* se duchó y se vistió tan rápidamente como le fue posible. Cuando acabó, su primer acto fue llamar a su fiel acólito el doctor para informarle de que su advertencia había sido ignorada y que, a fin de cuentas, el cálido aliento de la Historia había sólo pasado a su lado.

El doctor quedó alicaído; tantas horas de trabajo, tantos esfuerzos desperdiciados para nada. Desanimado, pasó a Strömelburg el claro cable de sólo una línea que Lila acababa de recibir de Cavendish:

«Está autorizado para tener carta blanca en sus relaciones con el oficial de operaciones aéreas», decía el mensaje.

—¿Y qué cree que significa esto? —le preguntó a Strömelburg.

—Significa que dan permiso a Aristide para matar a Gilbert...

—¿Debo ordenar a Lila que detenga a ese agente cuando se presente por la respuesta?

—¿Dónde está Gilbert?

—En Sarthe en una operación. Debe regresar mañana.

Strömelburg, con su mente aún a ritmo lento por las secuelas de su pócima para dormir, vaciló. Odiaba tener que cerrar una radio si le era posible evitarlo. Y razonó, que la Resistencia probablemente trataría de matar a Gilbert, con el consentimiento o no de Londres.

—No —respondió al fin—. Dele el mensaje.

—Pero matarán a Gilbert...

—No, no lo harán. No se lo permitiremos. Que Konrad vigile su apartamento mañana por la mañana. Es allí donde le estarán aguardando. Dígale a Konrad que traiga a Gilbert aquí.

Según T. F. O'Neill, dos cosas caracterizaban a las oficinas subterráneas de la Sección de Control de Londres, en Storey's Gate: ojos enrojecidos y agotamiento. Ridley, según sabía, llevaba cuarenta y ocho horas sin meterse en la cama. El coronel vivía de cigarrillos y de nerviosismo. Él mismo sólo había podido dormir unas pocas horas. Había pasado el día siguiendo la evolución de la batalla en Normandía y en una incesante búsqueda de formas de limitar el perjuicio llevado a cabo en sus esfuerzos por fomentar a Garbo a ojos de los alemanes, a causa del fracaso del operador de radio en Madrid en captar la emisión de las tres de la madrugada.

Para el joven americano, aquello había constituido una reveladora experiencia. Estaba seguro de que en ninguna parte de Estados Unidos había personas que hubiesen soñado jamás hacer aquella clase de cosas, que parecían una segunda naturaleza en su pequeña banda de socios. Esta camarilla de conspiradores, de los que se había burlado en un tiempo tachándoles de locos, y a la que ahora pertenecía, habían pasado horas en torno de una mesa cuidando los movimientos de un hombre en Londres, calculando cada aspecto, hasta el menor detalle, de su día imaginario respecto de sus efectos en la Inteligencia alemana.

Según la historia que los engañadores de *Fortitude* habían preparado para él, Garbo trabajaba en el Ministerio de Información, donde ayudaba al director, un amigo íntimo, con traducciones al español para radiarlas a través de la «BBC» a España y Sudamérica. Dado que entregaba sus textos —en clave, como es natural— a su operador de radio mucho antes de su emisión, y puesto que, por razones de seguridad, el operador no sabía cómo llegar a él, Garbo había acudido a su escritorio en el Ministerio de Información la mañana del 6 de junio, un hombre en extremo feliz, convencido de que había prevenido a la Abwehr de que la invasión aliada se encontraba en marcha. Al mediodía, fue llamado para una reunión en la sección de jefes del Ministerio. Allí le habían facilitado una «Directriz especial» para el Ministerio del Ejecutivo de la Guerra Política.

Garbo consideró ese texto de suficiente importancia como para asumir el riesgo de copiarlo en sus puntos principales en el dorso de una vieja tarjeta, que hizo desaparecer con él al acabar sus tareas del día. En cuanto llegó a casa, la puso en clave. Su intento consistía en impedir cualquier especulación en la Prensa acerca de desembarcos en cualquier otro sitio de la costa francesa. Las instrucciones decían que toda la Prensa y los informes por radio deberían enfatizar la importancia de las operaciones en Normandía. No se permitía la menor referencia a cualesquiera diversiones u operaciones futuras. Destinado a ser leído «a la inversa» por los alemanes, el texto se consideraría que preparaba para un segundo y más importante asalto...

Informó a continuación a Kuhlenthal de que, en vista de la importancia de lo que estaba sucediendo, decidió por propia iniciativa, convocar en Londres a sus tres mejores agentes, agentes que el alemán conocía y respetaba, y que eran llamados en clave Donny, Dick y Dorick, para una revisión a gran escala de la situación. Su camarero gibraltareño, informó a Kuhlenthal, estaba camino de un escondrijo seguro en Gales. Su relato del día concluía con una nota de autosatisfacción, en la

que expresaba su inmensa alegría de que «la primera acción de los
aliados careciese del factor sorpresa», a causa de su mensaje de las tres
de la madrugada.

Luego, agotado pero devoto hasta el final a la causa del nacionalsocialismo, Garbo había tomado el Metro hasta Hampstead Heath para
entregar su mensaje en clave a su operador de radio. Estaba entregando
aquel texto, cuando el pobre Garbo se enteró de que su fatídico despacho
de la noche anterior no había sido enviado hasta las 0700 de aquella
mañana. Furioso y con el corazón roto, había salido de nuevo y en un
banco del parque codificó un segundo mensaje para Kuhlenthal. Era
una triste visión de un agente traicionado por la incompetencia de aquel
de quien dependía, de un espía que arriesgaba su vida cada hora del
día y que averiguaba que el más preciado de sus secretos era ignorado.
Escribía, afirmaba «a pesar de mi cansancio y agotamiento, que a causa
de trabajo excesivo debiera haberme agotado por completo». Estaba
«disgustado a causa de que en su lucha por la vida y la muerte no
puedo aceptar excusas de negligencia. Si no fuera por mi fe y por mis
ideales —concluía— abandonaría este trabajo».

Toda aquella serie de mentiras, ligadas de una forma tan seria como
en el guión de una película, T. F. sabía que estaban ahora saliendo a las
ondas gracias a un sargento del MI5 en Hampstead Heath.


Más avanzado aquel día, martes, 6 de junio, el mariscal de campo
Gerd von Rundstedt convocó a sus principales ayudantes a una conferencia en su sala de operaciones en Saint-Germain-en-Laye. El último
caballero teutónico había pasado el día muy lejos del estrépito e innoble
caos del campo de batalla, en la serena contemplación de sus mapas
y de sus informes de Inteligencia. Mientras los americanos luchaban
desesperadamente por mantenerse en Playa Omaha a mediodía, había
estado podando las rosas del rosal de su jardín.

Su jefe de Estado Mayor valoró la sospecha del coronel Von Roenne
sospecha creciente, en el entorno de Hitler, respecto de que Normandía
constituía una diversión, una finta para forzar una prematura reacción
alemana.

El viejo mariscal de campo ponderó la información y luego proclamó que Von Roenne y el entorno de Hitler se hallaban en un error. Normandía no era una diversión: era la invasión. Los aliados habían ataca-
do una gran faja de zona costera. Habían empleado sus mejores Divisiones aerotransportadas, las «Ratas del Desierto» del viejo Octavo Ejército de Montgomery, y la Primera División de Infantería norteamericana
para dirigir el asalto. No desperdiciarían esas estupendas fuerzas en una
diversión. Proclamó que había llegado el momento para Rommel de que
hiciese la única cosa que los aliados no deseaban: que comenzase a
liberar sus fuerzas disponibles, especialmente los «Panzer» del Decimoquinto Ejército, que se agrupaban en el Pas de Calais. Tras haber emitido
su juicio con la autoridad de un Papa leyendo una encíclica recientemente redactada, ordenó a su subordinado que informasen a Rommel y
al Cuartel General de Hitler. Luego se fue a la cama.

En La Roche Guyon, a una hora de distancia en coche, el día más largo de la vida del mariscal de campo Erwin Rommel estaba llegando a su final. Mientras su coche se detenía ante los escalones del *château* y el mariscal de campo salía del vehículo, las majestuosas notas de la obertura de *El holandés errante* de Wagner se deslizaron a través de las grandes puertas del *château*.

—¿Los aliados han desembarcado y está escuchando música? —le gritó encolerizado su ayudante al jefe de Estado Mayor de Rommel, el general Hans Speidel.

—¿Cree que eso cambiará algo? —le replicó Speidel, dirigiendo a su subordinado una dura mirada.

Con característica energía, el mariscal de campo se sumergió en una inmediata conferencia para valorar la situación. Su lectura fue por completo diferente a la de Von Rundstedt. Su Jefe de Inteligencia le informó de que Von Roenne había llamado a las 5.20 de la tarde para prevenirles de que veinticinco Divisiones del Primer Grupo de Ejército estadounidenses, en el sudeste de Inglaterra, no había entrado aún en combate; debía esperarse en breve plazo un asalto más importante en el Pas de Calais.

Sus palabras fueron más suaves a los oídos del mariscal de campo que la música de Wagner. Había prometido derrotar a los aliados al borde del agua, pero cuando vadeaban para llegar a la orilla aquella mañana, se encontraba a 800 km de distancia, llevando acabo un desesperado monólogo en la parte trasera de su coche. Ahora casi esperaba desesperadamente que se produjese otro asalto aliado en las playas de Calais, donde había predicho hacía ya muchos meses que lo harían. Allí sí les detendría en el borde del agua. No haría salir ni un tanque ni un soldado del Pas de Calais. Los mantendría allí para la batalla decisiva de la que dependían el destino de Alemania y su propia reputación, para el momento en que las Divisiones del Primer Grupo de Ejército estadounidense tratasen de llegar a tierra a través de las fortalezas del Muro del Atlántico.

Era cerca de medianoche en la Sala Subterránea de Guerra, en Storey's Gate, cuando llegó el mensaje. Un ciclista de la Sección de Transmisiones de Inteligencia del MI5 se lo entregó a Ridley en una caja cerrada de despachos. T. F. observó cómo su superior inglés la abría y luego siguió la sonrisa de la más pura satisfacción que se extendía por sus rasgos. T. F. pensó que se trataba de la primera sonrisa que había visto en aquellos días.

El mensaje era de Kuhlenthal, el representante de la Abwehr en Madrid, y estaba destinado a consolar a su abatido agente, Garbo. Ridley lo leyó en voz alta a los miembros de su sección que aún permanecían de servicio.

—«Deseo subrayar en los términos más claros que su trabajo durante las últimas semanas ha hecho posible a nuestro Alto Mando estar completamente prevenido y preparado. Le transmito a usted, y a todos sus colaboradores, nuestro total reconocimiento por su perfecto y querido trabajo, y le ruego que continue con nosotros en las supremas y decisivas horas de la lucha por el futuro de Europa.»

Ridley efectuó una pausa.

—El Führer —anunció— ha ordenado a Kuhlenthal que informe a Garbo de que se le ha concedido la Cruz de Hierro de primera clase...

Incluso T. F. se sintió contento. Garbo, su precioso Garbo, resultaba claro que había vuelto al juego. ¿Cómo podían los alemanes, cuarenta y ocho horas a partir de este momento, no prestar atención a las advertencias de un espía al que habían otorgado una de sus condecoraciones más importantes?

El propio alivio del coronel quedó de manifiesto. Miró el mapa de situación en Normandía tal vez por milésima vez aquel día, a las figuras negras que representaban las Divisiones Panzer del Decimoquinto Ejército. Había muy poco en aquel mapa que le confortara.

—¿Se acuerda de lo que Monty dijo en Saint Paul? —preguntó a T.F.

—¿Acerca de su porcentaje de concentración?

—No. Respecto de que si no tomábamos Caen, Bayeux y Carenton el Día D, nos encontraríamos en el más grave de los problemas.

Ridley hizo un ademán hacia el mapa.

—Hoy no tomaremos ni una sola de ellas.

Hizo ondear su «Players» hacia las playas de la invasión.

—Existe una brecha de quince kilómetros entre nuestras playas y las suyas. Si Rommel lo averigua, Dios sabe lo que hará. Estamos en tierra. Eso es todo cuanto podemos decir. Nada está decidido. Todo se producirá esta noche.

Con desgana, el inglés se apartó de aquella gráfica representación de las preocupaciones que le acosaban.

—Por lo menos —anunció a su subordinado—, creo que el mensaje de Kuhlenthal se merece una ronda de bebidas en el comedor antes de que todos nos vayamos a la cama.

Estaban cerrando los archivos cuando sonó el teléfono.

—Atiéndalo, por favor —le pidió Ridley a T. F.

El joven americano reconoció la distintiva voz carrasposa de «C», el jefe del MI6, El Servicio Secreto de Inteligencia británico.

—Es para usted, señor —dijo respetuosamente, pasando el teléfono a Ridley.

—Comprendo —replicó Ridley a quien le llamaba—. ¿Dónde se la han llevado? ¿A la Avenue Foch?

Se produjo una pausa mientras digería lo que Menzies le decía. La casi jovial expresión de sus pensamientos, inspirada por Kuhlenthal, había quedado remplazada por un aire distante y preocupado.

—El tiempo lo dirá —contestó—. Buenas noches.

—¿Anda algo mal? —preguntó T. F.

La pregunta pareció llegar a un hombre que se encontrase a miles de kilómetros de distancia, en algún ensueño de tipo privado. Ridley chupó con fuerza de su «Players».

—¿Decía...? —preguntó.

Y luego:

—Oh, sí. Al parecer, la Gestapo ha detenido a la joven dama que llevó a Tangmere la otra noche.

—¡Oh, no! —jadeó T. F.—. ¡Qué cosa tan horrible!

—Sí —convino Ridley—. Algo espantoso. Pero así son las cosas...

Sexta parte

## «LA SANGRE DE LA LIBERTAD»

## PARÍS-LONDRES-BERLÍN-BERCHTESGADEN

### 7-10 de junio de 1944

*...una canción nunca canta
el vino nuevo de la justicia
y la sangre de la libertad.*

LOUIS ARAGON

*La congoja*

«Aunque no supiese que los aliados han desembarcado —pensó Paul—, sabría que algo trascendental ha ocurrido con sólo observar a los parisienses que llenan la Gare d'Austerlitz, esta mañana de miércoles del 7 de junio.»

Se percibía un optimismo en la muchedumbre, una rapidez en sus pasos, una nueva agudeza en sus conversaciones. Y, por encima de todo, naturalmente, aparecían las sonrisas burlonas e incluso las ocasionales carcajadas de la gente que se arracimaba en torno de los quioscos de periódicos, observando los titulares de la Prensa colaboracionista, que prometían esperanzados un «masivo contraataque alemán» contra las cabezas de playa aliadas. Sin embargo, en medio de aquel júbilo apenas reprimido, Paul se hallaba agotado y desanimado, como el que está de luto y acude a un festín de bodas. Desde el lunes había vivido con sólo un pensamiento: ¿habría funcionado aquel descarrilamiento? Se abrió camino en medio de la muchedumbre y corrió hacia una cabina telefónica. Para su alivio, Ajax respondió a su llamada.

—¿Funcionó? —jadeó—. ¿Pudo escaparse?

—Ah, Paul.

Por una vez, a Paul le pareció que Ajax parecía alegrarse de veras al oír su voz.

—Estaba aguardando tu llamada.

—¿Está ella bien?

—¿Dónde te encuentras?

—En la Gare d'Austerlitz.

—Vete a la acera enfrente del «Café du Commerce», en el 189 Avenue du Maine tan pronto como puedas —le ordenó Ajax—. Me reuniré contigo allí.

Y colgó.

Paul miró su reloj. Eran las doce y media: demasiado pronto para llamar al «Uno Dos Dos»» para comprobar si su correo en el burdel tenía algo para él. Además, sólo le interesaba una cosa: ver a Denise viva. Tuvo que contenerse para no echar a correr hasta el Metro y tomar el primer tren a la estación Alésia.

Mientras estaba en la acera delante del «Café du Commerce», Paul trató sin ningún éxito calmarse sus nervios desatados, estudiando el flujo de viandantes. Esperaba que Ajax llegase a pie o tal vez en bicicleta, o todo lo más en un ciclotaxi. No estaba en absoluto preparado para aquel «Citroën» negro, con un gasógeno en su parte trasera que lanzaba un desagradable humo gris, y que se detuvo a su lado.

Ajax abrió la puerta trasera. Otros dos hombres iban delante.

—Sube —le ordenó.

Paul observó que iba tan inmaculado como siempre, con el traje planchado, el pelo bien peinado. Su en un tiempo camisa blanca había amarilleado, ante los repetidos lavados con el pobre jabón de la Ocupación, aparecía muy limpia. Sólo un vil cigarrillo *ersatz* en su boquilla de ébano provocaba una nota discordante en su, por otra parte, bien orquestada apariencia.

—¿Adónde vamos? —le preguntó Paul mientras el coche se abría paso por la Avenue du Maine hacia la Porte d'Orléans.

—A Fontainebleau —replicó Ajax.

—¿La recogieron tus hombres después del descarrilamiento? —quiso saber Paul—. ¿La localizaron mientras se escapaba?

Una cálida y amistosa sonrisa se espació por el rostro de Ajax. Una mano tranquilizadora se apoyó en la rodilla de Paul.

—Tranquilízate, muchacho —le dijo Ajax—. Estás tan nervioso como un bulldog tras una perra en celo. Has de tener un poco de fe en tus compañeros resistentes...

Se volvió hacia Paul, mientras la sonrisa de Ajax aún se ensanchaba más.

—Lo mismo que ellos tienen fe en ti...

Con aquella tenacidad de propósitos inacabable que siempre le había caracterizado, Hans Dieter Strömelburg había dedicado veinticuatro horas al encargo que Kaltenbrunner le había asignado el martes por la mañana: averiguar por qué el Alto Mando alemán había ignorado la advertencia de los mensajes de la «BBC», y por qué tantos oficiales de alta graduación se habían encontrado ausentes de sus puestos la noche del 5 al 6 de junio.

Como había sucedido tan a menudo en sus años de policía investigador, su persecución de una serie de pistas no le había llevado al objetivo que buscaba, sino que le había expuesto otra y tal vez más significativa avenida que recorrer. La ausencia de tantos oficiales, concluyó, se debía al tiempo y no a una conspiración. El fracaso de OB Oeste de actuar según las advertencias del doctor, podía adscribirse a la cabezonería prusiana y a no a una traición.

Sin embargo, lo que había descubierto era que, en la noche del 5 de junio, en ausencia de Rommel, su jefe de Estado Mayor, el general Hans Speidel, había celebrado una cena en «La Roche Guyon» en honor de su cuñado el doctor Joachim Horst y el filósofo Ernst Jünger. Los nombres de ambos hombres aparecían en la lista secreta recopilada por el RSHA de individuos sospechosos de conspirar para derribar el Reich.

Acabó su informe mediada la tarde e hizo frente, al fin, a la serie de *Blitzfernschreibens* —teletipos de alta velocidad— que le aguardaban. Uno de ellos le llamó rápidamente la atención. Era el Informe de Situación occidental 1288, del coronel Alex von Roenne, su cuidadosamente razonada valoración respecto de la estrategia aliada, bosquejados a mediodía del Día D. Para Strömelburg, sus conclusiones constituyeron una revelación.

Si Normandía era una finta deliberadamente prevista por los aliados para desequilibrar a los alemanes, para forzar a un compromiso prematuro de las reservas de Alemania, para que el auténtico asalto tuviese lugar en el Pas de Calais, en cuyo caso la clave de cuándo y cómo se llevaría a cabo el segundo asalto languidecía en una de las celdas que había encima de su cabeza. Al haberla dejado allí durante todo aquel tiempo sin ocuparse de ella, se mostró criminalmente inepto, tan inepto como los oficiales de OB Oeste, que ignoraron la advertencia del doctor. Con un impulso de su dedo índice, hizo funcionar un timbre que se encontraba encima de su despacho. Se disponía a enmendarse por su negligencia.

El «Citroën» impulsado por carbón se paró delante de una oxidada reja de hierro empotrada en un alto muro de piedra que rodeaba una especie de mansión en un bosque de las afueras de Fontainebleau. El conductor hizo sonar su claxon dos veces y dos hombres, obviamente miembros de la red de Ajax, abrieron la puerta para permitir el paso del automóvil. Dio una vuelta por la senda cubierta de grava hasta la entrada principal de la casa, un retiro campestre del siglo XIX, construido, probablemente, por algún hombre de negocios parisiense en tiempos de Luis Napoleón.

Paul saltó del coche y comenzó a subir las escaleras.

—¿Dónde está? —gritó a Ajax, que siguió tras él de modo indiferente.

La casa parecía vacía. Sus ventanas estaban cerradas y con las persianas bajadas. La puerta principal se abrió ante él como activada por algún fantasma que encantase aquella propiedad.

—Entra —le ordenó Ajax.

Cruzó delante de Paul y atravesó la ensombrecida entrada, ocupada por dos miembros de su red, hasta llegar a una puerta. La abrió e hizo un ademán a Paul para que penetrase por ella.

Era una pequeña sala de estar iluminada por una bombilla desnuda que colgaba del techo. Enfrente de Paul había un caballete normando y tres sillas alineadas detrás de él. En la pared se veía una bandera tricolor y una fotografía de Charles de Gaulle. Una sola silla estaba situada delante de la mesa de caballete.

Paul se volvió hacia Ajax.

—¿Qué diablos pasa aquí? —aulló—. ¿Dónde está la chica?

Al proferir aquellas palabras vio el «Colt» del 45 con que Ajax apuntaba a la parte media de su cuerpo.

—Siéntate, Paul —le ordenó, señalando la única silla que había ante él.

—¡Me has traicionado! —se enfureció Paul.

—¿Que yo te he traicionado, Paul?

Una helada calma cayó sobre Ajax con la suavidad de una puesta de sol en el desierto al pronunciar aquellas palabras.

—Te he dicho que te sientes.

—¿Qué es esto, alguna especie de juicio bufo? —preguntó Paul, tratando de mostrarse encolerizado pero viendo más bien cómo una oleada de miedo se alzaba en su interior.

—¿Bufo, Paul?

El rostro amistoso y de camarada que había mostrado durante el viaje en coche desde París desapareció y fue sustituido por un repentino endurecimiento.

—En absoluto. Es un auténtico juicio: el tuyo, por traición.

Ajax se acercó a la mesa de caballete. Dos de sus hombres con metralletas «Sten» británicas ocuparon su sitio a un lado y otro de Paul.

—¡Has planeado esta representación! —le gritó Paul—. Siempre me has odiado. ¿Por qué? ¿Por qué?

Ajax rodeó la mesa y se acomodó en el asiento de en medio. Se quedó mirando con fría indiferencia a su prisionero.

—No te odio, Paul. El odio es una emoción demasiado preciosa para desperdiciarla con los traidores.

Al pronunciar estas palabras entraron dos hombres más en la estancia, y se sentaron a uno y otro lado de Ajax. Uno era más bien delgado, de mediana edad, con una barbita a lo Van Dike y unos ojos que parecían perforar a Paul. Se trataba de Aristide.

—¿Dónde está la chica? —preguntó Paul una vez más—. ¿La salvasteis o no?

Fue Aristide el que respondió:

—Está exactamente donde pretendías que estuviese, Paul: en manos de la Gestapo.

—¡Oh, Dios mío, no!

Paul se derrumbó desesperado en su silla; luego, finalmente, miró hacia sus acusadores.

—No es culpa mía. Os lo juro. Le dije a Londres que iban a detener al pasajero que llegase en aquel «Lysander». Les previne. Pero la mandaron de todas formas.

Se quedó mirando a Ajax.

—Te pasé el aviso de que la salvases, ¿no es verdad?

—Sí, acudiste a mí en petición de ayuda, Paul. Pero desgraciadamente demasiado tarde.

El tono de Ajax resultó metódico; parecía en realidad la voz de un abogado que leyese los términos de una acuerdo a ambas partes contratantes.

—Pero dime una cosa, Paul. ¿Cómo sabías que iban a detener al pasajero que llegase en el «Lysander»?

Paul contempló con la mandíbula caída a sus acusadores, como ensartado ante la pregunta de Ajax. Se veía atrapado en el vórtice de unas lealtades en conflicto, pero en las que la preocupación por su propia seguridad comenzaba a predominar con rapidez.

—Mira —le dijo—, no puedo responder a eso. Ahora no. Debes permitirme que se lo explique todo a los de Londres. Tengo mi propio transmisor. Permíteme enviar un mensaje a Londres. Se pondrán en contacto contigo con el canal que desees y se podrán arreglar las cosas.

Ajax se volvió hacia el hombre que tenía a su izquierda y le susurró algo. El hombre asintió y luego contempló a Paul.

—Vacíate los bolsillos encima de la mesa —le ordenó.

Paul hizo lo que le pedían. Mientras Paul lo miraba, comenzaron a examinar al detalle todas sus posesiones: sus documentos de identidad, su *ausweis*, su cartilla de racionamiento, el contenido de su billetero. De repente, se quedó rígido. El hombre con barba sostenía en aquel momento una tarjeta blanca en la mano. Sus ojos ardieron de odio al alzar la mirada hacia Paul. A continuación, sin proferir una palabra, se la pasó a Ajax. Se trataba de la tarjeta que Strömelburg le había dado en su villa de Neuilly para protegerle de las patrullas alemanas si le atrapaban con un arma.

—Puedo explicarlo —jadeó Paul.

Ajax dejó encima de la mesa la cartulina. El odio de sus ojos rivalizaba con la expresión de Aristide.

—Algunas cosas no requieren explicación.

Paul se percató de que su vida se hallaba ahora en juego. Ya carecía de sentido el tratar de proteger algo o a alguien. Sólo una plena e inequívoca revelación de su misión podría salvarle.

—Mira —comenzó—, te contaré toda la historia. Conozco a Strömelburg desde 1937. Sacaba mensajes para él de España durante la guerra civil. El Deuxième Bureau sabía lo que estaba haciendo. Les permitía ver todo lo que llevaba y traía.

Sus ojos saltaron de un rostro a otro, casi suplicándoles que diesen señales de comprender lo que les decía.

—Cuando llegué a Inglaterra, la Inteligencia británica quiso verme. Sabían quién era y que tenía contactos con Strömelburg. Ésa fue la razón de que me mandasen a Marsella. Me pidieron que me cuidase de las operaciones del «Lysander» para el SOE, pero me explicaron que aquello nunca funcionaría a menos que encontrasen una forma de cubrirse. Me pidieron al regresar que me pusiese en contacto con Strömelburg.

—¿Los británicos te pidieron que entrases en contacto con Strömelburg? —le preguntó Aristide, con aquella incredulidad que en un tiempo reservase para los estudiantes novatos de Filosofía que trataban de defender una premisa indefendible.

—Eso es.

—¿Intentas decirme que los británicos te enviaron aquí para poner toda su operación clandestina en manos de la Gestapo? ¿Es así?

—No, porque los británicos son mucho más listos que todo eso. La cosa funcionó exactamente como me dijeron que pasaría. Lo que Strömelburg deseaba era mantener la operación bajo su control, tenerla en sus manos. A fin de cuentas, si estropeaba mi operación, otro tipo «Lysander» se situaría en cualquier otro lugar que él no dominase. Todo el asunto funcionó a la perfección como los británicos indicaron que sucedería. Llevamos a cabo la operación bajo la protección de los alemanes. Incluso avisaron a la Luftwaffe para que no derribase a los aviones.

—¿Y esos paquetes de información?

Ajax pensaba ahora en aquel agente que había sucumbido al interrogatorio a causa de la información que le exhibieron procedente de esos paquetes.

—¿Quieres hacerme creer que en realidad los británicos deseaban que la Gestapo leyese ese material?

—Se trataba de cosas secundarias. Hostia, esto es una guerra. Hay que calcular un equilibrio entre los riesgos y las pérdidas. ¿Qué era más importante: dejarles que lo leyeran o permitir que nuestros agentes entrasen y saliesen sin ser molestados?

—Paul...

Era ahora Aristide, con sus ojos taladrantes dirigidos hacia él.

—Todo hombre tiene derecho a abogar por su vida, pero, por favor, halaga nuestra imaginación con una historia mejor que la que nos estás contando.

—Todo cuanto digo es verdad, lo juro por Cristo.

Paul sintió un sudor húmedo recorrerle la espina dorsal y no pudo ya impedir que la histeria se reflejase en su implorante voz.

—Mira, ya te he dicho que tengo mi propio contacto personal por radio con Londres. Tuve que darle a Strömelburg los detalles de la que empleaba para los aterrizajes. Permitidme que me ponga en contacto con Londres. Ellos os los explicarán.

—Ya hemos enviado a Londres un mensaje acerca de ti, Paul —le replicó Aristide.

—Muy bien —replicó Paul con tono desafiante—. ¿Y qué os dijeron?

—Que te matásemos.

Paul se los quedó mirando con los ojos asombrados de un animal acorralado.

—No lo creo. ¿Quién dijo eso?

—Cavendish.

—¡Cavendish! Hostia, él ni siquiera sabe que trabajo para la Inteligencia británica.

Aristide se lo quedó mirando.

—Son la misma cosa —le dijo, levantándose—. Lo sabes tan bien como yo.

Ignorando las frenéticas respuestas de Paul, hizo un ademán con la cabeza a sus dos colegas, y luego se fue con ellos a una habitación contigua. Cerró la puerta y miró a ambos hombres.

—¿Y bien? —preguntó Ajax.

—Es un traidor. Debemos librarnos de él —declaró Aristide—. No existe ni un ápice de verdad en todo lo que nos ha contado, excepto el hecho de que trabaja para la Gestapo. La tarjeta que hay en su cartera lo demuestra. Es la auténtica pieza de convicción de todo este asunto.

—Estoy de acuerdo —replicó Ajax con juiciosa calma—. Dios sabe a cuántas personas más habrá entregado a los alemanes.

Sus ojos se dirigieron al tercer hombre, el segundo al mando en su red.

—Tal vez deberíamos retenerle aquí como prisionero hasta que lleguen los aliados. Permitirles que se ocupen de él.

—¿Prisionero? —ladró Ajax—. Dirigimos una Resistencia, no una administración carcelaria.

—O, por lo menos, permitirle ese contacto por radio de que nos hablaba.

—Si le perdemos de vista un solo segundo, correrá a la Avenue Foch en busca de la protección de Strömelburg —replicó Aristide—. Mira, trabaja para la Gestapo. ¿Qué más puede significar esa tarjeta? Ya sabes lo que nos sucedería a cualquiera de nosotros si nos echasen el guante. ¿Por qué vamos a permitirle una oportunidad que la Gestapo jamás nos concedería a nosotros?

—Muy bien, de acuerdo —suspiró el hombre—. Ejecutémosle.

—¿Sacamos pajitas para ver quién hace el trabajo? —preguntó Ajax.

—No —saltó Aristide—. Permitid que lo haga yo. Al que traicionó fue a mi agente.

Ajax pasó su «Colt» a Aristide. Él y su segundo volvieron a la otra habitación y se colocaron uno al lado de otro detrás de la mesa de caballete.

—Paul —le dijo—, has sido juzgado y condenado por traición. Y la pena para esto es la muerte.

—¡No! —gritó Paul—. ¡Estáis equivocados, estáis equivocados!

Aristide se había deslizado detrás de él. El «Colt» estaba a escasos centímetros de la nuca de Paul cuando apretó el gatillo. El disparo lanzó literalmente a Paul fuera de la silla, como un muñeco de trapo arrojado contra la pared por un niño malévolo.

Ajax recogió los documentos del muerto. Meticulosamente, los volvió a meter en la cartera de Paul. Su acto final fue pedir un trozo de cartón.

En él escribió:

«Por favor, entregad el cuerpo de este traidor a sus patronos de la Gestapo, Avenue Foch.»

Se volvió a sus secuaces.

—Metedle en el «Citroën» y tiradle al Bois —ordenó—. Y aseguraos de ponerle esto al cuello cuando lo hagáis.

Esta vez no llevaron a Catherine al despacho de Strömelburg sino a una de las varias salas de interrogatorio que se alineaban en el cuarto piso del 82 Avenue Foch. La estancia tenía una aterradora impersonalidad, según observó Catherine, cuando se tambaleó al atravesar la puerta. Allí sintió que un prisionero ya no era un ser humano, ni siquiera un número, sino más bien una especie de bloque de carne, al que se podía tratar con el mismo despego que un matarife respecto de un buey con su sierra para metales.

Strömelburg la aguardaba. Se levantó, casi respetuosamente, cuando la arrojaron dentro del cuarto y siguió de pie hasta que se tambaleó en la silla. Una vez más, la chica pudo oler su agua de colonia y vio lo impecablemente manicuradas que estaban sus manos y qué cuidadosamente aparecía peinado su cabello.

Strömelburg la observó con su calmosa indiferencia. Era una lástima lo que habían hecho con ella. Su rostro aparecía inflamado más allá de cualquier posible reconocimiento, una serie de protuberancias de una carne amarilla, púrpura y carmesí. Sus labios estaban hinchados fuera de toda proporción a causa de los golpes que había recibido. Tendría problemas para mantener un rígido labio superior, pensó con crueldad. Sólo los ojos, aquellos verdes y desafiantes ojos, seguían sin cambios. Continuaba aún representando su papel de valiente patriota.

Le ofreció un cigarrillo.

—No, gracias —contestó—. No he cambiado de hábitos desde ayer.

—¿Ninguno de ellos?

La mujer captó el siniestro retintín de su voz y meneó la cabeza.

—Ya lo veremos.

Los dos torturadores que la habían tratado tan brutalmente el día anterior habían entrado en el cuarto y se encontraban apoyados respetuosamente contra la pared, cual silenciosos centinelas del sadismo de la Gestapo.

—Ayer desperdicié una gran parte de mi tiempo cuando tenía otras cosas que hacer —comenzó Strömelburg en tono de reproche—. Sin embargo, hoy no tengo nada más que realizar, excepto dedicarle toda mi atención y energías.

Tosió de forma educada.

—O para ser más preciso, las energías de mis subordinados aquí presentes.

Comenzó a pasear lentamente por el cuarto.

—Ahora deseamos revisar para usted todas las cosas, Mademoiselle Pradier. Necesito que me conteste a tres preguntas. ¿Qué pretendía sabotear en Calais? ¿Dónde están los microfilmes que le dio Cavendish para la operación? Unas simples preguntas que requieren unas respuestas sencillas y directas. Así, pues, ¿qué pretendía sabotear?

—No puedo responder a eso.

—¿Dónde está el microfilme?

—No puedo responder a eso.

—¿Cuáles son sus mensajes en clave de la «BBC»?

—No puedo responder a eso.

Strömelburg suspiró. Era el resuello de un niño mal criado al que se le negaba la indulgencia de una ración extra de postre.

—Parece un disco rayado. Le daré un minuto para responder antes de que comencemos.

Catherine se derrumbó en su silla. Sintió que su corazón le latía apresuradamente, y un frío terrible pareció abrazar todo su cuerpo. Deseaba llorar de miedo, pero no le daría la satisfacción de sus lágrimas si podía evitarlo. «Por favor, Dios mío —rogó en silencio—, ayúdame...»

Los segundos fueron pasando hasta que Strömelburg suspiró de nuevo para cerrar el transcurso de su período de gracia.

—Muy bien —le dijo, asintiendo hacia sus hombres.

Uno de ellos le esposó los brazos en el respaldo de la silla. El otro avanzó hacia ella con un par de alicates en la mano. Strömelburg hirvió por dentro. Debería permanecer junto a la mujer durante toda la sesión, algo para lo que no tenía demasiado estómago.

—Estos caballeros le van a arrancar las uñas de los pies una a una —anunció—. Lentamente, porque aún es más doloroso de esa forma. Según me han dicho, se trata de una experiencia particularmente terrible. Una vez le arranquen cada uña, le repetiré mis preguntas. Puede poner fin a este salvajismo en cualquier momento en que elija responderlas.

Se pasó la mano por la frente como para suprimir de su cabeza la ordalía a la que iba a asistir.

—La mayoría de la gente se desmaya después de que la arranquen tres o cuatro uñas. No deje que eso la preocupe. Si es necesario la reanimaremos con agua fría y continuaremos nuestra tarea.

El hombre con los alicates se arrodilló a sus pies. Catherine mantuvo los ojos apretadamente cerrados y contuvo la respiración. A través de la abierta ventana oía, aunque débilmente, los gritos alegres de los niños que jugaban abajo en la calle. El hombre le cogió el pie con una mano y ella sintió el frío metal de los alicates sobre su piel. Luego comenzó a tirar, muy lentamente, tal y como Strömelburg le había prometido que haría. El dolor comenzó como un acceso repentino, que luego subió en un crescendo de un perforador calor al rojo vivo que la taladró. Se mordió sus hinchados labios para sofocar su grito tanto tiempo como pudiese. Luego chilló. Cuando la uña salió, y su torturador se la mostró, como un dentista blandiendo una muela recién extraída, se derrumbó en la silla forcejeando con las esposas, jadeando de manera incontrolable.

—¿Qué iba a sabotear?

Catherine no pudo ni siquiera encontrar fuerzas para decir «No». Todo cuanto le fue posible hacer fue sacudir salvajemente la cabeza. Strömelburg asintió hacia su torturador, que fijó las alicates en la siguiente uña del pie.

Catherine no tuvo idea de cuánto duró aquello. Su calvario fue una visión borrosa de aquellas perforadoras descargas de dolor, de unas preguntas que llegaban hasta ella desde otro mundo, del eco de sus propios gritos angustiados en sus mismos oídos. Se desmayó dos veces. En cada ocasión, un vaso de agua fría la hizo recobrar los sentidos. Tiempo después de que todo hubiese empezado, su torturador se levantó por última vez, con la uña del dedo gordo del pie izquierdo, la última que aún le quedaba, sujeta como un trofeo entre las tenacillas de sus alicates.

Strömelburg se la quedó mirando, enfurecido pero admirado.

—Es usted una mujer de un valor considerable —reconoció.

Llenó un vaso de agua en el grifo y lo acercó a los labios de Catherine. Mientras se lo bebía, se miró los pies, deformados, rodeados de un pequeño charco de sangre.

Comenzó a vomitar y a tener náuseas a causa de lo poco que retenía su famélico estómago. Estaba mareada, jadeando en busca de aire, pero regocijada. Lo había conseguido. No había revelado el prohibido tesoro de sus conocimientos. Había resistido a aquel odioso hombre y a su salvajismo.

Strömelburg dejó el vaso encima de la mesa.

—Supongo que cree que lo peor ya ha pasado, ¿verdad?

Ella le miró atontada.

—Pues no. Sólo acaba de empezar. No habrá nada que deje de hacer para conseguir esa información que deseo de usted.

Catherine dejó caer la cabeza y no respondió. ¿Qué podía decir?

—Quiere ser una heroína, ¿verdad?, una mártir para Cavendish y para los demás que la han enviado aquí, ¿no es cierto? Es una loca, una estúpida loca.

Durante un segundo, Strömelburg vio la imagen de su padre atrapado entre los cascotes de su quemada casa.

—¿Cree que me importa lo que le hago? ¿Le parece que me importa mucho lo que sufre? Pues no. Puede terminar todo esto sin decir una palabra, pero seguiré infligiéndole dolor hasta que se hielen los infiernos.

Catherine continuó derrumbada silenciosamente en su silla.

—Así —prosiguió Strömelburg tras una larga pausa— que sigue tozuda... Muy bien, pues la lavaremos. La llevarán al piso de arriba para uno de nuestros especiales pequeños baños.

Tal y como Von Rundstedt había predicho que ocurriría, el primer contraataque de Rommel contra la cabeza de playa normanda fracasó. Típicamente, el impetuoso y acalorado Rommel lanzó los regimientos del Duodécimo Panzer SS y el Panzer Lehr contra los aliados de forma poco sistemática, en lugar de reunirlas para un golpe masivo. Era como si estuviese intentando expiar su ausencia en el campo de batalla el día anterior, asegurándose una fulgurante victoria para su Führer.

Al repasar la situación a últimas horas del miércoles, 7 de junio, Von Rundstedt percibió que se trataba ahora de una carrera para ver quién podía reunir antes las fuerzas en Normandía: los aliados sobre 160 kilómetros de agua o los alemanes con sus comunicaciones internas y con base en tierra.

Los combatientes aliados, según sabía Von Rundstedt, acosarían a sus tropas sobre cada kilómetro en sus marchas a la luz del día, estorbando la Resistencia su avance con emboscadas. Pero podía hacerlas avanzar con la complicidad de la noche y elegir su propia ruta de aproximación. Estaba implicado en una carrera que tenía hasta la última posibilidad de ganar, siempre y cuando avanzase lo suficientemente de prisa. Ayer, a causa del mal tiempo, los dioses de la guerra habían favorecido a los aliados. A partir de ahora, si tomaban la recta decisión, comenzarían a hablar con acento teutón. La decisión correcta ya existía en la planificación de la contingencia de una invasión. Se llamaba «Caso

III A»; se trataba de un proyecto para la reunión masiva de las fuerzas de la Wehrmacht para un golpe de almádena si el desembarco se producía en Normandía. Había llegado el momento, decretó Von Rundstedt, de ordenar la puesta en práctica de «Caso III A». En realidad, incluso quería algo más que el «Caso III A». Deseaba un «despojo implacable» de todos los demás frentes occidentales para un contraataque en Normandía. No podía haberse mostrado más decisivo, o más en lo cierto. Si Von Rundstedt se salía con la suya, virtualmente cada combatiente alemán en Francia y en los Países Bajos, excepto aquellos estáticos en las Divisiones costeras, deberían dirigirse a Normandía.

Sin embargo, Rommel continuó mostrando su desacuerdo. Una curiosa indecisión se había apoderado del Zorro del Desierto. El día anterior, volviendo a toda prisa a Francia, no había cesado de repetir a su ayudante de campo, el capitán Helmuth Lang, que el destino de Alemania, por no decir nada de su propia reputación, dependía de la batalla que se iniciaba. Ahora era casi como si no desease esa batalla, sino otra donde estuviese seguro de vencer: en el Pas de Calais. La proposición de Von Rundstedt resultaba prematura. Rommel deseaba atacar de nuevo con las fuerzas que ya tenía a su disposición. En vez de una alegación conjunta en pro del «Caso III A», Rommel y Von Rundstedt pasaron su disputa al OKW para que éste la resolviese aquella noche. El OKW hizo lo que los cuarteles generales superiores realizan en tales situaciones. Es decir, nada.

Sus captores hicieron subir a Catherine el tramo de escaleras que llevaba hasta el cuarto de baño, sabiendo que cada uno de sus pasos sobre su sangrante pie constituía una prueba dolorosa. El cuarto de baño era una cámara espartana: una estancia pintada de blanco con una gran bañera a lo largo de una pared y un serie de látigos a lo largo de la otra. La ventana que daba a la calle estaba abierta de par en par. Mientras uno de sus atormentadores abría al máximo el grifo del agua fría de la bañera, el otro la desnudó, una sutileza que sus apresadores habían descuidado llevar a cabo aquel día.

—¿Qué iba a sabotear?

Strömelburg parecía casi aburrido al plantear aquella pregunta.

Catherine simplemente meneó la cabeza por respuesta. Uno de los dos hombres cogió un látigo de la pared e hizo una o dos demostraciones de su habilidad chascándolo en el aire, y luego mandó la cuerda hacia ella para que se estrellase en su pecho. Catherine gritó y vio las enrojecidas marcas que dejó el latigazo en sus pechos.

—¿Qué iba a sabotear?

Fue azotada tal vez unas doce veces antes de que oyese cómo detrás de ella cerraban el grifo de la bañera. Sus apresadores la sentaron en el borde de la bañera. Uno aferró una cadena en torno de sus tobillos. La giraron para que sus encadenados pies se sumergiesen en la gélida agua. Una vez más Strömelburg aulló su pregunta:

—¿Qué iba a sabotear?

Ante su silencio, uno de los atormentadores tiró de sus encadenados pies mientras otro la cogía por los hombros y la obligaba a sumergirse en el agua. Con las manos esposadas a la espalda se hallaba totalmente indefensa. Trató de patear y retorcerse, pero unas manos tiraron de la cadena para que sus tobillos emergiesen del agua de la bañera. Sus ojos estaban abiertos y veía las sonrientes caras de sus atormentadores por encima de ella y a través del agua que le cubría la cabeza. Sus pulmones estaban a punto de estallar, gritando en busca de un poco de aire. Finalmente, su boca se abrió en un terrible e involuntario gesto y el agua fría penetró en ella. Su visión se enturbió, se sofocó, la fuerza huyó de sus miembros. Ahogándose, se deslizó por un pozo negro hacia la muerte.

Cuando recobró la conciencia, el dolor en el pecho resultaba insoportable, mucho peor que cualquier otra cosa que hubiese sufrido en manos de sus verdugos. Sintió cómo aquellas manos le oprimían el pecho y cómo el agua le salía por la boca. Estaba en el suelo boca arriba. Imágenes, retazos de oscuridad y de luz, de sombra y de definición se movieron ante sus ojos. Gradualmente, se fundieron en círculos móviles, luego en rostros y, por encima de todo, vio a Strömelburg que la contemplaba.

—¿Qué iba a sabotear?

La pregunta le llegó desde otro mundo, desde otra existencia que había dejado atrás cuando aquel agua fría invadiera el santuario de sus pulmones. Escupió y jadeó. El esfuerzo de hablar resultaba demasiado para ella. Una vez más, todo cuanto pudo hacer fue menear la cabeza.

—Metedla de nuevo... —oyó que decía Strömelburg.

Una vez más la arrastraron hasta la bañera, la incorporaron, luego le tiraron de los pies por debajo de ella y sumergieron su cabeza y hombros en el agua. De nuevo trató de forcejear. Una vez más vio cómo se cerraba la oscuridad, sintió explotar sus pulmones y que el agua entraba en ella.

Como hicieron la vez anterior, la sacaron de la bañera justo en el instante en que iba a ahogarse, y se esforzaron por extraerle el agua que la habían forzado a entrar en su cuerpo. Se trataba de un procedimiento metódicamente calculado: llevarla hasta el mismo umbral de la muerte y luego hacerla regresar.

Tras cuatro o cinco inmersiones —Catherine no tenía idea de cuántas habían sido—, deseó desesperadamente morir, con su precioso secreto ahogado junto a su cadáver. Ya no luchó más. Ahora, cuando arrojaban al agua su inerte forma, se iba al fondo. Llevaba a cabo una carrera con sus captores para traspasar las puertas de la muerte antes de que la hiciesen volver de las mismas.

A través de las trémulas visiones, la pregunta «¿Qué iba a sabotear?» llegaba hasta ella desde algún vacío en sombras. Luego comprendió algo. Cada resucitación costaba más tiempo. Afuera de la ventana, aumentaba la oscuridad. El tiempo pasaba. En su sufrimiento, les estaba privando de una cosa que ella poseía junto con su secreto: tiempo.

Y estaba en lo cierto. Fue cerca de las diez de la noche cuando Strömelburg, agotado por la prueba de su prisionera, se percató de que aquello carecía de utilidad. Su corazón se le pararía antes de que el baño la hiciese derrumbarse y hablar.

Debería encontrar alguna otra cosa por la mañana.

T. F. y Deirdre se agarraban a sus tazas de té en el comedor del cuartel general subterráneo de Churchill, como si su calor pudiese aliviar la fatiga que los abrumaba. Deirdre se inclinó hacia T. F. para que sólo él pudiese escuchar sus palabras.

—La oficina de Ismay acaba de traer al coronel una copia del mensaje que Montgomery ha enviado esta mañana a Churchill. ¿Sabes lo que dice?

T. F. meneó la cabeza.

—Que vosotros los americanos os sostenéis en Omaha sólo por los pelos...

—¡Cristo! —exclamó T. F.—. Sabía que la cosa iba mal pero no que fuese tan mala...

Deirdre se echó hacia atrás un mechón de su por lo general bien cuidado cabello.

—No tienes la menor idea de lo que significará para este país si esa invasión fracasa. Será el fin para nosotros, un final sangriento por completo.

—Supongo que no crees eso, querida, exageras.

—Creo hasta la última palabra. No dejes que nuestra apariencia te engañe. Estamos ya al final de nuestras fuerzas. Nos hallamos agotados. Te digo que si la cosa fracasa, acabaremos por derrumbarnos.

Bebió un poco de té.

—Hablemos de algo más alegre. ¿Dónde vas al salir a las seis y media? No estarás flirteando a mis espaldas con alguna de esas bonitas paisanas tuyas, ¿verdad?

T. F. se echó a reír. Las muchachas del cuartel principal del general Donovan, en Londres, eran una especie de leyenda en la capital británica.

—Hago algunos recados para el coronel. Me envía a la «BBC» con esos mensajes que radian a la Resistencia. Sospecho que hay unos cuantos engaños en marcha. Un tal comandante Cavendish del SOE ordenó el mensaje cancelado esta mañana. He tenido que mandar de nuevo que se emita: «*Nous avons un message pour petite Berthe*» —pronunció en un horrible francés—. Me preguntó de qué Berthe se tratará.

Dierdre bajó la vista hacia su taza de té, en parte para ocultar su turbación, y en parte para poner un poco de orden en las confusas asociaciones que la frase tenía para ella. Involuntariamente, su mano derecha subió al lóbulo de su oreja. Llevaba, como cada día, los pendientes de oro que Cavendish había dado a T. F. cuando hicieron juntos su viaje a Tangmere.

—Es muy extraño —replicó a media voz.

—¿Qué es lo extraño?

—¿Recuerdas aquel día en que trajiste a Catherine aquí por primera vez? Yo estaba sola. Poco antes de que llegarais, el coronel me pidió que mecanografiase nuestras dos frases francesas en clave para él. El momento exacto para una operación de sabotaje. Aquélla fue la primera vez. Se las llevó exactamente cuando tú y ella entrasteis.

—¿Crees que eran para Catherine?

—Sí.

—¿Pero, por qué se han tomado tantas molestias para radiar el mensaje esta noche cuando ya sabían que la Gestapo la ha detenido?

—Exactamente...

T. F. tuvo que apuntalarse como si el espíritu se estuviese preparando para la intrusión de un pensamiento no deseado. Algo le había estado turbando desde la noche anterior: la clase de sospecha suscitada por la presunta mentira de un amante, la clase de duda que tranquiliza las mentes que no quieren reconocer las cosas. ¿Por qué el jefe de la Inteligencia británica había llamado a Ridley para contarle el arresto de Catherine? ¿Por qué era su detención lo suficientemente importante como para justificar que Menzies lo supiese? ¿Y cómo sabía que la habían detenido?

Otro pensamiento, éste aportado por los pendientes de Catherine, se apoderó de él. Se trataba de algo que ella había dicho en el coche mientras se dirigían al aeródromo; si la atrapaban, sus pendientes lucirían en una puta de la Gestapo en Calais. Aquello significaba que se encaminaba a Calais. Donde Ridley deseaba que los alemanes esperasen un desembarco.

—¡Jesucristo! —susurró—. No creerás que la mandaron de forma deliberada, ¿verdad?

—No sé lo que pienso...

—No. —T. F. meneó la cabeza en una búsqueda de la incredulidad—. El coronel no haría eso. Siempre existe un límite...

—¿De veras?

—No puedo creerlo. No llego a creer que haya podido hacer algo así...

Deirdre, con ojos tristes y abiertos de par en par, alzó la vista hacia él.

—Eres tan ingenuo, T. F... Tal vez sea eso lo que me gusta de ti. Créeme, el coronel vendería su madre a un chulo de putas turco si pensase que eso nos ayudaría a ganar la guerra...

—Tal vez. Pero no esto.

—Cambiemos de tema. Este asqueroso asunto me pone enferma. ¿Vendrás al piso esta noche?

—No puedo —suspiró T. F.—. Estoy de servicio esta noche...

—¿Lo ves? —puso mala cara Deirdre—. Sé que tienes un lío con una de esas guapas chicas del OSS...

Sus captores, de forma deliberada, habían dejado una bombilla encendida en su celda para que a Catherine le resultase difícil dormir. Se acurrucó en su catre en una posición fetal, tratando desesperadamente de penetrar en el útero del sueño. Pero no pudo. Se quedó mirando sus hinchados y ensangrentados pies. Incluso el pensamiento de tener que sostenerse sobre ellos casi la hacía gritar..., si es que hubiese tenido fuerzas suficientes.

Sabía que se encontraba en estado de colapso. Cada respiración a través de sus pulmones constituía una auténtica prueba. La piel del pecho estaba en carne viva a causa de los latigazos de los torturadores de Strömelburg. Esta vez no tuvo ni las ganas ni la fuerza para arrastrarse hasta el grifo del agua para limpiarse sus heridas. Mientras permanecía tumbada en el silencio de su celda, la aferró una terrible realidad: había llegado al fin. Lo había soportado, pero ya no podría seguir. Una mano más de sus torturadores sobre su llagado cuerpo, una inmersión más en las relucientes aguas de la bañera y se derrumbaría. En aquel silencio comenzó a llorar, unos quedos y tristes sollozos aportados por la desesperación y por el terrible conocimiento de que ya no podía seguir...

De repente, se enderezó boquiabierta de terror. Afuera, en las escaleras, escuchó el distante retumbar de unos pasos que se aproximaban. Todo había acabado. Volvían a por ella, para llevarla de nuevo a sus cámaras de torturas. Se derrumbaría y les diría todo lo que quisiesen saber. Los sonoros pasos avanzaron por el pasillo de madera y se detuvieron delante de la puerta de su celda. Se estremeció de miedo al oír el retiñir metálico de la llave y observó aterrada cómo la puerta se abría.

Su visitante no era uno de los hombres de Strömelburg, sino una mujer, una de aquellas desaliñadas matronas alemanas que cuidaban de la limpieza del edificio. Llevaba colgando en la mano un par de zapatos. Se quedó mirando a Catherine, acurrucada como una muñeca rota en su catre, y luego rió roncamente.

—Mira —le dijo avanzando hacia ella—, te has olvidado esto...

Al llegar junto a Catherine, vio su mutilado pie y gruñó.

—¿Por qué desperdiciarlos contigo? —le dijo—. Durante algún tiempo no podrás ponértelos, ¿verdad, *Schatz*?

—Por favor —le rogó Catherine—, son míos...

La matrona dio una admirada caricia a las borlas que adornaban sus zapatos, luego suspiró mientras contemplaba sus propios pies, planos y estólidos. Nunca podría meterse en ellos aquellos zapatos que llevaba en la mano. Con un bufido, arrojó los zapatos al suelo al lado del catre de Catherine y salió de la celda. Cuando la puerta se cerró, Catherine saltó del catre, con los ojos fijos en los zapatos, en aquellos adornos de latón que brillaban a la luz proyectada por la desnuda bombilla que tenía encima de la cabeza.

El picaporte de la puerta del despacho privado de Ridley se abrió con tan elaborada lentitud, pensó T. F., como si su superior británico no acabase de permitirse a sí mismo abandonar el refugio de su santa-sanctórum. El inglés le miró con el leve aire de perplejidad de alguien que se encontrase con un viejo conocido en una situación totalmente inesperada.

—¿Aún está aquí? ¿Es el último?

—Sí, señor, soy el que tiene que cerrar...

—Está bien, pues cierre y crucemos el parque juntos.

—Echemos un último vistazo a la sala de mapas, ¿no le parece? —sugirió Ridley cuando T. F. hubo completado las comprobaciones de seguridad que debía llevar a cabo cada noche el último oficial que saliese de la Sección de Control de Londres.

Permaneció al lado de Ridley, mientras éste examinaba el mapa de Francia con sus minúsculas manchas rojas que indicaban la zona en poder de los aliados, los oscuros símbolos que representaban a las diecinueve Divisiones del Quinto Ejército alemán, la reserva central de los Panzer de Von Rundstedt. El inglés sabía mucho mejor que T. F. lo precario que era su asidero en aquellas distantes orillas. Hizo aquel gesto nervioso que T. F. había observado tan a menudo, pinzándose las ventanillas de la nariz con sus dedos pulgar e índice, como un nadador que trata de sacarse el agua de los oídos.

—Gracias a Dios aún no han llegado. Si se presentan en los próximos días, nos desbordarán...

Ridley efectuó una pausa, con los ojos mirando los 250 kilómetros que separaban el Pas de Calais de las playas de desembarco.

—Aquí es donde ganaremos o perderemos esta guerra: en las próximas cuarenta y ocho horas.

Suspiró.

—Bueno, bueno... Pensar en todo esto no cambiará ya nada, ¿no cree? Por lo menos, eso es lo que me digo a mí mismo.

Giró sobre sus talones y T. F. le siguió los pasos, cruzaron ante los centinelas de la Royal Marine en el húmedo aire nocturno. Durante unos momentos anduvieron por la senda del Saint James's Park en silencio. Ridley fumaba su omnipresente «Players», escrutando el cielo, con los oídos tratando de escuchar el canto de una de sus amadas aves.

—Trabajaba ya para el Gobierno antes de la guerra, ¿verdad, T. F.?

—Para una de las administraciones del New Deal. Supongo que era una especie de trabajo gubernamental...

—¿Y volverá a entrar al servicio del Gobierno cuando esto acabe?

—Realmente no he pensado demasiado en estas cosas.

—Pues debería hacerlo. Necesitarán gente como usted en Washington cuando se conviertan en los nuevos romanos del mundo.

—¿Y qué me dice de usted, coronel? —preguntó T. F.—. ¿Regresará a ejercer el Derecho o bien...

No supo como plantear la segunda parte de su pregunta.

—...continuará haciendo este tipo de cosas?

Ridley se enlazó las manos a la espalda.

—Esta clase de cosas es algo que tiene estancias con puertas en una sola dirección. Una vez has entrado, ya no se puede salir. Por lo menos, no oficialmente. Pero mi llama vital se habrá apagado después de lo que he hecho aquí, me temo... Supongo que regresaré oficialmente a mis juicios y que haré de una forma no oficial mi antiguo trabajo cuando me llamen.

Permanecieron silenciosos durante unos minutos hasta llegar al puente de peatones sobre el estanque.

—Coronel —le dijo T. F.—, ¿podría preguntarle algo extraoficialmente? *¿Ex cathedra?*

—Claro que sí...

—Se trata de la chica francesa. De Catherine Pradier. La que acompañé a Tangmere.

T. F. notó una perceptible tensión en aquel hombre que se hallaba a su lado.

—¿La que apresó la Gestapo?

—Sí...

—¿Y qué pasa con ella?

Ridley se había detenido y se apoyaba ahora en la barandilla del puente para peatones contemplando el agua, como un tácito reconocimiento de que la pregunta de T. F. no era en absoluto casual.

—Iba camino de Calais para organizar un acto importante de sabotaje, ¿verdad?

Ridley asintió.

—En apoyo de una invasión que nunca tendrá lugar...

Ridley no respondió.

—La palabra en clave que esta noche he llevado a la «BBC» se suponía que era para ella.

Una vez más, Ridley no replicó.

—Lo cual significa, dado que se encuentra en manos de la Gestapo, que usted deseaba que oyesen eso y no ella. Y también significa que fue entregada de forma deliberada a la Gestapo.

—¿Y si fue así?

El tono de Ridley era triste y suave.

—¿Lo fue?

La pregunta de T. F. era colérica y retórica.

—El hacerlo constituyó algo terrible y criminal.

—La guerra es un asunto terrible, T. F., gobernada sólo por una moralidad: ganarla. La caballería murió a causa del gas venenoso y de los bombarderos.

—¿Ya sabe que si uno u otro de nuestros Gobiernos se enteran de esto nos encarcelarán?

—Tal vez.

—Churchill es íntimo amigo de usted. Cristo, le colgaría por esto...

—Hay cosas que Winston desea que se hagan, T. F., pero de las que no quiere saber nada. Todos los Gobiernos son así... y ésa es la razón de que tengan a personas como usted y como yo...

«Usted y yo, ¿verdad? —pensó T. F. enrojeciendo de ira—. Me ha arrastrado a esto, convirtiéndome en una especie de cómplice de su crimen...»

—¿Recuerda lo que Winston dijo hace un par de años? —prosiguió Ridley—. «No hemos hecho todo este viaje porque estemos hechos de azúcar cande...»

—Ahora recuerdo algo que dijo hace unas semanas en la reunión del XX Comité: «No existe nadie que no haya dicho la verdad tras torturarle la Gestapo.» Eso es lo que ha hecho, ¿verdad? Se la ha entregado a la Gestapo para que le saquen la verdad. La verdad de usted...

En el momento en que dijo aquellas palabras, T. F. odió al inglés que estaba a su lado con toda la pasión de su herencia celta, lo odió como nunca había odiado a ningún otro ser humano. Durante un loco instante, deseó matarlo, estrangularlo y tirar su cadáver a las aguas del estanque. Luego encontró una venganza aún más dulce.

—Aún puede desbaratar sus planes, y usted lo sabe.

Casi escupió aquellas palabras a su superior.

—¿Y cómo es eso? —preguntó Ridley.

—Con la píldora de cianuro que le di al marcharse. Puede tomársela. Y conociéndola, sé que lo hará.

Ridley aspiró una larga y última chupada de su cigarrillo, y luego arrojó la colilla al estanque que había debajo. T. F. la sintió chisporrotear al alcanzar el agua.

—Así es... —replicó Ridley.

Luego se dio la vuelta y echó a andar por el parque... Pero solo...


Catherine contempló con una especie de sombría y mórbida concentración los zapatos que se hallaban en el suelo de su celda exactamente a su alcance. ¿Cuánto tiempo llevaba mirándolos así, en una especie de fascinado trance?

Pensó que se había producido una liberación, un transporte a otro lugar donde Strömelburg y las bestiales manos de sus torturadores ya no podían llegar hasta ella. Lenta, precavidamente, extendió una mano desde su doliente cuerpo. Su ademán tuvo el despegado movimiento de un sueño al curvarse sus dedos en torno del zapato correcto y se lo acercó al pecho. Durante un rato lo mantuvo así, sintiendo la resbaladiza superficie de la piel sobre las abiertas heridas dejadas por los látigos de Strömelburg. Lenta, penosamente, desenroscó el pequeño adorno de latón en la borla y extrajo la píldora que contenía.

Su mente volvió al tiempo dichoso antes de llegar a aquella carretera desde París bajo los «Stukas», una época en que nadie a quien amase había muerto y la vida era una senda infinita que se extendía hasta un horizonte que su alma no podía ver.

Ahora el horizonte estaba aquí, en su celda. Era cuadrado y blanco y descansaba entre sus dedos pulgar e índice, con su forma definiéndose contra la carne que podía convertir en la frialdad de la eternidad. La miró. ¿Quién había sido aquel oficial que se la diera, diciéndole: «Es relativamente indolora. Treinta segundos y todo habrá acabado»?

Pensó en los otros que habían estado en aquella celda antes de ella, que habían pedido a la noche la liberación que ahora oprimía entre sus dedos. Pensó en lo que había más allá de las paredes de su celda, de todo aquello que nunca más vería o conocería, en las flores y en la luz solar, París y el amor, la lluvia y las brillantes hojas otoñales. Pensó en el hijo que nunca concebiría y en la pérdida de Paul en su propia noche negra. Luego pensó en el zarandeado navío que había sido su cuerpo, llameante de dolor, con el peso de un secreto que ya no podía seguir llevando a cuestas.

—Oh, Señor Jesucristo, me encomiendo a Ti... —susurró.

«¿A Ti?», se preguntó. ¿O a algún oscuro vacío sin significado? «Se supone que uno ha de sentirse en paz en un instante así», pensó. Pero se sintió mareada y débil. Se colocó la píldora, tal y como le habían dicho, en la boca, sosteniéndola firmemente entre los molares del lado izquierdo de su mandíbula. Se tumbó en el catre. Su cabeza giraba ahora de una forma horrible y supo que iba a desmayarse.

Pensó en su madre y el coche al salir de París, poco antes de que llegasen los «Stukas». Con un rápido gesto, mordió la pastilla «L». Al sentirla desmenuzarse, tragó su contenido y se desvaneció.

Por mucho que les hubiesen desagradado los ocupantes de Francia, la Policía francesa los había servido, aunque a regañadientes, razonablemente bien. En ocasiones, tal vez no muy a menudo, sino de vez en cuando, las tareas que se les pedía que llevasen a cabo había aportado a los hombres que tuvieron que ejecutarlas una auténtica, aunque secreta, satisfacción. «Esto —pensó el comisario André Fraguier, del Decimosexto distrito de París, mientras leía el letrero que llevaba el cadáver que se encontraba a sus pies— constituye una de esas ocasiones...»

La salida de la herida causada por la bala había dejado muy poca parte intacta de la parte superior de la cabeza de aquel hombre. Resultaba claro que le habían disparado por detrás, desde muy cerca, en lo que debió de tratarse de una especie de ejecución. Fraguier conjeturó que debía tener treinta y pocos años, y su apariencia resultaba acomodada.

—¿Han encontrado sus documentos? —preguntó a dos *flics* con capa y gorros de visera que habían hallado el cadáver al borde del Bois de Boulogne.

—No, señor —respondió el de más edad—, no quisimos tocar nada hasta que usted llegase.

Fraguier hizo rodar el cuerpo y le sacó del bolsillo el billetero. Metódicamente, comenzó a registrar su contenido. Cuando llegó a la tarjeta blanca manuscrita, silbó en tono bajo. Hans Dieter Strömelburg. Era un nombre que se reconocía al instante. Cualquiera que anduviese por la calle con una tarjeta de él en el bolsillo tenía que ser agente de la Gestapo. «Listos esos tipos de la Resistencia», pensó Fraguier.

Se puso en pie e hizo rodar de nuevo el cadáver sobre su espalda. Si los ejecutores de aquel hombre de la Gestapo estaban ansiosos de que la Gestapo se enterase de su muerte, el *Commissaire* Fraguier se mostraría muy contento de llevar aquello a cabo. Colocó los documentos del muerto en una pequeña bolsa de lona.

—Aguardad a que la furgoneta de la morgue acuda a recogerlo —ordenó a sus *flics*.

Luego montó en su bicicleta y, silbando alegremente, se dirigió a hacer la que, dadas las circunstancias, sería una visita satisfactoria al 82 Avenue Foch.

Fueron los ruidos los que la despertaron, el estruendo de unos pies con botas, el metálico hurgar de la llave en la puerta de su celda. Luego los dos hombres que estaban en pie encima de ella le gritaron que se alzase. Catherine gritó ante un horror carente de significado. Parpadeó, asombrada, con sus ojos rodando salvajemente en su rostro. Cuando uno de los hombres aulló que se levantara, una descarga de dolor la atravesó. ¿Qué había sucedido? ¿Por qué estaba viva? ¿Por qué? ¿Por qué?

Aquello no era un sueño. Las manos del hombre eran de auténtica carne y sangre, el dolor que le subía desde las plantas de los pies resultaba precisamente atroz. ¿Había sido lo otro un sueño, una alucinación de su alterado espíritu? Sus ojos se dirigieron a los zapatos que se encontraban en el suelo. Vio la borla desenroscada, el falso pequeño botón dorado que había sacado para extraer la píldora yacía allí, al lado derecho de su catre donde lo arrojara. Su lengua aún saboreaba unas trazas de granos presentes en sus molares. No se había tratado de un sueño.

Había tomado la píldora y ésta no había obrado.

—Vamos, *Schatz* —le dijo uno de sus ahora ya familiares torturadores, burlándose—, tendremos que trabajar un poco contigo para despertarte.

Le propinó un fuerte golpe en los riñones con su cachiporra con revestimiento de caucho, que la hizo dirigirse tambaleándose hacia la puerta de la celda. Cojeó sobre su deformado pie, y cada contacto que efectuó contra el suelo le causó una terrible agonía. Al llegar a la puerta chilló. Fue un grito helado, taladrante, aunque no de dolor sino nacido del horror y de la comprensión ante la enormidad de la traición efectuada con ella. Vio el rostro de aquel hombre en su oficina subterránea dándole aquel beso de Judas en las mejillas. Escuchó de nuevo sus sutiles requerimientos de silencio, aquellas intimaciones por las que se había destruido a sí misma y que carecían de todo significado.

Una vez más gritó, con la ira mezclándose con el dolor de sus pies, mientras medio la empujaban, medio la arrastraban para que bajase las escaleras.

«Oh, Dios —pensó—, perdona a esos bastardos que me han hecho esto, si puedes... Pues yo nunca lo haré...»

—Está derrumbada. Dispuesta a hablar.

Su torturador anunció esta noticia a Strömelburg en un tono tan indiferente que podría haber estado diciendo: «Ha llegado el fontanero.»

Strömelburg mostró su reconocimiento con un saludo. A menudo se derrumbaban así, por la noche, solos en sus celdas, incapaces de enfrentarse con el horror de un nuevo amanecer, de una nueva sesión de interrogatorios.

—Está bien, traedla aquí —ordenó.

Se puso en pie, casi respetuosamente, cuando la hicieron entrar en el despacho. Se había derrumbado, en efecto... Sollozaba de forma indominable, murmurando cosas sin sentido, sacudida por la terrible furia de una víctima de la malaria en medio de un acceso de fiebre. Hizo un ademán a sus hombres para que la colocasen en la silla que se hallaba delante de su escritorio. Mientras uno se inclinaba para quitarle las esposas, sintió obviamente los golpes que iban a comenzar de nuevo. Pareció encogerse como un perro acobardado ante la bota de un amo brutal.

—Por favor, por favor... —jadeó.

Strömelburg, rodeó su escritorio.

—Así —comenzó— que la noche ha aportado su consejo, ¿verdad?

El mentón de la chica se inclinó sobre su pecho. Para evitar la mirada de él, calculó Strömelburg. Se encontraba humillada, sacudida por la inminencia de su rendición. Resultaba una reacción en extremo frecuente. Ahora que se hallaba dispuesta a hablar, era simplemente cuestión de sacar bondadosamente aquella primera frase, convirtiéndolo todo en algo sencillo e indoloro. Una vez la hubiese pronunciado, el hielo quedaría roto y el resto surgiría en una especie de catarata.

Casi afligido, Strömelburg contempló las ruinas que sus hombres habían dejado de lo que en un tiempo fuera una hermosa mujer. ¿Por qué les había hecho infligirla algo así? ¿Por qué no le había escuchado y se habría salvado de semejante horror? Quiso convertirse en una heroína, y había acabado convertida en un desecho.

—Así, pues...

El tono de Strömelburg fue el de un hombre para el que cerrar un negocio era ya sólo cuestión de un pequeño instante.

—¿Qué se proponía sabotear en Calais?

—La «Batería Lindemann».

—¡La «Batería Lindemann»!

Incluso Strömelburg, un interrogador tan entrenado no pudo dominar su asombro. Había visitado la batería en 1943, no mucho después de que fuese dedicada a la memoria del capitán del *Bismarck*. Era inexpugnable. No permitían a los franceses aproximarse a muchos kilómetros a la redonda. No era posible que la Resistencia saboteare aquellos cañones. A menos, se le ocurrió a Strömelburg, que consiguiesen sobornar a un miembro de sus servidores.

—¿Dónde está el microfilme que Cavendish le hizo traer?

—Dentro de una cerilla, en la caja de cerillas, en el bolso que me quitó la primera noche.

Strömelburg hubiera querido gritar. Las cerillas, claro... ¿Cómo había podido ser tan estúpido? ¿Cómo una no fumadora llevaba consigo cerillas? El contenido de su bolso se encontraba en el piso de abajo, en el despacho del doctor, donde los vehículos más evidentes para ocultar un microfilme, tales como su polvera y su tubo de labios, ya habían sido sistemáticamente registrados. Nadie había pensado en las cerillas. Oprimió su intercomunicador para llamar al doctor.

—Muy bien —prosiguió—, así que sólo nos quedan las frases en clave de la «BBC». ¿Cuáles son?

—Existen dos.

Catherine murmuraba, resultando sus palabras casi inaudibles, aún forcejeando evidentemente con su conciencia para arrebatar cada admisión de aquellas inmensas profundidades en que había enterrado su secreto.

—*«Nous avons un message pour petite Berthe»*, era el primer mensaje.

Le dedicó una amarga sonrisa.

—Supongo que ya sabe lo que significa...

Strömelburg sonrió a su vez al comprenderlo.

—*«Salomon a sauté ses grands sabots»*... Éste era el mensaje de acción.

—¿Y qué significa?

Strömelburg recordó cómo Cavendish había subrayado a su hombre en Calais lo vital que resultaba el momento absolutamente exacto de la operación. La vio titubear durante un momento, reluctante a proseguir. No dijo nada y aguardó.

—Pues bien, su significado...

Estaba musitando de nuevo.

—Debíamos aguardar veinticuatro horas después de haberlo oído. Luego, a las cuatro de la mañana siguiente, ejecutaríamos el sabotaje.

El doctor había entrado en la habitación. Miró horrorizado a la ruina derrumbada en la silla de Strömelburg, y luego pasó a éste la caja de cerillas que le había pedido. Sin pronunciar una palabra, Strömelburg la entregó a su prisionera. Catherine buscó entre las cerillas hasta encontrar la que tenía la «U». Dejó que sus hombros cayesen en resignada derrota y una vez más rehuyó la mirada del alemán, para convencerle de que tenía que ocultar su inenarrable vergüenza. «¿Es de esta forma, asquerosos bastardos, como queríais que se interpretase —pensó mientras entregaba la cerilla a Strömelburg—, es ésta la forma a lo Sarah Bernhardt como deseabais que actuase?» Excepto que sabía muy bien que no se suponía que llegase a tener la menor sospecha. No sólo había sido enviada allí para sufrir las inenarrables agonías físicas de la Gestapo: deseaban que sufriese, a continuación, la angustia del remordimiento a causa de su caída.

—Se quita la cabeza —susurró.

Strömelburg hizo lo que le decían. Vio el tubo metálico hueco debajo de la cabeza y sacó de él el microfilme. ¡Ingenioso! Esos británicos eran inteligentes... Lo alzó, pero no pudo ver o entender nada.

—Doctor, consiga una ampliación de esto —ordenó.

Luego siguió hablando a su prisionera.

—Muy bien —comenzó casi cariñosamente, dirigiéndose a Catherine—, ha cumplido su parte del acuerdo y yo haré honor a la mía.

Hizo salir a sus torturadores de la estancia con un movimiento de la cabeza, y luego sirvió dos vasos de whisky de la botella que se hallaba encima de su escritorio y que alegaba que le había enviado Cavendish.

—Me parece que ahora sí se lo tomará...

Agradecida, Catherine sorbió un poco de aquel licor ambarino. Según la luz del sol, conjeturó que era mediada la mañana. ¿Habrían puesto en su falsa píldora «L» un somnífero en lugar de cianuro?», se preguntó. Se dio cuenta de que probablemente, no viviría lo suficiente para saber la respuesta.

—¿Cómo han llegado a imaginar que podrían sabotear esa batería? —le preguntó Strömelburg.

Ahora ya no era el interrogador, sino una persona amistosa, como si se tratase de un abogado defensor que revisase un caso con un cliente.

—Por medio del sistema eléctrico. Realmente no sé cómo iba a funcionar. Simplemente, me limité a cambiar los fusibles del panel de control.

—¿Que cambió los fusibles? ¿En el panel de control de la «Batería Lindemann»?

Strömelburg se ahogó un poco a causa de la sorpresa al realizar aquella pregunta. La mujer asintió.

—¿Y cómo pudo entrar en esa batería? ¿Algún novio alemán le puso un uniforme y la hizo entrar allí a hurtadillas?

—Yo era la lavandera...

—¡La lavandera!

—De los oficiales.

—¿Y entró allí una buena mañana y cambió los fusibles en el panel de control, en vez de lavar los calzoncillos del *Oberleutnant*?

—Sí, más o menos.

—¿Y no estaba cerrado?

Catherine se ruborizó levemente. Luego se encogió de hombros y le contó toda la historia de Metz.

—Confieso que me he quedado sin habla —prosiguió Strömelburg—. Simplemente parece increíble.

Alzó su copa.

—Es usted mi enemiga, Mademoiselle, pero brindo por usted.

Se bebió su whisky.

—Y doy gracias a Dios por haberla encontrado a tiempo. Obviamente, tenía algunos colegas que trabajaban para usted.

—Eran dos, pero, gracias a Dios, ya habrán huido. Uno de ellos me aguardaba en la estación. Vio cómo me detenían.

—Sin duda... —reconoció Strömelburg—. De todos modos tengo su descripción.

Sonó el teléfono.

—Hay alguien en el piso de abajo que creo será mejor que vea —le dijo el doctor.


Un inspector de Policía francés saludó enérgicamente al jefe de la Gestapo cuando Strömelburg entró en el vestíbulo del 82 Avenue Foch; luego le entregó su documento de identidad para que lo inspeccionase.

—¿Qué desea? —le ladró Strömelburg.

Odiaba a los policías franceses.

—Señor, mis hombres han encontrado un cadáver esta mañana en Bagatelle, en el Bois. Un hombre que ha sido asesinado por esos terroristas de la Resistencia, supongo...

El francés sacó una bolsa de lona del bolsillo de su gabardina y comenzó a extraer su contenido, como si fuese un viejo lúbrico que buscase un caramelo para ofrecérselo a una niñita.

—Hemos registrado el cadáver, señor, según la rutina que se observa, incluso en estos días, en cualquier caso de asesinato.

Aún seguía hurgando en su bolsa.

—Terrible, ¿verdad? ¿Cuándo acabará todo esto? ¡Ah, aquí está!

Pasó a Strömelburg la cartulina blanca manuscrita que el alemán le había dado a Gilbert.

—Encontramos esto, lo llevaba encima.

—¡Jesús!

Así que aquélla era la razón de que Konrad no consiguiese dar con Paul.

—¿Dónde está el cadáver?

—En el depósito, señor.

Entregó a Strömelburg el resto de los documentos de Gilbert.

—¿Está seguro..., absolutamente seguro, de que el rostro del muerto encontrado es el mismo que aparece en estas fotos del documento de identidad?

—Oh, sí, sí, señor, no cabe la menor duda al respecto. En lo que ha quedado de su cara, como es natural.

El francés vio cómo el alemán hacía una mueca. Aquello valía el que elaborase aún más la cosa en su beneficio.

—Me refiero a que tenía un aspecto como si le hubiesen apoyado un obús en la nuca. Debe de haber lanzado sus sesos hasta más allá del Sena.

Rió entre dientes, horrorizado.

—Sí, realmente le destrozaron, eso es... Alguien deseaba de veras ajustar las cuentas a ese...

Iba a decir «bastardo» pero se contuvo a tiempo.

—...a ese pobre sujeto...

—Envíeme una copia de su informe —suspiró Strömelburg.

Se giró en redondo y subió a la oficina del doctor en el piso de arriba. Durante un buen rato estuvo sentado allí solo, con la cabeza entre las manos, medio llorando. De una forma extraña en él, Strömelburg profesaba a Gilbert un afecto similar al que hubiera tenido por el hijo que nunca engendró. Le vio entrar en su apartamento antes de la guerra, con un desgastado chaquetón de vuelo, fanfarroneando, riendo. Un truhán, un truhán aventurero, y ahora estaba muerto porque Strömelburg había permitido que aquel telegrama llegase a Lila. Y ni él ni Berlín serían nunca capaces de reconocer oficialmente lo que Henri Lemaire, su inapreciable Gilbert, había hecho por Alemania.

Aún conmocionado, regresó a su despacho. «Esta mujer —pensó— estuvo cenando con Gilbert aquella noche en el "Chapon Rouge". Probablemente estaba enamorada de él..., muchísimas lo estaban. Y esta perra sólo es una más de esa pandilla de asesinos.» De repente la odió como no la había odiado durante las sesiones de interrogatorio que se había visto obligado a soportar.

—Tengo malas noticias —le dijo.

Como había esperado, aquellos ojos verdes le dijeron lo mucho que le complacía oír aquello.

—¿Se acuerda de Paul, el oficial de las Operaciones Aéreas que la recibió? ¿Con el que fue a cenar aquella noche?

Pretendió sonreír, pero en lugar de eso le salió una mueca.

—¿El día en que nos conocimos?

Se produjo el gratificante pequeño parpadeo de aprensión en sus ojos, lo cual le dijo que, en efecto, estaba enamorada de él.

—Ha muerto.

La mujer suspiró.

—Asesinado por sus compañeros terroristas...

—¡Asesinado!

Su hinchada y herida boca quedó abierta en señal de consternación.

—¿Por qué?

—¿Por qué? ¿Por qué cree que se encuentra aquí, Mademoiselle Pradier? Su amigo Paul era el mejor agente que he tenido jamás.

Catherine chilló y se derrumbó en su silla, inconsciente. Strömelburg se la quedó mirando satisfecho. Existía aún un dolor más terrible que cualquier salvajismo que sus torturadores pudiesen infligir.

Llamó a los guardias.

—Llevadla arriba —ordenó—. Dadle algo de comer y componedla un poco...

—¿Debemos mantenerla aquí, señor? —preguntó uno de ellos.

Strömelburg contempló a la muchacha que empezaba a volver en sí.

—No, creo que hemos acabado con Mademoiselle Pradier. Enviadla a Fresnes, y embarcadla en el próximo convoy *Nacht und Nebel*.


El *Korvettemkapitän* Fritz Diekmann, el comandante de la «Batería Lindemann» era alguien a quien gustaba ferozmente la disciplina. Su oficial electricista, Lothar Metz, pareció casi temblar cuando se colocó en posición de firmes ante su escritorio.

—¿Así que usted, Metz, es el gran amante alemán? —le ladró Diekmann—. ¿Sedujo a la lavandera de la batería?

Metz barbotó algo en respuesta: «¿La habrán atrapado en alguna redada? —se preguntó—. ¿Es ésa la causa de que haya desaparecido tan repentinamente?»

—Excepto que no era una lavandera, Metz. Era una terrorista británica.

Diekmann se puso en pie y ordenó a Metz que le siguiese, bajando por la escalera metálica hasta la sala de control subterránea.

—Ábralo —ordenó, señalando el panel de control.

Con manos temblorosas, Metz abrió el panel.

El dedo de Diekmann se acercó al fusible que protegía al motor de la torreta de *Antón*.

—Sáquelo...

Obedientemente, Metz extrajo el fusible.

—Y ahora, mírelo.

Metz lo estudió, intrigado. Lentamente le dio la vuelta y vio el brillante cobre que había remplazado el plomo en su núcleo central. Sintió un sudor frío y húmedo en las sienes.

—Algo está mal —susurró—. Alguien lo ha sacado de un modo u otro y ha manipulado en estos cortacircuitos...

—No alguien, Metz. Fue su amiguita lavandera. Con una copia de su llave, que hizo de una impresión de la misma, después de que hubiesen acabado de hacer el amor...

Diekmann observó el panel de control.

—Deseo que quite todos los fusibles. Y luego que examine uno a uno los sectores de su sistema eléctrico.

—*Jawohl!*

—Dígame algo, Metz... —le aulló Diekmann a su tembloroso joven oficial electricista—, ¿le gusta la nieve y el hielo?

Metz parpadeó, sin captar el significado de aquella pregunta en una tarde de junio.

—Porque tendrá una oportunidad de ver un montón de todo eso en el Frente Oriental este invierno...


Casi en el mismo momento en que Metz consideraba las perspectivas de un invierno ruso, dos coches con agentes de la Gestapo entraban en las instalaciones de la central eléctrica de Calais. Tras irrumpir furiosamente en el edificio de la central, encontraron el material necesario para el desvío del transformador y para sobrecargar la «Batería Lindemann», exactamente donde el microfilme de Cavendish indicaba que se hallaría.

Cinco minutos de duro interrogatorio y unos cuantos puñetazos fue todo lo que se requirió para persuadir a Pierre Paraud, el director de la central eléctrica, a hablar. Para cuado sus coches llegaron al cuartel general de la Gestapo en Lila, el aterrado ingeniero eléctrico ya había contado a sus apresadores de la Gestapo todo cuanto conocía acerca del plan para sabotear la batería.

Hans Dieter Strömelburg había vigilado todos los aspectos de la investigación desde su escritorio en la Avenue Foch. Tan pronto como sus investigadores descubrieron los preparativos de sabotaje en la central eléctrica de Calais, ordenó que los mejores ingenieros eléctricos de la Organización Todt, que había construido el Muro Atlántico, acudiesen a la central, para analizar las instalaciones y luego la batería en sí, y determinar qué efecto hubiera producido el sabotaje en los cañones que controlaban. Mantuvo una larga entrevista con Diekmann, el comandante de la batería, acerca de la seguridad del cañón y de su papel en la defensa de la zona costera del Pas de Calais.

Al terminar el día, no quedaba en la mente de Strömelburg la menor duda: lo que tenía en las manos, como resultado de la confesión lograda de Catherine Pradier, era un asunto de espionaje de extraordinaria magnitud: un triunfo que ciertamente marcaba la culminación de su carrera y que influiría decisivamente en el curso de la guerra.

Sólo quedaba por descubrir una conexión, y el doctor la facilitó poco antes de las siete de la noche. Jadeando a causa del esfuerzo, subió a toda prisa las escaleras e irrumpió, sin ser anunciado, en el despacho del *Obersturmbannführer*.

—El servicio de interceptación del Boulevard Suchet acaba de llamar —dijo entre sus jadeos en busca de un poco de aire—. Encontraron la clave del mensaje de la «petite Berthe» en sus grabaciones. ¡La «BBC» lo emitió anoche!

Strömelburg estaba exultante. Ya lo tenía. En la palma de su mano aparecían ya todas las cosas. Esta vez ningún testarudo general prusiano de OB Oeste privaría a Strömelburg y a Alemania de su triunfo. El cálido aliento de la Historia no pasaría dos veces junto a él. Depositaría este secreto en manos del mismo Ernst Kaltenbrunner en su oficina de la Prinz Albrechtstrasse.


A primeras horas de la noche del jueves, 8 de junio, cuando el «Skoda» de Strömelburg se encontraba ya camino de Berlín, el Quinto Cuerpo estadounidense, responsable de la mitad occidental de las playas de invasión, lanzó una seria advertencia al SHAEF y a sus Divisiones. Los desembarcos aliados «estaban retrasados en dos días para lograr sus objetivos iniciales». La cabeza de playa «era demasiado estrecha respecto de su deseada profundidad, y toda la zona del desembarco podía aún alcanzarse bajo el fuego de la artillería enemiga».

Ahora, continuaba aquel claro mensaje, la segunda fase de la lucha para permanecer en tierra se hallaba a punto de empezar. Un gran contraataque alemán era esperado de un momento a otro, seguía previniendo, y la «situación es tan crítica que, si se produce ese ataque, habrá serias dificultades para mantener la cabeza de playa».

En la buhardilla de una residencia de tres pisos en Richmond Hill, Londres, un soldado operador de radio del Servicio de Seguridad de Transmisiones chascó los dedos en señal de buena suerte y luego, como un pianista al tocar su primer acorde, comenzó a manejar la tecla de emisión. Su ademán era muy apropiado. Para los alemanes de la Abwehr en París era conocido como *Chopin*, el operador del agente doble Bruto. Con su gesto, se estaba alzando el telón para el último y crítico acto de la operación *Fortitude*, el acto que Ridley había descrito a T. F. a su llegada a Londres como del que dependían sus frágiles esperanzas.

«He visto con mis propios ojos —informaba el mensaje de Bruto a París— cómo el Grupo de Ejército de Patton se preparaba para embarcar.»

La ocasión la había constituido su imaginaria visita al puesto de mando avanzado, en Dover Castle. Había entreoído la observación del propio Patton de que «había llegado el momento» de empezar las operaciones en torno a Calais.

Para el pequeño oficial de la Fuerza Aérea polaca que paseaba en el cuarto de abajo de aquel en que transmitía su operador, constituía un doloroso momento. Su crítico papel en el plan de *Fortitude* estaba llegando al final. Muy pronto, en un par de semanas, un mes o dos todo lo más, los oficiales de la Abwehr en París que le habían enviado a Londres, se percatarían de que los había engañado. ¿Y qué pasaría entonces a los sesenta y cuatro franceses, sus camaradas, hombres y mujeres, de la red de Resistencia, mantenidos en la prisión de Fresnes en calidad de rehenes de su buen comportamiento? ¿Constituiría aquella repiqueteante corriente de puntos y rayas, que estaban saliendo al éter desde la buhardilla, una sentencia de muerte para los preciados amigos que había dejado atrás?

Al otro lado de la capital británica, en Hampstead Heath, otro operador de radio del Servicio de Seguridad de Transmisiones también se preparaba para emitir. La culminación de años de pacientes y penosos esfuerzos del MI5, el contraespionaje británico, de centenares de transmisiones secretas, de muchos datos vitales, secretos aliados, dejados de forma deliberada en el regazo alemán, se hallaba al alcance de la mano: En cierto sentido, se trataba del momento para el que Juan Pujol García —Garbo— había sido preparado por su controlador, el florecimiento final de la más exótica orquídea de su invernadero de engaños.

Sus tres mejores agentes habían llegado ya a Londres. Garbo, informó su operador a Madrid, había pasado la tarde, con suma rudeza, recogiendo sus informaciones. Se trataba de un ex-marino, que trabajaba como descargador de muelle en el puerto de Dover, de un oficinista ahij que vivía en Brighton, en la costa del canal de la Mancha, al sur de Londres, y de otro resentido nacionalista galés de Harwich, un crítico puerto más en la conjunción de los ríos Stour y Orwell, en la zona donde se estaban reuniendo las Divisiones blindadas del FUSAG.

Como resultado de sus conversaciones con aquellos hombres, Garbo estaba dispuesto a transmitir «el informe más importante de mi trabajo». Requería a Madrid que estuviese preparado a medianoche para recibirlo. Esta vez Madrid escucharía. Nadie se perdería una emisión de su mejor espía al servicio del Tercer Reich.

Poco después de las nueve de la noche, mientras el «Skoda» de Strömelburg corría hacia el Norte a través de la noche, y los operadores de radio de Bruto y Garbo estaban en el aire, un locutor, por un micrófono en el estudio subterráneo de «Bush House», atronaba con estas palabras:

—*Salomon a sauté ses grands sabots*. Repito: *Salomon a sauté ses grands sabots*.

*Fortitude* había hecho su jugada. Ahora era el turno de los alemanes de reaccionar..., o de no reaccionar.

El mariscal de campo Gerd von Rundstedt se encontraba preso de un acceso de fría cólera la noche de aquel jueves, 8 de junio. Una vez más, Rommel, su despreciado «mariscal *boy scout*», había fracasado en desalojar a los aliados de su cabeza de playa normanda. Ni tampoco arrojaría sobre ellos las fuerzas que tenían a su disposición. El mariscal se encontraba tan preocupado aquella noche a causa de la situación, que hizo algo que casi nunca hacía: una llamada telefónica personal al hombre al que llamaba siempre «cabo bohemio».

Urgió al Führer la Orden Caso III A. Aunque Normandía fuese una diversión, debía ser acabada al instante para que las fuerzas de la Wehrmacht estuviesen preparadas para un segundo asalto si éste se produciía. Finalmente, aunque a regañadientes, Adolfo Hitler concedió aquello al viejo mariscal de campo. Sentado ante sus mapas en su conferencia de estrategia de la noche en el Berghof, emitió una orden que hubiera debido salvar al Tercer Reich: *Inicien Caso III A*.

El rechinar metálico alteró el silencio de antes del amanecer en la cárcel de Fresnes. Era el sonido de unas ruedas de hierro oxidadas que a duras penas se abrían paso a lo largo de un corredor de la prisión. En la oscuridad de su celda, Catherine escuchó cómo se rebullía su compañera de celda.

—Llega el carrito del café —susurró—. Saldrá un convoy para Alemania.

Desde lejos del corredor, escucharon el sonido de las puertas de la prisión que se abrían y cerraban, la voz con acento del guardián alemán que pronunciaba el nombre de cada prisionera que iba a ser deportada a los campos de concentración del Reich. Ocasionalmente, se oía algún inútil grito de protesta de alguna de aquellas mujeres a las que ordenaba que saliesen de su celda para recibir una taza de *ersatz* para el viaje: aquel café que llevaba en su carrito.

Lentamente, el aullante rascar de aquellas oxidadas ruedas avanzó por el corredor hasta llegar delante de su puerta. Catherine oyó el repiqueteo de la llave del guardia en la cerradura y luego, cuando la puerta se abrió, el grito de:

—Pradier, *raus!*

Se tambaleó sobre su vendado pie y cogió el bulto que contenía las pocas pertenencias que poseía. Su compañera de celda, con la que apenas había tenido tiempo de intercambiar media docena de palabras, la abrazó.

—*Bonne chance...* Buena suerte —susurró—. *Vive la France!*

Parpadeando a causa del resplandor de las desnudas bombillas a lo largo del corredor paralelo al bloque de celdas, Catherine cojeó tras las mujeres que ya habían sacado antes que a ella de sus celdas. Afuera, en el patinillo delante de la entrada principal del edificio de la prisión, se encontraba un autobús verde y amarillo, uno de aquellos autobuses de la ciudad de París en los que tantas veces había efectuado trayectos hacia un destino más feliz. Los guardianes las alinearon en aquella húmeda mañana hasta que la última prisionera de convoy hubo salido por la puerta de la cárcel. Luego, con una tablilla en la mano, un vigilante las hizo subir una a una al autobús.

El nombre de Catherine estaba entre los últimos que pronunciaron. Para cuando abordó el autobús, los únicos sitios que quedaban se hallaban en la abierta plataforma en la parte trasera. Enfrente de ella oyó el crujir de las puertas de la cárcel al ser abiertas. El motor del vehículo tosió.

Catherine miró hacia los muros de piedra de Fresnes, a sus ventanas con barrotes y apenas entrevió los demacrados rostros de sus compañeras de una noche de cárcel. Cuando el autobús arrancó, sus manos, con los dedos alzados en el signo de la «V» de victoria, comenzaron a hacer ademanes de despedida. Desde detrás de la fachada de piedra empezó a alzarse el sonido de *La Marseillaise*, al principio en un tímido coro, y luego se hizo más alto hasta alcanzar una fuerte y desafiante vibración, un orgulloso y adecuado *adieu* a aquel convoy que partía.

En las primeras horas de la mañana del viernes, 9 de junio, en los cuarteles generales del SHAEF y luego en las Salas Subterráneas de Guerra de Churchill, comenzaron a registrar las consecuencias de la súbita decisión que Hitler había adoptado la noche anterior. En primer lugar los escuchas, los hombres que vigilaban las comunicaciones inalámbricas entre las unidades, y a continuación los buscadores de claves de «Ultra», todos captaron aquellas señales: el Ejército alemán se hallaba en movimiento.

El reconocimiento aéreo confirmó dicha lectura. El 16.º Panzer, el Primer Panzer SS, 500 tanques y 35.000 de los mejores combatientes alemanes se alejaban de sus *Lager*, apuntando hacia el Noroeste, hacia Normandía, la vanguardia de aquella vasta movilización del Caso III A. Había llegado el momento crítico, exactamente en el instante que, de modo virtual, cada uno de los agentes de Inteligencia aliados habían predicho que ocurriría. Asimismo el general George C. Marshall y los jefes de Estado Mayor estadounidenses, llegarían a Londres mediado el día y permanecerían al lado de sus colegas británicos «para hacer frente a cualquier eventualidad que se produjera»: el eufemismo del SHAEF para un suceso que se hiciese realidad probablemente a causa de la decisión de Hitler: una derrota aliada en las playas normandas.


Hans Dieter Strömelburg recorría los familiares pasillos de la Prinz-Albrechtstrasse, en dirección al despacho del *Gruppenführer* Ernst Kaltenbrunner, con el aire confiado de un césar. La noticia de su prodigiosa hazaña le había precedido. Esta vez podría haber entrado en el despacho del *Gruppenführer* con el uniforme de un granadero británico, y le hubieran saludado como a un héroe.

Rápidamente, revisó para Kaltenbrunner y Kopkow sus detalladas notas acerca de la confesión de Catherine Pradier, las investigaciones de sus hombres en la «Batería Lindemann» y en la central eléctrica de Calais.

—Las aseveraciones de nuestros expertos en defensas costeras son categóricas —declaró—. Saben por pasadas experiencias que ningún bombardeo masivo llegaría a destruir esos cañones. Y para los británicos, tratar de hacerlo desde el mar sería algo suicida. A fin de cuentas, su propio Nelson declaró: «Un marino que ataque una batería costera con un buque es un loco...» El sabotaje era la única opción que tenían porque, mientras esos cañones permaneciesen disparando, ninguna flota de invasión podría operar en el canal desde Gris-Nez hasta las cercanías de Dunkerque sin ponerse en peligro.

—No comprendo cómo alguien ha podido tramar un plan para sabotear esas baterías— suspiró Kaltenbrunner—. ¿Está del todo seguro de que la cosa hubiese funcionado?

—Positivo. Lo hemos analizado minuciosamente. La sobrecarga de energía hubiera causado estragos en los motores de las torretas y en las cabrias para los obuses. El mando hubiera tenido que cambiar los cable o remplazarlos por completo. Quién sabe...

—¿Y cuánto hubiera durado eso?

—Por lo menos doce horas. Ésta es la base de todos sus cálculos. Y por ello habían puesto tanto énfasis en el momento de la operación. Debían mantener los cañones fuera de funcionamiento durante doce horas de luz diurna, para darles tiempo a desembarcar y destruir los cañones desde la orilla.

—¿No existen posibilidades de que se trate de algún truco de los aliados?

Era el odioso Kopkow al que Strömelburg despreciaba tanto.

—No sé cuántas personas hemos mantenido bajo interrogatorios intensivos en la Avenue Foch, pero puedo declararle esto: no existen más de uno o dos que hayan podido resistir todo lo que le hicimos. No hay la menor duda en mi mente acerca de su confesión. Y existe una última cosa que lo confirma todo. Londres ordenó que nuestro agente Gilbert, al que en último extremo debemos agradecer todo esto, fuese asesinado por haberla traicionado.

—Sí —convino Kaltenbrunner—, no podría ser más claro.

Él también había leído los informes de Von Roenne acerca de las veinticinco Divisiones del Primer Grupo de ejércitos estadounidenses de Patton, que se hallaba en el sudeste de Inglaterra.

—Efectuarán su auténtico desembarco en Calais, muy bien, y silenciarían esos cañones antes de llegar a tierra...

Se abrió la puerta de su despacho.

—Una llamada urgente para el *Obersturmbanführer* —le anunció su ayudante.

—Era de París —explicó Strömelburg cuando regresó—. La «BBC» ha emitido el mensaje de acción «*Salomon a sauté ses grands sabots*» a las nueve y cuarto de anoche.

Durante unas cuantas horas del viernes, 9 de junio, el coronel Alex von Roenne, el noble báltico que transmitía al Estado Mayor de Hitler los informes del Ejército del Oeste de la Wehrmacht, constituyó el pivote sobre el que descansó la batalla de Normandía. Era el conducto a través del que todos los engaños de *Fortitude* pasaban en su camino hasta el escritorio de Hitler, y su valoración de los mismos resultaba crítica al determinar la recepción que tendrían cuando se los colocase delante de Hitler.

El primer informe que llegó hasta él aquel viernes procedía de la Abwehr de la Tirpitzstrasse. Era el resumen del mensaje de Bruto de la noche anterior. Confirmaba lo que Von Roenne había estado dicien do a los Cuarteles Generales de Rommel, Von Rundstedt y Hitler desde el mediodía del 6 de junio. Normandía era una diversión. Ahora esas tropas del Primer Grupo de Ejército estadounidenses de Patton, aquellas Divisiones que había imaginado a causa de la actitud de *Fortitude*, comenzaban a moverse. Pero el elemento crítico de su valoración le fue suministrado por las noticias de Kaltenbrunner respecto a aquella frase en clave, «*Salomon a sauté ses grands sabots*», que había sido radiada por la «BBC». Ahora quedaba claro. No sólo poseía una indicación de que se produciría un asalto en Pas de Calais, sino una indicación precisa de cuándo ocurriría.

Realizó una llamada urgente al oficial personal de Inteligencia de Hitler en Berchtesgaden, el coronel Friedrich-Adolf Krummacher. Acababa de recibir una información del más alto grado, le dijo a Krummacher, respecto de que un segundo desembarco aliado, a una escala mucho mayor, estaba a punto de desencadenarse desde el este de Inglaterra. Luego le contó que el Servicio de Transmisiones había interceptado un men saje enemigo por radio sobre la «BBC» al que concedía «la mayor importancia». Indicaba que los aliados atacarían al día siguiente, 10 de junio. Alejar ahora de Calais la Infantería y los blindados del Decimoquinto Ejército del Pas de Calais, prevenía, «podría constituir una locura total». Había que decirle al Führer, rogó a Krummacher, que cancelase Caso III A.

El jefe de Estado Mayor de Hitler, el general Alfred Jodl, presentó el ruego urgente de Von Roenne ante el Führer, en su primera conferencia de estrategia del día, apenas media hora después de la llamada urgente de Von Roenne. Hitler quedó impresionado, pero no lo suficiente para cambiar de opinión... Había titubeado mucho tiempo antes de ordenar

Caso III A. No estaba dispuesto a mudar de idea sin pensarlo de nuevo a fondo. A fin de cuentas, los señores de la guerra no ganan las contiendas cambiando constantemente de parecer. Consideraría el asunto y lo revisaría en su conferencia de la noche.

Durante la noche del viernes, 10 de junio, Hitler tomó su acostumbrada cena espartana y luego se retiró a la intimidad de su estudio. Desde las ventanas del Berghof veía los picos cubiertos de nieve de los Alpes que se alzaban por encima de Berchtesgaden, las montañas que habían constituido una parte importante de su vida desde que definiera sus propósitos en las páginas de *Mein Kampf*, escrito en un chalé, no muy lejos de su suntuosa residencia.

Poco antes de las diez y media de la noche, el general Jodl interrumpió sus meditaciones con un despacho que acababa de llegar de Von Roenne, un resumen del largo mensaje de Garbo de la noche anterior. Hitler sabía quién era Garbo. Se puso sus gafas de aros metálicos y estudió lo que el español describía como «mi informe más importante». Comenzaba con una revisión de todas las formaciones militares, auténticas e imaginarias, facilitadas por los tres agentes clave de Garbo en el sudeste de Inglaterra. Por primera vez, Garbo mencionaba lanchas de desembarco que aguardaban en los ríos Deben y Orwell para que aquellas formaciones subiesen a bordo. «Queda perfectamente claro —concluía Garbo— que el presente ataque, dentro de una operación a gran escala, es divergente en carácter respecto del propósito de establecer una potente cabeza de playa que atraiga el máximo de nuestras reservas hacia el área para lanzar otro golpe en alguna otra parte con un éxito asegurado».

Una vez digerido aquel informe, Hitler puso una marca en lápiz verde en el extremo izquierdo superior del despacho, para indicar que lo había leído, y se lo devolvió a Jodl.

Unos minutos después, sonó uno de los teléfonos de encima de su escritorio, el que le proporcionaba un enlace directo con el *Reichsführer* SS Heinrich Himmler, en Prinz Albrechtstrasse. Era aquella misma línea por la que Himmler le había hecho llegar sus más jugosos fragmentos de habladurías, en su incesante persecución de su preciado puesto como zar del espionaje del Reich. Ahora proporcionó a Hitler el más importante tesoro que el RSHA había descubierto desde que asumiera aquella posición: el acertijo de la frase en clave de la «BBC»: *Salomon a sauté ses grands sabots.*»

Se trataba de la revelación final y determinante. Supremamente confiado, Hitler acudió a su conferencia de estrategia de la noche. La situación, anunció, estaba clara. Era inminente un segundo desembarco. Caso III A quedaba cancelado. No privaría al Decimoquinto Ejército de sus reservas. Lo reforzaría. Ordenó a la Primera Panzer SS y a la 16.ª Panzer que se detuviesen al instante. Deberían pivotar en torno de una posición detrás del Pas de Calais. A primeras horas del día, había ordenado a la Novena y Décima Divisiones Panzer SS que se encaminasen a Francia desde Polonia. Ahora fueron asignadas al Decimoquinto Ejército. La flor más preciada de la Wehrmacht aguardaría al salvaje general George S. Patton y a sus Divisiones del Primer Grupo de Ejército estadounidense cuando se estrellasen en la orilla contra el Muro Atlántico.

Media hora después, el teletipo de alta velocidad anunció la decisión de Hitler de cancelar Caso III A al Cuartel General de Von Rundstedt en Saint-Germain-en-Laye.

Un ayudante se la llevó el jefe de Operaciones de Von Rundstedt, el general Bodo Zimmermann.

—¿Debemos despertar al mariscal de campo? —le preguntó el ayudante cuando Zimmermann hubo acabado de leer el texto.

—¿Por qué? —inquirió a su vez Zimmerman—. Alemania acaba de perder la guerra.

# EPÍLOGO

*Ravensbrück, Alemania;*
*22 de abril de 1945*

A la distancia, podía oír el ruido de una potente marejada que se estrellaba contra las orillas del Atlántico. Estaba jugando al ajedrez con su padre en la soleada terraza de su pequeño chalé en las montañas que rodeaban San Juan de Luz, y sus ecos llegaban hasta ellos en el mismo frío viento que la hacía temblar de frío.

—Una tormenta —murmuró su padre—, está a punto de desencadenarse una tormenta.

La mujer se estremeció y luego rebulló. Al hacerlo, trozos de paja que sobresalían a través de la funda de su jergón infestado de piojos se le clavaron en la carne: pequeños y aguzados recuerdos de la realidad que la aguardaba exactamente más allá de la frontera de su sueño. Instintivamente, mantuvo los ojos fuertemente apretados para agarrarse durante unos cuantos preciosos momentos más al solaz que aquello le proporcionaba. Hacía ya mucho tiempo que aprendiera a apegarse a aquellos sueños, a permanecer en ellos hasta los últimos desesperados segundos, en el umbral del único consuelo que le quedaba: dormir. Ahora, mientras la oscuridad disminuía en su celda y flotaba hacia la plena conciencia, su mente enfocó el ruido que la había despertado, aquella dimensión compartida por el mundo ilusorio que tan a desgana abandonaba, y el representado por las oscuras paredes de cemento que la rodeaban.

No podía tratarse de una incursión aérea. Ahora Catherine distinguía el diferenciador zumbido de los aviones que pasaban hacia Berlín. Constituían unos estruendos vagos y apagados de alguna clase, tan irregulares en su cadencia como en su fuerza. Luego, tan misteriosamente como empezaran, se detuvieron y la dejaron de nuevo sola en el silencio de su celda. Catherine se puso en pie, temblando indominablemente a causa de la humedad del piso de cemento que se había infiltrado hasta la última grieta de su ser durante la noche. Luego se acuclilló al lado de su jergón y sacó un trozo de paja del tamaño de su uña de debajo de la arpillera. A gatas, se arrastró hasta el rincón de la celda, más allá del borde del jergón y se apiñó sobre un pequeño montón de paja, el jeroglífico de su desespero, una especie de Piedra Rosetta personal de la que sólo ella poseía la clave. Hoy era 22 de abril de 1945, calculó Catherine, colocando meticulosamente la paja en su sitio: hace noventa y siete días que estoy en esta celda, faltan cuarenta y tres días para el primer aniversario de mi detención, y ciento seis días para mi vigésimo octavo cumpleaños.

Detrás de ella, escuchó el ruido de la puerta al abrirse y cerrarse, luego el roce de una llave en la cerradura de la puerta de su celda, seguido por un encolerizado grito:

—*Raus!*

Parpadeando, como siempre hacía ante el resplandor de las desnudas bombillas a lo largo del corredor del bloque de celdas, Catherine se esforzó para ponerse en posición de firmes al lado del signo en la puerta de su celda. Llevaba tres pequeños retazos de información: su nombre, su número en Ravensbrück, 97.123, y dos letras mayúsculas, NN. Unas pisadas de una mujer, de apenas un metro sesenta de altura, con su desgastado uniforme y sus botas de cuero negro, resonaron lentamente por el corredor. Detrás de ella, dos *Kapo* empujaban un carro metálico que contenía la primera de las dos comidas diarias ofrecidas a las internas del búnquer: una taza de un líquido caliente, que vagamente recordaba un *ersatz* de café y un trozo de pan de molde. La visión de los demacrados esqueletos a lo largo del corredor que atrapaban, como animales hambrientos, sus escasas raciones, era algo que, por lo general, divertía a la guardiana de la SS Margaret Mewes. Sin embargo, aquella mañana no la embargaba semejante ligereza. Parecía apartada y distante, perdida en la contemplación de algún mundo propio y privado.

Cuando pasó por delante de Catherine, la muchacha francesa alzó la cabeza para dirigirse a ella. No se trataba de una acción que pudiese emprenderse a la ligera. Mewes era de aquella clase de mujeres capaces de emborracharse y cantar *Noche silenciosa* en Nochebuena y luego, al día siguiente, golpear a una prisionera hasta matarla a causa de la resaca.

—*Bitte, Frau Wäterin* —murmuró Catherine.

—*Ja...*

Catherine notó que los ojos de la alemana se hallaban enrojecidos por el cansancio y la falta de sueño.

—¿Qué ha sido ese ruido que hemos oído por la noche?

El gruñido de un animal acosado transformó el rostro seboso de la vigilante alemana.

—¡Puta! —gritó, golpeándola con su porra de caucho—. ¡Puta! —chilló de nuevo.

Su segundo golpe arrojó la cabeza de Catherine contra el dintel de acero de la puerta de su celda. Atontada, la muchacha francesa se agarró a la puerta para no caerse antes de que llegase el siguiente golpe. Mientras lo hacía contempló, a través de su borrosa sesión, algo increíble: los ojos de su atacante SS se habían llenado de lágrimas. Su brazo, alzado para golpear de nuevo, quedó suspendido en mitad del aire. Luego, sin una palabra o un ademán de explicación, la alemana se dio la vuelta y salió del bloque de celdas.

Cuando la asombrada Catherine se quedó mirando a aquella figura que se alejaba, una voz ronca le susurró algo. Se trataba de la *Kapo* que empujaba el carro del desayuno por el corredor.

—*Sie kommen* —le murmuró—. Ya están aquí...

A pocos cientos de metros de la celda de Catherine Pradier, el *Oberstumbannführer* Hans Dieter Strömelburg recorría la *Lagerstrasse* en dirección de su despacho en el Edificio de la Administración del campo. Lo mismo que su guardiana en el búnquer, sus ojos estaban en extremo enrojecidos por la falta de sueño. Había escuchado toda la noche cómo se aproximaba el fuego de la Artillería soviética. Sabía muy bien lo que aquello presagiaba para este campo, para lo que había representado por encima de todo y lo que probablemente significaría para los hombres como él.

Al ver al guardián ucraniano hacer vigorosamente el saludo hitleriano, en la puerta del Edificio de la Administración, una amarga sonrisa apareció en el rostro de Strömelburg. Una persona más que debería empezar a preocuparse por su futuro, rió para sí al continuar hacia la oficina. *Rottenführer* Müller, su gordo y fiel Müller, había colocado una humeante taza de *ersatz* de café sobre su escritorio antes incluso que los pantalones de Strömelburg tocasen la silla. Se lo tragó con avidez. «Es tan rico —pensó— que debe de haber un poco de auténtico café para formar esta mezcla.» El servicio en la SS todavía presentaba sus recompensas.

Sus pensamientos se vieron interrumpidos por el repiqueteo del teleimpresor. Meneó la cabeza dubitativo. «Alemania se está hundiendo entre incendios y cenizas, el *Götterdämmerung* se halla encima de nosotros, pero la máquina del teletipo en el cuartel general de la Gestapo en la Prinz Albrechtstrasse de Berlín aún funciona a la perfección. Y —prosiguió— aún sigue transmitiéndonos órdenes, con largas listas de nombres, por duplicado, exactamente como los reglamentos prescriben: un ejemplar para mí y otro para el ayudante del campo...»

Llevó la lista de nombres a un archivador metálico de color verde que se hallaba encima de una mesa al lado de su escritorio. Las mismas dos letras, NN, que estaban marcadas en la puerta de la celda de Catherine Pradier, designaban cada uno de sus tres cajones. Con un encomiable cuidado por el orden y la eficiencia, un ejemplar del decreto que explicaba aquellas letras y regía la existencia de los prisioneros cuyos archivos se hallaban cerrados dentro del armario, aparecía pegado a su parte superior metálica. Inspirado por el mismo Himmler, se remontaba al 14 de diciembre de 1941 y al apogeo del poder nazi. Su propósito consistía en definir el tratamiento que había que aplicar a aquellos que trataban de oponerse, mediante actos violentos, a las fuerzas de ocupación del Tercer Reich en la Fortaleza Europa.

Una obsesionantemente apropiada frase, inspirada en la ópera de Wagner *Das Rheingold*, se había convertido en el sinónimo para el decreto dentro de la jerarquía de la SS y se relacionaba con las letras «NN» en el archivo: *Nacht und Nebel* (Noche y Niebla). Como el personaje de Wagner, Alberich, desaparecido mágicamente en las tinieblas del bosque primaveral, así los prisioneros NN, menos mágicamente, debían desaparecer en las fauces de los campos de la muerte de Hitler.

Sin embargo, no sin una última manifestación de la cuidada metodología con que los agentes de la SS los llevaban, invariablemente, a sus muertes. Amontonando encima de su escritorio, los expedientes que correspondían a la comunicación del teletipo, Strömelburg registró con cuidado el nombre de cada prisionero y el número en el Diario secreto de Ravensbrück. Luego, antes de pasar el expediente de los reclusos a las manos que ya aguardaban del *Rottenführer* Müller, trazó la frase ritual que la SS empleaba para condenar a los prisioneros de *Nacht un Nebel* a las cámaras de gas: «He solicitado un tratamiento especial para este prisionero. *In Namen des Reichsführers SS.*»

Casi había acabado cuando el nombre del descolorido expediente manila de la prisionera 97.123 le hizo enderezarse. «Naturalmente —pensó Strömelburg—. Claro que la debían enviar allí.» Se retrepó y encendió un cigarrillo, un «Lucky Strike», tomado de uno de los paquetes de la Cruz Roja para los prisioneros de guerra, que aún seguían pasando al comedor de oficiales de la SS. En algún lugar, allá en la distancia, el tamborilear de la Artillería del Ejército Rojo comenzó de nuevo.

Abrió el expediente de Catherine Pradier y hojeó sus páginas. Allí se encontraba su propia firma para la orden de deportación de aquella mujer a Alemania. La miró como un hombre anciano estudiaría la fotografía de su juventud, tan alejada parecía en aquel momento. Naturalmente había caído en desgracia por todo ello: en primer lugar se le trasladó al Frente del Este para servir en una Brigada de Infantería de una División de las Waffen SS, y luego fue traído aquí, a este asqueroso campo. Y todo porque ella y el taimado inglés que la mandase a Francia le habían engañado de una forma tan completa y total.

Aquella aproximación de los cañonazos soviéticos constituían un absoluto recordatorio de cuán total había sido su triunfo. Permaneció sentado durante un momento, manoseando el expediente de Catherine, escuchando las explosiones. La crisis se hallaba al alcance de la mano, pero, como Hans Dieter Strömelburg sabía muy bien, cada crisis tenía su valor. La mujer era, en efecto, una prisionera muy valiosa; para un hombre en sus difíciles circunstancias, Catherine podría proveer del valor de negociación que necesitaría en los tiempos que tenía por delante.

Esta vez, los sonidos parecían trompetas celestiales. Catherine se hallaba encima de su jergón, con los brazos abarcando las rodillas que había alzado hasta su mentón, meciéndose adelante y atrás, siguiendo los dictados internos de una pasión que pensara que nunca más sentiría: la esperanza. Desde la helada mañana de enero en que atravesó la puerta negra de Ravensbrück y la habían arrojado, literalmente, a esta celda, Catherine había aprendido a medir su vida en el más infinito de los términos: soportar una hora más de fiebre y disentería; sobrevivir un día más sin derrumbarse a causa de las punzadas del hambre; pasar otra noche de miedo y pavor. En el búnquer, sobrevivir resultaba impensable, y esperar, algo absurdo.

Ahora casi sentía vibrar la tierra debajo de ella con cada distante explosión. ¿Podría aquello significar que contra todo dictado de la lógica y de la voluntad de sus opresores, iba en realidad a sobrevivir? ¿Que de alguna forma saldría de nuevo viva por aquellas negras puertas que traspasase hacía ya una eternidad? ¿Le prometían que sentiría de nuevo la caricia de unos pétalos de rosa contra sus mejillas, el olor del aroma de las secas hojas entre una brisa otoñal? ¿Resultaba posible que pudiese ver el firmamento de otra primavera, sentir de nuevo el gentil calorcillo de unas arenas de estío apretarse contra su pecho, percibir la leve caricia de un amante o el húmedo abrazo de un niño?

Catherine conocía a sus captores SS lo suficientemente bien como para imaginarse que no terminarían su reinado aquí sin la espantosa explosión de un último baño de sangre. Una pálida luz que iluminaba una pared de su celda constituía un recuerdo de todo eso.

El roce de una llave en la puerta de su celda sacudió sus meditaciones. Era demasiado temprano para que fuese la sopa de mediodía. Esta vez habían venido a por ella. Atontada siguió a la guardiana por el corredor hacia el hombre de uniforme que se hallaba en la salida del búnquer. «Por favor, Dios mío —oró Catherine—, concédeme la gracia de morir con dignidad, con Tu nombre y el de Francia en mis labios.»

Ante su sorpresa, el cabo no la llevó en dirección de algún grupo de prisioneros condenados, sino a través de la *Lagerstrasse* hasta el Edificio de la Administración.

Abrió la puerta de un despacho y luego, educadamente, se hizo a un lado para que Catherine entrase antes que él.

Instintivamente, casi a pesar de sí mismo, Strömelburg se puso en pie al penetrar la mujer en el despacho. Sólo sus ojos seguían inmutables. Ya brillaban con el desafío que viera con tanta frecuencia un año atrás.

—Siéntese, Fräulein Pradier...

Strömelburg le hizo un ademán hacia la silla que se hallaba delante de su escritorio.

La mujer le estudió con calma y luego preguntó:

—¿Qué hace aquí?

—Nuestro mundo ha disminuido, en cierto modo, desde la última vez que nos vimos, Fräulein. Y mis responsabilidades se han reducido correspondientemente. Sin embargo, esto no debiera entristecerla. A fin de cuentas, todo se ha debido, por lo menos en parte, a usted.

—¿A mí? Pero si yo no hice nada...

—¿Que no...? Me pregunto...

Las puntas de los dedos de Strömelburg repiquetearon encima de su escritorio.

—Me he preguntado a menudo...

Comenzó a alargar hacia ella la cajetilla de tabaco, pero luego detuvo el ademán.

—¿He de suponer que no ha mudado de costumbres?

—Aquí...

La maldad de Strömelburg resultaba increíble.

—Difícilmente...

El alemán se encogió de hombros.

—No, supongo que no...

Se levantó y se acercó a la entreabierta ventana y miró hacia la *Lagerstrasse.*

—Debe de saber que deseo decirle cuánto lamento lo sucedido entre nosotros. Sinceramente... Pero no nos dieron elección, ni a usted ni a mí. Éramos sólo jugadores en un juego, un cruel pequeño juego, mientras que otros, mucho más inteligentes que nosotros, habían previsto cómo lo jugaríamos. No teníamos la menor elección, excepto comportarnos según los papeles que nos habían otorgado, créame...

—¿Creerle?

Catherine trató de reírse ante lo absurdo de todo aquello, pero no pudo. Al ver a aquellos elegantes y odiados rasgos ante ella, se retrotrajo a todos los dolores de la Avenue Foch. Pero aún mucho más que esto, le había aportado de nuevo las angustiosas meditaciones de las oscuras noches de Ravensbrück. Nunca olvidaría lo que le habían hecho. Ni tampoco les perdonaría por ello. Pero aquellas meditaciones le habían dado una especie de consuelo, un regalo que no compartiría con Strömelburg. Lo había comprendido.

Él se dio la vuelta y comenzó a andar arriba y abajo, abriendo y cerrando las manos a su espalda.

—Estarían muy orgullosos de que regresase a Inglaterra, esos caballeros ingleses para los que trabaja, ¿verdad? Le concederían una medalla. Se la merece por todo lo que ha pasado. Porque usted ha sido la vencedora, Fräulein Pradier. Creímos su mentira.

Strömelburg la observó en busca de una reacción ante sus palabras, de algún brillo en aquellos ojos desafiantes que confiarnase sus sospechas.

Catherine lo observó con atención.

—Míreme, Herr Strömelburg. ¿Parezco haber vencido de algún modo?

El alemán se encogió de hombros.

—La victoria tiene su precio. Traté de ayudarla, ya lo sabe... Y aún me gustaría ayudarla si...

Dejó que su voz se extinguiera, permitiendo que sus pensamientos quedasen sin convertirse en palabras, colgadas éstas en el aire.

Catherine pensó que aquello era como si de algún modo esperase que ella terminara la frase por él, que anunciase por su intercesión cualquier preocupación que atosigara su mente. No existía la menor satisfacción que intentase ofrecer a Hans Dieter Strömelburg. Se le quedó mirando con aquella misma serena indiferencia que desplegara en la Avenue Foch.

«Una perra tozuda —pensó él—; siempre ha sido una perra testaruda.» Volvió hacia la ventana mientras pensaba rápidamente. Los cálculos resultaban tan finos, tan imponderables, que resultaban difíciles de medir. ¿Podía realmente contar con ella? ¿Cuán profunda era su amargura respecto a él? Sin una palabra, sin un signo por parte de ella, sería mejor que hiciese desaparecer aquella evidencia que tanto pesaría en su contra.

En lo que a Catherine le parecieron varios minutos, permaneció allí de pie, frotándose aquellas manos tan bien manicuradas, mirando por la ventana hacia los distantes estruendos en la Artillería rusa. Finalmente, regresó y la miró. Pensó que no había la más leve indicación de que algo hubiese suavizado aquellos desafiantes ojos suyos, ni el menor debilitamiento en las oleadas de hostilidad que emanaban de ella hacia él.

¿Pero, cómo podría ser? Nunca habían constituido su modo de ser, ¿verdad? Anduvo hasta su escritorio y cogió una tarjeta anaranjada del cajón central.

—Mire —le ordenó—, coja esto y vaya con el *Rottenführer* Müller.

Mientras sus pisadas se iban extinguiendo por el corredor. Strömelburg se inclinó y cogió el expediente de Catherine Pradier del montón de encima de su escritorio.

Escribió en él una frase:

«He solicitado un tratamiento especial para esta prisionera. *In Namen des Reichsführers SS.*»

# NOTA DEL AUTOR

Ésta es una novela y, por tanto, por definición, una obra de la imaginación. Sus cinco principales personajes —Catherine Pradier, Paul, el coronel Henry Ridley, Hans Dieter Strömelburg y T. F. O'Neill— son todos ellos criaturas de mi imaginación. Algunos, en mayor o menor grado, tienen su punto de partida en los personajes que, en realidad, existieron y representaron unos papeles no muy distintos a los que he elegido adscribir a sus colegas de ficción en estas páginas.

Sin embargo, lo que no es imaginario es el tapiz histórico en el que sus historias han sido tejidas. El plan *Fortitude* existió en realidad. Y asimismo los agentes dobles Bruto y Garbo, cuyos papeles en *Fortitude* fueron muy similares a los descritos en estos pasajes. Y es asimismo un hecho que el día crítico del 9 de junio de 1944, los alemanes interceptaron un mensaje de la «BBC», «*Salomon a sauté ses grands sabots*», el mensaje destinado a una red de la Resistencia que había sido traicionada ante la Gestapo, y la interpretación por parte de los alemanes de que era inminente un desembarco en el Pas de Calais tuvo su origen en el interrogatorio por parte de la Gestapo de aquellos prisioneros. El mensaje y esta interpretación desempeñaron un papel vital en el proceso que llevó a Hitler a cancelar Caso III A.

Intentar engañar al enemigo presentando datos falsos como si se tratase de las verdaderas intenciones, resulta algo tan antiguo como el hacha del hombre de las cavernas, o como la vocación del hombre para hacer la guerra. Sin embargo, nunca hubo antes en la Historia, de una forma tan sistemática o con unas consecuencias históricas de tan largo alcance algo como el plan *Fortitude*. Lo que *Fortitude* trataba de hacer, esencialmente, era influir en la maquinaria de toma de decisiones del Alto Mando alemán, envenenando los manantiales de sus diversas fuentes de Inteligencia disponibles a través de la desinformación. Fue concebido y ejecutado, como cuenta este libro, por un pequeño grupo de hombres que se comunicaban directamente con Winston Churchill. Eran sus seres queridos, y él participó frecuente y dichosamente en sus confabulaciones.

Decir que la invasión de Europa, con todo lo que siguió, tuvo lugar en casa de *Fortitude*, sería inexacto históricamente y bastante injusto con los hombres que abrieron las puertas de Europa en Omaha, June, Sword, Gold y Utah. Sin embargo, sí es cierto que si el Alto Mando alemán hubiese ampliado sus fuerzas disponibles en el Oeste para derrotar a la invasión, hubiera empleado de forma decisiva y efectiva esas fuerzas en los siete a diez días que siguieron a los desembarcos. Y en gran parte esto no ocurrió así a causa de *Fortitude*. Hasta qué punto triunfó este plan cabe medirlo por el hecho de que el 27 de julio de 1944, casi ocho semanas después de los desembarcos de Normandía, hubo más hombres, más blindados, más piezas de Artillería situadas en las fortificaciones del Muro del Atlántico, en Pas de Calais, que en el Día D; el mejor ejército de que disponía Alemania, con sus filas al completo, y sus cañones sin disparar, aguardaron un desembarco que nunca tendría lugar, para enfrentarse a un ejército que nunca existió.

*Fortitude* fue con mucho uno de los secretos mejor guardados de la Segunda Guerra Mundial. La existencia de la Sección de Control de Londres que lo concibió, no fue reconocida hasta principios de los años 1970. Todos los archivos estadounidenses que contenían el plan, y en posesión del Control Conjunto de Seguridad, fueron destruidos por una orden del ejecutivo en 1946. Los de la Sección de Control de Londres —una organización notoriamente frugal en comprometerse a llevar las palabras al papel, nunca se han abierto. El único hombre al que se le ha concedido algún sustancioso acceso a esos registros, es el distinguido regio profesor de Historia de Oxford, Michael Howard. Se le negó el permiso para publicar su autorizada historia acerca del LCS, por parte del Gobierno de Su Majestad.

¿Y por qué tanto secreto? ¿Las tácticas empleadas en la manipulación de la psicología del enemigo son tan intemporales como la mente del hombre, y qué palabra tiene una resonancia más siniestra a los oídos contemporáneos que ésa de la «desinformación»? Y como se ha hecho observar en estas páginas, ninguna otra baja en la guerra es tan amargamente sentida como las que han tenido lugar en un esfuerzo por, de un modo deliberado, engañar al enemigo. Según uno de los últimos supervivientes del LCS me dijo, «existen secretos que hemos prometido llevarnos a la tumba..., y lo haremos».

Al cabo de unos meses del fin de la guerra, se ordenó la disolución del SOE, el Ejecutivo de Operaciones Especiales, por mandato del Foreign Office y de su rival, el MI6, el Servicio Secreto de Inteligencia. La mayor parte de los archivos secretos de la difunta organización, incluyendo los mensajes inalámbricos intercambiados entre el cuartel general del SOE, en Londres, y sus agentes en el campo, fueron confiados al Foreign Office para su salvaguardia. Cada montón de archivos fue meticulosamente señalado con la indicación de: «Importantes archivos históricos. No deben ser nunca destruidos.»

Menos de un año después de confiarse al Foreign Office para su custodia, todos estos archivos fueron quemados.

¿Se debió esto a que los solones del Servicio Secreto de Inteligencia no deseaban que los historiadores del futuro asignasen al SOE un crédito que no creían que mereciese esa organización? ¿O fue para destruir,